THE FAIRFAX Journal
Fairfax County's daily newspaper

July 19, 1989 — WEDNESDAY — 25 cents

Police profile Rosie's killer

Say suspect is nervous, now laying low

By ADRIAN HIGGINS

The serial rapist-murderer believed killed Rosie Gordon is a dangerous "predatory animal" who is lying low, hoping the search for him fades, an FBI agent said Tuesday.

The attacker of the 10-year-old Lake Braddock schoolgirl probably stalked the neighborhood extensively before he struck, as he did twice in Arlington County, once in Alexandria, and once in Loudoun County over the past 12 months, said Special Agent John Douglas.

The suspect has become extremely nervous about the killing and the resulting publicity and now may be trying to change his appearance and mannerisms. Douglas speculated. Police said a tattoo on the man's upper arm is a vital clue.

Douglas, a national expert on criminal profiles, issued an unusually detailed profile of the suspect that went far beyond the previously released physical description of the man.

Fairfax County investigators hope associates of the man

Please see KILLER, A-6

Profile of a killer

Fairfax County police have released a revised composite of the man wanted in a July 1988 Arlington County rape — and the murder of Rosie Gordon. They believe the man:

- Is pot-bellied, unkempt, in his 30s, weighing 200 to 225 pounds. He smokes and drinks to excess.
- Is a loner with a poor self-image.
- Probably is not married, and has not had a normal heterosexual relationship with women.
- Is given to preying on girls of pre-puberty.
- Is poorly educated, jumps from job to job, and works with his hands, not his head.
- Has changed his appearance, routines and behavior since the murder to divert suspicion.
- The task force hotline is (703) 246-7890.

FBI Special Agent John Douglas describes Rosie Gordon's killer. At left are tattoo and composite drawing.

전향적 수사의 구체적 사례

공개 수사가 결정되면 우리는 프로파일을 작성한 다음, 현지 언론에 그 내용을 공개했다.
UNSUB(미확인 범죄자)을 알아본 누군가가 신고해올지 모른다는 기대를 가지고.

완타그 고등학교와의 미식축구 결승전을 앞두고
나는 이때 처음으로 나의 적수를 상대로 '심리 프로파일링'을 시도했다. 한니발 장군 같은 투구를 쓰고 있는
선수가 바로 나다. 그전 시합에서 코가 깨지는 바람에 투구를 쓰게 되었다.

특별요원 초창기 시절
수사국에 입사하여 신규 요원 교육 중 크리스마스를 맞이
하여 집에 잠시 휴가를 갔다. 아버지가 사주신 슈트를 입
고 칼라에는 수사국 배지를 달았다. 머리도 FBI 신참처럼
짧게 깎았다. 이 여행에서 미소를 지은 순간은 이때뿐이었
던 것 같다.

농장에서
고등학생 시절 수의사가 될 꿈을 품고 있던 나는
여름방학 때마다 농장에 가서 동물들과 친하게
지냈다.

FBI 내셔널 아카데미 107기 졸업식 기념 사진
1976년 12월 16일. 왼쪽부터 나, 팸, FBI 국장 클래런스 켈리, 어머니 돌로레스, 아버지 잭.

특별기동대와 인질구조팀 훈련 교재로 쓰인 사진
조 델 캄포가 인질범 제이콥 코헨을 저격한 위치가 표시되어 있다.

행동과학부의 제1세대(1978년 1월)

내가 콴티코 행동과학부에 전보된 지 7개월 만에 찍은 사진. 당시 살아 있는 신화가 된 수사관들의 면면이 보인다. 왼쪽부터 밥 레슬러, 사회학 강사 톰 오말리, 나, 사회학 강사 딕 하퍼, 나중에 스트레스 전문가가 된 프로파일러 짐 리스, 딕 올트, 하워드 테텐(올트와 테텐은 응용범죄학을 가르치다가 FBI의 프로파일링 프로그램을 시작했다).

행동과학부의 제2세대(1995년 6월)

수사지원부 요원들. 왼쪽부터 스티브 마디지언, 피트 스메릭, 클린트 밴 잰트, 자나 먼로, 저드 레이, 나(앉은이), 짐 라이트, 그레그 쿠퍼, 그레그 매크래리. 비록 사진에는 나오지 않았지만 래리 앤크롬, 스티브 에터, 빌 해그마이어, 톰 샐프도 수사지원부 소속 요원이다.

연쇄 살인범 에드먼드 켐퍼
특별요원 존 콘웨이와 나는 배커빌 형무소에서 에드먼드 켐퍼를 면담했다.

애틀랜타 어린이 살해사건으로 재판을 받은 웨인 D. 윌리엄스(1982)
나는 교묘히 감추어진 윌리엄스의 난폭함을 폭로하는 가장 좋은 방법을 지방 검사보 잭 맬러드에게 조언해주었다.

잔인한 인간 사냥꾼 로버트 핸슨

그는 처음에는 동물을 사냥하다가 실증이 나자 살아 있는 여자를 사냥하기 시작했다. 앵커리지의 매춘부를 유인, 납치하여 숲에 나체로 풀어놓고 총을 쏴댄 흉악범이다.

로버트 핸슨의 전시실

사람을 사냥감으로 쓰기 전에 그가 어떤 동물들을 사냥했는지 확인할 수 있다.

**샤리 페이 스미스와 데브라 메이 헬믹을
죽인 래리 진 벨**
렉싱턴 카운티의 보안관 짐 메츠의
사무실에서 심문하던 당시, 나는
'여기 앉아 있는 래리 진 벨은
그런 범행을 저질렀을 리가 없다'고 말했다.
'그러나 나쁜 래리 진 벨은 그런 짓을
했을 수도 있다'고 둘러댔다.

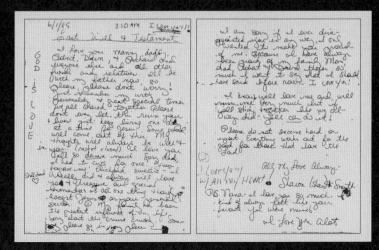

17세 희생자 샤리 페이 스미스의 '마지막 유언'
수사관 생활 25년 동안 이처럼 가슴 아픈 유언은 처음 보았다.
한 소녀의 용기와 신앙심, 품위가 잘 드러나 있었다.

그레그 매크래리가 수사지원부의 동료에게 뉴욕 주 로체스터 시에서 벌어진 매춘부 연쇄 살인사건의 디테일을 브리핑하고 있다. 매크래리가 제안한 전향적 수사는, 로체스터 경찰서와 뉴욕 주 경찰이 범인 아더 쇼크로스를 잡는 데 결정적인 공헌을 했다. 쇼크로스는 재판을 받고 10중 살인으로 유죄 판결을 받았다. 왼쪽부터 짐 라이트, 그레그 매크래리, 나, 스티브 이터.

수사지원부의 신규 요원들은 2년 동안 엄격한 훈련을 받아야 한다. 우리는 법의학계와 치안관련 기관의 적극적인 협조를 받았다. 저드 레이와 내가 뉴욕 경찰서 범죄 현장 반장인 도널드 스티븐슨에게 감사패를 증정하고 있다. 범죄 현장반은 우리 요원들을 훈련시키는 데 큰 도움을 주었다.

마인드헌터

MINDHUNTER: INSIDE THE FBI'S ELITE SERIAL CRIME UNIT

by John Douglas and Mark Olshaker

마인드헌터
MINDHUNTER

존 더글러스 · 마크 올셰이커 지음 | 이종인 옮김

비채

버지니아 주 콴티코 소재
FBI 행동과학부와 수사지원부의
전·현직 남녀 요원들.
수사 여정의 동참자이자 파트너였던
그들에게 이 책을 바친다.

비록 온 땅이 가린다고 할지라도
사악한 행동은 자꾸 일어나
사람의 눈에 띄고 말지니.
_윌리엄 셰익스피어, 〈햄릿〉

CONTENTS

지옥에 떨어지다

나는 지금 지옥에 있다.

나는 그때를 이렇게밖에 설명할 수 없다. 나는 알몸으로 꽁꽁 묶여 있었고 고통은 이루 말할 수 없었다. 팔다리는 예리한 칼로 잘리는 듯했다. 온몸의 구멍이란 구멍은 모두 틀어막혀 있었다. 둔탁한 뭔가가 목구멍 속을 마구 짓눌러오자 숨을 쉴 수가 없어 헉헉거렸다. 뾰족한 물건들이 페니스에 박히고 내 몸을 갈기갈기 찢어놓는 듯했다. 나는 땀에 푹 젖어 있었다.

그제야 무슨 일이 벌어지고 있는지 직감했다. 지금까지 내가 체포한 살인범과 강간범, 유아 학대범 들이 나를 서서히 고문하며 죽이려는 것이었다. 이제 그 흉악범들의 포로가 된 나는 반항할 힘조차 없었다.

나는 그들의 잔인한 수법을 익히 보았기 때문에 어떻게 나를 다룰지 잘 알고 있었다. 그들은 먹이를 자기들 마음대로 주무르고 조종하려 한다. 그들은 자신의 포로를 마음대로 살리고 죽이는 생사여탈권을 병적으로 탐내는 변태들이었고, 죽일 때면 살인 방법을 느긋하게 선택하는 괴물이었다. 그들은 내 몸이 견딜 때까지 괴롭히면서 가능한 한 오래 살려둘 것이다. 내가 기절하거나 죽기 직전에 이르면 잠시 고문을 중단하고 기력이 회복될 때까지 기다릴 것이다. 그리고 최대한 많은 고통과 아픔을 가하면서 고문의 즐거움을 만끽할 것이다. 그들 중에는 이런 짓을 조금도 지겨워하지 않고 며칠씩 계속하는 자들도 있다.

그들은 나라는 먹이를 완전히 장악하고 나를 손바닥에 잡힌 파리처럼 마음대로 주무를 수 있음을 보여주려 할 것이다. 내가 고통을 이기지 못해 비명을 내지르고, 살려달라고 애원하면 할수록 그들은 어두운 환상 속에서 더욱 커다란 희열을 느낄 것이다. 내가 눈물 범벅이 되어 살려달라고 애원하거나, 정신을 깜빡 잃고 기절하거나, 공포를 이기지 못해 엄마, 아빠를 무의식적으로 불러대면, 그들은 마치 사정 직전의 변태성욕자처럼 눈알을 번들거리며 낄낄거릴 것이다.

지난 6년 동안 지구상 최악의 범죄자들을 체포하며 살아온 사람에 대한 보답이 이것이라니.

나는 가슴이 마구 뛰었고 입술이 바싹 탔다. 그들이 날카로운 막대기로 페니스를 쿡쿡 찔러대자 피오줌이 새어나오는 것처럼 아파왔다. 내 몸은 고통으로 몸부림쳤다.

'하느님, 제발 제가 아직도 살아 있다면 어서 빨리 이 목숨을 거둬주소서. 만약 죽었다면 제발 이 지옥의 고문에서 벗어나게 해주소서.'

그때 나는 강렬한 백열등이 환하게 켜지는 것을 보았다. 사람들이 죽기 직전에 매우 밝은 빛을 본다고 들은 적이 있었다. 아, 이제 고통에서 면제되나 보다. 곧 예수님, 천사, 혹은 악마를 만나게 되겠지. 죽으면 그런 존재를 만나게 된다는 것도 어디서 들었으니까.

하지만 오로지 밝은 불빛뿐이다.

갑자기 어떤 목소리가 들려왔다. 부드럽고 따뜻하고 촉촉한 목소리였다. 그처럼 편안한 목소리는 난생처음이었다. "존, 걱정하지 말아요. 당신을 치료하기 위해 최선을 다하고 있어요." 그 말을 듣자마자 나는 무의식 속으로 빠져들었다.

"존, 내 말 들려요? 걱정하지 말아요. 아무것도 아니니까. 당신은 지금 병원에 입원해 있어요. 아주 아픈 상태인데 우리가 곧 치료해 줄게요." 이것이 의식을 잃기 전에 간호사가 실제로 내게 해준 말이었다. 간호사는 내가 알아듣는지 어쩐지 알지 못했지만 아주 부드러운 목소리로 그 말을 되풀이했다.

그때는 몰랐지만, 나는 시애틀에 위치한 스위디시 병원의 중환자실에 입원해 있었다. 혼수상태인 데다 인공호흡기를 부착했고 팔과 다리는 꽁꽁 묶여 있었다. 각종 튜브, 호스, 정맥 주삿바늘을 온몸에 꽂고 있던 나는 가망 없는 환자였다. 1983년 12월 초였고 38세였다.

내가 입원하게 된 경위는 약 3주 전 미국 동부에서 벌어진 사건으로 거슬러 올라간다. 당시 나는 뉴욕에서 뉴욕 경찰서, 교통수송 경찰, 롱아일랜드의 나소, 서펵 카운티 경찰서의 요원 약 350명을 상대로, 범죄자 인성人性 프로파일링*에 대해 강의하고 있었다. 이런 강의는 이미 수백 번 이상 해왔기 때문에, 마치 비행기의 자동운항 시스템처럼 막힘없이 진행할 수 있었다.

그런데 갑자기 마음이 산란해지기 시작했다. 강의는 계속했지만 등에는 식은땀이 흐르고 있었다. 그리고 속으로 이렇게 중얼거

---

* 이 작품의 핵심용어. 범죄자의 행동과 인성이라는 두 가지 측면에서 프로파일을 만들어 사건이 발생했을 때 범죄자의 유형을 추정하는 고도의 수사기술.

렸다.

'이 많은 사건을 나 혼자 어떻게 감당하지?'

당시 나는 애틀랜타에서 벌어진 웨인 윌리엄스 어린이 살해사건과 버펄로에서 일어난 '22구경' 흑인 연속 살해사건을 거의 마무리짓던 참이었다. 그리고 숨 돌릴 겨를도 없이 샌프란시스코의 '등산로 살인사건'을 맡으라는 지시가 떨어졌다. 그래서 유사 사건인 영국의 '요크셔 연쇄 살인사건' 기록을 보려고 런던 경시청과 연락을 취하는 중이었다. 게다가 툭하면 알래스카로 출장 수사를 나가야 했다. 당시 제과점 주인인 로버트 핸슨이 매춘부들을 유혹해 자신의 개인 비행기에 태운 다음 숲속으로 데려가 사슴처럼 풀어놓고 엽총으로 쏴 죽이는 사건이 알래스카에서 벌어졌다. 그때 핸슨 사건은 아직 미해결 상태였다. 또 코네티컷 주의 하트퍼드에서는 유대교 예배당만 골라 방화를 하는 자가 있었는데, 그 사건도 내게 떨어졌다. 이것만 가지고도 손이 모자랄 판인데, 2주 뒤에는 시애틀로 날아가 그린리버 사건 특별수사대에 자문을 해야 했다. 당시 시애틀에서는 매춘부들과 시애틀-터코마를 오고가는 떠돌이 노동자들을 연쇄적으로 살해하는, 미국 범죄 사상 최대 규모의 살인사건이 터졌다.

지난 6년 동안 나는 새로운 범죄 분석 방법(프로파일링)을 개발해왔다. 그리고 오직 나만이 행동과학부에서 프로파일링을 전담하는 사람이었다. 이 부서의 다른 요원들은 일차적으로 강사 신분이었다. 나는 당시 부하직원 한 명 없이 150여 건의 사건을 한꺼번에 떠맡았다. 그리고 버지니아 주 콴티코의 FBI 아카데미*에 있는 내

---

* FBI 산하의 중앙 교육원. FBI 신참 요원들의 14주 교육과 경력 요원들의 보수 교육을 실시하는 곳이다. 저자가 부서장으로 근무한 수사지원부도 이곳 아카데미와 같은 부지에 있다. 이하 '내셔널 아카

사무실에서만 근무하는 것이 아니라, 연간 125일 이상 출장을 다녀야 했다. 내가 현지 경찰에게 받은 스트레스란 이루 다 말로 표현할 수 없었다. 마찬가지로 현지 경찰도 지역 주민들과 희생자 가족들로부터 빨리 범인을 잡으라는 빗발 같은 독촉을 받고 있었다. 나는 그들의 입장을 이해한다. 150여 건에 달하는 업무에 우선순위를 매겨 어떻게든 꾸려가려고 했지만 매일 새로운 요구 사항이 물밀듯 밀려들었다. 계란으로 바위 치는 격이었다. 콴티코의 내 동료들은 내가 남창男娼 같다고 농담을 했다. 고객의 요구에 절대 '안돼'라고 하지 못하기 때문이다.

다시 뉴욕의 강의실로 돌아가보자. 컨디션이 좋지 않은 몸으로 나는 범죄 인성 유형에 대해 강의를 해나갔다. 그러나 내 마음은 자꾸만 시애틀로 향하고 있었다. 물론 시애틀 특별수사대 요원들이 하나같이 나를 반기는 것은 아니었다. 늘 그랬다. 자문을 위해 참여한 다른 사건의 경우에도 대부분의 형사나 연방수사국 요원들은 내 일이 박수무당 점치듯 황당한 일이라며 백안시했다. 나는 이런 냉대를 꾹 참으며 새로운 수사기법인 '프로파일링'을 팔아야 했다. 사정이 이러니 너무 자신감을 보여서도 또 거만을 떨어서도 안 되었다. 그러면서도 설득력이 있어야 했다. 나는 당연히 현지 수사 요원들이 완벽한 수사를 했으리라는 사실을 인정하고 들어갔다. 그러면서도 회의론자들(내 접근 방법을 마땅치 않게 생각했으니까)에게 여전히 FBI가 도와줄 구석이 있다는 사실을 납득시켜야 했다. 제일 난감한 것은 내가 하는 일(프로파일링)이 기존의 FBI 수사 요원들이 하던 전통적인 방식, 즉 '우린 확실한 증거만 다룹니다' 처

데미' 혹은 '아카데미'로 용어통일.

럼 객관적 방식이 아니라는 사실이었다. 내 임무는 '의견'을 취급하는 것이었다. 만약 내 의견이 틀리다면 수사의 방향이 핵심에서 크게 빗나가 또 다른 피살자가 생길지도 모른다는 우려가 있었다. 나는 이런 우려(혹은 스트레스)를 늘 가슴속에 품고 업무에 임해왔다. 그리고 예상이 빗나가는 경우가 잦아지면 내가 발족시키려고 애써온 범죄-인성 프로파일링과 범죄 분석 전담의 새 부서는 발족되기도 전에 매장되는 신세가 될지도 몰랐다.

게다가 출장도 자주 가야 했다. 나는 이미 여러 차례 알래스카 출장을 다녀왔다. 네 개의 시간대와 물 위를 스치고 지나가는 아슬아슬한 비행기를 갈아타고 어둠 속에 알래스카에 도착하면 숨 돌릴 겨를도 없이 현지 경찰을 만나 수사 회의를 해야 했다. 그리고 일이 끝나면 다시 비행기를 타고 시애틀로 가 다른 회의에 참석했다.

강의 도중 내 마음속에서 제멋대로 떠도는 근심 걱정은 약 1분간 계속되었다. 나는 속으로 계속 중얼거렸다. '이봐, 더글러스, 정신 차려. 너 자신을 굳게 다잡으란 말이야.' 그래서 나는 간신히 정신을 차릴 수가 있었고, 강의실 안에 앉아 있던 350여 명의 경찰관은 내 변화를 눈치채지 못하는 듯했다. 하지만 나는 내게 비극적인 일이 벌어질지도 모른다는 불길한 예감을 떨쳐버릴 수가 없었다.

강의를 끝내고 콴티코로 돌아오는 내내 그 이상한 예감은 내 곁에 붙어 있었다. 그래서 나는 사무실로 돌아오자마자 인사부로 가서 생명보험을 하나 더 들고 장애를 입을 경우에 대비해 소득 보장보험을 들었다. 왜 느닷없이 보험을 들 생각을 했는지는 잘 모르겠다. 단지 뭔가 두렵고 잘못될지도 모른다는 느낌이 어렴풋이 들었다. 나는 육체적으로 너무 피곤한 상태였다. 너무 많은 일을 맡고 있었고 스트레스를 풀기 위해 필요 이상으로 많은 술을 마셨다. 잠도 쉽사리 들지 못했다. 또 어렵사리 잠에 들어도 도움을 청하는 전화들 때문에 중간에 깨기가 일쑤였다. 통화를 끝내면 사건 해결에 도움이 될 만한 멋진 꿈을 꿀지도 모른다는 희망을 품으면서 억지로 잠을 청했다. 지금 와서 돌이켜보니 당시 나는 벼랑으로 내몰리고 있었다. 그러나 그때는 그런 파국을 막을 만한 특별한 방법이 없었다. 그저 앞만 보고 달릴 뿐이었다.

시애틀로 가기 위해 공항으로 떠나기 직전 뭔가 섬뜩한 느낌이 들었다. 그래서 아내 팸이 장애 아동에게 쓰기와 읽기를 가르치는 초등학교에 잠깐 들렀다. 나는 아내에게 보험을 추가로 들었다고 말했다.

"느닷없이 그 얘긴 왜 하는 거야?" 아내는 매우 걱정되는 표정으로 물었다. 나는 오른쪽 머리에 심한 편두통을 느낀다고 대답했다. 아내는 내 눈이 충혈되어 이상하게 보인다고 말했다.

"시애틀로 가기 전에 당신에게 모든 것을 일러두고 싶어서 잠시 들렀어." 당시 우리에겐 두 딸이 있었다. 에리카는 여덟 살이었고 로렌은 세 살이었다.

나는 두 명의 신참 특별요원과 시애틀에 함께 갔다. 그들은 블레인 맥일웨인과 론 워커였는데, 이들을 수사에 동참시킬 생각이었다. 우리는 그날 밤 시애틀에 도착하여 시내의 힐튼 호텔에 묵었다. 짐을 풀면서 이상하게도 검은 구두가 한 짝뿐인 것을 발견했다. 다른 한 짝은 아예 싸지 않았거나 오는 도중 잃어버린 모양이다. 다음 날 아침 킹 카운티 경찰서에서 프리젠테이션을 할 예정이었기 때문에 검은 구두가 꼭 필요했다. 나는 늘 옷을 단정하게 차려입었다. 게다가 그날은 피곤하고 스트레스를 많이 받아서인지 정장에는 반드시 검은 구두를 신어야 한다는 생각에 집착했다. 그래서 도심의 상가로 달려가 그때까지 문을 연 구두 가게에서 검은 구두 한 켤레를 산 뒤 더욱 피곤한 상태로 호텔로 돌아왔다.

다음 날인 수요일 아침 나는 킹 카운티 경찰서 요원과 시애틀 항의 대표, 수사를 지원하는 두 명의 현지 심리학자 등을 상대로 프리젠테이션을 했다. 모두 내가 제시한 살인범의 프로파일에 흥미를 보였다. 나는 살인범이 한 명 이상일지도 모른다, 범인(혹은 범인들)이 이런 유형의 인간일지 모른다와 같은 의견을 개진했다. 그러나 나는 사건 수사에서 프로파일을 작성하는 것만이 최선이 아님을 이해시키려 했다. 나는 범인이 어떤 유형의 인간인지 확신하고 있었다. 하지만 불행하게도 그 유형에 들어맞는 인간이 한두 명이 아니라는 게 문제였다.

나는 계속해서 조언했다. 이처럼 연쇄적으로 일어나는 살인사건에서는, 경찰력과 언론 보도를 이용해 범인을 함정으로 끌어들이는 '전향적인' 수사 방식으로 선회하는 것이 중요하다. 예를 들면 범죄 사건들을 '토론'하기 위한 일련의 지역 사회 초청 회의를 개최하는 것이다. 그러면 범인은 그 회의에 반드시 한두 번 참석할 것이다. 나는 확신했다. 또 그런 회의를 개최하면 범인이 단독범인지 아닌지도 밝힐 수 있다. 내가 현지 경찰에게 권유한 다른 유인책은 언론에 납치 현장을 목격한 증인이 나타났다고 허위 정보를 흘리라는 것이었다. 그러면 범인 자신의 '전향적 전략'의 일환으로 자기가 증인에게 목격된 그럴듯한 이유를 제 입으로 설명해줄지도 모르기 때문이다. 내가 가장 확신하고 있던 사실은 이 연쇄 살인범이 절대로 제풀에 지쳐 범행을 그만두지는 않으리라는 것이었다.

나는 수사 팀에게 용의자를 조사하는 방법도 조언했다. 수사 팀이 찾아낸 용의자와 유명 사건이 터지면 자신이 범인이라고 나서는 정신 나간 가짜 용의자 등을 어떻게 다룰 것인가에 대해 자세히 말해주었다. 나는 블레인과 론과 함께 연쇄 살인범이 시체를 유기한 장소들을 점검하면서 나머지 하루를 다 보냈다. 저녁에 호텔로 돌아왔을 때에는 완전히 파김치가 되어 뻗어버릴 지경이었다.

하루의 피로를 풀기 위해 호텔 바에서 술잔을 기울이면서 나는 블레인과 론에게 몸상태가 아주 나쁘다고 말했다. 머리가 아직도 떵한 것이 아무래도 독감에 걸린 것 같으니, 내일은 둘이서 현지 경찰서로 나가 내 몫까지 뛰어달라고 부탁했다. 호텔방에서 하루 정도 푹 쉬면 나아지겠지, 하고 생각했다. 그래서 내 방으로 돌아와 방문에 '깨우지 마시오'라는 메모를 걸고 두 동료에게 금요일 아침에 보자고 말하고 헤어졌다.

나는 기분이 더럽게 나쁘다고 느끼면서 침대 한구석에 걸터앉아 옷을 벗기 시작했다. 내 동료들은 이튿날인 목요일 킹 카운티 법원으로 가서 내가 지시한 사항을 수행했다. 부탁대로 그들은 나를 기다리지 않고 출근했고 나는 하루종일 방에서 감기를 떨쳐버릴 예정이었다.

그러나 금요일 아침에도 내가 나타나지 않자 블레인과 론은 걱정하기 시작했다. 내 방으로 전화를 걸었지만 받지 않았다. 그들은 내 방문을 시끄럽게 걷어찼다. 그래도 나는 대답하지 않았다.

그들은 놀라 프런트 데스크로 가서 관리자에게 내 방 열쇠를 요구했다. 황급히 2층으로 올라와 문을 땄으나 보안 쇠줄이 걸려 있었다. 방 안에서는 희미한 신음이 흘러나왔다.

그들은 발로 문을 '쾅' 차서 연 다음 안으로 뛰어들었고 방바닥에 개구리처럼 납작 엎드려 있는 나를 발견했다. 옷을 반쯤 벗은 채 전화기 쪽으로 손을 뻗은 자세였다. 내 왼쪽 옆구리는 경련으로 펄떡거리고 있었다. 블레인은 내가 '완전히 소진되어버린' 사람 같았다고 말했다.

호텔 측에서 즉시 스위디시 병원으로 전화를 걸었고 병원은 재빨리 앰뷸런스를 보냈다. 한편 블레인과 론은 병원 응급실에 전화를 걸어 내 활력 징후^{vital sign}를 불러주었다. 체온은 40도를 넘었고 맥박은 220이었다. 옆구리는 완전 마비되었고 앰뷸런스로 수송되는 동안 자꾸 발작을 일으켰다. 내 눈은 동공이 열리고 한쪽에 고정된 채 초점이 맞지 않는 '인형의 눈'이었다고 의료 보고서에 적혀 있었다.

병원에 도착하는 즉시 의료진은 내 몸을 얼음으로 감싸고 굵은 정맥주사를 통해 다량의 페노바르비탈(진정제)을 투입했다. 발작을 멈추기 위해서였다. 담당 의사는 내게 투여한 진정제의 양이 시애틀 시민 전부를 잠재울 정도로 많은 양이라고 블레인과 론에게 말했다.

의사는 최선을 다했지만 결국은 내가 사망할 거라고 했다. 컴퓨터 단층 촬영 결과 오른쪽 뇌가 파열되었고 고열로 인해 출혈도 있음이 밝혀졌다. 담당 의사는 이렇게 표현했다. "속된 말로 저 사람의 뇌는 감자칩처럼 바삭하게 구워진 상태예요."

1983년 12월 2일의 일이었다. 그리고 내가 새로 가입한 보험은 바로 그 전날부터 효력이 발생했다.

내가 소속된 부서의 부서장인 로저 드퓌가 팸이 근무하는 학교로 직접 찾아가 소식을 전했다. 이어 아내와 아버지 잭 더글러스가 나를 면회하기 위해 시애틀 비행기에 올랐다. 두 딸은 어머니 돌로레스에게 맡겨졌다. FBI 시애틀 지국의 요원인 릭 매더스와 존 바이녀가 시애틀 공항으로 아내와 아버지를 마중나가 병원으로 직접 데리고 왔다. 그리고 병원에 와서야 그들은 내 상태가 얼마나 좋지 않은지를 알게 되었다. 담당 의사는 아내 팸에게 남편의 죽음에 대비하라고 일렀고 또 설사 운이 좋아 살아난다고 하더라도 눈이 멀거나 식물인간이 될 거라고 말했다. 가톨릭 신자인 팸은 나의 종부 성사를 위해 신부를 불러왔다. 그러나 신부는 내가 장로교 신자임을 알고 성사 집행을 거부했다. 그래서 블레인과 론은 그 신부를 보내고 절차를 까다롭게 따지지 않는 다른 신부를 불러왔다. 그들은 신부에게 그저 기도만 해달라고 부탁했다.

나는 일주일 내내 생사를 오락가락하는 혼수 상태에서 헤맸다. 중환자실은 규정상 환자의 가족만이 면회를 할 수 있었다. 그래서 콴티코의 동료 릭 매더스와 시애틀 지국의 요원들이 느닷없이 나의 가까운 친척이 되어야 했다. "아니, 웬 친척이 이리도 많아요?" 간호사가 비아냥거리듯 팸에게 물었다.

'대가족'이라는 얘기는 어찌 보면 완전히 농담만은 아니었다. 콴티코에 있는 행동과학부의 빌 해그마이어와 내셔널 아카데미의 톰 콜럼벨이 동료들을 상대로 모금 운동을 벌였다. 팸과 아버지가 시애틀에 오래 머물 수 있도록 비용을 마련하기 위해서였다. 얼마 지나지 않아 전국의 경찰관들로부터 성금이 답지했다. 동시에 콴티코에 있는 군인 묘지에 안장시키기 위해 내 시체를 버지니아로 공수하는 문제도 논의되었다.

한 주가 거의 지날 무렵, 팸, 아버지, 요원들, 그리고 신부는 서로 손을 맞잡고 내 주위에 빙 둘러섰다. 그러고는 내 손을 번갈아 잡으면서 마지막 기도를 올렸다. 그러나 나는 그날 밤늦게 기적적으로 혼수 상태에서 깨어났다.

나는 팸과 아버지를 보고 놀랐고 또 내가 어디 있는지 몰라 당황했다. 처음엔 말을 할 수가 없었다. 안면의 왼쪽 절반이 축 늘어져 있었고, 왼쪽 옆구리가 전체적으로 마비되어 있었다. 서서히 말을 할 수 있게 되었지만 발음이 불분명했다. 조금 더 지나니까 다리를 움직일 수 있었고 서서히 몸을 움직일 수가 있었다. 목구멍 속으로 음식물을 넘기는 호스 때문에 목구멍이 너무 아팠다. 발작은 좀 완화되어 약물도 페노바르비탈에서 딜란틴으로 바뀌었다. 온갖 검사와 컴퓨터 단층 촬영과 척수 천자* 끝에 의료진은 내 병명을 알아냈다. 과도한 스트레스와 전반적인 신체 저항 기능 약화에 따른 바이러스성 뇌염이었다. 나는 살아난 것만 해도 기적이었다.

그러나 회복 과정은 고통과 절망의 연속이었다. 나는 걷는 법부터 다시 배워야 했다. 그리고 기억력에도 문제가 있었다. 내 주치의 시걸** 박사의 이름을 기억하게 하려고 팸은 코르크 판에 조가비를 올려 갈매기를 만들었다. 시걸 박사가 내 기억력을 시험하기 위해 자기 이름을 기억하느냐고 물었을 때, 나는 더듬거리는 목소리로 이렇게 대답했다. "그럼요, 갈매기 박사님."

나는 주위의 전폭적인 지원을 받았다. 그런데도 회복 과정이 더뎌서 커다란 좌절감에 빠졌다. 가만히 앉아 천천히 무슨 일을 해보지 않았던 나는 조바심이 났다. FBI 국장인 윌리엄 웹스터가 내게 전화를 걸어 격려해주었다. 나는 국장에게 더는 권총을 사용하지 못할 것 같다고 말했다.

"존, 그런 문제라면 걱정하지 말게. 어차피 우리는 자네의 머리가 필요한 거니까."

---

* 분석 또는 마취약 주입을 위해 척추의 수액을 채취하는 것.
** 'Seagull'은 갈매기라는 뜻도 있음.

국장은 시원스럽게 말했다. 나는 국장이 말한 그 머리에도 자신이 없었다. 하지만 국장에게 말하지는 않았다.

나는 마침내 스위디시 병원에서 퇴원하여 크리스마스 이틀 전 집으로 돌아왔다. 퇴원하기 전에 병원의 응급실과 중환자실 직원들에게 고마움을 표시하는 감사패를 전달했다. 그들의 도움 덕분에 나는 목숨을 건질 수 있었다.

로저 드퓌가 덜레스 공항에 마중을 나와 우리를 프레더릭스버그에 있는 집으로 데려다주었다. 우리 집에는 미국 국기와 '집에 돌아온 것을 환영해요, 존'이라는 현수막이 내걸려 있었다. 두 딸 에리카와 로렌은 내가 느닷없이 병마에 쓰러진 사실과 퇴원 후 오랫동안 휠체어에 의지해야 한다는 사실을 하나의 충격으로 받아들였다. 내가 회복된 후에도 두 딸은 내가 출장을 갈 때마다 놀라서 가슴이 뛴다고 했다.

크리스마스는 대단히 우울하게 보냈다. 나는 친구들을 별로 만나지 못했다. 만난 사람은 론 워커, 블레인 맥일웨인, 빌 해그마이어와 콴티코의 다른 요원인 짐 혼 정도였다. 휠체어 신세는 더 지지 않았으나 여전히 거동은 불편했다. 또 대화를 이어나가기가 힘이 들었다. 툭하면 신경질을 내며 소리를 질러댔고 기억력도 믿을 수가 없었다. 팸이나 아버지가 프레더릭스버그 시내를 차로 구경시켜주곤 했는데, 어떤 건물을 보고 그게 새 건물인지 옛날부터 있던 것인지를 잘 분간하지 못했다. 나는 꼭 중풍 환자 같은 신세였고 과연 복직이 가능한지 의문이었다.

이 지경이 되도록 내게 온갖 일을 떠맡긴 연방수사국이 한없이 원망스러웠다. 지난해 2월 나는 부국장 짐 맥킨지와 상담을 했다. 혼자서는 도저히 감당해나갈 수 없으니 부하를 좀 붙여줄 수 없겠느냐고 의사를 타진했다. 맥킨지 부국장은 내 입장을 잘 이해하면서도 대단히 현실적인 조언을 했다.

"이봐, 자네도 잘 알지 않은가? 죽도록 일하다가 나자빠지면 그제야 아, 저 친구 좀 힘든가 보군, 하는 게 바로 이 조직이라고."

나는 부하를 배정받는 것은 고사하고 하는 일도 제대로 평가받지 못했다. 아니, 솔직히 얘기하자면 평가는커녕 수모를 당하고 있었다. 애틀랜타의 '어린이 연쇄 살인사건'을 해결하느라고 꽁지가 빠지도록 열심히 뛰었을 때의 일이다. 나는 수고했다는 말은커녕, 수사국으로부터 정식 경고장을 받았다. 그 사건의 용의자인 웨인 윌리엄스가 체포되고 난 뒤에 버지니아의 〈뉴포트 뉴스〉라는 신문에 난 내 인터뷰 기사 때문이었다. 당시 기자는 내게 윌리엄스가 유력한 용의자냐고 물었다. 나는 '가능성이 있다'고 대답하고 윌리엄스를 잘 조사하면 최소한 서너 사건에 연루되어 있을지 모른다고 말했다.

FBI는 그 인터뷰에 응해도 좋다고 해놓고서 내가 미결 사건을 주제넘게 떠벌렸다고 문책을 한 것이었다. 약 두 달 전에도 〈피플〉과 주제넘은 인터뷰를 해서 구두 경고를 받았는데 이번에도 또 같은 짓을 저질렀다고 나를 매도했다. 그러니까 그들 얘기로는 상습적이라는 거였다. 그건 전형적인 관료주의적 태도였다. 나는 FBI 워싱턴 본부의 공직 윤리국에 호출되었다. 그리고 6개월씩이나 끄는 비효율적인 관료적 의사 결정 과정 끝에 경고장을 받았다. 그리고 그보다 한참 뒤에는 동일 사건으로 표창장을 받았다. '세기의 범죄'라고 일컫는 사건을 해결하는 데 내 공로가 컸음을 수사국이 정식으로 인정한 것이었다.

경찰관의 업무 이야기는 심지어 배우자와도 나누기 어렵다. 가령 잔인하게 살해된 시체, 그것도 아이의 시체를 들여다보면서 하루를 보냈다면, 그런 끔찍한 사건을 집에까지 가져가고 싶은 사람은 아무도 없을 것이다. 집에 돌아와 저녁 식사를 하면서 가족들에게 "오늘 끝내주는 변태성욕 사건이 하나 있었는데 말이야……"라고 말할 수는 없기 때문이다. 바로 이런 이유 때문에 경찰관은 간호사에게, 간호사는 경찰관에게 끌리는지도 모른다. 자기의 일상적 업무를 서로 허물없이 얘기할 수 있는 상대방에게 마음이 이끌리는 것은 인지상정인 것이다.

나는 어린 딸들을 데리고 공원이나 숲에 산책을 나갔을 때 엉뚱하게도 우리 아이들을 있는 그대로 보는 것이 아니라, 사건과 연관짓곤 했다. "가만있자. 우리 애들이 노는 저 광경은 어떤 유아 살인사건 광경과 유사해. 그때 죽은 아이도 여덟 살이었을 거야." 나는 어린아이들이 끔찍하게 살해당한 장면을 많이 보아서 우리 아이들의 안전에 그 누구보다도 많은 관심을 기울였지만, 역설적이게도 그런 직업적 경험 때문인지 우리 아이들이 일상 생활에서 가볍게 다치는 것에는 별로 대수롭지 않게 반응하곤 했다. 가령 퇴근해서 집에 돌아와 아내에게 어린 딸이 자전거에서 떨어져 몇 바늘 꿰매야 할 상처를 입었다고 들었을 때, 뭐 그런 일쯤이야 하는 식이었다. 그러면서 거의 자동적으로 내 머릿속에는 그만한 나이 또래의 아이 시체를 부검한 장면과, 검시의가 장례를 위해 시체의 개복부를 실로 슥슥 꿰매는 장면이 연이어 떠오르는 것이었다.

팸에게는 자치 단체 내의 정치 활동에 관여하는 친구들이 몇 명 있었다. 그렇지만 나는 그 친구들의 일에 관심이 없었다. 또한 나의 잦은 출장 때문에 아이를 키우고, 각종 공과금을 내고, 집안일을 돌보는 일은 전적으로 아내가 맡지 않으면 안 되었다. 이는 당시 우리 부부가 직면한 여러 문제 중의 하나였는데, 큰딸 에리카는 당시 우리 부부 사이에 감도는 긴장감을 느꼈을 것이다.

나는 나를 이처럼 나락으로 떨어뜨린 수사국에 대하여 적개심을 떨칠 수가 없었다. 퇴원하여 집으로 돌아온 지 한 달쯤 지났을 때였다. 뒤뜰에서 낙엽을 그러모아 태우고 있었는데 갑자기 수사국에 대한 강한 적개심이 걷잡을 수 없이 일어나 집 안으로 들어가 보관하던 사건 프로파일 사본과 내가 쓴 기사들을 모조리 불태워버렸다. 그 지긋지긋한 것들을 모두 없애버리고 나니 시원한 배설감마저 느껴졌다.

그러고 나서 몇 주가 더 흘러 혼자 운전을 할 수 있게 되었을 때, 나는 콴티코 국립 묘지로 가보았다. 만약 죽었더라면 어디에 묻혔을지 알아보고 싶어서였다. 묘지는 사망 날짜별로 배정되는데 만약 12월 1일이나 2일에 죽었다면 아주 지랄 같은 자리에 묻힐 뻔했다. 그 옆은 집 근처의 드라이브 길에서 놀다가 칼에 찔려 죽은 어린 소녀의 묘지였다. 나는 그 소녀의 피살사건을 담당했었는데, 그 건은 그때까지도 해결되지 않았다. 그 묏자리를 내려다보면서 나는 깊은 생각에 잠겼다. 나는 형사들에게 어떤 범인은 피살자의 묘지를 찾아보는 습성이 있으니 늘 묘지를 잘 감시하라고 교육했다. 그러니 혹시 지금 이 순간 묘지를 감시하는 형사가 있다면 소녀의 살인범으로 나를 지목할지도 모를 일이었다. 나는 이 아이러니에 쓸쓸한 웃음이 나왔다.

시애틀에서 쓰러지고 나서 4개월이 지났는데도, 나는 여전히 회복되지 못하고 병가 상태였다. 합병증으로 양다리와 폐에·응혈이 생기는 바람에 오랜 시간 침대에 누워 있어야 했다. 그리고 여전히 하루하루 버티기가 너무 힘들었다. 육체적으로 건강해져서 복직할 수 있을지, 그리고 복직한다고 해도 예전의 자신감을 가질 수 있을지 알 수가 없었다. 한편 행동과학부의 강사인 로이 헤이즐우드는 두 사람 몫의 일을 하면서 내가 담당했던 사건들을 추적하고 있었다.

나는 1984년 4월 FBI 지국에서 근무하는 50여 명의 현직 프로파일러들을 상대로 강의하기 위해 와병 후 처음으로 콴티코에 나갔다. 나는 응혈로 퉁퉁 부어오른 발 때문에 슬리퍼를 신고 강의실에 들어섰다. 그때 전국 각지에서 모여든 프로파일링 전문 요원들이 모두 벌떡 일어서서 박수를 치며 격려를 보내주었다. 그것은 내가 하는 일을 잘 알고, 내가 연방수사국 내에 어떤 부서를 창설하려고 애쓰는지 잘 아는 동료들이 보내준 다정하고 진실된 격려였다. 지난 여러 달 이래 이 같은 따뜻한 격려는 처음이었다. 나는 내 일이 제대로 평가받고 있고 또 내가 소중한 존재라는 느낌이 들었다. 그제야 비로소 내 집으로 돌아온 느낌이 들었다.

그로부터 한 달 뒤 나는 연방수사국에 복직하여 풀타임으로 근무하기 시작했다.

살인범의 마음속으로 들어가라

'사냥꾼의 입장이 되어서 생각하라.'

그것이 내가 하는 일이다. 가령 동물의 세계를 그린 다큐멘터리를 한번 생각해보라. 아프리카 세렝게티 초원에 사자 한 마리가 있다. 그 사자는 물가에서 목을 축이는 영양 떼를 본다. 그러나 어떻게 해서든 수천 마리의 영양 중 단 한 마리를 집어낸다. 우리는 사자의 눈빛에서 이를 읽을 수 있다. 사자는 동물적 후각을 발동하여 영양 무리 중 가장 허약하고 맥없고 만만한 희생물을 한 마리 골라낸다. 사자는 본능적으로 그렇게 훈련되어 있는 것이다.

범죄자들도 마찬가지이다. 만약 내가 그들 부류의 한 사람이라면 나는 매일 사냥에 나가는 그 순간 가장 만만한 먹잇감을 찾을 것이다. 가령 수천 명의 사람이 있는 쇼핑몰을 가정해보자. 나는 이제 비디오 아케이드로 들어선다. 거기에는 놀고 있는 아이들이 50명도 넘는다. 나는 사냥꾼이 되어야 하고, 프로파일러가 되어야 하고, 잠재 희생물의 프로파일을 그려낼 수 있어야 한다. 그 50여 명의 아이 중에서 누가 가장 유괴하기 적합한 아이이고, 누가 가장 만만한 먹잇감인지 결정해야 한다. 우선 아이들이 입은 옷을 살편다. 또한 아이들이 보내는 몸짓, 표정 등 비언어적 단서를 찾아낸다. 아니, 그렇게 훈련되어 있어야 한다. 그리고 이 모든 판단은 단 몇 초 이내에 이루어져야 한다. 그러니 판단력이 아주 탁월하지 않으면 안 된다. 일단 결정을 하고 행동하기로 마음먹으면 신속하게 행동해야 한다. 어떻게 쇼핑몰에서 소란이나 의심을 일으키지 않고 그 아이를 조용히 빼내올 것인지, 구체적인 방법이 서 있어야 한다. 점포 두 개 거리에 있는 그 아이의 부모를 감쪽같이 속일 수 있어야 한다. 물론 조그마한 실수도 있어서는 안 된다.

살인범들을 움직이게 하는 힘은 바로 이런 사냥의 스릴이다. 독자 여러분이 아이를 유괴하려고 노리는 범인에 대한 이 기사를 읽고서 피부에 전류가 흐르는 섬뜩함을 느낀다면, 저 세렝게티 평야에 있는 사자의 스릴을 이해할 수 있을 것이다. 그리고 살인범이 아이만 전문적으로 유괴하는 자이든, 젊은 여자, 늙은 여자, 매춘부 등 특정 그룹을 전문으로 살해하는 자이든, 또는 상대를 가리지 않고 마구 죽이는 자이든, 그것은 상관이 없다. 살인범들은 몇 가지 점에서 모두 똑같은 자들이니까.

그렇지만 똑같은 살인을 했다고 하더라도 그들의 범행 방식, 그리고 그들의 개성에 따라 현장에 남기는 단서는 서로 다르다. 바로 이것을 바탕으로 우리는 특정 강력 범죄를 해석하는 새로운 무기를 개발할 수 있다. 그리고 그 무기를 이용하여 흉악범을 추적, 검거, 기소할 수 있다. 나는 그 무기를 개발하기 위해 FBI 특별수사요원으로 정년 퇴직할 때까지 거의 평생을 보냈다. 그리고 그 무기에 대해서 이야기하는 것이 이 책의 목적이기도 하다. 문명이 시작된 이래 모든 끔찍한 범죄에는 가장 근본적이고 가장 절박한 질문이 제기되었다. "도대체 어떤 유형의 인간이기에, 이런 범죄를 저질렀을까?" FBI의 수사지원부에서 하는 프로파일의 유형화 및 범죄 현장 분석 작업은 바로 그런 질문에 대답하려는 노력이다.

행동은 인성의 반영이다.

살인범의 입장이 되어 그들의 마음속으로 걸어 들어간다는 것은 결코 쉽지 않고 또 절대 유쾌한 일이 아니다. 그렇지만 그것이 내 부하와 내가 해야 하는 일이었다. 우리는 사건이 터질 때마다 해당 살인범의 마음속으로 들어가는 일을 되풀이했다.

우리가 살인 현장에서 본 모든 것은 범죄를 저지른 정체 미상의 범인(경찰 전문용어로는 UNSUB 즉 unknown subject라고 부른다)에 대해 뭔가를 말해주고 있다. 우리는 많은 범죄 사례를 연구하고 또 전문가(살인범 자신을 포함)와의 상담을 통해 단서들을 해석하고자 노력한다. 그것은 의사가 특정 질병이나 상태를 진단하기 위해 여러 증상을 연구하는 것과 마찬가지이다. 의사가 기존의 환자에게서 어떤 질병의 여러 가지 양상을 발견, 인식함으로써 병명을 진단하는 것처럼 우리는 많은 범죄들에서 여러 가지 패턴을 발견하여 다양한 결론을 유도해낸다.

심층 연구를 하기 위해 수감 중인 살인범들을 적극적으로 찾아다니면서 인터뷰를 하던 1980년대 초의 일이다. 나는 고딕풍의 오래된 석조 건물인, 볼티모어 소재 메릴랜드 주립 형무소를 찾아가 둥그렇게 둘러앉은 여러 명의 흉악범들과 대화를 나누었다. 그들은 경관 살해범, 유아 살해범, 마약 밀매범, 해결사 등 다양한 범죄자로 이루어진 그룹이었다. 나는 강간 살해범의 범행 방식에 특별한 관심이 있었기 때문에 해당 범죄자를 인터뷰하고 싶었다. 그래서 죄수들에게 이 형무소에 강간 살인을 저지른 자가 있느냐고 물어보았다.

"아, 찰리 데이비스가 있죠." 한 죄수가 대답했다. 그러나 나머지 죄수들은 데이비스가 FBI 요원은 상대도 하지 않을 거라고 말했다.

아무튼 누군가가 형무소 마당에 나와 있던 데이비스에게 가서 나의 의도를 전달했다. 놀랍게도 데이비스는 우리가 앉아 있는 데로 건너와 합류했다. 호기심 때문이었는지 따분함을 죽이기 위해서였는지 이유는 확실하지 않았다. 아무튼 죄수들이 시간은 남는데 할 일은 별로 없다는 사실이 우리에게 유리하게 작용했다고 생각한다.

인터뷰를 시작한 초기부터 나는 형무소를 찾아가 인터뷰를 할 때는 인터뷰 당사자에 대해 사전에 충분히 연구했다. 경찰 보관 서류, 범죄 현장 사진, 검시 보고서, 재판 기록 등 범행의 동기나 범인의 인성에 대해서 알 수 있는 자료는 모두 훑고 갔다. 그렇게 해야 죄수가 수사관을 상대로 심심풀이 혹은 시간 죽이기 게임을 펼칠 생각을 못하고, 처음부터 솔직하게 털어놓게 할 수 있다. 그러나 찰리 데이비스의 경우엔 그런 준비가 없었다. 그래서 나는 그 사실을 찰리에게 미리 알려주고 국면을 유리하게 끌고 나갈 생각을 했다.

데이비스는 196센티미터에 덩치가 커다란 친구였다. 30대 초반이었고 면도를 깨끗이 한 데다 머리를 단정하게 빗었다. 나는 대뜸 사전 준비가 없었다고 말했다. "찰리, 내게는 한 가지 불리한 점이 있습니다. 나는 당신의 범행에 대해서 전혀 알지 못합니다."

"난 다섯 사람을 죽였습니다." 그가 대답했다.

나는 그에게 살인 현장을 묘사해보고 피살자를 어떻게 처리했는지 말해달라고 요구했다. 그에게서 들은 얘기를 요약하면 다음과 같다. 데이비스는 임시직 앰뷸런스 운전사였다. 그는 여자를 목졸라 죽인 다음, 시체를 자기 담당구역 내의 고속도로 갓길에 버렸다. 그리고 익명의 신고 전화를 받은 것처럼 꾸며 시체를 찾으러 나갔다.

그가 피살자를 들것에 싣고 있을 때, 그를 살인범으로 의심하는 사람은 아무도 없었다. 그처럼 냉정하게 연극을 꾸미는 것이 데이비스에겐 최고의 재미였고 또 스릴이었다. 아무튼 살인범의 이러한 동기와 테크닉을 알아두는 것은 나중에 다른 사건을 수사할 때 아주 귀중한 자료가 되었다.

데이비스가 여자를 목 졸라 죽였다는 사실은 그 범행이 충동적이었음을 말해준다. 그러니까 그의 일차적 목표는 살인이 아니라 강간이었다.

"당신은 정말 경찰 팬이로군요. 그러니 경찰관이 되었더라면 좋을 뻔했습니다. 시시한 임시직 앰뷸런스 운전사보다는 뭔가 힘을 행사할 수 있는 자리에 있고 싶었던 거죠?" 그는 웃음을 터뜨리더니 자기 아버지가 경찰 반장이었다고 대답했다.

나는 그에게 범죄 방식에 대해서 말해달라고 했다. 그는 우선 젊고 멋진 여자를 쫓아가서 그 여자가 식당 주차장에 주차하는 것을 봐둔 다음 아버지가 아는 경찰관의 도움을 받아 여자가 몰고 온 차의 차량 번호를 조회한다. 차주의 이름을 알아내면 식당으로 전화를 걸어 그 여자를 호출하고 여자가 전화를 받으면 주차장에 세워놓은 자동차의 미등이 켜져 있으니 어서 끄라고 말해준다. 여자가 식당 밖으로 나오면 그녀를 잽싸게 납치해, 그녀의 차 혹은 데이비스의 차에 처넣고 수갑을 채운 뒤 다른 곳으로 끌고 간다.

그는 마치 회고록을 쓰듯 다섯 번의 살인을 순서대로 자세하게 묘사했다. 마지막 다섯 번째 여자 얘기를 할 때는 여자의 시체를 운전석 옆에 눕히고 담요로 얼굴을 덮어주었다고 말했다. 그는 담요로 여자의 얼굴을 덮어준 사실을 제일 먼저 언급했다.

그때 나는 대화의 흐름을 이렇게 한번 휘저었다.

"찰리, 당신에 대해서 몇 가지 맞혀볼까요? 당신은 이성 관계가 원만하지 못했어요. 첫 번째 여자를 죽였을 때는 금전상 문제가 있었어요. 그때 20대 후반이었던 당신은 직업이 당신의 능력에 훨씬 못 미친다고 생각했겠죠. 그래서 당신은 모든 것이 짜증스럽고 못마땅했지요. 한마디로 말해서 될 대로 되라는 식이었어요."

그는 단지 고개를 끄덕이기만 했다. 내가 한 말은 평범한 넘겨짚기였다. 특별히 예측하기 어렵거나 짐작하기 어려운 얘기가 아니었다. 나는 계속 말을 이었다.

"당신은 술을 많이 마셨을 겁니다. 그래서 빚을 졌죠. 동거 중인 여자와 대판 싸움을 벌였을 겁니다(그는 여자와 동거 중이라는 말은 안 했지만 나는 그 사실을 확신했다). 그리고 일이 온통 엉망으로 되어버린 날 밤에는 사냥을 나섰지요. 그렇지만 동거 중인 여자는 건드리지 않았습니다. 그래야 범행을 다른 사람에게 뒤집어씌울 수 있으니까요."

나는 데이비스의 몸짓이 서서히 내 말에 반응하고 있음을 느꼈다. 그래서 얼마 안 되는 정보를 밑천으로 추리를 계속했다.

"그런데 마지막 여자는 아주 부드럽게 죽였습니다. 다른 네 여자와는 달랐어요. 그녀를 강간한 다음에 옷을 입게 해주었지요. 그리고 죽인 다음에는 얼굴까지 덮어주었어요. 왜 그랬을까요? 다른 네 여자에게는 그렇게 하지 않았습니다. 그러니까 앞의 네 번의 살인과는 달리, 이 마지막 살인은 괜히 저질렀다는 찜찜한 기분이 들었을 겁니다. 그렇지 않습니까, 찰리?"

범죄자들이 열심히 귀 기울인다는 것은 내 말에 일리가 있다는 뜻이다. 나는 죄수들과의 인터뷰에서 이 사실을 알았고 그 뒤 다른 수사에서도 이를 요긴하게 써먹었다. "그 여자가 당신에게 무슨 말을 했는데, 당신은 그 말을 듣고 죽일까 말까 망설였습니다. 그렇지만 결국 죽이고 말았지요."

갑자기 데이비스는 얼굴이 홍당무처럼 빨개졌다. 그는 몽환의 상태에 빠져들었다. 나는 그가 그때의 살인 현장으로 되돌아가 있다는 것을 알았다. 그는 더듬거리는 목소리로 이렇게 말했다.

"그 여자는 남편의 건강이 좋지 않아 걱정된다고 말했어요. 남편이 중병이 들어 언제 죽을지 모른다고 하더군요."

그건 그 여자가 순간적으로 지어낸 이야기일 수도 있고 아닐 수도 있었다. 나는 그 말의 진위까지는 알 수가 없었다. 그렇지만 그 말이 데이비스의 마음을 움직였다.

"그렇지만 나는 변장을 하지 않고 있었어요. 그녀가 내가 누구인지 알고 있었기 때문에 죽일 수밖에 없었죠." 나는 잠시 뜸을 들이다가 물었다. "혹시 그녀의 시체에서 작은 물건 같은 것을 가져오지는 않았습니까?"

그는 고개를 끄덕이더니 그녀의 지갑을 뒤졌다고 말했다. 그리고 거기서 크리스마스 때 남편과 아이와 함께 찍은 사진을 가져갔다고 했다.

나는 전에 찰리 데이비스를 단 한 번도 만난 적이 없었다. 그렇지만 이제 그의 이미지를 확실하게 그려낼 수 있었다. "찰리, 그녀의 무덤을 찾아갔지요?" 그의 얼굴이 다시 빨개졌다. 찰리는 신문에 난 기사를 읽고 그 여자가 어디에 묻혔는지 알아냈다고 대답했다. "당신은 그 여자를 죽인 사실을 마음속으로 미안해했습니다. 그래서 무덤을 찾아갔지요. 그 여자 무덤에 뭔가 가져가서 놓고 왔죠?"

다른 죄수들은 마른침을 삼키며 조용히 경청하고 있었다. 그들은 데이비스가 그렇게 쩔쩔매는 것을 이제까지 본 적이 없었다. 나는 대답을 채근했다. "당신은 그 무덤에 뭔가를 가져갔어요. 찰리, 가져간 게 뭐였지요? 그 사진을 가지고 갔죠?" 그는 다시 머리를 끄덕이더니 고개를 푹 숙였다.

다른 죄수들은 내가 마술을 부리고 있는 게 아닐까, 혹은 모자에서 토끼를 꺼내는 것은 아닐까, 하고 생각했을 것이다. 그러나 그건 결코 마술이 아니었다. 물론 나는 많은 부분을 추측했지만 그 추측은 나와 내 동료가 그때까지 열심히 수집한 수많은 배경 조사, 연구 자료, 경험 등에 입각한 것이었다. 가령 살인범들이 피살자의 무덤을 찾아간다는 케케묵은 사실은 누구나 알고 있다. 하지만 그들이 그렇게 행동하는 것은 우리가 일반적으로 생각하는 이유 때문만은 아닌 것이다.

행동은 인성의 반영이다.

우리의 프로파일링 작업이 절대적으로 필요한 이유 중의 하나는 흉악 범죄 자체의 성격이 바뀌고 있기 때문이다. 우리는 대부분의 대도시에서 골치를 썩이는 마약 관련 살인사건과 거의 매일 발생하여 국가적 수치가 되고 있는 권총 범죄에 대해서 잘 알고 있다. 그러나 대부분의 범죄는, 특히 흉악 범죄는 서로 알고 있는 사람들 사이에서 일어났다.

그러나 대부분의 범죄가 면식범의 소행이라는 얘기는 더는 통하지 않는다. 1960년대까지만 해도 이 나라의 살인사건 중 90퍼센트 이상이 해결되었다. 그러나 지금은 그렇지 못하다. 과학과 기술이 놀라울 정도로 발전했고, 컴퓨터 시대가 도래했으며, 더 훌륭한 자질을 갖추고 더 고도의 훈련을 받은 좋은 경찰관이 엄청나게 많아졌는데도 살인율은 점점 더 올라가고 있다. 그에 비해 해결률은 점점 떨어지고 있다. 점점 더 많은 범죄가 '낯선 사람'에 의해 혹은 '낯선 사람'을 상대로 행해지고 있는 것이다. 많은 사건의 경우 특별한 범행 동기가 없으며 그 결과 명확하거나 '논리적'인 동기를 찾아낼 수가 없다.

전통적으로 볼 때 대부분의 살인사건이나 강력 사건은 경찰이 비교적 이해하기 쉬운 것들이었다. 그 범죄들은 분노, 탐욕, 질투, 물질적 욕심, 복수심 등 극도의 악감정이 폭발하면서 발생한다. 일단 이런 감정적 문제가 해결되면 그 범죄나 범죄 행각은 저절로 끝났다. 바꾸어 말하면 관련자 한 사람이 피살되는 것으로 사건은 종결되는 것이다. 그러면 경찰은 누가 유력 용의자이고 어떻게 해야 그를 찾아낼 수 있는지 파악했다.

그러나 최근 들어 전혀 새로운 양상의 강력 범죄가 표출하기 시작했다. 소위 연쇄 살인사건이 그것이다. 이 살인범은 잡히거나 사살될 때까지 범행을 멈추지 않는다. 오히려 살인 건수가 늘어감에 따라 더 많은 경험을 축적하여 살인행각이 점점 노련해진다. 그렇게 하여 살인 시나리오를 더욱 완벽하게 만들어간다. 나는 표출이라는 말을 썼는데 왜냐하면 '그'는 늘 우리 가운데에 존재하기 때문이다. 그런 유형의 범죄자는 1880년대의 런던에서 매춘부들을 연쇄적으로 살해한 잭 더 리퍼Jack the Ripper가 효시라고 알려져 있는데, 사실은 그전부터도 우리(사람) 중에 존재해왔던 것이다. 내가 '그'라는 말을 써서 연쇄 살인범이 남자임을 은연중에 내비친 이유는 이 책의 뒷부분에서 차차 밝히겠지만, 거의 모든 연쇄 살인범이 남자이기 때문이다.

아무튼 연쇄 살인은 오래전부터 있었던 현상이다. 현재까지 전해져오는 마녀, 늑대 인간, 흡혈귀의 전설은 고대 혹은 중세에도 이미 연쇄 살인사건이 있었다는 것을 은연중에 보여준다. 이들의 범행은 너무나 끔찍해서 중세 유럽이나 식민 시대 미국의 소읍에 사는 사람들은 그런 변태행위를 이해하지 못했다. 그래서 당시의 사람들은 그런 괴물 같은 인간을 설명하기 위해 마녀, 늑대 인간, 흡혈귀와 같은 초자연적 존재를 만들어낸 것이다. 그런 흉악한 연쇄 살인범을 선량한 사람과 똑같은 존재로 취급할 수는 없었으리라. 그러나 오늘날 우리는 그런 끔찍한 연쇄 살인이 도처에서 벌어지고 있음을 잘 알고 있다.

연쇄 살인범이나 연쇄 강간범은 모든 강력범들 중에서도 가장 예측을 불허하고 가장 불가해한 인성을 갖고 있다. 그래서 가장 검거하기 어렵다. 그들은 위에 열거한 몇 가지 기본적인 요인보다 훨씬 더 복잡한 요인들에 의해 범행 동기가 유발되기 때문이다. 따라서 그들의 범행 유형은 혼란스럽기 짝이 없으며, 또 인간의 기본적인 감정인 동정심, 죄의식, 후회 등은 아예 무시하는 경향이 있다.

그래서 때로는 그들처럼 생각하는 것이 그들을 잡는 유일한 방법이기도 하다.

이렇게 말하면 내가 이제부터 연쇄 살인범을 잡아내는 '구체적인 수사 방법'의 비결을 말하려나 보다 하고 생각하는 사람이 있을지도 모르겠다. 그래서 한 가지 분명히 짚고 넘어가야겠다. 내가 이 책을 통해 하고자 하는 것은 범죄 인성 프로파일링, 범죄분석, 기소 전략 등에 대한 행동적 접근의 개발 과정을 개괄적으로 설명하는 것이지, '구체적인 방법'을 이야기하려는 것이 아니라는 점이다. 구체적 방법은, 설혹 내가 이야기할 의사가 있다 하더라도, 이 책의 범위를 넘어서는 일이다. 그 첫 번째 이유는 우리 부서(수사지원부)에 스카우트된 고도로 숙련된 FBI 요원들을 대상으로 구체적 방법론을 가르치는 데만도 2년이 걸리기 때문이다. 두 번째 이유는 범인이 체포를 피할 목적으로 또 경찰 수사에 혼선을 주려고 범죄 현장에서 아무리 똑똑하게 처신해도, 반드시 현장에 어떤 행동 단서를 남긴다는 것이다. 우리 부서는 바로 여기에서부터 프로파일링 전략을 풀어나간다. 그러니까 이 책에서는 범죄 현장에서 어떻게 개괄적인 프로파일링 전략을 수립할 것인가에 더 중점을 두게 될 것이다.

수십 년 전 아서 코넌 도일은 셜록 홈스의 입을 통해 이렇게 말했다. "특이성은 가장 확실한 단서이다. 어떤 범죄가 너무 평범하여 특이성이 없다면 그만큼 범인을 잡아내기가 어려워진다." 이를 바꾸어 말하면 범인의 행동 양태에 관한 정보가 많으면 많을수록, 현지 경찰에게 더 많은 프로파일과 분석을 제공할 수 있다는 이야기이다. 현지 경찰의 입장에서 보면 프로파일의 정확도가 높아야 용의선상에 오른 인물들의 범위를 좁혀서 종국에는 진범을 잡아낼 수 있다.

말이 나온 김에 우리 부서가 하지 않는 일 한 가지를 더 말해두어야 할 것 같다. 콴티코에 자리잡은 FBI의 강력 범죄 분석 중앙센터의 한 부서인 우리 수사지원부는 범인을 잡지 않는다. 다시 말하면 우리는 '직접 범인을 잡지는 않는다.' 범인 체포는 물론 현지 경찰의 몫이다. 현지 경찰은 엄청난 스트레스를 꿋꿋이 견뎌내면서 그들의 일을 잘해내고 있다. 우리 수사지원부가 하는 일은 문자 그대로 현지 경찰의 수사를 '지원'하는 것이다. 범인을 꾀어낼 수 있는 전향적 수사기술을 조언하고, 현지 경찰이 범인을 잡은 후에는 검사가 기소, 재판 과정에서 피고의 진정한 인성을 밝혀내도록 도움을 주는 전략을 수립한다. 다시 반복하지만 범인을 잡는 것은 현지 경찰이지 우리가 아니다.

우리는 방대한 조사 자료와 특별한 경험이 있기 때문에 이런 일들을 수행해낼 수 있다. 가령 중서부 지방의 한 경찰서는 끔찍한 연쇄 살인을 처음 경험했지만, 우리는 유사 사건을 수백 건, 아니 수천 건 다루어본 것이다. 나는 내 부하 요원들에게 늘 이렇게 말한다. "어떤 화가에 대해서 알고 싶으면 그 사람을 보지 말고 그림을 보라." 우리는 지난 수십 년 동안 수많은 '그림'을 봤고 가장 유명한 '화가'들을 상대로 폭넓은 인터뷰를 해왔다.

우리 수사지원부의 전신은 FBI의 행동과학부인데 이 부서의 일이 과학적으로 발전되어 1970년대 후반과 1980년대 초에 현재의 수사지원부로 발족했다. 우리 부서의 일을 극화하여 영예롭게 장식해준 대표적인 작품으로는 토머스 해리스의 베스트셀러 《양들의 침묵》이 있다.* 하지만 이런 작품에는 상상이 가미되었고 극적인 효과를 내기 위해 과장된 것도 있다. 우리 부서가 하는 일은 범죄 현장보다는 범죄 소설에서 그 기원을 찾아볼 수 있다. 가령 에드거 앨런 포(1809~1849)의 소설이 좋은 예이다. 포는 1841년 지금은 고전이 된 〈모르그 가의 살인〉이라는 단편을 발표했는데, 이 소설에 나오는 C. 오귀스트 뒤팽은 역사상 최초의 행동 프로파일러라고 할 수 있다. 이 소설에서는 프로파일러가 전향적인 수사기

---

* 이 소설에 등장하는 행동과학부의 과장 잭 크로포드는 존 더글러스를 모델로 했다.

술을 동원하여, 정체 미상의 범인을 밝혀냄으로써 무고하게 감금된 피의자의 무죄를 입증한다.*

포는 이미 150년 전에 법의학적 증거만으로는 동기가 성립될 수 없는 끔찍한 범죄를 해결할 수가 없음을 간파하고 프로파일링의 필요성을 깨달은 선각자였다. 포는 이렇게 썼다. "정상적인 수단이 없을 때, 분석가는 상대의 마음속으로 들어가 그 마음과 자기의 마음을 일치시켜야 한다. 그렇게 함으로써 범인이 실수하거나 계산 착오를 하도록 교묘히 끌어들이는 유일한 방법을 직관적으로 알아낸다. 이렇게 하면 좋은 수가 빈번하게 발견된다."

이런 점에서 우리 수사지원부의 요원들은 포의 정신적 후계자인 셈이다. 포의 주인공과 우리 요원들은 비록 작은 것이긴 하지만 한 가지 더 비슷한 점이 있다. 뒤팽은 햇빛과 외부의 침입을 차단하기 위해 창문과 커튼을 꼭꼭 닫아놓은 자기 방에서 혼자 작업하는 것을 좋아했다. 내 부하와 내가 일하는 사무실도 그의 근무 환경과 유사하다. 콴티코의 FBI 아카데미에 있는 우리 사무실은 지하의 창문 없는 공간에 있다. 국가에 비상사태가 발생하더라도 연방경찰 기관이 안전하게 기능할 수 있도록 하려는 보안 조치인 것이다. 우리는 종종 우리 자신을 강력 범죄 분석에 몸바친 국가의 '수인囚人'이라고 부른다. 지하 18미터 지점에서 근무하는 우리는 죽은 사람보다 열 배는 더 깊은 땅속에서 생활한다.

영국의 소설가 윌키 콜린스(1824~1890)도《흰 옷을 입은 여인》(실화를 바탕으로 한 추리소설)과《문스톤》이라는 두 편의 선구자적

---

* 모르그 가에서 살인사건이 벌어졌는데, 여러 증인들은 살인 현장에서 난 범인의 목소리가 에스파냐어, 프랑스어, 도이칠란트어, 러시아어였다고 서로 다른 증언을 했다. 이때 탐정인 뒤팽은 범인의 목소리가 그 어떤 언어와도 닮지 않았다는 점에 착안, 범인은 오랑우탄임을 명쾌하게 밝혀냈다.

추리소설에서 프로파일링 기법을 사용하고 있다. 그러나 프로파일링이라고 하면 아무래도 아서 코넌 도일(1859~1930)이 창조해낸 불후의 인물 셜록 홈스를 들어야 할 것이다. 가스등이 켜진 뿌연 빅토리아 시대의 런던을 배경으로 활약한 홈스는 범죄 수사 분석(프로파일링)이라는 새로운 수사기술을 온 세상에 과시했다. 이 셜록 홈스를 닮았다는 말을 듣는 것이야말로 형사로서 들을 수 있는 최고의 찬사일 것이다. 몇 년 전 나는 미주리에서 한 살인사건 수사에 참여하고 있었다. 그때 〈세인트루이스 글로브-데모크래트〉라는 신문은 나를 가리켜 'FBI의 현대판 셜록 홈스'라는 헤드라인을 뽑은 적이 있었다. 나는 그 기사를 보고 자부심으로 가슴이 뿌듯해졌다.

소설 속의 홈스가 각종 복잡한 사건을 명쾌하게 해결하던 빅토리아 시대의 런던에서, 이스트엔드 지구의 매춘부들만 골라 연쇄살인을 저지른 잭 더 리퍼라는 흉악범이 실존했다는 것도 흥미롭다. 물론 한 사람은 소설 속의 주인공이긴 하지만, 이 두 인물은 법의 양극단에, 그리고 현실과 상상이라는 또 다른 양극단에 존재하며 수많은 사람들의 주목을 받았다. 그래서 코넌 도일 숭배자들이 쓴 여러 종의 '현대판' 셜록 홈스 이야기는 홈스를 그 미해결의 화이트채플 연쇄 살인사건*에 투입하곤 한다.

1988년 나는 전국적으로 방영된 텔레비전에 출연하여 잭 더 리퍼 사건을 분석해달라는 요청을 받았다. 너무나도 유명한 이 미해결 사건에 대한 나의 결론은 이 책의 뒷부분에서 상술하기로 하겠다.

에드거 앨런 포의 〈모르그 가의 살인〉이 나온 지 100년, 그리고

---

* 잭 더 리퍼가 저지른 사건.

셜록 홈스가 명성을 떨친 지 50년이 지나서야 행동 프로파일링이 소설책에서 뛰쳐나와 현실에 등장하게 되었다.

1950년대 중반, 뉴욕 시는 '미친 폭탄'의 연쇄 폭발사건으로 골치를 썩고 있었다. 그 폭발사건은 무려 15년 동안 30여 건이나 줄기차게 발생하여 사람들을 놀라게 했다. 범인은 그랜드센트럴 역, 펜실베이니아 역, 라디오시티 뮤직홀 등 공공 건물만 골라 폭탄을 설치했다. 당시 브루클린에서 무럭무럭 자라는 아이였던 나는 이 사건을 아주 잘 기억하고 있다.

이것저것 다 해보아도 뾰족한 수가 없던 경찰은 1957년 그리니치 빌리지에 사는 정신분석의 제임스 A. 브러셀 박사를 초빙하여 폭발 현장의 사진과 범인이 경찰에 보낸, 조롱을 담은 편지들을 검토해달라고 의뢰했다. 브러셀 박사는 범인의 행동 패턴을 면밀히 검토하여 몇 가지 구체적인 의견을 내놓았다. 우선 범인이 아버지를 증오하고 어머니를 병적으로 사랑하는 편집증 환자이며 코네티컷 주의 한 도시에 살고 있다는 것이다. 브러셀 박사는 프로파일 자료를 서면으로 작성했는데, 말미에서 경찰에게 이렇게 권고했다.

중년의 뚱뚱한 남자를 찾아보십시오. 외국에서 태어났고 로마 가톨릭 신자로 말입니다. 독신에 남동생이나 여동생과 함께 살고 있을 겁니다. 만약 체포된다면 범인은 더블버튼 슈트를 입고 있을 확률이 높아요. 틀림없이 슈트 단추를 꼭 잠그고 있을 겁니다.

범인이 보낸 편지를 근거로 경찰은 범인이 뉴욕 시의 전력 회사인 콘솔리데이티드 에디슨*의 현직 혹은 전직 직원으로, 불평불만이 많은 자였을 가능성이 크다고 판단했다. 그래서 그 회사 직원 중 브러셀 박사의 프로파일에 부합하는 사람들을 가려나갔다. 그랬더니 조지 메테스키라는 인물이 부상했는데, 그는 폭탄사건이 발생하기 직전인 1940년대에 콘에드에 근무한 적이 있었다. 경찰은 어느 날 저녁 코네티컷 주의 워터베리로 메테스키를 잡으러 갔다. 과연 그는 뚱뚱하고, 독신이고, 중년인 데다 외국에서 태어난 로마 가톨릭 신자였다. 브러셀 박사가 적어준 프로파일과 단 하나 틀린 곳이 있다면 남동생이나 여동생과 함께 살고 있는 것이 아니라, 시집 안 간 두 여동생과 함께 살고 있다는 것뿐이었다. 경찰관이 메테스키더러 경찰서까지 함께 가자고 했을 때, 그는 잠시 기다리라고 하고는 몇 분 뒤 침실에서 나왔는데, 과연 단추를 얌전히 잠근 더블버튼 슈트를 입고 있었다!

브러셀 박사는 어떻게 그리도 정확하게 예측했느냐는 질문에 이렇게 대답했다. 정신분석의는 보통 환자를 진찰한 후에 그 개인이 특정 상황에서 어떻게 반응할지를 합리적으로 예측한다. 브러셀 박사는 이 점에 착안하여 정신분석의가 신경증 환자를 치료하는 과정을 역순으로 적용했고 폭파 현장의 행동 양식에서 그 범인의 개성을 드러내는 프로파일을 작성한 것이다.

근 40년이 지난 오늘에 와서 회고해보는 '미친 폭탄' 사건은 그리 해결하기 어려운 사건도 아니다. 그러나 당시 브러셀 박사가 내놓은 프로파일은 획기적인 것이었고 행동과학이라고 불리는 수사 기술의 발전에 뚜렷한 이정표를 세웠다. 그 후 '보스턴 교살범' 사

* 이하 콘에드로 통일.

건 수사를 위해 보스턴 경찰과 협력하기도 한 브러셀 박사는 이 분야의 진정한 선구자였다.

뒤팽이나 홈스 같은 소설 속의 탐정, 또는 실제 인물이었던 브러셀, 그리고 그 뒤를 잇는 우리 부서의 요원들이 하는 수사 방식을 '연역적 방식'이라고 하지만, 실제로는 '귀납적'이라고 보는 것이 더 타당하다. 특정 범죄의 몇 가지 특수 요인을 파악하여 거기에서 더 큰 결론을 얻어내기 때문이다. 내가 1977년 콴티코로 전보되었을 때, 행동과학부의 강사들, 예를 들면 개척자인 하워드 테텐 같은 이는 경찰 기간 요원들이 내셔널 아카데미의 강의실에 제출한 사건들을 해결하기 위해 브러셀 박사의 방식을 적용하고 있었다. 그러나 당시만 해도 그것은 일화를 소개하는 수준이었고 치밀한 자료가 뒷받침되지는 못했다. 이것이 내가 콴티코의 요원이 되었을 당시 행동과학의 현주소였다.

나는 지금껏 UNSUB(정체 미상의 범인)의 입장과 그의 마음으로 들어가는 것이 대단히 중요하다고 역설해왔다. 그러나 우리의 조사와 경험을 통해 매우 고통스럽고 난처한 일이긴 하지만 피해자의 입장에서 생각하는 것도 똑같이 중요하다는 것을 알았다. 피해자가 끔찍한 범죄 상황에서 어떻게 반응하는지 확실하게 알아야 범인의 행동과 반응을 완벽하게 이해할 수 있기 때문이다.

범인을 알기 위해서는 그의 범죄를 살펴야 한다.

1980년대 초, 조지아 주 농촌 지역의 소읍에 위치한 한 경찰서에서 내게 당혹스런 사건을 하나 자문해왔다. 시골 중학교 배턴걸*이자 예쁘장한 12세 소녀가 자신의 집에서 약 90미터 떨어진 학교

---

* 행진하는 악대의 리더.

버스 정류장에서 유괴되었다는 것이다. 옷이 반쯤 벗겨진 그녀의 시체는 납치 현장에서 약 16킬로미터 떨어진 숲속 오솔길에서 발견되었다. 그녀는 성폭행을 당했고 머리에는 둔기에 맞은 흉터가 있었다. 시체 옆에는 피가 엉겨붙은 큰 돌덩이가 놓여 있었다.

나는 사건 분석에 앞서 이 소녀의 정보를 가능한 한 많이 파악하려고 했다. 그녀는 영리하고 예쁘지만 여전히 12세에 불과한 어린 소녀였다. 그러니까 20대로 보이는 조숙한 10대 여학생은 아니라는 얘기다. 그녀를 잘 아는 사람들은 한결같이 그녀가 난잡하지도 경박하지도 않다고 말했다. 마약이나 술에는 손도 대지 않았으며 주변 사람에게 다정하고 따뜻하게 대해주었다고 했다. 부검 결과 그녀는 강간당하기 전에 성경험이 없었다.

이런 것들은 내게 아주 소중한 정보였다. 왜냐하면 이런 정보들이야말로 납치 전후에 있었던 소녀의 반응과 유괴범이 소녀와 단둘이 있었을 때 어떤 행동을 했을지 추측하게 하는 단서가 되기 때문이다. 나는 이 정보들로부터 '계획된' 살인이 아니라 깜짝 놀라 (범인은 그녀가 양팔을 활짝 벌려 환영해주리라는 황당무계한 환상에 빠져 있다가 그녀의 저항에 놀랐을 가능성이 크다) 엉겁결에 우발적으로 저지른 사건이라는 결론을 내렸다. 나는 이 결론에서부터 범인의 인성을 짚어나갔다. 그리고 현지 경찰에게 인근 대도시에 살고, 작년에도 성폭행 사건으로 용의선상에 올랐던 인물을 잘 뒤져보라는 프로파일을 제시했다. 피해자에 대한 자세한 정보를 바탕으로 그 용의자를 어떻게 심문할 것인지 심문 전략도 짜주었다. 나는 용의자가 거짓말 탐지기 테스트도 무사히 통과했으리라 생각했다. 여기서는 그 용의자가 소녀를 죽였고 그 전년도에 다른 여자를 강간한 적이 있었음을 자백했다는 점만 우선 밝히고, 이 가슴 아픈 사건에 대해서는 책 뒷부분에서 자세히 기술하겠다. 어쨌든 범인은 재판에서 유죄로 사형 선고를 받고 현재 조지아 형무소에서 사형 대기수로 있다.

우리는 교육을 받으러 내셔널 아카데미에 들어오는 FBI 요원들이나 기간 경찰 요원들에게 범죄자 인성 프로파일링이나 범죄 현장 분석을 강의할 때, 무엇보다도 범죄의 전모를 파악하라고 강조한다. 프로파일링 기본 과정을 강의하다가 1993년 수사국에서 은퇴한 내 동료 로이 헤이즐우드는 '무엇을, 누가, 왜'라는 세 개의 의문과 단계로 이 분석을 구분했다.

'무엇'이 발생했나? 이 질문에는 범죄와 관련된 행동의 중요 사항이 모두 포함되어 있다.

'왜' 그런 식으로 발생했나? 가령 왜 살인한 다음에 시체를 도륙했나? 왜 귀중품을 가져가지 않았나? 왜 강제 침입하지 않았나? 이 범죄에서 중요 행동 요인들을 설명하는 이유들은 무엇인가?

그러면 자연스럽게 다음과 같은 질문을 하게 된다.

'누가' 그런 이유로 그 같은 범죄를 저지를 수 있을까?

바로 이런 것들을 조사하는 것이 우리의 일이다.

참담했던 청춘 시절

어머니의 결혼 전 성은 홈스였다. 그리고 부모님은 나의 가운데 이름으로 평범한 에드워드 대신 홈스를 선택했다.

이제 보니 나의 가운데 이름을 빼고는 내가 미래에 마인드헌터* 나 범죄자 프로파일러가 될 것을 예고해주는 조짐은 전혀 없었다.

나는 퀸스 지구와 이웃해 있는 뉴욕 브루클린에서 태어났다. 아버지 잭은 '브루클린 이글'의 인쇄공이었다. 내가 여덟 살 때 그 일대의 범죄율이 자꾸 증가하는 것을 우려한 아버지는 롱아일랜드의 헴프스테드로 이사했다. 당시 아버지는 롱아일랜드 식자공 노동조합의 위원장이었다. 나보다 네 살 위인 누나 알린은 어릴 적부터 운동과 공부에 두각을 나타낸 집안의 스타였다.

나는 평균 B마이너스 혹은 C플러스 학점을 받는 학생으로, 공부는 그리 잘하지 못했다. 하지만 공손하고 부드러운 성격 때문에 러들럼 초등학교 선생님들 사이에서 인기가 있었다. 나는 동물을 좋아해서 개, 고양이, 토끼, 비단털쥐, 뱀 등을 번갈아가며 키웠다. 어

---

* 인적자원 스카우터를 헤드헌터라고 하듯 범죄자의 심리 상태를 이용, 검거를 지원하는 수사관을 마인드헌터라 부름.

머니는 내 꿈이 수의사라는 것을 알고 각종 동물의 사육을 흔쾌히 허용했다. 동물들과 친하다는 것은 수의사라는 번듯한 직업을 미리 준비하는 것이었으므로 그런 취미 활동을 장려했던 것이다.

학교 생활에서 내가 열의를 보인 유일한 분야는 남에게 이야기하는 것이었다. 이 점은 후에 범죄 수사관이 되는 데 도움이 되었을지도 모르겠다. 강력계 형사와 범죄 현장 분석가는 서로 관련이 없어 보이는 흩어진 단서들을 한데 모아 그럴듯한 시나리오를 짜내야 한다. 특히 희생자가 자신의 피해 상황을 직접 얘기해줄 수 없는 살인사건에서는 이야기를 만들어내는 능력이 매우 요긴하다.

나는 숙제를 안 해서 곤란에 빠지면 이 재능을 이용해 상황을 모면하곤 했다. 중학교 3학년 때였다. 소설을 한 권 읽고 친구들 앞에 나가 줄거리를 말로 요약하는 숙제를 해야 했다. 그러나 나는 게으름을 피우다 책을 읽지 못하고 말았다. 드디어 내 차례가 돌아오자 가짜 책 이름, 가짜 저자를 꾸며 이야기를 시작했다(지금도 내가 어떻게 그리도 뻔뻔스러울 수 있었는지 모르겠다). 깜깜한 밤, 캠프파이어 주위에 둘러앉은 야영객들의 얘기였다.

나는 생각나는 대로 이야기를 꾸미며 속으로 이렇게 생각했다. '야 이거 언제까지 끌고 갈 수 있을까?' 나는 곰이 야영하는 사람들 뒤로 살금살금 걸어오는 장면까지 이야기하면서 버텼다. 그리고 곰이 막 그들을 덮치려는 순간, 스토리가 더 생각나지 않아 얘기를 중단해야 했다. 잠시 머뭇거리던 나는 지금까지 한 얘기가 실은 머릿속에서 꾸며낸 가짜였다고 실토할 수밖에 없었다. 아마도 죄의식이 작용해서 선생님께 사실대로 말했을 것이다. 그러니 범죄자의 인성을 갖고 있지는 않았던 셈이다. 나는 이제 얘기를 꾸며낸 것이 들통났으니 시험에서 떨어진 것과 같다고 생각했다. 더

구나 학급 친구들이 다 보는 앞에서 망신을 당할 판이었다. 그리고 어머니가 오늘 이 일을 알게 된다면 어떤 벌을 줄지 몰라 눈앞이 아찔했다.

그러나 놀랍게도 뜻밖의 일이 벌어졌다. 선생님과 친구들이 내 얘기가 너무 재미있다고 한 거였다. 사실 그 이야기는 내가 지어낸 것에 불과하다고 하자, 이구동성으로 이렇게 말했다. "상관없어. 그다음을 얘기해봐. 정말정말 궁금해." 그래서 잠시 정신을 차린 나는 그다음 스토리를 꾸며내 얘기를 끝마쳤고 그 결과 A를 받았다. 그 뒤 오랫동안 내 아이들에게 이 얘기를 해주지 않았다. 때로는 범죄가 효력을 발휘한다고 생각할까 봐 두려웠던 것이다. 그러나 나는 그 경험에서 귀중한 교훈을 하나 얻었다. 그것은 내가 말한 아이디어가 상대의 관심을 계속 끌 수 있으면 상대방이 내 생각에 동조해온다는 사실이었다. 이 경험은 경찰관이 된 나에게 아주 귀한 도움이 되었다. 특히 우리 수사지원부의 가치를 내 상관이나 현지 경찰들에게 납득시킬 때, 늘 이 경험을 상기했다. 그러나 사기꾼이나 범죄자들도 이와 비슷한 재능을 갖고 있다는 것을 나는 알고 있다.

어쨌든 내가 상상해낸 야영객들은 곰의 공격을 무사히 물리치고 목숨을 건졌다. 동물을 사랑했던 진짜 내 의도와는 거리가 먼 결론이었다. 당시 나는 수의사가 되겠다는 생각을 굳히고 있었고, 그에 대한 준비로 뉴욕 주 북부에 있는 목장에서 세 번의 여름을 보냈다. 그것은 코넬 대학교의 수의과 대학이 지원하는 코넬 농장 지도자 프로그램의 일환이었고, 도시 학생이 교외로 나가 자연과 더불어 생활할 수 있는 좋은 기회였다. 그런 특혜에 대한 대가로 주당 15달러를 받으면서 일주일에 70에서 80시간을 일해야 했다. 학교

친구들은 존스 해변으로 내려가 한가하게 여름을 보내고 있었는데 말이다. 이후 젖소의 젖을 짜본 적은 없었지만 그렇다고 내 인생에 커다란 구멍이 났다고 느끼지는 않았다.

나는 이처럼 육체노동을 했기 때문에 자연히 운동에 알맞은 체격을 갖게 되었다. 사실 스포츠는 내가 동물 사육 다음으로 열광하는 것이기도 했다. 헴프스테드 고등학교에서는 야구부의 투수로 활약했고, 미식축구부에서는 태클 전문 수비수를 맡았다. 지금 와서 그 시절을 회고해보니, 이 시기에 처음으로 인성 프로파일링에 대한 관심이 표출되었던 것 같다.

나는 투수에게 빠른 볼과 정확한 제구력은 전력의 절반밖에 안된다는 것을 금세 알아차렸다. 꽤 빠른 직구와 예리한 슬라이더를 구사했지만 고등학교 투수쯤 되면 그 정도 볼은 누구나 던질 줄 안다. 문제는 타석에 들어선 타자의 심리를 재빨리 읽어내는 거였다. 그러려면 두둑한 자신감을 내보이면서 타자를 주눅들게 해야 했다. 훗날 나는 경찰관이 되어 수사기술을 개발하면서 형사와 범인과의 관계는, 투수와 타자의 관계와 아주 유사하다는 것을 알았다.

고등학교때 나는 이미 키가 188센티미터였다. 그래서 큰 키를 유리하게 써먹었다. 우리 야구팀은 강한 리그전에 나가면 그저 그런 평범한 팀이었다. 나는 내·외야수들을 이끄는 임무는 투수의 몫이며 투수의 자신감 여부가 팀 전체의 사기를 결정한다는 것을 알고 있었다. 고등학교 투수 치고는 꽤 훌륭한 제구력을 갖고 있던 나는 상대팀 타자에게 그 사실을 숨겼다. 오히려 예측 불가능한 무모한 투수처럼 보이려고 애썼다. 그렇게 해야 타석에 들어선 타자의 얼을 빼놓을 수 있었던 것이다. 그러면 타자들은 나를 얕잡아보고 타석에서 전력을 다하지 않았다. 그들은 내가 무모한 투수라고 생각하고 괜히 볼에 손을 대 스트라이크 아웃을 당할 필요가 없다고 생각했다. 그렇게 심리적 무장해제를 시켜놓은 다음 마음먹은 곳에 공을 던지면 되는 것이었다.

반면 헴프스테드 고등학교의 미식축구팀은 강팀이었다. 나는 몸무게가 86킬로그램인 수비 전담 라인맨이었다. 미식축구에서도 역시 게임의 심리적 측면을 잘 이용하면 유리하게 상황을 이끌 수 있다는 것을 알았다. 나는 미친놈처럼 툴툴거리고 신음을 질러대면 나보다 덩치가 큰 상대도 제압할 수 있다고 생각했다. 그래서 곧 우리 팀의 다른 라인맨들도 나처럼 하게 했다. 이런 경험 덕분에 훗날 법정에서 정신이상을 방어 논리로 내세우는 피고의 마음을 꿰뚫어보는 기술을 갖게 되었다. 어느 사람이 미친 척한다고 해서 그가 반드시 미친 것은 아니라는 사실을 이미 경험으로 알고 있던 것이다.

1962년 우리는 롱아일랜드의 가장 우수한 고등학교 미식축구팀에 수여하는 소프상을 놓고 완타그 고등학교와 격돌하게 되었다. 상대 팀은 선수의 평균 몸무게가 우리 팀보다 18킬로그램이나 더 나갔다. 그래서 수많은 관중이 보는 앞에서 보기 좋게 창피를 당할 수도 있었다. 그런 상황이니 당연히 작전이 필요했다. 우리는 우선 시합 전에 몸풀기 연습을 했다. 말이 연습이었지 실은 상대팀 선수들에게 심리적 위협을 가하여 주눅들게 하려는 수작이었다. 우리 선수들은 두 줄로 도열했다. 그리고 한 선수가 다른 한 줄을 상대로 거칠게 태클을 걸었다. 말이 좋아 태클이지 몸을 날려 덮치는 거였다. 그러면 그다음 선수가 또 태클을 했다. 선수 개개인이 그렇게 태클 연습을 하는 동안 줄에 서 있던 다른 선수들은 뼈가 부서져나가는 것 같은 고통으로 신음을 내질렀고 태클해 들어오는 선수는 목청이 찢어져라 소리를 질러댔다. 우리의 연습 장면을 본 완타그 선수들은 겁먹은 표정을 지었다. 작전의 효과가 먹혀들어가는 것 같았다. 그들은 아마도 이렇게 생각했으리라. '자기네끼리 연습할 때도 저 정도로 필사적인데, 실전에서는 어떻겠어?'

그러나 그 연습 장면은 사전에 치밀하게 짠 각본에 의한 거였다. 우리는 레슬링 낙법을 미리 배워두었기 때문에 땅바닥에 쿵 소리를 내며 세게 떨어지는 시늉을 했을 뿐 실은 별로 아프지 않았다. 실전에 돌입하자 우리는 마치 그날 오후 잠시 휴가 나온, 시합이 끝나면 정신병원으로 되돌아갈 환자들처럼 거칠게 행동했다. 그 시합은 막상막하의 게임이었으나 시합의 먼지가 가라앉자 우리가 14대 13으로 이겨 소프상을 거머쥐었다.

내가 '치안 유지'라는 경험을 처음 해본 것은, 아니 내가 프로파일링을 실제로 경험한 것은, 열여덟 살 때 가스라이트 이스트라는 헴프스테드의 술집에서 경비원으로 일할 때였다. 나는 경비원 노릇을 너무 잘해서 롱비치의 서프 클럽에서도 똑같은 자리를 제의받았다. 두 술집에서 했던 주된 일은 음주 허용 연령 미만의 미성년자를, 바꾸어 말하면 나보다 어린 사람을 돌아가게 하는 것과 술집에서 반드시 일어나는 싸움을 말리는 것이었다.

나는 술집 정문 앞에 서서 나이가 의심스러운 청년에게 신분증을 보여달라고 했다. 그런 다음 그들에게 생년월일을 대라고 요구하면서 신분증과 대조했다. 이것은 표준 절차이기 때문에 누구나 알고 있었고, 그래서 그들도 미리 대비하고 왔다. 가짜 신분증을 만든 청소년이 가짜 생년월일을 못 외울 리 없었다. 나는 생년월일을 대보라고 하면서 그들의 눈을 빤히 바라보았다. 특히 여성을 상대할 때 효과가 높았다. 여성들은 어린 나이에도 상당히 성숙한 사회적 양심을 지니고 있기 때문이다. 그러나 어떻게든 술집 안으로 들어가겠다고 결심한 미성년자는 단 몇 분간 그럴듯한 연기를 해서 검문을 피할 수 있었다.

나는 줄 맨 앞에 나온 아이들을 검사하면서 동시에 서너 줄 뒤에 서 있는 아이들을 면밀히 관찰했다. 그들의 몸짓을 눈여겨보면서 그들이 불안해하는지를 살폈다. 그러면 스스로 미성년자임을 드러내는 아이가 반드시 있었다.

술꾼들의 싸움을 떼어놓는 것은 더 재미있었다. 특히 운동선수로 뛰었던 경험이 큰 도움이 되었다. 싸움꾼들은 내 눈빛을 보고 내가 예측불허의 만만치 않은 청년이라고 여겨지면 비록 나보다 덩치가 크더라도 싸움을 걸 생각을 하지 않았다. 위험이라는 말이 나왔으니 하는 얘기인데, 20년 뒤 주요 연쇄 살인범 연구를 위해 형무소를 찾아가 재소자를 직접 인터뷰하면서 우리는 전형적인 암살범의 성격이 어떤 면에서는 전형적인 연쇄 살인범의 성격보다 더 위험하다는 것을 알게 되었다. 연쇄 살인범은 만만한 상대를 골라서 범행을 하고 잡히지 않으려고 온갖 수단을 다 쓰지만 암살범은 자신의 '임무'에 병적으로 집착하며 그 임무를 성취하기 위해서는 죽을 각오를 하고 있기 때문에 물불 가리지 않는다.

그들은 사람들에게 자기의 성질을 믿게 하기 위해 늘 가면을 쓰고 있는 것이다. 그러나 사람들이 자기를 바라본다고 생각하는 순간에만 그 가면을 쓰면 연극이 잘 통하지 않는다. 나는 일리노이 주 매리언에 있는 연방 형무소에서 악명 높은 무장 강도이자 비행기 납치범인 게리 트랩넬을 인터뷰한 적이 있었다. 그는 어떤 정신병이든 꾸며내어 형무소의 정신과 의사를 속여 넘길 수 있다고 말했다. 그런 연극을 성공시키는 비결은 평소에 정신병자처럼 행동하고 생각하는 것이다. 즉 감방에 혼자 있을 때도 정신병자처럼 행동하고 생각한다는 것이다. 그리고 정신과 의사가 검진을 하러 오면 자신이 정신병자라는 '생각'마저 들지 않는다고 한다. '전문가'의 이런 조언을 듣기 훨씬 전부터 이와 비슷한 생각을 했으니, 난 아무래도 범죄자처럼 생각하는 어떤 본능적 기질을 가지고 있었나 보다.

그러나 상대방에게 겁을 주어 싸움을 말릴 수 없을 때에는 아마추어 프로파일링 기술을 이용했다. 사태가 심각해지기 전에 예방하는 차선책을 쓴 것이다. 나는 경비원으로서 약간의 경험을 쌓고 또 상대방의 행태와 몸짓을 잘 관찰하여 곧 싸움으로 이어질 행동이 어떤 것인지 알게 되었다. 그래서 싸움을 걸어오는 사람의 행동을 미리 알아보는 눈썰미가 있었다. 이런 경우에 나는 술 취한 사람이 정신을 차리기 전에 벼락같이 술집 바깥으로 쫓아내 거리의 찬바람을 쐬게 했다. 나는 대부분의 섹스 관련 살인범이나 연쇄 강간범이 희생자를 제압, 조종, 통제하는 데 능한 자라고 말해왔다. 그런 제압, 조종, 통제를 나는 이미 술집 경비원 노릇을 하면서 연마하고 있었다. 아니 최소한 배우고 있었던 것 같다.

고등학교를 졸업할 때도 나는 여전히 수의사가 되고 싶었다. 그러나 코넬 대학에 들어가기에는 아무래도 성적이 모자랐다. 내 성적으로 들어갈 수 있는 수의과 대학은 몬태나 주립대학 정도였다. 그래서 1963년 9월 브루클린에서 태어나 롱아일랜드에서 자라난 전형적인 양키 소년이 빅스카이* 고장의 중심부로 가게 되었다.

보즈먼**에서 나는 엄청난 문화적 충격을 맛보았다. "몬태나에서

* 몬태나 주의 별명.
** 몬태나 주립대학의 소재지.

소식을 보냅니다. 이곳은 사람들이 온통 남자 같고 양들은 안절부절못하는 것 같습니다." 나는 집으로 보낸 편지에 이렇게 썼다. 몬태나는 서부 변방 지대의 상투적이고 고정적인 모든 것을 상징하는 곳처럼 보였다. 동부 출신인 내겐 적어도 그렇게 보였다. 나는 시그마 파이 엡실론(대학 동아리)의 몬태나 지부에 참가했다. 거의 전적으로 그 지방 출신 학생으로 구성된 그 모임에서 나는 단연 눈에 띄는 존재가 되었다. 나는 검은 모자, 검은 옷, 검은 구두를 신고, 〈웨스트사이드 스토리〉에 나오는 배우처럼 구레나룻을 길게 기르고 다녔다. 그 당시 뉴요커는 전국적으로 이런 모습으로 인식되고 있었다.

나는 사람들의 고정관념을 최대한 이용했다. 사교 모임에서 현지 학생들은 서부 복장을 하고 투스텝 춤을 추었다. 반면 나는 그 전 몇 해 동안 텔레비전에 나오는 처비 체커의 동작을 열심히 연구했기 때문에 트위스트 춤의 각종 변형은 모조리 알고 있었다. 또 오래전부터 나를 댄스 파트너 삼아 연습해온 누나 알린 덕분에 춤이라면 자신이 있었다. 그래서 나는 곧 전교생을 상대로 댄스를 가르치는 강사 비슷한 존재가 되었다. 그때의 내 심정은 말 한마디 통하지 않는 원시 미개지로 들어가는 선교사 같았다.

나는 원래 공부는 시원치 않은 편이었다. 그런 데다가 몬태나에 와서는 공부를 뺀 나머지 일에 열중하다보니 학점이 영 말이 아니었다. 나는 이미 뉴욕 술집에서 경비원으로 일한 적이 있었다. 그런데 몬태나는 음주 허용 연령이 21세부터였다. 그 나이보다 어렸던 나로서는 실망스러운 일이 아닐 수 없었다. 하지만 불행하게도, 나는 나이 제한 따위는 개의치 않았다.

어느 날 나와 한 친구는 미혼모 보호 시설에서 만난 두 멋진 여자애들과 데이트를 하게 되었다. 그들은 나이에 비해 성숙해 보였다. 우리는 술집 앞에 차를 세웠고 나는 여섯 병들이 맥주를 사러 들어갔다.

"신분증을 제시하세요." 바텐더는 나를 보더니 말했다. 나는 교묘하게 만든 가짜 병무청 카드를 내보였다. 경비원 경험이 있던 나는 가짜 신분증의 함정과 한계에 대해서 잘 알고 있었다. 그래서 신분증 제시 따위는 전혀 겁나지 않았다.

바텐더는 카드를 힐끗 보더니 이렇게 말했다. "브루클린 출신? 내가 듣기로 동부에 사는 친구들은 다 개새끼라던데, 사실인가?" 나는 어색하게 웃었다. 그러나 술집 안에 있던 사람들이 브루클린 이라는 소리에 모두 고개를 돌렸다. 그러니 내가 가짜 신분증을 내보였다는 사실을 증언할 증인이 여러 명 생긴 셈이었다. 나는 맥주캔을 들고 주차장으로 가서 맥주를 마시면서 차를 몰았다. 그런데 나도 모르는 사이 한 여자애가 맥주 캔을 차의 트렁크에 놓아두었다.

그때 느닷없이 경찰 사이렌 소리가 들려왔다. 경찰관이 우리 차를 세웠다. "차에서 내려."

그래서 우리는 시키는 대로 했고 경찰관은 우리의 몸을 수색하기 시작했다. 나는 그것이 불법 수색이라는 것을 알았다. 하지만 감히 입 밖으로 말할 수는 없었다. 그 경찰관이 다른 애의 몸을 뒤지려고 허리를 숙이는 순간 권총과 경찰봉이 내 쪽으로 노출되었다. 그 순간 황당하게도 저 곤봉을 낚아채서 경찰관의 머리를 갈겨버리고 권총을 집어들어 도망쳐버릴까 하는 생각을 했다. 그러나 앞날을 생각해서 그렇게 하지는 않았다. 그건 그저 어이없는 황당한 생각일 뿐이었다. 나는 가짜 신분증을 재빨리 꺼내 팬티 속에 집어넣었다.

그는 우리 네 명을 서로 데리고 갔다. 그리고 우리를 각각 분리해놓았다. 나는 경찰관이 뭘 하려는지 알았기 때문에 식은땀이 절로 흘러내렸다. 또 내 친구가 나를 고자질할까 봐 여간 조마조마한 게 아니었다.

경찰관 한 명이 내게 이렇게 말했다. "이봐, 어서 말해봐. 술집의 바텐더가 자네 신분증을 보자고 했어, 안 했어? 만약 하지 않았으면 지금 당장 술집으로 그 친구를 잡으러 가야 해. 그 친구는 전에도 이런 일이 있었어."

"내 고향에서는 다른 사람을 밀고하지 않습니다. 우린 그런 치사한 짓은 하지 않아요." 나는 겉으로는 태연하게 의리의 사나이인 척했지만 속으로는 이렇게 말하고 있었다. '물론 그는 내 신분증을 보자고 했어요. 하지만 내가 가짜 신분증을 보여주었단 말입니다!' 그런데 팬티 속에 감춘 카드가 자꾸 밑으로 내려가더니 페니스를 찌르기 시작했다. 경찰이 알몸 수색을 할지도 몰랐다. 하긴 몬태나 같은 변방 지대에 사는 야만인들이 뭔들 못하겠는가. 당시엔 그렇게 생각했다. 그리고 재빨리 아픈 척하며 화장실에 좀 갔다와야겠다고 말했다.

경찰은 나 혼자서 화장실에 가게 내버려두었다. 그렇지만 경찰 영화를 너무 많이 본 나는 그런 경우 경찰이 몰래 따라올지도 모른다고 생각했다. 그래서 화장실 거울을 통해 문 밖에 경찰이 있는지 잘 살폈다. 그러고는 일부러 화장실 구석으로 가서 팬티 속에서 가짜 신분증을 꺼낸 다음 손 씻는 곳에 가서 구토를 하는 시늉을 했다. 혹시 경찰이 보고 있을지 몰라서였다. 그런 뒤 변기가 있는 화장실 안으로 들어가 가짜 병무청 카드를 변기 속에 버리고 물을 내렸다. 다시 취조실로 돌아오자 한결 자신감이 살아났다. 결국 그 사건은 벌금 40달러에 집행유예를 받는 걸로 끝났다.

두 번째로 경찰과 맞닥뜨린 것은 2학년 때였다. 그때는 사태가 한층 심각했다.

나는 동부 출신의 두 학생, 그리고 몬태나 출신의 한 학생과 함께 로데오 구경을 가는 길이었다. 우리는 1962년형 스튜드베이커에 맥주를 싣고 달리고 있었다. 눈이 억수로 퍼붓는 날이었다. 운전대를 잡은 친구는 보스턴 출신이었다. 나는 조수석에 앉았고 나머지 친구들은 뒷좌석에 앉았다. 그런데 운전을 하던 친구가 눈 때문인지 정지 신호를 보지 못하고 그냥 지나치고 말았다. 그리고 운이 지지리도 없었는지 그 신호등 바로 뒤에 경찰이 턱 버티고 있었다!

그런데 이 바보 같은 친구가 경찰 신호를 무시하고 줄행랑을 치고 말았다. 그러자 경찰차가 득달같이 쫓아왔다. 나는 너무 어처구니가 없어서 말이 안 나올 지경이었다.

우리 차가 방향을 틀어 경찰의 시야에서 잠깐 벗어나는 순간마다 나는 차에 있던 맥주 캔을 땅에 버렸다. 우리는 계속 달려서 주택가로 접어들었고 과속 방지턱을 쿵쿵거리며 지나갔다. 그러자 우리 앞에 도로 차단벽이 나왔다. 아마도 쫓아오는 경찰이 미리 무전을 쳐놓은 것 같았다. 그 얼빠진 친구는 차단벽을 우회하여 주변 집 잔디밭으로 진입했다. 나는 고래고래 소리를 질러댔다. "차를 멈추란 말이야, 이 멍텅구리야! 난 여기서 내리겠어!" 그러나 얼이 나간 그 바보는 계속 차를 몰아댔다. 차는 계속 비틀거리고, 눈은 억수로 퍼붓고, 마음은 급하고…… 이제 우리 바로 뒤에서 사이렌 소리가 요란하게 왱왱거리기 시작했다.

우리는 교차로에 도달했다. 그가 브레이크를 밟자 차가 360도 회전하더니 문이 퍽 열리면서 내 몸이 차 밖으로 튕겨나갔다. 거의 동물적 본능으로 간신히 차문을 잡고 매달리자 내 엉덩이가 눈 위로 미끄러지며 질질 끌렸다. 그러자 갑자기 누군가가 소리쳤다. "도망쳐!"

그래서 우리는 뿔뿔이 흩어져 도망치기 시작했다. 나는 막다른 골목으로 뛰어들었다. 그러고는 거기에 세워져 있는 빈 픽업 트럭 안으로 들어갔다. 도망치면서 나는 검은 모자를 길 위에 내던졌다. 트럭 안으로 들어가자마자 겉은 검은색이고 안은 황금색인 웃옷을 뒤집어 입었다. 변장을 한 셈이었다. 숨을 너무 헐떡거려 차의 유리창이 뿌옇게 흐려졌다. '젠장, 유리창이 저렇게 뿌예졌으니 금방 들키겠는데.' 더군다나 차 주인이 언제 나타날지도 알 수 없었다. 몬태나 같은 변방에 사는 사람이니 총기를 휴대하고 있을지도 몰랐다. 나는 황급히 유리창을 조금 닦아내고 밖을 내다보았다. 우리가 버린 차 주위에 경찰차와 수색견 등이 몰려들었다. 금세 경찰차는 내가 숨어 있는 골목길로 올라왔다. 플래시 불빛이 내가 숨어 있는 트럭을 번쩍번쩍 비추자 바지에 오줌을 지릴 만큼 겁이 났다. 그러나 경찰차는 내가 숨어 있는 트럭을 지나쳤다. 나처럼 재수 없는 놈에게 이런 행운이 올 때도 있다니, 믿어지지가 않았다.

나는 학교로 몰래 되돌아갔다. 이미 캠퍼스에서는 그 탈출 에피소드가 엄청난 화제였다. 나와 동부 출신 학생 두 명은 무사히 도망을 쳤으나 몬태나 출신 친구는 그만 잡히고 말았고 그 친구가 죄다 부는 바람에 경찰이 우리를 잡으러 왔다. 나는 경찰에 연행되면서 당시 운전을 한 것도 아니고 또 너무 겁을 집어먹어 운전하던 친구에게 제발 멈추라고 애원했다는 점을 강조했다. 보스턴 친구는 매트리스는 없고 스프링만 달린 침대에 식사는 빵과 물만 나오는 감방에 갇혔다. 나는 알코올 소지 혐의로 벌금 40달러에 집행유예로 끝났다.

그러나 경찰은 학교 당국과 우리 부모에게 그 사실을 통보했다. 부모님은 당연히 내게 화를 버럭 냈다. 게다가 나는 학점도 신통치 못했다. 성적표에는 D가 쫙 깔렸고 스피치 과목은 아예 출석을 하지 않아 학점이 펑크가 났다. 언변만 믿고 수업에 들어가지 않았던 것인데 그러다보니 스피치 과목은 늘 학점이 좋질 못했다. 나는 도대체 어떻게 해야 이 수렁에서 빠져나갈 수 있을지 막막했다. 2학년을 마칠 무렵, 서부 변방에서 벌였던 나의 모험을 이제는 끝내야 한다는 게 너무나 분명해졌다.

그 뒤 몬태나 주립대학에서 보낸 2년을 회상하면 불운과 불행의 연속이었다는 것 외에 달리 떠오르는 것이 없다. 그건 당시의 우울한 기억이 내 의식 속에 깊게 각인되었기 때문일 것이다. 나는 드디어 몬태나 대학을 때려치우고 뉴욕으로 돌아와 실망한 부모님의 따가운 눈총을 받으며 눈칫밥을 먹는 신세가 되었다. 수의사의 꿈은 영영 물 건너갔다는 사실을 알게 된 어머니는 실망이 이만저만이 아니었다. 나 자신도 답답하고 갑갑했다. 돌파구를 찾아야 할 때면 늘 그랬듯이, 나는 운동 실력을 밑천 삼아 수상 구명요원으로 활약하면서 1965년 여름을 보냈다. 여름이 끝나자 나는 학교로 돌아가지 않았고, 대신 패초그의 홀리데이인 호텔의 헬스클럽 관리자로 취직했다.

그곳에서 일한 지 얼마 안 되어 호텔 바에서 칵테일을 서비스하는 웨이트리스 샌디를 만났다. 그녀는 어린 아들이 하나 있는, 빼어난 미모의 젊은 여자였다. 나는 곧 그녀에게 사로잡혔다. 짧은 유니폼을 입은 그녀는 정말 멋져 보였다. 나는 당시 운동을 많이 해서 몸집이 아주 우람했다. 그래서인지 그녀도 나를 좋아하는 것 같았다. 당시 나는 부모님 집에서 눈칫밥을 먹고 있었는데, 그런 형편을 알지 못하는 샌디는 툭하면 우리 집으로 전화를 걸었다. 아버지는 어느 날 내게 이렇게 물었다. "시도 때도 없이 전화를 걸어대는 저 여자는 도대체 누구냐? 그 옆에 있는 애는 누군데 저렇게도 빽빽 울어대는 거냐?"

집에서 부모님과 함께 지내자니 영 재미가 없었다. 그러던 차에 샌디가 호텔에서 일하는 사람은 빈 방을 아주 저렴하게 쓸 수 있다고 내게 말해주었다. 나는 그 말을 듣고 귀가 번쩍 뜨였다. 그래서 어느 날, 샌디와 나는 하룻밤 방을 빌렸다.

다음 날 아침 일찍 전화벨이 울렸다. 샌디가 전화를 받았다. "아뇨! 아뇨! 난 그 사람하곤 말도 하기 싫어요!"

"아니, 도대체 누군데?" 나는 부시시 일어나면서 물었다.

"프런트 데스크야. 내 남편이 지금 이 방으로 올라오고 있는 중이래."

나는 눈이 번쩍 떠졌다. "뭐라고? 당신 남편? 아니, 웬 남편? 아직도 그 사람이랑 정리가 안 된 상태란 말이야!"

그녀는 자신이 이혼했다고 말한 적은 없다면서 현재 별거 중이라고 대답했다.

잠시 뒤 황소처럼 씩씩거리며 올라오는 남자의 숨소리가 복도에서 들려왔다.

샌디의 남편은 문을 두드려대기 시작했다. "샌디, 문 열어. 그 안에 있는 거 다 알고 왔어. 샌디!"

그 방에는 복도 쪽으로 난 환기창이 있었다. 남자는 방 안에서 아무런 응답이 없자 그 환기창에 달려들어 창틀을 떼어내려고 했다. 한편 나는 뛰어내릴 창문이 없나 두리번거렸다(우리가 묵은 방은 2층이었다). 그러나 그런 창문은 없었다.

"남편이란 친구가 혹시 권총 같은 걸 휴대하고 다녀?"

"가끔 칼을 가지고 다니기는 해."

"젠장! 하지만 권총보다는 낫군. 샌디, 난 여기서 나가야겠어. 어서 문을 열어."

나는 권투 선수 같은 자세를 취했다. 그녀가 문을 열자 남자가 달려들었다. 그는 곧바로 내게 돌진했다. 그러나 그늘 속에 숨어 있던 내 옆모습을 흘낏 보더니 덩치 큰 억센 상대임을 알아차리고 우뚝 멈춰 섰다. 그러나 씩씩거리며 소리치는 것은 멈추지 않았다.

"이 자식! 여기서 썩 꺼지지 못해!"

나는 억센 놈 노릇은 이만하면 됐다고 생각하고 아주 공손한 목소리로 대답했다. "예, 그렇잖아도 지금 나가는 길이었습니다." 나는 또다시 운 좋게 몸에 상처 하나 입지 않고 위기를 모면했다. 그러나 그건 어디까지나 사소한 행운일 뿐이었다. 어디를 둘러봐도 내 인생에 망조가 들고 있다는 사실을 감출 수는 없었다. 게다가 아버지의 사브 자동차를 몰고 나가 친구 빌 터너의 빨간 MGA와 경주를 하다가 차의 앞축을 깨먹기까지 했다.

그러던 어느 일요일 아침 어머니가 내게 병무청에서 온 편지를 내밀었다. 신체검사를 받으러 병무청에 출석하라는 것이었다. 나는 다른 300여 명의 장정과 함께 맨해튼에 있는 화이트홀 플레이스로 갔다. 신체 검사관은 내게 무릎을 세게 굽혔다 펴보라고 지시했다. 그러자 무릎에서 우두둑 하는 소리가 났다. 나는 조 나마스처럼 미식축구를 하다가 부상을 입어 무릎 연골 제거수술을 받았던 것이다. 차이점이 있다면 나마스에게는 좋은 변호사가 있었고, 내게는 없었다는 것이다. 병무청은 잠시 판단을 보류했다. 그렇지만 결국에는 국가에서 나를 필요로 한다는 최종 결정을 내렸다. 나는 육군에 가서 사지死地를 헤매는 것보다는 공군이 나을 것 같았다. 복무 기간이 4년으로 꽤 길었지만 그래도 좋은 교육을 받을 기회가 있을지 모른다. 뉴욕이나 몬태나에서는 교육 기회가 그리 많지 않았으니까.

내가 공군을 지원한 데에는 또 다른 이유가 있었다. 1966년 당시는 월남전이 확대되던 시기였다. 나는 정치에는 관심이 없었지만 롱아일랜드 식자공 노동조합 위원장인 아버지의 영향으로 나 자신을 케네디의 민주당 편이라고 생각하고 있었다. 그래서 잘 알지도 못하는 대의를 위해 총알받이가 되고 싶지는 않았다. 나는 그때 공군 정비병이 해준 말을 기억해냈다. 공군에서 전투에 참가하는 것은 장교, 즉 비행사뿐이고 사병은 후방에서 지원 업무만 하면 된다는 것이었다. 비행사가 될 생각이 없었던 나는 그 말에 솔깃했다.

그래서 결국 공군에 입대했고, 텍사스 주 아마리요에서 신병 훈련을 받았다. 50명 정도 되는 우리 기수는 나 같은 뉴욕 출신과 루이지애나 출신의 남부 사람이 골고루 분포되어 있었다. 조교들은 늘 북부 출신들만 못살게 굴었다. 그런데 가만히 보니 그게 다 일리가 있었다. 훈련소에서 남부 출신들과 친하게 지내보니 그들은 뉴욕 출신들에 비해 훨씬 사람이 좋고 유순했던 것이다.

사회에서 천방지축으로 뛰놀던 젊은이들에게 신병 훈련은 고통스러운 경험이었을 것이다. 하지만 나는 달랐다. 고등학교 시절 이미 야구와 미식축구를 하면서 코치들의 닦달을 경험했고 또 입대

전 몇 해 동안은 나름대로 야성적인 생활을 했다고 자부했다. 그래서 훈련 조교의 괴롭힘쯤은 아무것도 아니었다. 나는 그들이 머릿속으로 무엇을 생각하는지를 손금 보듯 들여다보고 있었다. 때문에 신병 훈련은 내게 식은 죽 먹기였다. 나는 곧 M16 소총 사격에서 모범 사수로 뽑혔다. 아마도 고등학교 때 투수를 하면서 익힌 조준 능력이 도움이 된 것 같았다.

신병 훈련 기간 동안 내게 악명이 하나 따라붙었다. 근육이 우람하고 머리가 아주 짧아서 사람들은 나를 '러시아 곰'이라고 불렀다. 그런데 다른 비행 기수의 한 훈련병도 나와 비슷한 별명으로 불리고 있었다. 그래서 누군가가 이 두 명에게 권투 시합을 시키면 훈련소의 사기가 높아지겠다는 그럴듯한 아이디어를 내놓았다.

그 시합은 부대에서 커다란 이벤트가 되었다. 우리는 서로 실력이 비슷했고 한 치도 양보하지 않았다. 서로 상대방을 죽도록 패주었고 나는 세 번째로 코뼈가 부러졌다. 처음 두 번은 고등학교 때 미식축구를 하다가 당한 부상이었다.

비록 자랑거리는 못 되지만 나는 비행 기수 50명 중 3등으로 훈련소를 졸업했다. 신병 훈련을 마친 뒤에는 여러 가지 테스트를 받았는데, 전파 감청 학교에 적격이라는 판정이 나왔다. 그러나 그 학교는 이미 교육생으로 가득했고 나는 다음 기수가 시작될 때까지 기다릴 생각이 없었다. 그래서 군은 내겐 생소한 타자병 보직을 주었다. 뉴멕시코 주 클로비스에서 약 160킬로미터 떨어진 교외에 있는 캐넌 공군기지 인사부에 마침 자리가 있었다.

나는 그 기지의 인사부로 발령받았다. 하는 일이라고는 하루종일 DD214 양식(공군 제대 명령서)에 제대 사병의 인적 사항을 두 손가락으로 찍는 일이었다. 상관은 바보스럽기 짝이 없는 공군 상

사였다. 나는 늘 속으로 이렇게 중얼거렸다. '어서 이 소굴을 벗어나야 할 텐데.'

그러던 중 또다시 행운의 손길이 내 이마를 스치고 지나갔다. 우리 인사부 바로 옆은 특별 서비스부였다. 특별 서비스부라고 하면 대부분의 사람들은 그린 베레 같은 특수부대를 연상한다. 그러나 이 부서는 문자 그대로 특별 서비스를 하는 부서, 즉 스포츠 담당 부서였다. 특히 운동 경험이 많은 나로서는 그 부서가 국가 위난 시에 국가 수호를 위해 봉사할 수 있는 적당한 부서 같았다.

나는 그 부서를 기웃거리면서 안에서 흘러나오는 말을 엿듣기 시작했다. 그러던 차에 그 부서의 한 친구가 이렇게 말하는 것이 들려 왔다. "이 프로그램은 영 엉망이야. 일을 제대로 처리할 녀석이 없단 말이야."

나는 속으로 쾌재를 불렀다. 그러고는 특별 서비스부의 방문 앞으로 다가가 문을 두드렸다. "안녕하십니까. 존 더글러스라고 합니다. 제 소개를 하고 싶습니다."

나는 그들이 필요로 하는 사람의 '프로파일'을 주절대며 자기소개를 했다. 나는 사태의 핵심을 찔렀다는 것을 직감했다. 왜냐하면 그들이 서로의 얼굴을 보면서 '아니, 이게 웬 기적인가! 우리가 찾던 사람이 제 발로 걸어오다니!' 하는 표정을 지었던 것이다. 그래서 그들은 나를 인사부에서 빼주었다. 그리고 그날부터 제복을 입을 필요가 없게 되었다. 공군은 체육 프로그램을 잘 운영하라고 사병인 내게 별도의 돈까지 주었다. 게다가 오퍼레이션 부트스트랩(공군의 사병 장학 프로그램)의 혜택을 받을 수 있는 자격까지 주었다. 즉 내가 현지 대학교의 야간 코스에 등록할 경우, 공군에서 등록금의 75퍼센트까지 내주기로 한 것이다. 그래서 나는 부대에서

40킬로미터 떨어진 포털레스의 이스턴 뉴멕시코 대학에 등록했다. 몬태나 주립대학 시절 학점이 별로 좋지 않았기 때문에 공군에서 주는 장학금 혜택을 계속 받으려면 학점을 올 A로 받아야 했다. 그런 어려움에도 나는 난생처음 내 인생의 목표를 확실히 잡은 느낌이 들었다.

나는 테니스, 축구, 배드민턴 등 공군의 스포츠 프로그램을 즐겁게 잘 운영했다. 그런 내 능력을 보고 공군에서는 마침내 공군 기지의 골프 프로그램까지 맡겼다. 골프를 해본 적이 없어 골프 홀이 어떻게 생겼는지도 몰랐지만 곧 마음을 다잡고 그 일에 매달렸다. 아놀드 파마 스웨터를 입고 골프 토너먼트를 주관하는 내 모습은 겉으로는 제법 그럴듯해 보였다. 하지만 결국에는 들통이 나고 말았다.

어느 날 기지 사령관이 골프 숍에 나타났다. 그러고는 내게 이번 토너먼트에 나가려면 어떤 압축공을 써야 하느냐고 물었다. 나는 당시 압축공이라는 게 뭔지도 모르는 상태였다. 나의 무지는 곧 드러났다.

"도대체 자네 같은 사람이 어떻게 골프 프로그램을 운영한다는 거야?" 사령관은 어처구니없다는 표정을 지었다. 그래서 나는 골프 프로그램에서 전보되어 여성 래피더리(보석세공) 프로그램을 맡게 되었다. 나는 래피더리도 스포츠의 일종이려니 생각했으나 단순한 보석세공이라는 것을 알고는 흥미가 뚝 떨어졌다. 래피더리 이외에 여자들의 도자기 프로그램과 장교 클럽의 수영장도 맡았다. 그때 나는 문득 이렇게 생각했다. '장교들이 베트남에 나가 위험을 무릅쓰고 전투기를 몰고 있는 동안 그들의 부인에게 의자와 타월을 갖다주고 애들에게 수영을 가르치는 일을 하게 되었구나.

그 노동의 대가로 난 대학을 다니고.'

내가 맡은 또 다른 임무는 술집의 경비원 시절을 연상시키는 것이었다. 수영장 옆은 장교 전용 바였는데 전략 공군 사령부에서 훈련받는 젊은 비행사들이 드나들었다. 나는 술 취한 비행사들을 떼어놓거나 혹은 그들이 내게 달려드는 것을 말려야 했다.

복무 2년차쯤 되었을 때 장애아동을 돕는 현지 협회가 있다는 것을 알았다. 협회는 장애아동 오락프로그램을 도와줄 자원봉사자를 찾고 있었다. 그래서 거기에 자원했다. 일주일에 한 번씩 민간인 직원 두 명과 함께 15명 정도의 장애인에게 롤러스케이트, 미니골프, 볼링 등을 가르치는 일이었다.

대부분의 어린 장애인은 맹인이거나 다운증후군 또는 심각한 운동 장애를 겪고 있었다. 그래서 나는 아이들이 다치지 않도록 양손으로 그들의 손을 잡고 롤러스케이트장을 빙빙 돌았다. 보통 사람이 볼 때 그것은 아주 피곤한 일이었을 것이다. 그러나 나는 그 일을 정말 좋아했다. 지금 와서 생각해보니 내 인생에서 그 일보다 더 좋았던 것은 별로 없었던 것 같다.

매주 장애아 학교로 가서 차를 세우면 아이들은 모두 밖으로 달려나와 내 차를 둘러싸며 인사를 했다. 그러면 나는 차에서 내려 그들을 포옹해주었다. 하루의 일과가 끝나면 그들은 나만큼이나 헤어지는 것을 아쉬워했다. 나는 그 일을 통해 더 큰 사랑과 남을 이해하는 마음을 갖게 되었다. 여태까지 다른 일에서는 느껴보지 못했던 강렬한 느낌이었다. 그래서 나는 아이들에게 책을 읽어주기 위해 평일 저녁에도 찾아갔다.

그들은 내가 부대에서 매일 보는 아이들과는 너무나 달랐다. 아이들은 늘 부모의 관심을 한몸에 받았고 자기들이 원하는 것은 뭐든지 부모에게서 얻어낼 수 있었다. 반면 내가 귀여워한 그 '특별한' 아이들은 조그마한 관심과 보살핌도 아주 소중하게 여기고 고맙게 받아들였다. 또 몸이 불편한데도 늘 모험을 좋아하고 뭔가를 열심히 시도하려고 했다.

나도 모르는 사이에 내 자원봉사 활동이 다른 사람들에게 알려진 듯했다. 그 사실로 인해 나는 그때까지 몰랐던 인간의 관찰 능력에 대해 새로운 것을 알게 되었다. 그러고 보니 인간의 관찰 능력이 미치지 않는 곳은 없는 것 같았다. 아무튼 내 '봉사 활동'은 이스턴 뉴멕시코 대학 심리학과의 평가를 받게 되었고, 그들은 내게 특수교육과에 들어오면 4년 동안 장학금을 주겠다고 제안해왔다.

나는 산업심리학 쪽을 생각하고 있었지만 장애아들을 좋아하는데다 잘하면 이것도 하나의 기회가 되겠다고 판단했다. 사실 공군에 그대로 남아 그쪽을 전공 삼아 장교가 될 수도 있었다. 나는 대학의 제안을 부대의 민사 업무부에 제출하고 승인을 기다렸다. 그러나 민사 업무부는 서류를 검토하더니 특수교육학 전공자가 필요 없다며 승인을 거부했다. 부대에 딸린 민간인이 그토록 많은데도 특수교육학 전공자가 필요 없다는 판단에는 납득할 수가 없었다. 그러나 결정은 민사 업무부가 내리는 것이었고 나는 그 결정을 따르는 수밖에 없었다. 비록 특수교육 전공을 포기했지만 좋아하는 자원봉사 활동은 계속했다.

1969년 크리스마스에 가족을 만나러 갔다. 뉴욕행 비행기를 타려면 아마리요까지 160킬로미터 정도 차를 몰고 가야 했다. 그러나 나의 폭스바겐 비틀은 고물이어서 장거리 주행에 적합하지 않았다. 그래서 부대 내에서 가장 친한 로버트 라폰드가 자기 차 카르만 기어를 빌려주었다. 나는 특별 서비스부의 크리스마스 파티에 꼭 참석하고 싶었지만 뉴욕에 가야 했기 때문에 어쩔 수 없이 빠질 수밖에 없었다.

내가 라가르디아 비행장에 내리니 부모님이 마중나와 있었다. 부모님은 커다란 충격을 받은 듯 얼굴이 잔뜩 굳어 있었다. 왜 이러시지? 나는 입대 전의 내가 아니고 문제를 일으키지도 않았는데.

나중에 들었지만, 부모님은 내 차인 듯한 폭스바겐을 몰고 가던 신원미상의 병사가 부대 근처에서 교통사고로 사망했다는 소식을 들었던 것이다. 그래서 내가 비행기에서 내릴 때까지 아들이 살았는지 죽었는지 확신하지 못했다는 설명이었다.

로버트는 다른 많은 친구들과 마찬가지로 크리스마스 파티에서 술에 취해 정신을 잃었다. 장교와 하사관들은 그를 폭스바겐에 밀어 넣고 시동을 켜주었다. 로버트는 약간 정신이 들자, 차를 몰고 부대에서 빠져나오려 했다. 당시 밖은 얼어붙을 듯이 추웠고 눈이 내리고 있었다. 그때 그는 군인 아내와 아이들이 타고 있던 스테이션 웨건과 정면 충돌했다. 군인 가족들은 다치지 않았으나, 약하기 짝이 없는 내 차에 탄 로버트는 운전대에 가슴이 받치고 상체가 앞 유리 밖으로 튀어나와 현장에서 즉사했다.

그 사건은 나를 몹시도 괴롭혔다. 우리는 가까운 친구였다. 만약 내게 차를 빌려주지 않았다면 그런 일은 벌어지지 않았을 것이다. 부대로 복귀한 나는 그의 개인 사물을 모두 수습하여 가족들에게 부쳐주었다. 나는 내 부서진 차를 되돌아보며 그를 떠올렸다. 로버트와 그 교통사고가 자꾸만 꿈속에서 되풀이되었다. 나는 로버트가 부모님의 크리스마스 선물을 사던 날 그와 함께 있었다. 소포로 부친 선물은 공군 장교가 로버트의 사망 소식을 전하던 바로 그날 집에 도착했다.

나는 슬픔에 잠겨 있지만은 않았다. 한없는 분노를 느낀 것이다. 나는 수사관처럼 주위를 수소문하여 그날 로버트를 차에 태워 보낼 때 현장에 있었던 사람들을 알아보았다. 그리고 술 취한 로버트를 그냥 가게 내버려둔 두 명을 파악했다. 나는 사무실로 그들을 찾아가 멱살을 움켜쥐고 벽에 몰아세웠다. 그러고는 한 놈씩 떡이 되도록 두드려팼다. 누군가가 나를 떼놓을 때까지 멈추지 않았다. 나는 너무 격분하여 군법회의 따위는 생각지도 않았다. 그들은 내 친한 친구를 죽게 한 원흉이었다.

공군 당국은 군법회의를 골치 아픈 문제로 받아들였다. 만약 군법 회의를 연다면 나 또한 그들을 정식으로 고발할 생각이었다. 당시 미국의 베트남전 개입은 규모가 점차 축소되고 있었다. 그래서 공군 당국은 제대가 몇 달 남지 않은 사병들에게 조기 제대를 권하고 있었다. 부대 인사부는 골치 아픈 구타사건을 원만하게 해결하기 위해 나를 몇 달 일찍 제대시켰다.

제대 직전 나는 학부 과정을 마치고 산업심리학 대학원 과정에 다니고 있었다. 제대 후에는 클로비스 시의 창문 없는 지하 아파트에서 사병 주급으로 근근히 연명했다. 외출했다가 집에 돌아와 불을 켜면 몸길이 7센티미터의 바퀴벌레들이 덤벼들곤 했다. 부대의 운동 시설은 더 이용할 수가 없었다. 그래서 내 집에 비해 별로 나을 게 없는 값싸고 낡은 헬스클럽에 다녔다.

1970년 가을, 나는 헬스클럽에서 프랭크 헤인스라는 사람을 만났다. 나중에 알고 보니 FBI 요원이었다. 그는 클로비스에서 FBI 일인지국을 운영하고 있었다. 우리는 함께 운동하면서 친해졌다. 퇴역한 공군기지 사령관에게 내 얘기를 들은 그는 연방수사국에 지원해보지 않겠느냐고 권유했다. 솔직히 말해서 나는 경찰관이 되겠다는 생각은 꿈에도 없었다. 석사학위를 받으면 산업심리학 분야의 전문직을 알아볼 생각이었다. 대기업에 입사하여 인사문제, 노사문제, 피고용자 지원, 스트레스 관리 등의 일을 하는 게 더 번듯하고 전망 있어 보였다.

그러나 프랭크 헤인스는 훌륭한 FBI 요원이 될 재목을 발견했다면서 집요하게 나를 설득했다. 여러 번 자기 집으로 초대하여 저녁도 대접했다. 그리고 아내와 아들에게 나를 소개했고 권총과 월급 봉투도 보여주었다. 당시 내가 받던 7달러의 군인 주급과는 비교가 안 되는 고액이었다. 나는 프랭크가 나에 비해 제왕처럼 살고 있다고 인정해야 했다. 그래서 마침내 '한번 해보자' 하는 마음을 먹게 되었다.

프랭크는 그 후에도 뉴멕시코에 그대로 머물렀다. 당시 그는 여성을 잔인하게 살해한 후 신원 은폐를 위해 불태운 사건을 맡고 있었다. 나는 그 사건의 재판 도중 검사 측 증인으로 나섰는데 거기서 프랭크를 다시 만났다. 그러나 그건 여러 해 뒤의 일이었다. 적어도 1970년 가을의 나는 그런 임무를 맡으리라고는 꿈에도 생각지 못했다.

프랭크는 내 지원서를 앨버커키에 있는 FBI 지국으로 보냈다. 그들은 내게 비전문가가 치르는 표준법률시험을 보게 했다. 체격이 우람하고 근육이 잘 발달되어 있어서인지 나는 체중 100킬로그램에 신장 188센티미터라는 표준 체격보다 11킬로그램이나 초과한 상태였다. 연방수사국 내에서 허용 체중을 초과해도 괜찮은 인물은 단 한 사람, FBI의 전설적인 국장 존 에드거 후버뿐이었다. 나는 2주동안 녹스 젤라틴과 찐 계란만 먹고 버티면서 체중을 감량

했다. 또 신분증에 적합한 사진을 찍기 위해 머리를 세 번이나 다듬었다.

그리고 마침내 1970년 11월, 초봉 10,869달러에 시보試補로 임명되었다. 드디어 바퀴벌레가 우글거리는 지하에서 탈출하게 된 것이다. 그러나 내 인생의 대부분을 창문 없는 지하에서 바퀴벌레보다 더 끔찍한 범죄 사건을 매일 접하면서 보내게 될 줄은 당시의 나로서는 도저히 예측할 수가 없었다.

범죄자의 마음과 영혼

신청자는 많지만 뽑히는 사람은 소수이다.

이것은 우리 훈련생들이 귀에 딱지가 앉도록 수없이 듣는 말이다. 경찰관을 지망하는 사람은 거의 모두가 미합중국 연방수사국의 특별요원이 되고 싶어한다. 그러나 최정예만이 그 기회를 잡을 수 있다. FBI가 자랑하는 유서 깊은 전통은 1924년으로 거슬러 올라간다. 당시 무명의 존 에드거 후버라는 정부 변호사가 자금난에 허덕이는 이 부패한 기관의 책임을 맡았다. 그리고 내가 FBI에 들어왔을 때 당시 75세였던 후버는 그때까지도 이 유서 깊은 기관의 장으로 근무하고 있었다. 그는 자신의 트레이드마크와도 같은 모난 턱과 철권으로 이 기관을 통치해왔다. 그러니 우리 신참 요원들은 그런 전통에 먹칠을 해서는 안 되었다.

FBI에 입사한 내게 FBI 국장 명의의 전보가 한 장 날아왔다. 1970년 12월 14일 오전 9시까지 워싱턴의 펜실베이니아 가에 있는 옛 우체국 빌딩으로 나오라는 내용이었다. 바로 14주 FBI 요원 기본 훈련 과정이 시작되는 날이었다. 훈련을 마치면 나는 드디어 보통 시민에서 FBI 특별요원이 되는 것이었다. 나는 교육을 받으러 가기 전에 롱아일랜드의 집으로 내려갔다. 아버지는 내가 너무 자랑스러워 집 앞에 국기를 게양했다. 나는 지난 몇 해 동안 이렇다 할 사회활동이 없었기 때문에 변변한 슈트가 없었다. 아버지는 푸른색, 검은색, 갈색의 슈트 세 벌과 하얀 셔츠 몇 장, 윙팁 구두 두 켤레(검은색과 갈색)를 사주셨다. 그리고 출근 첫날에 지각하면 안 된다면서 나를 차에 태우고 워싱턴까지 데려다주셨다.

FBI 의식과 전통을 익히는 데에는 시간이 많이 걸리지 않았다. 우리의 입소식을 지도하던 특별요원은 금배지를 꺼내 빤히 바라보면서 취임선서를 하라고 요구했다. 우리는 정의의 저울을 든, 눈을 가린 여인(FBI 배지에 새겨진 문양)을 보면서 커다란 목소리로 선서를 합창했다. 아울러 국내외의 적으로부터 미합중국의 헌법을 수호하겠다는 맹세도 했다. "배지를 눈 가까이 갖다 대! 더 가까이!" 특별요원은 쇳소리를 내며 명령했다. 우리는 배지를 너무 눈 가까이 댄 나머지 사팔뜨기가 될 지경이었다.

훈련 요원은 모두 백인이었다. 1970년 당시만 해도 흑인 요원은 드물었고 여자는 아예 없었다. 이런 규제는 후버의 오랜 통치가 끝날 때까지, 아니 그 이후에도 풀리지 않았다. 후버는 무덤에 들어간 다음에도 이 기관에 막강한 영향력을 행사했다. 대부분의 훈련 요원은 29세에서 35세 사이였고 당시 나는 25세였다.

우리는 미국을 위기에 빠뜨리고 미국의 기밀을 빼내려고 혈안이 되어 있는 소비에트 첩자들을 늘 조심해야 한다고 교육받았다. 또 여자 보기를 돌같이 하라는 교육도 받았다. 세뇌 교육은 너무나 완벽했다. 그래서 나는 같은 건물에 근무하는 아름다운 아가씨가 데이트를 신청해왔을 때 차갑게 거절했다. 공작을 꾸며 나를 테스트하는 게 아닌가 의심이 들었던 것이다.

버지니아 주 콴티코의 해군 기지에 있는 FBI 내셔널 아카데미는 당시 건설 중이었다. 그래서 사격 훈련과 신체 단련만 콴티코에서 받고 나머지 강의는 워싱턴의 옛 우체국 빌딩에서 들었다.

훈련생은 맨 먼저, FBI 요원은 일단 총을 꺼내 들면 반드시 상대를 사살해야 한다고 배웠다. 이 원칙의 사상적 배경은 엄격하면서도 논리적이었다. 즉 권총을 꺼내 들었다는 사실은 상대를 쏘겠다는 결심을 전제로 한 것이다. 그런 결심을 할 정도로 심각한 상황이라면 그건 상대를 쏴 죽여야 할 정도로 급박하다는 뜻이다. 절체절명의 순간이기 때문에 어떻게 쏠까, 혹은 쏘지 말까 등의 문제로 한가하게 노닥거릴 시간이 없다는 뜻이다. 총격으로 상대방을 위협, 제지하거나 그를 굴복시키겠다는 생각은 너무 안일하다. 자기 자신의 안전을 위해서 또 상대방을 완전히 제압하기 위해서는 우유부단해서는 안 된다. 그러니까 일단 총을 들었으면 상대방을 쏴야 한다. 이것이 FBI 교육의 제1과 제1장이었다.

우리는 엄격한 분위기 속에서 형법, 지문 분석, 강력 범죄, 화이트칼라 범죄, 체포 기술, 무기 조작, 백병전, 치안 유지에 FBI가 기여한 역사에 대해 배웠다. 훈련 초기에 '비속어 훈련'이라는 단원도 있었다.

"문 닫혔지?" 교관은 그렇게 말하면서 강의를 시작했다. 그러고는 우리에게 단어 리스트를 나누어주었다. "이 단어들을 공부해두기 바란다." 그 리스트에는 shit, fuck, cunnilingus, fellatio, dickhead 등의 탁월한 앵글로색슨 상말이 나와 있었다. 우리는 이들 단어를 모두 외워야 했다. 그래야 현장에 나가 범인을 검거할 때 이런 상욕을 들어도 당황하지 않고 대처할 수 있을 터였다. 그리고 이런 단어가 사용된 사례 리포트는 일반 여비서에게 주는 것이 아니라 '상말 속기사'에게 주도록 교육받았다. 이건 농담으로 하는 얘기가 절대로 아니다. 상말 속기사는 예전부터 나이가 들고 좀 더 원숙한 여자들이 맡는 직책이었고 그래서 상말의 충격을 좀 더 잘 견디는 사람들이 그 자리에 앉아 있었다. 이런 욕을 비교적 잘 쓰는 요즘 젊은이들은 내 말을 의심할지도 모른다. 그러나 당시는 1970년이었고 교육생은 모두 남자였다는 점을 감안해야 한다. 당시의 사회적 분위기는 요즘과는 달랐고, 특히 후버가 지휘하던 FBI 내에서는 더욱 그랬다. 내 기억에 우리는 철자 시험까지 치렀고 그 시험지는 점수를 매긴 뒤 모두 모아서 철제 쓰레기통에 집어넣고 불태워졌다.

이런 우스꽝스러운 구석이 있었음에도 우리는 범죄와의 전쟁을 열렬히 신봉하는 이상주의자였고 또 사회를 변모시킬 수 있다고 믿는 개혁주의자였다. 신참 요원 훈련이 절반쯤 지났을 때, 나는 훈련 담당 부국장 조 캐스퍼의 방으로 불려갔다. 캐스퍼는 당시 후버가 신임하는 부하 중 한 사람이었다. 수사국 사람들은 그를 '다정한 캐스퍼*'라고 불렀는데, 그 별명은 애칭이 아니라 냉소였다. 캐스퍼는 내게 모든 분야에서 잘하긴 하는데 딱 하나 '수사국 내부 통신' 과목은 평균 이하라고 지적했다. 그 과목은 수사국 내의 각 부서가 서로 연락하거나 업무 협조를 취할 때 쓰는 절차와 방법을 다룬 과목이었다.

"부국장님, 그 과목도 제일 잘하도록 노력하겠습니다." 나처럼 적극적으로 나오는 친구들을 가리켜 꽁무니에서 '푸른 불꽃'이 나는 훈련생이라고 했다. 푸른 불꽃이라는 별명을 얻으면 남보다 뛰

---

* 만화에 나오는 꼬마 유령.

어날 수 있는 계기가 되지만 표적이 되기도 했다. 만약 푸른 불꽃이 성공하면 장래에 FBI 국장이 될지도 모른다. 그러나 실패하면 그 불꽃에 화상을 입고, 공개된 화상은 오랫동안 아물지 않게 된다.

캐스퍼는 거칠었지만 그렇다고 머리가 없는 사람은 아니었다. 그는 FBI에서 오래 근무하면서 푸른 불꽃들을 많이 보아왔다. "최고가 되고 싶다고? 그럼 이것 좀 해봐!" 그는 수사국 내부 통신의 전문 용어가 담긴 매뉴얼을 내게 던졌다. 그러고는 크리스마스 휴가가 끝날 때까지 모두 외우라고 지시했다.

우리 훈련반에 배정된 두 명의 아카데미 상담원인 척 런즈퍼드는 내가 부국장에게 불려갔다는 얘기를 듣고 내게 다가왔다. "방에 불려가서 뭐라고 대답했어?" 나는 있는 그대로 말해주었다. 그랬더니 척은 어이없다는 듯 눈알을 굴렸다. '최고'가 되고 싶다고 했으니 그런 숙제를 받는 게 너무나 당연하다는 표정이었다. 어쨌든 나는 숙제를 잔뜩 짊어진 채 크리스마스 휴가를 보내러 귀향했다. 신나고 경쾌하고 산뜻한 휴가는 물 건너간 꼴이었다. 식구들은 휴일을 재미있게 보내고 있는데 나는 그 통신 매뉴얼을 열심히 외워야 했다. 정말 죽을 맛이었다.

1월 초 워싱턴으로 온 나는 아직도 그놈의 푸른 불꽃 후유증 때문에 땀을 뻘뻘 흘리고 있었다. 나는 서면 테스트를 받았다. 며칠 뒤 또 다른 상담원인 찰리 프라이스가 내게 다가와 시험에서 99점을 맞았다고 얘기해주었다. "실은 100점이었지만 후버 국장이 완벽이라는 건 없다고 해서 99점이 된 거야."

14주 훈련이 절반쯤 지났을 때, 우리에게 희망 근무지를 적어 내라는 지시가 떨어졌다. FBI 요원들은 대부분 본토의 49개 주 지국에 흩어져 있었다. 나는 희망 근무지 선택이 신참 요원과 FBI 본부

사이의 거대한 체스 게임 같다고 느꼈다. 그리고 언제나처럼 뒤집어 생각하려고 애썼다. 나는 뉴욕 출신이지만 그곳으로 돌아가고 싶은 생각은 없었다. 당시 교육생들이 많이 신청할 것 같은 지역은 LA, 샌프란시스코, 마이애미, 시애틀, 샌디에이고 등이었다. 그래서 다른 사람들이 2차로 지망한 도시를 1차 지망으로 적어내면 곧바로 배정될 것 같았다.

나는 애틀랜타를 신청했다. 하지만 디트로이트로 배정되었다.

훈련 과정을 수료하자 우리는 영구 신분증, 스미스 앤드 웨슨 모델 10, 6연발 권총과 6발의 실탄을 지급받았다. 그리고 빨리 워싱턴에서 사라지라는 지시를 받았다. 워싱턴 본부에서는 혈기 왕성한 신참 요원이 후버 국장의 코앞에서 사고나 치지 않을까 걱정하는 눈치였다. 그건 FBI의 이미지에 먹칠하는 일이기도 했다.

나는 '디트로이트 생존 가이드북'이라는 별도의 책자를 지급받았다. 이 도시는 미국에서 인종분쟁이 가장 심각한 도시였고 연간 800건 이상의 살인사건이 발생하여 미국 내의 범죄 수도로 불렸다. 실제로 디트로이트 지국은 연말까지 살인사건이 몇 건이나 발생할지 점치는 음울한 예상표도 만들어놓고 있었다. 나는 의욕적으로 현지 요원 생활을 시작했다. 그러나 곧 우리가 직면해야 하는 일이 얼마나 엄청난 것인가를 알게 되었다. 나는 공군에서 4년을 복무했다. 그러나 전투 현장 경험은 없었다. 기껏해야 미식축구와 권투 등으로 망가진 코를 수술하기 위해 병원에 입원하여 베트남 참전용사 옆에 잠깐 누워 있었을 뿐이었다. 그래서 디트로이트에 가기 전까지만 해도 적의 존재를 느껴보지 못했다. FBI는 여러 곳에서 지탄받고 있었다. 대학이나 도시 노동자 조직에 끄나풀을 심어놓고 정보나 캐는 비밀 경찰이라는 인식이 널리 퍼져 있었다.

우리는 칙칙한 검은색 차만 타고 다니기 때문에 곧 사람들의 눈에 띄었다. 어떤 동네에 들어가면 주민들이 우리 차에 돌을 던지기도 했다. 그 동네의 셰퍼드나 도베르만도 우리를 보고 컹컹 짖어댔다. 도시의 일부 지역에 들어갈 때는 반드시 지원병력을 확보하고 중무장한 상태로 가라는 지시도 내려져 있었다.

현지 경찰들도 우리에게 화를 냈다. 그들은 수사국이 사건 해결의 공로를 가로챈다고 비난했다. 사건이 완결되기도 전에 보도자료를 흘리면서 생색을 내고, 또 사건이 해결되면 그 건수를 자기네 해결 건수에 가산하는 얌체 짓을 한다는 것이다. 내가 신입 요원이던 1971년, 약 1천 명의 신규 요원이 채용되었다. 그런데 신규 요원의 거리 단속 훈련을 FBI가 하지 않고, 현지 경찰이 맡아서 해주었다. 나와 같은 세대의 특별요원들이 출세하게 된 데에는 미국 전역에 퍼져 있는 현지 경찰의 전문 지식과 관대한 마음이 큰 도움이 되었음은 말할 필요도 없다.

당시에는 은행강도가 특히 많았다. 주급을 지불하기 위해 은행에 현찰이 모이는 금요일에는 평균 두세 건의 무장 은행강도 사건이 터졌고 많을 때는 다섯 건까지 발생했다. 방탄 유리가 디트로이트 지역 은행에 널리 보급되기 이전에는 창구 직원이 총격을 당하거나 피살되는 일이 빈번했다. 감시 카메라에 은행의 관리자가 테이블에 앉은 채로 총 맞아 죽은 장면이 잡힌 적도 있었다. 그에게 대출을 신청하러 왔던 젊은 부부가 겁먹고 입을 딱 벌린 채 그 피살장면을 멍하니 바라보는 장면도 함께 찍혔다. 현찰로 수만 달러를 다루는 은행원만 희생되는 게 아니었다. 맥도널드처럼 현금 거래가 많은 곳에서 일하는 사람들도 위험에 노출되어 있었다.

나는 당시 기존발생범죄과에 배속되어 있었다. 그러니까 은행털이나 강탈 같은 이미 발생한 범죄를 수사하는 팀이었다. 나는 그 부서의 기소회피 탈주범 팀에 근무했다. 그 팀은 다양한 활동을 벌였기 때문에 훌륭한 경험을 쌓을 수 있었다. 디트로이트 지국에서는 연간 살인범 해결률 제고提高 작업 외에도, 일인당 하루에 얼마나 많은 탈주범을 잡아낼 수 있는지를 놓고 시합을 벌였다. 자동차 영업사원들이 하루에 최대 몇 대의 차를 팔 수 있는지 경쟁하는 것과 비슷했다.

당시 우리가 바쁘게 움직였던 체포 건은 소위 '분류번호 42번'으로 분류된 탈영병 검거였다. 오래 끌어온 베트남 전쟁은 당시 나라를 두 쪽으로 갈라놓고 있었다. 아예 병역을 기피하는 자도 많았지만, 베트남에서 휴가를 받아 나왔다가 다시 돌아가지 않고 탈영해버리는 사람도 많았다. 특히 분류번호 42번 탈영병들은 경찰관에게 사납게 대들었다.

내가 기소회피 탈주범 팀에 근무하면서 탈영병과 처음 맞닥뜨린 것은 그 탈영병이 근무하는 자동차 정비소를 찾아갔을 때였다. 나는 그가 순순히 따라오리라 예상하고 신분증을 보여줬다. 그러자 갑자기 손잡이 부분을 검은 테이프로 두른 날카로운 칼을 꺼내들고 덤벼들었다. 나는 재빨리 몸을 뒤로 빼 간신히 칼을 피했다. 그러고는 재빨리 반격에 나섰다. 탈영병을 정비소의 유리벽에 몰아세우고 무릎으로 등을 찍어 바닥에 쓰러뜨렸다. 나는 총을 꺼내 그의 머리를 쿡 찔렀다. 그렇게 해서 그자를 간신히 검거할 수 있었다. 도대체 내 신세가 이게 뭐란 말인가? 고작 이런 짓이나 하자고 FBI에 들어왔단 말인가? 이런 자들에게 목숨을 잃을지도 모르는데 계속 근무할 필요가 있을까? 차라리 그만둔 산업심리학이 훨씬 나아 보였다.

탈영병을 잡아내는 일은 내게 심리적 동요를 일으켰다. 때로는 체포 영장을 가지고 범인을 추적하다가 길거리에서 검거하기도 했다. 어떤 용의자는 화를 버럭 내고 주먹으로 자기 의족을 툭툭 치면서 대들었다. 자신은 베트남에서 훈장을 받은 사람이라며 오히려 따지기도 했다. 탈영병 리스트에 뭔가 문제가 있는 게 분명했다. 나중에 알고 보니 자발적으로 부대에 귀대하거나 육군 당국에 의해 검거된 탈영병은 검거 즉시 베트남으로 파병되었다. 이렇게 파병된 사람들 중에서 대오각성하여 혁혁한 전공을 올리는 병사도 있었다. 그런데 육군은 우리에게 이미 검거된 탈영병의 명단을 전혀 공유하지 않았고, 우리의 리스트 속에서 그들은 여전히 탈영병인 것이다. 그러니 베트남에서 잘 싸우고 있는 사람, 혹은 싸우다가 부상당해 의가사제대한 사람을 찾아 전국을 헤매는 꼴이었다.

그래도 이것은 약과다. 천신만고 끝에 탈영병의 부모가 살고 있는 집을 알아내 검거하려고 찾아갔는데, 문제의 탈영병이 이미 육군 당국에 의해 검거되어 베트남으로 재파견되었고 전투 중에 사망한 것이다. 우리는 그 탈영병의 전사 사실을 눈물을 흘리는 아내나 화를 내는 부모에게 들어야 했다. 이런 사실을 육군은 단 한마디도 알려주지 않았던 것이다.

어떤 직업이든 막상 현장에 나가 부딪쳐보면 교육이나 훈련에서는 배우지 못했던 각종 크고 작은 일이 벌어진다. 우선 늘 몸에 지녀야 하는 총이 문제였다. 가령 화장실에 들어가서 일을 봐야겠는데, 총을 어떻게 할 것인가? 권총 벨트와 함께 화장실 바닥에 둘까? 화장실 문의 걸개에 걸어놓을까? 아니면 무릎 위에 올려놓을까? 하지만 차가운 금속성 쇳덩어리가 맨살의 무릎을 묵직하게 누르고 있으니 오히려 일을 더 못 볼 것 같았다. 아무튼 그런 사소하면서도 불편한 문제가 불쑥불쑥 생겨나곤 했다. 그러다가 결국 현지에 부임하여 한 달도 안 되었을 때, 그놈의 총이 기어코 문제를 일으키고 말았다.

디트로이트에 발령되었을 때 폭스바겐 비틀을 한 대 샀다. 묘하게도 그 차는 1970년대 최고 흉악범 테드 번디*가 끌고 다니던 것과 동일한 차였다. 테드 번디는 이 차 때문에 결국 꼬리가 잡혔다. 아무튼 나는 웃옷 한 벌을 사려고 디트로이트의 한 쇼핑몰 앞에 차를 세워놓았다. 아무래도 옷을 사려면 입어봐야 하니까 총은 안전하게 차에 두고 가는 게 좋겠다고 생각했다. 그래서 총을 운전석 옆의 공구함에 넣어두고 가게로 들어갔다.

그런데 폭스바겐 비틀은 몇 가지 흥미로운 특징이 있었다. 우선 후륜구동이기 때문에 스페어 타이어가 앞 트렁크에 달려 있었다. 더구나 이 차는 당시 아주 많이 팔렸기 때문에 침입하기가 대단히 쉬웠고 스페어 타이어는 단골 도난 품목이기도 했다. 요즘 고급 자동차의 카오디오가 단골 도난 품목이 된 것과 비슷한 양상이었다. 마지막으로 폭스바겐은 공구함의 스위치를 통해서만 앞 트렁크를 열 수 있었다.

나머지 스토리는 여러분도 상상할 수 있을 것이다. 내가 물건을 들고 차에 와보니 유리창이 깨져 있었다. 나는 재빨리 범죄상황을 재구성했다. 타이어 도둑이 그보다 훨씬 값나가는 물건을 발견했던 것이다. 타이어는 그대로 있는데 총만 없어졌기 때문이다.

"이런, 제기랄! 부임한 지 한 달도 안 돼서 적에게 권총을 빼앗기다니!" 총이나 신분증을 잃어버리면 그 즉시 경고 조치를 당했

---

* 1970년대 35~60명의 젊은 여자를 성폭행하고 살해한 희대의 살인마, 1989년 1월 사형 집행됨.

다. 나는 의기소침해진 상태로 밥 피츠패트릭 반장에게 도난 사실을 보고했다. 피츠패트릭은 대인ㅊㅅ으로, 정말 아버지 같은 사람이었다. 늘 산뜻하게 옷을 차려입고 다니는 그는 수사국의 살아 있는 전설이었다. 그는 나를 불쌍하게 여겼다. 그는 우선 총기 도난 사실을 국장 비서실에 보고하라고 조언했다. 내 인사 기록부 첫 줄에 '총기 도난'이라는 기록이 올라가게 생겼으니 정말이지 기분 잡치는 일이었다. 반장은 도난 사유를 적당하게 둘러대라고 조언했다. 가령 공공장소의 평온을 망치고 싶지 않아 옷가게에 들어가기 전에 총을 차에 두고 내렸다고 둘러대라는 것이었다. 옷가게에서 총이 보이면 강도로 여겨질까 봐 차에 두고 갔는데, 그만 사고를 당하게 되었다고 이야기하라고 했다. 내가 들어도 그럴듯한 변명이었다. 반장은 내가 진급을 하려면 앞으로 2년은 더 있어야 하니까 지금 경고를 받는 건 큰 문제가 아니라고 말했다. 단, 앞으로 이런 실수는 두 번 다시 없어야 한다고 주의를 주었다.

그래서 그 후로 총기 보관에 온 신경을 쏟았다. 하지만 오랫동안 그 사건은 내 마음을 괴롭혔다. 그 일이 있은 지 25년 뒤에 내가 은퇴하면서 콴티코 무기고에 반납한 스미스 앤드 웨슨 모델 10은 내가 두 번째로 지급받은 총이었다. 다행히도 첫 번째 총은 범죄 현장에 나타나지 않았다. 그야말로 증발해버리고 만 것이었다.

나는 밥 맥고니걸과 잭 쿤스트와 함께 디트로이트 남부 교외의 미시간 주 테일러라는 곳에 있는 연립주택에 기거했다. 우리 둘 다 싱글이었다. 우리는 친한 친구가 되었고, 밥은 나중에 내 결혼식 들러리까지 서주었다. 그는 약간 괴짜였다. 늘 연예인처럼 벨벳 슈트와 라벤더색 셔츠를 입고 있었는데, 심지어 사열을 받을 때도 그런 복장이었다. 그는 FBI를 통틀어 후버를 두려워하지 않는 유일한 요원인 것 같았다. 나중에 밥은 지하공작 업무를 맡게 되어 아예 슈트를 입을 필요가 없게 되었다.

그는 처음에 수사국의 서기로 출발해 특별요원의 지위까지 올랐다. 일반 기업으로 말하자면 사환을 하던 사람이 정식 직원이 된 것과 같았다. 그렇지만 우수한 FBI 요원 중에는 서기로 시작한 사람도 많다. 나는 그런 사람들을 우리 수사지원부에 몇 번 스카웃하기도 했다. 그렇지만 일부 부서에서는 서기가 특별요원이 되는 것을 두고 일종의 특혜라고 툴툴거리기도 했다.

밥은 '목소리 흉내 내기'의 귀재였다. 이런 재능은 범인 체포를 위해 우리가 개발한 전향적 수사 방법의 하나였다. 특히 기습 작전을 벌여야 할 때는 목소리를 모방하는 것이 아주 유용했다.

밥은 특히 억양이 예술적이었다. 만약 용의자가 마피아 조직원이면 이탈리아 억양을 썼다. 블랙 팬서스*를 상대할 때는 거리의 부랑아 같은 목소리로 말했다. 그 밖에 이슬람의 국가 요원, 아일랜드 깡패, 이민 온 유대인, 그로스 포인트에 사는 와스프** 등 다양한 억양을 구사할 수 있었다. 필요에 따라 목소리를 낮게 깔면서 해당 인물에 알맞는 은어와 비어를 유창하게 구사하기도 했다. 밥은 목소리를 너무 잘 구사해 동료 요원인 조 델 캄포(이 요원에 대해서는 다음 장에 소개하겠다)를 깜빡 속여 넘겼다. 밥은 조에게 전화를 걸어서 자신이 흑인 병사인데 FBI의 정보원 노릇을 하고 싶다고 말했다. 당시 요원들은 상부로부터 빈민촌에 끄나풀을 심어놓으라는 압박을 심하게 받고 있었다. 그래서 밥은 조와 만날 약속을 했다. 조는 큰 놈 하나 걸려들었다고 좋아했다. 그러나 조가 약속 장

---

* 1966년에 시작된 흑인 해방운동의 정치 결사 요원.
** 앵글로색슨계 백인이며 개신교도.

소에 나가보니 아무도 나타나지 않았다. 그런데 다음 날 사무실에서 밥이 흑인 목소리를 흉내 내며 인사를 하지 않겠는가!

　나는 범인을 체포하는 일에 그런대로 흥미를 가지긴 했지만 범죄를 일으키기까지의 과정에 더 관심을 기울였다. 그래서 범인을 잡을 때마다 '왜 이 은행을 선택했나?', '왜 이 희생자를 골랐나?'와 같은 질문을 던졌다. 우리는 은행강도들이 돈이 가장 많이 모이는 금요일에 은행을 자주 턴다는 걸 잘 알고 있다. 그러나 나는 그들이 계획하고 실행하는 방법들이 궁금했다.

　나는 외모가 험상궂게 보이지는 않는다. 학창 시절에도 그랬던 것처럼 사람들은 내게 순순히 자기의 마음을 드러냈다. 나는 범인들과 얘기를 하면서 범행에 성공하는 범인이야말로 훌륭한 프로파일러라는 것을 알게 되었다. 그들은 사전에 치밀하게 계획을 세우고 털려는 은행의 프로파일을 연구한다. 어떤 범인은 주요 통행로 혹은 주간州間 도로 근처에 있는 은행을 좋아했다. 범행 후에 도주하기가 좋고 경찰 추적이 시작되었을 때는 이미 몇 킬로미터를 도주한 후이기 때문이었다. 어떤 범인은 트레일러형의 격리된 소형 은행을 좋아했다. 많은 범인들이 은행의 구조를 파악하고, 근무 인원과 특정 시간대의 이용 고객 현황을 알아보기 위해 사전 답사를 했다. 어떤 범인은 남자 직원이 없는 은행만 골라서 범행했다. 거리 쪽으로 창문이 나 있지 않은 은행은 가장 만만한 목표물이었다. 왜냐하면 행인들이 은행 내부의 범행 현장을 목격할 수가 없고 은행 안의 목격자는 도주 차량을 확인할 수 없기 때문이었다. 노련한 은행털이범은 손들라고 소리지르지 않고, '손들어!'라고 적은 쪽지를 창구 직원에게 내보인다. 그들은 총을 흔들면서 위협을 하고 일을 끝내면 그 쪽지를 반드시 회수해 현장에 증거를 남기지 않았다. 도주에 가장 적합한 차량은 훔친 차이고 가장 좋은 시나리오는 차량을 범행 전에 미리 주차시켜 사람들의 눈에 띄지 않게 하는 것이었다. 다음 날 천천히 은행으로 들어가 일을 치르고 유유히 차를 몰아 떠나면 된다. 특정 은행에서 성공적으로 돈을 턴 범인은 후에도 그 은행을 주시한다. 그리고 보안 조건이 예전에 비해 달라진 것이 없다면 두 달 이내에 같은 은행을 또다시 습격한다.

모든 공공 건물 중 은행은 가장 보안이 철저한 시설이다. 하지만 후속 수사를 하면서 그들이 얼마나 보안을 허술하게 했는가를 알고 놀라움을 금치 못했다. 감시 카메라에 필름을 넣어놓지 않았다든가, 무선 경보 장치를 우연히 꺼놓았다가 다시 켜지 않았다든가, 또는 경보 장치를 너무 자주 눌러 경찰에 경각심을 주지 못하는 일들이 비일비재했다. 따지고 보면 노련한 은행털이범에게 '여기를 털어줍쇼!' 하고 공개하는 꼴이었다.

그러나 은행털이 사건을 프로파일링해보면—나는 그때만 해도 이 용어를 쓰지 않았다—범행에는 일정한 패턴이 있다는 것을 알 수 있다. 일단 이런 패턴을 파악하고 나면 범인을 잡기 위해 전향적 조치를 취할 수 있다. 가령 황급히 벌어진 듯한 은행털이 사건들이 서로 비슷한 특성을 갖고 있다는 점을 파악하거나, 은행강도들과의 충분한 면담을 통해 어떤 은행을 주로 노렸는가를 알아내면, 모든 은행을 거의 철옹성처럼 무장시킬 수 있다. 물론 사복 경찰이나 FBI 요원이 은행 안에서 경비하는 것이 최고겠지만, 그렇게 할 수 없을 경우엔 이런 조치라도 취해야 한다. 한 걸음 더 나아가 은행강도가 좋아하는 은행을 미리 파악하여 길목을 노렸다가 검거하는 수법도 쓸 수 있다. 실제로 이런 전향적 수법을 구사하자 은행털이 사건의 해결률이 높아졌다.

그땐 우리 FBI 요원은 무슨 일을 하든 존 에드거 후버라는 거목의 그늘에서 벗어날 수가 없었다. 그건 1924년 이래 우리 선배 수사관들도 마찬가지였다. 요즘처럼 공직이 문자 그대로 '회전의자'가 되어 책임자가 수도 없이 비고 도는 상황에서는, 또 여론의 무자비한 십자포화를 얻어맞는 상황에서는 후버가 행사했던 거대한 영향력을 기대하기가 어렵다. 후버 국장은 FBI는 물론, 정부 관료들, 언론계, 그리고 공직계 전반에 커다란 영향력을 발휘했다. 그 당시 수사국에 대한 책을 쓰거나 기사를 쓰려면 먼저 후버의 승인과 지원을 받아야 했다. 가령 돈 화이트헤드가 쓴 1950년대의 베스트셀러 《The FBI Story》나 이 책을 바탕으로 제작된 제임스 스튜어트 주연의 영화, 1960년대에 에프렘 짐발리스가 주연한 〈FBI〉 같은 텔레비전 시리즈 모두 후버의 사전 승낙을 받고 나온 것이다. 한편 정부 공직자들은 후버가 뭔가 '꼬투리'를 잡아낸 것은 아닐까 하는 공포를 늘 갖고 있었다. 특히 후버 국장이 공직자에게 전화를 걸어 'FBI가 당신에게 불리한 소문을 파악했는데, 공개되지 않도록 최선을 다하고 있다'라고 다정하고 나지막하게 말해주면, 그는 그야말로 후버의 눈치를 보면서 알아서 기곤 했다.

FBI의 지방사무소(지국)와 FBI의 조직 관리에는 후버 국장의 전설적인 영향력이 특히 강하게 스며 있었다. FBI가 그처럼 존경을 받고 위엄을 갖추게 된 것은 순전히 후버 덕분이라는 데에 이의가 있을 수 없다. 그는 맨손으로 현재의 FBI를 일궈냈으며 또 우리 기관의 예산 증액과 급여 향상을 위해 초인적인 힘으로 관계 기관과 맞서 싸웠다. 그는 모든 사람의 존경을 받았지만 동시에 공포의 대상이었다. 만약 FBI 요원 중에 후버를 시원찮게 생각하는 사람이 있다면 그는 입을 꼭 다물고 내색하지 않는 것이 최상이었다. FBI의 기강은 엄격했고 지국에 대한 감사는 말이 좋아 감사지 사실은 대학살이 벌어지는 '피바다'였다. 만약 감사관이 특정 지국에 대해서 별로 꼬투리 잡을 것이 없다고 보고하면 후버는 그 감사관을 닦달하면서 감사를 제대로 하지 않았다고 몰아붙였다. 그러면 그 감사관은 열심히 감사를 하고서도 경고장이나 받는 바가지를 뒤집어쓰게 된다. 경고장의 발부가 정당하냐 아니냐는 다음 문제였다. 사정이 이렇다보니 감사관은 그야말로 '안면몰수'하고 꼬치꼬치 따지고 들었다. 지국에 대한 감사 지적은 교통 범칙금 딱지를 할당하는 것과 비슷했다. 이런 악순환이 너무 심각하여 어떤 지국장^{SAC :} Secret Agent in Charge은 진급 순서가 안 된 요원들을 희생양 삼아 경고장을 받게 했고, 그렇게 해서 감사라는 두터운 벽을 뛰어넘어 자신의 경력을 관리해나갔다.

'감사'라고 하면 FBI 요원들이 얼마나 몸을 사리는지 보여주는 좋은 실례가 있다(그러나 이 실례는 1995년의 오클라호마 연방 건물 폭파 사건 이후 유머로 받아들일 수 없게 되었다). 어떤 지국의 감사가 끝난 후에 FBI 사무실을 폭파하겠다는 협박 전화가 걸려왔다. 그 전화는 지국이 있는 연방 건물 바로 앞의 공중전화에서 걸려온 것이었다. 본부에서 내려온 수사관들은 그 전화박스를 통째로 철거하여 공중전화기 안에 들어 있던 동전을 모조리 꺼냈다. 그러고는 동전에서 나온 지문을 350여 명의 지국 요원의 지문과 대조할 판이었다. 그러나 하급 직원들에게는 다행스럽게도, 그건 너무하지 않느냐는 비판이 제기되어 지문 대조 계획은 없었던 것으로 매듭지어졌다. 이것은 FBI 내에서 후버 국장이 지국 감사를 얼마나 강도 높게 펼쳤는지를 보여주는 실례로 널리 회자되었다.

FBI에서 하는 모든 일에는 표준 절차가 규정되어 있었다. 비록 나는 후버 국장을 독대한 경험은 없지만 그의 자필 서명이 든 사진을 내 사무실에 가지고 있었다(지금도 그 사진을 사무실에 걸어두고 있다). 나 같은 하급 요원이 이런 사진을 얻는 데에도 정해진 절차가 있었다. 그 요령은 지국장이 가르쳐주었다. 지국장 비서에게 부탁하여 하급 FBI 특수요원으로서 후버 국장을 존경한다는 내용의 편지를 타자로 쳐 공손한 필체로 사인한 다음 본부로 보내, 만약 그 편지가 국장의 마음에 들면 서명된 사진을 보내온다고 했다. 그러면 그 사진을 받아든 요원은 마치 자신이 국장을 개인적으로 잘 알기나 하는 것처럼 동료들에게 사진을 보여주며 자랑하는 것이다.

그 밖의 다른 절차들은 후버 국장의 직접 지시인지, 아니면 국장의 뜻을 고급 간부들이 확대해석한 것인지 파악하기 어려웠다. 대표적인 예로 모든 요원은 반드시 야근을 하고 또 평균 이상의 실적을 올려야 했다. 이렇게 말하면 눈치 빠른 독자는 이것이 어떤 딜레마를 제기하는지 금방 파악할 것이다. 날이 갈수록 그 오버타임 계획은 피라미드 구조처럼 점점 더 첨예화되었다. 즉 야근을 해야 하는 시간이 점점 늘어난 것이다. 높은 사기와 도덕심을 갖추고 수사국에 들어온 요원들은 일과는 상관없이 근무시간만 자꾸 늘리라는 강요를 받았다. 게다가 사무실에서는 커피를 마셔도 안 되고 담배를 피워도 안 되었다. 또 FBI 요원은 방문 판매원이 아닌데도 사무실에 오래 붙어 있으면 절대로 안 된다는 철칙이 있었다. 세일즈맨들은 사무실보다는 현장에서 뛰어야 한다는 말을 들었지만, FBI 요원이 보따리 장수도 아니고 일도 없이 어디로 돌아다니라는 말인가. 그러나 명령에 절대 복종해야 하는 것이 FBI의 불문율이었다. 그래서 각 요원은 이런 가혹한 절차를 견뎌내기 위해 그 나름의 도피처를 마련해두고 있었다. 나는 공공 도서관의 열람석을 하나 잡아 담당 사건 파일을 검토하는 일로 시간을 때우곤 했다.

FBI의 교주 에드거 후버 성인의 복음을 철저하게 신봉하는 FBI 교도인 지국장 닐 웰치는 별명이 '포도*'였다. 193센티미터의 키에 덩치가 크고 뿔테 안경을 쓴 그는 강직한 데다 견인주의자였다. 그렇기 때문에 마음이 따뜻하다거나 아저씨같이 사람 좋은 구석은 조금도 없었다. 그는 수사국 내에서도 촉망받는 선임 지국장이었고, 곧 필라델피아 지국장이나 뉴욕 지국장으로 가게 되어 있는 소위 '잘나가는 사람'이었다. 성인이 승천하면 그 자리를 이어받을 후보라는 말도 나돌 지경이었다. 후에 뉴욕 지국장으로 나간 웰치는 연방 RICO법**에 해당되는 범죄를 수사하는 첫 번째 그룹을 결성했다. 그러나 디트로이트 시절에는 원리원칙을 철저하게 지킨 고지식한 인물이었다.

사정이 이렇다보니, 원칙주의자 웰치와 연예인 같은 요원 밥 맥고니걸은 사사건건 부딪칠 수밖에 없었다. 마침내 사태는 어느 토요일 우리가 연립주택에서 쉬고 있을 때 터지고 말았다. 밥이 전화를 받았는데, 내용인즉슨 피츠패트릭 반장을 데리고 지국장 사무실로 오라는 '포도'의 지시였다. 맥고니걸이 지국장 방에 들어가니 웰치는 뉴저지 시외전화를 함부로 사용하고 있는 요원이 있다고 말했다. 당시 FBI에서는 개인적인 용무로 수사국 전화를 쓰는 것은 위법이었다. 그러나 맥고니걸이 사용한 전화가 사적인 것인지 공적인 것인지를 판단하기는 어려웠다. FBI는 이런 경우 일단 사

---

* 웰치라는 상표의 포도 주스가 있음.
** RICO Racketeer Influenced and Corrupt Organizations. 조직범죄 및 부정부패 금지법. 1970년대 후반에 제정된 반 조직범죄·부정부패법으로 이 법을 저촉하면 자동적으로 FBI가 개입하게 되어 있음.

적인 용도라고 의심부터 했다. FBI에게 유리한 쪽으로 조치하다가 실수가 발생하면 그걸 인정하면 그만이었기 때문이다.

야비해져야 할 때는 한없이 야비해지는 사람인 웰치는 빙빙 둘러서 접근하는 수사 방식을 썼다. 그렇게 되면 용의자는 꼼짝도 못하고 벌벌 떨어야 했다. "자, 맥고니걸, 도대체 그 전화 건은 어떻게 된 거야?"

그래서 밥은 자기가 쓴 시외 전화를 모두 자백했다. 아마도 지국장이 뭔가 큰 건을 들춰낸 모양인데, 그런 사소한 문제를 양보하면 그의 분노가 누그러질 것 같아서였다

웰치는 책상에서 벌떡 일어서더니 190센티미터가 넘는 커다란 몸집을 책상 위로 기울이고 위협적으로 손가락질하면서 이렇게 말했다. "맥고니걸, 자네에게 이것 한 가지만 말해두지. 자넨 이미 투 스트라이크를 먹었어. 첫째, 자네는 서기 출신이야. 난 서기라면 지긋지긋해. 둘째, 검열 때 그 빌어먹을 라벤더 색깔의 셔츠를 또 입고 나오면 엉덩이를 걷어차서 이스트제퍼슨 거리 아래로 구르게 할 거야. 만약 또 한 번 시외 전화를 하는 게 발각되면 각오하라고. 아예 엉덩이를 으깨어놓을 테니까. 내 말 알아들어? 알았으면, 썩 꺼져!"

밥은 풀이 죽어 집으로 돌아왔다. 그리고 자기는 곧 해고될 거라고 불안해했다. 잭 쿤스트와 나는 그가 정말 안됐다고 생각했다. 그러나 다음 날 피츠패트릭 반장 말을 들어보니 사태가 그렇게 심각한 것도 아니었다. 맥고니걸이 사무실에서 나간 다음 지국장과 반장은 배꼽을 잡고 서로 웃었다는 것이다.

맥고니걸 이야기에서 알 수 있듯이 심문받는 사람의 심리는 그렇게 강하지 않다. 그로부터 오랜 세월이 흘러 수사지원부의 부서

장이 되었을 때 나는 남들에게 이런 질문을 자주 받았다. 범죄 행태와 범죄 현장 분석에 대한 정보를 그토록 많이 가지고 있으니, 우리 부서 사람들이라면 완전 범죄를 저지를 수 있지 않겠느냐고. 그때마다 나는 그렇지 않다고 대답했다. 비록 우리가 범죄 행각에 대해서 아는 것이 많다 하더라도 범행 후의 행각이 결국은 우리의 정체를 노출시키고 말 것이기 때문이다. 가령 방금 언급한 맥고니걸과 웰치의 에피소드를 보라. 맥고니걸 같은 일급 FBI 요원도 제대로 된 심문관을 만나면 그 압력을 견디지 못해 허약한 솔기처럼 낱낱이 뜯겨나가지 않던가.

아무튼 그 토요일 오후 지국장의 사무실을 나온 이래 밥은 희디흰 셔츠만 입고 다녔다. 닐 웰치가 필라델피아로 전근 갈 때까지만.

후버가 의회에 FBI 예산을 통과시킬 수 있었던 것은 통계 수치라는 강력한 지렛대 때문이었다. 그러나 국장이 그런 통계 수치를 활용할 수 있게 하려면 일선에 있는 우리 요원들은 그야말로 죽자고 뛰지 않으면 안 되었다.

1972년 초의 일이다. 지국장 웰치는 어느 날 느닷없이 공명심이 발동하여 덜컥 후버 국장에게 도박사 150명을 잡아들이겠다고 보고했다. 도박사 검거 분야는 당시 수치상으로 미약했기 때문에 일제 검거가 필요하기는 했다. 그래서 우리는 끄나풀과 도청장치를 이용하여 군사작전을 방불케 하는 정교한 함정 수사를 폈다. 작전의 핵심은 일요일에 벌어지는 슈퍼볼 게임이었다. 이날은 전국적으로 불법 도박이 극성을 부리는 날이었다. 전해에 볼티모어콜츠 팀에게 아깝게 패한 댈러스 카우보이 팀이 뉴올리언스에서 마이애미 돌핀스와 격돌하는 최대 스포츠 행사였다.

부키*를 검거하는 것은 전광석화처럼 단숨에 해치우지 않으면 안 된다. 부키들은 거래 현황을 금세 불타 없어지는 플래시 종이와 물에 녹는 감자 종이에 적기 때문이다. 게다가 그날은 하루종일 소나기가 간헐적으로 내려 부키 검거 작전이 질척거리는 분위기 속에서 이루어질 전망이었다.

우리의 함정 수사 작전은 비 오는 날 오후 무려 200여 명의 도박사를 검거하는 기대 이상의 실적을 올렸다. 그런 와중에 나는 한 용의자를 낚아채 수갑을 채워 차의 뒷좌석에 앉혀놓았다. 그를 도박사들을 입건시키는 대형 버스로 데려가기 위해 차 안에서 대기하고 있었던 것이다. 그 도박사는 아주 매력적인 데다 붙임성이 좋았다. 게다가 폴 뉴먼처럼 잘생긴 남자였다. 그는 내게 이렇게 말했다. "이번 검거가 끝나면 언제 만나서 라켓볼이나 칩시다."

그는 내가 질문을 하면 순순히 답할 것 같았다. 그래서 나는 질문을 던지기 시작했다. 그전에 은행털이범들에게 범행 동기를 물어보았던 것처럼. "왜 이런 짓을 하는 거죠?"

"난 이 일을 좋아합니다. 존, 경찰은 오늘 하루쯤은 우리를 모두 검거할 수 있을 겁니다. 그렇다고 크게 달라지지는 않을 거예요."

"이봐요, 당신처럼 잘생기고 똑똑한 사람이라면 합법적인 방법으로도 쉽게 돈을 벌 수 있을 텐데요."

그는 어떻게 그리도 남의 말을 못 알아듣느냐는 듯이 안타까운 표정을 지으며 머리를 저었다. 비가 더욱 거세게 내리고 있었다. 그는 옆을 보더니 차창을 때리는 빗방울을 눈으로 가리켰다. "저기, 흘러내리는 빗방울 두 개가 보이지요? 차창의 왼쪽 빗방울이

---

* 스포츠 도박 중개업자. 미국에서는 부키를 통해 도박이 벌어진다.

차창 바닥에 떨어지면 곧이어 오른쪽 빗방울이 아래로 흘러내려요. 우리는 슈퍼볼 때문에 이 짓을 하는 게 아니에요. 아래로 흐르는 빗방울처럼, 우린 이렇게 흐를 수밖에 없는 거예요. 존, 당신이 무슨 수단을 써서 막으려 해도 우리를 저지할 수는 없어요. 우린 원래 이렇게 생겨먹은 거예요."

나로서는 그 짧은 만남이 청천벽력과 같은 충격이었다. 놀라운 지견智見을 얻은 느낌이었다. 지금 와 생각하니 그 느낌에 순진한 구석도 있었던 것 같다. 그러나 내가 찾고 있던 것, 내가 은행털이범과 다른 범인들에게서 그토록 알아내고자 했던 요체, 바로 그것이 수정 구슬처럼 투명하게 내 의식 속에서 비쳐왔다.

'우린 원래 이렇게 생겨먹은 거예요.'

범인의 마음과 영혼 속에는 특정 방식으로 범죄 행각을 저지르게 하는 유전적인 잠재 요소가 틀림없이 존재한다. 몇 년 뒤 연쇄살인범의 마음과 동기를 조사했을 때, 그리고 행동과학적 단서를 찾기 위해 범죄 현장을 분석했을 때, 나는 범죄와 범인을 드러내 주는 요소를 찾으려고 애썼다. 바꾸어 말해서 범인의 '원래 이렇게 생겨먹은' 측면을 찾아내려고 노력했다.

마침내 나는 이 특유의 요소와 개인적 충동을 지칭하기 위해 시그너처signature라는 용어를 만들어냈다. 이 시그너처야말로 한 개인의 깊숙한 내부에 숨어서 절대로 변하지 않는 정적인 것이다. 앞으로 나는 이 시그너처라는 용어를 유동적인 범죄 방식MO : modus operandi과 대조되는 개념으로 사용할 것이다. 시그너처는 우리 수사지원부에서 하는 일의 핵심이라고 해도 과언이 아니다.*

---

* MO와 시그너처는 프로파일링의 핵심적 개념으로서 이 책 제13장에 자세히 설명되어 있다.

우리가 슈퍼볼 선데이에 검거한 200여 명의 도박사들은 기술적 사항의 미비로 모두 기각 처리되었다. 작전을 재빨리 진행하려고 서두르다보니 수색영장에 검찰총장이 아닌 하급자의 서명을 받은 것이 문제가 되었다. 그러나 지국장 웰치는 약속을 지켜 후버에게 필요한 통계 수치를 제시했다. 아무튼 그런 수치는 후버가 의사당에 소기의 압박을 가하기에 충분한 것이었다. 그리고 나는 그 도박사 검거에서, FBI 생활 내내 좌우명이 될 깊은 통찰을 얻었다. '빗방울처럼, 우린 이렇게 흐를 수밖에 없는 거예요.'

서로 다른 두 세계 사이에서

약 10만 달러어치의 J&B 스카치 위스키를 한 트럭 훔친 강탈사건이 두 주에 걸쳐 일어났다. 1971년 봄, 내가 디트로이트에 온 지 6개월 정도 되었을 때였다. 창고지기는 도둑들이 훔친 술을 돈으로 바꾸는 장소를 우리에게 제보해주었다.

우리는 그 사건을 FBI와 디트로이트 경찰의 합동 작전으로 수사했다. 그러나 양 기관은 작전 회의를 할 때 서로 만나지는 않았다. 오로지 고위직들끼리 서로 만나서 얘기를 주고받았고, 그나마 결정 사항은 일선 수사관에게 전달되지도 않았다. 그래서 도둑을 체포할 때가 되었지만 상대방이 무슨 일을 하고 있는지는 몰랐다.

체포 시간은 밤이었고 장소는 도시 교외의 철로변이었다. 나는 반장 밥 피츠패트릭을 내 옆에 앉히고 FBI 차를 몰아 현장으로 나갔다. 체포 장소를 일러준 사람은 밥의 정보원이었고, 사건 담당 수사관은 밥 맥고니걸이었다.

그때 무전기에서 지시가 흘러나왔다. "범인을 체포해! 범인을 체포해!" 우리는 차를 급히 세우고 그 트럭을 포위했다. 트럭 운전사는 문을 급히 열더니 밖으로 튀어나와 도망치기 시작했다. 다른 차에서 FBI 요원이 밖으로 튀어나왔고 나도 권총을 뽑아들고 차에서 내려 범인을 추적했다.

칠흑같이 어두운 밤이었고 우리는 모두 간편한 복장을 하고 있었다(슈트나 넥타이 차림이 아니었다). 그때 한 제복 경관이 내게 총을 겨누며 소리쳤다. 나는 그 경관이 눈알을 굴릴 때 흰자위가 번들거리던 것을 지금도 잊을 수가 없다. "서라! 경찰이다. 총을 내려놔!" 우리의 거리는 2.5미터도 채 되지 않았다. 순간적으로 나는 그 경관이 정말 총을 쏘리라는 것을 직감했다. 그래서 그 자리에 부동자세로 얼어붙었다. 조금만 몸을 움직이면 그 자리에서 총을 맞고 하늘로 가버릴 것 같았다.

내가 상대방이 시키는 대로 하려는 순간 밥 피츠패트릭 반장이 미친 사람처럼 소리쳤다. "그는 FBI야! FBI 요원!"

제복 경관은 총을 내렸고 나는 위기에서 벗어나 도망친 트럭 운전사의 뒤를 쫓기 시작했다. 나는 더욱 힘을 내 잠깐 동안 벌어진 거리를 좁히려고 전력으로 뛰어갔다. 다른 요원과 나는 거의 동시에 그 운전사를 덮쳤다. 우리는 그를 땅에 쓰러뜨린 뒤 수갑을 채웠다. 당시 나는 약간 흥분된 상태여서 필요 이상으로 운전사를 거칠게 다루었다. 그러나 경찰의 총에 맞아 내 머리가 날아가버릴지도 모른다고 두려워했던 그 짧은 몇 초는 내 경험 중에 가장 끔찍한 순간이었다. 그 후 강간이나 살인사건 희생자들의 입장에서 생각할 때마다 또는 강간범, 살인범이 덮쳐오는 순간 희생자들이 무슨 생각, 무슨 느낌을 가졌는지 알아내려고 애쓸 때마다 나는 그 짧은 몇 초를 회상했다. 이 경험은 내가 피해자의 입장에서 사건을 파악하는 데 큰 도움이 되었다.

신참들이 가능한 한 많은 체포 건수를 올리려고 애쓰는 반면 지처빠진 고참 요원들은 무사안일한 태도를 취했다. 고참들의 얘기는, 공연히 가만있는 배를 흔들 필요가 없다는 것이었다. 목숨 걸고 체포해봐야 받는 봉급은 똑같고, 그런 맹렬한 근무 태도는 실적급제가 통하는 세일즈맨한테나 어울린다는 것이었다. FBI 규정상 요원들은 가능한 한 외부에서 근무해야 했으므로, 어떤 요원들은 아이쇼핑, 공원에서 시간 죽이기, 〈월스트리트저널〉 보기 등으로 시간을 때웠다.

나는 의욕이 넘치는 푸른 불꽃이었으므로 열심히 일하는 사람들에게 보수를 더 지급하는 실적별 연봉제를 채택하자는 품의서를 작성했다. 그리고 그 서류를 부지국장 톰 닐리에게 제출했다.

톰은 나를 자기 사무실로 부르더니 문을 닫으라 하고선 그 서류를 서류함에서 집어들었다. 그러고는 내게 부드럽게 미소지었다. "존, 도대체 뭐가 걱정이야? 자넨 곧 GS-11 호봉이 될 텐데." 톰은 품의서를 반으로 찢었다.

"그리고 곧 GS-12가 되지." 그는 또다시 반으로 찢으며 말했다. "그다음에는 GS-13이 되는 거지." 그는 이제 서류를 갈가리 찢어버렸다. 그러고는 커다랗게 웃었다. "더글러스, 가만히 있는 배를 괜히 흔들지 마." 그는 마지막으로 충고하고 나서 찢어발긴 서류를 쓰레기통에 집어던졌다.

그 후 15년 뒤, 후버가 죽은 지 한참 지나서, FBI는 드디어 실적에 따른 연봉제를 채택했다. 시스템을 도입할 때 그 제도를 15년 전에 제의한 내게는 일언반구 상의가 없었던 게 좀 실망스럽기는 했다.

5월 어느 날 밤 나는 밥 맥고니걸과 잭 쿤스트와 함께 단골 술집에 갔다(5월 17일 이후의 어느 금요일이었는데 이런 세세한 것을 기억하는 이유는 뒤에 밝혀진다). 그 술집은 사무실에서 길 하나 건너에 있었는데 이름이 '짐스 개라지'였다. 로큰롤 밴드가 나와서 음악을 연주하는 집이었다. 우리는 맥주를 여러 병 마셔 거나해져 있는데, 느닷없이 한 아름다운 젊은 여인이 자기 친구와 함께 술집 안으로 들어왔다. 그녀는 젊은 날의 소피아 로렌을 연상시키는 미인이었다. 당시 유행하던 짧은 푸른 드레스에 허벅지까지 올라오는 고고 부츠를 신고 있었다.

"이봐, 푸른 옷! 여기 와서 합석하자고." 나는 되든 말든 한번 내질러보았다. 그런데 놀랍게도 그 소피아 로렌 타입과 여자친구가 우리에게 다가왔다. 그녀의 이름은 팸 모디카였고 우리는 실실 농담을 하면서 수작을 붙였다. 그녀는 21세 생일을 맞이했고 법적 음주 연령에 도달한 것을 축하하기 위해 친구와 한잔하러 나왔다고 했다. 그녀는 나의 농담을 잘 받아주었다. 나중에 알고 보니 그녀에게 비친 나의 첫인상은 좋은 편이었다. 하지만 사병처럼 짧게 깎은 머리는 영 바보스럽게 보였다고 했다. 우리는 짐스 개라지를 나와 나이트 바로 옮겼다.

그 후 2주 동안 그녀와 나는 자주 만나면서 서로 더 잘 알게 되었다. 그녀는 디트로이트 시내에 살면서 퍼싱 고등학교를 졸업했다. 그 학교는 학생 대부분이 흑인이었고 유명한 농구 선수인 엘빈 헤이스의 모교였다. 우리가 만났을 때, 그녀는 입실랜티에 있는 이스턴 미시간 대학을 다니고 있었다.

우리 둘 사이는 꽤 빠르게 진전되었다. 그렇지만 팸은 나와 교제하면서 약간의 사회적 피해를 입기도 했다. 1971년 당시 베트남전은 아직 종식되지 않았고 그래서 대학 캠퍼스에는 FBI에 대한 불신이 만연해 있었다. 팸의 친구들은 우리와 함께 어울리기를 꺼려했다. 그들은 나를 학내에 심어놓은 FBI 끄나풀로 여겼고 그래서 내가 그들의 행동을 상부에 보고한다고 믿었다. 도대체 대학교 2, 3학년 여학생들이 뭐가 대단해서 FBI 요원이 감시를 하겠는가. 하지만 당시 FBI가 학내 사찰을 했다는 것은 숨길 수 없는 사실이었다.

나는 팸과 함께 사회학 강의에 들어간 적이 있었다. 나는 맨 뒷줄에 앉아 강의를 경청했는데 나이가 젊고 급진적인 여자 조교수는 대단히 냉담하면서 '아는 척'하는 여자였다. 나는 강의를 듣기 위해 여자 교수를 계속 보았지만 이상하게 그 교수도 자꾸 내 쪽으로 시선을 던졌다. 내가 강의실 안에 들어와 있다는 사실에 부담을 느끼는 게 분명했다. 그들이 볼 때는 FBI 요원은 설혹 학생의 애인이라 할지라도 적인 셈이었다. 지금 와서 돌이켜보니 어떤 사람의 신분은 비록 기능을 발휘하지 않더라도 그 자체만으로도 상대방을 커다란 혼란에 빠뜨릴 수 있었다. 그래서 우리 수사지원부 요원들과 나는 이런 점(신분의 기능)을 요긴하게 써먹었다. 알래스카에서 끔찍한 살인사건이 터졌을 때였다. 내 동료이며 흑인인 저드 레이는 피고가 증언석에 나오자마자 피고의 애인 옆에 앉아 다정하게 말을 걸어 증언석에 나온 인종차별주의자인 피고의 얼을 빼놓은 적이 있었다. 그러니까 흑인이라는 신분 자체가 인종차별주의자에게는 엄청난 스트레스로 작용했던 것이다.

팸이 이스턴 미시간 대학의 1학년이었을 때, 여대생 연쇄 살인범이 아직 잡히지 않은 채 활개치고 있었다. 물론 그때는 '연쇄 살인범'이라는 용어로 불리기 전이었다. 이 살인범의 첫 번째 범행은 1967년 7월이었다. 메어리 플레스저라는 학생이 캠퍼스에서 사라졌다. 메어리의 부패된 시체는 한 달 뒤에 발견되었다. 그녀는 칼에 찔려 피살되었고 양손과 양발이 잘려나갔다. 1년 뒤 앤아버 근처의 미시간 대학교 학생인 존 셸의 시체가 발견되었다. 그녀는 강간을 당했고 무려 50군데나 칼에 찔렸다. 그리고 입실랜티에서 또 다른 시체가 발견되었다.

'미시간 연쇄 살인'으로 알려진 이 사건은 세간을 떠들썩하게 만들었고 미시간 대학과 이스턴 미시간 대학에 다니는 여학생들을 공포에 떨게 했다. 발견된 시체에는 모두 끔찍한 학대의 흔적이 남아 있었다. 1969년, 범인인 존 노먼 콜린스가 잡힐 때까지 여섯 명의 여대생과 한 명의 13세 소녀가 끔찍한 죽음을 당했다. 범인의 숙부이자 경찰 반장인 데이비드 레이크가 우연히 범인의 꼬리를 잡았다.

콜린스는 유죄 판결을 받고 종신형에 처해졌다. 이 사건은 내가 수사국에 입사하기 석 달 전에 일어났다. 나는 당시의 수사국이 지금 우리가 사용하는 수사 기법을 알았더라면, 콜린스가 범죄를 더 저지르기 전에 잡을 수 있었을 것이라 생각한다. 콜린스가 잡히고 난 다음에도 그의 망령은 미시간 대학과 이스턴 미시간 대학을 계속 괴롭혔다. 그리고 몇 년 뒤에는 테드 번디라는 괴물이 다른 여러 대학을 돌아다니면서 수많은 여대생을 납치해 강간 살해하는 사건이 벌어진다. 그런 끔찍한 사건이 팸의 기억 속에 생생하게 살아 있었기 때문에 자연히 팸의 애인이었던 내게도 전달되었다. 그 기억은 내 잠재 의식 속에 그대로 남아 훗날 연쇄 살인범을 본격적으로 연구할 때 많은 참고가 되었다. 아무튼 아름다운 여대생들을 무참히 살해한 존 노먼 콜린스 사건으로 인해 나는 처음으로 연쇄 살인범을 알게 되었다.

나는 팸보다 다섯 살이 많았다. 그녀는 아직 대학생이고 나는 치안 분야에 일하는 사회인이었으므로, 어떤 때는 세대 차이 같은 것이 느껴졌다. 그녀는 내 친구들 앞에서는 말이 없는 수동적 태도를 보였다. 그리고 우리들은 종종 그녀의 이런 태도를 악용하기도 했다.

어느 날 밤 맥고니걸과 나는 팸과 시내가 훤히 내려다보이는 호텔 식당에서 점심을 먹었다. 우리는 검은 슈트에 윙팁 구두 차림이었고 팸은 귀여운 캐주얼 차림이었다. 우리가 점심을 먹고 엘리베이터를 타고 로비로 내려오는 길이었다. 그런데 그 엘리베이터가 각 층마다 멈췄고 그때마다 사람들이 들어찼다.

반쯤 내려왔을 때 밥이 팸에게 고개를 돌리며 이렇게 말했다. "오늘은 아주 즐거웠습니다. 다음번에 시내에 나오면 또 전화를 드리지요."

팸은 바닥만 묵묵히 내려다보면서 아무런 대꾸도 하지 않았다. 그때 내가 끼어들었다. "다음번엔 생크림을 가져올게요. 당신은 체리를 가져오세요." 다른 승객들은 불안해하며 서로 바라보았다. 그러자 팸이 웃음을 터뜨렸다. 승객들은 우리 셋이 변태라도 되는 양 곁눈질했다.

팸은 그해 가을 한 학기 동안 영국 코벤트리에 교환학생으로 나갈 예정이었다. 8월 말 그녀가 비행기를 타고 영국으로 떠나자 나는 팸과 결혼해야겠다고 마음먹었다. 그녀도 내게 그런 감정을 느끼는지 물어봐야겠다는 생각은 눈곱만큼도 하지 않았다. 당연히 그러리라고 생각했다.

그녀가 영국에 있는 동안 우리는 꾸준히 편지를 주고받았다. 그동안 나는 미시간 주 경마장 근처의 알라메다 가 622번지에 있는 그녀의 집을 여러 차례 찾아갔다. 팸의 아버지는 그녀가 어렸을 적에 돌아가셨다. 그녀의 어머니 로잘리는 굉장히 친절한 분이셨다. 나는 일주일에 서너 번 그 집에서 저녁을 먹었고 미래의 장모와 처남, 처제들을 파악했다. 또 그들을 통해 팸이 어떤 사람인지 알아갔다.

이 시기에 나는 또 다른 여자를 만났다. 팸은 뒤에 그 여자 얘기가 나올 때마다 '아, 그 골프장 집 딸!' 하고 농담조로 말했지만 실제로 그녀를 본 적은 없다. 그 여자를 만난 것은 역시 술집에서였다. 그러고 보니 그 당시 나는 술집을 굉장히 자주 드나들었다. 그녀는 20대 초반이었고 갓 대학을 졸업한 매력적인 아가씨였다. 만난 지 얼마 안 되어 그녀는 자기 집으로 저녁 초대를 했다.

그녀의 집은 포드 자동차 세계 본부가 있는 디어본에 있었고 아버지는 자동차 회사 중역이었다. 그들은 수영장, 오리지널 그림, 멋진 가구 등이 갖추어진 웅장한 석조 저택에 살고 있었다. 그녀의 아버지는 출세한 40대 후반의 기업인이었다. 어머니는 중역 부인답게 우아하고 기품이 있었다. 우리는 식탁에 둘러앉았다. 내 옆에는 새로 사귄 여자의 남동생과 여동생이 앉았다. 나는 이 집안을 프로파일링하면서 그들의 재산이 얼마나 될까 속으로 가늠해보았다. 동시에 그들도 나를 평가했을 것이다.

모든 것이 부드럽게 넘어갔다. 그들은 내가 FBI 요원이라는 사실을 좋게 생각했고, 또 팸의 가족에게서 느꼈던 것과는 전혀 다른 집안 분위기를 풍겼다. 나는 뭔가 색달라서 좋다고 생각했다. 그러나 그들은 자신들이 상류층이라는 자의식을 가지고 있었다. 나는 점점 불안해졌다. 그리고 이 사람들이 사회적 지위를 이용하여 딸을 억지로 떠맡기려 하는 것은 아닐까, 걱정이 되었다.

그녀의 아버지는 나의 가족, 배경, 군대 경력 등을 물었다. 나는 공군 기지에서 체육 시설 관리자로 일했다고 말했다. 그러자 자기와 동료 한 사람이 공동으로 디트로이트 근처에 골프장을 소유하고 있다고 말했다(바로 여기서 팸이 말하는 '골프장 집 딸'이라는 표현이 유래되었다). 그는 페어웨이, 도그레그(페어웨이의 굴곡부) 등의 골프 코스 관련 용어를 구사했다. 나는 그 순간 그 집안의 재산 정도를 더욱 높게 잡았다.

"존, 골프 칠 줄 아나?"

"아니오, 그렇지만 배우고 싶습니다." 나는 재빨리 대답했다.

대화는 그것으로 끝났고 우리는 식탁에서 일어섰다. 나는 그날 밤 그 집에서 묵었다. 그런데 예기치 않게 한밤중에 그녀가 내 방으로 왔다. 어떻게 하다보니 자기도 모르게 내 방까지 오게 되었다는 얘기다. 그런 멋진 집에 거부감을 느낀 탓인지, 혹은 수사국에 들어간 이래 함정에 빠지면 안 된다는 경계심 탓인지, 나는 그 집안의 공격적인 태도와 역시 공격적인 그녀의 접근에 두려움과 혐오감을 동시에 느꼈다. 멋진 저녁을 얻어먹고 하룻밤 묵는 환대까지 받은 나는 다음 날 아침 하나의 확신을 갖고 그 집을 나섰다. 내가 상류 사회 생활과는 어울리지 않다는 것이었다.

팸은 1971년 크리스마스 이틀 전에 영국에서 돌아왔다. 나는 그녀에게 결혼 의사를 물어봐야겠다고 결심하고 다이아몬드 반지를 샀다. 당시 수사국은 어디에서나 값싼 구매처를 찾을 수 있었다. 내가 약혼 반지를 산 귀금속 상점은 FBI가 도난 사건을 해결해준 곳이어서 우리 요원들에게는 특별 가격으로 물건을 팔았다.

할인을 받았음에도 내가 살 수 있는 가장 큰 반지는 1.25캐럿 정도였다. 나는 그 반지를 샴페인 잔 바닥에 떨어뜨릴 생각이었다. 그녀는 이 멋진 프러포즈에 감동할 테고 그러면 이 반지가 3캐럿은 되어 보일 거라고 생각했다. 나는 그녀의 집 근처에 있는 한 이탈리아 식당으로 그녀를 데려갔다. 내 작전은 그녀가 화장실에 갔을 때 살짝 반지를 술잔에 떨어뜨리는 것이었다.

그러나 그녀는 화장실에 가지 않았다. 그래서 그날은 할 수 없이 포기하고 다음 날 같은 식당에 데리고 갔다. 그러나 결과는 역시 마찬가지였다. 정말이지 팸은 엉덩이가 '예쁜' 것이 아니라 '질긴' 여자였다. 나는 이게 혹시 아직 결혼하지 마라는 신의 거룩한 계시는 아닐까 하는 엉뚱한 생각을 하기도 했다.

다음 날 밤은 크리스마스 이브였다. 우리는 그녀의 집에 모였다. 장모님은 물론 그녀의 온가족이 함께 모였다. 절대 놓칠 수 없는 기회였다. 우리는 그녀가 좋아하는 아스티 스푸만테 샴페인을 마시고 있었다. 드디어 그녀는 주방에 일이 있어 잠깐 자리를 비웠다. 나는 얼른 반지를 아스티 샴페인 잔에 떨어뜨렸다. 그녀는 주방에서 돌아오자 내 무릎 위에 앉았다. 그리고 모두 함께 건배를 했다. 그녀는 화기애애한 분위기에 도취되어 기분 좋게 샴페인을 마시겠다는 생각밖에 없는 듯했다. 만약 내가 재빨리 제지하지 않았더라면 그 반지까지 마셔버렸을 것이다. 그러니 반지를 3캐럿처럼 보이게 하는 작전은 포기해야 했다. 내가 반지를 가리킬 때까지 팸은 그 안에 뭐가 들어 있는지 눈치채지 못했다. 나는 또다시 결혼을 미루라는 신의 계시일까 하는 엉뚱한 생각을 했다.

아무튼 그녀가 반지를 마셔버리지 않았으니 잘된 일이었다. 그녀의 가족들은 반지를 보고 모두 탄성을 올리며 멋지다고 칭찬해 주었다. 소기의 성과는 충분히 거둔 셈이었다. 내가 그 장면을 멋지게 연출한 때문인지는 모르지만 장모님과 팸의 동생들은 모두 존경스럽다는 표정으로 나를 바라보았다. 말하자면 나는 가동 인력을 총동원하여 팸에게 압력을 가했던 것이다. 그녀는 '결혼하겠다'고 대답했다. 우리는 이듬해 6월 부부가 되었다.

미혼 요원들은 두 번째 임지가 뉴욕이나 시카고가 되는 경우가 많았다. 기혼자보다 대도시의 업무를 잘해낼 거라는 판단 때문이었다. 나는 특별히 어떤 도시로 가고 싶다는 생각이 없었는데, 결국 밀워키로 결정되었다. 전에 가본 적도 없고 또 어떻게 생겼는지 알지도 못했지만 괜찮은 도시 같다는 느낌이 들었다. 내가 1월에 먼저 가서 자리를 잡은 다음 팸이 결혼 후 합류할 예정이었다.

나는 연방 빌딩의 밀워키 지국에서 그리 떨어지지 않은 주노 빌리지 아파트를 얻었다. 하지만 그것은 실수였다. 근무 시간 이외에 지국 내에 일이 생길 때마다 상급자들이 나를 불러들였기 때문이다.

내가 밀워키 지국에 도착하기도 전에 지국에 근무하는 여직원들은 내 신상을 훤히 꿰고 있었다. 즉 지국에 단 두 명밖에 없는 미혼 남성이라는 거였다. 밀워키에 오고 처음 몇 주 동안 여직원들은 서로 내 일을 도와주겠다고 야단이었다. 그렇다고 내게 딱히 부탁할 일이 있는 것도 아니었다. 그러나 몇 주 지나서 내가 약혼했다는 소문이 사무실에 퍼졌다. 내 주가는 급격히 떨어져, 계속 하종가를 때리더니 급기야는 아무도 거들떠보지 않는 신세가 되고 말았다.

밀워키 지국의 분위기도 디트로이트와 비슷했다. 아니 그보다 더 심했는지도 모르겠다. 어디서나 '조용히 떠 있는 배를 흔들지 마라'가 근무의 대원칙이었다. 내가 거기서 처음 만난 지국장은 '패스트(빠른) 에디'라고 불리던 에드 헤이스였다. 그는 얼굴이 늘 홍당무처럼 빨갰다. 그러더니 은퇴 직후 고혈압으로 쓰러져 사망했다. 그는 사무실 내를 돌아다니며 삿대질을 하면서 이렇게 소리치곤 했다. "사무실에서 나가! 현장에 나가 뭔가를 캐오란 말이야."

"도대체 어디로 가란 말씀입니까? 전 이제 막 여기로 왔습니다. 담당 사건도 없어요." 내가 참지 못하고 대꾸했다.

"어디로 가건 말건 내 알 바 아니야. 아무튼 사무실에 죽치고 있지 말란 말이야!"

그래서 나는 할 수 없이 사무실에서 나왔다. 그 당시 FBI 요원들은 딱히 갈 데가 없어 공립 도서관의 열람석에 처박히거나, 사무실 근처의 위스콘신 가를 어정거리며 아이쇼핑을 하기도 했다. 밀워키에 와서 나는 두 번째 차인 포드 토리노를 구입했다. 물론 FBI와 친분이 있는 가게를 통해서였다.

두 번째 지국장은 아칸소 주 리틀록 지국에서 영전해온 허브 혹시였다. 지국장에게는 신규 요원을 뽑는 것이 늘 골칫거리였다. 혹시 지국장은 부임과 동시에 신규 요원을 보충하라는 심한 압력을 받았다. 각 지국에는 신규 요원과 비사무직 인력을 어느 정도까지 뽑으라는 월별 할당량이 상부로부터 내려와 있었다.

혹시 지국장은 나를 사무실로 부르더니 앞으로 인력충원을 맡으라고 지시했다. 그 직책은 주로 미혼 요원이 맡았다. 인력 모집을 하려면 자주 출장을 다녀야 했기 때문이다.

"왜 하필이면 접니까?"

"현재 인력충원 보직을 맡은 친구에게는 다른 일을 시켜야겠어. 그 친구, 목이 달아나지 않은 걸 감지덕지해야 돼." 그 친구는 현지의 고등학교를 찾아가 졸업반 여자 고등학생에게 사무직으로 채용해주겠다며 인터뷰를 했다. 후버가 살아 있을 때였고 여자 특별요원은 아직 없던 시절이었다. 그는 마치 준비해온 인터뷰 리스트를

115

보고 물어보는 것처럼 연극을 꾸몄다. 그 리스트에는 다음과 같은 질문도 들어 있었다. "당신은 처녀입니까?" 인터뷰에 응한 여고생이 아니라고 대답하면 그 인력충원 담당은 그녀에게 데이트 신청을 했다. 그러자 학부모들이 불평을 해대기 시작했고 지국장은 그 친구의 보직을 박탈해버린 것이다.

이렇게 해서 인력충원 담당이 된 나는 위스콘신 주 일대를 누비고 다녔다. 그리고 곧 할당량보다 네 배나 많은 인력을 끌어들였다. 나는 전국적으로 가장 실적이 좋은 인력충원 담당이었다. 하지만 문제는 그 일을 너무 잘했다는 데 있었다. 도대체 그 보직에서 놓아줄 생각을 안 하는 것이었다. 나는 허브 혹시 지국장을 찾아가 인사부 업무를 하기 위해 FBI에 들어온 것은 아니니까 더는 인력충원 일을 맡지 않겠다고 말했다. 지국장은 그 보직을 맡지 않겠다면 인권 업무를 맡기는 수밖에 없다고 으름장을 놓았다. 인권 업무란 용의자나 재소자를 학대했거나 인종차별을 한 경찰서나 경찰관을 조사하는 일이었다. 초록은 동색이라고 어떻게 경찰관이 경찰관의 뒷조사를 하겠는가. 이 보직도 수사국 내에서 가장 기피하는 일 중 하나였다. 나는 인력충원을 열심히 한 내게 포상은커녕 골탕을 먹이는 지국장이 야속했다.

그래서 나는 지국장과 거래를 했다. 인력충원 담당을 계속하면서 좋은 실적을 올리겠으니 대신 수사국 차를 한 대 내놓으라고. 그리고 내가 경찰 지원 행정국의 대학원 장학금을 받으면 한직으로 돌려달라고 했다. 평생 지국으로만 떠돌 생각이 아니라면 적어도 석사학위 하나쯤은 있어야 할 것 같았다.

나는 지국에서 약간 수상한 인물로 지목되어 있었다. 그렇게 학벌을 높이지 못해 애쓰는 사람은 틀림없이 골수 진보주의자일 거라는 얘기였다. 반면 내가 교육심리학 대학원생으로 등록한 밀워키 소재 위스콘신 대학은 오히려 나를 극우 인사로 보았다. 대학원 교수들은 수업시간에 FBI 요원이 들어와 있는 것을 수상쩍게 생각했다. 인사를 가장하여 나를 슬쩍 떠보는 교수들의 태도는 정말 역겨웠다.

어느 수업에 들어갔을 때였다. 우리는 모두 원탁에 둥그렇게 앉아 있었다. 그런데 수업 도중 아무도 내게 말을 걸지 않았다. 나는 억지로 대화에 끼어들려고 했으나 그것도 여의치 않았다. 그래서 더 참지 못하고 버럭 소리를 질렀다. "도대체 왜들 그러는 겁니까?" 그제야 사람들은 내 상의 주머니에 비죽 튀어나와 있는, 금속으로 된 빗 손잡이를 가리켰다. 그들은 그게 안테나라고 생각했다. 바꾸어 말하면 내가 강의실에서 오고가는 말을 모두 녹음하여 무전으로 보내는 중이라고 판단했다. 사람들이 보이는 병적인 자기 우월주의는 나를 깜짝깜짝 놀라게 했다.

1972년 5월 존 에드거 후버가 워싱턴 자택에서 수면 중에 사망했다. 이른 아침 워싱턴 본부에서 각 지역 지국으로 전보가 타전되었다. 밀워키 지국에서는 지국장이 요원들을 모두 소집시켜 그 소식을 전했다. 후버의 나이가 70대 후반이었지만 무려 50년 가까이 FBI를 이끌어왔기 때문에 그는 불사조처럼 여겨졌고, 그가 죽으리라고 생각하는 요원은 거의 없었다. 이제 왕이 죽었으니 어디에서 새 왕이 부임해올 것인지 모두 궁금해했다. 당시 법무 차관이며 닉슨의 충복인 L. 패트릭 그레이가 국장 서리로 임명되었다. 그는 처음에 여성 수사요원을 임용하는 등 개혁 조치를 과감하게 시행했다. 그러나 행정부에 대한 충성심과 수사국의 이익이 충돌하게 되자 그의 지위도 비틀거리기 시작했다.

후버가 사망한 지 몇 주쯤 지났을 때, 나는 그린 베이에서 인력 충원 일을 보고 있었다. 그때 팸에게서 전화가 왔다. 결혼 며칠 전에 신부님이 우리를 보고 싶어한다는 것이었다. 나는 그 신부가 나를 가톨릭으로 개종시켜 고위층에 점수를 따려나 보다고 생각했다. 팸은 독실한 가톨릭 신자로 성장했기 때문에 신부가 하는 말을 존경하고 또 따르는 편이었다. 만약 내가 순순히 항복하지 않으면 팸은 나를 마구 몰아세울 터였다.

우리는 함께 세인트리타 성당으로 갔다. 팸이 먼저 신부실로 들어가 그를 만났다. 그걸 보니 몬태나 주립대학 시절, 경찰에 붙들려간 일이 기억났다. 그때 경찰은 우리를 각각 격리 심문했다. 그리고 각자의 얘기를 대질했다. 신부와 팸은 나를 개종시킬 작전을 짜고 있는 게 틀림없었다. 그들이 나를 안으로 부르자, 나는 다짜고짜 이렇게 말했다. "도대체 개신교 신자를 불러들여 어떻게 하겠다는 겁니까?"

신부는 30대 초반의 젊고 다정한 사람이었다. 그는 내게 '사랑을 어떻게 생각합니까?'와 같은 일반적인 질문을 했다. 나는 그를 프로파일링하면서 어떻게 대답할지 머리를 굴렸다. 그 면담은 대학 진학 적성시험 같았다. 도대체 대답을 제대로 했는지 어쨌는지 감이 잡히질 않았다.

산아제한을 할 것인지, 아이는 어떻게 키울 것인지 등의 질문도 받았다. 나는 신부에게 가족도 없이 독신으로 사는 생활이 어떠냐고 물어보았다. 그는 친절한 사람 같았다. 그러나 팸에게서 세인트리타 성당이 전통을 따지는 엄격한 곳이라는 얘기를 들은 적이 있었다. 신부는 내가 가톨릭이 아니기 때문에 불편했는지도 모른다. 그래서 서먹한 분위기를 깨뜨리려고 했는지 내게 이런 질문을 했다.

"그래, 두 분은 어떻게 만났습니까?"

나는 살아오면서 농담을 하며 긴장된 상황을 풀어나가려고 노력해왔다. 신부의 질문은 농담을 하기에 최적이었다. 그런 멋진 기회를 그냥 흘려보낼 수는 없었다. 그래서 의자를 바싹 끌어당겨 신부에게 다가갔다. "신부님, 저는 FBI 요원입니다. 팸이 자신의 성장배경을 신부님께 말씀드렸는지 모르겠군요."

나는 그렇게 얘기를 건네면서 신부에게 바싹 다가갔다. 그러면서 심문할 때처럼 신부의 눈을 똑바로 바라보았다. "우리는 짐스개라지라는 곳에서 만났어요. 그곳은 무용수들이 윗도리를 벗은 채 고고춤을 추는 술집입니다. 팸은 그곳에서 무용수로 일했는데, 꽤 춤을 잘 췄어요. 그녀가 양쪽 가슴에 꽃술을 얹은 채 춤을 추어서 내 관심을 끌었지요. 가슴으로 꽃술을 빙빙 돌리면서 추는데 그렇게 매력적일 수가 없었어요. 정말, 볼만한 광경이었지요."

팸은 당황하는 듯했다. 신부는 넋 놓고 내 얘기를 들었다.

"아무튼 신부님, 그녀는 꽃술을 몸 쪽이 아니라 몸 바깥쪽으로 휙휙 돌렸는데 갑자기 꽃술 중 하나가 관객을 향해 휙 날아갔습니다. 누구나 그걸 잡고 싶어했지요. 나는 자리에서 벌떡 일어나 그 꽃술을 잡아서 그녀에게 갖다주었어요. 그게 인연이 되어 여기까지 오게 된 겁니다."

신부는 놀라서 입이 떡 벌어졌다. 그는 정말 내 말을 믿었다. 그 순간 나는 파안대소하면서 실은 농담으로 해본 소리였다고 털어놓았다. 중학교 3학년 때 가짜 책읽기 숙제를 발표하던 식으로. "그럼 그 얘기가 사실이 아니란 말인가요?" 신부가 놀라며 물었다. 팸도 어이가 없다는 듯 웃음을 터뜨렸다. 그녀와 나는 머리를 흔들며 웃었다. 나는 그가 안심한 것인지 아니면 실망한 것인지 잘 분간할 수 없었다.

결혼식 때 밥 맥고니걸이 내 들러리가 될 예정이었다. 결혼식날 아침은 비가 내려 질척거렸다. 우중충한 날씨 탓인지 나는 농담을 걸고 싶은 욕망을 억누를 수 없었다. 그래서 밥에게 장모님 집에 있는 팸에게 전화를 걸게 해서 오늘 아침에 나를 만났거나 얘기를 해본 적이 있느냐고 물어보게 했다. 그녀가 없다고 대답하자, 밥은 어젯밤 존이 집에 안 들어왔고 이 친구가 결혼에 회의를 품고 도망간 게 아닌가 싶다고 대답했다. 팸이 어이없어하자 그제야 밥은 웃음을 터뜨리며 괜히 질투가 나서 헛소리를 해보았다고 실토했다. 지금 와서 생각해보니 내 유머 감각이 꽤 짓궂었던 것 같다. 그렇지만 당시에는 그 농담이 별 반응을 얻어내지 못해 약간 실망스럽기도 했다. 나중에 결혼식 당일 얘기를 들어보니, 팸은 결혼 준비에 너무 바빠서 제정신이 아니었다고 했다. 비가 오는 축축한 분위기 속에서 머리를 다듬느라 신랑이 사라졌는지 말았는지 따위에 신경 쓸 여유가 없었다는 것이다.

그날 오후 우리는 세인트리타 성당에서 서약을 했고 신부는 우리를 부부로 선포했다. 그는 나에게 몇 마디 자상한 말을 해주었다. "나는 며칠 전 존 더글러스를 처음 만났습니다. 그는 나의 종교적 신념을 대오각성하게 하는 멋진 말을 해주었습니다."

나는 그 말을 듣고 조금 놀랐다. 도대체 내가 무슨 말을 했기에 그가 그토록 대오각성했을까? 그건 신만이 아는 문제일 것이다. 내가 꽃술 얘기를 신부에게 두 번째로 한 것은, 시애틀에서 쓰러졌을 때였다. 팸이 기도를 해달라고 불러온 신부에게 그 말을 또 해주었다. 그 신부 역시 내 얘기에 깜빡 속아넘어갔다.

우리는 포코노스*로 짧은 신혼여행을 갔다. 그곳의 호텔방은 천편일률적이었다. 짧은 허니문을 마치고 우리는 부모님이 기다리는 롱아일랜드로 차를 몰고 갔다. 신랑 쪽 가족이 결혼식에 별로 참석하지 못했기 때문에 부모님은 그곳에 별도의 파티를 마련해놓았다.

결혼한 뒤 팸은 밀워키로 옮겨왔다. 그녀는 대학을 졸업하고 교사가 되었다. 신규 임용교사는 환경이 나쁜 곳에서 일정 기간 의무적으로 근무해야 했다. 그중 한 중학교에는 특히 불량 학생이 많았다. 그곳에 근무하는 교사들은 떠밀리거나 발길질을 당하기도 했다. 젊은 여자 교사를 상대로 한 강간미수 사건까지 발생했다. 나는 드디어 인력충원 업무에서 손을 떼고 기존발생범죄과에 배속되어 은행털이범 수사에 많은 시간을 할애했다. 그 일도 위험했지만, 나는 오히려 팸이 더 걱정이었다. 나는 호신용 권총이라도 있었지만 팸은 그런 방어 수단도 없었다. 한번은 팸이 다니는 중학교의 학생 네 명이 발길질을 하면서 그녀를 빈 강의실로 몰아넣었다고 했다. 그녀는 빽 소리를 지르며 그 위기를 벗어났다. 그러나 나는 그 얘기를 듣고 격분했다. 마음 같아서는 우리 요원들을 학교로 보내 그 불량 학생들을 혼내주고 싶었다.

당시 나의 가장 가까운 동료는 조 델 캄포였는데, 그는 나와 함께 은행털이 사건을 담당했다. 우리는 위스콘신 대학 밀워키 캠퍼스 근처인 오클랜드 가의 베이글 제과점 주위를 자주 배회했다. 그 제과점은 데이비드 골드버그와 부인 사라가 함께 운영하는 곳이었다. 조와 나는 곧 이들 부부와 친해졌다. 그들은 우리를 자식처럼 대해주었다.

가끔 우리는 아침 일찍 제과점으로 가서 권총을 찬 채로 부부가 베이글과 비알리 빵을 오븐에 넣는 것을 도와주었다. 그런 다음 아침을 먹고 현장에 나가 범인을 체포하고 다른 사건의 두세 가지 단서를 추적하고, 또다시 그 가게로 돌아와 점심을 먹었다. 조와 나는 유대인 사회복지센터에서 운동을 했다. 크리스마스와 하누카* 때면 우리는 그동안의 보살핌에 감사하는 뜻으로 골드버그 부부에게 헬스클럽 회원권을 선물했다. 드디어 다른 요원들도 우리가 간단히 '골드버그 가게'라고 부르던 그곳에 드나들기 시작했다. 우리는 마침내 지국장과 부지국장을 모시고 그 가게에서 지국 단합대회를 열기도 했다.

조 델 캄포는 여러 언어를 구사하고 무기를 잘 다루는 똑똑한 요원이었다. 그의 용기는 내가 그 당시까지 겪은 가장 이상하고 혼란스러운 사건을 해결하는 데 핵심적인 기여를 했다.

어느 겨울날 조와 나는 사무실에서 그날 아침에 체포한 도주범을 심문하고 있었다. 그때 밀워키 경찰서에서 인질 사건이 벌어졌다는 전화 보고가 들어왔다. 조는 그 전날 밤 당직이었기 때문에 밤을 꼬박 새웠다. 우리는 도주범 심문은 뒤로 미루고 사건 현장으로 달려갔다.

사건 현장은 낡은 튜더식 저택이었다. 사건을 일으킨 제이콥 코헨은 시카고에서 경찰을 살해한 도주범이었다. 인질극을 벌이기 전에 코헨은 자신의 아파트에 접근한 FBI 요원 리처드 카에게 총질을 했다. 당시 그 아파트는 FBI의 새로 훈련된 특별기동대 팀으

---

* 유대교의 성전 헌당 기념일.

로 포위되어 있었다. 이 미친 범인은 엉덩이에 총알을 두 발 맞은 채 특별기동대의 포위망을 뚫고 달아나면서, 눈을 치우고 있던 어린 소년을 낚아채 어떤 집 안으로 들어갔다. 어린애 둘, 어른 하나를 인질로 잡은 그는 마침내 어른과 어린이 한 명을 풀어주었다. 그리고 열 살가량의 어린 소년 한 명만 인질로 잡고 있었다.

우리가 현장에 도착해보니 모두들 화가 난 상태였다. 날씨는 얼어붙을 정도로 추웠다. 범인 코헨도 미친놈처럼 화를 내고 있었다. 엉덩이에 총알을 두 발이나 맞은 놈 치고는 아직도 기력이 펄펄했다. FBI와 밀워키 경찰서는 사태를 이처럼 엉망진창으로 만든 것을 서로의 탓으로 돌리고 있었다. 특별기동대는 그들 나름대로 화가 나 있었다. 이번 사건이 그들로서는 최초의 대형사건인데, 범인을 잡기는커녕 포위망이 뚫려버렸으니 체면이 말이 아니었던 것이다. 동료 요원에게 총질을 했다는 괘씸죄 하나만으로도 FBI 조직 전체가 코헨을 반드시 죽여버리겠다고 벼르고 있었다. 시카고 경찰서에서도 출동하겠다는 전갈을 보내왔다. 중간에 범인을 사살할 필요가 발생하면 그렇게 해도 반대하지 않겠다는 입장을 밝혔다.

허브 혹시 지국장도 현장에 도착하여 실수투성이 사건에 두 가지 실수를 더 저질렀다. 첫째, 그는 휴대용 메가폰을 사용해 그가 독재적인 인물이라는 인상을 주었다. 메가폰보다는 개인 전화 연결이 나았을 것이다. 그렇게 하면 범인과 은밀히 협상을 추진할 수도 있었을 것이다. 둘째, 지국장은 소년을 풀어주면 자기가 대신 인질이 되겠다고 주장하는 실수를 저질렀다.

그래서 허브 혹시 지국장은 FBI 차의 운전대를 잡고 차를 후진시켜 드라이브웨이로 접근했다. 경찰은 차 주위로 반원형을 이루며 그를 따라갔다. 한편 델 캄포는 자기가 그 저택의 지붕으로 올라갈 테니 나보고 좀 받쳐달라고 했다. 그 집은 튜터식 저택이어서 지붕의 경사가 아주 가팔랐다. 게다가 지붕에 살얼음이 깔려 있어 미끄럽기 짝이 없었다. 게다가 조는 밤새 잠 한 숨 자지 못한 상태였다. 또 휴대 무기는 총신 2.5배럴의 0.357매그넘 권총 한 자루였다.

코헨은 소년의 머리에 팔을 감아 그를 자기 몸에 꼭 붙인 채 집에서 나왔다. 밀워키 경찰서의 비즐리 형사가 반원형을 이룬 경관들 틈에서 불쑥 나서면서 이렇게 말했다. "코헨, 자네가 원하는 걸 가져왔네. 그러니 애를 놓아줘!" 델 캄포는 아직도 가파른 지붕을 기어 올라가고 있었다. 경찰은 지붕 위의 그를 보고서 그의 작전이 무엇인지 단번에 간파했다.

범인과 인질은 점점 더 차 가까이 다가왔다. 온 사방이 눈과 얼음 천지였다. 갑자기 아이가 얼음을 디디면서 미끄러졌다. 그래서 아이를 잡은 코헨의 팔이 순간적으로 풀어졌다. 그때 지붕 꼭대기에 올라선 델 캄포는, 총신이 짧은 매그넘 총은 탄도가 위로 올라가는 경향이 있다는 것을 감안하여 범인의 목을 향해 한 발 발사했다. 그러니까 범인의 머리를 노렸던 것이다.

총알은 놀랍게도 직선으로 날아가 범인의 목 한가운데를 파고들었다. 제대로 맞힌 것이었다. 코헨은 그 자리에서 쓰러졌으나 그가 맞았는지 아니면 소년이 맞았는지 잘 구분되지 않았다.

정확히 3초 뒤 FBI 차에 총알이 날아왔다. 범인과의 교전 중에 비즐리 형사가 아킬레스 건에 부상을 입었다. 인질이 된 소년은 차 앞에서 양손과 양발로 엉금엉금 기었다. 그때 차가 소년 쪽으로 굴러갔다. 차 안에 있던 허브 혹시 지국장이 유리조각 파편에 맞아 운전대를 놓쳐버렸던 것이다. 그러나 소년은 크게 다치지는 않았다.

FBI가 원하는 바대로, 현지 텔레비전 뉴스는 지국장 허버트 혹시가 들것에 실려 응급실에서 나오는 감동적인 광경을 방영했다. 혹시의 귀에서는 피가 줄줄 흘러내렸다. 들것에 실려 이송되던 도중 지국장은 언론을 상대로 감상적인 멘트를 했다. "갑자기 총소리가 났습니다. 그리고 사방에서 총탄이 날아왔습니다. 난 총에 맞았다는 것을 직감했습니다. 그렇지만 별일 아니라는 것도 알았습니다." 그런 다음 지국장은 FBI, 하느님, 어머니, 애플 파이* 등의 단어를 늘어놓았다.

그러나 그게 끝이 아니었다. 그 일로 주먹다짐이 벌어질 뻔했다. 현지 경찰은 자기들이 먼저 총을 쏴야 했는데 델 캄포가 기회를 낚아챘다면서 주먹질이라도 할 것 같은 기세였다. 특별기동대도 기분이 썩 유쾌하지는 못했다. 델 캄포의 활약이 그들을 멍텅구리처럼 보이게 했기 때문이다. 특별기동대는 부지국장 에드 베스트에게 몰려가 항의를 했다. 그러나 베스트는 델 캄포를 비호했다. 그는 특별기동대가 다 된 밥에 재 뿌린 것을 조 델 캄포가 해결해준 거 아니냐며 두둔했다.

인질범 코헨은 30~40발의 총알 세례를 받았으나 아직 숨이 붙어 있었다. 그래서 급히 병원으로 옮겨졌다. 그러나 관련자 모두에게 다행스럽게도 병원에 도착했을 때는 숨이 끊어진 뒤였다.

코헨의 총에 쓰러졌던 특별요원 카는 기적적으로 살아났다. 총알은 카가 입고 있던 트렌치코트를 뚫고 어깨 쪽으로 들어가 기관을 관통하여 폐에 박혔다. 카는 총알 구멍이 난 그 코트를 잘 보관

---

* '이 순간 무슨 음식이 제일 먹고 싶은가?'라는 질문에 미국사람이 가장 많이 대답하는 음식.

해두었다가 툭하면 입고 나와 뻐기곤 했다.

델 캄포와 나는 멋진 팀이었다. 우리는 가끔 우스운 일을 만나면 함께 배꼽을 잡고 웃곤 했다. 이런 일도 있었다. 우리는 살인을 저지르고 도주중인 게이 범죄자를 잡기 위해 게이 바에 간 적이 있었다. 그 안은 너구리굴처럼 어두웠다. 그래서 우리는 눈이 익숙해지기까지 좀 기다려야 했다. 갑자기 그 술집 안에 있던 사람들이 우리를 보고 있다는 느낌이 들었다. 그래서 조와 나는 '도대체 우리 둘 중 누가 더 매력적인 상대일까?' 하고 생각하기 시작했다. 그러다가 우리는 술집에 '억센 남자는 눈에 잘 보인다'라는 문구가 걸려 있는 것을 보았다. 그 순간 우리는 마치 두 얼간이처럼 힘을 쏙 빼고 서 있었다.

그뿐만이 아니다. 양로원을 찾아가 휠체어에 앉아 있는 노인과 수사상 면담을 하다가 웃음을 와락 터뜨렸는가 하면, 40대 중반의 사업주와 얘기를 하다가 그의 가발이 이마 위로 반쯤 내려왔을 때도 웃음을 터뜨렸다. 우리는 체면 따위는 안중에 없었다. 조금이라도 우스운 상황이 나타나면 놓치지 않았다. 유머를 지나치게 좋아하는 것은 무례하게 보일지도 모르겠지만, 유머를 찾아낼 줄 아는 재능은 유용했다. 살인 현장과 시체 유기 장소, 특히 어린아이 살해 건을 조사하면서 하루를 보내야 할 때, 수백 명, 수천 명의 희생자 혹은 희생자 가족과 얘기해야 할 때, 인간으로서 다른 인간에게 도저히 저지를 수 없는 일이 발생한 것을 볼 때는 정말이지 스트레스 지수가 최고로 올라간다. 이럴 때는 웃을 수 있을 때 웃는 것이 긴장 해소에 최고다. 만약 그렇게 하지 못한다면 우리 자신이 먼저 미쳐버릴 것이다.

경찰관이 된 친구들은 대부분 권총을 좋아하지만 나는 그리 좋아하지 않는다. 하지만 공군 시절 이래 명사수로 이름을 날렸다. 그래서 당분간 특별기동대에서 근무하는 게 좋겠다고 생각했다. 각 지국은 1개 조의 특별기동대를 운영했다. 비상근 체제로 필요 시 소집되는, 다섯 명으로 이루어진 기동대였다. 나는 그 팀에 배정되어, 가장 뒤에서 장거리 사격을 하는 저격수 역할을 맡았다. 특별기동대에 소속된 요원들은 모두들 그린 베레나 유격대 출신이었다. 반면 비행사의 아내와 아이들에게 수영을 가르치면서 군대 생활을 한 나는 그들과 상대가 되지 않았다. 그런데도 저격수로 지명되었다. 나중에 콴티코의 부국장보까지 올라간 기동타격대장 데이비드 콜이 내게 수사지원부를 맡아보라고 권유했다.

제이콥 코헨 사건처럼 널리 알려지지는 않았지만 인상에 남는 은행털이 사건이 하나 있었다. 범인은 은행을 턴 다음 경찰과 자동차 추격전을 벌인 끝에 창고에 들어가 바리케이드를 치고 대치하는 상황에 내몰렸다. 바로 그 순간 FBI가 개입했다. 범인은 창고 속에서 옷을 홀라당 벗었다가 다시 입는 해프닝을 벌이기도 했다. 왜 그런 짓을 했는지는 알 수 없었지만 얼핏 그는 정신병자 같았다. 그는 자기 아내를 현장으로 데려오라고 요구했다. 그래서 경찰은 그 요구를 들어주었다.

여러 해 뒤 우리는 범죄자의 인성을 좀 더 깊이 연구한 끝에 범죄자의 이런 요구를 들어주면 안 된다는 결론을 얻었다. 왜냐하면 그들이 만나기를 요구하는 사람은 분명 자신을 나쁜 길로 인도한 원흉일 가능성이 크기 때문이다. 그 인물을 범인과 대질시키는 것은 또 다른 살인을 유발하는 것이나 다름없는 행위이다.

다행히 이 사건의 담당 경찰은 그 여자를 범인이 있는 창고 안으로 들여보내지 않았다. 단지 전화 통화만 하게 해주었다. 통화를 끝내자 범인은 권총으로 자신의 머리를 쏘아 자살했다.

우리는 여러 시간 대치하다가 상황이 싱겁게 끝나버리자 좀 머쓱해졌다. 그래서 한 요원이 이런 비꼬는 말을 던졌다. "저 친구는 왜 자기가 직접 쏜 거야? 명사수 존 더글러스가 저렇게 펑펑 놀고 있는데. 그런 일은 존이 알아서 끝내줄 텐데."

나는 밀워키에서 5년 조금 넘게 근무했다. 팸과 나는 주노 가의 아파트에서 브라운 데어에 있는 주택으로 이사했다. 사무실에서 멀리 떨어진, 시의 북단이었다. 나는 계속 은행털이 사건을 맡아 여러 건을 멋지게 해결하면서 실적을 쌓았다. 나는 나 자신이 여러 가지 사건을 한데 묶어 '시그너처'를 찾아내는 일에 능하다는 것을 알았다. 이 시그너처는 나중에 내가 하게 될 연쇄 살인범 분석의 핵심개념이 된다.

이 시기에 큰 실수를 딱 한 번 저질렀다. 허브 혹시 다음으로 제리 호건이 지국장으로 부임해왔을 때였다. 많지 않은 지국장의 가장 큰 특혜는 지국용 자동차였다. 호건은 새로 지급받은 지국장용 신형 녹색 포드를 아주 자랑스럽게 여겼다. 그런데 어느 날 수사를 나가야 하는데 차가 없었다. 그래서 부지국장 아서 풀턴에게 지국장용 차를 좀 쓰면 안 되겠느냐고 물었다. 풀턴은 마지못해 승낙했다. 그런데 그다음이 문제였다. 다음 날 지국장은 득달같이 나를 자기 사무실로 호출했다. 그러고는 나를 마구 몰아세웠다. 왜 차를 썼느냐, 게다가 더럽히기까지, 그것도 타이어에 펑크가 났잖아……. 나는 타이어가 펑크 났는지는 몰랐다. 나는 제리 호건 지국장과 사이가 좋았기 때문에, 그가 몰아세우는 동안에도 실실 웃음이 나오는 것을 참을 수가 없었다. 어쨌든 그건 내 실수였다.

그날 오후 직속 상관인 레이 번 반장이 나를 불렀다. "이봐, 존. 제리 호건은 자네를 정말 좋아해. 하지만 따끔한 맛을 보여줘야 한다고 생각하는 것 같아. 자네를 인디언 보호구역으로 발령낼 것 같네."

그 당시는 운디드니 사건*의 여파로 아메리카 인디언의 권리 주장이 하늘을 찌르고 있을 때였다. 디트로이트 빈민가에서 FBI라면 질색을 하듯이, 인디언 보호구역에서도 우리를 분명 싫어할 것 같았다. 내가 인디언 보호구역으로 발령받아, 그린 베이에 있는 메노미니 인디언 보호구역에 나가보니 그들이 겪고 있는 가난, 더러움, 불결함 등은 말로 다하기 어려울 정도로 극악했다. 그들은 인디언 문화를 박탈당해 정말 껍질이 모두 벗겨나간 고사목처럼 하루하루 힘겹게 살아가고 있었다. 형편없는 생활 조건과 정부의 오래된 냉대와 무관심 탓에 여러 보호구역에서는 알코올의존증, 아이와 부녀자 구타, 폭행, 살인 등이 만연되어 있었다. 그리고 정부를 완전 불신하기 때문에 FBI 요원이 인디언 목격자의 협조나 도움을 얻는다는 것은 사실상 불가능했다.

현지의 인디언 문제 담당국의 대표들도 큰 도움이 되지 못했다. 심지어 피해자의 가족까지도 적과 내통한다는 오해를 받을까 봐 수사에 협조하지 않으려 했다. 살인사건이 벌어졌다는 얘기를 듣고 현장에 가보면 시체는 부패된 지 오래되어 구더기가 들끓었다.

나는 인디언 보호구역에 근무한 근 한 달 동안 여섯 건의 살인사건을 수사했다. 인디언들이 너무 안됐다는 생각이 들었고 그 때문에 늘 침울했다. 내게는 밤에 퇴근할 때가 가장 즐거운 시간이었

---

* 1973년 2월27일, 미국 인디언들이 사우스다코타 주 남서부의 운디드니에 모여 인디언의 권리를 주장하면서 벌인 농성.

다. 이렇게 해결해야 할 문제가 많은 집단은 처음 겪어보았다. 아주 불편한 근무이긴 했지만 살인 현장을 최초로 연구할 수 있었다. 끔찍했지만 보람 있는 경험이었다.

밀워키에 있는 동안 첫 아이 에리카가 태어났다. 1975년 11월이었다. 내 인생에서 가장 좋았던 순간이기도 했다.

나는 은행털이 사건을 맡아 장시간 근무했고 또 야간에는 대학원 과정에도 나갔다. 게다가 아이까지 태어났으니 수면 시간은 더욱 줄어들었다. 한편 가정의 어려운 문제는 팸이 거의 도맡아서 해결했다. 아버지가 되니 더욱 가족에 대한 책임감을 느꼈다. 에리카가 무럭무럭 자라는 것을 지켜보는 것은 그 무엇과도 비교할 수 없는 커다란 즐거움이었다. 우리 가족을 위해 다행스러운 것은, 그 당시 내가 유아 유괴 살해 수사를 담당하지 않았다는 점이었다. 만약 그때 그런 업무를 맡았다거나, 또 앞으로 맡게 될 거라는 사실을 미리 알았다면 아버지 노릇을 잘해내지 못했을 것이다. 둘째 아이 로렌은 1980년에 태어났다. 그때는 이미 아버지로서의 역할에 익숙해진 때였다.

그런데 아버지가 되고 보니 뭔가 더 성취해야 한다는 생각이 들었다. 이런 일을 하면서 평생을 보내고 싶지는 않았다. 제리 호건 지국장은 적어도 현장 요원 노릇을 10년은 해야 다른 보직을 받을 수 있다고 조언했다. 그 정도의 경력이 있어야 부지국장으로 나갈 수 있고, 그다음에 지국장, 이어 관운이 뒤따르면 본부의 책임자 자리까지 승진할 수 있다는 거였다. 이미 아이가 하나 있고 곧 둘째 애가 태어날 상황인데 이 지국 저 지국 떠돌 생각을 하니 참으로 한심하다는 생각이 들었다.

시간이 흐르자 자연스럽게 새로운 전망이 트이기 시작했다. 나는 이미 저격수 역할과 특별기동대 훈련에는 매력을 느끼지 못했다. 내 성장 배경과 심리학에 대한 흥미 등을 감안해 내가 더 잘할 수 있는 분야를 찾고 싶었다. 나는 이 시기에 이미 심리학 석사학위를 따놓은 상태였다. 그래서 부지런히 기회를 노렸다. 그러던 중에 호건 지국장의 지시가 떨어졌다. 콴티코의 FBI 아카데미에서 2주 동안 인질 협상 교육을 받으라는 내용이었다. 당시 아카데미는 문을 연 지 2년 정도밖에 안 되었다.

그렇게 해서 아카데미에 입소한 나는 하워트 테텐과 패트 말러니 같은 전설적인 수사 요원들의 가르침을 받게 되었다. 나는 그때 처음으로 당시 '행동과학'으로 알려진 수사기술을 접하게 되었다. 그리고 그 교육은 내 앞길을 완전히 바꾸어놓았다.

행동과학이란 무엇인가?

나는 5년 전 신참 요원 교육을 받은 이후 콴티코를 가지 않았다. 그동안 콴티코는 많이 변해 있었다. 1975년 봄, FBI 아카데미는 더부살이하던 해병대 기지에서 완전히 독립하여, 별도의 완벽한 시설을 갖추었다. 콴티코는 워싱턴에서 한 시간 정도 차를 타고 남쪽으로 달리면 나오는 평탄한 버지니아 삼림지대에 있다.

변하지 않은 것도 있었다. 아카데미 내에서도 전략 부서들이 여전히 엘리트 부서로 군림했고 이들 중에서도 무기부가 최고였다. 무기부의 부서장은 조지 자이스였다. 조지는 1968년 마틴 루터 킹을 살해한 제임스 얼 레이를 영국에서 체포해 법정에 세운 수사관이었다. 자이스는 커다란 덩치에 힘이 장사인 곰 같은 사람이었다. 그의 장기는 맨손으로 경찰 수갑을 찌그러뜨리는 것이었다.

인질협상 과목은 행동과학부에서 가르쳤다. 당시 이 부서에는 7~9명의 강사진이 있었다. 후버 국장을 비롯한 그의 추종자들은 심리학과 같은 사회과학을 낮잡아보곤 했다. 후버 국장 생존 당시 행동과학부가 '뒷방' 신세를 면치 못했던 것도 그래서였다.

실제로 대부분의 FBI 관련자들은 물론이고 일반 경찰들까지 심리학은 물론, 행동과학을 쓸데없는 허풍으로 여기고 있었다. 물론 나는 이런 생각을 해본 적은 단 한 번도 없었다. 사실 당시 행동과학 분야에서 가르치던 많은 내용이 범인을 이해하고 체포하는 일과 사뭇 동떨어져 있기는 했다. 그래서 우리 강사 중 몇몇은 2년 뒤 이런 내용을 시정하는 작업에 착수했다. 그리고 내가 행동과학부의 작전 분야 부서장이 되었을 때, 나는 부서 이름을 수사지원부로 바꾸었다. 이유를 묻는 사람들에게 나는 솔직하게 이렇게 대답했다. "행동과학이라고 하니까, 행동을 과학적으로 하는 것이라고 생각하는 사람이 있더군요."

1975년 내가 인질협상 교육을 받을 당시의 행동과학부는 잭 패프가 부서장이었다. 그리고 그 부서에는 하워드 테텐과 패트릭 말러니라는 두 명의 강력하고도 천재적인 요원이 있었다. 테텐은 약 193센티미터의 큰 키에 쇠줄테 안경 뒤로 날카로운 눈매를 번쩍거리던 사람이었다. 해병대 출신이었지만 늘 사색에 잠기는 타입이었다. 그의 위엄 있는 모습은 하버드나 예일의 지적인 교수를 연상시켰다. 그는 캘리포니아 주 샌프란시스코 근처의 샌레안드로 경찰서에서 근무하다가 1962년에 수사국에 들어왔다. 1969년에는 '응용범죄학'이라는 획기적인 과목을 가르치기 시작했는데, 이것이 나중에 응용범죄심리학으로 발전했다(아마도 후버 사망 후의 일일 것이다). 1972년 테텐은 뉴욕으로 출장가서 '미친 폭탄' 사건을 해결한 제임스 브러셀 박사를 만났다. 그리고 박사에게 직접 프로파일링 기술을 배웠다.

이런 수사기술로 무장한 테텐의 다음 전략은 범죄 현장의 증거를 집중적으로 조사하는 것이었다. 곧 범죄 행태와 동기를 파악하는 일이었다. 사실 행동과학과 범죄 수사 분석 측면에서 우리가 해온 모든 작업은 바로 이 전략에 바탕을 둔 것이다.

나는 패트 말러니를 볼 때마다 늘 레프러콘*을 연상했다. 그는 177센티미터의 키에 재치가 번뜩이고 정력적인 사람이었다. 그는 뉴욕 지국에서 근무하다가 1972년에 콴티코에 들어왔다. 심리학 학위를 갖고 있던 그는 콴티코에 근무하던 말년에 유명한 인질 사건들을 여러 번 마무리해 두각을 나타냈다. 예를 들면 하나피 무슬림 파가 워싱턴 D.C.의 브바니 브리트 본부 건물을 점령한 사건과, 흑인 베트남 참전 용사인 코리 무어가 오하이오 주 워렌스빌 하이츠 경찰서에서 서장과 그의 비서를 인질로 잡은 사건 등을 원만하게 해결했다. 테텐과 말러니는 행동과학부의 제1세대이며 두 사람은 후배들의 절대적인 귀감이 되는 뛰어난 업적을 남겼다.

행동과학부의 다른 강사들도 인질협상 과목에 참여했다. 그중에는 콴티코에 들어온 지 얼마 안 되는 딕 올트와 로버트 레슬러가 있었다. 테텐과 말러니가 제1세대라면 올트와 레슬러는 제2세대 격이었다. 이들은 행동과학이라는 새로운 분야를 계속 발전시켜 미국뿐만 아니라 전 세계 경찰에게 유익한 수사기술을 제공했다. 처음 만났을 당시 밥(로버트의 애칭) 레슬러와 나는 사제지간이었지만, 우리는 곧 함께 연쇄 살인범의 사례 연구를 하게 되고 그 결과 프로파일링이라는 보다 현대적인 수사기술을 정립하게 되었다.

인질 협상 클래스에는 약 50여 명의 수강생이 있었다. 강의는 유익한 정보를 제공한다기보다 오락적인 측면이 더 강했다. 수강생들은 힘든 현장 업무에서 2주 동안 풀려나 즐거운 휴식을 갖는다고 여기는 듯했다. 수업 중에 우리는 인질극을 벌이는 범인의 유형

* 황금을 숨긴 곳을 가르쳐준다는 작은 요정.

을 점검했다. 비정한 범죄형, 정신병자, 광신자 스타일이었다. 우리는 또 인질로 잡혀 있는 동안 벌어지는 현상인 '스톡홀름 증후군'을 비롯해 여러 증상을 연구했다. 그것은 당시로부터 2년 전인 1973년, 스웨덴의 스톡홀름에서 일어난 은행강도 사건에서 비롯됐다. 이 사건은 손님과 은행 직원이 볼모로 사로잡히는 인질극으로 발전했다. 그러다가 인질이 범인과 합심하여 경찰에 대항하는 일이 벌어졌다. 그때부터 경찰에서는 인질극 범죄자나 살인범을 동정하는 태도를 스톡홀름 증후군이라고 부르게 되었다.

우리는 또한 시드니 러멧이 감독한 영화 〈개 같은 날의 오후〉를 보았다. 주인공 알 파치노가 남자 애인의 성전환 수술비를 마련하기 위해 은행을 턴다는 내용의 이 영화는 뉴욕에서 실제로 벌어진 인질극 사건을 바탕으로 제작되었다. 지지부진한 협상과정을 영화로 확인했고 이 분야에서 명성을 떨치고 있는 뉴욕 경찰서의 프랭크 볼즈 서장과 하비 실로스버그 형사의 강의를 들었다.

우리는 협상의 원칙을 공부했다. 인명 피해를 최소화해야 한다는 가이드라인은 누가 봐도 명백한 것이었다. 또 실제 인질 상황을 녹음한 테이프를 청취했다. 그러나 수강생들이 인질 상담역을 직접 해보는 실습이나 교실에서 할 수 있는 가장 직접적인 인질 협상 방법은 배우지 않았다. 그것은 다음 세대에 와서야 배울 수 있었다. 그러나 교재의 내용 중 많은 부분이 범죄심리학 강의 자료를 그대로 재탕한 것이어서 현실과 동떨어져 있었고, 결과적으로는 혼란을 야기했다. 이를테면 수강생들에게 아동학대범이나 성충동 살인범의 사진과 관련서류를 제시하고 이러한 인성을 가진 범죄자들이 인질극을 벌이면 어떻게 행동하겠는가 추측해보라는 식이었다. 사격 훈련도 실시했다. 역시 사격은 콴티코에서 여전히 중요한 과목이었다.

우리가 나중에 인질 협상에 대해서 가르친 내용은 교실에서 배운 것이 아니라, 냉혹한 현실에서 힘들게 배운 것이었다. 위에서 언급했듯이, 코리 무어 인질 사건은 패트 말러니를 유명하게 만들었다. 편집증적 정신분열증 진단을 받은 무어는 오하이오 주 워렌스빌 하이츠 경찰서장과 그의 비서를 서장의 집무실에서 인질로 잡은 다음, 여러 가지 공식적인 요구를 했다. 그중에는 '모든 백인은 지금 이 순간 지구를 떠나라'와 같은 요구도 있었다.

인질 협상 전략상 당신이 도와줄 수 있어도 인질범의 요구에 굴복해서는 안 된다. 사실 어떤 요구는 위의 요구처럼 현실적으로 들어주기가 불가능한 것도 있다. 아무튼 무어 사건은 전국적인 관심을 끌었고, 급기야 지미 카터 대통령이 무어와 직접 담판을 해보겠다고 나서기까지 했다. 물론 카터 대통령은 선의로 그런 제의를 했겠지만(카터 대통령이 퇴임 후 세계의 분쟁 지역을 누비며 분쟁 해결을 위한 정성 어린 노력을 기울이고 있음을 볼 때 그의 선의에는 의심의 여지가 없다), 그런 접근 방식은 절대 바람직한 것이 아니다. 내가 만약 그 사건의 담당자였다면 절대로 카터 대통령의 제안을 받아들이지 않았을 것이다. 물론 당시의 담당자 패트 말러니도 대통령의 제안을 거절했다. 사건 해결을 위해 안달하는 고위 관련자들을 동원하여 문제를 해결하려 한다거나 대통령 같은 고위직 인사를 직접 들이대는 전략은 전혀 효과적이지 않다. 우선 담당 수사관으로서 운신의 폭이 좁아진다. 인질범과 협상을 할 때에는 늘 중개인을 내세워 협상을 해야 한다. 그렇게 함으로써 시간을 끌 수가 있고 지키지 못할 약속을 피할 수 있다. 만약 인질범을 최고 결정권자와 직접 상대하게 하면 오히려 낭패가 되고 만다. 인질범과 협상할 때는 대화를 오래 끌면 끌수록 경찰에게 유리해진다.

　1980년대 초 나는 콴티코에서 인질 협상을 강의했다. 당시 나는 1978년 세인트루이스에서 찍은 아찔한 영상을 교재로 사용했다. 결국에는 세인트루이스 경찰서의 체면을 생각해 그것을 더 사용하지 않았다. 테이프의 내용은 이렇다. 한 젊은 흑인이 술집을 털려 했다. 그러나 실패로 끝났고 그 흑인은 술집 안에 갇히고 말았다. 곧 경찰이 그 술집을 포위했고 흑인은 여러 명의 손님을 인질로 잡았다.

　현지 경찰서는 흑인과 백인 경찰관으로 이루어진 협상팀을 꾸려서 그 흑인과 협상에 나섰다. 그러나 협상팀은 흑인과 객관적인 입장에서 협상을 하지 않고, 인질범이라고 경시하며 헛소리를 계속했다. 그 팀은 서로 먼저 말을 하려 했고 흑인의 말을 자꾸만 가로막았다. 그들은 흑인의 말을 듣지 않았고 흑인이 인질 상황에서 원하는 것이 무엇인지 알아내려 하지 않았다.

　카메라는 한 번 초점이 크게 바뀌어 그때 막 현장에 도착한 경찰서장을 비추었다. 만약 내가 인질 협상 팀장이었다면, 서장이 현장에 나오는 것을 극구 말렸을 것이다. 어쨌든 현장에 나온 서장 은 흑인의 요구 사항을 '공식적으로' 거절했고, 그 흑인은 여러 사람이 보는 앞에서 권총을 자기 머리에 대고 쏘았다. 비디오 테이프에는 흑인의 뇌수가 튀어오르는 장면도 찍혀 있다.

　이 협상 장면을 패트 말러니가 코리 무어 사건을 다루었던 협상 장면과 비교해보자. 인질범 코리 무어는 미친 게 틀림없다. 우선 그가 아무리 요구해도 모든 백인이 지금 이 순간 지구를 떠나지 않을 것은 분명했다. 그렇지만 패트는 그의 얘기를 경청했다. 그렇게 해서 무어가 정말 원하는 게 무엇인지, 어떻게 하면 그를 만족시킬

지 알아냈다. 패트는 무어에게 자기 생각을 모두 털어놓을 수 있는 기자회견을 마련해주겠다고 제안했다. 그러자 무어는 잡고 있던 인질을 모두 풀어주었다.

콴티코에서 교육을 받는 동안 행동과학부 사람들이 나를 눈여겨본 것 같았다. 패트 말러니, 딕 올트, 밥 레슬러가 나를 부서장 잭 패프에게 추천했다. 내가 교육을 마치고 떠나기 전에 부서장은 나를 지하 사무실로 불렀다. 패프는 서글서글하고 다정한 사람이었다. 얼굴이 가무잡잡했고 골초였다. 영화 배우 빅터 마츄어같이 잘생긴 사람이었다. 그는 강사들이 나를 추천했고 콴티코에서 FBI 내셔널 아카데미의 카운슬러로 일해볼 생각이 없느냐고 말했다. 나는 그 제안을 받고 너무 기분이 좋아서 그러겠다고 대답했다.

일단 밀워키로 돌아온 나는 여전히 기존발생범죄반과 특별기동대 소속으로 일했다. 그러는 한편 위스콘신 주 전역으로 출장을 나가 기업 간부들에게 납치범이나 강탈범에 대처하는 요령을, 은행 관리자들에게는 단독 은행털이 혹은 무장 강도를 다루는 요령을 강의했다. 당시에는 시골 은행털이 사건이 특히 극성이었다.

놀랍게도 기업 중역들은 막상 자신의 경호에 대해서는 너무나 무지했다. 그들은 아무 생각 없이 자신의 스케줄과 휴가 계획 등을 현지 신문 혹은 회사 사보에 발표했다. 기업 중역들은 종종 납치나 강탈의 대상이 되었다. 나는 중역, 그들의 비서, 혹은 부하들을 상대로 정보를 알려달라고 걸려오는 전화를 분석하는 방법, 가끔 걸려오는 협박 전화의 진위 여부를 파악하는 방법 등을 가르쳐주었다. 가령 그의 아내나 아이가 유괴되었으니 약속된 장소로 얼마의 돈을 갖고 나오라는 협박 전화가 올 경우, 실제로는 그 아내나 아이가 전혀 납치되지 않았을 수도 있다. 강탈범은 어떻게 알았는지 모르지만 그 시간대에 그 중역과 가족이 서로 연락이 안 된다는 것을 알고 전화를 거는 것이다. 그리고 한두 가지 그럴듯한 정보(아내나 아이가 입고 있는 옷이라든가 다니는 학교 등)를 들이대며 그를 벌벌 떨게 한다.

우리는 또 은행 직원들에게 간단한 절차를 실시하라고 조언해둠으로써 은행강도 사건의 발생률을 낮췄다. 가장 흔한 은행강도 사건은 범인이 아침 일찍 은행 앞에서 기다렸다가 제일 먼저 출근하는 지점장을 덮치는 수법이었다. 범인은 먼저 지점장을 인질로 잡고 이어 속속 출근하는 직원들을 강제 감금한다. 그러면 은행 직원 모두가 인질이 되고 은행은 난장판이 되는 것이다.

나는 일부 은행 지점에 기본적인 보안 조치를 실시하라고 조언했다. 아침에 제일 먼저 출근하는 직원이 커튼을 올린다든지, 화분을 옮겨놓는다든지, 현관이나 입구의 불을 켜는 등의 조치를 취하여 다음에 오는 사람에게 은행 내부가 안전하다고 알리는 것이다. 만약 그 조치가 되어 있지 않으면 두 번째로 출근하는 은행 직원은 안으로 들어가지 않고 그 즉시 경찰에 신고한다.

우리는 은행의 보안유지에 필수적인 창구 직원들도 훈련시켰다. 우선 강도 사건이 발생하면 어떻게 처신하고 무엇을 해야 할지 가르쳤다. 그런 준비가 있어야 막상 일이 터질 때 허둥지둥하지 않고, 돌발적인 행동을 취해 범인의 총에 맞는 일도 없는 것이다. 우리는 그때 널리 이용되고 있던 폭발하는 돈꾸러미*의 적절한 사용 방법을 가르쳤다. 나는 은행털이에 성공한 범인들과의 인터뷰를

---

* 은행강도를 막기 위한 보안 조치의 하나인 특수 돈꾸러미.

통해 여러 가지 예방책을 알아냈다. 그래서 범인이 창구 직원에게 '손들어!' 쪽지를 내밀 때 불안해서 정신이 없는 척하면서 그 쪽지를 카운터 안쪽에 흘리라고 가르쳤다. 그렇게 해서 쪽지를 확보하면 그것이 나중에 귀중한 증거가 되는 것이다.

나는 은행강도들을 인터뷰한 끝에 사전 준비없이 은행에 뛰어든 사람은 하나도 없다는 것을 알아냈다. 그래서 예전엔 생판 은행에 들른 적이 없던 사람이 은행에 들어와 고액 지폐를 동전으로 바꾸어가면 메모를 해두라고 부탁했다. 만약 창구 직원이 그 사람의 자동차 면허 번호나 기타 신분증 번호를 적어놓으면 그다음에 벌어지는 강도 사건은 손쉽게 해결할 수 있다.

나는 밀워키 경찰서의 살인사건 형사와 동행하면서 검시관의 사무실도 기웃거렸다. 법의학자나 민완 형사들은 살인사건에서 가장 중요한 증거는 피살자의 시체라고 말한다. 그래서 나는 시체를 다루는 여러 방법도 배우고 싶었다. 이처럼 시체 연구에 관심을 갖게 된 것은, 부분적으로는 수의사의 꿈을 키우면서 생명을 지속시키는 인체 기능과 구조에 대해서 흥미를 느끼던 어린 시절 때문이다. 형사 및 검시관과 어울리면서 일하는 것도 재미있었지만, 내 최대 관심사는 범인의 심리였다. 살인범은 어느 때 살인을 하고 싶어지는가? 살인범에게 살인을 하게 하는 특정 상황은 무엇인가?

콴티코에서 2주 동안 교육을 받으면서 나는 몇 건의 엽기적인 살인사건을 알게 되었다. 그 사건들 중 하나는 내가 살고 있는 곳에서 불과 225킬로미터 떨어진 곳에서 벌어졌다. 약간 과장하면 우리 집 뒷마당이라 해도 좋을 정도였다.

그러니까 1950년대의 일이었다. 에드워드 게인이라는 살인범은 위스콘신 주 플레인필드(인구 642명)라는 농촌 마을에서 은자처럼 살아왔다. 처음 그는 무덤 도굴로 범죄 행각을 시작했다. 그는 여자 시체의 살가죽을 특히 좋아했다. 시체에서 가죽을 벗겨 깨끗이 무두질하여 그것을 자기 몸에 걸쳐보는 것이 취미였다. 또 집에 가지고 있는 양복점용 마네킹이나 기타 장식에 걸쳐놓기도 했다. 한때 그는 성전환 수술을 심각하게 고려했다. 그런 생각은 1950년대 중반으로서는 혁명적인 것이었다. 그러나 수술이 여의치 않자 그는 차선책을 생각해냈다. 즉 여자 시체의 살가죽을 벗겨 자신에게 알맞은 여자 가죽옷을 만들겠다는 것이었다. 일부 사람은 그가 독선적이었던 그의 죽은 어머니가 되고 싶어했다고 추측했다. 이 이야기는 로버트 블로흐의 《사이코》(뒤에 히치콕 감독이 같은 제목의 명작 영화를 제작했음)와 토머스 해리스의 《양들의 침묵》의 소재가 되었다. 해리스는 콴티코의 범죄학 강의 시간에 들어왔다가 이 이야기를 듣고 소설화했다.

에드워드 게인이 공동묘지나 뒤지면서 이런 기행을 은밀히 저질렀다면 평생 잡히지 않았을지도 모른다. 그러나 그의 환상은 점점 강도가 높아져 이제 땅에 묻힌 시체로는 만족할 수 없게 되었고 자신이 스스로 시체를 '만들어내는' 일을 하기에 이른 것이다. 우리는 연쇄 살인범 연구를 본격적으로 해나가면서 이러한 환상의 증폭escalation이 거의 모든 연쇄 살인범에게 적용된다는 것을 알아냈다. 에드워드 게인은 두 명의 중년 부인을 죽인 혐의로 기소되었다. 그러나 실제로는 더 많이 죽였을 것이다. 1958년 1월 법적으로 정신이상임이 판명되어 워펀에 있는 센트럴 스테이트 병원과 멘도타 정신병원에 평생 수감되는 종신형을 선고받았다. 그는 이 기관에 있는 동안 늘 모범수였다고 한다. 게인은 1984년 멘도타 정신병원의 노인 병동에서 77세로 사망했다.

물론 현지 경찰이나 지방주재 FBI 요원이 에드워드 게인 사건 같은 사례를 자주 목격하기는 어렵다. 밀워키로 돌아온 나는 이 사건을 좀 더 자세히 알아보고 싶었다. 그래서 주 검찰총장의 사무실과 접촉했다. 하지만 에드워드 게인은 정신이상자로 판명되었기 때문에 관련 서류가 밀봉되어 있다는 대답이었다.

내가 범죄 연구에 관심을 갖고 있는 FBI 요원이라고 말하자 그제야 관련 서류를 공개했다. 나는 검찰총장실 직원과 함께 문서 보관실로 들어가 무수하게 설치된 선반에서 그 서류 박스를 꺼내던 순간을 영원히 잊지 못할 것이다. 그 박스는 왁스로 꽁꽁 밀봉되어 있어서 먼저 왁스 개봉 작업을 해야 했다. 박스 안에는 내 눈의 망막을 지져버릴 것 같은 끔찍한 사진들이 가득했다. 머리가 없는 여자 나체들이 로프나 도르래에 의해 거꾸로 매달려 있었다. 몸통은 흉골에서 질구까지 예리한 칼로 절개되었고 외음부는 모두 도려내졌다. 테이블 위에 놓인 절단된 머리들을 찍은 사진도 있었다. 머리의 텅 빈 눈은 허공을 응시하고 있었다. 그 사진들은 더 생각하기도 싫을 만큼 끔찍했다. 하지만 나는 사진에 담겨 있는 장면들이 그런 짓을 저지른 자에 대해서 무엇을 말해주는지, 그리고 범인을 체포하는 데 어떤 도움을 줄 수 있는지 곰곰이 생각했다. 사실 나는 그때 이후 늘 끔찍한 그림 뒤에 숨은 범인의 모습을 찾아내기 위해 생각하고 또 생각해왔다.

1976년 9월 말, 나는 콴티코의 107기 내셔널 아카데미 연수 프로그램에서 임시 카운슬러로 근무하기 위해 밀워키를 떠나 콴티코로 갔다. 그동안 아내 팸은 밀워키에 혼자 남아 집안일을 도맡고, 한 살배기 에리카를 키우고, 그러면서도 교사직을 수행했다. 나는 그뒤 오랜 세월 툭하면 집을 비우고 업무 출장을 나갔는데, 말하자면 카운슬러 근무가 아버지 없는 '모녀 가정'을 만드는 첫 시작이었던 셈이다. 지금 와서 생각해보니 수사국, 군대, 외무부 등의 부서에 근무하는 전문직 요원들이 배우자가 견뎌내야 하는 엄청난 가사 부담을 너무 당연시하는 것은 아닌가 하는 느낌이 든다.

FBI 내셔널 아카데미 프로그램은 미국과 전 세계에서 모여든 기간*** 경찰 요원을 상대로 실시되는 11주의 강도 높은 보수 교육이다. 경찰 기간 요원들은 FBI 요원과 같은 교육장에서 교육받는 경우도 많다. 이들 두 그룹의 교육생은 셔츠 색으로 구분한다. FBI 요원은 푸른 깃이고 내셔널 아카데미 교육생은 붉은 깃이다. 또 한가지. 아카데미 교육생은 좀 더 나이가 많고 경험이 풍부했다. 이 프로그램에 입소하려면 현지 지휘관의 추천을 받은 다음 콴티코의 서류 심사에 합격해야 한다. 내셔널 아카데미는 치안 지식과 수사 기술 분야에서 최고, 최신 정보를 제공할 뿐만 아니라, 교육 프로그램을 통해 FBI와 현지 경찰 사이의 유대를 강화시킨다. 사실 이런 화기애애한 분위기가 귀중한 자산이라는 사실은 거듭 확인되고 있었다. 당시 내셔널 아카데미 프로그램의 책임자는 짐 코터였는데, 그는 모든 경찰관의 존경을 받는 치안 분야의 신화적 존재였다.

나는 약 50명으로 이루어진 연수생의 섹션B의 카운슬러를 맡았다. 패트릭 그레이 국장과 후임자 클래런스 켈리 국장이 후버 시대의 유물인 완고한 업무 구조를 좀 더 개방하자는 정책을 폈지만, 당시만 해도 내셔널 아카데미에 초청된 여자 경관은 없었다. 미국 경찰관 이외에 영국, 캐나다, 이집트 등에서 온 경관도 있었다. 카운슬러는 교육생과 같은 기숙사를 썼기 때문에 강사, 사감, 치료사, 양호교사 등 1인 5역을 수행해야 했다. 아마도 행동과학부 사람들은 내가 그런 환경에 어떻게 적응하는지 살피려고 했던 것 같다.

143

나는 그런 의도를 파악하고 잘 적응하려고 최선을 다했다. 그러나 그건 엄청난 스트레스였다.

정말 대단했다. 다 큰 어른이 가족을 떠나 난생처음으로 기숙사 생활을 하게 되었으니 그것부터 좋지 않았다. 게다가 방에서 술도 마실 수 없고 또 생판 모르는 사람과 샤워장을 나눠 써야 하고, 낮에는 신병 훈련 때와 다름없는 강도 높은 체력 훈련을 받아야 했다. 물론 이런 엄격한 스케줄 관리로 교육 효과는 높았지만 거기에는 희생이 뒤따랐다. 교육이 약 6주쯤 지나자 많은 경관들이 가벼운 이상 증세를 보이기 시작했다. 어떤 사람은 자기 이마로 벽돌벽을 쿵쿵 찧기도 했다.

물론 교육생의 그런 태도는 카운슬러에게도 커다란 부담이 아닐 수 없었다. 각 카운슬러는 자신의 임무를 다른 방식으로 처리해나갔다. 나는 평소처럼 이런 시련을 무난히 처리하려면 유머로 버티는 수밖에 없다고 판단했다. 그래서 교육생들에게 자주 농담을 걸면서 좋은 관계를 유지하려고 애썼다. 그러나 어떤 카운슬러는 아주 엄격하고 단호했다. 자기 휘하의 교육생들이 마음에 안 들면 체력 단련 시간에 호된 기합을 주었다. 3주가 지나면서 그 카운슬러가 담당한 교육생들은 그에게 슈트케이스 한 세트를 안겨주었다. 그것은 '어서 여기서 나가달라'는 상징적 메시지였다.

또 다른 카운슬러 얘기를 해보자. 편의상 그의 이름을 프레드라고 해두자. 프레드는 콴티코에 카운슬러로 오기 전까지는 음주 문제가 없었다. 그런데 여기서 너무 시달리다보니 그만 음주벽이 생기고 말았다.

카운슬러의 주된 임무 중의 하나는 교육생들이 우울해하지 않는지 살피는 것이다. 프레드는 활달하고 씩씩하게 교육생을 지도하지 못하고 방 안에 틀어박혀 담배를 피우고 술을 마시면서 스트레스를 잊으려고 했다. 스트레스를 견디며 잔뼈가 굵어온 경찰관들을 상대할 때에는 무엇보다도 강인한 지도자라는 인상을 심어주는 것이 좋다. 그것은 말하자면 일종의 적자생존 게임이다. 만약 지도자가 어떤 약점을 보이면 그때부터는 그야말로 '밥'이 되는 것이다. 사람이 착하기만 한 프레드는 소심한 데다 이해심이 많았고 또 잘 속아 넘어갔다. 그런 여린 심성으로는 도저히 이 악동 같은 교육생들을 휘어잡을 수 없었다.

아카데미에는 한 가지 철칙이 있다. 교육 중에 기숙사에 절대로 여자를 들여서는 안 된다는 것이다. 어느 날 밤 한 교육생이 프레드를 찾아와 "도저히 못 참겠다"고 말했다. 카운슬러인 프레드는 그런 말이 교육생의 입에서 나오지 않게 할 의무가 있었다. 문제는 그의 룸메이트였다. 그가 매일 밤 여자를 바꿔가며 재미를 보는 통해 잠을 이룰 수가 없다는 것이다. 그래서 프레드는 그 친구와 함께 문제의 방으로 가보았다. 그랬더니 과연 여섯 명 정도의 친구들이 그 방 밖에서 줄을 서서 기다리고 있었다. 땀이 밴 손에 꼬깃꼬깃한 지폐를 들고서. 프레드는 화를 벌컥 내며 방 안으로 달려 들어갔다. 그러고는 긴 머리의 금발 위에서 재미를 보고 있는 친구를 확 낚아챘다. 그런데 그 '여자'는 비닐 인형이었다.

일주일 뒤 또 다른 경관이 한밤중에 프레드의 방에 헐레벌떡 뛰어들었다. 우울증에 빠진 자기 룸메이트 해리가 방문을 열고 뛰어내려 투신자살했다는 얘기였다. 그건 기숙사의 규칙을 여러 가지 위반한 것이었다. 자살은 물론 안 되고 기숙사의 창문도 절대 열어서는 안 됐기 때문이다. 그래서 프레드는 복도를 달려 내려가 그 방으로 가보았다. 과연 방문은 열려 있었고 지상에는 피로 범벅이 된 채 풀 위에 쓰러진 해리가 보였다. 프레드는 놀라서 계단을 달려 내려갔다. 그런데 이게 웬일인가! 투신자살했다던 해리가 느닷없이 벌떡 일어나 프레드의 얼을 빼놓는 게 아닌가. 그 악동은 그날 밤 식당에서 케첩 한 병을 몰래 훔쳐서 그걸로 위장했던 것이다. 프로그램이 끝나갈 때쯤, 프레드는 머리카락이 술술 빠지고, 면도도 하지 않은 채 마비된 다리로 절뚝거리며 구내를 걸어다녔다. 신경과 의사는 프레드가 기질적으로 잘못된 것은 없다고 말했다. 즉 병은 아니라는 얘기였다. 그는 지국으로 복귀한 지 1년 만에 질병으로 은퇴했다. 나는 프레드가 참 안됐다고 생각했다. 하지만 경찰관은 어느 의미에서 범죄자와 비슷한 데가 있다. 거친 세계에서는 상대보다 더 강한 사람이 되라. 이것이 경찰밥 25년 동안 내가 깨우친 철칙이다.

나도 특유의 느긋함과 유머 전략에도 스트레스에서 완전히 자유로울 수 없었다. 그렇지만 그건 기숙사 생활에 따르는 사소한 것으로서 심각한 문제는 아니었다. 한번은 우리 섹션의 교육생들이 내방의 가구를 몽땅 치워버렸다. 또 한번은 짓궂게 내 침대 시트를 둘로 접어 깔아놓았다. 어떤 때는 용변기 위에 셀로판 종이를 붙여 사용하지 못하게 만들었다. 그렇게 하면 조금이나마 스트레스가 풀리는 모양이었다.

교육생들은 딱 한 번 나를 굉장히 화나게 한 적이 있었다. 급한 볼일이 있어 차를 타고 나가야 했다. 그런데 악동들은 민첩한 경관답게 나의 상황을 정확하게 파악하고서 장난을 쳤다. 내 초록색 MGB의 동체 밑에 벽돌을 쌓아서 자동차 바퀴가 땅에서 약간 뜨게 만들어놓았던 것이다. 나는 그것도 모르고 차 안에 들어가서 시동을 걸고 클러치를 밟으면서 기어를 넣었다. 그러나 아무리 액셀

러레이터를 밟아도 차가 나가지 않았다. 나는 영국제 차는 못쓰겠어 하고 툴툴거리면서 차에서 내렸다. 그러고는 후드를 열어보고 타이어를 툭툭 차보았다. 별 이상이 없는 것 같았다. 나는 허리를 숙여 차 밑을 들여다보았다. 그 순간 갑자기 주차장이 환하게 밝아졌다. 교육생들이 각자 자기 차 안에 앉아 헤드라이트를 모두 내쪽으로 비춘 것이다. 그들은 모두 나를 좋아하기 때문에 그런 장난을 저질렀다고 말했다. 이제 장난을 다 쳤으니 차를 땅 위에 놓아주겠다고 말하면서 순식간에 벽돌을 모두 치웠다.

해외에서 온 교육생들도 나름대로 한가락했다. 이들 해외파는 커다란 트렁크를 가지고 와서 PX로 달려가 미친 듯이 물건을 사들였다. 그중에서도 이집트의 고위직 대령이 특별히 기억에 남는다. 그는 디트로이트에서 온 경관에게 'fuck'이 무슨 뜻이냐고 물었다. 물론 그것은 커다란 실수였다. 그 친구는 이집트 대령에게 이 말은 모든 경우에 사용할 수 있는 두루뭉실한 용어로서, 어떤 경우에 사용해도 그럴듯하게 들린다고 가르쳐주었다. 또 이 말에 '아름다운', '고급'의 뜻도 있다고 덧붙였다.

그래서 그 대령은 PX로 달려가 카메라 판매대 앞에서 커다란 목소리로 이렇게 말했다. "저 빌어먹을 카메라 한 대 주세요." 여자 점원은 놀라서 입이 딱 벌어졌다. "뭐, 뭐라고요?" "저 빌어먹을 카메라 한 대 달라니까요!"

대령은 점원이 자기 말을 못 알아들은 줄 알고 더욱더 큰 소리로 말했다. 여차하면 한 번 더 되풀이해서 말할 기세였다. 그러자 곁에 있던 동료들이 그 대령에게 다가가서 비록 널리 쓰이는 말이긴 하지만 여자와 아이들 앞에서는 안 된다고 설명해주었다.

또 일본에서 파견된 경찰관의 에피소드도 있다. 그는 미국 동료에게 존경하는 강사에게 어떻게 인사말을 건네느냐고 물었던 모양이다. 얼마 뒤 일본인 친구는 복도에서 나와 마주칠 때마다 미소를 짓고 허리를 숙이며 이렇게 말했다. "엿먹으세요$^{fuck\ you}$, 더글러스 씨."

나는 문제를 복잡하게 만들기 싫어서 역시 허리를 굽히고 미소를 지으며 대답했다. "당신도 엿먹으세요."

일본 경찰은 내셔널 아카데미에 교육생을 파견할 때 보통 두 명씩 보내곤 했다. 그러나 곧 그중 한 명은 상관이고 다른 한 명은 부하임이 밝혀졌다. 부하는 상관의 구두를 닦아주고, 침대 시트를 깔아주고, 방 청소를 해주는 등 세상에 그런 하인이 없었다. 한번은 다른 동료 교육생들이 아카데미 책임자인 짐 코터를 찾아가 그 일본인 상관에 대해서 불평을 했다. 그 상관은 주기적으로 동료 일본인 교육생을 두드려패면서 당수 연습과 무예 연마를 한다는 것이었다. 코터는 일본인 상관을 불러서 아카데미 내에서는 모든 교육생이 동등한 자격을 갖고 있으므로 그런 행동은 절대 용납하지 않겠다고 경고했다. 이 사건은 양국간에 극복해야 할 문화의 장벽이 얼마나 높은가를 실감케 하는 사례였다.

나는 내셔널 아카데미의 수업시간에 직접 들어가 강의를 어떻게 하는가도 살펴보았다. 12월 말 107기 교육이 끝나자, 행동과학부와 교육부에서 나를 차출하겠다고 제안해왔다. 교육부의 부서장은 교육 관련 대학원 공부를 더 하겠다면 그것까지 지원하겠다는 파격적인 조건을 내걸었다. 그러나 나는 적성에 맞는 행동과학부를 선택했다.

나는 크리스마스를 일주일 앞두고 밀워키로 돌아왔다. 그리고 콴티코로 전보되리라는 것을 확신한 나머지 팸과 의논하여 콴티코의 FBI 아카데미 남쪽에 있는 5에이커의 주택부지를 샀다. 그런데 예상치 않은 사태가 발생했다. 1977년 1월 수사국은 전반적인 인력 검토 계획을 발표하면서 이 기간 동안에는 인사 이동이 없다고 발표했다. 그러니 행동과학부로 전보되는 것도 물거품이 된 셈이었다.

괜히 버지니아에 땅부터 사두었다고 후회하기 시작했다. 그것도 내 돈만 들어간 게 아니라 아버지에게 빌린 돈까지 보태서 간신히 선도금을 냈던 것이다. 아무튼 나는 수사국 내에서의 장래 보직을 점칠 수가 없게 되었다.

그러고 나서 몇 주 뒤. 나는 헨리 매캐슬린이라는 요원과 함께 사건 수사를 위해 외부에 나가 있었다. 그때 본부에서 전화를 받았다. 내가 6월에 콴티코로 전보되어 행동과학부로 발령날 것이라는 얘기였다.

불과 32세의 나이에 콴티코라니. 나는 FBI 본부의 감사 요원으로 전출된 패트 말러니의 자리에 보임된 것이었다. 패트 말러니가 누구인가. 코리 무어 인질 사건을 해결한 전설적인 수사관이 아닌가. 과연 내가 말러니의 빈자리를 충분히 채울 수 있을까? 그런 걱정이 앞섰다. 하지만 온몸으로 부딪쳐보겠다고 독한 마음을 먹었다. 그리고 과연 교육생들을 잘 가르칠 수 있을까 하는 걱정도 들었다. 그들은 프레드의 경우에도 보았듯이 자기들을 도와주는 카운슬러조차도 갈가리 찢어발겼다. 그러니 명색이 기간 요원인 그들을 상대로 그들의 본업(수사 업무)을 가르치려 드는 강사는 더욱 더 거칠게 다루려 할 터였다. 나는 지금껏 신나게 춤을 춰왔지만 그 춤이 정말 곡조에 딱 들어맞는지 잘 알 수가 없었다. 그들에게 행동과학을 가르쳐야 하다니. 정말 눈앞이 아찔했다. 최소한 '행동

과학, 그거 행동으로 하는 과학이오?'라는 비아냥은 듣지 말아야
했다. 나보다 15~20세 위인 경찰 기간 요원들을 상대로 뭔가 가치
있는 정보를 제공하려면 그 정보를 뒷받침할 수 있는 확실한 현실
감각이 있어야 했다.

　나는 이런 걱정을 가슴에 안고 수사 여정의 다음 기착지를 향해
나아갔다.

출장 강의와 교도소 면담

1977년 6월, 행동과학부에 발령받았을 때 그 부서에는 아홉 명의 특별요원이 배치되어 있었다. 모두 강의를 하는 강사 신분이었다. FBI 요원과 내셔널 아카데미 교육생에게 주로 강의하는 내용은 응용범죄심리학이었다. 하워드 테텐이 1972년에 시작한 이 과목은, 형사나 범죄 수사자가 가장 관심을 갖는 문제, 즉 범행 동기를 집중적으로 파고들었다. 이 과목의 주안점은 피교육자에게 살인범의 생각과 행동의 이유를 납득시키는 것이다. 이 과목은 인기도 있고 유용하기도 했지만 주로 심리학에서 나온 연구자료와 교과 내용에 의존했다. 일부 자료는 테텐의 개인적 경험에서 비롯되기도 하고 다른 강사의 경험도 나중에 덧붙여졌다. 그러나 당시는 주로 심리학 교수들의 광범위한 연구자료를 바탕으로 강의를 해나갔다. 그러나 우리 행동과학부 직원들은 이런 심리학 분야나 전문적인 시각이 치안과 범죄예방의 측면에서 큰 도움이 되지 않는다는 걸 깨달았다.

아카데미에서는 이 밖에 노사관계, 경찰 노동조합, 대민관계 등을 다루는 '경찰의 당면 문제'를 배우고, 대학의 교양과목 수준인

사회학과 심리학, 성범죄도 가르쳤다. 이중 성범죄 시간은 불행하게도 오락적인 분위기가 강했다. 성범죄 강사가 누구냐에 따라 강의 분위기가 심각해지거나 가벼워졌다. 어떤 강사는 비옷을 입은 추잡한 늙은이 인형을 가져와 강의를 했다. 그 인형의 머리 부분을 누르면 비옷이 옆으로 벌어지면서 페니스가 툭 튀어나왔다. 강사들은 또 여러 가지 유형의 성욕도착증(당시에는 간단히 '변태'라고 했다) 환자 사진을 보여주었다. 복장도착증, 각종 절편도착증*, 노출증 등의 사진을 보여주면 강의실은 웃음바다가 되었다. 관음증 환자나 여자 옷을 입은 남자 사진도 역시 웃음을 자아냈다. 그러나 극단적인 가학·피학 성욕이나 유아 성폭행의 사진을 보여줄 때는 달랐다. 그때 웃는 사람이 있다면 그건 그 사람이 변태이거나 그렇게 웃도록 내버려두는 강사가 변태일 것이다. 아니면 둘 다 변태이거나. 로이 헤이즐우드와 켄 래닝은 여러 해에 걸쳐 강간이나 유아 성폭행 같은 문제를 진지하게 연구해 드디어 이 방면의 최고 전문가가 되었다. 헤이즐우드는 현재 은퇴했으나 고문으로 활발하게 활약하고 있고, 래닝은 곧 은퇴할 예정이다. 이 두 요원은 각각 강간과 유아 성폭행 분야의 세계적인 수사관이다. 그러나 당시는 '우리는 객관적 증거만 취급합니다'가 모토였던 후버 시대의 유산이 그대로 남아 있던 시절이었다. 그래서 고위직 인사 중에 프로파일링을 탁월한 사건 해결 도구로 여기는 사람은 아무도 없었다. 사실 '행동과학'이라는 말 자체가 하나의 모순처럼 들렸고, 그것을 주장하는 사람들은 사악한 마법사 혹은 심령술사처럼 간주되었다. 행동과학을 '지껄이는' 사람은 아무런 기록도 남기지 말고 구두로 강

---

* 이성의 몸의 일부나 옷가지 등에 의해 성적 만족을 얻는 이상 성욕.

의해야 했다. 그래서 테텐이나 말러니는 인성 프로파일링을 제안할 때 전부 말로 했고, 서면 기록을 남기지 않았다. 그때나 지금이나 FBI의 금과옥조는 '수사국을 난처하게 하는 일은 하지 말 것'이었다. 상관 혹은 지국장의 체면을 구길 만한 일은 서면으로 남겨서는 안 되었다.

테텐의 지도와 테텐이 뉴욕의 브러셀 박사에게서 배운 것을 바탕으로 우리 행동과학부는 프로파일링을 요구하는 현지 경찰에게 비공식 상담을 해주었다. 그러니 치밀하게 짜인 프로파일링 프로그램이라는 것은 아예 없었고 또 프로파일링이 장차 행동과학부의 주된 업무가 되어야 한다는 인식도 없었다. 그래서 행동과학부가 실제 수사 현장에 끼어드는 것은 어디까지나 비공식적이었다. 바꾸어 말하면 내셔널 아카데미 코스의 졸업생들이 테텐이나 말러니에게 전화를 걸어 특정 사건을 비공식적으로 부탁하면 그냥 도와주는 게 전부였다.

캘리포니아에서 근무하는 한 경찰관이, 난자당해 죽은 여자의 피살사건을 수사하다가 난관에 부딪혀 테텐에게 전화를 걸어왔다. 난자당해 죽은 것 이외에는 특별히 수사 단서가 될 만한 것이 없고 특별한 법의학적 소견도 없다고 했다. 경찰이 알고 있는 정보를 다 말하자, 테텐은 피살자 이웃에 사는 인물들을 불심검문해보라고 조언했다. 10대 후반의 못생기고 호리호리한 외톨이가 여자를 우발적으로 죽였을 가능성이 있고 지금은 죄의식에 사로잡혀 어쩔 줄을 몰라하며 공포에 떨고 있을 거라고 말했다. 그 집에 가서 초인종을 눌러 그 소년이 나오면 그대로 선 채 빤히 보다가 이렇게 말하라고 했다. "넌 내가 여기 왜 왔는지 알 거야." 그러면 그 소년한테서 자백을 받아내기가 쉬울 거라는 것이다.

이틀 뒤 캘리포니아 경찰에게서 이웃집을 탐문하고 있다는 전화가 왔다. 그중 한 집에서, 테텐이 말한 '프로파일'과 딱 맞아떨어지는 소년이 나왔다고 했다. 그래서 테텐이 말한 대로 하려고 하자 그가 먼저 "맞습니다. 바로 접니다!" 하고 자백했다.

당시 그 캘리포니아 수사관은 테텐이 모자에서 토끼를 꺼내는 마술사라고 생각했을 것이다. 그러나 그런 유형의 범죄자를 말해 주고 그런 상황을 예상한 데에는 논리적인 근거가 있다. 그리고 그 뒤 여러 해에 걸쳐 우리는 그 논리적 배경을 좀 더 엄격하고 세련된 것으로 만들어나갔다. 하워드 테텐과 패트 말러니가 눈치를 보며 전하던 그 프로파일링이 마침내 강력 범죄에 대응하는 중요한 무기가 된 것이다.

우연에 의해 성과가 크게 이루어지는 분야가 있듯이 프로파일링 분야도 우연한 행운이 큰 힘이 되었다. 행동과학부의 강사였던 나는 뭘 어떻게 해야 할지 잘 몰랐다. 그래서 좀 더 현실에 접근한 일차 정보를 얻어야겠다고 결심한 것이 행운이라면 행운이었다.

내가 콴티코로 전보되었을 때 말러니는 다른 곳으로 갔고 테텐이 전반적인 업무를 감독했다. 그리고 선배인 딕 올트와 밥 레슬러에게 일을 배웠다. 딕은 나보다 여섯 살, 밥은 여덟 살이 많았다. 이 두 사람은 수사국에 들어오기 전에 육군에서 헌병으로 근무했다. 11주의 내셔널 아카데미 코스 중에서 응용범죄심리학은 약 40시간을 배우게 된다. 일주일에 네 시간도 안 되는 셈이다. 그래서 부서의 신입 요원에게 빨리 오리엔테이션을 시키는 가장 좋은 방법은 '출장 강의'에 따라가게 하는 것이었다. 지방 강의는 콴티코 강사들이 미국 전역으로 출장을 나가 소수의 현지 경찰관과 학자를 상대로 응용범죄심리학을 강의하는 프로그램이었다. 이 출장 강의는 인기가 있었고 신청이 밀려 있는 상태였다. 주로 내셔널 아카데미 코스를 거쳐간 경찰서장이나 고참 수사관이 많이 신청을 해왔다. 고참 강사와 함께 2주 동안 강의에 참관하면 강사가 무엇을 해야 하는지를 재빨리 배울 수 있었다. 그래서 나는 밥 레슬러와 함께 출장을 다니기 시작했다.

지방 강의에는 규정된 일정이 있었다. 일요일에 출장을 떠나 월요일 아침부터 금요일 오전까지 한 경찰서 혹은 아카데미에서 강의를 하고, 주말은 쉬었다가 다시 다음 주에 같은 일과를 반복했다. 현지 경찰관들에게 도움을 준 뒤 일이 끝나면 조용히 사라졌다. 그래서 우리는 마치 셰인*이나 론레인저**라도 된 느낌이었다. 어떤 때는 우리를 기념하라고 은빛 총알이라도 남겨두고 싶은 심정이었다.

강사 생활 초기부터 나는 '귀동냥'에 의한 교수법이 마음에 들지 않았다. 솔직히 대부분의 강사보다 내가 훨씬 뛰어났다. 그들은 자신이 가르치는 사건 대부분을 직접 겪어보지 못했다. 말하자면 범죄학을 가르치는, 실전 경험이 없는 대학교수와 비슷했다. 강의 내용은 대부분 '전쟁 이야기'처럼 전개되었다. 사건을 담당했던 형사의 입에서 나온 이야기는 여러 사람을 거치는 동안 아름답게 꾸며져 실제 사건과는 동떨어지게 되었을 것이다. 그러니 강사가 특정 사건을 설명하면 그 사건을 실제 담당한 교육생이 교실에서 반박하는 사례도 비일비재했다. 강사가 재빨리 자기가 잘못 알았다고 하면 문제가 없을 텐데 사건을 담당한 형사 앞에서 자기가 옳다고

---

* 잭 셰퍼의 소설 주인공인 서부의 떠돌이. 1953년 영화로 상영되어 유명해졌음.
** 미국 서부의 치안을 위해 활약하는 드라마 주인공. 악당을 해치우고 마을을 떠나면서 은빛 탄환을 하나 남겨 자기가 론레인저임을 알린다.

우기니 문제는 더욱 복잡해지는 것이다. 이때 교권 운운하면서 강사의 위신만 내세우다보면 피교육자는 강의 내용을 신뢰하지 않게 된다. 일단 신임을 잃으면 그 강사의 말은 전혀 먹히지 않았다.

32세였던 나는 실제보다 어려 보였다. 나는 10~15세 위인 고참 경관들을 상대로 강의해야 했다. 어떻게 하면 권위 있게 잘 가르칠 수 있을까? 내가 경험한 살인사건 수사는 대부분 디트로이트와 밀워키의 노련한 형사들에게 얻어들은 정보가 전부였다. 그런데 그 노련한 형사들을 앞에 두고 수사기술을 가르친다? 그건 교황 앞에서 예수 얘기를 하는 것이나 다름없었다. 그래서 이들과 대면하기 전에 더 많이 연구하기로 마음먹었다. 또 이왕 연구할 바에야 모르는 것은 재빨리 배우자고 결심했다.

나는 강의 진행을 우둔하게 하지 않았다. 강의를 시작하기 전에 반드시 그날 다룰 사건에 직접 참여한 형사가 있는지 물어보았다. 가령 찰스 맨슨 사건을 강의하기 전에는 이렇게 물었다. "로스앤젤레스 경찰서에서 오신 분 계십니까? 이 사건을 담당하신 분 계세요?" 만약 있다고 하면 그 사람에게 사건 개요를 설명하도록 요청했다. 그렇게 해서 강의 내용이 실제 사건 수사관의 경험과 모순되지 않도록 신경썼다.

그러나 내가 지방 지국에서 갓 차출되어온 32세 신참이라는 사실은 절대 정상참작이 될 수 없었다. 콴티코 강의나 출장 강의에서는 FBI 아카데미와 그 배경을 모두 등에 업고 있는 듯한 위엄을 갖추고 강의를 해야만 했다. 휴식 시간에 경관들은 끊임없이 내게 질문을 하러 왔고 지방 출장 때에는 저녁에 호텔로 전화를 걸어 현재 진행 중인 사건에 대한 의견을 물었다. "존, 오늘 당신이 강의한 것과 비슷한 사건을 지금 수사 중이에요. 이 사건을 어떻게 생각하세요?" 이런 질문이 끊임없이 계속되었다. 그래서 강의 내용에 더욱 권위를 세울 필요가 있었다. 그건 수사국이 마련해주는 것이 아니라 나 자신이 만들어내야 하는 권위였다.

그렇게 힘들게 강의를 꾸려가면서 출장을 다녔다. 출장지에서 하루 일과를 마치면 저녁이나 주말에는 술 마시고 텔레비전을 보면서 시간을 보냈다. 나는 이런 시간이 아까웠다. 그러던 1978년 초였다. 캘리포니아의 호텔 칵테일 라운지에 앉아 있던 내게 전광 석화처럼 멋진 아이디어가 떠올랐다. 당시 밥 레슬러와 나는 새크 러멘토에서 강의를 하고 있었다. 다음 날 아침 나는 차를 몰고 가면서 우리가 강의하는 살인범들은 대부분 살아 있으니 직접 만나서 그들의 얘기를 들어보자고 레슬러에게 제안했다. 그들에게 범행을 저지른 이유를 물어보고 '그들의' 눈으로 사건을 다시 짚어보는 것도 유익할 것 같다고 말했다. 일단 시도해보는 것이 무엇보다 중요할 듯했다.

오래전부터 푸른 불꽃으로 이름이 나 있던 나는 밥의 눈에도 틀림없이 그렇게 보였을 것이다. 그는 이 황당한 아이디어에 흔쾌히 동의해주었다. 그러고는 자신이 늘 입버릇처럼 말하는 "승낙을 구하는 것보다 사후에 용서를 비는 것이 낫다"를 덧붙였다. 우리는 본부가 재소자 면담을 쉽사리 허락해주지 않을 것이란 사실을 잘 알고 있었다. 승낙을 못 얻는 건 너무나 당연했고, 우리의 행동이 자칫 감시대상이 될지도 몰랐다. 그래서 우리는 일단 일을 저지르기로 했다.

캘리포니아는 기괴하고 끔찍한 사건이 많이 벌어지는 곳이었다. 그래서 우선 이곳부터 시작하는 것이 좋겠다고 판단했다. 샌프란 시스코에서 북쪽으로 조금 떨어진 산라파엘 일인지국에는 존 콘웨이 특수요원이 나가 있었다. 콴티코에 교육을 받으러 왔을 때 밥의 강의를 들은 콘웨이는 캘리포니아 주립 형무소와 좋은 관계를 맺고 있었다. 그래서 우리를 위해 형무소 측과 접촉해 사전 준비를 해주겠다고 했다. 우리에게는 우리가 믿을 수 있고, 우리를 믿어주는 사람이 필요했는데, 때마침 콘웨이가 그렇게 해준 것이다. 사실 이런 일은 많은 사람들이 관련되면 일이 커질 수도 있다. 일이 잘못되었을 때 여러 명이 문책을 당하게 될 테니까.

우리가 만난 첫 번째 중죄인은 에드 켐퍼였다. 그는 당시 샌프란시스코와 새크라멘토 중간쯤에 있는 배커빌 소재의 캘리포니아 주립 의료 시설에서 다중 종신형 죄수*로 복역 중이었다. 내셔널 아카데미의 강사진은 그를 직접 만나보지 않은 상태에서 그의 사건을 강의했다. 그래서 우선 그부터 만나보기로 했다. 하지만 그가 우리를 만나줄지 또 입을 순순히 열지는 알 수 없었다.

켐퍼 사건의 기록은 훌륭하게 보존되어 있었다. 에드먼드 에밀 켐퍼 3세는 1948년 12월 18일 캘리포니아 주 버뱅크에서 태어났다. 그는 결손가정에서 여동생 둘과 함께 자라났다. 어머니 클라넬과 아버지 에드 주니어는 줄창 싸우다가 마침내 별거했다. 에드(에드먼드의 약칭)는 고양이 두 마리를 죽여서 내장을 꺼내 장난을 치고, 또 누나 수전과 함께 죽음의 의식 놀이를 하는 등 어릴 때부터 이상한 짓을 많이 했다. 그래서 어머니 클라넬은 아들을 별거 중인 남편에게 보내버렸다. 그러나 에드는 아버지에게서 도망쳐서 어머니에게 돌아왔다. 그러자 이번에는 시에라 산맥의 산기슭 오지에서 농사를 짓고 사는 친할아버지 집으로 보내졌다. 농가에서의 생

---

* 사형제도가 없는 일부 미국의 주에서는 흉악범을 평생 복역시키기 위해 다중 종신형에 처한다. 1회 종신형일 경우 감형을 받아 가출옥이 가능하기 때문이다. 켐퍼는 8회 종신형에 처해졌다.

활은 너무나 따분하고 쓸쓸했다. 가족들과 떨어져 있을 뿐만 아니라 학교에서도 친숙한 분위기나 즐거움이 없었다. 1963년 8월 농가 생활이 너무나 지겹던 덩치 큰 소년 에드는 22구경 총으로 친할머니 모드를 쏴 죽였고 이어 식칼로 무수히 난자했다. 밭일을 나가는 할아버지(에드는 할아버지를 더 좋아했다)를 따라가지 말고 집에서 허드렛일을 도우라고 명령한 할머니가 싫어서였다. 에드는 자기의 소행을 할아버지가 용서하지 않으리라는 것을 알았기 때문에 밭에서 돌아오는 할아버지도 총으로 쏴 죽였다. 그러고는 시체를 안마당에 그대로 내팽개쳤다. 나중에 경찰이 왜 그런 짓을 저질렀느냐고 묻자, 어깨를 으쓱하더니 이렇게 대답했다. "할머니를 총으로 쏘면 기분이 어떨지 알아보고 싶어서요."

아무 이유 없이 할아버지, 할머니를 죽인 에드는 '성격 특징 장애, 수동-공격적 성격'으로 진단받아 정신이상 범죄자를 수용하는 아타스카데로 주립 병원에 수용되었다. 그는 주 정부 정신과의사들의 반대에도 21세가 되던 1969년에 퇴원 조치되었다. 그래서 어머니에게 되돌아갔다. 당시 어머니 클라넬은 세 번째 남편과 헤어지고 산타크루즈에 새로 문을 연 캘리포니아 대학 분교에서 비서로 근무하고 있었다. 에드 켐퍼는 키 2미터 6센티미터에 몸무게가 136킬로그램이나 나가는 거구로 성장했다.

그 후 2년 동안 에드는 별 볼 일 없는 일자리를 전전했다. 그러면서 차를 몰고 시내와 고속도로를 배회하면서 젊은 여자 히치하이커들을 태워주었다. 산타크루즈와 그 일대는 여자 대학생들이 자주 놀러오는 곳이었다. 켐퍼는 10대 때 정신병자 수용소에 수용되어 있었기 때문에 데이트를 할 기회가 없었다. 그는 고속도로 순찰대 시험에는 떨어졌지만 주 고속도로국에 취직했다.

1972년 5월 7일, 에드는 프레즈노 스테이트 칼리지에 다니는 메어리 앤 페스와 애니타 루체사를 자기 차에 태웠다. 그리고 으슥한 곳으로 끌고 가 두 여자를 칼로 찔러 죽인 다음 시체를 어머니의 집까지 가져왔다. 그는 폴라로이드 카메라로 시체를 촬영하고 해부한 다음, 내장을 꺼내 장난을 쳤다. 이어 시체 조각들을 비닐 봉지에 수습하여, 산타크루즈 산속에 암매장했다. 두 시체의 머리는 도로변의 깊은 계곡에 버렸다.

9월 14일 켐퍼는 15세 된 고등학생 아이코 쿠를 차에 태운 후 목 졸라 죽였다. 죽은 여자를 강간한 다음 집으로 가지고 와 시체를 해부하면서 마구 훼손했다. 아이러니하게도 다음 날 아침, 주정부의 정신과 의사가 정신건강을 체크하기 위해 찾아왔다. 당시 피살자 아이코 쿠의 머리는 차의 트렁크에 들어 있었다. 면담은 잘 진행되어 의사는 켐퍼가 자신이나 다른 사람에게 전혀 위협이 되지 않는다고 판단하고 소년 범죄기록을 말소해줄 것을 요청했다. 의사를 멋지게 속여 넘긴 켐퍼는 의기양양해하면서 그 일이 자신에게 상징적 의미를 갖는다고 생각했다. 이후 켐퍼는 제도를 경멸하게 되었고 자기가 제도보다 우월하다고 생각하게 되었다. 그는 산속으로 차를 몰고 가서 아이코 쿠의 시체를 볼더 크리크 곁에 암매장했다.

켐퍼가 이런 흉악한 범죄를 저지르고 돌아다니는 동안, 각종 연쇄 살인이 벌어진 산타크루즈는 세계적인 연쇄 살인 도시라는 악명을 갖게 되었다. 잘생기고 똑똑한 청년인 허버트 멀린은 편집성 정신분열증 환자였다. 멀린은 환경을 보호하라는 '목소리'의 지시에 따라 닥치는 대로 사람을 살해했다. 또 존 린리 프레이저라는 자동차 정비공은 산타크루즈 교외의 숲속에 살고 있었는데, 역시 환경보호를 내세우며 6인 가족의 집을 불태워 전가족을 몰살시켰다. 그리고 그것이 자연을 파괴하는 사람들에게 보내는 경고라고 큰소리쳤다. 몰살당한 가족의 롤스로이스 차 와이퍼에 끼워진 쪽지에는 이렇게 쓰여 있었다. '물질만능주의가 없어지거나 인류가 멸망할 것이다.' 산타크루즈 일대는 일주일에 한 건씩 이런 흉악 범죄가 터지곤 했다.

1973년 1월 9일 켐퍼는 산타크루즈의 여대생 신디 숄을 태운 뒤 권총으로 위협해 트렁크에 들어가게 했다. 그러고는 총으로 쏴 죽였다. 그는 시체를 어머니의 집으로 가져가서 자기 침대 위에 올려놓고 섹스를 했다. 그런 다음 욕조에 시체를 밀어넣고 해부하기 시작했다. 일이 끝나자 잔해를 봉지에 수습하여 카멜의 절벽에서 바다에 내던졌다. 이번 범죄에서 달라진 것이 있다면 전처럼 시체의 머리를 버리지 않고, 땅 위를 바라보게 한 채 뒤뜰에 묻었다는 것이다. 땅속에 들어간 시체의 머리는 어머니의 침실 창문을 향하고 있었다. 그는 어머니가 늘 사람들이 자기를 '올려다보는 것'을 좋아했기 때문이라고 이유를 설명했다.

이제 산타크루즈는 '여대생 살인범'의 공포에 휩싸인 재앙의 도시가 되었다. 주 정부는 대학생들에게 낯선 사람의 동승 제의를 거절하라고 경보를 발령했다. 안전한 대학 구내를 벗어난 곳을 특히 주의하라고 알렸다. 그러나 켐퍼의 어머니가 산타크루즈 소재 캘리포니아 대학 분교에서 비서로 재직하고 있었기 때문에, 켐퍼는 대학 스티커가 붙은 차를 몰고 다녔다. 그러니 대학 구내도 안전한 곳은 아니었다.

한 달 뒤, 켐퍼는 로잘린드 소프와 앨리스 류를 총으로 쏴 죽이고 트렁크에 실었다. 그는 시체를 집으로 가져가 전과 똑같은 방식으로 처리했다. 그는 절단된 시체를 샌프란시스코의 에덴 캐니언에 버렸고 일주일 뒤 시체 두 구가 경찰에 의해 발견되었다.

사람을 죽여야겠다는 충동은 놀라울 정도로 빠르게 발전해갔다. 실행에 옮기진 않았지만 그는 한 블록에서 만나는 사람을 모두 죽일까도 생각했다. 하지만 그보다 더 멋진 생각이 있었다. 곰곰 따져보니 꼭 해치우고 싶은 게 있었다. 부활절 주말. 그는 어머니가 잠들어 있는 침실로 들어가 못 빼는 망치로 어머니의 머리를 마구 내려쳤다. 어머니가 죽자 시체에서 머리를 떼어내고 머리 없는 시체를 강간했다. 그러고는 마지막 순간에 어떤 영감에 휩싸여 그녀의 후두喉頭를 떼어내 쓰레기통에 던졌다. 그는 나중에 경찰에게 이렇게 말했다. "지난 여러 해 동안 내게 악을 쓰고 소리를 지르고 개짓을 했기 때문이에요."

그러나 쓰레기통이 이미 꽉 차 있어서 그 피 묻은 후두가 다시 밖으로 튀어나왔다. "그녀는 죽어서도 내게 악을 쓰는 것 같더군요. 나는 그녀에게 닥치라고 소리쳤어요!"

그는 이어 어머니의 친구인 샐리 할렛에게 전화를 걸어 깜짝 파티가 있으니 건너오라고 했다. 그녀가 도착하자 둔기로 내려치고 목 졸라 죽였다. 켐퍼는 샐리의 시체를 자기 침대에 내버려둔 채 어머니의 침대에 가서 잤다. 부활절 일요일 아침. 그는 차를 몰고 나가 정처없이 동쪽으로 향했다. 지금쯤 자기가 전국적인 유명인사가 되었을 것이라고 기대했다. 그는 라디오에 귀를 기울였지만 아무런 뉴스도 흘러나오지 않았다.

콜로라도 주 푸에블로의 외곽까지 오자, 그동안 잠을 못 잔 켐퍼는 몹시 피곤하고 어지러웠다. 자신의 장엄한 행위가 아무런 화제도 일으키지 못하자 크게 실망했다. 그는 도로변 공중전화 옆에 차를 세우고 산타크루즈 경찰서로 전화를 걸었다. 믿지 않으려는 경찰관을 상대로 여러 번 사실을 확인해준 뒤, 자기가 지난 밤 살인을 저질렀으며 '여대생 연쇄 살인사건의 범인'이라고 자백했다. 그는 현지 경찰이 공중전화 앞에 출동할 때까지 그 자리에서 침착하게 기다렸다.

켐퍼는 1급 살인을 여덟 번이나 저지른 것으로 판결받았다. 그런 범죄에 대하여 적당한 처벌은 무엇이라고 생각하느냐는 질문에 그는 이렇게 대답했다. "고문해서 죽이는 겁니다."

산라파엘 지국의 존 콘웨이가 사전에 형무소 담당자와 연락을 취해놓았다. 나는 형무소에 먼저 가서 재소자들을 면담하게 해달라고 주문하는 것이 최선의 방법이라고 생각했다. 재소자가 거부하면 헛걸음이 될 수도 있었지만 아무래도 느닷없이 가는 것이 서로를 위해 좋겠다고 생각했다. 형무소 안에는 비밀이란 없다. 가령 어떤 재소자가 FBI와 연줄이 있고 대화를 나눴다는 얘기가 퍼지면 그 재소자는 밀고자 혹은 앞잡이로 오해받을 수 있다. 헛걸음할지도 모른다고 걱정했는데, 에드 켐퍼가 순순히 면담에 응하겠다고 했다. 놀라웠지만 곧 안심이 되었다. 아마도 상당히 오랜 기간 동안 그를 찾아온 사람이 없었던 모양이었다. 켐퍼는 우리가 자신을 찾아온 이유를 궁금해했다.

철저하게 보안이 유지된 형무소 안으로 들어가는 일은 제아무리 FBI 요원이라고 해도 등골이 오싹해진다. 우선 형무소에 총기를 맡겨야 한다. 구치소 내에는 무기 휴대가 일체 허용되지 않기 때문이다. 둘째로 권리포기 각서에 서명해야 한다. 재소자와 면담을 하다가 인질로 잡힐 경우 형무소 당국에게 책임을 묻지 않으며, 구출을 위한 협상을 기대하지 않는다는 내용이었다. 재소자가 FBI 요원을 인질로 잡았다는 것은 커다란 홍정 조건이 될 수 있으므로 사전에 문제 요소를 차단하겠다는 의도였다. 이런 요식행위를 마치고 밥 레슬러, 존 콘웨이와 함께 테이블과 의자들이 있는 방으로 들어가 에드 켐퍼가 나오기를 기다렸다.

켐퍼는 덩치가 대단히 컸다. 큰 키와 덩치 때문에 학교와 이웃에게서 따돌림을 당했다는 것을 알고 있었지만, 막상 가까이서 보니 정말 크구나 하는 느낌이 절로 들었다. 보통 사람 한 명쯤은 가볍게 거꾸러뜨릴 수 있을 것 같았다. 그는 머리와 콧수염을 길게 기르고, 단추를 채우지 않은 작업복과 하얀 티셔츠를 입었고 배가 거대하게 툭 튀어나와 있었다.

나는 곧 켐퍼가 대단히 똑똑한 친구라는 것을 알았다. 형무소 기록에도 그의 IQ가 145로 나와 있었다. 여러 시간 면담하면서 밥과 나는 그가 우리보다 훨씬 똑똑하다고 생각했다. 그는 감옥에 오래 들어앉아 있는 동안 자기의 인생과 범죄를 곰곰이 생각한 것 같았다. 그는 우리가 자신의 자료를 완벽하게 검토했다는 것을 재빨리 알아차렸다. 그래서인지 사실과 다른 얘기는 하지 않았다. 그는 천천히 입을 열어 몇 시간에 걸쳐 자신의 얘기를 해주었다.

그는 뽐내며 거만을 떨지 않았고 그렇다고 후회하거나 반성하지도 않았다. 냉정하고 부드러운 어조로, 마치 남의 얘기를 하듯 초연하게 얘기해나갔다. 면담이 진행되자 그의 말에 끼어들기가 어려웠다. 그가 눈물을 내비친 것은 딱 한 번, 어머니가 얼마나 자신을 학대했는가를 회고할 때였다.

나는 응용범죄심리학을 가르칠 때 교과 내용을 잘 파악하지 못한 상태에서 강의한 적도 있었다. 가령 범죄자는 태어나는가 아니면 만들어지는가에 대한 질문은 나로서도 대답할 수 없는 문제였다. 그래서 나는 이 문제에 관심이 많았다. 이 질문에 딱 부러지는 대답은 없고 또 앞으로도 그럴 것이지만 켐퍼의 이야기를 듣고 보니 몇 가지 흥미로운 점이 제기되었다.

에드 켐퍼의 부모가 굴곡 많은 결혼 생활을 영위했다는 데에는 의문의 여지가 없다. 그는 어릴 적부터 아버지를 닮았기 때문에 어머니가 자기를 증오했다고 말했다. 그의 덩치는 어릴 때부터 문제가 되었다. 그는 이미 열 살 정도 되었을 때 나이에 비해 거인이었기 때문에 어머니는 그가 누나 수전을 괴롭히지는 않을까 걱정했다. 그래서 어머니는 보일러 근처의 창문 없는 지하방에 그를 재웠다. 매일 밤 잠자리에 들 때면 어머니는 그를 지하방에 넣고 문을 잠갔다. 어머니와 수전은 2층에 있는 각자의 방에서 잤다. 이것은 그를 너무나 공포에 떨게 했고, 결과적으로 어머니와 누나를 한없이 증오하게 만들었다. 이 일이 벌어진 시점은 어머니가 아버지 에드와 완전히 갈라선 시기와 일치했다. 지나치게 큰 덩치, 수줍어하는 성격, 본받을 만한 롤모델의 부재 등이 어우러져 에드는 늘 외톨이로 지냈고 남과 다른 아이가 되어갔다. 아무런 잘못도 저지르지 않았는데 지하방에 죄수처럼 갇혀서 자신이 지저분하고 위험한 존재라고 느끼기를 강요받았다. 그러자 적대적이며 살인적인 충동(환상)이 발동하기 시작했다. 바로 이 시점에 집 안의 고양이 두 마리('2'라는 숫자에 주목할 필요가 있는데, 어머니와 누나도 '둘'이다)를 죽이고 팔다리를 잘랐다. 한 마리는 소형 칼로, 다른 한 마리는 벌채용 칼로 죽였다. 이런 동물학대가 '살인범 징후를 드러내는 삼각형' 중 한 축을 이룬다는 것을 주목해야 한다. 즉 일정 연령 이후에도 계속되는 야뇨증과 방화, 동물학대는 무서운 삼각형의 각 꼭짓점을 차지하는 것이다.

캠퍼 사건에서 서글프면서도 아이러니한 것은 에드의 어머니가 산타크루즈의 캘리포니아 대학 분교에서 학교 행정 직원이나 학생들에게 인기가 높았다는 사실이다. 그녀는 상담할 문제가 있거나 이야기하고 싶을 때 선뜻 찾아가게 되는 다정하고 친절한 사람이었다. 그러나 집에 돌아가면 어눌하고 수줍어하는 아들을 괴물처럼 대하는 사람이기도 했다.

너 같은 놈은 여대생과 결혼을 못할 거야. 물론 교제도 못하겠지. 그녀는 노골적으로 이렇게 말하곤 했다. 그들은 모두 너보다 훨씬 뛰어나. 에드는 어머니의 그런 말을 계속 듣다가 결국에는 엉뚱한 방법으로 여대생을 소유하겠다고 마음먹게 된다.

그러나 그녀는 자신의 방식대로 아들을 돌봐주기도 했다. 가령 아들이 캘리포니아 고속도로 순찰대에 들어가고 싶다고 하자, 청소년 전과 기록을 말소시켜주려고 노력했다. 어릴 적에 조부모를 살해한 '업보'가 평생 아이의 목덜미를 잡는 것을 원치 않았던 것이다. 연쇄 살인범들이 경찰(또는 그와 유사한 신분)이 되고 싶어했다는 사실은 매우 흥미롭다. 이 점은 우리가 연쇄 살인범들을 연구해나가면서 반복적으로 맞닥뜨리는 사항이었다. 제압, 조종, 통제는 연쇄 강간범이나 연쇄 살인범들이 공통적으로 보여주는 특징이다. 이들 흉악범은 대부분 적개심이 강하고 어떻게 처신해야 할지 모르는 인생의 실패자였다. 그들은 자기들이 인생에서 부당한 대우를 당했고 정신적, 육체적 학대를 당했다고 느꼈다. 그러니 힘센 사람이 되어 자기를 이런 나락으로 빠뜨린 자들을 모조리 감옥에 처넣고 싶다는 엉뚱한 심리가 발동한다. 바로 이런 심리 때문에 경찰관이 되고 싶은 것이다. 물론 에드 캠퍼도 예외는 아니었다. 경찰관은 권위와 존경의 대상이다. 공동선을 지키기 위해 나쁜 사람들을 해쳐도 무방한 권위가 주어진다. 우리가 연구해본 결과 실제 경찰관으로 임용된 사람이 흉악 범죄를 저지르는 일은 거의 없었다. 그러나 연쇄 살인범의 경우, 경찰관이 되지 못하고 그와 유사한 분야, 가령 경비원이나 야간 순찰 같은 일을 맡는 경우가 많았다.

우리는 프로파일링을 하면서 UNSUB가 경찰차와 비슷한 차, 이를테면 포드 크라운 빅토리아나 시보레 카프리스를 몰고 다닌다고 가끔 조언해준 경우가 있었다. 좀 더 구체적인 예를 들면, 애틀랜타 어린이 살해사건에서, 범인은 경찰 마크를 지운 중고 경찰차를 사서 몰고 다녔다.

이보다 더 흔한 것은 '경찰광狂'현상이다. 켐퍼는 경찰들이 단골로 다니는 술집이나 식당에 자주 들러 경찰들과 대화를 했다고 한다. 이렇게 함으로써 자신이 경찰 내부 인사가 된 듯한 착각에 빠졌고, 또 경찰관이 휘두르는 권위를 느낄 수 있었다. '여대생 살인사건'으로 온 도시가 공포에 휩싸이던 시점에, 켐퍼는 이들 술집이나 식당에서 만난 경찰에게 수사의 방향에 대한 이야기를 얻어듣고 다음 전략을 준비하기도 했다. 사정이 이렇다보니, 켐퍼가 장기간의 끔찍한 살인 행각을 끝내고 콜로라도에서 산타크루즈 경찰서로 전화를 걸었을 때, 경관들은 처음엔 그가 술에 취해 농담을 하는 게 아닐까 하고 생각했다고 한다. 어떻게 여대생 살인범이 그들의 술친구인 에드일 수 있을까. 우리는 이런 배경지식을 갖고 있었기 때문에 범인이 늘 수사의 방향이나 진행에 끼어들고 싶어한다는 것을 당연하게 생각했다. 수년 뒤 뉴욕 주 로체스터에서 아서 쇼크로스 매춘부 연쇄 살인사건이 터졌을 때, 내 동료 그레그 매크래리는 범인은 경찰이 잘 아는 사람일 것이고 경찰 단골 술집이나 식당에 들러 경찰에게 열심히 정보를 뽑아낼 거라고 정확하게 예측했다. 과연 아서 쇼크로스를 잡고 보니, 그는 경찰을 잘 아는 자였고 45년을 살아온 동안 15년을 형무소에서 복역한 자였다.

나는 켐퍼의 범행 방법에 큰 관심을 보였다. 거의 동일 지역에서 유사한 살인행위를 반복하여 저지르고도 잡히지 않았다는 것은 일 처리를 '제대로' 했다는 의미였다. 바꾸어 말하면 살인을 저지를 때마다 그 행위를 분석, 보완하여 살인 기술을 점점 더 완벽하게 만들어갔다는 얘기이다. 여기서 우리가 한 가지 유념해야 할 사항이 있다. 그것은 연쇄 살인범 대부분이 사냥과 살인을 인생의 가장 중요한 일이라고 생각한다는 것이다. 즉 이 두 가지가 '본업'이기 때문에 늘 그 문제만을 생각한다.

에드 켐퍼의 범죄 수법은 날이 갈수록 지능화되었다. 한번은 그가 여대생의 시체 두 구를 트렁크에 싣고 가다가 미등이 깨진 탓에 교통경찰에게 정지당했다. 그러나 에드 켐퍼는 당황하지 않고 아주 침착하고 공손하게 잘못을 시인하면서 곧 고치겠다고 말했다. 그 교통경찰은 에드가 하도 공손하게 나오는 바람에 주의를 주기만 했다고 회고했다. 켐퍼는 경찰에 발각되어 체포되는 것을 두려워하기보다 위기 상황을 교묘하게 빠져나가는 것에 더 큰 스릴을 느꼈다. 만약 교통경찰이 트렁크 안을 보자고 했다면 그를 쏴 죽였을 거라고 켐퍼는 말했다. 한번은 이런 일도 있었다. 켐퍼는 총에 맞아 거의 죽어가고 있던 두 여대생을 차에 실은 채 대학 구내 경비원을 지나치게 되었다. 두 여자는 목 부분까지 담요로 덮여 있었다. 한 여자는 운전석 옆에, 다른 여자는 뒷좌석에 있었다. 켐퍼는 침착하게 친구들이 너무 취해서 집까지 데려가는 중이라고 경비원에게 말했다. 집까지 데려간다는 말은 사실이었다. 또 한번은 히치하이킹에 나선 중년 여자와 10대 아들을 차에 태웠다. 그는 모자를 모두 살해할 작정이었다. 그러나 그 여자의 친구가 캠퍼의 차량 번호를 적는 것을 보았다. 그래서 마음을 바꿔, 그들을 목적지까지 무사히 데려다주었다.

지극히 똑똑한 캠퍼는 교도소에서 실시하는 심리검사도 훤히 꿰고 있었다. 특히 심리학 용어는 모두 달달 외고 있어서, 자신의 범죄 행각을 정신분석학 용어를 적당히 섞어가며 분석할 정도였다. 캠퍼는 범죄행위 자체를 도전과 게임의 연속이라고 생각했다. 가령 어떻게 의심을 받지 않고 여대생을 차 안에 태우느냐 하는 것도 그에게는 중요한 게임이었다. 그는 예쁜 학생이 걸어가면 그 옆에 차를 세우고 어디로 갈 거냐고 물어보고 태워다줄 시간이 있는지 살피는 척하며 손목시계를 슬쩍 들여다본다고 말했다. 그렇게 하면 여대생은 운전사가 더 바쁜 일이 있는데, 친절한 마음에서 제안해오는 것이구나 하고 안심하며 차에 탄다는 것이다. 이런 증언은 살인범의 범행 수법을 엿보게 하는 단서가 되기도 하지만 동시에 더 중요한 것을 말해준다. 보통 사람들은 상식적인 가정, 언어에 의한 표시, 보디랭귀지 등에 근거하여 다른 사람의 상황이나 처지를 파악한다. 그러나 이런 건전한 상식은 소시오패스에게는 통하지 않는다. 가령 에드 캠퍼의 예를 살펴보자. 그에게는 예쁜 여대생 히치하이커를 차에 태우는 것이 이 세상에서 가장 중요한 일이었다. 이 목표를 달성하기 위해 오랜 시간 철저하게 생각하고 또 분석했다. 그러니까 캠퍼는 우연히 만난 여대생 히치하이커가 상식적으로 상대방을 판단하는 기준보다 훨씬 교묘하고 복잡하고 분석적인 기준을 적용하여 그 여자를 유인한 것이다.

제압, 조종, 통제. 이것은 연쇄 살인범의 특징을 단적으로 설명해주는 세 가지 핵심용어이다. 그들은 희생자를 마음대로 제압, 조종, 통제할 수 있을 때에만 자기들의 삶이 보람 있다고 생각한다. 그래서 그들의 모든 생각과 행동은 그것을 성취하기 위한 쪽으로 주파수가 맞추어져 있다.

연쇄 살인범이나 연쇄 강간범을 만들어내는 가장 강력한 요인은 환상이다. 여기에서 말하는 환상은 좀 더 폭넓은 뜻으로 쓰인다. 보통 사람도 물론 환상을 갖고 있지만 그것은 순간순간 일어날 뿐 곧 사라져버리고 만다. 비유적으로 말하자면 머리 위를 스쳐 지나가는 새와 같다. 그러나 소시오패스는 그 새가 자기 머리 위에 둥지를 짓고 살 수 있는 어떤 것이라고 생각한다. 바꾸어 말하면 환상과 행동을 동일시하는 것이다. 에드 캠퍼의 환상은 어린 시절부터 발달했다. 그 주제는 언제나 동일했는데, 바로 죽음과 섹스의 상관관계였다. 에드는 어릴 적에 누나 수전과 가스실 게임을 했다. 누나가 그를 의자에 묶고 가스를 누출시키는 스위치를 누르는 시늉을 하면 그가 의자에 앉은 채 넘어져 죽는 놀이였다. 그가 이성을 상대로 품은 성적 환상은 늘 그 이성이 살해되고 사지가 절단되는 내용이었다. 그는 열등감 때문에 정상적인 이성 관계에서는 편안함을 느끼지 못했다. 자기를 좋아하는 여자는 없다고 생각했다. 그래서 그런 결핍을 마음속에서 보상하기 시작했다. 그는 상상 속의 이성을 완전히 소유해야만 했다. 그 소유의 궁극적인 형태는 목숨을 빼앗는 것이었다.

에드는 법정에서 이렇게 자백했다. "난 살아 있는 여자들이 생소했고 그들과는 공감을 느낄 수 없었습니다. 물론 그들과 좋은 관계를 맺으려고 노력했어요. 하지만 잘되지 않았습니다. 오히려 여자들을 죽일 때 어떤 '관계'가 이루어지는 것 같았어요. 범행 순간, 내 마음속에는 이제 이 여자가 내 것이 된다는 생각밖에 없었습니다."

대부분의 섹스 관련 흉악범들은 환상에서 현실로 옮겨가기까지 몇 단계의 '강화 과정'을 거치게 된다. 포르노그래피, 병적인 동물학대, 여자에게 하는 잔인한 행동 등이 그것이다. 여자에게 잔인한 행동을 하는 것은, 그들로서는 부당한 대우를 받은 것에 대한 일종의 '보복'이다. 켐퍼의 경우 지나치게 큰 덩치와 수줍은 성격 때문에 다른 아이들로부터 따돌림을 받고 괴롭힘을 당했다. 그는 면담 도중 두 마리의 고양이를 죽이기 전, 누나의 인형을 훔쳐서 머리와 팔을 절단하면서 동물학대행위를 미리 연습했다고 했다. 어느 의미에서 볼 때, 켐퍼의 주된 환상은 독선적인 데다 그를 학대한 어머니를 파괴하는 것이었다. 그가 저지른 모든 살인행위는 바로 이 맥락에서 분석해볼 수 있다. 여기에서 독자 여러분의 오해가 없길 바란다. 나는 절대로 켐퍼의 행위를 변호할 생각이 없다. 그의 행위는 어떤 경우에도 용서받을 수 없다. 수사관으로 일한 나의 경험과 배경으로 미루어볼 때, 범죄행위를 저지른 당사자가 일차적으로 그 행위에 책임을 져야 하고, 또 죄를 지었으면 당연히 죗값을 받아야 한다. 내가 말하고자 하는 것은, 에드 켐퍼의 사례는 타고난 것이 아닌, 만들어진 연쇄 살인범의 전형적인 경우라는 것이다. 그에게 좀 더 안정되고 사랑 넘치는 가정생활이 보장되었더라면 과연 그가 그런 끔찍한 환상을 키울 수 있었을까? 물론 이 질문에 정확한 대답을 내릴 수는 없다. 그렇지만 만약 켐퍼에게 독선적인 성격의 어머니를 향한 사무치는 분노가 없었다면 어땠을까? 그런 분노가 없는데도 그런 방식으로 환상을 현실화시켰을까? 나는 그렇지 않았으리라 생각한다. 켐퍼가 끔찍한 살인행각을 저지른 것은 한없이 증오하는 어머니에게 보복하려는 예행 연습에 지나지 않았던 것이다. 그가 마침내 그 보복의 행위를 완성하자, 살인의 드라마는 추진력이 소멸되어 막을 내렸다. 주 목표를 우회하여 주변을 먼저 공격하는 이 특징은 다른 연쇄 살인범에게도 나타나는 현상이다. 우리와의 면담에서 켐퍼는 어머니의 두개골을 내려치기 위해 밤에 여러 번 망치를 들고 어머니 방으로 살금살금 다가갔다고 했다. 그러나 여섯 번의 살인을 저지르고 난 다음에야 자기가 정말 원했던 것을 해치울 배짱이 생겼다.

우리는 이 같은 대치 현상의 다양한 변주를 보아왔다. 구체적인 예를 들면, 가장 흔하게는 살인 후 피살자의 몸에서 반지나 목걸이 같은 '전리품'을 가져가는 행위이다. 살인범은 아내나 애인이 자신의 분노와 적개심을 일으키는 원인이라고 생각하면서도 그런 물건을 그녀에게 준다. 샀거나 얻었다고 거짓말을 하면서. 그러고는 그것을 착용한 그녀를 보고 살인 당시의 흥분과 자극을 재음미하는 것이다. 그것은 마음속으로 그녀를 제압, 조종했다는 대상적 심리를 확인하는 것이기도 하다. 즉 다른 여자들처럼 한시라도 마음에 안 들면 죽여버릴 수 있다는 심리적 대치작용이 일어나는 것이다. 그리고 거기서 커다란 위안을 얻는다.

마지막으로 우리는 범죄의 구성 요소를 범행 전, 범행 후 행태로 분류했다. 켐퍼는 피살자의 사지를 절단하고 내장을 꺼냈다. 우리는 처음에 이런 행위가 성적 가학증과 관련이 있다고 보았다. 그러나 사체 절단은 희생자가 살아 있을 때가 아니라, 사망한 뒤에 이루어졌다. 그러니까 여자들에게 징벌이나 고통을 안겨줄 의사는 없었다. 켐퍼의 이야기를 몇 시간 듣고 나니 사체 훼손은 가학증세 혹은 절편도착증과 관련이 있는 것이 분명해졌다. 특히 그가 즐겨 생각하던 환상의 '소유' 측면과 관련이 있었다.

내 생각에, 그가 시체를 처리한 방식도 상당히 중요했다. 초기에는 시체를 어머니의 집에서 멀리 떨어진 곳에 조심해서 암매장했다. 그러나 갈수록 대담해졌는데 어머니나 어머니 친구의 시체는 눈에 띄는 곳에 그대로 방치했다. 말하자면 목표가 완성되어갈수록 더는 '보복' 의도를 감출 필요가 없었던 것이다. 이처럼 시체를 방치했다는 것과 시체를 차 안에 싣고 시내를 유유히 돌아다녔다는 것은, 그를 모욕하고 거부한 사회에 대한 그 나름의 항변이었다.

우리는 몇 년에 걸쳐 켐퍼와 여러 차례, 오랜 시간 면담을 했다. 면담할 때마다 얻은 구체적 정보는 유익하면서 대단히 역겨웠다. 그는 분명 똑똑한 여대생들을 잔인하게 죽인 살인마였다. 그러나 나는 여기서 한 가지 사실을 있는 그대로 털어놓아야 할 것 같다. 그것은 내가 에드를 점점 좋아하게 되었다는 것이다. 적어도 우리와 면담을 하는 동안 그는 다정하고, 솔직하고, 눈치 빠르고, 유머 감각이 풍부했다. 그런 비좁은 면담실에서 그렇게 얘기를 끌어나갈 수 있다니, 어느 때는 그와 함께 있는 것이 재미있기까지 했다. 그렇지만 이것은 어디까지나 면담의 분위기에 국한되어 하는 얘기일 뿐이다. 맹세하거니와 나는 그가 가출옥하여 거리를 활보하는 일은 절대로 있어서는 안 된다고 생각한다. 또 에드 자신도 정신이 맑을 때에는 감히 그런 생각은 하지 못할 것이다. 그러나 에드와 면담하면서 많은 연쇄 살인범들이 매력적이고, 조리가 분명하고, 말을 잘한다는 사실을 중요하게 고려해야 한다고 생각했다. 지금도 이 생각에는 변함이 없다. 즉 상대방에게 호감을 주는 구석이 분명 있었던 것이다.

어떻게 이런 사람이 그런 잔혹한 짓을 저지를 수 있을까? 혹시 실수나 정상참작의 상황이 있는 것은 아닐까? 만약 그 연쇄 살인범을 만나 면담을 한다면 여러분도 이런 생각을 할지 모른다. 그리하여 그들이 저지른 엄청난 범죄의 실상을 잠시 잊어버릴지도 모른다. 바로 이런 이유로 정신과 의사, 판사, 보석 담당관 등이 이들에게 속아 넘어가는 것이다(이 문제는 뒷부분에서 보다 자세히 다루게 될 것이다).

아무튼 여기서는 나의 평소 주장을 다시 한 번 반복해두고자 한다.

"화가에 대해서 알고 싶으면 그 사람을 보지 말고 그의 그림을 보라." 나는 부하들에게 늘 이렇게 말해왔다. 피카소의 그림을 이해하지 않고서는 피카소를 이해했다거나 잘 알고 있다고 절대로 말할 수 없다. 간특한 연쇄 살인범은 화가가 캔버스를 구성하듯이 자신들의 살인행각을 치밀하게 준비하고 조직한다. 그들은 자신의 살인행위를 '예술'이라고 생각하며, 회가 거듭될수록 예술적 완성도를 높여나간다. 그렇기 때문에 에드 켐퍼를 직접 만나서 면담한 것은 연쇄 살인범을 평가하는 한 부분에 지나지 않는다. 그 나머지는 그의 작품(범죄행위)을 연구하고 이해하는 데에서 나와야 한다.

교도소 면담은 밥 레슬러나 내가 출장 강의를 나가서 시간이 날 때 또는 교도소 당국의 협조를 얻을 수 있을 때마다 주기적으로 실시했다. 나는 어디를 가든 인근 형무소와 거기에 있는 흥미로운 '재소자'를 발견해냈다.

이 면담이 계속되면서 우리의 면담 기술도 세련되어졌다. 지방 출장을 나가면 주중 나흘 반을 강의에 매달려야 했다. 그래서 일부 면담은 저녁과 주말을 이용했다. 저녁 면담은 대단히 어려웠다. 대부분의 형무소에서 저녁 식사 후에 점호를 하고, 점호 이후에 감방에 들어가는 것을 허용하지 않았기 때문이다. 그러나 좀 지나면 형무소의 요구 사항을 이해하게 되고 또 거기에 적응하게 된다. 일단 FBI 배지를 제시하면 형무소 안으로 들어갈 수가 있었고 간수를 만날 수 있었다. 그래서 나는 사전 예고 없이 형무소를 찾아가곤 했는데, 그것이 좋은 결과를 낳기도 했다.

나는 면담을 할수록 고참 경관들을 상대로 가르치는 강의 내용에 점점 더 자신감을 갖게 되었다. 드디어 내 강의가 사실성을 획득했다고 느꼈다. 이제 이런 면담 자료의 뒷받침이 있기 때문에, 내 강의가 실제 사건에 참여했던 사람의 '무용담'을 재탕하는 것이 아니라는 확신도 가졌다.

그런데 재소자가 언제나 그들의 범죄나 정신 상태에 대해서 깊은 통찰을 갖고 있는 것은 아니었다. 가령 에드 켐퍼처럼 똑똑한 죄수에게도 그런 통찰력은 없었다. 그들이 우리에게 말해준 것은 재판 때 한 얘기를 앵무새처럼 되풀이한 것이거나, 오래전에 만들어두었던, 자신에게 일방적으로 유리한 진술뿐이었다. 그러므로 우리는 꼼꼼한 검토와 광범위한 자료로 그들의 진술을 해석해야 했다.

그러면 면담의 구체적 효과는 무엇인가? 우선 흉악범의 마음이 실제로 어떻게 움직이는지 살펴보고, 흉악범의 실물을 직접 봄으로써 실물에 대한 감각을 높이고, 또 그들의 입장에서 사건을 조망해본다는 장점이 있었다.

이처럼 비공식적인 조사와 연구를 진행한 처음 몇 달 동안 우리는 여섯 명 정도의 살인범과 살인미수범을 만났다. 구체적으로 거명하면 조지 월리스 살인미수범 아서 브레머(볼티모어 형무소), 포드 대통령을 살해하려 했던 사라 제인 무어와 리네트 '스퀴키(찍찍거리는)'프롬(웨스트버지니아, 올더슨 형무소), 프롬의 스승 찰스 맨슨(산 쿠엔틴 형무소) 등이었다. 산 쿠엔틴은 샌프란시스코 만과 과거 형무소의 유적이 남아 있는 앨커트래즈 섬*의 위쪽에 자리잡고 있다.

치안 관계 업무에 종사하는 사람들은 찰스 맨슨에 대해 관심이 많다. 우리가 맨슨을 면담했을 때는 로스앤젤레스에서 자행되었던 끔찍한 테이트-라비앙카 살해사건(1969)이 발생한 지 10여 년이 지난 시점이었다. 그 사건 이후 맨슨은 세계적으로 널리 알려진 흉악범이 되었다. 맨슨 사건은 콴티코에서 정기적으로 강의되었고 사건의 내용도 명확하게 알려져 있었다. 하지만 나는 과연 맨슨의 행동 동기가 무엇인지 명확하게 감을 잡을 수 없었다. 그와 면담하면서 어떤 소득을 올릴지 도대체 알 수가 없었다. 그러나 다른 사람들을 기막히게 조종하여 자기 마음대로 부릴 수 있었던 자라면 깊이 연구해볼 만한 중요한 범죄자였다. 밥 레슬러와 나는 산 쿠엔틴의 감방 옆에 있는 작은 회의실에서 그를 만났다. 그 방은 세 면에 와이어를 넣어 강도를 높인 유리창으로 막혀 있었는데, 재소자와 변호사가 면담할 때 주로 이용하는 방이었다.

맨슨에 대한 나의 첫인상은 에드 켐퍼에게서 느꼈던 것과 정반대였다. 괴기할 정도로 번쩍거리는 눈빛에 어딘지 모르게 불안한 몸 동작, 예상했던 것보다 키도 작고 덩치도 작았다. 어떻게 이 허약하고 자그마한 친구가 그 악명 높은 '패밀리'에게 그토록 막강한 영향력을 행사할 수 있었을까?

그에 대한 답을 보여주는 한 가지 작은 에피소드가 회의실에서

* 1933~1963년까지 이곳에 형무소가 있었으나 지금은 폐허가 되었음.

벌어졌다. 그는 방 안으로 들어오자마자 테이블 상석의 의자 등받이에 걸터앉아 우리를 내려다보는 것이었다. 나는 면담을 위해 광범위한 조사를 했다. 그는 제자들에게 설교할 때에 사막의 커다란 바위 위에 앉았다고 한다. 그렇게 함으로써 자신의 육체적 위상을 높이고 설교를 더욱 위엄 있게 만들었다. 그는 면담이 시작되자마자 자신이 왜 감옥에 들어와 있는지 모르겠다고 잘라 말했다. 엄청난 화제를 일으켰던 재판 과정과 언론의 보도는 싹 무시하는 태도였다. 자기는 아무도 안 죽였다는 거였다. 말하자면 자신은 미국 사회의 희생양이고, 사회의 어두운 측면을 상징하는 무고한 희생자라는 얘기였다. 재판 도중 맨슨이 이마에 새겨넣었던 스바스티카(나치의 상징 문양) 표시는 희미해졌으나 여전히 알아볼 수 있었다. 그는 당시 협조적인 제3자의 도움으로 다른 형무소에 있는 여성 추종자와 연락을 취하고 있었다.

그러나 찰스 맨슨은 에드 켐퍼와 한 가지 유사한 데가 있었다. 어떻게 보면, 우리가 면담한 다른 연쇄 살인범이나 흉악범도 공유하는 특징이라고 할 수 있겠다. 그것은 하나같이 끔찍한 어린 시절과 열악한 성장 배경을 갖고 있었다는 점이다. 이 두 가지 악조건은 찰스 맨슨에게도 그대로 적용되었다.

찰스 마일스 맨슨은 1934년 신시내티 주에서 사생아로 태어났다. 어머니는 16세의 매춘부 캐슬린 매덕스였다. 그의 성인 맨슨도 어머니가 사귀는 남자 중에서 자기 마음대로 추측하여 정한 것이었다. 그녀는 감옥을 들락거리면서 어린 찰스를 삼촌 집에 맡겼다. 삼촌은 가학적인 데가 있었고 기독교 신자인 숙모는 지나치게 엄격했다. 삼촌은 맨슨을 계집애라고 부르면서 초등학교 등교 첫날에 여자 옷을 입혀 보냈다. 그러면서 역설적이게도 '남자답게 행동하라'고 주문했다. 맨슨은 열 살 무렵 삼촌 집을 뛰쳐나와 거리를 배회하기 시작했다. 그리고 소년 보호소나 수감원을 들락거리면서 거리의 아이로 성장했다. 그는 플래너건 목사의 소년원에서는 나흘도 못 버티고 뛰쳐나왔다.

청소년 시절은 강도, 사기, 뚜쟁이질, 폭행으로 얼룩졌고 날이 갈수록 상급 교정시설에 감금되는 회수가 많아졌다. 훔친 자동차를 다른 주로 수송하는 것을 금지하는 다이어법 위반으로 FBI에게 수사받은 적도 있었다. 그는 1967년 복역 중이던 형무소에서 보석으로 풀려났다. '사랑의 여름' 운동*이 벌어지기 직전이었다. 그는 샌프란시스코의 헤이트-애시버리 지구로 흘러들었다. 그곳은 플라워 파워, 섹스, 마약, 로큰롤로 유명한 서부의 중심지였다. 숙식 해결이 급선무였던 맨슨은, 당시 10대 혹은 20대 초반이던 학교 중퇴자들이나 마약 중독자 세대를 파고들어, 카리스마를 휘두르는 정신적 스승으로 군림하기 시작했다. 그는 기타를 연주하면서 인생에 환멸을 느껴 방황하는 청소년들에게 짧고도 그럴듯한 주문을 외기 시작했다. 그리하여 공짜 음식, 공짜 잠자리, 공짜 섹스, 공짜 마약을 얻게 되었다. 그의 삶은 온통 공짜 일색이었다. 맨슨은 이제 구루를 자처하기 시작했다. 남녀 추종자들이 그의 주위에 몰려들어 유랑하는 '패밀리'를 형성했다. 맨슨은 추종 집단을 향해 설교를 하면서 다가올 묵시록적 세계와 인종 전쟁의 비전을 알렸다. 그런 전쟁이 끝나면 오로지 찰리 맨슨 자신과 그의 패밀리만이 승자가 되어 이 세상을 지배할 것이라고 감히 예언했다.

그의 주문은 비틀스의 〈화이트 앨범〉에 나오는 노래인 '헬터 스

---

* 히피들이 내세운 정치운동의 슬로건. 당시 베트남전 확대와 더불어 히피 사이에 이 운동이 널리 퍼졌다. 대표적인 구호는 플라워 파워Flower Power 즉 '사랑과 평화'이다.

켈터'였다. 그리하여 이들은 일명 헬터 스켈터교로 알려지게 된다. 1969년 8월 9일밤. 네 명의 맨슨 패밀리는 찰스 '텍스' 왓슨의 지휘 아래 비벌리힐스 시엘로 드라이브 10050에 자리잡은 한적한 저택으로 침입했다. 그 집은 유명한 영화감독 로만 폴란스키와 역시 유명한 배우인 샤론 테이트 부부가 사는 집이었다. 당시 로만 폴란스키는 출장을 가서 집에 없었다. 그러나 샤론 테이트와 네 명의 손님인 애버게일 폴저, 제이 세브링, 보이텍 프리코스키, 스트븐 패런트는 무자비하게 살해되었다. 맨슨 패밀리는 그들을 마구 죽이고 피살자의 피를 스프레이 삼아 거실 벽에 '헬터 스켈터'라는 교명을 마구 휘갈겼다. 피살 당시 샤론 테이트는 임신 9개월이었다.

이틀 뒤. 이번에는 맨슨의 분명한 사주를 받은 상태에서 여섯 명의 맨슨 패밀리가 로스앤젤레스의 실버레이크 지구에 있는 가정집에 침입하여, 집주인 리노 라비앙카와 그의 아내 로즈메리를 무참하게 살육하고 시체를 훼손했다. 맨슨은 그 살육행위에 가담하지 않았지만, 범행 뒤에 현장에 나타나 살육 뒤의 잔치에 동참했다. 두 건의 살인에 모두 가담했던 수전 앳킨스라는 여자는 곧 매춘 혐의로 체포되었고, 이어 고속도로 장비에 불을 지르는 방화사건이 터졌다. 이는 맨슨 패밀리가 경찰에게 추적당하는 계기가 되었다. 그리하여 O. J. 심슨 사건이 터지기 전까지 캘리포니아에서 가장 유명한 재판으로 알려진 '맨슨 재판'이 진행되었다. 맨슨과 그의 추종자들은 별도로 재판을 받았다. 이들은 테이트, 라비앙카 살인혐의로 사형을 선고받았다. 또한 영화 스턴트맨이며 맨슨 패밀리와 친했던 도널드 '쇼티' 셰어를 살해한 것도 이들임이 밝혀졌다. 셰어가 경찰에 밀고를 하고 돌아다닌다고 의심해서 죽였다는 것이었다. 캘리포니아 주에서 사형제도가 폐지되자 이들의 형량은 종신형으로 감형되었다.

찰리 맨슨은 분명 연쇄 살인범은 아니다. 그가 직접 사람을 죽인 경우가 있는지도 불분명하다. 그러나 그의 배경을 보면 의심할 나위 없는 범죄자이다. 나아가 추종자들이 그의 사주에 의해 그의 이름으로 저지른 흉악한 범죄는 절대 용서될 수 없는 것이다. 나는 도대체 어떻게 생긴 사람이기에 이런 악마적인 메시아가 되었는지 알고 싶었다. 우리는 맨슨이 몇 시간에 걸쳐 늘어놓는 개똥 철학과 장광설을 들어주어야 했다. 그러나 좀 더 구체적인 사실을 요구하고 또 그 헛소리의 풍선에 바람을 빼는 송곳질을 가하자, 하나의 뚜렷한 이미지가 떠오르기 시작했다.

찰리 맨슨은 애초부터 암흑의 구루가 되고 싶은 생각은 없었다. 그의 목표는 명성과 재산이었다. 비치 보이스처럼 유명한 록밴드에서 드럼을 치는 훌륭한 드럼 연주자가 되는 게 꿈이었다. 그는 평생 눈칫밥을 먹고 자랐다. 그래서 만나는 사람들의 입장과 처지를 파악하는 데 뛰어났다. 또 상대방이 자기에게 무엇을 해줄 수 있는지도 금방 알아차렸다. 여담이지만, 만약 그가 우리 수사지원부의 요원으로 들어왔다면 범인의 심리적 장단점을 파악하고, 추적 중인 살인범을 체포하는 전략 수립 같은 일을 기가 막히게 잘했을 거라는 생각이 들었다.

1967년 보석으로 가출옥되어 샌프란시스코에 나타난 찰리 맨슨은 순진하고 이상주의적이며 넋 나간 수많은 청소년을 만났다. 그들은 맨슨의 인생 경력과 그가 내뿜는 그럴듯한 지혜에 감탄하면서 그를 우러러보았다. 그를 추종한 많은 소녀들은 아버지와의 갈등 때문에 괴로워했다. 맨슨 역시 소년 시절에 못살게 구는 삼촌 집에서 괴로움을 당한 적이 있었으므로, 소녀들의 문제점을 훤히 꿰뚫어보았다. 그래서 맨슨은 이들에게 아버지 같은 존재가 되었다. 그들의 텅 빈 인생을 섹스와 마약으로 채워주는 자비로운 인물이 된 것이다. 찰리 맨슨과 한 방에 있으면 그의 악마 같은 눈빛에 영향받지 않을 수가 없다. 깊이 꿰뚫어볼 뿐만 아니라 악마처럼 너울거리는 눈빛이 사람을 취하게 한다. 게다가 간특한 맨슨은 그 눈빛의 위력을 잘 알았고 어떤 효과를 거둘 수 있는지도 알았다. 그는 어린 시절 작은 덩치 때문에 자주 폭행을 당했다고 했다. 몸집이 작다보니 육체적 대결로는 승산이 없었다. 그래서 자신의 강력한 눈빛을 무기로 삼아야겠다고 마음먹었다.

그의 설교 내용은 일리가 있었다. 공해는 분명 환경을 좀먹고 있다. 인종적 편견은 추악하고 파괴적인 것이다. 사랑은 옳고 증오는 그르다. 그러나 찰리 맨슨은 일단 길 잃은 영혼을 자신의 품 안에 휘어잡았다 싶으면 그들의 머릿속에 견고한 망상 체계를 심어놓았다. 그렇게 하여 추종자의 마음과 육체를 자기 마음대로 쥐고 흔들었다. 그는 잠 안 재우기, 섹스, 음식 조절, 마약 등의 방법을 썼다. 말하자면 전쟁 중의 포로 수용소에 들어간 포로처럼 만들었다. 맨슨 패밀리에게는 모든 것이 흑백의 이분법으로 명확하게 구분될 수 있는데, 그것은 오로지 맨슨만이 할 수 있었다. 그는 기타를 연주하면서 자신의 주문을 외고 또 외었다. 오직 맨슨만이 병들고 부패한 사회를 구원할 수 있다는 주문을.

맨슨이 우리에게 설명한 지도력과 집단 권위의 기본적인 형태는 그 뒤에 발생한 유사한 비극적 사건에서도 되풀이되었다. 무지몽매한 사람들의 답답한 심정을 이용하여, 그들을 장악한 것이다. 대표적 사건을 두 가지만 들자면 짐 존스 목사와 데이비드 코레시가 떠오른다. 짐 존스는 가이아나에 인민사원이라는 사교 집단을 만들어놓고 800명 가까운 신도들을 모두 자살하게 했다. 데이비드 코레시는 텍사스 주 와코의 브랜치 데이비디언 단지 내에 광신자들을 몰아넣고 경찰과 대치하다가 스스로 목숨을 끊었다. 찰스 맨슨, 짐 존스, 데이비드 코레시는 겉으로는 아주 다르지만 이들을 묶고 있는 공통분모(제압, 조종, 통제)는 놀라울 정도로 유사하다. 우리는 찰리 맨슨 및 그의 추종자들을 만나 면담하면서, 이들 집단에 대한 깊은 통찰을 얻었다. 그리하여 데이비드 코레시를 비롯한 컬트의 행태를 더욱더 잘 이해하게 되었다.

맨슨 사건의 본질은, 맨슨이 메시아적인 비전을 갖고 있었던 게 아니라, 무지몽매한 사람들을 자기 마음대로 통제하는 데 성공했다는 점에 있었다. 그가 '헬터 스켈터'를 가르친 것은 추종자들의 마음을 통제하려는 임시 방편에 지나지 않았다. 간특한 맨슨은 추종자를 어떻게 통제해야 하는지 잘 알고 있었다. 즉 추종자들을 24시간 내내 통제하지 않으면 결국엔 통제력을 잃게 된다는 것을 꿰뚫어보고 있었다. 데이비드 코레시도 이 점을 알고서, 그의 추종자들을 시골 오지의 요새 같은 집에 몰아넣어 자신의 영향력 바깥으로 나가지 못하게 했던 것이다.

맨슨의 이야기를 들으면서 나는 이렇게 생각했다. 맨슨은 샤론 테이트와 네 명의 친구들을 죽여야겠다는 사전 계획이나 구상을 갖고 있었던 것은 아니었다. 내가 볼 때 그는 추종자들의 움직임을 '일시적으로 장악하지 못했던 것' 같다. 범행 장소나 피살 대상자의 선택도 임의적이었다. 맨슨을 추종하는 소녀 중 한 명이 거기에 가본 적이 있었고 그 집에 돈이 많을 것 같아서 그 집을 선택했다. 텍사스 출신에 잘생기고 전국 우등생이었던 텍스 왓슨은 집단 내에서 신분 상승을 도모했고 영향력과 권위를 놓고 찰리 맨슨과 겨루었다. 왓슨은 다른 추종자들처럼 LSD를 복용하고 환각에 빠진 상태에서, 또 자기가 내일의 지도자라는 우쭐한 생각에 들뜬 상태에서, 학살의 행동 대장이 되었다. 그래서 다른 추종자들을 테이트-폴란스키 저택으로 데려가 그들에게 잔학한 행위를 저지르도록 부추겼다.

이 무지몽매한 추종자들이 소굴로 돌아와 그들이 저지른 짓을 보고하면서 진짜 헬터 스켈터가 시작되었다고 말했을 때, 찰리 맨슨은 어떻게 했을까? 우선 그는 뒤로 빼면서 자기의 말을 너무 심각하게 받아들였다고 말할 수가 없었다. 그렇게 말하면 자신이 파악하지 못한 상황이 있다는 것을 인정하는 셈이 되고, 결과적으로 자신의 권세와 권위가 파괴되기 때문이다. 그래서 맨슨은 한술 더 떠서 좀 더 산뜻하고 멋지게 할 수 없느냐고 치고 나왔다. 마치 자기가 테이트-폴란스키 학살을 미리 계획했고 그 후유증까지도 감안했다는 듯이. 그래서 추종자들에게 라비앙카 저택을 침입하여 또 한 번, 그러나 전보다 멋지게 일을 저지르라고 지시했다. 나는 그 대목에서 찰리에게 왜 그 라비앙카 침입 사건에 가담하지 않았느냐고 물었다. 찰리 맨슨은 어쩌면 그리 우둔한 질문을 하느냐는 표정을 지었다. 그러더니 자신은 당시 가출옥 상태였기 때문에 그런 모험을 저지를 수 없었노라고 대답했다.

나는 배경 정보와 맨슨과의 면담을 종합하여, 맨슨 사건의 핵심은 맨슨과 추종자들이 서로를 이용한 것이라고 결론을 내렸다. 맨슨은 추종자들에게 자기가 원하는 것을 수행하도록 시켰고, 동시에 추종자들도 그들이 필요로 하는 것을 맨슨에게 강요했다.

2년마다 올라오는 맨슨의 가출옥 신청은 번번이 기각되었다. 그의 범죄 행각이 너무나 널리 알려졌고 또 잔인했기 때문에 가출옥 위원회는 불필요한 모험을 하지 않았다. 나도 그가 가출옥하기를 바라지 않는다. 그러나 미래의 어느 시점에서 가출옥된다면, 추종 자들이 저지른 흉악한 범죄를 다시 저지르리라고는 생각하지 않는 다. 이것은 그를 샅샅이 조사하여 그의 본질을 파악하고 나서 내린 판단이다. 나는 그가 사막으로 들어가 도사처럼 살지도 모른다고 생각한다. 또는 자기의 이름을 팔아 돈을 벌려고 할지도 모른다. 아무튼 그가 다시 살인을 할 것 같지는 않다. 그러나 한 가지 커다 란 위협이 있다. 인생이 뭔지 모르는 인생의 실패자들이 그에게 푹 빠져서 그를 자기들의 신 혹은 지도자라고 떠받드는 경우이다.

레슬러와 내가 10~12회 정도 교도소 면담을 하고 나자 흉악범 들에 대해 뭔가 뚜렷한 그림이 그려지기 시작했다. 그때 처음으로 우리는 흉악범의 마음속에 흐르던 생각을 그 흉악범이 사건 현장 에 남긴 증거들과 서로 연결짓기 시작했다.

1979년에 들어와 행동과학부의 강사들은 강의 이외에 약 50여 건의 프로파일링 의뢰를 전국의 경찰들로부터 받았다. 그다음 해 인 1980년에는 이 요구가 배로 증가했고 1981년에는 다시 배인 200건으로 증가했다. 이 무렵 나는 강의를 거의 맡지 않고 현지 경 찰과 협조하는 업무만 전담하는 유일한 요원이 되었다. 시간이 날 때에는 내셔널 아카데미나 FBI 요원 수업에 들어가 브리핑을 했 다. 하지만 다른 강사들과는 달리 강의는 내게 부업이 되어버렸다. 나는 우리 행동과학부에 프로파일링 의뢰가 들어오는 모든 살인사 건을 담당했고, 로이 헤이즐우드가 너무 바빠 담당할 수 없는 일부 강간 사건도 맡았다.

공식적인 지휘 계통의 승인 없이 비공식적으로 해주던 프로파일링 업무가 이제 자그마한 부서 업무로 등장하게 되었다. 그래서 나는 '범인 인성 프로파일링 계획 관리자'라는 새로운 직책을 맡았다. 현지 경찰서에서 협조 의뢰하는 살인사건들을 지원하기 위해 현지 경찰서와 긴밀히 협조해나갔다.

나는 이때 일주일 동안 병원에 입원한 적이 있었다. 과거에 미식축구와 복싱을 하면서 코뼈가 부러진 적이 있는데, 점점 그 후유증으로 숨쉬기가 어려웠던 것이다. 그래서 병원에 입원하여 콧속의 비틀어진 격막을 바로 펴는 수술을 받았다. 그렇다고 폭주하는 업무를 피해갈 수는 없었다. 거의 앞이 안 보이는 상태에서 병실에 누워 있는데, 한 요원이 병실로 들어오더니 내 침대 위에 20여 건의 사건 파일을 두고 가기도 했다.

교도소 면담이 회를 거듭할수록 우리는 점점 더 많은 것을 알게되었다. 그러나 그런 비체계적인 연구를 좀 더 조직적이고 쓸모 있는 틀 속에 정형화할 필요가 있었다. 이 일은 로이 헤이즐우드의 도움으로 실현되었다. 나는 로이와 함께 〈FBI 치안회보〉에 치정살인사건에 대한 논문을 공동으로 작성하기도 했다. 그런데 로이는 그전에 앤 버제스 박사와 공동으로 연구한 바 있었다. 앤 박사는 펜실베이니아 간호대학에서 정신병 간호학 교수로 재직하면서 보스턴 시 보건부의 간호연구 부이사로 활동하고 있었다. 앤 버제스 박사는 많은 책을 써냈고 강간과 그 후유증에 관해서는 미국 내에서 손꼽히는 전문가였다.

로이는 앤 버제스 박사를 행동과학부에 초빙하여 밥과 내게 소개하면서 우리가 어떤 일을 하고 있는지 알려주었다. 그녀는 우리의 일에 깊은 관심을 표시하면서 이 분야(살인)에서 전에는 이루어지지 않은 연구 기회가 있을 것 같다고 말했다.《정신병의 진단·통계 교본》이 정신병을 이해하고 그 유형을 설정하는 데 획기적인 기여를 한 것처럼, 우리도 범죄 행태를 이해하는 적절한 자료를 만들어낼 수 있을 것이라고 조언했다.

그래서 우리는 앤 박사와 함께 작업하기로 했다. 앤 박사는 이 연구의 지원비를 얻기 위해 백방으로 뛰어다닌 끝에 드디어 미국사법연구소로부터 40만 달러의 지원비를 얻어냈다. 이 연구의 목적은 36~40여 명의 복역 중인 흉악범들을 철저하게 면담하여 어떤 결론을 이끌어낼 수 있는지 살피는 것이었다. 우리가 자료를 제공하자 앤 박사는 흉악범들과 면담시 작성해야 할 57페이지의 질문서를 만들어냈다. 밥 레슬러가 그 지원비를 집행하고 미국사법연구소와의 연락을 맡았다. 나는 밥와 함께 FBI 현장 요원들의 도움을 받아 형무소를 찾아가 재소자들을 면담했다. 우리는 먼저 범행의 방법과 범행 현장의 상태를 기술하고, 이어 범행 전과 범행 후의 행태를 연구하여 서류로 작성했다. 그러면 앤 박사가 통계 수치를 뽑았다. 그렇게 해서 사건별 연구 결과가 나왔다. 우리는 이 프로젝트가 3, 4년은 걸릴 것이라고 예상했다.

그리고 그 기간 동안에 범죄자 수사 분석은 활짝 개화하여 눈부신 현대로 진입하게 된다.

어둠의 한가운데에서

왜 유죄 판결을 받은 중죄인들이 연방 치안 관계자에게 협조를 해줄까? 우리도 이 프로젝트를 처음 시작했을 때 그런 의문이 들었다. 그러나 우리가 수년 동안 접촉한 상당수의 재소자들이 다양한 저마다의 이유로 면담에 응했다.

일부 재소자는 자신의 범죄를 진심으로 뉘우치고 있었고 범인 심리 연구에 협조함으로써 과거의 잘못을 조금이나마 속죄하고 자기 자신에 대해 더 잘 알게 되는 계기로 삼으려 했다. 에드 켐퍼가 이런 유형에 들어간다고 본다. 다른 재소자들은 이미 언급한 것처럼 경찰광이었고, 경찰이나 FBI 요원과 함께 있는 것을 좋아하는 자들이었다. 어떤 재소자들은 분명 아무런 대가도 없다고 미리 밝혔는데도 우리에게 협조하면 뭔가 있지 않을까 기대하기도 했다. 어떤 재소자는 자기가 소외되고 망각되어간다는 느낌이 들어 남의 이목을 끌고 싶어했고, 또 우리와의 면담을 따분함으로부터 도피하는 수단으로 삼기도 했다. 어떤 재소자들은 끔찍한 살인 순간을 세세하게 회상하면서 그 순간을 다시 한 번 음미하기도 했다.

우리는 이들이 하는 얘기는 뭐든지 성실하게 들어주었다. 그러나 주된 목적은 어디까지나 미리 마련된 기본적인 관심사(질문서)에 답변을 얻는 것이었다. 우리는 1980년 9월호 〈FBI 치안회보〉에서 우리의 연구 목적을 다음과 같이 밝혔다.

1. 성범죄를 저지르는 원인은 무엇이며, 조기 징후로는 어떤 것이 있는가?
2. 성범죄를 부추기는, 혹은 억제하는 요인은 무엇인가?
3. 성범죄자를 만났을 때, 피해자가 어떻게 반응하고 행동하면 그 범죄를 모면할 수 있는가?
4. 성범죄자의 위험성을 미리 알려주는 징후, 예후, 기질, 범행 방식은 무엇인가?

　우리의 연구가 귀중한 자료가 되려면 철저한 준비를 바탕으로 재소자의 답변을 즉석에서 분류할 수 있어야 했다. 이미 밝혀진 바와 같이 이들 흉악범은 대부분 머리가 잘 돌아가는 똑똑한 자들이다. 그래서 치안 체계에 조그마한 구멍이라도 있으면 그것을 자신에게 유리하게 써먹는다. 대부분의 연쇄 살인범들은 남을 조종하려는 성격을 갖고 있다. 그들은 미친 척하는 것이 재판에 유리하다고 판단되면 그렇게 행동한다. 후회하고 참회하는 척하는 것이 좋다고 판단되면 기꺼이 연극을 한다. 아무튼 어떤 행동을 취하겠다고 생각했든 간에 면담에 응해온 재소자들은 모두 유사한 처지에 있는 사람들이었다.

　그들은 감방 안에서 특별히 할 일이 없었다. 그래서 자기 자신과 자기가 저지른 범죄를 자꾸 반추했고, 우리와 면담을 할 때 아주 자세하게 설명할 수 있었다. 우리는 사전에 그들의 신상과 범죄에 대해 철저하게 연구하여 그들이 거짓말을 하는지를 가려내 즉석에서 지적했다. 이렇게 해두지 않으면 그들이 꾸며낸 거짓말에 말려들 위험이 있었다. 그들은 범죄 기록보다는 훨씬 인간적이면서도 덜 끔찍한 시나리오를 만들어낼 능력이 있었다.

면담을 시작한 지 얼마 되지 않은 초창기 때 나는 재소자의 얘기를 다 듣고 나서 밥 레슬러와 함께 있던 다른 사람에게 고개를 돌리며 이렇게 물어보곤 했다. "저 친구가 누명을 쓴 건 아닐까요? 자기의 범행에 대해서 전부 그럴듯하게 변명하는데요. 정말 저 친구가 범인인지 의심이 듭니다." 그래서 콴티코로 돌아가는 즉시 범행 기록을 확인하고 담당 현지 경찰서를 접촉하여 사건 자료를 요구했다. 혹시 재판이 잘못된 건 아닐까 하는 조바심 때문이었다. 아무튼 이런 확인 과정을 통해 재소자들이 그럴듯한 얘기를 꾸며대는 경향이 있다는 것을 알았고 그래서 더욱더 철저하게 사전 준비를 하게 되었다.

밥 레슬러는 소년 시절 시카고에서 성장했는데, 당시 시카고 인근에서 벌어진 수전 데그넌(사건 당시 여섯 살) 피살사건이 하도 끔찍해서 관심을 갖게 되었다고 했다. 아이의 시체는 토막이 난 채로 에반스턴 하수구에서 발견되었다. 윌리엄 헤이렌스라는 젊은이가 용의자로 체포되어 수전을 죽였다고 자백했다. 그 외에 아파트를 털러 들어갔다가 엉겁결에 두 명의 여자를 더 죽인 것도 자백했다. 그중 프랜시스 브라운을 죽인 다음, 거실 벽에 프랜시스의 립스틱으로 이렇게 낙서했다.

제발 더 죽이기 전에
나를 잡아줘.

나도 이러는 나를

어쩔 수 없어.

For heAVens

SAke cAtch Me

BeFore I Kill More

I cannot control myselF

헤이렌스는 그 살인사건의 진범은 자기의 마음속에 살고 있는 조지 머맨(Murman은 murder man을 줄인 말일 것이다)이라고 주장했다. 밥 레슬러는 경찰관을 지망하게 된 이유 중의 하나가 헤이렌스 사건 때문이었다고 내게 말했다.

범죄자 인성 연구 계획이 지원된 예산으로 진행되면서 밥과 나는 일리노이 주 졸리엣 소재의 스테이츠빌 형무소에서 복역하고 있는 헤이렌스를 면담하러 갔다. 그는 1946년 유죄 판결을 받은 이래 계속 복역해왔으며, 그동안 모범수로 지냈고, 일리노이 주의 재소자로는 사상 처음으로 학사 과정까지 마쳤다. 그는 이어 대학원 과정에 진학했다.

헤이렌스는 우리와 면담하면서 자기가 누명을 뒤집어썼다며 일체의 범행을 부인했다. 범죄 현황과 관련해서 어떤 질문을 해도 그럴듯한 답변을 했고, 또 알리바이가 충분히 있으며 자기는 범행 현장엔 가지 않았다고 말했다. 나는 혹시 재판이 잘못된 게 아닐까 우려하면서 콴티코로 돌아가 관련 서류를 꺼내 철저히 조사했다. 헤이렌스 자신의 자백, 관련 증거 이외에도 데그넌 살해 현장에서 헤이렌스의 지문까지 채취되었다는 증빙 서류가 첨부되어 있었다. 그런 자료를 보고 나는 헤이렌스가 거짓말을 하고 있다는 것을 확실히 알았다. 헤이렌스는 30년 동안 형무소에서 복역하면서 자기에게 유리한 스토리만 궁리한 끝에 모든 질문에 대한 완벽한 대답을 준비하게 되었다. 말하자면 그의 머릿속에 완벽한 망상 체계가 구축된 것이다. 이처럼 범죄자의 망상 체계는 범죄자 자신도 속아넘어갈 정도이기 때문에 우리 수사관들은 사전에 서류 검토를 철저히 해야 한다.

리처드 스펙은 다중 종신형을 선고받고 복역 중인 흉악범이다. 그는 1966년 시카고 남부의 연립주택에서 여덟 명의 간호사와 여대생을 살해했다. 스펙은 처음부터 우리의 연구 대상인 연쇄 살인범과 자기를 같은 부류로 취급하지 말아달라고 주장했다. "나를 그런 자들과 똑같게 보지 마세요. 그들은 미친놈들이에요. 난 연쇄 살인범이 아닙니다." 그는 자신의 범행을 부인하지 않았다. 그렇지만 연쇄 살인범은 아니라고 말했다.

스펙의 말은 맞았다. 그는 범행 중간에 정서적인 냉각기 혹은 순환기를 지속적으로 거치면서 살인을 저지르는 연쇄 살인범은 분명 아니었다. 그는 한 번에 여러 사람을 죽인 대량 학살자 혹은 살인광이었다. 스펙은 강도짓을 목적으로 한 연립주택에 들어갔다. 돈만 챙기고 얼른 그 집에서 빠져나와 다른 도시로 도망갈 생각이었다. 그때 23세의 코라손 아무라오가 문을 열자 그는 총과 칼로 그녀를 위협하여 집 안으로 들어갔다. 그는 코라손과 나머지 다섯 명의 룸메이트들을 결박한 후 돈만 챙겨 떠나겠다고 말했다. 그 뒤 한 시간 동안 세 명의 학생이 데이트에서 혹은 학교 도서관에서 돌아왔다. 그렇게 아홉 명의 여대생을 손아귀에 장악하고 보니 마음이 달라졌다. 그래서 강간을 하고, 목 졸라 죽이고, 칼로 찌르고, 살을 베어내는 등 끔찍한 짓을 저질렀다. 공포에 떨면서 구석에 쪼그리고 앉아 있던 코라손 아무라오만이 그 학살에서 살아남았다. 여자가 너무 많다보니 스펙이 숫자 세기를 잊은 것이다.

스펙이 나가자 코라손은 발코니로 나가 아래를 향해 살려달라고 소리쳤다. 그녀는 경찰서에서 범인의 왼쪽 팔뚝에 '지옥의 사자Born to Raise Hell'라는 문신이 있었다고 말했다. 사건 일주일 뒤 자살미수 끝에 현지 병원에 나타난 리처드 프랭클린 스펙은 그 문신 때문에 정체가 탄로나고 말았다. 범행이 너무나 잔인하고 끔찍했기 때문에, 스펙은 의학계와 심리학계의 집중적인 연구 대상이 되었다. 연구 초기에는 스펙에게 공격성과 반사회성을 높이는 남성 염색체 Y가 하나 더 있는 것이 아닐까 하는 설이 제기되었다. 이러한 가설은 하나의 유행인 것 같다. 가령 백 년 전에는 생태학자들이 인성의 특징과 정신 상태를 예측하기 위해 골상학骨相學이라는 용어를 즐겨 썼다. 최근에 와서는 뇌파계腦波計가 유행하여 '14-6-spike(대못)' 패턴을 보이는 뇌파가 심각한 인격 장애의 증거라는 설도 제기되고 있다. XYY형의 염색체를 가진 사람이 흉악범이 될 가능성이 크다는 설은 아직 정설로 정착되지 않았다. 그러나 중요한 사실은 이런 형의 염색체를 가진 많은 사람들이 공격적 태도나 반사회적 행태를 전혀 보이지 않는다는 점이다. 더욱 아이러니한 사실은 리처드 스펙의 염색체 검사 결과, 정상인 XY형으로 판명되었다는 것이다. 훗날 형무소에서 결국 심장마비로 죽은 스펙은 당시 우리와의 면담을 못마땅하게 여겼다. 스펙의 경우는 예외적으로 형무소 간수와 미리 접촉했다. 간수는 그와 만나는 것을 승인했지만 스펙에게는 알리지 않는 게 좋을 거라고 조언해주었다. 과연 간수의 말대로였다.

우리가 그의 감방을 잠시 둘러보기 위해 스펙을 면회실로 먼저 보냈을 때, 스펙은 그 방 안에서 미친놈처럼 소리를 지르며 욕설을 퍼부었다. 다른 재소자들도 감방 안에서 길길이 뛰면서 스펙의 입장에 동정을 보냈다. 간수는 스펙이 감방 안에 어떤 포르노그래피를 갖고 있는지 우리에게 보여주려 했었다. 그러나 스펙은 자기 감방을 침해당하자 거칠게 항의했다. 재소자들은 수색당하는 것을 질색으로 여겼다. 감방은 그들의 유일한 사적 공간이었다. 우리가 타일 석 장 넓이의 졸리엣 감방 복도를 걸어가자, 유리창이 깨지는 소리, 새들이 천장에서 퍼드득거리며 날아오르는 소리가 들려왔다. 간수는 우리에게 가운데 타일을 밟고 걸어가라고 말해주었다. 철창 가까이에 붙으면 재소자의 오줌이나 똥이 날아올지도 모른다는 것이 었다.

나는 험악한 분위기를 파악하고 스펙의 감방에는 가지 않는 게 좋겠다고 재빨리 간수에게 말했다. 만약 오늘날 시행되고 있는 재소자 면담 규칙을 따른다면 우리의 행위는 불법이었다. 사실 그 당시에 그런 규칙이 적용되었다면 범죄자 인성 연구 계획은 진행하기가 대단히 어려웠을 것이다.

켐퍼나 헤이렌스와는 달리 스펙은 모범수가 아니었다. 그는 조잡한 모형증류기(술 만드는 기구)를 하나 만들어 감방 통로 담당 간수의 책상 서랍에 몰래 숨겨놓았다. 그 증류기는 실제로 알코올을 만들어낼 수는 없었지만 솔솔 알코올 냄새를 풍겨 간수의 신경을 자극하고 또 그걸 찾지 못해 안절부절인 간수를 더욱 화나게 만들었다. 스펙은 깨진 창문 사이로 날아든 부상당한 참새를 치료한 적도 있었다. 참새가 제 발로 설 수 있을 정도가 되자 참새 다리에 끈을 매어 어깨에 올려놓고 돌아다녔다. 어느 날 한 간수가 감방에

애완동물을 들이는 것은 금지되어 있다고 말해주었다.

"뭐야, 내가 이 참새를 가질 수 없단 말이야?" 스펙은 도전적인 목소리로 말하더니, 빙빙 돌고 있는 환풍기 쪽으로 걸어가 참새를 던져넣었다.

간수는 깜짝 놀라며 말했다. "난 네가 참새를 좋아한다고 생각했는데."

"하지만 내 것이 될 수 없다면, 누구의 손에도 넘길 수 없어."

밥 레슬러와 나는 졸리엣의 면회실에서 그를 만났다. 형무소 카운슬러도 면담에 입회했다. 형무소 카운슬러의 역할은 고등학교의 인생 상담 카운슬러와 비슷했다. 스펙은 맨슨처럼 테이블 상석의 탁자에 앉아 우리를 내려다보았다. 내가 스펙에게 면담의 목적을 먼저 설명했다. 그러나 그는 면담을 거부했다. 그러면서 자기 감방을 수색하려 했던 우리에게 '자기 어미하고 붙어먹을 FBI 놈들' 운운하며 악을 써댔다.

나는 형무소 면회실에서 테이블 하나를 사이에 놓고 흉악범을 만날 때면 먼저 범행 현장에서의 흉악범의 표정과 행동을 마음속에 상상해본다. 사전에 범행 자료를 완벽하게 연구했기 때문에 그들이 어떤 짓을 저질렀고 어떻게 행동하리라는 것을 대충 짐작하고 그 짐작을 바로 앞에 앉아 있는 실물에 대입시키려고 노력했다.

경찰관의 심문은 비유적으로 말한다면 일종의 유혹이라고 할 수 있다. 상대방에게 자기가 원하는 것을 달라고 어르는 과정이다. 유혹하려면 상대에게 접근하기 전에 그 개인에 대해서 철저하게 파악하는 것이 필수다. 이렇게 화를 내거나 설교하려는 태도는 절대 금물이다. "이 버러지만도 못한 변태! 사람의 팔을 뜯어 먹어?" 수사관은 어떻게 하면 상대방의 마음을 움직일 수 있을까 하고 생각해야 한다. 그래야 유혹할 수 있다. 켐퍼의 경우에는, 이미 사실을 다 알고 왔으니 거짓말하지 마라고 하면서 사무적인 면담을 진행할 수 있었다. 리처드 스펙의 경우에는 좀 더 공격적인 접근을 할 필요가 있다고 생각했다.

우리는 면회실에 그대로 앉아 있었고 스펙은 계속 우리를 무시했다. 그래서 나는 옆에 있던 카운슬러에게 말을 걸었다. 외향적인 카운슬러는 사람 사귀는 것을 좋아하고 또 적대적인 분위기를 해소한 경험이 풍부한 사람이었다. 이런 성품의 소유자는 인질 협상을 하는 데 적격이다. 나는 스펙이 그 방 안에 없는 것처럼 스펙 얘기를 해나가기 시작했다.

"당신이 맡고 있는 스펙이란 친구가 어떻게 했는지 아세요? 글쎄 계집을 여덟 명이나 죽였다는 거 아닙니까. 그중 어떤 계집은 얼굴이 아주 반반했다는 거예요. 그렇게 예쁜 계집을 여덟 명씩이나 싹쓸이하다니, 이거 말이나 되는 소리예요? 그럼, 우린 어떡하라는 겁니까? 이거 너무한 거 아니에요?"

밥 레슬러는 내 공격적 접근을 조마조마하게 지켜보았다. 그는 살인범과 똑같은 수준이 되는 것을 원하지 않았다. 무고하게 죽은 여덟 명의 여자들을 모멸하는 것을 꺼리는 빛도 역력했다.

카운슬러도 그 비슷한 욕설로 내 말에 대꾸했고, 우리는 한동안 그런 식으로 주고받았다. 만약 살인사건 피해자에 대해서 얘기하는 것이 아니었다면, 우리의 태도는 고등학교 라커룸에서 여자의 나체에 대해 낄낄거리며 음담패설을 주고받는 고등학생들의 행동과 똑같았다. 우리의 어조는 유치하고 기괴하기까지 했다.

스펙은 한동안 우리의 말을 엿듣더니 껄껄 웃으며 이렇게 말했다. "당신들 완전히 돌았구만. 어디서 그런 고단수 농담을 배웠나?

나보다 한수 위인 것 같은데."

스펙이 반응을 보이자 나는 재빨리 그에게로 고개를 돌렸다. "아니, 어떻게 여덟 명의 여자를 상대로 동시에 썹을 할 수가 있는 겁니까? 도대체, 그날 아침은 뭘 먹었소?"

그는 우리가 저능아라도 되는 양 한참 보더니 이렇게 대답했다. "그들과 전부 섹스를 한 건 아냐. 이야기가 과장된 것뿐이야. 그중 한 명하고만 했어."

"소파 위에 있던 그 여자?" 내가 물었다.

"그래."

이렇게 지저분하고 추악한 접근 방식을 쓴 뒤에야 겨우 대화가 시작됐다. 그것은 내게 한 가지 분명한 사실을 말해주었다. 첫째, 스펙은 겉으로는 공격적이고 적대적인 것처럼 보이지만 실은 남자다운 남자가 아니었다. 기회주의자인 그는 자기가 아홉 명의 여자를 한꺼번에 통제할 수 없다는 것을 알았다. 그래서 적당한 기회가 생기자 가장 만만한 여자를 상대로 강간을 한 것이다. 범죄 사진에서 우리는 강간당한 여자가 소파 위에 배를 댄 채 엎드려 있는 걸 보았다. 그녀는 이미 의식이 없어서 그에게는 사물화된 물체에 불과했다(저항할 능력이 전혀 없었다). 그러니까 그 여자와 인간적인 접촉은 전혀 없었던 것이다. 또한 스펙은 조직적으로 생각하는 세련된 범인이 아니었다. 잘하면 좀도둑질로 끝났을지도 모르는 사건이 이처럼 대량 학살로 번진 것은 순식간의 일이었다. 그는 변태 성욕의 상태에서 여자들을 죽인 것은 아니라고 시인했다. 그가 여자들을 죽인 것은 나중에 신고하지 못하게 하려는 목적이었다. 젊은 간호사들이 귀가하자 한 여자는 침실에, 한 여자는 옷장에 두는 식으로 마치 말을 우리에 가두는 것처럼 허둥댔다. 한마디로 그는 어떻게 상황을 장악해야 할지 몰랐다.

그는 체포의 원인이 되었던 팔꿈치 부상은 자살미수가 아니라, 술집에서 싸우다 입은 상처였다는 흥미로운 진술을 했다. 스펙은 자기가 하는 말의 숨은 뜻도 의식하지 못한 채 마구 지껄였다. 그는 우리에게 자기가 '지옥의 사자'와 같은, 억센 남자라는 이미지를 주려고 했다. 그러나 나는 그의 정체를 꿰뚫어보았다. 그는 강도짓을 하려다가 엉겁결에 집단 살인을 저지른 인생의 실패자이며, 그 실패에서 도주하는 유일한 길은 자살뿐이라고 생각했던 비겁자였다. 실제로 자살을 시도했으면서도 술집에서의 싸움 운운하면서 마치 억센 남자로 살아온 것처럼 보이려 했다. 나는 그의 말을 머릿속에서 차근차근 곱씹어보았다. 스펙은 자신에 대해서 설명했지만 동시에 그런 범죄 유형에 대해서 중요한 사항을 일러주었다. 우리는 장래에 이런 유사한 사건을 만나면 이와 비슷한 범죄를 저지른 범인의 유형에 대해서 더 많은 통찰을 갖게 될 것이다. 따지고 보면 그것이 범죄자 인성 연구 계획의 주된 목적이기도 했다. 나는 이 연구 계획의 자료를 분류하면서 심리학에서 사용되는 전문적, 학술적 용어는 가급적 피하고 치안 관계자에게 도움이 될 수 있는 평이한 용어와 개념을 사용하려고 노력했다. 해당 경찰서의 형사에게 '편집증적 정신분열증 환자'를 찾아보라고 조언하면 유식해 보일지는 몰라도 UNSUB를 잡는 데에는 별 도움이 되지 않는다. 우리가 도출해낸 중요한 기준 중의 하나는 범인이 '조직적'인지 아니면 '비조직적'인지 혹은 이 두 가지가 혼합된 것인지 구분하는 것이다. 스펙 같은 범죄자는 비조직적 유형의 전형이라고 할 수 있다. 스펙은 어린 시절이 아주 지랄 같았다고 말했다. 면담 중 가장 날카로운 반응을 보인 것은 가족 사항을 물어보았을 때였다. 그는 스무 살이 되었을 때 이미 40여 건의 입건 기록을 갖고 있었고 15세 소녀와 결혼한 상태였다. 그는 그 소녀에게서 아이를 하나 낳았지만 결혼 5년 뒤 분노와 허탈 속에서 그 여자를 차버렸다. 그 뒤 그 여자를 죽이려고 했으나 시간적 여유가 없어서 실행하지 못했다고 말했다. 그렇지만 다른 여자들은 몇 명 죽였다고 했다. 그중에는 그의 추근덕거림을 차갑게 거절한 싸구려 술집의 웨이트리스도 있었다. 그는 여덟 명의 간호사를 살해하기 두 달 전쯤 65세 노파의 돈을 빼앗고 강간했다. 다른 것은 몰라도, 그토록 나이 많은 여자를 무자비하게 강간했다는 사실은, 경험도 자신감도 세련됨도 없는 10대 소년의 충동 범죄나 다를 게 없었다. 노파를 강간했을때 스펙은 26세였다. 스펙은 나이를 먹어갈수록 세련미나 자신감이 증가하는 것이 아니라, 오히려 줄어들었다. 적어도 내가 보기에 리처드 스펙은 나이를 먹을수록 점점 퇴행하여 아이의 수준으로 내려갔다. 육신의 나이는 20대 중반이었어도 의식 수준은 10대 소년 정도밖에 안 되었다. 범죄자의 지적 수준이 일반적으로 낮기는 했지만 그래도 스펙의 수준은 너무 낮았다.

간수는 우리가 형무소를 떠나기 전에 한 가지를 더 보여주었다. 다른 형무소와 마찬가지로, 졸리엣 형무소는 재소자들의 공격성을 낮추기 위해 파스텔 색조를 쓰면 효과가 있는지 살펴보는 실험을 진행 중이었다. 물론 학술적 이론에 근거한 실험이었다. 연구자들은 분홍색이나 노란색이 칠해진 방에 경찰의 역기 챔피언을 집어넣었다. 그랬더니 그 챔피언은 전에 비해 무거운 것을 잘 들지 못했다.

간수는 우리를 형무소 끝에 있는 감방으로 데려가더니 이렇게 말했다. "장밋빛 색깔은 흉악범의 공격적인 성격을 많이 완화시킨다고 했습니다. 그러니까 이런 감방에 집어넣으면 흉악범은 이론상 조용해지고 수동적이 되어야 하지요. 그런데 사정은 그렇지 않았어요. 더글러스, 저 안을 보십시오. 어떤 꼴인지."

"벽에 남은 페인트가 별로 없군요."

"예, 바로 그겁니다. 저자들은 저 색깔을 좋아하지 않았어요. 그래서 벽에서 페인트를 벗겨내어 마구 먹어버렸습니다."

제리 브루도스는 여자의 구두만 보면 성욕을 일으키는 절편도착증 환자였다. 그저 구두만 보고 저 혼자 좋아했더라면 아무런 문제도 없었을 것이다. 그러나 제리에게 여러 가지 상황이 복합적으로 작용했다. 툭하면 벌을 주고 못살게 구는 심술맞은 어머니가 있었고, 제리 자신의 감당할 수 없는 충동이 있었다. 그래서 제리의 문제는 단순히 여자 구두를 좋아하는 선을 넘어서고 말았다. 처음에는 약간 맛이 간 상태였다가 나중에는 매우 심각한 변태가 되었다.

제롬 헨리 브루도스는 1939년 사우스다코타 주에서 태어나 캘리포니아에서 성장했다. 열다섯 살 때 동네 쓰레기장에서 반짝거리는 여자 하이힐 한 짝을 발견한 그는 그 구두를 집에 가져와 신어보았다. 어머니는 그걸 보고 벌컥 화를 내면서 어서 갖다버리라고 쏘아붙였다. 그러나 그는 구두를 버리는 대신 몰래 감추었다. 나중에 어머니가 그 구두를 발견하고 불태워버린 다음 제리에게 벌을 주었다. 열여섯 살 무렵에는 오리건에서 살았다. 그는 이제 규칙적으로 이웃집에 몰래 침입하여 처음에는 여자 구두를 훔치다가 마침내 한 단계 발전하여 여자 속옷을 훔쳤다. 그는 훔쳐온 물건들을 몰래 감췄다가 신거나 입어보았다. 그다음 해에는 여자를 차 안으로 유혹하여 옷을 벗기려 한 혐의로 체포되었다. 그는 세일럼에 있는 주립 병원에서 여러 달 동안 치료받았지만 주립 병원은 그가 위험하지 않다는 판정을 내렸다. 고등학교를 졸업하고 육군에 입대한 제리는 복무한 지 얼마 되지 않아 심리적 문제로 의병제대를 했다. 제대 후에는 여전히 남의 집을 침입하여 여자 구두와 속옷을 훔쳤다. 만약 그 집의 여자에게 들키면 목을 졸라 의식을 잃게 하기도 했다. 그는 그 당시 어떤 처녀를 범했는데, 그 사실에 부담감을 느끼고 그녀와 결혼했다. 결혼 후 직업 훈련 단과대학에 들어가 졸업하면서 전자 기술자가 되었다.

6년 뒤인 1968년. 제리는 이제 두 아이의 아버지가 되었지만 여전히 밤이면 남의 집에 들어가 구두와 속옷을 훔쳤다. 그러던 어느 날 브루도스는 린다 슬로슨(19세)이라는 세일즈우먼의 방문을 받았다. 린다는 어떤 집에 백과사전을 판매하기로 약속되어 있었는데 실수로 그만 브루도스의 집 초인종을 누른 것이었다. 브루도스는 그 기회를 놓치지 않고 그녀를 지하실로 끌어들여 몽둥이로 때리고 목을 졸라 죽였다. 그러고는 옷을 벗겼다. 그다음엔 자신이 소장하고 있던 각종 속옷을 그녀에게 입혀보았다. 제리는 그녀의 왼발을 잘라낸 다음, 고물 자동차 구동 장치와 함께 린다의 시체를 윌러메트 강에 던졌다. 그런 뒤 잘라낸 발에 자신이 소장하고 있던 귀중한 하이힐을 신기고 냉장고에 넣은 다음 자물쇠로 잠갔다. 제리는 그 후 서너 달 동안 세 번 더 살인을 저질렀다. 여자들의 유방을 잘라내어 플라스틱으로 박제 유방을 만들기도 했다. 그는 달콤한 이야기를 둘러대며 여러 명의 여대생에게 접근했다. 그의 치근거림을 겪은 여대생들은 제리의 인상착의를 알아보았다. 경찰은 한 여대생과의 약속 장소에 나오기로 되어 있는 제리를 잠복하고 있다가 체포했다. 그는 처음에는 정신이상을 방어논리로 내세웠으나 그것이 통하지 않자 범행을 자백하면서 유죄를 인정했다.

밥 레슬러와 나는 세일럼에 있는 오리건 주립 형무소에서 그를 면담했다. 제리는 다중 종신형을 받아 죽을 때까지 이 형무소에서 복역해야 했다. 내가 범죄 상황에 대하여 구체적인 질문을 하자 그는 저혈당증 때문에 기억이 잘 나지 않는다고 대답했다.

"존, 난 이 지독한 저혈당증 때문에 고생이 이만저만이 아닙니다. 20층 건물 옥상에 데려다놓아도 어디로 걸어가고 있는지 모를 정도예요."

그러나 흥미롭게도 브루도스는 경찰에 진술할 때는 아주 자세하게 범행 상황을 묘사했다. 시체가 어디에 유기되었고 증거물은 어디에서 찾아낼 수 있는지 세세한 것까지 말했다. 그는 자신의 범죄 사실을 더욱 확고하게 한, 부주의한 행동을 한 가지 했다. 당시 그는 차고의 갈고리에 한 여자 피살자의 시체를 걸어두고 자신이 소장했던 속옷과 구두를 입혔다. 그러고 나서 그 시체의 옷 입은 상태를 살펴보려고 바닥에 거울을 놓아두었다. 그런데 그 여자의 사진을 찍다가 자기도 모르게 그 거울에 비친 자신의 모습까지 찍어버린 것이다.

저혈당증 때문에 기억이 잘 안 난다고 둘러댔지만, 브루도스는 조직적 범죄자의 특징을 아주 많이 보여주었다. 그 특징은 제리가 아주 어릴 때부터 자주 생각했다는 환상의 요소와 밀접한 관계가 있었다. 그는 농장에 살던 10대 소년이었을 때, 소녀들을 터널 속에 가두고 자기가 하고 싶은 대로 하는 환상을 탐닉했다. 한번은 이런 일이 있었다. 그는 이웃 소녀를 헛간으로 유인하여 옷을 벗게 한 다음 사진을 찍었다. 10대 소년이었을 때 보인 이런 태도는 그 뒤 성인이 되어서도 계속되었지만 당시는 너무 어리고 순진해서 나체가 된 소녀의 사진을 찍는 것 외에 다른 짓은 생각해낼 수가 없었다. 그는 사진을 찍은 다음 소녀를 옥수수 창고에 가둬놓고 잠시 뒤 옷을 갈아입고 머리 모양을 바꾼 뒤 다시 나타났다. 그러고는 소녀에게 자기는 제롬의 쌍둥이 형제인 에드라고 둘러댔다. 겁에 질려 떠는 소녀를 놓아주면서 제롬은 현재 치료를 받고 있는 중이니 다른 사람들에게 오늘 일을 말하지 말아달라고 말했다. 그러지 않으면 제롬의 상태는 더 나빠지고 또 다른 '발작'을 일으키게 될지도 모른다면서.

제롬 브루도스의 이런 변태적 행위는 그 뒤 강도가 점점 높아졌다. 여기에서 주목할 사실은 제롬의 '환상'이 점점 더 세련되어졌다는 점이다. 이것은 제롬의 답변 중 가장 중요한 대목이었다. 에드 켐퍼나 제롬 브루도스는 살인 목적이나 범행 방식이 판이하게 다르지만, 이 두 흉악범은 (물론 다른 흉악범도 포함하여) 공통적으로 한 범죄에서 다음 범죄로, 그리고 한 행동에서 다른 행동으로 이동하면서 점점 더 범행 기술을 '개선'시키려는 병적인 집착을 보였다. 켐퍼가 제물로 선택한 아름다운 여대생들은 그의 마음속에서 어머니와 연관이 있었다. 켐퍼보다는 머리가 모자라고 덜 세련된 브루도스는 우연히 만나는 희생물로 만족했다. 그러나 범행 기술의 디테일에 대한 집착은 두 흉악범이 똑같았고, 그것이 두 사람의 일생을 망쳐놓았다.

성인이 된 브루도스는 아내 다시에게 훔쳐온 옷을 입힌 뒤 사진을 찍었다. 파격적인 것을 싫어하는 정상적인 여자 다시는 남편의 그런 주문을 이상하게 여겼고 남편이 무섭기까지 했다. 제리는 정교한 고문실을 지을 생각도 했지만 차고로 만족했다. 차고에는 그가 좋아하는 여체의 여러 부분을 저장해둔 냉장고가 있었다. 그는 그 냉장고를 자물쇠로 꼭 잠그고 열쇠를 자기가 관리했다. 아내 다시는 저녁에 고기 요리를 할 일이 있을 때마다 남편에게 원하는 부위를 말했고, 그러면 제리가 그것을 가져다주었다. 다시는 친구들에게 자기가 직접 냉장고를 열고 원하는 고기를 가져올 수 있으면 좋겠다고 불평했다. 그러나 그녀는 불편을 군말 없이 감수했고 또 이상하게 여기지도 않아서 경찰에 신고하지도 않았다. 설혹 이상하다고 생각했더라도 남편이 너무 무서워 신고하지 못했을 것이다.

브루도스는 처음에는 가벼운 이상 증세에서 시작해 점점 강도를 높여나가는 진행성 범죄자의 전형적인 사례였다. 처음에 쓰레기장에서 주운 구두로 시작해서 누나의 속옷으로 발전했고 이어 다른 여자의 속옷으로 확대되었다. 또 빨랫줄에 걸려 있는 속옷을 훔치다가, 하이힐을 신고 걸어가는 여자를 습격했고, 이어 빈집을 터는가 하면 점점 더 대담해져 사람(여자)이 있는 집도 침입했다. 처음에는 훔쳐온 속옷을 입어보는 것으로 만족했지만 점점 더 강한 자극을 원하게 되었다. 그는 소녀들에게 사진을 찍게 해달라고 부탁했다. 그러나 소녀가 옷 벗기를 거부하자 칼로 위협했다. 그는 세일즈우먼이 우연히 자기 집 초인종을 누르기 전까지 살인을 하지 않았다. 그러나 그 여자를 죽이고 나서 살인행각의 엽기적 자극에 눈뜨게 되었고 계속 살인을 하며 그때마다 시체 훼손의 강도를 높여나갔다.

물론 하이힐이나 검은 레이스 브래지어나 팬티를 보면 성욕이 발동하는 사람이 모두 잠재적 범죄자라는 얘기는 아니다. 만약 그게 사실이라면 남자들 대부분은 감옥에 가 있을 것이다. 그러나 제리 브루도스의 경우에서 보듯이 절편도착증은 퇴행성인 동시에

'상황에 따라 변한다'는 점에 유의해야 한다. 좀 더 구체적인 예를 하나 들겠다.

얼마 전에 내가 사는 데에서 그리 멀리 떨어지지 않은 곳에 있는 초등학교 교장이 여자아이들의 발을 지나치게 좋아하는 것으로 알려졌다. 그 교장은 여자아이의 발바닥이나 발가락을 간지럽히면서 얼마나 오래 버틸 수 있는지 시합을 한다는 것이었다. 여자아이가 일정 시간을 버티면 상으로 돈을 주었다. 아이들이 수상한 돈으로 군것질을 하는 것을 본 부모들이 그 경위를 캐묻다가, 교장의 비행을 알게 되었다. 교육청에서 교장을 해고하자, 지역 사회의 여러 곳에서 반대 여론이 일어났다. 그 교장은 미남인 데다 오래 사귄 여자가 있었고 학생과 학부모에게 인기가 있었다. 교사들은 그가 모함을 당했다고 생각했다. 설혹 여자아이의 발가락을 갖고 장난을 친 게 사실이라 하더라도 그건 무해한 일이었다. 아이들을 괴롭히거나 옷을 벗게 한 것도 아니지 않은가. 지지자들은 교장이 아이를 유괴해서 변태적 욕심을 채울 사람은 절대 아니라고 얘기했다.

나도 그러한 평가에 동의했다. 교장의 변태적 측면에 대해서는 안심해도 되었다. 나는 그를 만나본 적이 있는데 다정하고 사교적인 사람이었다. 그렇지만 교장의 태도에는 한 가지 문제점이 있었다. 가령 발가락 간지르기 게임을 하다가 여자아이가 갑자기 버릇없이 군다거나 비명을 지르면서 발 간지르기 게임을 폭로하겠다고 말하면 어떻게 될까? 교장은 갑자기 허를 찔려 당황하게 될 것이다. 최악의 경우, 상황을 수습하지 못하고 엉겁결에 아이를 죽일수도 있다. 학교의 장학관이 우리 행동과학부에 의견을 물어왔을 때, 나는 교육청이 올바른 조치를 했다고 말해주었다.

거의 같은 시기에 나는 버지니아 대학교를 방문했다. 여자 대학생들이 갑자기 누군가에 밀려 넘어지면서 그 와중에 클로그 스타일의 신발이 없어지는 사건이 몇 번 발생했다. 심하게 다친 여대생은 없었기 때문에 현지 경찰이나 대학 경비원들도 그 사건을 가벼운 장난 정도로 생각했다. 이런 상황에서 대학 당국이 내게 의견을 물어왔다. 나는 현지 경찰과 대학 당국자들을 만난 자리에서 제롬 브루도스 사건과 기타 유사 사건들을 말해주었다. 내가 조언을 끝내고 대학교에서 떠나올 즈음에 현지 경찰과 대학 당국은 긴장하면서 강력히 대응해야겠다고 마음먹는 것 같았다. 캠퍼스 내에 경비를 강화하자 그런 유사한 사건은 더 벌어지지 않았다.

제리 브루도스의 범죄 행각을 살펴보면서 나는 좀 더 초기에 개입하여 예방했더라면 마지막의 그런 끔찍한 범행을 막을 수 있지 않았을까, 자문하곤 했다.

에드 켐퍼의 경우는 정서적으로 문제 있는 어린 시절 때문에 연쇄 살인범이 된 경우였다. 그러나 제리 브루도스는 좀 더 복잡했다. 그는 아주 어릴 적부터 여자들의 물건을 좋아하는 버릇이 있었다. 쓰레기장에서 발견한 하이힐에 매혹된 것은 불과 다섯 살 때였다. 아마 어머니가 하이힐을 신지 않았기 때문에 집에서 그런 신발을 보지 못한 것이 그의 호기심을 자극했을지도 모른다. 또 어머니가 그 신발을 보고 너무 심하게 화를 낸 탓에 그것이 금단의 과일이 되었을 수도 있었다. 그 후 얼마 지나지 않아, 제리는 학교 선생님의 하이힐을 훔쳤다. 그러나 훔친 사실을 알게 된 선생님의 반응은 어린 제리에게 혼란스럽고 또 놀라운 것이었다. 선생님은 제리를 야단치는 것이 아니라, 왜 그런 짓을 했는지 오히려 궁금해했다. 그는 두 명의 성인 여자에게서 서로 다른 반응을 경험했고 결국 그것이 혼란을 야기했다. 그리고 이와는 별도로 아주 어릴 적부터 내재되어 있던 충동이 서서히 흉물스럽고 끔찍스런 것으로 변해갔다.

만약 이런 위험한 진행을 사전에 포착하여 제리의 감정을 완화시키는 조치를 취했다면 어떻게 되었을까? 그가 첫 번째 살인을 저질렀을 때는 이미 늦었다. 그렇다면 그전에 막을 수는 없었을까? 대답은 반반이다. 그동안의 연구와 경험으로 미루어볼 때 나는 성범죄 관련 살인자들을 사회에 복귀시키는 문제에 대단히 회의적이다. 만약 이들을 교화시킬 목적이라면, 아주 어릴 때 징후를 파악하여 대처하지 않으면 안 된다. 이들 범죄자의 기괴한 환상이 현실로 나타날 때에는 이미 늦은 것이다.

나의 누나 알린이 10대 소녀였을 때, 어머니는 누나가 데이트하는 남자아이들이 어머니를 어떻게 생각하는지 물어보았다. 그렇게 해서 그들의 인물됨을 대강 파악했다. 만약 남자친구가 자신의 어머니를 존경하고 사랑한다면 그 아이와의 교제는 그런대로 무난하지만 만약 어머니를 개 같은 년, 창녀, 사람을 못살게 구는 년으로 생각한다면 다른 여자도 그런 식으로 생각할 거라는 얘기였다.

내 경험으로 비추어볼 때, 지극히 단순한 관찰이었지만 어머니의 해석은 정말 옳았다. 에드 켐퍼는 왜 캘리포니아 주 산타크루즈 일대를 돌아다니면서 살인을 했는가? 그건 그가 정말 증오하는 여자를 죽이기 위해 배짱을 키운 예행 연습이었다. 또 다른 예로는 몬티 리셀이 있다. 리셀은 10대 시절 버지니아 주 알렉산드리아에서 다섯 명의 여자를 강간 살해한 흉악범이다. 그는 리치먼드 형무소로 찾아간 우리에게 이렇게 말했다. "우리 부모의 지랄 같은 결혼 생활이 파탄났을 때, 어머니 대신 아버지를 따라갔더라면 내 인생이 이렇게 쪼그라들지는 않았을 겁니다. 이렇게 리치먼드 형무소에서 평생을 썩는 게 아니라 지금쯤 변호사가 되어 떵떵거리며 살고 있을지 모릅니다."

우리는 몬티 랠프 리셀을 면담하면서 가정 문제라는 거대한 수수께끼의 조각들을 모두 짜맞출 수 있었다. 몬티는 부모가 이혼할 당시, 세 아이 중 막내였다. 어머니는 아이들을 모두 데리고 버지니아에서 캘리포니아로 이사했다. 그녀는 새 남편 옆에만 있으려 했고 아이들은 거의 돌보지 않았다. 몬티는 어릴 때부터 사고뭉치였다. 학교 벽에 외설스런 낙서를 하고, 마약을 하고, 언쟁을 벌이다가 격분한 끝에 사촌에게 BB탄 총을 쏴댔다. 몬티는 그 총을 양아버지에게서 얻었다고 말했다. 양아버지는 충동적으로 그 총을 공중에 쏴대더니 총을 부러뜨려 개머리판으로 몬티를 마구 때렸다.

몬티가 열두 살이 되었을 때, 어머니의 두 번째 결혼도 실패로 끝나 가족은 다시 버지니아로 돌아왔다. 몬티는 그 결혼이 실패로 끝난 것은 자기와 누나 때문이었다고 말했다. 그때부터 그의 범죄 경력이 늘어가기 시작했다. 무면허 운전, 강도, 차량 절도, 그리고 성폭행까지.

그가 강간에서 드디어 살인으로 옮겨가게 된 과정은 매우 시사적이다. 당시 고등학교 3학년이었던 그는 소년원에서 얼마간 복역한 뒤 보호관찰형으로 풀려났다. 그렇지만 가석방 이후에 정신과 의사의 상담을 받아야 한다는 조건이 붙어 있었다. 그즈음 그는 여자친구에게 절교 선언 편지를 받았다. 고등학교 1년 선배인 그녀는 그때 다른 지방의 대학에 유학 중인 여대생이었다. 그는 즉시 차를 몰아 여대생이 다니는 학교로 찾아갔다. 그러고는 충격적이게도 그 여대생이 다른 남자친구와 교제하고 있는 현장을 목격했다.

그는 분을 삭이며 차를 몰고 알렉산드리아로 돌아왔다. 그러고는 차 안에서 맥주를 마시고 마리화나를 피우며 밤늦게까지 절교당한 일을 곰곰이 생각했다. 그의 차는 아파트 단지의 주차장에 세워져 있었다.

새벽 두세 시경. 그가 아직도 차 안에 죽치고 있는데, 한 여자가 혼자서 차를 몰고 나타났다. 리셀은 충동적으로 잃어버린 것을 되찾아야겠다고 생각했다. 그는 그 여자의 차에 다가가 권총을 들이대며 아파트 단지 근처의 으슥한 곳으로 가자고 위협했다.

당시의 사건을 밥 레슬러와 내게 얘기하는 리셀의 태도는 침착하고 신중하고 사무적이었다. 나는 사전에 그의 지능 지수를 체크했는데 120 이상이었다. 그의 태도에는 후회나 죄의식 같은 것은 없었다. 물론 자수하거나 자살하는 범죄자도 있다. 그러나 그 경우는 범죄에 대한 후회라기보다는 자기가 감옥에 가게 될지도 모른다는 두려움 때문이었다. 아무튼 리셀은 자신의 범죄를 축소하려 하지 않았고 있는 그대로 정확하게 말했다. 그가 금방 말한 것과 그 뒤에 말한 것은 범인을 이해하는 중요한 자료가 되었다.

먼저 이 사건은 우리가 스트레스 요인이라고 부르는 사건 직후에 발생했다. 즉 '스트레스 요인 다음에 살인사건'이라는 범죄 발생 패턴은 그 뒤의 다른 살인사건에서도 되풀이되어 발견되었다. 물론 이 세상에는 스트레스 요인이 무수하게 많다. 심지어 날씨가 너무 좋아 스트레스를 받는다고 말하는 사람도 있다. 그러나 가장 흔하고 또 강도가 높은 스트레스 요인 두 가지는 직업을 잃는 것과 아내(혹은 애인)를 잃는 것이다(나는 여기서 또다시 여성을 스트레스 요인으로 내세웠다. 뒤에 밝혀지겠지만 그것은 거의 모든 연쇄 살인범이 남자이기 때문이다).

몬티 리셸 같은 범죄자를 연구한 결과 우리는 스트레스 요인이 연쇄 살인 사이클의 중요한 부분임을 알게 되었다. 그래서 어떤 살인 현장의 특수 상황을 살펴보면 어떤 스트레스 요인이 개재되었는지 금방 파악할 수 있다. 나는 제4장에서 내 부하 저드 레이가 담당했던 알래스카 살인사건을 언급했다. 한 아주머니와 그녀의 어린 두 딸을 모두 죽인 3중 살인사건의 타이밍과 제반 상황을 살펴본 저드 레이는 살인범이 애인과 직업을 동시에 잃었을 것이라고 진단했다. 그리고 수사 결과 정말로 범인이 애인과 직업을 동시에 잃은 것이 밝혀졌다. 애인은 직장 사장과 눈이 맞아 범인을 차 버렸고, 사장은 연애에 방해가 되는 전 애인(범인)을 직장에서 해고한 것이다.

전 애인이 대학생 남자와 같이 있는 것을 목격한 그날 밤, 몬티 리셸은 첫 번째 살인을 감행했다. 살인의 일차적 배경을 알아냈다는 것만으로도 상당한 의미가 있다. 그러나 그 살인이 어떻게, 왜 일어났는지 정확하게 아는 것이 더 중요하다.

우연히도 아파트 단지에서 만난 여자는 매춘부였다. 이것은 두 가지 사실을 의미한다. 첫째, 그녀는 대부분의 여성이 두려워했을 문제, 즉 섹스를 두려워하지 않았다. 둘째, 다른 여자에 비해서 잡초 같은 생존 본능을 갖고 있었다. 단둘이 있게 되자, 몬티는 총을 들이대며 강간할 의사를 밝혔다. 그녀는 나름대로 긴장된 상황을 부드럽게 풀어나가려고 자발적으로 스커트를 걷어올렸고 그에게 어떤 자세로 할 거냐고 물었다.

"그 여자는 내가 어떤 방식을 좋아하느냐고 물었어요."

그런데 그 여자의 협조적 태도가 몬티의 기분을 좋게 하거나 느굿하게 한 것이 아니라, 오히려 격분케 했다. "그 개 같은 년이 나를 갖고 놀려고 했어요." 그녀는 몬티의 비위를 맞추기 위해 절정에 오른 듯한 가짜 신음 소리를 두세 번 내질렀다. 그것은 더욱 몬티를 역겹게 했다. 이런 상황에서 '즐길' 수 있다니. 그것은 모든 여자가 매춘부라는 느낌을 더욱 강화시켰다. 그 순간 그 여자는 사람이 아니라 사물이 되어버렸고 사람이 아닌 사물을 죽이는 것은 쉬운 일이었다.

그러나 여자를 다섯 명이나 죽인 몬티도 한 여자는 놓아준 적이 있었다. 여자가 암에 걸린 아버지가 걱정된다고 말했다는 것이다. 리셀의 형도 암에 걸려 고생하고 있었던 터라, 리셀은 그 여자의 처지가 자기와 비슷하다고 생각했다. 그래서 사물이 되어 살해당한 매춘부와는 달리, 사람의 모습으로 비친 그 여자는 죽이지 않았다. 리처드 스펙이 소파 위에 엎드려 있는 여자를 강간한 것도 마찬가지로 그 여자를 사물로 보았기 때문이었다.

이처럼 연쇄 살인범들은 스스로 비정상적인 환상을 만들어내고 그 환상 속에서 사람은 비인격화되어 하나의 사물로 바뀌게 된다. 사람이 사물로 바뀌는 시점, 바로 그것이 살인을 저지르는 순간인 것이다. 바로 이 때문에 강간 상황을 만났을 때, 어떻게 처신하라는 일반적인 조언을 해주지 못하는 것이다. 강간범의 성격이나 범행 동기에 따라, 범인의 의도를 들어주는 것이 좋을지, 아니면 좋은 말로 구슬려서 위기를 모면해야 할지 결정해야 하는 것이다. 그러나 이 두 가지 방법이 사태를 더 악화시킬 수도 있다. '남성적 힘을 과시하려는 강간범'에게는 결사적으로 저항하는 것이 그를 저지시킬 수 있는 가장 좋은 방법이다. '분노에 가득 찬 충동적 강간범'의 경우에는, 여자가 더 힘이 세어 상대를 완전 제압하거나 아니면 재빨리 도망치는 것이 상책이다. 그렇지 못하면 살해될 위험이 있다. 강간범의 섹스행위를 부추기기 위해 일부러 즐기는 척하는 태도는 반드시 좋은 방법이라고 볼 수 없다. 강간은 분노, 적개심, 힘의 우위를 내세우는 범죄이다. 섹스행위 그 자체는 부수적일 뿐이다.

화가 난 상태에서 주차장에서 유괴한 여자를 강간한 다음, 리셀은 그 여자를 어떻게 처리해야 할지 마음을 정하지 못했다. 바로 그 시점에서 그녀는 객관적으로 볼 때 타당하다고 생각되는 행동을 취했다. 즉 달아나려 했다. 그러나 리셀은 그 행동을 보고 화가 머리꼭대기까지 났다. 상황을 주도하는 것이 리셀이 아니라 그녀라는 생각이 든 것이다. 우리는 〈미국 정신의학 저널〉에 기고한 글에 리셀의 말을 그대로 인용했다. "계곡 아래로 막 달아나려고 했어요. 내가 꽉 붙잡았지요. 양팔로 꽉 잡고 보니 나보다 키가 크더군요. 나는 목을 조르기 시작했어요……. 그 여자는 비틀거리며 넘어지더니…… 언덕 아래로 굴러 물 속에 빠졌어요. 나는 여자의 머리를 바위에 쿵쿵 찧었지요. 그런 다음 머리를 물 속에 처박고 힘을 주어 눌렀습니다."

우리는 범죄를 분석할 때 범인의 행동을 파악하는 것만큼이나 피해자의 행동을 파악하는 것도 중요하다는 것을 알게 되었다. 피해자의 위험도가 높은가, 아니면 낮은가? 피해자가 무슨 말을 했고 어떤 행동을 했는가? 그것이 범인을 자극했는가, 아니면 진정시켰는가? 도대체 범인과 피해자는 어떻게 만난 것인가?

리셀이 선택한 피해자는 아파트 단지 근처에서 우연히 걸려든 사람이었다. 일단 사람을 죽이고 나니 마지막 금기가 완전히 사라져버렸다. 그는 자신이 살인을 저지를 수 있고, 즐길 수 있고, 잡히지 않을 수 있다는 것을 알았다. 우리가 리셀 사건에 초빙되어 UNSUB를 프로파일링하라고 한다면 살인까지는 아니더라도 거의 그것에 육박하는 범죄 경력을 가진 범인을 제안했을 것이다. 그러나 프로파일링 단계에서 리셀의 나이는 틀리게 예측했을 것이다. 리셀은 처음 살인을 저질렀을 때 불과 19세였다. 우리는 아마도 20대 중반이나 후반의 나이를 제시했을 것이다.

그러나 리셀의 경우는 연령이 프로파일링 작업에서 상대적 개념이라는 사실을 보여주었다. 1989년 우리 부서의 그레그 매크레리는 뉴욕 주 로체스터 시에서 벌어진 매춘부 연쇄 살인사건에 협조하게 되었다. 그레그는 린드 존슨 서장 및 일류급 형사들과 긴밀히 협조한 끝에, 자세한 프로파일과 전략을 제시했다. 그래서 현지 경찰서는 범인 아서 쇼크로스를 잡아 기소했다. 나중에 그레그의 프로파일을 실제 잡힌 범인과 대조해보니 거의 정확하게 범인을 짚어냈다. 인종, 성격, 종사하는 직업, 가정 생활, 자동차, 취미, 범행 지역의 친숙도, 경찰과의 좋은 관계 등이 모두 맞아떨어졌다. 단 하나, 나이는 틀렸다. 그레그는 20대 후반 혹은 30대 전반으로 살인 경력이 있는 자를 짚어냈다. 그런데 아서 쇼크로스는 45세였다. 그는 두 명의 어린아이(매춘부, 노인과 함께 3대 취약 세력)를 죽인 범죄로 형무소에서 15년간 복역했다. 그리고 가출옥된 지 몇 달 안되어 다시 살인을 저질렀던 것이다.

매춘부 연쇄 살인행각을 벌일 때의 아서 쇼크로스가 가출옥 신분이었던 것처럼, 몬티 리셀도 가출옥 상태였다. 몬티는 에드 켐퍼처럼 사람을 죽이고 돌아다니면서도 정신과 의사에게는 점점 좋아지고 있다고 거짓말을 했다. 그래서 경찰 일각에서는 정신과 의사를 놓고 이런 냉소적 농담도 주고받게 되었다. 물론 이것은 농담일 뿐이다. 백열 전구에 불이 들어오도록 하려면 정신과 의사가 몇 명 있어야 할까 물으면, 정신과 의사는 한 명만 있으면 되고 전구가 저절로 불을 켜야 한다고 대답하는 식이었다.* 정신과 의사나 정신 건강 전문가들은 범인이 스스로 작성, 제출한 건강 회복 보고서를 그대로 믿는 경향이 있다. 이런 태도는 환자가 스스로 병을 고쳐보 겠다는 '의지'가 있음을 전제한 것이다. 그러나 환자가 나을 생각 이 전혀 없으면 얘기는 달라진다. 리셀이나 쇼크로스의 경우처럼, 정신과 의사들을 속이는 것은 쉬운 일이다. 정신과 범죄자들의 거 짓된 행동이 되풀이되는데도 대부분의 선량한 정신과 의사들은 과 거의 흉악 범죄는 과거의 일이고, 그것이 미래의 예측 근거가 될 수는 없다고 말한다. 그러면서 현재의 상태를 강조한다. 실제로 나 아가는 것이 아니라 그들이 적어낸 가짜 보고서에서만 '회복 중'이 라면 그런 현재의 상태는 무의미한 것이다.

우리가 범죄자 인성 연구 계획을 꾸준히 진행하고 부수적인 작 업을 수행하면서 올린 성과 중의 하나는, 범죄행동에 관한 한 범죄 자가 스스로 작성한 보고서에는 거짓이 포함되어 있다는 것을 정 신 의학계에 주지시킨 것이다. 연쇄 살인범이나 강간범은 남을 조 종하기 좋아하고, 자기애에 빠져 있고, 완전히 자기중심적인 사고 를 갖고 있다. 이 범인들이 가출옥되어 다시 거리에 나간다면 무슨 짓이든 할 것이다. 그래서 가출옥 담당관이나 형무소 정신과 의사 가 듣기 좋아하는 말만 골라서 들려주는 것이다.

계속된 살인행각에 대한 리셀의 설명을 들으면서 우리는 그의 범죄 기술이 꾸준히 진보했다는 것을 파악했다. 그는 두 번째 희생

---

* 정신과 범죄자(전구)가 병이 낫고 안 낫고는 범죄자의 마음대로라는 뜻.

자가 자꾸 질문을 해오는 것이 성가셨다. "왜 이런 짓을 하는지, 왜 자기를 골랐는지, 왜 여자친구가 없는지, 내 문제가 뭔지, 앞으로 어떻게 할 것인지, 온갖 것을 물어보았어요."

두 번째 여자는 권총의 위협을 받으면서 차를 몰고 있었고 첫 번째 여자처럼 도망치려 했다. 그 순간 리셀은 죽여버리겠다고 결심했고 그래서 칼로 가슴을 무수히 찔렀다.

세 번째 살인을 할 즈음에는 이제 이골이 나서 수월했다. 그는 두 번의 경험을 활용하면서 희생자가 자꾸 말을 걸지 못하게 했다. 여자를 사람이 아니라 사물로 보려고 했다. "나는 이런 생각을 했어요. 이왕 두 명이나 죽였는데, 하나 더 죽인다고 해서 무슨 문제가 되겠어."

이렇게 범죄 기술이 늘어가는 와중에도 암에 걸린 아빠가 걱정된다는 여자는 놓아주었다. 마지막 두 여자를 죽일 때에는 이미 어떻게 죽여야겠다는 방법을 정할 정도로 대담해졌다. 한 여자는 물에 빠뜨려 죽였고, 다른 여자는 칼로 찔러 죽였다. 그의 계산으로는 50번 내지 100번쯤 찌른 것 같다고 말했다.

다른 흉악범과 마찬가지로, 리셀은 실제 강간이나 살인을 저지르기 훨씬 오래전부터 범행의 환상을 머릿속에서 키워왔다. 우리는 그런 환상의 아이디어를 어디서 얻었느냐고 물었다. 출처는 여러 군데였지만 그중 하나가 데이비드 버코위츠의 연쇄 살인 기사였다고 말했다.

처음에 '44구경 살인범'으로 알려진 데이비드 버코위츠는 나중에 '샘의 아들'로 더 잘 알려졌다. 그가 뉴욕에서 살인행각을 저지르면서 경찰에 보낸 조롱 편지에 '샘의 아들'이라고 썼기 때문이었다. 데이비드 버코위츠는 연쇄 살인범이라기보다 암살범의 성격이 더 강한 흉악범이다. 1976년 7월부터 1977년 7월까지 1년 동안 여섯 명의 청춘 남녀를 살해했고 일부 사람들에게 부상을 입혔다. 범행 방식은 공원의 한적한 길에 주차해놓고 차 안에 앉아 있는 남녀를 자동소총으로 쏘는 것이었다.

많은 연쇄 살인범이 그렇듯이 버코위츠는 입양 가정에서 성장했다. 그는 육군에 입대해서 근무할 때까지는 자기가 입양이라는 사실을 몰랐다. 그는 베트남으로 파병되기를 원했으나 한국에서 근무하게 되었다. 그곳에서 매춘부와 처음 성접촉을 가졌는데 임질에 걸렸다. 제대 후에는 뉴욕으로 돌아가 생모를 찾아나섰다. 생모는 롱아일랜드 주 롱비치에서 여동생과 함께 살고 있었다. 그러나 그들은 그를 쌀쌀맞게 대했고 데이비드는 그런 냉대에 커다란 실망과 모멸감을 느꼈다. 그렇잖아도 수줍음을 타고 불안정하고 화를 잘 내던 데이비드는 이제 잠재적인 살인자가 되었다. 육군에 있을 때 사격을 배운 그는 텍사스로 가서 강력한 화기인 차터 암스 불독(44구경 자동소총)을 샀다. 총을 잡으니 실제보다 더 덩치가 커지고 힘이 세진 기분이 들었다. 그는 뉴욕 교외에 있는 쓰레기 하치장으로 나가 사격 연습을 했다. 작은 물체를 되풀이해 쏘면서 명사수가 될 때까지 사격 기술을 연마했다. 당시 우체국 하급 직원으로 근무하던 데이비드는 사격에 어느 정도 자신이 붙자, 야간 사냥에 나섰다.

우리는 아티카 주립 형무소에 복역 중인 버코위츠를 면담했다. 그는 유죄를 인정한 뒤(나중에는 부인했지만) 여섯 건의 살인에 대하여 각각 25년 내지 종신형의 다중 종신형을 선고받고 복역 중이었다. 그는 1979년 형무소 안에서 재소자의 공격을 받고 거의 죽을 뻔했다. 누군가가 뒤에서 그의 목을 갑자기 찌른 것이다. 무려

56바늘이나 꿰매야 하는 커다란 상처였지만 가해자가 누구인지는 밝혀지지 않았다. 그래서 우리는 사전 예고 없이 그를 만나러 갔다. 우리 때문에 그의 입장이 난처해지면 곤란하기 때문이었다. 간수의 협조를 얻어서 우리는 질문서를 미리 작성했다. 면담에 대한 준비는 완벽하게 갖춰졌다.

이 면담을 위해 나는 특별한 시각 자료를 가지고 갔다. 앞에서 말한 것처럼 나의 아버지는 뉴욕에서 인쇄공으로 근무했고 롱아일랜드의 인쇄공 노동조합의 위원장을 지냈다. 그래서 아버지의 도움으로 '샘의 아들'의 살인행각을 다룬 기사들의 사본을 얻었다.

나는 뉴욕 〈데일리 뉴스〉 사본을 데이비드에게 건네면서 이렇게 말했다. "데이비드, 앞으로 백 년 후에 밥 레슬러나 존 더글러스를 기억하는 사람은 아무도 없을 겁니다. 그렇지만 '샘의 아들'은 기억할 겁니다. 데이비드, 지금 이 순간에도 캔자스 주 위치토에서는 여섯 명의 여자를 살해한 흉악범이 잡히지 않고 있습니다. 그는 자기 자신을 'BTK 교살자'라고 부릅니다. 자기가 목 조르고, 고문하고, 살해하는 것이 전문인 최고의 살인범이라고 큰소리치며 활개치고 있죠. 그자는 경찰에 뻔뻔스런 편지를 보내 당신 얘기를 하고 있습니다. '샘의 아들' 데이비드 버코위츠를 숭배한다고 말입니다. 당신이 굉장한 힘을 가졌으며, 당신처럼 되고 싶다는 겁니다. 그러니 머지 않아 그자가 당신에게 직접 편지를 써 보낼지도 모르지요."

버코위츠는 찰리 맨슨처럼 카리스마가 있는 인물은 아니었다. 그렇지만 늘 사람들의 인정을 받고 싶어하고 또 자기의 업적에 대해 칭찬을 듣고 싶어했다. 상대방이 자기에게 정말 흥미가 있는 것인지, 아니면 놀리려는 것인지 알아내려고 파란 눈알을 계속 굴려

댔다. 내가 앞으로 백 년 후 운운하며 칭찬하자 파란 눈이 더욱 파래졌다. 나는 계속 말을 이어나갔다.

"당신은 법정에서 증언할 기회가 없었습니다. 그래서 모든 사람이 정말 당신이 개자식인 줄로만 알고 있습니다. 그렇지만 이런 면담을 해보니 모든 사건에 뭔가 미묘한 측면이 있다는 것을 알게 되었습니다. 뭐랄까, 당사자의 독특한 배경이 은밀하게 작용한다는 것을 알았지요. 그래서 당신이 그런 측면에서 얘기를 좀 해주었으면 합니다."

그는 감정을 거의 드러내지 않았지만 거침없이 얘기해주었다. 그는 브루클린-퀸스 지역에서 성장하면서 2천 번 이상 불장난을 했다고 말했다. 그리고 불지른 사실을 일기에 꼼꼼히 적어놓았다. 일기를 꼼꼼하게 쓴다는 것은 그가 암살자 유형임을 보여준다. 소외된 외톨이는 뭔가 끼적이는 것을 좋아하는 경향이 있다. 또 다른 특징은, 그가 희생자와 육체적 접촉을 가지지 않았다는 것이다. 그는 강간범도, 절편도착증 환자도, 변태성욕자도 아니었다. 피살자의 시체에서 기념품을 챙기지도 않았다. 그에게 성적 황홀감을 주는 것은 남녀를 총으로 쏴 죽이는 행위 그 자체였다.

그가 저지른 불장난은 문자 그대로 불장난이었다. 대형 쓰레기통이나 폐허가 된 건물에 불을 놓았다. 그는 불꽃이 활활 타오르는 것을 보면서 자위를 했고, 소방서에서 불을 끄러 오면 불 꺼지는 광경을 보면서 또 자위를 했다. 이는 연쇄 살인범이나 흉악범의 어릴 적 세 가지 특징인 불 지르기, 야뇨증, 동물학대의 한 축을 차지하는 행동이다.

나는 늘 재소자 면담이 금을 채굴하는 것과 비슷하다고 생각했다. 아무리 광석을 파봐야 대부분 쓸모 없는 돌덩어리에 불과하다.

그러나 그렇게 여러 번 허탕을 치다가도 진짜 금괴 한 덩어리를 건지면 앞의 허탕이 전부 만회되었다. 데이비드 버코위츠가 바로 그런 순금이었다.

우리는 가장 흥미로운 사실을 하나 발견했다. 그는 연인들의 차가 있는 오솔길에 살금살금 다가갈 때, 주차된 차의 운전석 쪽으로는 가지 않았다. 그곳은 주로 남자가 앉아 있는 자리였으니까 위험할 확률이 높았다. 그래서 조수석 쪽으로 접근했다. 그러니까 경찰관 같은 자세를 취하면서 다가갔다. 그의 일차적 목표는 여자였다. 그의 분노와 증오는 오로지 여자에게 집중되어 있었다. 칼로 무수하게 찌르는 행위나 여러 발의 총알을 발사하는 것은 둘 다 엄청난 분노의 표출이다. 즉, 남자는 분노의 대상도 아닌데, 잘못된 시간에 잘못된 자리에 앉아 있다가 우발적 사고를 당한 셈이었다. 가해자와 피해자는 서로 얼굴을 맞댈 시간도 없었다. 모든 범행이 일정한 거리를 두고 저질러졌다. 그는 그런 거리를 유지함으로써, 자신의 환상 속에 있는 여자를 실물화할 필요 없이 소유할 수 있었다.*

우리는 또 다른 흥미로운 사항을 알아냈다. 이것은 거의 모든 연쇄 살인범에게 공통적으로 적용되는 사항이다. 버코위츠는 밤마다 사냥을 나갔다고 말했다. 적당한 범행 대상이 없을 때에는, 바꾸어 말하면 엉뚱한 시간에 엉뚱한 장소에 앉아 있는 희생자가 없을 때에는 과거에 성공을 거두었던 장소로 되돌아갔다고 한다. 그는 범행을 저지른 장소(다른 살인범의 경우에는 시체를 유기한 장소)나 묘지로 되돌아가 그곳의 땅 위를 뒹굴면서 살인 당시의 환상을 반

---

* 버코위츠는 정상적인 남녀의 관계에서처럼 얼굴을 맞대고 사랑을 확인하는 것이 아니라, 총을 쏘는 행위에서 여자를 소유하는 환상을 느낀다. 따라서 여자의 얼굴을 보면 인간적 표정이 끼어드는 정상적 관계가 되므로 환상의 실현에 장애가 된다.

추했다.

연쇄 살인범들이 범행 현장을 카메라나 비디오로 찍는 것도 같은 이유에서이다. 여자들을 죽이고 시체를 유기한 다음에도 당시의 스릴을 몇 번이고 되풀이하여 음미하면서 환상을 재생시키려 한다. 버코위츠는 보석류, 속옷, 신체의 일부분, 기타 기념품은 가져가지 않았다. 살인 현장으로 되돌아가는 것만으로도 성적 황홀감을 느꼈다. 그는 현장의 분위기에 흠뻑 젖은 다음 집으로 돌아가 자위를 하면서 당시의 환상을 되살렸다.

우리는 연쇄 살인범들의 이런 행동 양식을 범인 추적에 아주 효과적으로 활용했다. 이런 연구가 있기 전에, 치안 관계자들은 살인범이 범행 현장에 다시 나타난다는 것을 알고 있었지만 왜 그런 행동을 하는지 정확하게 설명할 수 없었다. 버코위츠 같은 재소자를 면담해보니 그들이 범죄 현장으로 되돌아간다는 것은 틀림없는 사실이었다. 그렇지만 우리가 이전에 추측했던 것과는 생판 다른 이유 때문이었다. 그러니까 추측과 실제는 늘 맞아떨어지지 않는 것이다. 물론 죄의식도 한 가지 이유가 될 수 있지만 버코위츠의 경우처럼 다른 이유도 있다. 특정 유형의 범죄자가 살인 현장을 다시 방문하는 이유를 명확하게 짚어낼 수 있으면 다음에 유사 사건이 발생할 때, UNSUB에 접근하는 보다 구체적인 전략을 수립할 수 있다.

'샘의 아들'이라는 이름은 조지프 보렐리 반장에게 보낸, 휘갈겨 쓴 쪽지에서 나온 것이다. 보렐리는 나중에 뉴욕 경찰서의 형사 반장이 된 사람이다. 그 쪽지는 브롱크스에서 살해당한 알렉산더 에소와 발렌티나 수리아니의 차 근처에서 발견되었다. 다른 피살자와 마찬가지로 그들은 매우 가까운 거리에서 총격을 받아 사망했다. 쪽지에는 이렇게 적혀 있었다.

　내가 여자를 미워하는 놈이라고 말하는 사람도 있는 모양인데, 그거
아주 기분 나빠. 난 그렇지 않아. 난 그저 괴물일 뿐이야. 난 '샘의 아들'
이야. 아주 조그마한 놈이지. 아버지 샘은 술만 취하면 야비해져. 식구
들을 마구 때린단 말이야. 어떤 때는 나를 묶어 헛간에 처넣기도 해. 어
떤 때는 차고에 집어넣고 자물쇠를 잠가버려. 샘은 피를 마시는 걸 좋
아해.
　"나가서 죽이고 와." 아버지 샘은 그렇게 명령해.
　우리 집 뒤에는 죽은 사람들이 편하게 쉬고 있어. 대부분 젊은 여자
들이지. 강간하고 죽였는데 피는 싹 빼버렸어. 지금은 뼈밖에 안 남았
을 거야.
　샘은 나를 다락방에 가두기도 했어. 난 다락방을 빠져나갈 수 없으
니 멍하니 창문을 통해 세상이 굴러가는 것을 관조할 수밖에 없어.
　난 아웃사이더인가 봐. 나의 뇌는 주파수가 남과 다른가 봐. 그저 사
람을 죽이도록 장치되어 있나 봐.
　그러니 나를 제지하려면 나를 죽이는 수밖에 없어. 모든 경찰에게 알
린다. 나를 먼저 사살하라. 사살하든지 나를 조용히 내버려두든지 택하
라. 그렇지 않으면 당신들이 먼저 죽을 것이다.
　아버지 샘은 이제 늙었어. 젊음을 유지하려면 피가 필요해. 심장 발
작을 너무 많이 일으켜. "억, 억. 내 심장이 왜 이러지. 얘야, 너무 아프
구나."
　나의 예쁜 공주가 너무 보고 싶어. 그녀는 지금 여자들의 집에서 쉬
고 있어. 그렇지만 나는 곧 그녀를 보게 될 거야.

나는 '괴물'이야. '베엘제붑*', 살찐 괴수.

사냥은 즐거워. 만만한 사냥감, 맛좋은 고기를 찾아 거리를 배회하는 거야. 퀸스의 여자들은 제일 예뻐. 내 몸을 바쳐 그들의 음료수가 되고 싶어. 나는 사냥하는 재미로 살아. 아니 그게 곧 내 목숨이야. 아버지의 피이기도 하고.

보렐리 반장님, 난 더 죽이고 싶지 않아요. 정말 죽이고 싶지 않다고요. 하지만 '아버지의 명예를 위해' 어쩔 수 없어요.

나는 이 세상을 사랑하고 싶어요. 사람들을 사랑해요. 나는 이 지구에 속하는 사람이 아니에요. 나를 야후의 나라**에 보내줘요. 퀸스 구민 여러분. 사랑합니다. 모두 즐거운 부활절을 맞길 빌어요. 이승과 저승에서 신의 가호가 있기를. 자 이제 그만 작별 인사를 할 시간이에요.

경찰들에게 경고한다.

나는 돌아올 것이다!

나는 돌아올 것이다!

이 말을 "탕! 탕! 탕! 탕!"으로 해석해도 좋다.

살인을 사랑하는
괴물로부터

무명의 데이비드 버코위츠는 일약 전국적인 유명인사가 되었다. 백여 명 이상의 형사들이 샘의 아들을 잡기 위해 구성된 오메가 특별 수사본부에 배치되었다. 알 수 없는 지껄임을 휘갈겨 쓴 편지질은 계속되었다. 신문사와 지미 브레슬린 등의 칼럼니스트를 포함한 여러 언론인에게 편지가 보내졌다. 뉴욕 시는 공포의 도가니가

---

* 악마의 귀신. 마태 복음 10-25.
** 《걸리버 여행기》에 나오는 마인국馬人國.

되었다. 하급 우체국 직원 데이비드 버코위츠는 우체국 사람들이 샘의 아들에 대해서 쑥덕거리면서도 정작 한 방에 같이 있는 진범을 못 알아본다는 사실이 너무나 재미있었다.

다음 공격은 퀸스의 베이사이드에서 발생했다. 그러나 남녀 모두 목숨을 건졌다. 닷새 뒤 브루클린에서 데이트를 한 남녀는 별로 운이 없었다. 스테이시 모스코위츠는 현장에서 즉사했다. 로버트 바이올런트는 목숨은 건졌지만 눈이 멀었다.

샘의 아들은 마지막 살인사건 직전에 포드 갤럭시를 소화전에 너무 가까이 주차했고, 결국 꼬리를 잡히고 말았다. 그 근처에 있던 목격자가 버코위츠에게 교통 법규 위반 딱지가 발부되는 것을 보았고, 고지서를 추적한 결과 데이비드 버코위츠를 잡게 된 것이다. 경찰이 들이닥치자 그는 이렇게 말했다고 한다. "드디어 찾아왔군요."

체포 직후 버코위츠는 '샘'은 이웃집 사람인 샘 카를 가리킨다고 말했다. 샘 카는 검은 래브라도 개(이름은 하비)를 기르고 있는데, 그 하비란 놈이 실은 3천 년 묵은 악마로, 자기에게 살인을 지령했다는 것이었다. 그는 실제로 22구경 총으로 하비를 쏘았는데, 개는 용케 살아났다. 정신의학계는 그를 즉각 편집증적 정신분열증 환자로 진단했고 그가 보낸 각종 편지에 대한 해석이 난무했다. 첫 번째 편지에서 언급한 '예쁜 공주'는 그가 살해한 여자인 도나 로리아를 가리키는 것이었다. 샘이 그 여자의 영혼을 사후에 구제해 주겠다고 약속했다는 얘기였다.

나는 편지의 내용보다 필적에 더 관심이 갔다. 첫 번째 편지는 글씨를 또박또박 썼으나, 그다음 편지는 점점 휘갈겨 써서 읽기가 거의 불가능했다. 잘못된 철자법도 점점 더 눈에 띄었다. 서로 다른 두 사람이 편지를 쓴 것 같았다. 나는 편지를 버코위츠에게 보여주었다. 그도 편지를 알아보지 못했다. 만약 사건 당시 내가 프로파일링 담당자였다면 편지의 필적이 바뀌는 과정에서 어떤 힌트를 얻었을지도 모른다. 범인이 위태로운 입장에 놓여 있고, 그래서 사소한 실수를 저지를 수 있다는 기미를 눈치챘을 것이다. 가령 위에서 언급한 소화전 앞의 주차가 그 좋은 예이다. 나는 이런 허약한 기미를 바탕으로 전향적인 전략을 수립했을 수도 있다.

버코위츠가 순순히 우리에게 자신의 얘기를 해준 까닭은, 우리가 그의 범행을 완벽히 파악하고 갔기 때문이었다. 면담을 시작한 지 얼마 안 되어 살인을 지시했다는 3천 년 묵은 개 얘기가 나왔다. 정신의학계는 그 개가 마치 중대한 해석의 단서라도 되는 것처럼 받아들였고, 그것이 버코위츠의 행동 동기를 모두 설명한다고 보았다. 그러나 그 개 얘기는 체포 전에는 단 한마디도 나오지 않았다. 그래서 나는 그 개 얘기를 이렇게 무시해버렸다. "이봐, 데이비드, 그 똥덩어리 같은 얘기는 집어치워. 그 개는 이 사건하고 아무런 관계도 없어."

그는 껄껄 웃더니 내 말이 맞다고 시인했다. 우리는 버코위츠의 편지에 대한 장문의 심리학 논문을 읽어보았다. 어떤 논문은 버코위츠가 에드워드 올비의 연극 〈동물원 이야기〉*에 나오는 제리와 비슷하다고 분석했다. 다른 논문은 편지에 쓰인 단어들을 분석하여 정신병리학적 특징을 찾아내려 했다. 그러나 교활한 버코위츠는 그들에게 스트라이크가 아닌, 까다로운 커브볼을 던졌을 뿐이

---

* 미국 극작가 올비의 희곡. 제리라는 젊은 동성연애자가 헤쳐나가기 힘든 현실 세계를 증오하고, 또 현재의 생활에 염증을 느낀 나머지, 뉴욕 센트럴 파크에서 만난 중년의 보통 시민에게 자기를 죽여 달라고 요청한다는 내용.

다. 그들은 멋모르고 스윙을 했고 결과는 스트라이크 아웃이었다. 우리는 버코위츠가 살인을 구체적으로 어떻게 저질렀는지에 초점을 맞추면서 면담을 진행했고 그 결과 다음과 같은 결론을 얻었다.

데이비드 버코위츠는 어머니와 다른 여자들이 자기를 홀대한 사실에 분개하고 있었다. 도대체 여자들 곁에 가면 어떻게 처신해야 할지 몰랐다. 그래서 엉뚱한 방식으로 여자를 소유하겠다는 어두운 환상이 독버섯처럼 자라났고 그것이 살인이라는 암울한 현실로 표출된 것이었다.

밥 레슬러가 미국사법연구소의 보조금을 잘 관리하고 앤 버제스가 우리의 면담 자료를 잘 편집한 끝에 1983년, 36인의 범죄자 연구를 완성할 수 있었다. 우리는 또한 118명의 피해자(주로 여자)의 자료도 수집했다.

이 연구를 시작으로 흉악범을 좀 더 잘 이해하고 분류할 수 있는 견고한 체계가 마련되었다. 우리는 범죄 수사상 처음으로 범행자의 마음속에 흐르고 있던 생각을 그가 현장에 남긴 증거와 서로 연결시키는 작업을 완수했다. 이런 체계적 연구는 흉악범을 더 효과적으로 추적하고 더 신속하게 체포하여 기소하는 데 결정적인 도움을 주었다. 또한 정신이상에 대한 오래된 질문에 대한 부분적인 대답이 되었고 '어떤 유형의 인간이 이런 짓을 저지를까?' 하는 질문에 얼마간의 해답을 주었다.

1988년 우리는 그 연구를 《성관련 살인 범죄: 형태와 동기》라는 제목으로 엮어 렉싱턴북스 출판사에서 냈다. 이 글을 쓰고 있는 현재 그 책은 7쇄에 들어갔다. 그러나 그 책의 결론에서 밝힌 바와 같이, 비록 우리가 상당한 사실을 알아내긴 했지만, '오히려 그것이 해답보다는 문제를 더욱 야기시키는 결과'를 가져왔다.

224

흉악범의 마음속으로 들어가는 여행길은 끊임없는 경탄과 통찰이 뒤따르는 발견의 길이다. 연쇄 살인범을 굳이 정의하자면 '성공적인' 살인범이라 할 수 있다. 범죄를 해나가면서 그 경험에서 자꾸만 배워나가기 때문이다. 그러니 우리 수사관들은 그들보다 더 빠른 속도로 배우지 않으면 안 된다.

살인범은 말을 더듬을 겁니다

1980년의 어느 날이었다. 나는 동네 신문에서 한 노파가 성추행을 당할 뻔했으며 심하게 구타당한 사건이 발생했다는 기사를 보았다. UNSUB는 노파가 키우던 개 두 마리를 칼로 무자비하게 찔러 죽였고 노파가 죽은 줄 알고 현장을 떠났다. 경찰은 범인이 사건 현장에서 상당히 오래 머물렀다는 것을 알아냈다. 지역 사회는 경악하면서 분노로 치를 떨었다.

나는 두 달 뒤 출장에서 돌아와 아내 팸에게 노파 사건이 해결되었느냐고 물었다. 팸은 아직 해결되지 않았고 유력한 용의자도 없는 상태라고 대답했다. 내가 읽은 기사 내용으로 미루어볼 때 해결 가능한 사건인 것 같아서 그것 참 안됐군, 하고 말했다. 그 사건은 연방경찰 관할이 아니었기 때문에 우리 수사지원부가 도움을 줄 형편은 아니었다. 그러나 동네 주민 자격으로 도울 수 있는 일은 없는지 알아보기로 했다.

나는 해당 경찰서를 찾아가 자기소개를 한 다음 서장에게 내 업무를 설명하고 사건을 맡은 형사들과 얘기를 나눌 수 있겠느냐고 요청했다. 서장은 순순히 내 요청을 받아들였다.

형사반장의 이름은 딘 마틴이었다. 잘 기억은 나지 않지만 배우 이름과 똑같아서 그의 이름을 놓고 아마도 농담을 한마디쯤 했던 것 같다. 딘 마틴은 범죄 현장 사진을 포함한 사건 서류를 내게 보여주었다. 노파는 정말 심하게 구타당했다. 나는 서류를 검토하면서 범인의 이미지와 범행 동기에 대해서 뚜렷한 감을 잡았다.

"저는 이렇게 생각합니다." 공손하지만 회의적인 태도를 보이던 형사들에게 이렇게 말했다. 범인은 16세나 17세쯤 된 고등학생이다. 늙은 여자가 희생자일 때는 경험이 별로 없고 자신의 범행 능력을 의심하는 청소년일 확률이 높다. 젊고 힘 좋고 도전적인 여성은 범인에게 벅찬 상대이다. 범인은 외모가 불결할 가능성이 크다. 머리도 잘 빗지 않고 부스스할 것이다. 사건 당일 부부싸움이 벌어져 어머니나 아버지가 그 애를 집에서 쫓아내 아마도 갈 데가 없었을 것이다. 잠깐 집에서 쫓겨나온 것이기 때문에 이런 상황에서 멀리 갈 수도 없다. 그러니 가까운 곳에서 손쉬운 은신처를 찾으려 했다. 친한 여자 친구나 남자 친구도 없는 외톨이일 가능성이 높다. 그러니 집안의 분란이 가라앉을 때까지 친구 집에서 묵으며 지낼 형편도 아니다. 비참하고 무기력하고 화난 상태에서 이리저리 배회하다가 노파의 집 앞을 지나게 되었다. 그는 과거에 노파의 집에서 일을 해주었거나 자질구레한 심부름을 해주었을지 모른다. 노파인지라 별로 힘이 없어서 만만한 상대라는 것도 알고 있다.

그래서 노파의 집에 침입했다. 하지만 노파는 겁을 먹고 반항을 하고 소리치기 시작했을 것이다. 그녀가 어떤 반응을 보였든 바로 그것 때문에 범인은 더욱 격렬해지고 깡다구가 생겼을지 모른다. 자신을 과시하면서 억센 사나이임을 보여주려 했다. 그는 그녀와 섹스를 하려 했을 것이다. 그러나 성공하지 못했다. 그래서 그녀를

227

구타하기 시작했다. 그러고는 조금 뒤 노파가 자기의 얼굴을 알아보았으니 죽여버리는 게 낫겠다고 판단했다. 그는 복면을 하고 있지 않았다. 그러니까 이 범죄는 계획된 것이 아니라 순간의 충동을 못 이겨 저지른 것이다. 노파는 목숨은 건졌지만 너무 심하게 부상당해 범인의 인상 착의를 기억하지 못했다.

노파를 구타하고 난 뒤, 그는 여전히 갈 데가 없었다. 그런데 노파는 더는 위협적인 존재가 아니었다. 밤에 그 노파를 찾아오는 사람도 없었다. 그래서 그 집에 그대로 머물면서 음식을 꺼내 먹고 마셨다. 격렬한 운동 탓에 대단히 배가 고팠으니까.

나는 하던 말을 중단하고 이 비슷한 용의자가 있느냐고 물어보았다. 만약 그런 자가 있다면 그가 범인일 거라고 말했다.

형사들은 서로 얼굴을 바라보았다. 어떤 형사는 미소를 지었다. "더글러스, 당신은 심령술사입니까?"

"아닙니다. 하지만 심령술사라는 이름을 걸고 이런 일을 하면 더 쉬웠겠죠."

"실은 2주 전에 비벌리 뉴턴이라는 여자 심령술사를 초빙한 적이 있었습니다. 그녀도 당신과 비슷한 얘기를 하더군요."

게다가 나의 인물 묘사는 노파의 이웃에 사는 어떤 사람과 딱 들어맞았다. 그래서 그자를 순간적으로 떠올렸다는 것이다. 나와 헤어진 뒤 경찰은 그를 다시 심문했다. 그러나 용의자로 지목할 만한 결정적 증거가 없는 데다 자백을 이끌어내지 못했다. 심문이 있고 난 직후, 남자는 그 지역을 떠나버렸다.

경찰서장과 형사들은 심령술사도 아닌 내가 어떻게 그런 구체적인 시나리오를 만들어낼 수 있는지 궁금해했다. 물론 당시 나는 충분한 프로파일링 경험을 갖고 있었다. 각종 유형의 흉악범 사례를 충분히 연구했고, 어떤 유형의 인물이 어떤 종류의 범죄를 저지른다는 뚜렷한 범죄 패턴이 머릿속에 들어 있었다. 그러나 범인의 프로 파일을 집어내는 작업은 절대 표준화된 절차가 아니다. 만약 정형화된 자료에 의거해 기계적으로 이루어지는 작업이라면 교본을 마련하여 프로파일링을 가르칠 수도 있고, 모의 범죄 사건에 대한 범죄자의 특성을 지시하는 컴퓨터 프로그램을 만들어 전국 경찰서에 배부할 수도 있을 것이다. 그런데 문제는 컴퓨터만으로 충분하지 않다는 데 있다. 물론 우리는 프로파일링 작업을 하면서 컴퓨터를 많이 사용한다. 또 컴퓨터의 도움으로 정말 멋진 자료를 얻기도한다. 그렇지만 조금만 복잡해지면 컴퓨터는 일을 제대로 해내지못한다. 이것은 앞으로도 별로 달라지지 않을 것이다. 프로파일링은 글 쓰는 일과 비슷하다. 컴퓨터에 문법과 구문, 문체 등의 자료를 입력해놓았다고 해서, 컴퓨터가 자동으로 글을 써주지는 못하는 것이다.

나는 사건을 맡으면 관련 증거와 사건 보고서, 현장 사진과 설명, 피해자 진술서, 부검 소견서 등을 모두 수집한다. 그리고 그 자료들을 숙독한 다음, 범인의 마음속으로 걸어 들어가려고 노력한다. 범인처럼 생각하려고 애쓰는 것이다. 범인의 마음속으로 걸어들어가는 구체적 과정을 설명하라고 요구한다면, 그건 나도 잘 설명할 수가 없다. 가령 《양들의 침묵》을 쓴 토머스 해리스의 예를들어보자. 그는 지난 여러 해 동안 범죄 사실과 관련해 나에게 많은 자문을 받았다. 물론 그런 자문이 소설을 쓰는 데 어느 정도 도움이 되었을 것이다. 하지만 막상 해리스 자신에게 어떤 과정을 거쳐 소설 속의 인물들을 창조해냈는지 설명하라고 요구하면, 그도우물쭈물 잘 대답하지 못할 것이다. 그는 아마도 쓰다보니 작중 인물이 떠올랐다고 대답할 것이다.

범인의 프로파일링을 어떻게 만들어내느냐고 물어본다면, 나도 해리스처럼 대답할 수밖에 없다. 물론 프로파일링 작업에 심령술사 같은 측면도 있을 것이다. 부인하지는 않겠다. 그러나 좀 더 정확하게 말한다면 그런 측면은 창조적 사고의 본질적 부분이고, 이런 사고의 비약이 있기 때문에 기존의 수사 방식과는 다른 접근을 제공할 수 있는 것이다. 때로는 심령술사도 수사에 도움이 된다. 나는 심령술이 통하는 것을 현장에서 직접 보았다. 일부 심령술사는 범죄 현장의 세밀한 구석에 잠재의식적으로 집중하는 능력이 있었고, 그런 면에서 논리적인 결론을 도출하기도 했다. 실제로 심령술사의 이런 측면은 내가 작업에 임하는 방식, 부하들에게 가르치는 방식과 유사하다.

그러나 나는 수사관들에게 심령술사는 마지막 수단으로 이용해야 한다고 조언해왔다. 만약 어쩔 수 없이 심령술사를 쓰게 된다면, 사건을 잘 아는 경찰관이나 형사에게 접근하지 못하게 하라고 일러주었다. 왜냐하면 똑똑한 심령술사는 사소한 몸짓 단서를 잘 찾아내고, 그렇게 해서 경찰이 이미 알고 있는 사실을 넘겨짚어 수사관들을 놀라게 하기 때문이다. 즉 경찰이 이미 알고 있는 사실을 바탕으로 경찰이 미처 눈을 돌리지 못하거나 알아내고 싶어하는 분야를 지적해줌으로써, 마치 심령술을 이용해서 알아낸 것처럼 가장하는 것이다. 애틀랜타 어린이 연쇄 살인사건의 경우, 전국에서 수백 명의 심령술사가 애틀랜타 경찰서에 나타나 협조를 하겠다고 나섰다. 그들은 살인범과 살인 방법에 대하여 그럴듯한 설명을 여러 가지 내놓았다. 그러나 나중에 범인을 잡고 보니 그들의 설명은 실제와는 아주 동떨어진 것이었다.

내가 동네 경찰서 사람들을 만나 프로파일링 조언을 해주던 그 무렵, 샌프란시스코 만 주위의 경찰서들은 한 연쇄 살인사건과 관련하여 내 조언을 구해왔다. 당시 샌프란시스코 일대의 등산로 주변 삼림이 울창한 지역에서 연쇄 살인사건이 벌어졌다. 언론은 그 사건의 UNSUB를 '등산로 살인범'이라고 명명했다.

이 사건은 1979년 8월에 시작되었다. 은행 중역이며 운동선수처럼 보이는 44세의 에다 케인은 금문교와 샌프란시스코 만이 내려다보이는 아름다운 타말파이스 산(일명 잠자는 숙녀) 동쪽 등성이의 한적한 등산로를 올라가다 실종되었다. 케인이 밤이 되어도 귀가하지 않자 걱정이 된 남편이 경찰에 신고했다. 그녀의 시체는 다음 날 오후 수색견에 의해 발견되었다. 한쪽 양말만 신은 알몸으로 고개를 숙인 채, 목숨을 구걸하듯 끓어앉은 자세를 하고 있었다. 검시의는 뒷머리를 관통한 한 발의 총알이 사인이라고 판정했다. 성추행을 당한 흔적은 없었다. 살인범은 석 장의 신용카드와 현금 10달러는 가져갔지만, 결혼 반지와 기타 귀금속은 그대로 두었다.

1980년 3월. 23세의 바버라 시워츠의 시체가 역시 타말파이스 산에서 발견되었다. 가슴을 무수히 찔렸고 역시 끓어앉은 자세였다. 1980년 10월. 산 주변으로 조깅을 나간 앤 올더슨(26세)이 귀가하지 않았다. 그녀의 시체는 다음 날 오후에 발견되었다. 오른쪽 측두에 총상이 뚜렷했다. 앞의 두 희생자와는 달리, 올더슨은 옷을 그대로 입고 얼굴을 든 채, 바위에 기대 있었다. 없어진 것은 금으로 된 귀고리뿐이었다. 타말파이스 산에서 기거하는 공원 관리인 존 헨리는 사건 당일 아침 그녀가 공원의 반원 극장에 혼자 앉아 일출을 보고 있었다고 증언했다. 다른 두 증인은 에다 케인의 시체가 발견된 장소에서 반 마일도 떨어지지 않은 곳에서 그녀를 목격했다고 말했다.

가장 유력한 용의자는 마크 맥더먼드였다. 그의 병약한 어머니와 정신분열증을 앓고 있는 형은 타말파이스 산에 있는 오두막에서 총에 맞아 사망했다. 마크 맥더먼드는 11일 동안 도망다니다가 마린 카운티 형사반장 로버트 개디니에게 자수했다. 형사들은 그가 가족을 살해했다는 사실은 입증할 수 있었다. 비록 맥더먼드가 중무장을 하고 있었지만, 그의 총은 등산로 사건에서 사용된 44구경 혹은 38구경과는 다른 것이었다. 그리고 등산로 살인사건은 맥더먼드가 잡힌 후에도 계속되었다.

1980년 11월. 쇼나 메이(25세)는 샌프란시스코에서 북쪽으로 몇 마일 떨어진 포인트 레이스 공원에서 다른 두 명의 친구와 만나기로 했지만 나타나지 않았다. 이틀 뒤 수색팀은 얕은 구덩이에서 메이의 시체를 발견했다. 그녀의 시체 옆에는 한 달 전인 1980년 10월 공원에서 실종된 뉴욕 여성 다이애나 오코넬(22세)의 부패한 시체가 함께 있었다. 두 여자 모두 머리에 총을 맞았다. 같은 날, 공원에서 두 구의 시체가 더 발견되었다. 리처드 스토워스(19세)와 그의 약혼녀 신시아 모어랜드(18세)였다. 이들은 10월 중순부터 실종 신고가 되어 있었다. 수사관들은 이들 약혼자가 앤 올더슨과 마찬가지로 콜럼버스 기념일 주간에 사살되었다고 판단했다.

등산로 살인사건은 초기부터 샌프란시스코 일대를 공포의 도가니로 몰아넣었고 숲속에 혼자, 특히 여자 혼자 들어가지 마라는 경고문이 여기저기 나붙었다. 그러나 같은 날 네 구의 시체가 동시에 발견되자 샌프란시스코는 그야말로 아수라장이 되었고 생지옥이나 다름없어졌다. 마린 카운티의 보안관 G. 앨버트 하웰스타인 2세는 여러 증인들에게 피살자들이 살해 직전 남자들과 함께 있는 것을 보았다는 정보를 수집했다. 그러나 나이라든가 얼굴 특징 같은 중요 사항에 대해서는 제보가 서로 엇갈렸다. 단건 살인의 경우에도 증언이 엇갈리는 일은 빈번한데, 다중 살인은 더 말할 것도 없었다. 바버라 시워츠의 피살 현장에서는 원시와 근시에 모두 쓰이는 안경이 한 짝 발견되었다. 그 안경은 살인범의 것이 틀림없었다. 보안관 하웬스타인은 그 안경의 특징을 적은 전단을 인근 검안사들에게 뿌렸다. 안경테는 형무소에서 지급된 것이었다. 그래서 개디니 반장은 최근 석방된 성범죄 전과자들의 신원을 파악하기 위해 캘리포니아 주 법무부를 접촉했다. FBI의 샌프란시스코 지국을 포함, 여러 치안 기관들이 수사에 적극적으로 뛰어들었다.

언론에서는 등산로 살인범이 조디악 살인범*과 동일인일지도 모른다고 예측했다. 조디악 살인범은 1969년 이래 활동이 없었다. 그러니까 조디악 살인범이 그동안 다른 범죄로 형무소에 들어가 있다가 1980년 무렵에 부주의한 교정 당국에 의해 가석방되었는지도 모를 일이었다. 그러나 등산로 살인범은 조디악 살인범과 달리 경찰에 조롱 편지를 보내거나 경찰과 접촉하려 하지 않았다.

하웬스타인 보안관은 내퍼**의 심리학자 R. 윌리엄 매티스를 초빙하여 심리 분석을 의뢰했다. 매티스 박사는 사건의 의식적 측면을 중시하여 범인이 시체에서 기념물을 가져갈 것이라고 예측했다. 용의자로 떠오른 사람을 일주일 정도 미행하면 그 기념물이나 살인 무기 혹은 기타 증거가 있는 곳으로 경찰을 안내할 가능성이 있다고 했다. 그런 증거를 확보하면 체포가 용이할 터였다. 범인의

---

* 1960년대에 북부 캘리포니아에서 악명을 떨친 살인마. 신문사에 보낸 편지에서 자신이 37명을 죽였다고 밝혔다. 아직 잡히지 않았다.
** 와인이 많이 나는 서부 캘리포니아의 도시.

인상이나 행동 특징에 대해서는, 성격이 서글서글하고 잘생긴 남자일 거라고 예측했다.

매티스 박사의 조언에 따라, 하웰스타인과 개디니는 남자 공원 관리인을 여자 등산객으로 변장시켜 사건 현장에 투입하는 등 여러 가지 전향적인 수사 전략을 세웠다. 그러나 결과는 신통치 않았다. 사건을 해결하라는 여론의 압박은 점점 거세졌다. 보안관은 지역 주민을 상대로 중간 보고를 했다. 살인범은 잠복하고 있다가 희생자를 덮쳐서, 여러 가지 심리적 고문을 가한 다음(가령 살려달라고 무릎 꿇고 애원하게 만드는 따위) 죽이는 것 같다고 발표했다.

FBI 산라파엘 일인지국은 콴티코에 도움을 요청하면서 로이 헤이즐우드를 먼저 접촉했다. 로이는 성폭행 사범 전문가였다. 다정하고 자상한 로이는 등산로 사건으로 큰 충격을 받고 있었다. 강의실 건물에서 내셔널 아카데미 강의를 끝내고 사무실로 돌아가면서 로이가 걱정스런 목소리로 내게 그 사건을 언급한 것도 기억난다. FBI와 10여 개 현지 경찰서가 공동으로 사건 수사를 하고 있는데도 충분하지 않다면서 걱정하는 표정이 역력했다. 그는 자신이 직접 그 사건을 담당해, 범인을 검거하여 재판정에 세울 수 있다면 얼마나 좋겠느냐며 아쉬워했다.

그러나 로이는 나와는 입장이 달랐다. 그는 하루종일 강의를 해야 하는 몸이었다. 나는 당시 강의는 거의 하지 않고 행동과학부 소속으로 유일하게 각종 사건을 맡아서 활발한 프로파일링 업무를 하고 있었다. 그래서 로이는 내게 자기 대신 샌프란시스코로 내려가 현지 사정을 파악한 뒤 현지 경찰에게 조언을 해달라고 간곡히 부탁했다.

이미 앞에서 말한 것처럼 FBI가 사건에 개입하면 종종 현지 경찰이 못마땅하게 여기는 경우가 있었다. 이것은 후버 시대의 잘못된 유산이었다. 당시에는 유명 사건이 발생하면 FBI가 마지막 순간에 뛰어들어 공로를 가로챈다는 일선 경찰서의 피해 의식이 컸다. 우리 부서는 현지 경찰이든 혹은 현지에 나가 있는 FBI 지국이든 일차 수사 담당 기관의 요청이 없으면 사건에 개입하지 못하게 되어 있었다. 그러나 등산로 살인의 경우, 일차 수사기관인 마린 카운티 경찰서가 수사 초기부터 FBI의 도움을 요청했다. 또 그 사건이 언론에 집중 보도되다보니, 경찰서로선 나 같은 사람이 무대에 등장하여 잠시나마 여론의 포화를 감당해준다면 그나마 감지덕지하겠다는 심정이었다.

나는 마린 카운티 경찰서로 내려가 사건 관련 자료와 현장 사진을 모두 검토했다. 그중 마린 카운티 경찰서의 형사반장 리치 키턴이 말해준 한 가지 사실은 특히 주목할 만했다. 등산로 살인은 잎사귀가 무성하여 하늘을 가릴 정도로 울창한 숲속에서만 저질러졌다는 사실이었다. 그 현장은 차로는 들어갈 수 없고 적어도 2킬로미터 이상 걸어가야만 나오는 곳이었다. 그중 앤 올더슨의 피살 현장만이 공원의 반원 극장에서 지름길이 되는 도로와 약간 가까운 편이었다. 이런 사실들은 범인이 현지인이고 공원의 지리를 잘 아는 자임을 보여주는 것이었다.

나는 마린 카운티 경찰서의 대연수실에서 브리핑을 했다. 연수실의 좌석은 의과대학의 강의실처럼 반원형 부채꼴로, 위로 갈수록 높아졌다. 연수실에 들어온 50~60명 중 약 10명이 FBI요원이었고, 나머지는 현지 경찰관이거나 형사였다. 둘러보니 머리가 희끗희끗한 사람도 몇 명 보였다. 범인을 잡기 위해 이미 은퇴한 수사관들도 수사본부에 다시 불러들인 것 같았다.

나는 제일 먼저 기존의 프로파일에 의문을 제기했다. 범인이 잘생기고 매력적이고 세련된 유형이라는 프로파일을 받아들일 수 없다고 반박했다. 희생자의 가슴을 칼로 여러 번 내리 찌른 것이라든지, 뒤에서 전격적으로 살해한 수법 등을 보면 비사교적인(반드시 반사회적이라고 단정할 수는 없지만) 인간임을 알 수 있다. 범인은 외톨이인 데다 자신감이 없고 언변도 시원찮다. 멋진 말로 여자들의 마음을 사로잡아 원하는 것을 얻어낼 능력이 없는 자다. 여자 등산객들은 모두 몸매가 날렵했다. 그러므로 뒤에서 전격적으로 해치우는 수법만이 피해자들의 반항을 사전에 제압할 수 있는 유일한 방법이었을 것이다.

이들 범죄는 피살자를 개인적으로 아는 사람의 소행이 아니다. 살해 장소는 외따로 떨어져 잘 보이지 않는 곳이었다. 그러니까 살인범은 이런 외진 곳에서 자신의 환상을 제멋대로 현실화시킬 시간이 충분히 있었다. 사람의 눈에 띌 염려가 없는데도 전격적인 기습 작전을 썼다. 게다가 피해자들을 강간하지 않고 사살 후 시체를 유기했을 뿐이다. 범인이 자위를 했는지는 몰라도 섹스는 하지 않았다. 희생자들은 나이 분포와 몸매가 다양했다. 말 많고 뺀질뺀질한 테드 번디와는 달리, 범인은 특정 타입의 여자를 고집하지 않았다(번디는 길고 검은 머리를 중간에서 가른 예쁜 여대생만을 고집했다). 등산로 살인범은 그물에 붙잡힌 벌레를 닥치는 대로 해치우는 거미처럼 무작위 범행을 했다. 나는 50~60명의 수사관을 상대로 범인은 성장 배경이 아주 나쁜 자일 거라고 말했다. 전과자일 거라는 개디니 서장의 말에도 동의했다. 강간, 강간미수의 전과는 있겠지만 등산로 살인 이전에 살인행위는 없었을 것이다. 등산로 살인행각을 벌이기 직전에 뭔가 스트레스 요인이 있었다. 피살자가 모두 백인이므로 범인도 백인일 것이다. 범인은 블루 칼라 기계공이거나 기능공일거라고 추측했다.

효율적으로 살인을 하고 지금껏 경찰의 수사망을 피해나간 결로 보아 나이는 최소한 30대 중반일 것이다. 머리도 꽤 좋은 편이다. 지능 지수 검사를 한다면 틀림없이 보통 이상이다. 범인의 성장 배경에는 야뇨증, 방화, 동물학대의 삼위일체형 경험이 있거나 못해도 그중 두 가지 경험이 있을 것이다.

나는 그렇게 프로파일을 소개한 다음 잠시 뜸을 들였다가 말을 이어갔다. "그리고 한 가지 더 있습니다. 범인은 말을 더듬을 겁니다."

연수실에 앉아 있는 사람들은 내 말이 참으로 황당무계하다는 듯 이상한 표정이나 몸짓을 취했다. 그들은 그동안 죽 생각해왔던 것을 이제 노골적으로 표시하는 듯했다. '이 친구, 무슨 개소리야' 와 같은 말로.

"무슨 근거로 그렇게 말하는 겁니까? 시체에 '말더듬이' 상처라도 있다는 얘깁니까?" 한 경관이 냉소적으로 물었다. 그는 '말더듬이 상처'라는 멋진 조어가 어떠냐는 듯이 빙그레 웃어 보이기까지 했다.

나는 그런 냉소와 비아냥을 참아 넘기면서 찬찬히 설명해나갔다. 이것은 피살사건의 모든 측면을 감안한 연역적, 귀납적 추리의 결과였다. 나는 모든 요소를 검토한 끝에 그렇게 결론 내렸다. 인적이 드문 한적한 곳을 범행 현장으로 골랐다는 사실, 희생자를 일부러 골라내어 범행 현장까지 유혹해 데려온 것이 아니라는 사실, 느닷없이 나타나 기습전을 펼쳤다는 사실. 이런 사실은 범인에게 숨기고 싶은 혹은 불편하게 느끼는 장애가 있음을 말해주는 것이다. 그러니까 전혀 의심하지 않는 여자에게 몰래 다가가 무조건 제 압한 다음 자기 마음대로 처리하는 범행방식이, 범인의 타고난 혹 은 획득된 장애를 극복하는 길이었다.

물론 말더듬이가 아닌 다른 장애나 질병일 수도 있다. 그 정도의 양보는 할 수 있다. 심리적으로나 행태학적으로 볼 때 이 범인은 매우 못생긴 남자이다. 여드름 자국이 너무 심하거나, 다리를 절거 나, 사지가 일부 없을 수도 있다. 그러나 지금까지 벌어진 살인사 건을 검토해볼 때 사지가 없다거나 심한 불구라는 가정은 배제해 야 한다. 만약 범인이 눈에 띄는 불구였다면, 이 사건에 관련된 증 인이나 목격자들이 이미 그런 뚜렷한 특징을 발견했을 것이다. 그 러나 말더듬이는 사정이 다르다. UNSUB에게는 굉장히 부끄럽고 불편한, 그래서 정상적인 사교 활동에 어려움을 주는 장애이지만, 육체적 불구와는 달리 군중 틈에서 '눈에 띄지' 않는다. 범인이 입 을 열어야만 비로소 인식될 수 있는 것이다.

이상이 '말더듬이론'에 대한 나의 설명이었다. 그러나 사건을 빨 리 해결하라는 여론과 언론의 집중 포화를 맞고 있는 노련한 수사 관들을 상대로 그런 조언을 하는 것은, 한꺼번에 큰 돈을 판에 거 는 도박과 같았다. 그렇지만 수사관이라고 해서 늘 유리한 입장에 놓이는 것은 아니다. 가끔 진짜 수사관은 자기의 명예를 걸고 진검 승부를 벌여야 할 때가 있다. 그날 오후 연수실에 앉아 있던 경관 들도 모두 그런 긴박한 상황에 처해 있었다. 그래서 그중 한 경관 이 내게 이렇게 물었다.

"더글러스, 당신의 추리가 맞지 않으면 어떻게 할 겁니까?"

"몇 가지 점에서는 틀릴 수도 있습니다. 나이, 직업, 지능 지수 등이 약간씩 틀릴 수도 있겠지요. 그렇지만 그가 백인이라는 것,

정상적인 섹스를 즐기는 사람이 아니라는 것, 육체노동자라는 것 등은 틀리지 않을 자신이 있습니다. 그리고 등산로 살인범은 정말 괴로워하는 장애를 갖고 있는 게 틀림없습니다. 물론 말더듬이가 아닐 수도 있어요. 하지만 내 수사 경험으로 미루어볼 때, 그가 말을 더듬을 거라고 생각합니다."

브리핑을 마쳤는데도 그들에게 어느 정도 말발이 먹혀들었는지, 또 얼마나 효과적이었는지 알 수가 없었다. 그러나 한 경관이 나중에 내게 다가와 이렇게 말했다. "존, 당신이 정말 옳은지 어쩐지는 모르겠군요. 하지만 당신은 사건 수사에 어떤 방향을 제시했습니다." 그런 다정한 말을 듣는다는 것은 기분 좋은 일이었다. 하지만 우리는 최종적인 수사 결과가 나올 때까지 숨죽이며 기다려야 한다. 우리의 프로파일링이 정말 맞는지 어쩐지 조바심치며. 나는 콴티코로 돌아왔고 샌프란시스코 만 일대 각급 경찰서의 합동 수사본부는 수사를 계속해나갔다.

1980년 3월 29일. 등산로 살인범은 또다시 범행을 저질렀다. 이번에는 산타크루즈 근처의 헨리 코웰 레드우즈 주립공원에서 젊은 남녀에게 총격을 가했다. 범인이 데이비스 소재 캘리포니아 대학교 2학년인 엘렌 마리 핸슨(20세)을 강간하려 하자, 그녀는 격렬하게 저항했다. 그러자 38구경 권총을 꺼내 그녀를 사살하고 애인 스티븐 해틀에게 중상을 입혔다. 범인은 해틀이 죽은 줄 알고 현장을 떠났다. 그러나 해틀은 살아났고 범인이 고르지 못한 누런 이빨의 남자였다고 부분적인 인상착의를 말했다. 경찰은 이 정보와 다른 증인의 제보를 종합하여 빨간색 최신 모델 수입차(피아트)를 몰고 다니는 남자를 짚어냈다. 그런데 이런 인상 착의는 지난번에 수집된 정보와는 많이 달랐다. 해틀은 범인이 50대 후반이나 60대 초반으로 대머리인 것 같다고 말했다. 해틀이 죽음을 모면한 현장에서 수거된 탄피로 탄도 측정을 해보니 등산로 살인범의 것과 동일했다.

1980년 5월 1일. 예쁘고 금발인 헤더 록산 스캐그스(20세)가 실종되었다. 그녀는 새너제이 미술 전문학교의 학생이었다. 그녀의 남자친구, 어머니, 룸메이트는 그녀가 학교의 산업미술 선생인 데이비드 카펜터와 함께 나갔다고 말했다. 데이비드가 자기 친구에게 싼값에 차를 사주겠다고 그녀에게 제안했다는 것이었다. 데이비드 카펜터는 이런 유형의 살인행위에는 어울리지 않는 연령인 50세였다.

그때부터 여러 가지 단서가 하나의 초점으로 딱딱 맞아들어가 수사망이 좁혀지기 시작했다. 카펜터는 배기 파이프가 약간 찌그러진 붉은 피아트를 몰고 다녔다. 이 정보는 경찰이 일부러 언론에 공개하지 않은 비장의 카드였다.

데이비드 카펜터는 훨씬 이전에 정체가 노출되어 체포될 수도 있었다. 그러나 운 좋게도 빠져나갔고, 여러 경찰서의 관할 지역을 넘나들었기 때문에 추적이 용이하지 않았다. 그는 성범죄로 복역한 전과가 있었다. 아이러니하게도 그는 캘리포니아 주 가출옥 기록에 성범죄 전과자로 나타나지 않았다. 그 이유는, 연방선고 형량을 복역하기 위해 캘리포니아 주에서 가출옥된 것으로 등재되어 있었기 때문이다. 이미 형무소에서 풀려나와 있었지만 기록상으로는 연방정부가 구금 중인 것으로 되어 있었다. 그러니까 연방정부와 주 정부의 틈새에서 교묘하게 공중에 떠 있었던 것이다. 또 다른 아이러니는 카펜터와 두 번째 피살자인 바버라 시워츠(바버라의 살해 현장에 카펜터의 안경이 떨어져 있었다)가 같은 검안사에게서 시력을 측정받았다는 것이다. 그런데 불운하게도 마린 카운티 경찰서가 뿌린 안경 전단을 그 검안사는 보지 못했다.

또 다른 증인도 나섰다. 텔레비전에서 데이비드 카펜터의 몽타주 사진을 본 노파가 데이비드가 20년 전 여객선의 사무장으로 일했다고 증언했다. 당시 그녀는 아이들을 데리고 일본으로 가기 위해 그 배에 탔다고 했다. 그 사무장이라는 자가 어린 딸에게 이상할 정도로 추파를 던져 '오싹'했던 기억이 지금도 새롭다고 말했다.

글렌파크 컨티넨털 상호신용금고의 댈리시티 지점의 지점장인 피터 베레스도 증언했다. 그 신용금고에서 아르바이트로 일하던 고등학생 안나 켈리 멘지바르는 예쁘고 싹싹하고 믿음직한 창구 직원이었다. 그녀는 1979년 12월 밤늦게 집에서 나가 실종되었다. 안나는 과거엔 등산로 살인사건과 관계없는 것으로 분류되었는데, 그녀의 시체도 타말파이스 산 공원에서 발견되었다. 피터는 안나가 말을 심하게 더듬는 단골 손님에게 아주 친절하게 대해주었다고 했다. 그런데 베레스트 지점장은 그 말더듬이 손님이 1960년 샌프란시스코 북쪽의 군사 기지인 프레지디오에서 젊은 여자를 습격하다가 체포되었다는 사실을 나중에 알게 되었다.

새너제이 경찰서와 FBI는 데이비드 카펜터를 감시하다가 체포했다. 그는 못살게 굴고 마구 때리는 어머니와, 때리지는 않지만 말로 못살게 구는 아버지 사이에서 고통을 받으며 자란 아이였다. 보통 지능 이상의 아이였으나, 학교 다닐 때 심한 말더듬이 증상 때문에 놀림과 괴롭힘을 받았다. 또 어린 시절부터 심한 야뇨증과 동물학대 증세를 보였다. 어른이 되어서는, 소년 시절의 분노와 좌절이 예측하기 어려운 격렬한 분노와 채워지지 않는 섹스 탐닉으로 바뀌었다.

프레지디오에서 칼과 망치로 여자를 공격한 혐의로 체포되어 복역한 첫 번째 범죄는 이미 위에서 말한 바와 같다. 그는 파탄 일로를 걷던 결혼 생활에 첫 아이가 태어나 스트레스 요인이 더욱 높아지자, 이기지 못하고 범죄를 저질렀다. 여자를 공격할 때와 잔인하게 죽이는 동안에는 그 심한 말더듬이 증세가 보이지 않았다고 살아남은 희생자가 증언했다.

내셔널 아카데미 졸업생들의 협조 요구가 쇄도했기 때문에, 1978년 FBI 국장 윌리엄 웹스터는 행동과학부 소속 강사들에게 심리 프로파일링을 해줘도 좋다는 공식 승인을 내렸다. 그리고 1980년대 초가 되자 프로파일링은 아주 인기 있는 서비스가 되었다. 나는 강의는 맡지 않고 전적으로 프로파일링 업무에만 매달렸고, 밥 레슬러나 로이 헤이즐우드 등의 강사들은 강의 시간이 비는 대로 거들어주었다. 우리는 프로파일링 업무에 자부심을 갖고 있었고 상당한 성과를 거두었다고 자체 평가했다. 그렇지만 FBI 고위직 인사들은 프로파일링 업무에 인원을 배당하는 것이 FBI 자원과 인력을 적절히 활용하는 것인지에 대해서는 확신하지 못했다. 그래서 1981년 FBI 연구발전부는 당시 심리 프로파일링 프로그램이라고 부르던 업무의 손익분석 작업에 착수했다. 전 행동과학부장 하워드 테텐이 전보되어 이 부서의 책임자를 맡았다. 비공식적으로 아는 사람에게만 프로파일링 협조를 해줌으로써 우연히 이업무를 발족시켰던 테텐은 그 업무가 정말 효과가 있는지, 그리고 본부에서 계속 밀어줘야 하는지 알고 싶어했다.

그래서 관련 질문서를 만들어 프로파일링 서비스를 받은 치안 기관의 고위직이나 형사들에게 보내 의견을 들어보자고 했다. 치안 기관에는 시 경찰서, 카운티 경찰서, 주 경찰서, 보안관 경찰서,

FBI 지국, 고속도로 순찰대, 주 수사기관 등이 망라되었다. 각급 경찰서에서 콴티코에 프로파일링 협조를 의뢰하는 사건은 살인사건이 압도적으로 많았지만, 연구발전부는 강간, 납치, 강탈, 위협, 유아 학대, 인질 상황, 우연사, 자살 등에 대한 우리의 협조 사항 관련 자료도 수집했다.

당시 수사국 내에서도 프로파일링이라는 용어는 뜬구름 잡는 것, 애매모호한 것, 확실한 증거에 의하지 않은 것, 그래서 믿을 수 없는 것 등으로 인식되고 있었다. 사람들은 대부분 요술 혹은 흑마술 정도로 생각했다. 어떤 사람은 빛 좋은 개살구라고 생각했다. 그래서 연구발전부의 조사 결과, 프로파일링에 의해 좋은 성과와 결실이 없었다는 판단이 나오면 행동과학부의 프로파일링 업무는 전면 폐지될지도 모를 일이었다.

1981년 12월 드디어 조사 결과가 나왔다. 우리는 결과를 알고 적이 안심하고 또 고맙다는 생각이 들었다. 전국의 수사관들은 우리의 업무를 전폭적으로 지지해주었고, 프로파일링 프로그램을 계속하라고 촉구했다. 조사 보고서 권두 편지의 마지막 단락은 그것을 잘 보여준다.

조사 결과 프로파일링 프로그램이 우리가 생각한 것보다 훨씬 큰 성공을 거두었음이 드러났다. 그런 훌륭한 업무를 수행한 행동과학부는 표창받아 마땅하다.

전국의 형사들은 용의자의 범위를 좁히고 수사의 방향을 족집게처럼 짚어내는 데 우리가 큰 도움이 되었다고 말했다. 그 구체적인 사례가 프랜신 엘버슨 피살사건이었다. 1979년 10월. 뉴욕 시 브롱크스 지구에서 프랜신 엘버슨(26세)이 잔인하고 끔찍하게 피살된 사건이 발생했다. '샘의 아들' 데이비드 버코위츠가 엽기적 살인행각을 벌이던 곳에서 얼마 떨어지지 않은 지역이었다. 뉴욕 경찰서의 일부 수사관들은 샘의 아들의 추종자가 모방 범행을 저지른 게 아닌가 하는 우려를 표명했다. 우리는 프랜신 엘버슨 사건을 콴티코 내셔널 아카데미의 강의 중 시범 케이스로 가르쳤다. 어떻게 프로파일링이 준비되었고, 어떻게 현지 경찰이 장기 미제 사건이었던 프랜신 사건을 해결했는지 보여주는 좋은 사례였기 때문이다.

프랜신 엘버슨은 인근 탁아소의 장애아동들을 돌봐주는 보육 교사였다. 152센티미터가 채 안 되는 키에 40킬로그램의 가녀린 몸매인 그녀는 장애아동들을 아주 귀여워하고 사랑해주는 좋은 선생님이었다. 아마도 그녀 자신이 경미한 곱추 장애자라는 사실도 한 가지 이유가 되었을 것이다. 수줍음을 잘 타고 그리 사교적이지 못한 그녀는 펠햄 파크웨이 하우스 아파트에서 부모와 함께 살았다.

그녀는 평소처럼 아침 6시 30분에 출근을 했다. 8시 30분쯤 같은 아파트에 사는 열다섯 살 난 소년이 3층과 4층 사이의 층계참에서 그녀의 지갑을 발견했다. 소년은 황급히 학교로 가는 길이었으므로 지갑을 갖고 학교에 갔다가 점심 때 집에 와서 아버지에게 주었다. 아버지는 그날 오후 3시쯤 프랜신 엘버슨의 아파트로 가서 그녀의 어머니에게 지갑을 건네주었다. 어머니는 지갑을 찾았다는 사실을 알려주기 위해 탁아소로 전화를 걸었다. 그리고 그제야 딸이 출근하지 않았다는 사실을 알았다. 깜짝 놀란 어머니와 자매들 그리고 이웃 사람이 아파트 주위를 뒤지기 시작했다.

아파트 옥상의 층계 근처에서 그들은 끔찍한 광경을 목도했다.

프랜신의 알몸은 둔기로 무수하게 난타당한 채 버려져 있었다. 검시의는 나중에 그녀의 턱, 코, 뺨이 심하게 골절되었고 이빨은 모두 흔들린다고 지적했다. 자신의 허리띠와 스타킹으로 허리와 발목이 묶여 있었고 양팔은 쫙 벌리고 있었다. 검시의는 결박당하기 전에 그녀가 이미 사망했다고 판단했다. 피살 후 절단된 젖꼭지는 가슴 위에 놓여 있었다. 그녀의 팬티는 위로 벗겨져 얼굴을 덮고 있었다. 허벅지와 무릎에는 꽉 깨물은 치흔이 남아 있었다. 신체 여기저기의 얇은 열상裂傷은 작은 주머니칼로 쿡쿡 찌른 것이었다. 그녀가 출근할 때 들고 나갔던 우산과 펜이 질구에 꽂혀 있었고 그녀의 빗은 음모 중간에 빗다 만 것처럼 꽂혀 있었다. 그녀가 걸고 있던 귀고리는 떼어내져, 머리 양옆의 층계참 바닥에 하나씩 놓여 있었다. 범인은 그녀의 허벅지에 이렇게 휘갈겨 썼다. "아무도 날 막지 못해." 배에는 이렇게 휘갈겼다. "뒈져라." 범인은 그녀의 펜으로 글을 쓴 다음 펜을 질구에 꽂은 것 같았다. 범행 현장의 또 다른 중요한 특징은, 범인이 시체 근처에 똥을 싼 다음 프랜신의 옷가지로 똥을 덮어놓았다는 점이었다.

프랜신의 어머니는 경찰에 없어진 물건을 신고했다. 프랜신이 히브리 문자인 '차데'* 비슷한 꼴의 행운 목걸이를 걸고 다녔는데 그것이 없어졌다고 했다. 어머니가 그 목걸이의 모양을 설명하자, 형사들은 프랜신 시체의 자세가 그 목걸이를 흉내 냈다는 것을 알았다.

그녀의 배와 가슴 등에는 정액의 흔적이 발견되었지만, 당시 (1979년)에는 아직 법의학계에 DNA 분류법이 알려져 있지 않았

* 영어의 대문자 Y와 비슷한 글자.

으므로 그 정액으로 범인의 신원을 파악할 수는 없었다. 손에는 상처가 없었고 손톱 밑에 혈흔이나 살점이 없는 것으로 미루어볼 때, 피살자는 반항을 하지 않았다. 유일한 법의학적 단서는 검시 도중 시체에서 발견된, 꼬불꼬불한 흑인의 음모 한 올이었다.

사건현장을 검토하고 여러 정보를 종합한 결과, 담당 형사들은 프랜신이 계단을 내려가다가 습격을 당했다고 결론 내렸다. 범인은 그녀가 정신을 잃을 정도로 내려친 후에 옥상 층계참으로 끌고 올라갔다. 검시 결과 강간 흔적은 없었다.

이 사건은 그 끔찍한 살해 현장 때문에 엄청난 여론의 반향을 불러일으켰고 대대적인 언론의 추격을 받았다. 26명의 형사로 구성된 특별수사본부는 2천 명 이상의 용의 대상자와 접촉했고 뉴욕시 대도시권에서 성범죄 전과자들을 모두 조사했다. 그러나 한 달이 지나가도 수사는 가닥이 잡히질 않았다.

목마른 사람이 우물 파는 심정으로 뉴욕 주택청 소속 형사인 톰 폴리 형사와 조 다미코 반장은 콴티코의 행동과학부와 접촉했다. 그들은 관련 자료와 보고서, 범행 현장 사진, 검시 보고서 등 사건 서류를 모두 가지고 왔다. 나와 로이 헤이즐우드, 딕 올트, 토니 라이더(토니는 나중에 행동과학부의 부서장이 되었다)가 그들을 만났다. 회의 장소는 간부 식당이었다.

관련 자료를 모두 검토하고 가해자와 피해자의 입장에 서본 뒤에 나는 다음과 같은 프로파일링을 만들어냈다. 우선 25세와 35세 사이의 평범하게 생긴 백인 남자를 찾아야 한다. 대신 나이는 30세 정도일 수도 있고, 외모가 부스스하고, 실업자이며 주로 밤에만 돌아다니는 자일 것이다. 또 그는 프랜신의 아파트에서 1킬로미터 이내의 지역에 부모나 나이 많은 여자 친척과 함께 살고 있고 독신에 이성 관계가 원만치 못하며 친한 친구도 없을 것이다. 고등학교나 대학교 중퇴자이고 군대도 갔다오지 않았을 것이며 열등감이 심한 사람으로 보인다. 자동차도 운전면허도 없고 정신병원에 입원하여 약을 받아 복용하고 있거나 과거에 입원한 경험이 있을지도 모른다. 자기 목을 졸라 자살하려 했던 경력도 있으나 마약이나 알코올 중독자는 아니며 결박용 붕대나 가학, 피학 포르노그래피를 많이 갖고 있을 거라고 말했다. 또 이 사건은 그의 첫 번째 살인이지만 이번에 잡히지 않으면 계속 살인을 저지를 가능성이 크다고 말해주었다.

그러고 나서 이렇게 덧붙였다. "이 범인을 찾기 위해 멀리까지 쫓아다닐 필요는 없어요. 당신들은 이미 범인과 접촉해서 일차 조사를 했는지도 몰라요." 범인의 가족이 사건 현장 가까운 곳에 살고 있기 때문에 경찰이 이미 범인을 만났을 가능성이 컸다. 그러나 범인이 너무나 공손하고 싹싹하여 경찰은 의심을 하지 않았을 것이다. 아니면 범인 스스로 경찰에 먼저 접촉하여 수사에 협조함으로써, 미꾸라지처럼 수사망을 빠져나갔을 것이다.

프로파일링 업무에 익숙하지 않은 형사들이 볼 때, 이런 조언은 황당무계하기 짝이 없는 것이었다. 그러나 이 방법을 체계적으로 분석해보면 왜 우리가 그런 조언을 해주는지 이해할 수 있을 것이다.

우리는 프랜신 사건이 우발적이고 즉흥적인 범행이라고 확신했다. 프랜신의 부모는 그녀가 어느 땐 엘리베이터를 탔고, 어느 땐 걸어서 계단을 내려갔다고 했다. 그러니 사건 당일 아침 그녀가 어떤 방식으로 내려갈지 미리 예측하기가 어렵다. 만약 범인이 층계 근처에서 기다리고 있었다면 허탕을 칠 수도 있을 뿐만 아니라, 다

른 주민과 마주칠 수도 있었다. 그러니 계획적인 범행이라 보기는
어렵다.

피해자를 공격하는 데 쓰인 물건은 전부 피해자의 것이었다. 살
인범은 조그만 주머니칼 이외에는 현장에 가져온 게 없었다. 무기
나 강간 보조 도구 같은 것도 휴대하지 않았다. 그러니 범행을 저
지를 명확한 의도를 가지고 잠복해 있거나 그녀를 추적한 것이 아
니었다.

이런 정황은 다음과 같은 결론을 유도해낸다. 만약 UNSUB가
살인을 할 목적으로 그 아파트에 간 게 아니라면, 다른 어떤 목적
이 있었을 것이다. 아침 7시 이전의 이른 시간에 프랜신을 만나려
면 그 아파트에 살거나 거기서 일하거나 아니면 그 아파트 지리에
밝은 자일 것이다. 그렇다면 우편 배달부, 전화 회사 직원, 콘에드
직원 등을 생각해볼 수 있다. 그러나 이들일 가능성은 희박했다.
우선 그런 사람을 보았다는 증인이 없었다. 그리고 할 일 많은 직
장인이 옥상 층계참에서 그렇게 오래 뭉그적거릴 수는 없었을 것
이다. 층계참에서 일차 공격을 한 범인은 들키지 않고 옥상으로 끌
고 갈 수 있다는 것을 미리 알고 있었다. 그리고 아파트에 사는 사
람들이 이상한 물건이나 이상한 사람을 보지 못한 점으로 보아, 범
인은 사람들의 의심을 받지 않았다. 프랜신은 비명을 지르거나 저
항을 하지도 않았다. 그러니 범인을 알고 있었거나 적어도 안면이
있었을 것이다. 게다가 사건 당일 아침에 아파트 내부와 외부에서
이상한 것을 목격한 사람은 아무도 없었다.

사건의 성범죄적 측면 때문에 우리는 범인이 프랜신과 비슷한
나이, 즉 25~30세일 것으로 보았고 그 중간쯤이 적당할 것으로 추
측했다. 이런 연령 기준을 적용하여 지갑을 발견한 15세 소년(그리

248

고 40세 된 그의 아버지)은 용의자에서 배제했다. 내 경험으로 미루어볼 때 그 정도 연령 그룹은 그렇게 끔찍하게 시체를 훼손하지 못한다. 굉장히 '조숙한' 연쇄 살인범이었던 몬티 리셀조차도 이렇게 끔찍하지는 않았다. 이러한 성범죄 환상이 발달하여 행동으로 나타나려면 상당한 세월이 걸려야 한다. 게다가 15세 소년은 흑인이었다.

비록 흑인의 음모가 시체에서 발견되긴 했지만 살인범이 백인이라는 점을 확신했다. 이런 끔찍한 범죄는 가해자와 피해자가 흑백으로 분리되는 경우가 별로 없다. 그리고 흑인 가해자에 백인 피해자가 발생할 경우, 반드시 그럴 만한 사유가 있었다. 프랜신 사건에는 그런 사유가 없었다. 게다가 흑인 범죄자가 이런 끔찍한 살해를 저지른 경우는 본 적이 없었다. 그 아파트에서 한때 흑인 수위로 일했던 사람이 유력한 용의자로 부상했으나, 그는 범인이 아니라고 판단되었다. 흑인에게는 안 어울리는 너무 끔찍한 살인이었다는 점과 만약 수위가 범인이었다면 아파트 주민들이 틀림없이 목격했으리라는 점 때문이다.

흑인이 범인이 아니라면 시체에서 나온 흑인 음모는 어떻게 된 거냐고 담당 형사들은 물었다. 나는 그 질문에는 대답할 말이 없었다. 그래서 기분이 언짢았다. 그러나 흑인이 UNSUB가 아니라는 점은 확신했다.

이 사건은 '높은 리스크(검거될 확률이 높은)'의 범행에 '낮은 리스크(피해를 당할 위험이 적은)'의 피해자의 전형적 경우였다. 프랜신은 남자친구도 없고, 매춘부도 아니고, 마약 중독자도 아니고, 오갈 데 없는 예쁜 여자도 아니고, 집에서 멀리 떨어진 홍등가에서 시체로 발견된 것도 아니었다. 아파트 주민은 50퍼센트는 흑인, 40퍼센트는 백인, 10퍼센트는 히스패닉이었다. 이와 유사한 사건이 그 인근에서 발생한 적이 없었다. 성범죄를 저지를 의도가 있는 전문적 범죄자라면 프랜신의 아파트보다 훨씬 '안전한' 다른 곳을 골랐을 것이다. 이런 점과 우발적 범행이라는 점 등을 감안할 때 범인은 비조직적 살인범이라고 판단되었다.

또 범행 현장의 다른 요소들을 종합해볼 때 프랜신 엘버슨을 죽인 범인의 모습이 나에게 뚜렷이 잡혔다. 끔찍할 정도로 시체를 모욕하고 또 시체를 보며 자위를 하고 정액을 뿌렸지만, 섹스는 하지 않았다. 우산과 펜을 질구에 꽂은 것이 섹스를 대신하는 행위였다. 우리가 추적하는 범인은 성격이 불안정하고 섹스가 원만치 못하며 사회 적응이 잘 안 되는 인간이었다. 범행 현장에서 자위를 했다는 것은 그가 오랫동안 꿈꾸어온 환상 속의 제식을 행동화한 것이었다. 결박 붕대와 가학, 피학 포르노그래피에 의해 더욱 촉진되었을 자위의 환상은 범인이 성적으로 불완전한 남자라는 것을 보여주는 대목이었다. 범인은 프랜신이 무의식 상태 혹은 사망한 상태에서 결박했다. 덩치가 작은 여자를 기습적으로 공격하여 의식을 잃게 한 다음, 이런 끔찍한 환상 속의 행동을 한다는 것은 범인이 성적으로 크게 문제 있는 남자라는 얘기였다. 만약 의식이 있는 희생자에게 이런 가학, 피학적인 행동을 했다면 범인의 성격을 다르게 규정했어야 할 것이다. 그러나 범인은 여자들과 정상적인 성관계를 갖는 것이 불가능한 남자였다. 만약 그가 데이트를 했다면(그랬을 가능성은 희박하다고 본다) 자기보다 훨씬 어려서 마음대로 대할 수 있는 상대를 골랐을 것이다.

프랜신의 출근 시점에 범인이 아파트 내부에 있었다는 사실은 그가 번듯한 직장에 다니지 않는다는 것을 암시했다. 직업이 있다면 야간에 잠깐 나가는 임시직이며 수입이 적은 직장일 것이다.

나는 이런 사실로 미루어 그가 독립된 생활을 할 형편은 아니라고 판단했다. 세련된 유형의 살인범과는 달리, 이 살인범은 기괴한 모습을 주위 사람에게 감추지 못하는 자이다. 그러니 친구도 별로 없고 룸메이트와 같이 기거하지도 못한다. 밤에만 돌아다니는 야행성 인간으로 외모는 전혀 신경 쓰지 않는다. 친구들과 같이 살 형편도 못 되고 독방을 마련할 경제적 여유도 없으니, 혼자된 어머니나 아버지 혹은 누나나 고모 같은 친척과 함께 살 가능성이 크다. 형편이 이러니 당연히 승용차도 없다. 그래서 아파트로 올 때는 대중 교통수단을 이용하거나, 걷거나, 아니면 아파트 단지 내에 살고 있을지 모른다. 버스로는 그렇게 이른 아침에 아파트에 나타날 수 없다. 그렇다면 아파트 단지 내에 살거나 아니면 단지에서 1킬로미터 정도 떨어진 곳에 살기 때문에 걸어올 수가 있었을 것이다.

이어 범행 현장에 있었던 절단된 젖꼭지, 떼어낸 귀고리, 시체의 위치 등 의식적儀式的인 사항을 짚어나갔다. 비조직적인 광란의 상태에서 이런 충동적인 행위를 저지른 것을 보면, 범인은 깊은 심리학적 혹은 정신의학적 문제가 있다. 현재 정신병원에 다니면서 처방약을 복용 중이거나 과거에 그런 일이 있었을지도 모른다. 이런 정신적 문제와 사건 발생 시간을 감안하면 범인은 알코올의존증은 아니다. 범인의 심리적 불안정이나 정신병적 상태가 어느 정도인지는 알 수 없어도, 그 상태가 점점 악화되고 있어서 주변 사람들의 눈에 띌 것이다. 목매달아 죽는 방법을 써서 자살하려고 한 적도 있었을 것이다(그는 프랜신을 질식사시켰다). 나는 범인이 과거에 정신병원에 입원했거나 현재 입원중이라고 단정했다. 이런 중증의 정신병 환자이기 때문에 군대는 갈 수가 없다. 희망 사항은 많았겠지만 실력이 미치지 못해 고등학교나 대학교를 중퇴했다. 이번이 범인의 첫 범행이지만 이번에 잡히지 않는다면 또다시 범행할 것이다. 그러나 당분간 재범을 하지는 않을 것이다. 이번 사건을 치르고 여러 주 혹은 여러 달 동안 잠복해 있을 가능성이 크다. 그러나 상황이 유리하고 적당한 범행 대상이 나타나면 또다시 범행할 것이다. 프랜신의 시체에 휘갈겨 쓴 욕설은 그것을 잘 말해준다.

그처럼 모욕적인 의식儀式의 자세로 시체를 방치했다는 것은 범인이 범행을 별로 후회하지 않는다는 뜻이다. 만약 시체를 뭔가로 덮어놓았다면 달랐을 것이다. 얼굴을 팬티로 가린 행위는 미안한 느낌이 반영된 최소한의 예의였다고 볼 수도 있을 것이다. 그러나 시체를 마구 내버린 것을 보면 조금도 양심의 가책을 느끼지 않았다. 그러니 얼굴을 가린 행위는 인간적인 처사라기보다 희생자를 사물화하고 모멸하려는 뻔뻔스런 행위에 불과하다.

프랜신의 옷으로 자신이 싼 똥을 덮은 행위는 흥미로운 단서를 제공한다. 만약 똥을 싸갈긴 채로 그대로 두었더라면 의식적 환상의 행동화, 혹은 피살자를 포함한 여성 전체에 대한 모독 등으로 해석할 수 있을 것이다. 그러나 배설물을 덮었다는 사실은 그가 범행 현장에 오래 머물렀다는 것을 의미하고, 그래서 그곳 이외에 특별히 갈 곳이 없거나 아니면 자기 자신의 감정을 억제하지 못했거나, 또는 둘 다일지도 모른다. 나는 이전에 비슷한 예를 본 경험에 근거하여, 그가 현장에서 똥을 참지 못한 것은 정신질환 관련 약을 복용하고 있기 때문일 것이라고 판단했다.

프로파일링 자료를 받아든 경찰은 현장으로 돌아가 수많은 용의자와 심문자 리스트를 재조사했다. 그렇게 해서 경찰은 현재 결혼하여 아이가 있는 성범죄 전과자는 용의자 리스트에서 배제했다. 그런 식으로 프로파일링에 맞지 않는 용의자를 지워나가니 약 22명 정도가 남았고 그중에서 프로파일에 아주 가까운 인물이 하나 나왔다.

그의 이름은 카민 칼라브로(30세)였다. 직업은 연극 배우였고 현재 실업자인 백인 남자였다. 그는 가끔씩 엘버슨 아파트의 4층에 사는 혼자된 아버지 집에 와서 묵곤 했다. 카민은 미혼이었고 여자들과 사귀는 데 문제가 있었다. 고등학교 중퇴자였고 군대 경력은 없었다. 그가 사는 방을 수색해보니 엄청난 양의 결박 붕대와 가학, 피학 포르노그래피가 나왔다. 그는 목 조르기 혹은 질식에 의한 자살 경험이 있었다. 자살미수 시점은 프랜신 사건 직전과 직후였다.

그러나 카민에게는 알리바이가 있었다. 내가 프로파일링에서 예측했던 대로 경찰은 카민의 아버지를 심문했다. 그 아파트의 주민은 모두 심문을 했으니 당연히 대상이 되었던 것이다. 그 아버지는 카민이 현지 정신병원에 입원하여 우울증 치료를 받고 있다고 말했다. 바로 이 사실 때문에 카민은 수사 초기에 용의자 리스트에서 제외되었다.

그러나 프로파일링 자료로 무장한 경찰은 즉시 카민을 유력 용의자로 지목하고 재조사에 착수했다. 그리고 카민이 입원한 정신병원의 경비가 얼마나 허술한지를 발견했다. 그는 프랜신 엘버슨의 피살 사건이 있기 전날 밤 정식 휴가도 받지 않고 몰래 걸어서 나왔던 것이다!

사건 발생 13개월 후 카민 칼라브로는 체포되었다. 경찰은 카민의 치흔 표본을 떴다. 법의학에 종사하는 세 명의 치과 의사들은 그 표본이 프랜신의 시체에서 나온 치흔과 일치한다고 증언했다. 카민은 재판에서 무죄를 주장했지만, 그 치흔은 유죄를 입증하는 결정적인 증거가 되었다. 카민은 살인죄로 유죄 판결을 받고 25년 내지 종신형의 중형을 선고받았다.

한편 시체에서 발견된 흑인의 음모는 사건과 관련이 없는 것으로 밝혀졌다. 검시관실은 절차상의 문제점을 정밀 조사했다. 그 결과 프랜신 엘버슨을 수송한 시체 자루가 그 직전 피살된 흑인 남자를 담은 것이었는데, 재사용되는 과정에서 청소를 제대로 하지 않아 음모가 자루에 남았던 것이었다. 이것은 법의학적 증거도 때론 혼란을 일으킬 수 있다는 교훈을 남겼다. 만약 어떤 증거가 수사관의 전체적인 인상과 배치된다면 공식 증거로 채택되기 전에 충분히 검토되어야만 한다.

프랜신 엘버슨 사건은 우리에게 만족스러운 결과를 가져왔다. 이 사건을 계기로 전국적으로 정예 수사팀으로 알려진 뉴욕 경찰서도 우리의 프로파일링 업무를 인정하기에 이르렀다. 뉴욕 경찰서의 다미코 반장은 1983년 4월호 〈오늘의 심리학〉에 프로파일링 프로그램에 대한 칼럼을 기고하며 이렇게 말했다. "그들은 용의자를 아주 정확하게 짚어냈습니다. 그래서 FBI 콴티코 사람들에게 왜 용의자의 전화번호는 안 알려주느냐고 농담을 했죠."

그 기사가 나간 후 카민 칼라브로는 뉴욕 주 단네모라에 있는 클린턴 형무소에서 우리에게 편지를 보냈다. 그 기사에는 카민과 엘버슨의 이름이 언급되어 있지 않았지만 카민은 알아보았던 것이다. 문법도 철자도 안 맞는 괴발개발 편지에서 그는 FBI와 뉴욕 경찰서를 칭찬한 다음, 자신의 무죄를 다시 주장했고 자기는 샘의 아들 데이비드 버코위츠, 미친 폭탄 사건의 범인 조지 메테스키와 맞먹는 인물이라고 주장했다. 그는 이렇게 썼다. "나는 이 사건의 살인범 프로파일이 틀리다고 주장하는 것은 아닙니다. 당신들은 두 가지 사항을 정확하게 짚어냈습니다."

그는 시체의 몸에서 음모가 나왔다는 사실을 알았느냐고 물었고 그것이 자기의 무죄를 입증한다고 주장했다(그건 어디까지나 카민의 주장일 뿐이었다). 카민은 또 우리가 언제 프로파일링을 했는지, 그때 모든 증거를 확보하고 있었는지 물었다. 참으로 의아한 질문이었다. 만약 우리가 증거를 모두 확보했다면 더 편지를 보내지 않겠지만, 그렇지 않다면 또다시 편지를 하겠다고 말했다.

나는 그 편지를 계기로 칼라브로를 연구 대상으로 삼을 수도 있겠다는 판단을 했다. 그래서 1983년 7월 빌 해그마이어와 로잰 루소(행동과학부에 들어온 최초의 여성 요원 중 한 명)를 클린턴 형무소로 보내 칼라브로를 면담하게 했다. 클린턴 형무소에 다녀온 두 요원은 칼라브로가 전에 경찰을 대할 때 그랬던 것처럼 공손하고 협조적이었지만, 안절부절못하는 것 같았다고 보고했다. 그는 자신의 무죄를 또다시 주장하면서 곧 열릴 상소법원 재판과 관련해 장광설을 늘어놓았다. 자기가 치흔 때문에 억울하게 유죄 판결을 받았다는 얘기였다. 그래서 또다시 '자기를 유죄 판결하지 못하도록' 이빨을 죄다 뽑아버렸다고 하면서, 자랑스럽게 이빨 없는 잇몸을 드러내 보였다. 이빨을 죄다 뽑아버린 것을 제외하면, 칼라브로는 편지에서 주장한 내용을 반복했을 뿐이었다. 그는 해그마이어와 루소가 하는 일에 굉장한 관심을 표하면서 오랫동안 붙잡고 놓아주지 않으려 했다. 그는 감옥에서조차 외톨이였다.

나는 카민 칼라브로가 커다란 심리적 장애를 갖고 있는 남자라

고 확신한다. 사건 기록, 성장 배경, 면담 자료 등을 꼼꼼히 검토해
볼 때 도대체 정상적인 구석은 하나도 없는 자였다. 그렇지만 심리
적 장애를 겪는 사람들이 대부분 그렇듯이, 카민은 선과 악의 차이
점은 명확하게 이해하고 있었다. 카민의 경우와 같이 기괴하고 변
태적인 환상을 머릿속에 품고 다니는 것은 범죄가 아니다. 그러나
다른 사람의 희생을 바탕으로 하여 그 환상을 실천해보겠다는 엉
뚱한 결심이 문제이다. 그런 결심이야말로 범죄의 시작이다.

야수와 소녀의 입장이 되어

1980년대 초 나는 연간 150건 이상의 사건을 담당했고 연간 150일 이상 출장을 나갔다. 저 유명한 텔레비전 코미디 프로그램 〈왈가닥 루시〉에서 과자 공장의 컨베이어 벨트 앞에 앉은 주인공 루시 볼과 같은 처지였다. 컨베이어 벨트가 점점 더 많은 과자를 실어오자 헐레벌떡 과자를 치워내야 하는 루시처럼, 나는 일에 치이지 않으려고 필사적인 노력을 하고 있었다. 그러나 일 앞에서 숨 돌릴 여유를 챙긴다는 것은 원천적으로 불가능했다.

우리의 작업과 결과가 알려지자 미국 전역은 물론이고 해외에서까지 협조 의뢰가 들어왔다. 그래서 앞으로도 추가 살인의 가능성이 있는 성폭행 사건만 우선 순위에 배정했다. 그렇게 일의 완급을 조절하지 않으면 도저히 해나갈 수가 없었다.

이미 단서가 사라져버린 사건이거나 UNSUB가 움직이지 않는 사건에 대해서는 자연히 소홀해질 수밖에 없었다. 그래서 나는 현지 경찰에게 왜 이런 건으로 협조 요청을 했느냐고 따지기도 했다. 어떤 때는 피해자의 가족들이 현지 경찰에게 빨리 해결하라고 압력을 가했다. 그런 상황은 충분히 이해할 만했고 또 그런 압박을

257

받는 현지 경찰이 안됐다는 느낌도 들었다. 하지만 내 코가 석자였다. 현지 경찰에서 추가 행동을 취하지 않고 보류할 사건에 내 귀중한 시간을 할애할 수는 없었다.

현재 펄떡펄떡 뛰고 있는 사건의 경우, 협조 의뢰가 어디에서 들어오는가도 관심 사항이었다. 프로파일링 프로그램이 시작되던 초창기에 뉴욕 경찰서나 로스앤젤레스 경찰서 같은 주요 경찰서에서 들어오는 협조 의뢰는 일단 수상했다. 도대체 콴티코의 우리 부서에게 의뢰할 일이 아니었던 것이다. 어떤 것은 FBI와의 관할권 다툼 사건이기도 했고, 어떤 것은 사건 기록 영화 제작권을 누가 가질 것인가 하는 문제였고, 어떤 것은 심문을 누가 할 것인가, 또는 일련의 은행강도 사건을 누가 기소할 것인가 등 거대 경찰서와 FBI 사이의 이른바 끗발 경쟁이었다. 또는 사건이 정치적으로 민감해서 우리에게 덤터기를 씌우고 여론의 집중을 받게 한 뒤 자기들은 쏙 빠지는 경우도 있었다. 나는 이런 여러 가지 사항을 고려하여 협조 의뢰에 어떻게 반응할 것인가를 정했다. 그런 외적인 사항이 사건 해결에 도움이 될 수도 있고 안 될 수도 있었다.

처음에 나는 서면 분석 보고서를 제출했다. 그러나 담당 사건이 눈덩이처럼 불어나면서 그렇게 할 시간이 없었다. 그래서 현지 경찰서의 수사관과 대화를 할 때 직접 혹은 전화로 노트를 보면서 사건의 개요를 기억하곤 했다. 내가 구두로 얘기해주면 수사관들은 열심히 받아쓰는 식이었다. 그런데 회의실로 들어온 현지 경찰이 메모는 안 하고 그저 듣고만 있으면, 나는 크게 화를 내며 면박을 주었다. 우리의 도움을 필요로 한다면 그도 우리만큼 열심히 뛰어야 하는 게 당연하니까.

또 맡은 일이 너무 많다보니 병원 의사처럼 '공식 면담' 시간을 정해놓고 그 이상을 넘기지 않으려고 했다. 나는 사건 서류를 다 검토하면 도움을 줄 수 있는지 없는지를 금방 판단할 수 있었다. 그래서 도움을 줄 수 있는 사건만 택하여 범죄 현장 분석과 피해자 연구에 돌입했다. 왜 그 많은 희생 대상자를 놔두고 하필 이 희생자를 골랐을까? 피해자는 어떻게 살해되었을까? 이 두 가지 질문을 던져놓으면 곧이어 자연스럽게 '누가?' 하는 질문이 나온다.

일찍이 셜록 홈스가 간파한 것처럼, 사건이 평범하여 특이성이 없으면 그만큼 프로파일링 작업을 할 행태학적 증거가 없게 된다. 가령 노상 강도 사건에 대해서 나는 큰 도움을 줄 수 없다. 그런 사건은 너무 흔해빠지고 평범해서 잠재 용의자 그룹이 너무 많기 때문이다. 마찬가지로 총알을 딱 한 발 맞았다든지 칼로 딱 한 번 찔린 사건은 여러 번 부상을 입은 사건보다 범인을 예측하기가 어렵다. 옥외에서 벌어진 사고는 실내에서 벌어진 것보다 어렵고, 매춘부처럼 위험에 노출되어 있는 희생자는 위험에 적게 노출되는 다른 여성에 비해 우리에게 일관된 행태학적 정보를 제시해주지 못한다.

검시의 보고서에서 내가 제일 먼저 주목하는 점은, 상처의 성격과 유형, 사망의 원인, 성폭행의 유무, 성폭행이 있을 경우 폭행 유형 등이다. 전국에 퍼져 있는 수천 개의 경찰서마다 모두 검시의 소견서가 달랐다. 어떤 검시의는 일류 법의학자로서 어디에 내놔도 손색 없는 검시 보고서를 작성했다. 가령 워싱턴 D.C.의 검시의였던 제임스 루크 박사는 꼼꼼한 소견서로 명성이 높았다. 그래서 그분의 보고서는 믿을 수가 있었다. 루크 박사는 은퇴한 후 콴티코의 우리 부서에서 고문으로 근무하면서 검시와 관련한 귀중한 조언을 해주었다. 반면 아주 한심한 경우도 있었다. 남부의 어떤 소읍에서 벌어진 사건을 추적하기 위해 출장을 갔을 때였다. 그곳의 검시의는 장의사를 겸업하고 있었다. 그가 알고 있는 검시의 개념이란 대강 이런 것이었다. 검시소에 나타나서 시체를 발로 한번 툭 차보고 난 다음 손을 털면서 이렇게 판정을 내리는 것이었다. "예, 저 친구 확실히 죽었군요."

검시의 소견서를 읽은 다음에는 경찰의 일차 보고서를 읽는다. 사건 현장에 제일 먼저 도착한 경관은 무엇을 보았는가? 그리고 제일 먼저 도착한 경관 혹은 그 후의 수사팀이 살인 현장을 훼손했는지의 여부를 살핀다. 이렇게 해나가면서 범인이 살인 현장을 어떻게 남겨놓고 떠났는지를 머릿속에 떠올리는 것이 내가 하는 가장 중요한 업무 중의 하나이다. 현장 보존이 허술하면 우선 그 이유를 알아본다. 가령 시체의 얼굴에 베개가 놓여 있다고 하자. 누가 그 베개를 갖다놓았는가? 경찰이 현장에 도착했을 때도 거기 있었는가? 시체를 발견한 피해자 가족이 죽은 이의 존엄을 위해 거기다 갖다놓았는가? 그 밖에 다른 설명이 있는가? 마지막으로 나는 사건 현장 사진을 보면서 마음속으로 사건의 전체적 그림을 떠올린다.

현장 사진은 대체적으로 질이 별로 좋지 않다. 특히 대부분의 경찰서가 흑백사진으로 현장을 찍던 과거에는 더욱 상태가 나빴다. 그래서 나는 현지 경찰서에 방향과 발자국 등이 그려져 있는 사건 현장 도면을 요구했다. 또 현지 수사관들이 특별히 언급하고 싶은 사항이 있으면 현장 사진 뒤에 적어달라고 부탁했다. 그렇게 해야 일차로 사진의 앞면만 훑어보면서, 다른 수사관의 의견에 영향받지 않을 수 있었다. 마찬가지로 현지 경찰서에서 제일 가능성이 큰 용의자를 미리 알려달라고 하지 않았다. 나는 용의자 관련 자료를 밀봉된 봉투에 보내달라고 요구했다. 그렇게 해야 사건 분석에 객관성을 확보할 수 있기 때문이다.

시체의 몸에서 무엇을 탈취했는지, 범행 현장에서 뭐가 없어졌는지를 알아내는 것도 중요한 일이다. 가령 현금, 귀중품, 보석류 등이 없어졌다면 범행의 동기가 어느 정도 파악된다. 그 밖의 물품이 없어지면 그 동기를 알아내는 것은 그리 간단하지가 않다.

경관이나 형사가 내게 아무것도 없어진 게 없다고 말하면 나는 이렇게 되물었다. "그걸 어떻게 압니까? 가령 범인이 당신의 아내나 애인의 서랍에서 브래지어나 팬티를 꺼내갔다면 그걸 쉽게 알아낼 수 있습니까? 당연히 모를 수밖에 없죠. 그걸 안다면 변태일 테니까요." 가령 머리핀이나 머리카락 같은 사소한 것이 없어질 수도 있다. 이런 것들은 정말 추적하기가 어렵다. 그러니까 아무것도 없어지지 않았다고 '보이는' 것은, 엄밀하게 말하면, 정확한 현장 파악이 아니다. 왜냐고? 우리가 범인을 체포한 다음 그의 집을 수색해보면 사건 현장에서 가져간 기념품이 나오는 경우가 더러 있었기 때문이다.

우리의 프로파일링 업무가 발족한 초창기부터 수사국 내부는 물론이고 외부에서도 우리의 일을 이해하지 못하는 사람이 많았다. 나는 1981년 밥 레슬러와 함께 뉴욕에 2주 동안 출장 강의를 나가 이런 몰이해의 현장과 직접 부딪쳤다. 그 강의에는 백여 명의 형사들이 참석했는데, 주로 뉴욕 경찰서 소속이었고, 뉴욕 인근 경찰서의 형사들도 참석했다.

교육이 진행되던 어느 날 아침의 일이었다. 나는 강의실 앞에 우리가 당시 사용하던 3/4인치 소니 VCR을 설치하고 있었다. 그때 과로로 눈에 핏발이 선 형사가 내 옆을 지나가며 이렇게 말했다.

"당신이 프로파일링인가 뭔가를 하는 사람이로구먼."

"그렇습니다. 사실 여기 있는 이 물건이 프로파일링 기계입니다." 나는 거대한 소니 VCR를 가리키며 대답했다.

그 노련한 형사는 용의자를 볼 때처럼 회의적인 눈빛으로 나를 바라보았다. 그러면서 다른 데로 가지 않고 계속 거기 서 있었다. "자, 내게 손을 내미십시오. 이 기계가 어떻게 작동하는지 보여드릴 테니."

그는 미심쩍어 하면서도 손을 내밀었다. 3/4인치 VCR의 비디오 테이프를 넣는 구멍은 상당히 컸다. 나는 그 형사의 손을 그 구멍에 집어넣고 다이얼을 돌리는 척했다. 한편 밥 레슬러는 강의실 다른 편에서 강의 자료를 준비하고 있었다. 내 말을 엿들은 그는 내가 주먹으로 얻어맞으면 어쩌나 싶어 내가 있는 쪽으로 올 태세였다.

"그래 내 프로파일은 어떻게 나왔소?" 형사가 물었다.

"강의 시간에 들어보면 될 거 아니오. 프로파일링이 어떻게 진행되는지 훤히 알게 될 테니."

다행스럽게도 그 형사는 강의중에 프로파일링 과정을 잘 이해한 것 같았다. 또 그 VCR이 개인의 프로파일을 해주는 것이 아니라 프로파일링 업무의 개황을 보이기 위한 것이라는 사실도 알았을 것이다. 그러니까 내가 그 형사를 놀려먹은 것인데, 강의가 끝나고도 그 형사는 복도에서 나를 기다리고 있지 않았다. 내가 이 얘기를 하는 것은 나 자신도 프로파일링 기계가 있다면 얼마나 좋을까, 하고 수도 없이 생각했기 때문이다. 다이얼만 돌리면 프로파일링이 저절로 나오는 기계가 있다면 얼마나 일이 수월할까! 사실 지난 수년간 컴퓨터 전문가들이 치안 관계자들과 공동으로 프로파일링 작업과 유사한 프로그램을 만들어내려고 매진했으나, 지금껏 이렇다 할 성과가 없었다.

　나는 사태의 본질을 이렇게 파악한다. 프로파일링과 범죄 현장분석은 자료를 집어넣어 데이터를 입력하는 과정보다 훨씬 복잡하다.

　훌륭한 프로파일러가 되려면 폭넓은 증거와 자료를 섭렵하고 평가를 내릴 수 있어야 한다. 동시에 가해자와 피해자의 입장이 되어서 생각하는 창의적 상상력이 있어야 한다.

　훌륭한 프로파일러는 머릿속에서 범죄 현장을 재창조할 수 있어야 한다. 피해자에 대해서도 최대한으로 많이 알고 있어야만 피해자가 사건 현장에서 어떻게 반응했을지 상상할 수 있다. 총, 칼, 바위, 주먹 또는 기타 흉기를 들고 덤비는 가해자와 맞닥뜨린 여자의 입장, 가해자가 다가올 때 그녀가 느꼈을 공포, 그리고 그녀의 가능한 방어 수단, 이런 것들을 대신 느낄 줄 알아야 한다. 피해자가 그녀를 강간하고 구타하고 절단할 때 그녀가 느꼈을 고통도 같이 느낄 수 있어야 한다. 가해자가 변태적인 성욕을 만족시키기 위해 그녀를 고문할 때, 그녀가 어떤 심정이었을지 상상할 수 있어야 한다. 공포와 고뇌 속에서 아무리 비명을 질러봐야 소용이 없고 가해자의 고문을 멈출 수 없다는 것을 알았을 때, 그녀가 느꼈을 무력감을 이해해야 한다. 프로파일러는 업무상 이런 느낌을 가지려고 노력하지만 그것은 커다란 정신적 부담이다. 특히 피해자가 어린이이거나 노인일 때는 더욱 고통스럽다.

　영화 〈양들의 침묵〉의 감독과 출연진이 촬영을 준비하기 위해 콴티코에 왔을 때, 나는 잭 크로포드 역을 맡은 스콧 글렌을 내 방으로 데려갔다. 소설 속에 행동과학부장으로 나오는 이 사람은 나를 모델로 했다는 이야기도 있다. 스콧 글렌은 범죄자의 사회복귀, 구제, 성선설 등을 강력하게 지지하는 꽤 진보적인 인사였다. 나는 그에게 우리가 매일 작업하는 끔찍한 범죄 현장 사진들을 보여주었다. 살인자들이 피해자들을 고문하면서 지껄인 말들의 녹음 기록과 최근 형무소에서 가출옥으로 풀려나온 두 명의 잔인한 살인자에 의해 밴의 뒷좌석에서 고문당하다가 죽어간 두 명의 로스앤젤레스 10대 소녀의 목소리를 녹음한 테이프를 들려주었다.

글렌은 그 테이프를 들으면서 눈물을 흘렸다. "세상에 이런 짓을 하는 사람이 있다고는 꿈에도 생각하지 못했어요." 스콧 글렌은 두 딸을 둔 다정하고 지성미 넘치는 아버지였다. 글렌은 내 사무실에서 현장 범죄 사진을 보고 또 테이프를 듣고 난 다음에 더는 사형제도에 반대하지 않겠다고 말했다. "콴티코에서 그런 경험을 하고 난 다음, 사형제도를 폐지해야 한다는 생각이 싹 바뀌었습니다."

반면 나는 직업상 흉악범의 입장에서도 생각해야 했다. 흉악범이 했던 것처럼 생각하고, 그의 계획을 이해하고, 그가 범행을 저지르던 순간의 만족감을 대신 느끼고 이해해야 했다. 그의 갇힌 환상이 실현되고 마침내 가련한 여자를 자기 마음대로 조종하고 제압하는 바로 그 순간을 내 손바닥에 잡고 느껴보아야 했다. 말하자면 무기력한 소녀를 고문하는 야수의 입장이 되어야 하는 것이다.

스콧 글렌에게 녹음 테이프를 들려주었던 사건의 두 살인범은 로렌스 비태커와 로이 노리스였다. 그들은 밴의 뒷좌석에 10대 소녀 둘을 태우고 고문한 뒤에 무참하게 살해했다. 두 범인은 산 루이스 오비스포에 있는 캘리포니아 멘스 콜로니 형무소에서 만났다. 비태커는 흉기로 남을 강탈한 죄로, 노리스는 강간죄로 복역 중이었다. 소녀들을 제압하여 고문하는 것이 자기들의 취미라는 것을 알게 된 이 둘은 함께 다니면 좋은 듀엣이 되겠다고 생각했다. 1979년 두 사람은 가석방되었다. 둘은 로스앤젤레스 모텔에 투숙하면서 13~19세 사이의 소녀를 각각 하나씩 납치하여 강간, 고문, 살해할 계획을 세웠다. 그리고 다섯 명의 소녀를 그런 식으로 살해해나가던 중, 한 소녀가 강간당한 후 간신히 도망쳐서 경찰에 신고했다. 이렇게 하여 그들의 마각이 드러나게 되었다.

이들 중 죄질이 좀 가벼운 노리스가 마침내 경찰 심문에 굴복하여 범행을 자백했다. 가학적이고 공격적인 비태커를 옭아넣는 대신 그에게 사형만은 면제해준다는 조건이었다. 노리스는 시체가 버려진 여러 곳으로 경찰을 안내했다. 캘리포니아의 따가운 햇살을 받아 이미 해골이 된 한 소녀의 시체는, 얼음 깨는 송곳이 귀를 관통하여 바깥으로 튀어나와 있었다.

10대 소녀를 잔인무도하게 고문한 다음, 무참하게 살해한 이 사건은 한 가지 특색이 있었다. 범인 노리스가 '재미 삼아' 저질렀다고 말한 이 사건에서, 두 명의 흉악범이 합작 범죄를 저질렀을 때에는 전혀 다른 행동 양태가 나타난 것이다. 우리는 그 행동 양태에 주목했다. 일반적으로 듀엣 중 한 흉악범은 좀 더 주도적이고 다른 하나는 순종적인 형태를 보인다. 또 한 명은 조직적 사고를 가진 반면 다른 한 명은 비조직적이다. 연쇄 살인범은 본질적으로 사회 적응이 되지 않는 타입이다. 이런 범인 둘이 힘을 합쳤을 때에는 더욱 가공할 만한 범죄 행각이 벌어진다.

로렌스 비태커는 내가 만난 흉악범 중에 가장 혐오스럽고 가장 저주스러운 괴물이었다. 비태커의 흉악 행위는 천인공노할 범죄이지만, 슬프게도 이런 사건이 비태커 한 사람으로 영원히 끝나지 않는다는 것이 문제다.

비태커 일당과 마찬가지로, 제임스 러셀 오돔과 제임스 클레이 턴 로슨 2세는 1970년대 중반 형무소에서 만났다. 둘 다 성폭행죄로 캘리포니아 주 아타스카데로 주립 정신병원에서 복역 중이었다. 나는 이 두 괴물의 자료를 검토하면서 러셀 오돔은 사이코패스, 클레이 로슨은 정신분열증 환자라고 생각했다. 아타스카데로 정신병원에 있을 때, 클레이 로슨은 러셀 오돔에게 출옥 후의 계획을 말해주었다. 그 계획에는 여자를 납치하여, 유방을 잘라내고 난소를 들어낸 후, 질구에 칼을 박아넣는 짓도 포함되어 있었다. 그러나 로슨은 정상적인 성행위는 자신의 계획 속에 들어 있지 않다고 밝혔다. 그건 그의 '전문'이 아니라는 것이었다.

반면 오돔은 성행위를 자신의 전문이라고 생각했다. 오돔은 출옥하자마자 1974년형 푸른색 폭스바겐을 몰고 미 대륙을 횡단하여 사우스캐롤라이나 주 컬럼비아로 갔다. 그곳에는 형무소 동기인 클레이 로슨이 가출옥 후 부모와 함께 살면서 배관공으로 일하고 있었다(그러고 보니 연쇄 살인범들은 폭스바겐을 즐겨 타는 것 같다. 당시 가난한 FBI 요원들도 이 차를 많이 탔다). 오돔은 자기와 로슨이 각자 다른 취미를 갖고 있으니 좋은 듀엣이 되어 각자의 전문을 살려 범행할 수 있겠다고 생각했다.

오돔이 컬럼비아에 도착한 지 며칠 안 되어 둘은 로슨의 아버지 소유인 1974년형 포드 카밋을 타고 나가 사냥감을 찾았다. 그들은 1번 고속도로에 있는 세븐일레븐에 들어가 예쁘장한 여자 점원을 발견했다. 그러나 가게 안에 사람이 너무 많아 일단 포기하고 근처의 포르노 영화관으로 갔다.

나는 여기서 한 가지 중요한 사항을 강조하고자 한다. 두 흉악범은 사냥감이 반항할지도 모르거나 증인에게 목격될지도 모른다는 느낌이 들면 범행을 저지르지 않고 현장을 떠났다. 두 범인은 정신병자이다. 그리고 로슨은 기소불가의 중증 정신병자였다. 그런데도 '상황이 범행에 여의치 않자 범행을 보류했다'는 사실은 주목할 만한 점이다. 그러니까 그들은 정신병의 후유증으로 자기도 모르게 그런 짓을 저지른 것은 아니라는 얘기이다. 바로 이 때문에 나는 이렇게 주장하고 싶다. 단순히 정신병자라고 해서 범인 처벌 불가를 조치하면 절대로 안 된다는 것이다. 완전히 정신이 돌아버려 실생활에 적응을 못하는 자(가령 알몸으로 길을 걸어간다거나, 자기가 미국 대통령이라고 주장하는 남자 혹은 여자)가 아니라면, 정신병질을 가진 범인이라도 범행을 임의적으로 '선택'한다는 것은 분명한 사실이다. 진짜 정신병자가 저지른 범행은 그 범인을 잡기가 수월하다. 그러나 연쇄 살인범의 경우는 얘기가 달라진다.

다음 날 밤 그들은 영화관에 들렀다. 영화가 끝나고 밤 12시가 지나자 그들은 다시 차를 몰고 세븐일레븐으로 갔다. 그들은 가게 안으로 들어가 초콜릿 우유, 땅콩 한 봉지, 피클 등의 간단한 물건을 샀다. 이번에는 가게 안에 그들밖에 없었다. 오돔이 22구경 권총을 가게 점원에게 내밀어 협박을 했고 둘은 그녀를 납치했다. 로슨은 주머니에 32구경 총을 갖고 있었으나 꺼내지 않았다. 그리고 잠시 뒤 가게 안에 아무도 없는 것을 이상하게 여긴 한 손님이 경찰에 신고했다. 경찰이 현장에 도착했을 때 금전 등록기는 손대지 않은 상태였고 여자 점원의 수첩이 카운터 뒤에 그대로 놓여 있었다. 귀중품도 가져간 것이 없었다.

오돔과 로슨은 그녀를 으슥한 곳으로 데려갔다. 오돔은 그녀에게 발가벗으라고 명령한 뒤 뒷좌석에서 성폭행했다. 로슨은 차 바깥에서 망을 보면서, 빨리 끝내고 순서를 넘기라고 독촉했다. 약

5분 뒤 오돔이 사정을 하고 바지를 추스르며 차에서 나왔다. 그리고 이번에는 진짜 정신병자 로슨의 차례가 되었다.

차에서 나온 오돔은 구토를 느껴 차에서 좀 떨어진 곳에 토하러 갔다(이것은 오돔이 하는 말이다). 로슨은 나중에 이렇게 말했다. "여자에게 자기를 살려주면 신고하지 않겠다는 약속을 받아냈는데, 저 오돔이란 놈이 여자를 처치해야 한다고 했어요." 아무튼 약 5분 뒤 오돔은 차 안에서 흘러나오는 찢어지는 비명을 들었다. "아아아아, 내 목구멍!" 오돔이 토하고 나서 차에 돌아와보니 로슨이 여자의 목구멍을 칼로 뜯어낸 뒤였다. 로슨은 이어 그 전날 밤 세븐일레븐에서 산 주머니칼로 여자의 시체를 마구 절단하고 있었다.

다음 날 두 괴물은 오돔의 폭스바겐 차를 타고 나가 두 뭉치로 싼 피살자의 옷을 내다버렸다. 로슨은 여자의 음부를 칼로 마구 찔러놓고, 그 절단된 음부를 먹어버릴까 생각했으나 너무 역겨워서 그만두었다고 오돔에게 말했다.

끔찍하게 도륙된 시체는 훤히 보이게 방치된 채 발견되었고 범인들은 범행 며칠 뒤 체포되었다. 사형에 처해질까 봐 겁이 더럭 난 러셀 오돔은 강간한 사실은 시인했지만 살인은 하지 않았다고 실토했다.

클레이 로슨은 경찰 조서에서 자기는 피살자와 섹스를 하지는 않았다고 분명히 밝혔다. "나는 그 여자를 강간하지 않았어요. 단지 파괴하고 싶었을 뿐입니다." 로슨이라는 괴물은 재판 도중 법정에서 백묵을 우적우적 씹어먹기도 했다.

오돔과 러셀은 따로 재판을 받았다. 오돔은 강간, 불법 무기소지, 살인 전후의 종범 혐의로 종신형 플러스 40년 형을 받았다. 로슨은 1급 살인혐의로 유죄 판결을 받고 1976년 5월 18일 전기의자형에 처해졌다.

비태커와 노리스의 경우와 같이, 오돔과 러셀은 두 명의 서로 다른 성격을 가진 범죄자가 가담했으므로 혼재된 행동 양식과 행동 증거를 드러냈다. 시체를 끔찍하게 훼손했다는 것은 비조직적 인성을 드러내는 것이고, 피살자의 질내에서 정액이 발견되었다는 사실은 조직적 인성을 보여준다. 우리는 콴티코에서 오돔과 러셀 사건을 채택해 강의했다. 그때 예전 기억이 하나 떠올랐다. 1980년 어느 날 나는 펜실베이니아 주 로건 타운십 경찰서의 존 리더 서장의 전화를 받았다. 프로파일러로 근무한 지 얼마 안 된 때였다. 리더 서장은 내셔널 아카데미 졸업생이었다. 존스타운 FBI 일인지국의 데일 프라이 요원을 통해, 리더 서장과 블레어 카운티 검사장인 올리버 E. 마타스 2세가 콴티코에 협조 의뢰를 해왔다. 베티 제인 셰이드라는 젊은 여자가 강간, 살해, 절단된 사고였다.

사건의 개요는 다음과 같았다.

사건은 약 1년 전인 1979년 5월 29일에 발생했다. 베티 제인 셰이드(22세)는 밤 10시 15분경 탁아소 일을 끝내고 집으로 돌아가는 중이었다. 그 나흘 뒤 숲속으로 산책을 나갔던 한 남자가 알투나 근처의 워프소녹 산 꼭대기에 불법으로 조성된 쓰레기장에서, 심하게 훼손되었으나 보존 상태는 좋은 시체를 발견했다. 피살자의 긴 금발은 가위 같은 것으로 잘려져 옆에 있는 나뭇가지에 걸린 채 바람에 나풀거리고 있었다. 카운티 검시의인 찰스 R. 버키는 평생 이렇게 '끔찍한' 피살체는 처음 본다고 현지 신문에 말했다. 베티 제인 셰이드는 성폭행을 당했고, 턱뼈가 부러졌으며, 눈에는 시커멓게 멍이 들었고, 온몸에 칼자국이 낭자했다. 사인은 머리를 둔기로 얻어맞은 타박상이었다. 사망 후의 시체 훼손 행위는 무수한 칼자국, 양쪽 유방의 절단, 질구에서 항문까지의 절개 등이었다.

위 속에 음식물 찌꺼기가 남아 있는 것으로 보아 실종된 직후에 살해된 것 같았다. 쓰레기장에 나흘이나 버려져 있던 시체 치고는 보존 상태가 양호했다. 구더기가 슬지도 않았고 동물의 이빨 자국도 없었다. 당시 경찰은 산꼭대기에 불법 쓰레기장이 있다는 진정을 받고 쓰레기장 주변을 감시하고 있었다. 그러므로, 만약 시체가 나흘 전에 버려졌다면 경찰이 먼저 발견했을 것이었다.

나는 리더 서장이 보내온 사건 자료를 모두 검토한 다음 프로파일을 작성했다. 그리고 리더와 장시간에 걸쳐 장거리 통화를 하면서 내용을 말해주었다. 먼저 프로파일링의 원칙과 우리의 목적을 설명한 뒤 프로파일링 개요를 다음과 같이 말했다. "17세에서 25세 사이의 백인 남자를 찾아보십시오. 만약 범인이 시골 오지에서 산다면 연령이 그보다 조금 높을 수도 있습니다. 그동안 사회 접촉이 별로 없었을 테니까. 말라깽이인 데다 외톨이이고 내성적이며 포르노그래피에 탐닉하는 사람일 겁니다. 고등학교에 다닐 때는 두각을 나타내지 못했어요. 어릴 때 성장 환경은 전형적인 결손가정입니다. 가정 불화가 끊이지 않는 데다, 아버지는 없고 어머니는 아들을 자기 마음대로 주무르고 과보호를 했겠군요. 어머니는 자기만 빼놓고 이 세상의 여자는 모두 여우라는 인상을 아들에게 심어주었어요. 그러므로 범인은 여자를 두려워하고 그들과 좋은 관계를 맺을 수가 없어요. 바로 이런 이유 때문에 피살자에게 기습적으로 접근하여 의식을 잃게 한 겁니다."

범인은 피살자를 잘 알았다. 엄청난 분노를 마음속에 갖고 있던 범인은 피살자의 얼굴, 유방, 음부를 훼손하여 그녀를 사물화했다. 피해자 연구 측면에서 볼 때 베티 제인 셰이드는 단정하고 깨끗한 여자였고 잘 빗은 금발 머리를 자랑스럽게 여겼다. 그래서 그녀에게 모욕과 모멸을 줄 속셈으로 그녀의 머리카락을 잘라 나뭇가지에 걸어놓았고, 그 행위는 범인이 면식범임을 방증하는 것이다. 그러나 비태커와 노리스의 경우와는 다르게, 죽기 전에 가학적 행위를 하거나 고문을 한 흔적은 없었다. 그러니까 범인은 살아 있는 여자를 고문하면서 성적 만족을 얻는 변태성욕자는 아니었다.

나는 서장에게 범인은 '외향적 성격을 가진 활발한 중고 자동차 세일즈맨' 유형은 아니라고 말했다. 만약 직장이 있다면 수위나 블루칼라 같은 육체노동자일 것이다. 시체를 쓰레기장에 내다버릴 생각을 한 것으로 보면, 지저분한 것을 만지는 일에 익숙한 자이다. 납치 시점, 절단된 유방, 시체의 운반, 쓰레기장에 유기한 점 등을 감안하면 범인은 야행성이며 베티 셰이드의 묘지를 방문하고 또 장례식에도 나타났을지 모른다. 그렇게 해서 살해 현장을 마음속에서 자꾸 되새겨보면서 베티 제인과 '정상적인' 관계를 가졌었다고 다짐했을 것이다.[*] 머릿속에 이런 망상 체계가 공고하게 구축되어 있기 때문에 설혹 범인에게 거짓말 탐지기를 들이대도 소용없을지도 모른다. 그리고 범인은 피살자의 집과 탁아소 사이, 현장 가까운 곳에 살고 있을 거라고 말했다.

내 프로파일링을 듣고 난 현지 경찰은 체포에 필요한 물증은 없지만, 거기에 근접하는 용의자가 두 명 있다고 말했다. 한 사람은 피살자의 동거남이며 자칭 약혼자인 찰스 F. 솔트(일명 부치)였다. 부치도 유력한 용의자였으나 경찰은 다른 용의자를 더 마음에 두고 있었다. 시체를 발견해 신고하고는 그 뒤에 횡설수설하는 남자

---

[*] 범인의 기괴한 환상 속에서는 살육행위가 여자를 소유하는 정상적인 관계로 생각된다.

였다. 철도 기계공이었는데, 신체적 장애로 실업 상태였다. 그는 숲속으로 산책을 나왔다고 했는데, 느닷없이 쓰레기장에서 시체를 발견했다. 개를 데리고 산책을 나온 한 노인은 이 기계공이 쓰레기장에서 오줌을 누는 것을 보았다고 증언했다. 더욱 우스꽝스럽고 기이한 것은, 그 남자가 도저히 하이킹을 할 복장이 아니었다는 점이다. 또 비가 오고 있었는데도 옷이 뽀송뽀송 말라 있었다. 그 기계공은 베티 제인 셰이드의 집에서 네 블록 떨어진 곳에 살고 있었다. 그리고 전에 여러 번 그녀에게 치근대며 접근했으나 딱지를 맞았다. 그는 경찰에 나와 진술할 때에는 말을 더듬었고 자기가 살인자로 오해될까 봐 신고하기가 망설여졌다고 했다. 그의 태도는, 자발적으로 경찰의 수사에 협조함으로써 혐의를 벗으려는 진범의 전형적 수법이었다. 또 맥주를 많이 마시고 끊임없이 담배를 피워대는 골초였다. 기계공인지라 완력이 대단했고 사람을 죽인 다음 시체를 처리할 힘이 충분했다. 게다가 반사회적인 활동을 한 전력도 있었다. 여러 모로 유력한 용의자였다. 그러나 그는 사건 당일 밤 아내와 함께 집에서 텔레비전을 보았다고 주장했다. 그것은 용의자와 그 아내가 내놓는 주장이니, 충분한 알리바이가 될 수 없었다. 나는 그 기계공에 대한 얘기를 듣고, 그런 유형의 용의자는 곧 변호사와 접촉할 것이고 그 이후에는 경찰 수사에 비협조적으로 나오는 경향이 있다고 말했다. 과연 기계공은 그렇게 했다. 변호사를 선임했을 뿐만 아니라 거짓말 테스트조차 거부했다. 이런 점에서 볼 때, 그 기계공이 가장 유력한 용의자 같았다.

그러나 내가 볼 때 한 가지 미심쩍은 구석이 있었다. 그 기계공은 결혼을 하여 아이를 둘이나 두었고 아내가 있었다. 이러한 가족적 상황은 베티 제인을 살해한 방법과 어울리지 않았다. 만약 기혼자가 베티 제인을 죽였다면 여자에 대한 엄청난 가학적 분노를 표출했을 것이다. 그래서 피살자를 금방 죽이지 않고 질질 끌면서 서서히 고문을 가했을 것이다. 베티 제인의 경우처럼 죽은 뒤에 시체를 훼손하는 짓은 하지 않았을 것이다. 게다가 그는 나이가 서른이었다. 그렇게 끔찍하게 사체를 훼손하기에는 좀 늙은 편이었다.

나는 솔트가 더 유력한 용의자라고 생각했다. 그는 거의 모든 점에서 프로파일링과 들어맞았다. 어렸을 때 부모가 헤어졌고 어머니는 아들의 일을 사사건건 간섭하는 독재적인 여자였다. 솔트는 스물여섯 살이었는데도 여자와의 섹스가 원만치 못했다. 경찰 조서에는 그가 전에 자기보다 나이 많은 여자와 성관계를 가지려 했으나 발기가 되지 않아 조롱을 당한 적이 두 번 있다고 적혀 있었다. 그와 베티 제인은 서로 사랑하여 결혼할 예정이었다. 그런데도 베티 제인은 다른 남자들과 교제하면서 육체 관계를 가졌다. 만약 베티 제인이 아직도 살아 있다면 그녀는 분명 다르게 말했을 것이다. 그녀의 장례식 때 솔트는 관을 열고 자기도 그 안에 들어가 함께 눕고 싶다고 말했다. 경찰의 심문을 받으면서 솔트는 베티 제인을 잃은 것에 대해 끊임없이 눈물을 흘렸다.

현지 경찰은 부치 솔트와 그의 남동생 마이크 솔트가 쓰레기 운반업자라고 말했다. "그래요? 그렇다면 솔트가 거의 틀림없겠는데요." 나는 대답했다. 쓰레기 운반업자이니 당연히 쓰레기장의 위치와 가는 길을 잘 알고, 시체를 운반할 수단도 있는 셈이었다.

그러나 부치를 유력한 용의자로 지목하면서도 두 가지 점이 마음에 걸렸다. 첫째, 부치는 덩치가 베티 제인보다 별로 크지 않은 소인이었다. 도저히 그 정도 덩치로는 시체를 옮길 힘도 없고 또 시체를 개구리같이 구부린 자세(시체 발견 당시의 자세)로 굽힐 완력이 없었다. 둘째, 피살자의 질내에서 정액이 검출되었다는 것은, 변태가 아닌 전형적 강간 형태였다. 가령 피살자의 속옷이나 옷에서 정액이 발견되었다면 모르겠지만, 질내에서 발견된 것은 아무래도 이상했다. 샘의 아들 데이비드 버코위츠처럼 범인은 자위를 했으면 모를까 강간범이 될 수는 없었다. 시체를 훼손함으로써 성적 만족을 얻는 자는 정상적인 섹스에는 취미가 없기 때문에 이건 앞뒤가 맞지 않았다.

베티 제인 사건은 뉴욕 시의 프랜신 엘버슨 사건과 마찬가지로 조직적·비조직적 형태가 혼합되어 있는 살인사건이었다. 기습적인 공격, 얼굴을 절단낸 것, 음부를 훼손시킨 것 등 유사한 점이 많았다. 엘버슨의 경우에는 젖꼭지가 절단된 데 비해, 셰이드의 경우는 양 유방이 도려내졌다.

그러나 프랜신 엘버슨의 경우, 덩치가 훨씬 큰 카민 칼라브로가 그녀를 옥상 층계참까지 끌어올렸다. 그리고 베티 제인의 경우와는 달리, 사정도 순전히 자위에 의한 것이었다.

나는 다른 사건인 오돔과 로슨 사건을 염두에 두면서 아무래도 범인이 두 명 이상일 것 같다는 생각이 들었다. 그렇지 않으면 범행 현장의 그림을 합리적으로 설명할 수 없었다. 나는 이렇게 추리했다. 부치 솔트는 탁아소에서 나오는 베티 제인을 만났다. 그들은 언쟁을 했다. 화가 난 솔트가 그녀를 때려서 의식을 잃게 했다. 그런 다음 그녀를 으슥한 곳으로 데려갔다. 그가(둔기로) 때려서 베티 제인을 죽였다. 그래서 그녀의 금발을 잘라내고, 시체를 훼손하고, 기념품으로 양쪽 유방을 잘라 가졌다. 그런데 여기서 한 가지 혼선이 발생한다. 그녀는 처음 공격을 당한 시각과 사망한 시각 사이에 강간을 당했다. 그런데 비조직적인 성품에 발기가 안 되는 마마

보이인 부치 솔트는 강간할 능력이 없었다. 또 부치 혼자서 시체를 산꼭대기의 쓰레기장까지 옮길 수가 없었다. 그렇다면 강간을 하고 시체 유기에 조력한 제2의 범인이 있다고 봐야 했다. 그 제2의 범인은 누구일까?

나는 부치의 동생인 마이크가 유력하다고 판단했다. 동생은 성장 환경이 형과 비슷했고 같은 직업에 종사했다. 또 형처럼 정신병원에 입원한 적이 있고 폭행 전과도 있으며 이상한 태도를 보인다는 문제가 있었다. 게다가 분노가 폭발하면 잘 조절하지 못했다. 형과 다른 점이 있다면 동생은 결혼을 했다는 것이다. 베티 제인 셰이드가 납치되던 날 밤, 마이크의 아내는 임신하여 병원에 입원해 있었다. 아내가 임신했다는 사실은 굉장한 스트레스 요인이었고, 게다가 성적 욕구를 해소할 기회를 앗아갔다. 그러니까 베티 제인을 일차 공격하고 난 다음 얼이 빠진 부치가 동생 마이크에게 전화로 도움을 요청했을 가능성이 있었다. 동생은 형 부치가 보는 앞에서 베티 제인을 강간했고 살인을 한 다음에 시체 유기를 도왔다.

이상이 내 추리의 개요였다. 나는 현지 경찰에게 위협을 주지 않는 은근한 접근 방식을 쓰라고 조언했다. 그러나 불행하게도 현지 경찰은 부치를 여러 번 심문했고 또 거짓말 테스트도 실시했다. 내가 예상했던 대로 거짓말 테스트는 부치가 약간의 정서적 혼란을 느끼는 것 외에는, 거짓말을 하고 있지 않다고 판정했다. 그래서 나는 차선책으로 동생 마이크에게 접근하라고 조언했다. 당신이 저지른 일이라곤 베티 제인을 강간하고 시체를 내다버리는 것을 도와준 것밖에 더 있느냐. 우리(경찰)에게 협조해라. 그러면 나중에 형량을 정할 때 정상 참작이 되게 해주겠다. 만약 협조하지 않는다면 당신도 뜨거운 물에 빠져 형처럼 고생할 줄 알라는 식의 접근이었다. 이 전략은 그대로 먹혀들었다.

두 형제와 그들의 여동생 캐시 위싱거가 체포되었다. 캐시는 자기가 베티 제인의 친한 친구라고 말했다. 마이크의 증언에 의하면 캐시도 시체를 내다버린 현장에 같이 있었다는 것이었다.

사건의 내막은 어떤 것이었을까? 부치는 성적으로 매력적이고 성경험도 많은 베티 제인과 정상적인 섹스를 하려고 무척 애를 썼을 것이다. 그러나 성공하지 못하자 자신의 성적 무능력에 분노를 느꼈을 것이고 그 분노는 엉뚱한 방식으로 폭발해버린 것이다. 그는 화가 난 김에 베티 제인을 공격했고 그런 다음 얼이 빠져 동생에게 도움을 요청했다. 그러나 동생 마이크가 자기 자신이 그토록 시도했으나 실패한 일을 보란 듯이 해치우자, 더욱 분노가 증폭되었다. 그렇게 되자 나흘 뒤 변태적 성적 만족의 한 형태로 시체를 훼손한 것이었다. 그리고 동생에게 시체를 같이 옮기자고 했다.

피살자의 한쪽 유방은 곧 발견되었다. 마이크는 나머지 한쪽은 형이 기념품으로 가져갔다고 경찰에서 진술했다(나는 당연히 그랬을 것으로 예측했다). 부치가 그것을 감춘 곳은 끝내 발견되지 않았다.

찰스 '부치' 솔트는 1급 살인 판결을 받았다. 그리고 동생 마이크는 유죄 답변 거래 덕분에 감형되어 정신병원으로 보내졌다. 리더 서장은 우리 행동과학부의 도움으로 수사를 급진전시켜 범인들에게 자백을 받아낼 수 있었다고 공개적으로 말했다. 우리로서는 리더 서장 같은 분을 만난 것이 큰 행운이었다. 리더 서장은 내셔널 아카데미에서 교육을 받았고, 현지 경찰과 콴티코가 서로 협조하면 좋은 결실을 맺을 수 있다는 것을 알고 있는 사람이었다.

우리는 이런 공고한 협조 덕택에 부치 일행이 또 다른 범죄를 저지르기 전에 검거할 수 있었다. 사건 해결 후 리더 서장과 휘하의 경찰관들은 펜실베이니아 주 로건 타운십의 치안이라는 평상 업무로 돌아갔고, 나는 150여 건이나 되는 사건 서류 더미로 돌아왔다. 그 서류 더미 속에서 범죄자와 희생자의 심리를 읽어내게 해주는 단서는 없는지 살펴보면서.

누구나 약점은 있다

몬태나 주립대학을 때려치우고 집에 돌아와 있던 시절 이야기이다. 어느 날 저녁 나는 롱아일랜드의 유니언데일에 있는 콜드스트림이라는, 피자와 맥주를 파는 가게에서 부모님과 함께 저녁을 먹고 있었다. 치즈가 듬뿍 얹어진 피자를 한입 먹으려는 순간 어머니가 대뜸 이렇게 물었다. "존, 너는 여자들과 성경험이 있니?"

나는 금방 베어 문 피자 조각을 힘들게 삼켰다. 가슴이 답답해졌다. 그것은 1960년대 중반, 19세 혹은 20세 된 청년이 어머니에게 흔히 듣는 질문은 절대로 아니었다. 나는 도움을 청하기 위해 아버지 쪽으로 고개를 돌렸다. 그러나 아버지는 큰바위 얼굴처럼 묵묵부답이었다. 하지만 아버지도 나만큼이나 당황스러워했다.

"어서 대답해봐." 어머니는 재촉했다. 과연 결혼 전 이름 홈스답게 바싹 심문해 들어왔다. "어, 예, 있습니다." 어머니는 송충이 씹은 표정을 지었다. "그래? 상대는 누구였지?"

"아…… 저……." 나는 그 순간 입맛이 싹 달아났다. "저기…… 사실은 여러 명이에요." 나는 어머니에게 그중 한 명은 보즈먼의 미혼모 보호 시설에 있던 10대 소녀였다는 얘기는 하지 않았다. 그

278

때의 내 심정을 비유적으로 말하자면 범행 증거(시체)를 지하실에
감추어놓은 살인범 꼴이었다. "도대체 너 같은 애를 누가 남편으로
맞아들이겠니?" 어머니는 깊은 한숨을 내쉬었다.

나는 이상하리만큼 말이 없는 아버지에게로 고개를 돌렸다. '아
버지, 어서 도와줘요.'

"여보, 나도 잘은 모르지만, 요새는 그게 별일도 아니라오."

"뭐라고요? 이건 언제나 중요하고 특별한 일이에요." 그러고 나
서 어머니는 내게로 고개를 돌렸다. "존, 나중에 네 신부가 결혼하
기 전에 성경험이 있었느냐고 물어본다면 뭐라고 말할 거니?"

나는 피자를 씹다 말고 이렇게 대답했다. "어머니, 난 사실 그대
로 말하겠습니다."

"아니야, 그런 건 숨기는 게 좋아." 아버지가 말했다.

"뭐라고요?" 어머니는 반문했다.

'아버지, 왜 결정적인 순간에 그런 어처구니없는 말을⋯⋯.'

그날의 대화는 승부가 결정나지 않은 채 흐지부지되고 말았다.
나는 아내 팸에게 과거를 말했을 수도 있고, 안 했을 수도 있다. 또
는 아내가 예리하게 추측했을 수도 있다. 아무튼 어머니의 걱정과
는 다르게 팸은 나와 결혼하겠다고 동의했다. 그러나 어머니의 청
천벽력 같은 질문은 뒤에 수사관이 된 내게 귀중한 교훈이 되었다.
나중에 상당한 경력을 갖춘 수사관·프로파일러가 되고 또 범죄 행
태와 심리학에 전문가가 된 다음에도 나는 어머니의 그 질문을 생
각하면 식은땀이 난다. 그러니까 그 많은 훈련과 분석 경험을 갖춘
지금도, 어머니가 똑같은 질문을 던진다면 역시 대답을 잘 못하고
쩔쩔맬 것이라는 얘기이다.

그것은 어머니가 나의 가장 취약한 진실을 물고 늘어졌기 때문

이다. 이를 잘 보여주는 또 다른 구체적 예를 하나 들겠다. 나는 FBI의 수석 프로파일러가 된 이후 다른 프로파일러들을 직접 선발하고 또 훈련시켰다. 그래서 우리 팀에 들어온 남녀 직원들과 우호적이고 친밀한 관계를 유지할 수 있었다. 이들 요원은 각자 나름대로 맡은 분야에서 스타 플레이어가 되었다. 그러나 그중에서도 슈퍼스타를 들자면 그레그 쿠퍼를 꼽아야 할 것이다. 그레그는 30대 초반 FBI 행동과학부 요원인 켄 래닝과 빌 해그마이어의 프로파일링 강의를 듣고 뜻한 바 있어, 유타 주 소읍의 경찰 반장직을 때려치우고 FBI에 들어온 사람이다. 그는 시애틀 지국에서 두각을 나타냈으나, 늘 콴티코로 와서 행동과학부 일을 해보고 싶어했다. 그레그는 그린리버 살인범에 대한 나의 프로파일링 및 분석 자료를 모조리 신청하여 숙독하고 있었다. 그리고 내가 〈살인범 추적 라이브〉라는 텔레비전 프로그램에 출연하기 위해 시애틀로 내려갔을 때, 그레그는 자청하여 내 운전사가 되어 시내를 안내해주었다. 그 뒤 내가 수사지원부의 부서장이 되었을 때, 그레그는 캘리포니아 주 오렌지 카운티에 있는 일인지국에서 근무하고 있었다. 나는 그를 콴티코로 차출했다. 평생의 소원인 콴티코 입성을 성취한 그레그는 뛰어난 업적을 올리기 시작했다.

우리 부서에 전입한 그레그는 여자 요원인 자나 먼로와 지하의 창문 없는 사무실을 함께 썼다. 자나 먼로는 FBI 요원이 되기 전에 캘리포니아 주에서 살인사건 담당 형사로 일했다. 그녀는 여러 분야에서 재능을 발휘했으며 금발이 돋보이는 매력적인 사람이었다. 다른 남자 요원들 같으면 그런 미녀와 같은 방을 쓰게 된 것을 행운 중의 행운이라고 여겼을 것이다. 그러나 그레그는 달랐다. 그는 독실한 모르몬교 신자로서 품행이 방정하고 가정에 충실한 모범적인 남자였다. 멋진 아내 론다와의 사이에 귀여운 자녀가 다섯이나 되었다. 또 론다는 남편의 뒷바라지를 위해 햇빛 따뜻한 캘리포니아의 천국을 버리고 덥고 습하고 따분한 버지니아로 따라온 착한 아내였다. 아내가 사무실에서 같이 일하는 동료에 대해서 물어볼 때마다, 그레그는 우물거리다가 재빨리 화제를 바꾸는 수밖에 없었다.

드디어 콴티코에 온 지 6개월이 되었을 때, 그레그는 아내 론다를 부서 크리스마스 파티에 데리고 왔다. 나는 당시 출장 중이어서 그 파티에 참석하지 못했다. 생기발랄한 자나 먼로도 당연히 참석했다. 그녀는 파티에 어울리는, 가슴이 깊게 파이고 몸에 착 달라붙는 붉은 미니 드레스를 입고 나왔다.

내가 출장에서 돌아오니, 부서의 차장이며 내가 없을 때 수석 프로파일러로 근무하는 짐 라이트가 그때의 상황을 얘기해주었다. 파티가 끝난 후에 그레그와 론다 사이에 부부싸움이 벌어졌다고 했다. 아내 론다는 남편이 하루종일 밀폐된 사무실에서 미녀와 함께 근무하는 상황이 도무지 마음에 들지 않았던 것이다.

그래서 나는 비서를 시켜서 회의 중인 그레그를 불러냈다. 그런 호출은 자주 있는 일이 아니므로 그레그는 약간 겁먹은 표정이었다. 그는 콴티코로 전입한 지 6개월밖에 안 되었고 또 수사지원부에서 근무하는 것이 평생 소원이었기 때문에 어떻게든 잘해보겠다는 생각뿐이었다.

책상에 앉아 있던 나는 고개를 들고 이렇게 말했다. "그레그, 문을 닫고 여기와서 좀 앉게." 그는 나의 가라앉은 목소리에 더 겁을 먹으며 의자에 앉았다. "금방 자네 집사람한테서 전화를 받았네. 자네 부부 사이에 무슨 문제가 있다며?"

"론다하고 방금 통화하셨다고요?" 그는 감히 나를 바라보지 못했다. 그는 내 책상에 놓여 있는 FBI 국장 직통 전화만 멍하니 응시했다.

"이봐, 그레그. 난 자네 입장을 생각해서 이렇게 말하는 걸세. 그렇지만 자네와 자나가 함께 출장을 나간다고 해서 특별 혜택을 줄 수도 없어. 이 문제는 자네 둘 사이에서 알아서 처리해야 할 문제야. 자네 집사람은 자네와 자나 사이에 벌어지고 있는 일을 알고 있는 것 같고…… 그래서……." 나는 카운슬러처럼 부드러운 목소리로 말했다.

"자나하고 저 사이에는 아무 일도 없어요!" 그가 단호한 목소리로 말했다.

"자네가 하는 일에 스트레스가 많다는 것은 잘 아네. 하지만 아름다운 아내와 귀여운 자식이 있지 않나. 그들을 버리지는 말게."

"부장님, 사실은 그렇지 않아요. 집사람도 그렇게 생각하지 않을 겁니다. 그러니 제 말을 좀 믿어주세요." 그레그는 계속 직통 전화만 뚫어져라 내려다보았다. 만약 사람의 눈빛에 파괴력이 있었다면 그 전화통은 지금쯤 가루가 되어 내 책상 위에 술술 흘러내릴 터였다. 이제 식은땀이 그의 이마에서 좔좔 흘렀다. 경동맥이 펄떡펄떡 뛰는 것도 보였다. 그래서 나는 그레그를 석쇠 위에 올려놓고 굽는 일을 그쯤에서 그만두었다.

"그레그, 자네 꼴을 좀 보게!" 나는 빙그레 웃으면서 말했다. "이 정도의 심문도 견뎌내지 못하면서, 어떻게 자네 자신을 수사관이라고 할 수 있겠나?" 당시 그레그는 《범죄 분류 교본》의 '심문' 항목을 집필하고 있었다. "그래, 자네는 정말 죄지은 일이 없나?"

"부장님, 결단코 없습니다."

"그런데, 지금의 자네 꼴을 좀 보게! 어쩔 줄 모르고 쩔쩔매지 않나. 자네는 결백해. 그리고 과거에 경찰 반장까지 지낸 노련한 수사관이야. 그런데도 난 자네를 지금처럼 가지고 놀 수 있단 말일세. 그래, 이런 상황을 자네는 어떻게 파악하고 있나?"

그제야 그레그의 대머리에서 안도의 식은땀이 흘러내렸다. 묵묵부답, 별로 할 말이 없는 것 같았다. 그렇지만 그는 내 말의 요점을 파악했다. 이 예에서 보듯이 상대의 약점을 알고 있으면 그 상대를 마음대로 주무를 수 있다. 나도 그런 유사한 경우를 당해본 적이 있기 때문에 그레그를 심문할 수 있었던 것이다. 그러니 유사한 상황이 벌어지면 상대가 누구든 마음대로 심문할 수 있는 것이다.

우리는 모두 약점이 있다. 지식과 경험이 많고, 수많은 용의자를 심문해보았거나 심문 기술을 아무리 잘 알고 있어도 소용없는 일이다. 사람은 누구 할 것 없이 궁지에 몰릴 수 있다. 그러니 그 사람의 가장 취약한 점만 알면 손쉽게 코너로 몰아넣고 심리적 위협을 가할 수 있다.

나는 프로파일러로 일하던 초기에 이 사실을 알았고 그것을 유용하게 써먹었다. 물론 그레그 같은 부하를 상대로 시범을 보이기 위해 써먹기도 했지만 주로 범인들에게 활용했다. 그러면 이 기술을 처음 써먹은 사건을 하나 소개하겠다.

1979년 12월이었다. 조지아 주 롬의 일인지국에서 근무하는 특별요원 로버트 리어리가 내게 전화를 걸어와 끔찍한 강간 살인사건을 자세히 보고하면서 가장 우선 순위로 처리해달라고 요청했다. 사건 발생은 리어리가 전화한 시점으로부터 일주일 전이었다. 롬에서 반 시간 거리인 아데어스빌에 사는, 예쁘고 활달한 메어리 프랜시스 스토너(12세)가 실종되었다. 그녀는 학교 버스에서 내려대로변에서 약 900미터 정도 떨어진 자기 집 드라이브웨이에서 마지막으로 목격되었다. 그리고 집에서 약 16킬로미터 떨어진, 연인들이 즐겨 가는 숲속에서 죽은 채 발견되었다. 숲속에서 데이트를 하던 젊은 남녀가 머리 부분에 노란 코트가 덮인 시체를 발견했다. 젊은 남녀는 현장을 훼손하지 않은 채(이것은 나중에 사건 해결에 큰 도움이 되었다), 경찰에 신고했다. 사인은 둔기에 의한 머리 타박상이었다. 시체를 부검해보니 커다란 돌덩어리에 맞아 두개골이 골절되었다(범죄 현장 사진을 보니 시체의 머리 옆에 피 묻은 돌덩이가 버려져 있었다). 목에는 뒤에서 손으로 조른 흔적이 남아 있었다.

나는 사건 관련 자료들을 검토하기 전에 피살자에 대해 가능한 한 많은 것을 알아내려 했다. 동네 사람들은 피살자 메어리 프랜시스에 대해 좋은 얘기만 했다. 누구에게나 친절했고, 사교적이었고, 매력적이었다. 순진하고 착한 학생이었고, 교복을 입고 학교에 갔고 스쿨밴드의 배턴걸이었다. 열여덟 살쯤 되어 보이는 성숙한 열두 살이 아니라, 말 그대로 귀여운 열두 살 소녀였다. 성적으로 난잡하지도 않았고 마약과 술은 전혀 모르는 학생이었다. 검시 결과, 강간 당시 그녀는 성경험이 없었다. 결론적으로 그녀는 위험도가 낮은 환경 속에서 사는 위험도가 낮은 희생자였다.

리어리가 하는 말을 듣고 관련 서류와 사건 현장 사진을 검토한 다음 나는 다음과 같이 메모를 했다.

프로파일

성별 : 남자

인종 : 백인

나이 : 20대 중반에서 후반

결혼 상태 : 기혼. 결혼 생활에 문제 있거나 이혼

병역 : 불명예 혹은 의병제대

직업 : 육체노동. 전기공이나 배관공 등

IQ : 평균 혹은 그 이상

교육 : 기껏해야 고졸 혹은 중퇴

전과 : 방화, 강간

인성 : 자신감 넘치고 똑똑한 체함. 거짓말 테스트 통과

승용차 색깔 : 검은색 또는 푸른색

심문 방법 : 노골적으로 밀어붙일 것

이 사건은 우발적인 강간이었다. 처음부터 살인을 의도하거나 계획한 것은 아니었다. 시체의 옷 입은 상태가 어지러운 것으로 보아, 강제로 옷을 벗겼고 강간을 한 후에 황급히 옷을 입혔다. 현장 사진에 의하면 시체는 신발 끈을 매지 않았고 팬티에는 피가 묻어 있었다. 그녀의 등, 엉덩이, 발에는 쓰레기가 묻어 있지 않았다. 그러니까 강간은 시체가 발견된 숲속이 아니라 차 안에서 벌어졌다.

다소 평범해 보이는 사건 현장 사진들을 들여다보면서 나는 범죄 현장에서 어떤 일이 벌어졌는지 추리해보았다. 그 모든 광경을 쉽게 상상할 수 있었다.

메어리 프랜시스는 나이가 어리고 외향적인 데다 활달한 성격이었기 때문에 집 앞 버스정류장 같은 안전한 장소에 내리자 안심을 했을 것이다. 범인은 이 점을 노려 메어리에게 접근했다. 범인은 그녀를 꾀어 차 가까이로 오게 했다. 그런 다음 총이나 칼을 들이대며 강제로 차에 태웠다. 그녀의 시체가 유괴 현장에서 멀리 떨어진 곳에서 발견되었다는 사실은 범인이 그 일대의 지리를 잘 안다

는 뜻이었다. 그러므로 범인은 그 숲속으로 가면 사람들에게 들키지 않는다는 것도 알고 있었다.

유괴 현장을 감안할 때 이 사건은 계획된 범죄는 아니었다. 아마도 범인이 차를 몰고 그 옆을 지나다가 즉흥적으로 저질렀을 것이다. 오돔과 로슨 사건에서처럼(세븐일레븐에 들어갔다가 사람이 많아서 나온 것), 만약 그 순간에 메어리 옆에 어른이라도 함께 있었다면 범인은 그냥 지나갔을 것이다. 어린 소녀의 사근사근하고 밝은 성격 때문에 범인은 마음속에서 엉뚱한 환상을 품게 되었다. 즉 그녀의 다정함을 난잡함으로 오해했고, 자신과 섹스를 하고 싶어한다고 기괴한 망상을 했다.

물론 현실은 범인의 망상과는 정반대였다. 범인이 그녀를 강간하려 했을 때, 순순히 안겨올 것으로 예상했던 환상은 산산조각이 났다. 메어리는 겁을 먹은 데다 고통으로 소리를 지르며 살려달라고 했다. 범인이 지난 몇 해 동안 마음속에 꿈꿔온 환상은 현실과는 너무 달랐다. 범인은 어린 소녀를 어떻게 대해야 할지 몰라 쩔쩔맸고 난감한 상황에 빠지게 되었다.

그 순간 범인은 엉뚱하게도, 그 상황에서 벗어나는 유일한 방법은 그녀를 죽이는 것뿐이라고 생각했다. 그러나 너무 무섭고 죽을지도 모른다는 생각에 와들와들 떨고 있는 소녀를 통제하는 것은 범인의 생각보다 훨씬 어려운 일이었다. 그래서 일을 약간 수월하게 하기 위해, 그리고 소녀를 더 협조적으로 만들기 위해, 빨리 옷을 입으면 놓아주겠다고 꾀었을 것이다. 범인은 소녀를 놓아주거나 아니면 나무에 묶어놓고 현장을 빠져나가려고 했을지도 모른다.

그러나 소녀가 달아나려 하자, 범인은 더욱 당황하며 그 뒤를 쫓아가 목을 졸랐다. 범인은 소녀를 기절시켰을 것이다. 손으로 사람

286

의 목을 졸라 죽이려면 엄청난 상체의 힘이 필요하니까 소녀를 교살시키지는 못했다. 그는 조금 전에도 소녀를 통제하지 못했는데, 지금은 더욱 난감한 상황이 되었다. 그래서 그녀를 나무 밑으로 끌고 가 그 옆에 있던 돌덩어리로 머리를 서너 번 내리쳐 죽였다.

범인은 메어리 프랜시스를 잘 아는 자가 아니었다. 그렇지만 동네에서 서로 마주치면서 얼굴 정도는 알고 있었을지 모른다. 그래서 소녀도 범인의 얼굴을 알았을 것이다. 범인은 그런 희미한 인연을 바탕으로 엉뚱한 환상을 발전시켰다. 그는 배턴걸 복장을 하고 학교에 가는 소녀를 보았을지도 모른다.

소녀의 머리에 노란 외투가 덮여 있는 것으로 보아 범인은 괜히 죽였다는 미안한 생각을 가졌던 듯하다. 하지만 사건 발생 후 시간이 좀 흘렀다는 것은 경찰에게는 불리했다. 똑똑하고 조직적인 범죄자가 저지른 이런 유형의 범죄에서는 시간이 흘러갈수록, 범인은 모든 잘못을 피살자에게로 돌리면서 자기 자신을 합리화하는 경향이 있기 때문에, 자백을 받아내기가 더 어려워진다. 그러니 범인에게 거짓말 테스트를 해보아도 그 결과는 결정적이지 못할 가능성이 크다. 그리고 추적이 뜸해지는 것 같다고 느끼면 범인은 다른 곳으로 은신하여 경찰의 추적을 따돌린다. 그리고 어느 정도 시간이 지나면 또다시 어린 소녀를 상대로 범행을 저지른다.

내가 볼 때, 범인은 그 고장 출신이고 현지 경찰은 이미 그 범인을 조사했다. 범인은 협조적으로 나오지만 대단히 똑똑한 척할 것이다. 만약 경찰이 자백하라고 윽박지르면 눈 하나 깜빡하지 않고 받아넘길 것이다. 이런 정도로 세련되게 범행을 저지른 것을 보니 첫 번째 범죄는 아닌 것 같다. 하지만 초범일지도 모른다. 새차를 살 돈이 없을 테니까 검은색 혹은 푸른색의 몇 년씩 된 고물차를 몰고 다닌다. 비록 고물이긴 하지만 정비를 잘해서 굴러가는 데에는 지장이 없다. 차량의 손볼 데는 다 손보았다. 내 경험으로 미루어볼 때, 그처럼 깔끔하게 정돈을 잘하는 자는 보통 검은색 차를 선호한다.

내 프로파일링을 다 듣고 난 후에 현지 경찰은 전화로 이렇게 말했다. "우리가 용의자로 잡았다가 놓아준 사람 중 그와 비슷한 자가 있어요." 그는 메어리 프랜시스 사건은 물론이고, 또 다른 사건의 용의자이기도 한데, 내 프로파일링과 딱 맞아떨어진다는 것이었다. 그는 데럴 진 데비어(24세)였다. 백인 남자였고 기혼자이며 두 번 이혼했다가 현재는 첫 번째 이혼한 여자와 살고 있었다. 그는 조지아 주 롬에서 가로수 절단사로 일하고 있었고, 13세 된 다른 소녀를 강간한 혐의를 받았으나 기소되지는 않았다. 첫 번째 결혼이 파탄난 다음 육군에 입대했으나 곧 탈영병이 되었고, 7개월 만에 제대했다. 그는 3년 된 검은색 포드 핀토를 몰고 다녔다. 차량의 정비 상태는 양호했다. 그는 소년 시절 화염병을 만들어 소지한 혐의로 체포된 사실을 시인했다. 중학교 2학년 때 학교를 그만두었고 IQ는 100~110 정도였다.

그는 메어리 프랜시스가 유괴되기 전에 전기 회사의 용역을 받아, 약 2주간 메어리네 집 근처의 가로수 절단 작업을 했다. 그래서 경찰은 그를 불러 가로수 절단 작업을 하면서 뭔가 수상한 것을 보거나 듣지 못했느냐고 물었다. 경찰은 나와 통화를 한 바로 그날 데비어에게 거짓말 테스트를 할 예정이라고 말했다.

나는 거짓말 테스트는 별로 좋은 생각이 아니라고 말했다. 또 실제로 테스트를 해봐야 별 효과가 없고, 용의자로 하여금 취조 과정에 점점 익숙하게 만들어주는 꼴이 된다고 지적했다. 당시 우리는 범인 취조 과정에 대한 현장 경험이 별로 없었다. 그러나 나는 재소자 면담과 집중적인 연쇄 살인범 연구를 해왔다. 그래서 용의자를 어떻게 다루어야 하는지 자신이 있었다. 현지 경찰은 다음 날 내게 다시 전화해왔다. 과연 데비어에게 거짓말 테스트기를 들이댄 결과 뾰족한 결론이 나지 않았다고 했다.

이제 용의자가 거짓말 테스트도 통과했으니, 남은 방법은 딱 하나밖에 없다고 말했다. 그것은 야간에 경찰서에서 심문하는 방법이었다. 용의자는 야간 심문시 처음엔 약간 편안함을 느껴 심문에 잘 응해온다. 또 야간에 심문을 하면 경찰에서 진지하고 성의 있게 심문을 벌인다는 인상을 준다. 용의자는 점심이나 저녁 같은 중간 휴식 시간이 없다는 것을 안다. 또 심문에서 항복을 한다 해도 언론의 특종감이 되지 않는다는 것을 안다. 나는 또 야간 심문시의 추가 유의점을 이렇게 알려주었다. 현지 경찰과 FBI가 완벽한 협조체제를 구성했다는 인상을 주기 위해 담당 형사와 FBI 애틀랜타 요원이 동시에 취조실에 들어가게 조치하라. 이렇게 하면 미국 정부의 수사기관이 결연히 용의자를 대하고 있다는 인상을 준다. 용의자 앞에 용의자의 이름이 적힌 서류철을 잔뜩 쌓아놓아라. 비록 그 서류철에 백지만 끼워져 있다고 하더라도. 이렇게 하면 용의자는 겁을 먹게 된다.

마지막으로 가장 중요한 물품을 하나 준비하라. 용의자가 고개를 약간 돌리면(대략 45도 각도) 보이는 곳의 낮은 테이블에 사건 현장에서 가져온 피 묻은 돌덩어리를 놓아두어라. 그렇게 하면 용의자는 고개를 돌릴 때마다 그 돌덩어리를 보게 된다. 그럴 때 범인의 태도, 호흡, 발한發汗, 경동맥 운동 등 비언어적인 단서를 주목하라. 만약 그가 살인범이라면 그 돌의 존재를 무시하지 못할 것이다. 비록 수사관이 그 돌의 존재를 설명하지 않았더라도.

그러니까 나는 수사관에게 용의자를 안절부절못하게 하는 상황과 분위기를 만들라고 주문했다. 나는 메어리 프랜시스 스토너 사건을 내 심문 이론의 실험장으로 삼았다. 우리가 나중에 완성한 많은 세련된 심문 기술의 뿌리가 바로 이 사건이었다.

나는 현지 경찰에 계속 주문했다. 그자는 손쉽게 자백하지는 않을 것이다. 조지아가 사형을 채택한 주이기 때문에 1급 살인죄를 판정받으면 전기의자형에 처해질지 모른다. 설혹 유아학대로 감옥에 간다고 해도 투옥 즉시 샤워를 하고 나면 재소자에게 항문 성교를 당할지 모른다. 게다가 다른 재소자들도 그에게 비역질을 하려고 틈틈이 노릴지도 모른다. 그런 것이 겁나서라도 용의자는 순순히 자백하지 않을 것이다.

조도가 낮은 조명등을 쓰고 취조실에는 한 번에 두 명씩만 들어가라. 그러니까 FBI 요원 한 명, 아데어스빌 경찰서 형사 한 명. 그러고는 우선 용의자의 입장을 이해하는 척하라. 용의자가 무슨 생각을 하고 있고 어떤 스트레스를 겪고 있는지 잘 안다는 태도를 취하라. 별로 내키지는 않겠지만 이런 사건이 벌어진 것은 피살자가 요염을 떨었기 때문인 것처럼 하라. 피살자가 용의자를 유혹한 것처럼 시치미를 떼라. 혹시 피살자가 그의 음욕에 풀무질하지는 않았느냐. 강간당한 후에는 강간 사실을 폭로하겠다고 협박하지 않았느냐고 물어보라. 그의 체면을 살려주는 각종 시나리오를 들이대라. 그에게 자기의 행동을 설명할 기회를 줘라.

내가 검토한 유사 사건들을 바탕으로 미루어볼 때, 돌덩어리나 칼 같은 것으로 살인하면 가해자의 옷에 피해자의 핏방울이 약간은 튀게 되어 있다. 피가 묻는 현상은 너무 흔하기 때문에 그걸 가지고도 용의자를 넘겨짚을 수 있다. 만약 용의자가 약간씩 말을 꺼내면 그의 눈을 빤히 보면서, 이번 사건에서 가장 난처한 점은 메어리의 피가 용의자의 옷에서 나왔다는 사실이라고 말하라.

"진, 자네한테서 피살자의 피가 나왔어. 자네 손과 옷가지에서 말이야. 그러니 우리가 알고 싶은 것은 '네가 그랬냐?'가 아니야. '왜 그런 짓을?'이지. 우리는 자네의 이유가 뭔지 잘 알아. 또 충분히 이해하고 있지. 그러니 우리의 이런 의견이 맞는지 확인만 해주면 되는 거야."

정말 취조실에서는 내 주문대로 일이 풀려나갔다. 데비어가 압력을 견디지 못하고 마침내 자백한 것이다. 그는 돌덩어리를 계속 돌아보더니 식은땀을 흘리면서 호흡이 가빠졌다. 자신 없어하고 시종 수세적인 태도를 보였다. 수사관들은 피살된 소녀를 비난하며 책임을 떠넘겼다. 용의자가 솔깃해하며 그 말을 듣는 듯하자 곧바로 피 얘기를 꺼냈다. 그러자 용의자는 크게 당황했다. 진짜 범인은 그런 얘기를 들으면 입을 꼭 다물고 수사관의 말에 귀를 기울인다. 그러나 죄 없는 친구는 악을 쓰면서 소리를 버럭 지른다. 또 진범이면서도 일부러 악을 써서 자신의 무죄를 주장하는 지능범도 있다. 하지만 노련한 수사관은 그 차이를 금방 간파해낸다.

데비어는 강간 사실을 시인했다. 또 메어리 프랜시스가 자기를 위협한 것도 사실이라고 말했다. 밥 리어리는 데비어에게 처음부터 살해할 의도가 있는 것은 아니었음을 잘 안다고 말해주었다. 만약 처음부터 살해할 생각이었다면 그런 조잡한 돌덩어리보다는 훨씬 효과적인 살인 무기를 준비했을 것이다. 마침내 데비어는 메어리 프랜시스 살해를 시인했고 그 전해 롬에서 벌어진 다른 강간 사건도 자신이 저질렀다고 털어놓았다. 데럴 진 데비어는 메어리 프랜시스 스토너를 강간 살해한 혐의로 재판을 받아 유죄 판결을 받고 사형에 처해졌다. 그는 1995년 5월 17일 전기의자에서 처형되었다. 사형이 집행된 것은 그가 살인을 저지르고 체포된 지 16년이 지난 시점이었다. 그건 메어리 프랜시스가 이 세상에서 살았던 기간보다 4년이나 더 많은 시간이었다.

취조할 때 가장 중요한 것은 창조적인 진행을 해야 한다는 것이다. 즉 상상력을 동원해야 한다. 수사관은 자기 자신에게 끊임없이 물어보아야 한다. "내가 용의자 입장이라면 무엇이 가장 취약한 점일까?" 우리 모두 취약한 점이 있다. 하지만 그것은 사람마다 다르다. 나의 경우에는 경리장부 정리를 잘 못한다는 약점이 있다. FBI 지국에서 근무하던 시절 지국장이 결재 올린 내 영수증을 책상 위에 올려놓고 따지면 나는 식은땀을 줄줄 흘렸다. 지국장이 따질 때는 뭔지 모르지만 영수증 자체에 결함이 있거나 계산에 착오가 있었던 것이다.

이처럼 사람들은 저마다 약점을 하나씩 가지고 있다.

데비어 사건에서 얻은 귀중한 교훈은 끔찍한 강간 살인의 범위를 넘어서서 폭넓게 원용되었다. 사기 사건, 공직자 부정부패 사건, 조직범죄 조사 사건, 장물아비 사건, 부패한 노동조합 사건 등 모든 사건을 해결하는 데 이 교훈이 적용되었다. 이런 사건의 주요 공격 대상에겐 '가장 허약한 연결 고리'부터 풀어나가야 한다. 우선 제일 허약한 용의자를 골라내어 그로 하여금 싸워야 할 상대가 얼마나 엄청난 세력인가를 인식하게 만든다. 그렇게 해서 그 용의자의 협조를 얻어 다른 용의자들을 공격하는 것이다.

특히 사전 음모가 있었던 사건의 경우, 악당들의 연결고리 중 한 부분을 끊어버리는 문제는 정말로 중요하다. 그 악당들 중 한 명을 정부측 증인으로 만들면 마치 사상누각과도 같은 악당들의 집은 와르르 무너지는 것이다. 첫 번째 공격 목표를 잘 설정하는 것이 무엇보다도 중요하다. 만약 헛다리를 짚으면 그자가 다른 자들에게 전부 알려줘서 계획이 수포로 돌아가버릴 위험도 있다.

가령 8~10명 정도의 고위직이 관련된 대도시 공공기관의 부정부패 건이라고 해보자. 그리고 그 기관의 상위 1, 2번의 공직자가 가장 그럴듯해 보이는 '포섭 상대'라고 하자. 한데 그 친구를 프로파일링해보니 개인적으로는 아주 품행이 방정하여 취약점이 없다. 즉 술꾼도 아니고 오입쟁이도 아닌 가정적인 사람이다. 아픈 데도 없고 금전 문제도 없고 뚜렷한 문제점도 없다. 만약 이런 사람에게 FBI가 접근한다면, 부정부패 사실을 전면적으로 부인하면서, FBI 요원에게 욕설을 퍼부은 후 다른 동료들에게 그 사실을 귀띔해줄 것이다. 이렇게 되면 수사는 원점으로 되돌아가버린다.

이런 사람을 포섭하는 방법은, 조직범죄의 경우와 같이, 그의 부하를 먼저 접촉하는 것이다. 관련 서류를 철저히 검토해보면 경찰의 목적에 알맞은 사람이 나오게 되어 있다. 이런 사람은 꼭 고위직일 필요는 없다. 관련 서류를 다루는 서기급이 적당하다. 그 직업에 20년간 종사한 그의 유일한 관심은 그 자리를 지키는 것이다. 그는 하급직이니 금전과 건강상의 문제가 있을지 모른다. 이런 사항은 결정적인 취약점으로 주요 공격 대상이 된다.

그다음은 누가 취조를 주관할 것인가이다. 용의자보다 약간 나이가 많고 권위 있어 보이는 수사관이 적당하다. 위압적인 용모를 가진 옷 잘 입은 수사관, 다정하고 외향적인 사람, 용의자를 안심시킬 수 있는 사람, 그렇지만 동시에 상황에 따라 안면 몰수하고 야비해질 수 있는 사람. 이런 사람이 적당하다.

취조하는 과정에 몇 주 있으면 휴일이 다가온다든지, 용의자의 생일이나 결혼기념일이 다가오면, 심문을 좀 연기했다가 그 휴일 직전에 피의자를 잡아들이는 것이 좋다. 그를 취조실에 집어넣고 그 사실을 깨닫게 한다. 만약 경찰에 협조하지 않으면 이번 휴일이 가족과 보내는 마지막 휴가가 될 것이라는 점을 알려주어 심리적 압박을 가한다. 그렇게 하면 수사관은 좀 더 수월하게 용의자를 제압할 수 있다.

메어리 프랜시스 스토너 강간 살인사건에서 보듯이, 비흉악범을 다루는 데는 '연극'도 좋은 방법이 될 수 있다. 가령 수사가 장기화된 사건이라면, 용의자 앞에 관련 자료(관련되어 있지 않더라도 상관없다)들을 모두 한데 모아놓는 것이다. 가령 '특별수사본부'의 회의실에 수사요원, 직원, 관련 서류 등을 모두 집결시키는 것이다. 그러면 용의자는 경찰이 얼마나 이 사건을 심각하게 생각하는지 직감하게 된다. 가령 취조실 혹은 회의실 벽에 확대된 감시도나 기타 수사본부 조직표 등을 장식 효과로 붙여놓으면 용의자는 경찰이 엄청난 인력을 투입하여 범인을 쫓고 있다는 느낌을 갖게 된다. 용의자가 움직이는 모습을 찍은 테이프를 재생하는 비디오 모니터가 한두 대 설치되어 있다면 금상첨화일 것이다.

나는 피의자가 유죄 판결을 받을 경우 형량이 어느 정도인가를 적어놓은 차트를 벽에다 곧잘 붙였다. 이 차트는 그 자체로는 별것 아니지만 용의자는 심한 압박감을 느낀다. 말하자면 자기가 얼마나 위급한 상황에 처해 있는가를 깨닫게 된다.

나는 늦은 밤이나 이른 아침이 취조하기에 가장 좋은 시간이라는 것을 알았다. 사람들은 이 시간대에 더 느긋해지고 그래서 훨씬 더 취약해진다. 또 수사관들이 밤새워 일을 하면 수사관들이 열과

성을 다하는 중요한 사건이라는 인상을 주게 된다. 음모 사건의 수사에서 야간 취조가 중요한 또 다른 이유는 피의자가 남의 눈에 띌 염려가 없다는 것이다. 만약 피의자가 자신의 신분이 '노출'될지 모른다고 생각하면 그 어떤 거래도 하지 않으려 한다.

성공적인 거래를 이끌어내는 기본은 성실한 자세로 피의자의 이성과 상식에 호소하는 것이다. 사전 무대 장치의 목적은 주요 사항에 대한 관심을 환기하는 것이다. 만약 내가 공직 부정 사건에 연루된 주요 용의자를 취조한다면, 밤늦게 그의 집으로 전화를 걸어 이렇게 말하겠다. "선생님, 오늘 밤 선생님과 꼭 얘기를 나누고 싶습니다. 지금 통화하는 순간에 FBI 요원이 선생님 집의 대문을 향해 걸어가고 있습니다." 이렇게 운을 뗀 후, 그를 체포하려는 게 아니므로 내키지 않는다면 FBI 요원을 따라나서지 않아도 된다고 넌지시 말한다. 그렇지만 이번이 아니면 더는 기회가 없다는 암묵적 힌트를 준다. 벌써 미란다 카드를 읽어줄 필요는 없다. 아직 기소된 것은 아니니까.

그가 사무실에 도착하면 잠시 기다리게 한다. 기다리게 하는 것이 중요하다. 그가 속한 조직이 음모를 성공시키기 위해 최후의 슈팅을 날리려 하는 순간, 그 키커를 빼내온 것이다. 그럴 때 적시에 타임아웃을 불러(기다리게 함으로써), 슈팅을 날리려는 키커의 김을 빼는 동시에 그런 슈팅이 얼마나 무모한 일인가를 스스로 깨닫게 한다. 이 기다림이 얼마나 사람의 마음을 동요시키는가는, 위 내시경을 받은 다음, 의사와의 면담을 기다리는 위장병 환자를 연상해 보면 금방 이해할 것이다.

주 용의자가 내 사무실로 들어오면 나는 문을 꼭 닫고 부드럽고 다정한 태도를 취한다. 모든 것을 이해하고 모든 것을 사나이 대

사나이로 해결해보자는 제스처를 취한다. 그리고 그의 이름을 다정하게 부른다. "당신이 현재 체포된 것이 아님을 다시 한 번 말씀드립니다. 당신은 언제든 여기서 나갈 수 있습니다. 제 부하들이 곧바로 차에 태워 집까지 모실 겁니다. 그렇지만 내 말을 주의깊게 들어주시기 바랍니다. 오늘은 당신의 일생에서 가장 중요한 날이 될지도 몰라요."

그가 내 말을 잘 알아들었는지 확인하기 위해, 나는 일부러 그와 함께 오늘 날짜를 큰 소리로 확인한다.

"또 당신의 병력에 대해서도 잘 알고 있기 때문에 간호사도 대기시켜놓았습니다." 그 말은 사실이다. 우리가 그 친구를 가장 만만한 포섭 대상으로 삼은 것은 그가 아프다는 취약점이 있기 때문이다.

그러고 나서 이제 본론을 얘기하기 시작한다. FBI는 당신이 이 사건에서 거물급이 아니라는 것을 안다. 당신은 하는 일에 비해 턱없이 적은 봉급을 받고 있다. 사실 FBI가 정말로 잡아들이려 하는 사람은 당신이 아니다. "당신도 알다시피, 지금 이 순간 우리는 사건에 관련된 많은 사람들을 조사하고 있어요. 자, 당신이 탄 배는 가라앉고 있습니다. 그건 틀림없어요. 그 배와 함께 가라앉아 익사하거나 아니면 물에 빠져 세 번째로 물 위에 떠오르는 순간 우리가 내미는 구명보트를 잡아챌 수도 있어요. 우리는 당신이 힘센 사람들에 의해 이용, 조종당하고 또 그들이 당신의 등껍질을 벗기고 있다는 걸 알고 있어요. 당신이 우리에게 협조해준다면 미국 정부의 검사가 당신에게 멋진 거래를 제안할 겁니다."

나는 헤어질 때 이런 말을 해준다. "이게 우리가 당신에게 제안하는 마지막 기회라는 것을 기억하십시오. 이 사건에 20여 명의 요원이 투입돼 있어요. 우리는 필요하다면 관련자 전원을 체포할 수 있습니다. 당신이 협조하지 않는다 해도 결국에는 다른 사람이 우리에게 협조하지 않을까요? 그렇게 되면 당신은 배와 함께 가라앉아 익사하는 겁니다. 힘센 사람들과 함께 물 속으로 빠지는 게 더 좋다면 그렇게 하십시오. 그건 어디까지나 당신이 선택할 일입니다. 오늘 밤처럼 이렇게 신사적으로 이야기하는 건 이게 마지막입니다. 우리에게 협조해주겠습니까?"

만약 그가 협조하겠다고 하면(사실 그로서는 경찰에 협조하는 것이 최선의 방법이다) 우리는 그에게 미란다 경고문을 읽어주고 검사와 접촉하게 한다. 그리고 호의적인 제스처의 일환으로 전화를 사용하라고 말하면서 다른 조직원과 접촉하게 한다. 그렇게 해서 용의자가 다른 조직원들에게 자기 입장을 밝히도록 한다. 간신히 협조 언질을 받았는데 나중에 생각이 바뀌어 뒤로 빼면 안 되니까. 이렇게 일차 협조자를 포섭하면 나머지는 도미노처럼 쓰러지게 되어 있다.

설혹 그 용의자가 미리 우리의 접근 방식을 완벽하게 알고 있더라도, 이 방법은 통한다. 왜냐하면 이 방법이 결국 수사관이나 포섭 대상 용의자에게 모두 이로운 것이기 때문이다. 이 접근 방법은 진실에 바탕을 둔 것이고, 용의자의 생활, 상황, 정서적 필요 등을 모두 감안하여 수립된 것이다. 비록 그런 접근 방법이 효과를 극대화하기 위해 사전에 짜인 것임을 알아차렸더라도, 만약 내가 피의자라면, 그런 접근을 기꺼이 받아들였을 것이다. 왜냐하면 그것이 피의자에게는 가장 유리한 해결안이기 때문이다. 이 같은 취조 전략은, 내가 개발한 메어리 프랜시스 스토너 강간 살인사건의 취조 전략과 동일하다. 범죄자의 머릿속으로 걸어 들어가는 것이 직업

인 나는 끊임없이 자문한다. '나의 가장 취약한 점은 무엇인가?'

왜냐하면 누구나 약점이 있기 때문이다.

나는 무장 강도이며 비행기 납치범인 게리 트랩넬을 일리노이 주 매리언에 있는 연방 형무소에서 면담한 적이 있다. 그는 내가 연구한 재소자 중 그 누구보다도 똑똑하고 눈치가 빨랐다. 그는 자기의 능력을 과신했고, 그 어떤 정신병이든 연극을 꾸며 형무소의 정신과 의사를 속여 넘길 수 있다고 말했다. 또 출옥을 한다면 이번에야말로 교묘히 법망을 빠져나갈 수 있다고도 했다. 그는 그처럼 자신만만했다.

"당신들은 나를 잡을 수 없을 겁니다." 그는 목에 힘을 주며 말했다.

"좋아요, 게리. 가령 당신이 출옥을 했다고 합시다. 연방 요원들의 추적을 따돌리기 위해 가족들하고도 연락을 끊겠지요. 그건 알겠어요. 그런데 말이죠, 나는 당신의 선친이 군에서 훈장도 많이 받은 고위직 장교였다는 것을 알고 있어요. 당신은 늘 아버지처럼 되고 싶어했죠. 아버지를 그토록 의식했기 때문에 범죄 행각도 아버지가 돌아가신 다음에야 시작했죠."

나는 그의 얼굴 근육이 실룩거리는 것을 보고 제대로 짚었다는 것을 알았다. 그의 아픈 데를 찌른 것이었다.

"당신의 선친은 알링턴 국립묘지에 안장되었습니다. 가령 크리스마스, 선친의 생일 혹은 기일에 우리 FBI 요원을 풀어서 그 묘지에 잠복시키면 어떨까요? 당신이 혹시 그곳에 나타나지 않을까요?"

트랩넬은 자기도 모르게 냉소적 미소를 지으며 말했다. "내가 졌소. 당신, 정말 대단하군요."

내가 트랩넬을 꼼짝도 못하게 코너에 몰아붙일 수 있었던 것은 그의 입장에서 생각했기 때문이다. 그러니까 상대방의 입장이 되어 곰곰 생각하면 그에게는 약점이 있는 것이다. 누구나 약점은 있으니까.

나는 나 자신의 약점은 무엇일까 생각해본다. 나 역시 게리 트랩넬과 마찬가지로 소중한 날이 있다. 그날만 돌아오면 내 눈물샘은 촉촉히 젖어온다.

나의 누나 알린에게는 킴이라는 예쁜 딸이 있었다. 킴은 내 생일인 6월 18일에 태어났다. 그래서 나는 이 조카딸에게 특별한 애정을 느꼈다. 그런데 열여섯 살이 되던 해 킴은 잠을 자다가 급사했다. 우리는 정확한 사인을 알 수가 없었다. 조카딸에 대한 추억은 그래서 대단히 고통스럽고도 아련한 것이었다. 그런데 그 기억을 되살리기라도 하듯이, 지금 대학에 다니는 내 큰딸 에리카는 킴을 쏙 빼닮았다. 내 누이 알린은 에리카만 보면 틀림없이 킴을 생각할 것이다. 우리 딸도 죽지 않았다면 저렇게 아름답게 컸을 텐데 하면서. 내 어머니도 늘 그런 생각을 하셨다.

가령 내가 범인인데 나를 올가미에 넣으려고 한다면 경찰은 내 생일을 노려야 할 것이다. 이날이 돌아오면 나는 마음이 들떠서 가족들과 만나기를 학수고대할 것이다. 그리고 나와 생일이 같고 내 딸 에리카를 꼭 닮은 조카딸 킴을 생각하면서, 감정적으로 취약한 상태에 빠질 것이다. 만약 벽에 두 딸의 사진이 함께 걸려 있는 것을 보기라도 한다면, 나는 비 많이 오는 날의 흙담장처럼 맥없이 허물어질 것이다.

이 날짜에 맞춰 전략을 세운다면 나는 틀림없이 걸려들 것이다. 이처럼 상대방의 스트레스 요인을 정확하게 짚어내고, 그 요인을 중심으로 짜낸 전략은 성공할 수밖에 없다. 내게 취약점이 있듯이 다른 사람에게도 분명 취약점이 있다. 그러니 우리 수사관은 사전에 그것이 무엇인지 알아내야 한다. 찾고, 찾고, 또 찾는다면 그 약점은 분명 드러나게 되어 있다.

누구나 약점 한 가지씩은 있으니까.

애틀랜타 어린이 유괴 살해사건

　1981년 겨울. 애틀랜타 시는 공포의 도가니였다.

　사건은 그보다 1년 반 전 소리 소문 없이 시작되었다. 그리고 사건이 해결되기도 전에 미국 역사상 가장 대규모적이고, 가장 유명한 범인 수사 사건의 하나로 기록되었다. 사건을 수사하던 당시에는 전망이 어둡기만 했다. 미국 전역의 도시가 정치적 입지에 따라 이 사건을 다르게 해석했고, 국론이 분열될 지경이었으며, 수사가 한 단계 진행될 때마다 엄청난 찬반 양론의 회오리를 몰고 왔다.

　1979년 7월 28일. 애틀랜타 경찰은 니스키 레이크 로드의 숲에서 썩는 냄새가 난다는 신고를 접수하고 그 일대를 수색하던 중 앨프레드 에번스(13세)의 시체를 발견했다. 실종 사흘 만이었다. 그 일대를 정밀 조사하던 경찰은 에번스의 시체에서 약 5미터 떨어진 곳에서 에드워드 스미스(14세)의 반쯤 부패한 시체를 발견했다. 스미스는 에번스보다 나흘 전에 실종되었다. 두 아이 모두 흑인이었다. 검시의는 앨프레드 에번스가 교살되었을 것이라고 추측했고 에드워드 스미스는 22구경 권총에 맞아 사망했다고 판단했다.

같은 해 11월 8일. 유세프 벨(8세)의 시체가 폐교에서 발견되었다. 지난 10월에 실종되었던 벨은 교살되었다. 여드레 뒤 밀턴하비(14세)의 시체가 애틀랜타 이스트 포인트 지구의 레드와인 로드와 데저트 드라이브 사이에서 발견되었다. 하비는 9월 초부터 실종 중이었는데, 앨프레드 에번스의 경우처럼 정확한 사인이 밝혀지지 않았다. 두 아이 역시 흑인이었다. 그러나 네 아이 사이에 어떤 연관성을 부여하기에는 유사점이 별로 없었다. 불행하게도 애틀랜타 규모의 대도시에서는 아이들이 자주 실종되고, 일부는 죽은 채로 발견되기 때문이다.

1980년 3월 5일 아침. 에인절 레이니어(12세)라는 소녀가 학교에 가기 위해 집을 나섰으나 돌아오지 않았다. 닷새 뒤 그녀의 시체가 길가에서 발견되었다. 입은 틀어막히고 전깃줄로 온몸이 묶여 있었다. 그녀는 팬티를 포함해, 옷을 그대로 입고 있었다. 그러나 입에는 다른 팬티가 틀어넣어져 있었다. 사인은 끈으로 목이 졸린 질식사였다. 성추행의 흔적은 없었다.

1980년 3월 12일. 제프리 마티스(11세)가 사라졌다. 이 시점에서도 애틀랜타 경찰서는 실종되었거나 피살된 여섯 명의 흑인 어린이들이 서로 관련 있다고 생각하지 않았다. 각 사건마다 비슷한 점도 있었지만 다른 점도 많아서 서로 연결된다는 추론을 세울 수가 없었다. 그러나 다른 사람들은 그렇게 생각하지 않았다.

1980년 4월 15일. 피살된 유세프 벨의 어머니 카밀 벨은 다른 피해 어린이의 부모와 연대하여 '어린이 학살 저지 위원회'를 구성했다고 발표했다. 이 위원회는 도시에서 벌어지는 끔찍한 살인행각에 대한 여론을 환기시키고 범 도시적인 지원을 요청했다. 남부의 코즈모폴리턴 수도로 성장한 애틀랜타에서 이런 끔찍한 어린이 살해사건이 연속적으로 벌어진다는 것은 말이 안 된다고 주장했다. 애틀랜타는 활기차게 움직이는 도시였고 '증오를 하기에는 너무 바쁜' 도시라는 얘기였다. 어디 그뿐인가. 애틀랜타 시장도 흑인인 메이너드 잭슨이고 공안위원회 위원장도 흑인인 리 브라운이 선임되어 있었다. 그런 곳이니만큼 흑인 어린이들이 연속적으로 피살되는 사건을, 서로 관련 없다고 멍하니 바라보기만 하는 것은 절대로 안 된다고 절규했다. 그러나 공포는 계속되었다.

1980년 5월 19일. 에릭 미들브룩(14세)이 자기 집에서 약 400미터 떨어진 지점에서 시체로 발견되었다. 그는 둔기로 머리를 맞아 사망했다. 6월 9일, 크리스토퍼 리처드슨(12세)이 사라졌다. 그리고 6월 22일, 라토냐 윌슨(8세)이라는 어린 소녀가 일요일 아침 이른 시각에 자신의 침대에서 유괴되었다. 이틀 뒤인 6월 24일, 아론 아이치(10세)의 시체가 디캘브 카운티의 다리 밑에서 발견되었다. 그 소년은 목이 부러진 채 질식하여 죽었다. 7월 6일, 웰스 스트리트의 창고 뒤에서 앤서니 '토니' 카터(9세)의 시체가 발견되었다. 얼굴은 풀밭에 처박힌 채 난자당해 죽어 있었다. 현장에 혈흔이 없는 것으로 보아 다른 데서 죽인 다음, 그곳에 유기한 것이다.

이제 더는 이 사건들이 가진 '패턴'을 무시할 수 없게 되었다. 공안 위원장 브라운은 '실종 살해 수사본부'를 구성하여 50여 명의 형사를 투입했다. 그러나 살인은 계속되었다.

1980년 7월 31일. 밀턴 하비의 시체가 발견된 지점과 가까운 레드 와인 거리에서 얼 터렐(10세)이 실종되었다는 보고가 들어왔다. 그리고 할리우드 거리에서 떨어진 골목에서 클리퍼드 존스(12세)의 시체가 발견되었다. 애틀랜타 경찰은 마침내 이 모든 사건들이 관련 있다고 규정하고, 흑인 어린이 살해사건이 동일범의 소행이라는 가정하에 수사를 진행하라고 경찰서에 지시했다.

이 사건은 끔찍하기 짝이 없는 엽기적 살인이었지만, 애틀랜타라는 한 도시에서만 벌어진 것이었기 때문에, FBI는 수사에 개입할 권한이 없었다. 그러나 얼 터렐이 실종되면서 수사에 참여할 기회가 왔다. 얼 터렐의 가족은 아이를 무사히 돌려보내줄 테니 돈을 내놓으라는 전화를 여러 번 받았다. 전화를 걸어온 자는 아이가 앨라배마에 와 있다고 말했다. 그러니까 조지아와 앨라배마라는 두 개 주가 관련되어 있었다. 두 개 주 이상에서 사건이 발생하면 국지사건이 아니기 때문에 연방유괴방지법이 발효되어, FBI가 자동적으로 수사에 개입할 수 있었다. 그러나 돈을 내놓으라고 요구해온 전화는 가짜임이 곧 드러났다. 얼 터렐의 목숨에 대한 희망은 사라졌고 FBI는 수사에서 철수했다.

1980년 9월 16일. 대런 글래스(11세)가 실종되었다. 메이너드 잭슨 애틀랜타 시장은 백악관에 도움을 요청했다. 그것은 애틀랜타 어린이 유괴 살해사건 수사에 FBI를 개입시켜 달라는 명백하고도 구체적인 요구였다. 수사 관할권이 아직 불분명한 상태에서 법무장관 그리핀 벨은 FBI에게 아직 실종 중인 아이에게 연방유괴방지법이 적용되는지를 검토하라고 지시했다. 바꾸어 말하면 이 사건이 두 개 주 이상에서 벌어진 것인지 알아보라는 것이었다. 애틀랜타 FBI 지국에는 이 살해사건들이 서로 연관되어 있는지 좀 더 구체적으로 알아보라는 지시가 내려갔다. 법무장관의 지시는 우회적이었지만 그 뜻은 명확했다. 관할권 따위는 신경 쓰지 말고 가능한 빨리 범인을 잡아내 사건을 해결하라는 것이었다.

언론도 광적인 흥분 상태에 빠졌다. 살해된 아이들의 얼굴이 신문에 주기적으로 나자 시 전체가 커다란 죄의식의 도가니에 빠졌다. 이 사건 뒤에는 가장 취약한 인종 집단인 흑인(그것도 어린이)을 대량 학살하겠다는 거대한 음모가 도사리고 있는 것일까? 흑인 민권법안이 의회를 통과하고 난 지 15년이 지난 이 시점에서 KKK 혹은 나치당 같은 증오 집단이 등장하여 어린이 연속 살해사건을 통해 흑인 민권에 대한 자기들의 혐오감을 천명하려는 것일까? 아니면 어린아이 죽이기에 병적으로 집착하는 정신이상자의 개인적 소행일까? 그러나 개인의 소행이라고 보는 것은 현실성이 없어 보였다. 아이들은 아주 빠른 속도로 살해되고 있었다. 그때까지 연쇄 살인범은 대다수가 백인이었고 백인을 상대로 한 범행만 저질렀다. 게다가 백인의 연쇄 살인은 개인적인 것이었지, 정치적인 문제는 아니었다.

바로 이런 인권의 문제 때문에 FBI가 공식적으로 수사에 개입할 가능성이 열렸다. 어린이 유괴가 두 주 이상에서 벌어지지 않았다고 하더라도 이 사건이 분류번호 44 즉 연방인권 문제와 관련이 된다면, FBI는 자동적으로 수사에 개입할 수 있었다.

로이 헤이즐우드와 내가 애틀랜타에 갔을 때, 16건의 어린이 유괴 살해사건이 오리무중인 상태였다. 당시 FBI는 이 사건의 이름을 ATKID 로 명명하고 주요사건 번호 30을 배정해놓은 상태였다. 하지만 FBI가 등장한다고 해서 요란한 팡파르가 울린 것은 아니었다. 애틀랜타 경찰서는 엉뚱한 사람들이 나타나서 자기들의 공로를 가로챌까 봐 떨떠름한 표정이었고, FBI의 애틀랜타 지국은 곧 사건이 해결된다는 환상을 시민에게 심어줄까 봐 우려하고 있었다.

내가 애틀랜타로 갈 때 로이 헤이즐우드가 동행한 것은 당연한 결정이었다. 행동과학부 강사들 중에서도 로이는 프로파일링에 깊이 관여했고, 내셔널 아카데미 강의에 들어가서는 개인 간의 폭행에 대해 강의하면서, 협조 요청이 들어온 성폭행 사건들을 담당했다. 우리의 일차 목표는 어린이 살해사건이 서로 관련되어 있는 것인가, 만약 그렇다면 배후 음모 세력이 있는가를 판단하는 것이었다.

　우리는 방대한 사건 자료를 검토했다. 범죄 현장 사진, 발견 당시 아이들이 입고 있던 옷, 범행 현장 근처에 있었던 목격자들의 증언, 검시 보고서 등등. 우리는 피살 아동들 사이에 어떤 연관성이 있나 살피기 위해 아이들의 부모도 일일이 면담했다. 현지 경찰은 우리를 실종 현장과 시체 유기 현장으로 안내했다.
　로이와 나는 사건에 대한 의견을 서로 교환하지 않은 채, 법의학심리학자가 낸 정신 측정 테스트를 받았다. 그 테스트는 우리가 마치 살인범인 것처럼 가정하고 설문에 답안을 작성하는 것이었다. 설문에는 범인의 동기, 배경, 가족 생활 등이 포함되어 있었다. 이런 자료는 우리가 프로파일링을 하면서 늘 다루는 것이었다. 의사는 로이와 나의 측정 결과가 거의 비슷하게 나온 사실을 대단히 놀라워했다. 물론 우리는 그런 테스트에서 비슷한 의견을 내놓아 심리학자의 칭찬이나 받자고 애틀랜타에 온 것은 아니었다. 하지만 그것은 우리 행동과학부의 프로파일링 업무가 어느 정도 표준화되었다는 것을 보여주는 좋은 사례였다. 다음은 우리 두 사람의 의견을 종합한 것이다.
　첫째, 우리는 이 사건이 KKK와 같은 증오 집단의 소행이라고 판단하지 않았다. 둘째, 범인은 흑인임이 거의 틀림없다. 셋째, 16개의 사건이 서로 연관이 많은 것은 사실이지만, 그렇다고 해서 16건이 모두 연결되어 있는 것은 아니다.

FBI 조지아 지국은 KKK가 개입되어 있다는 제보를 여러 건 받았지만 우리는 그 제보를 대수롭지 않게 여겼다. 미국 초기 역사까지 거슬러 올라가는 증오 범죄들의 사례를 연구해보면 그것은 여론을 환기시키기 위한 고도의 상징적 행동으로 표출되었다. 가령 어떤 개인을 린치하는 행위는, 그로 인해 어떤 공식적인 입장을 천명하고 여론을 그쪽으로 환기시키려는 목적이 있었다. 린치 행위나 인종차별적 살해사건이 하나의 테러 행위로서 높은 효과를 거두려면, 여러 사람에게 잘 드러나야 한다. KKK가 하얀 가면을 쓰는 것은 몸을 은신하려는 목적보다는 자기들의 행동을 선명하게 하려는 목적이 더 큰 것이다. 만약 애틀랜타 일대의 어린이 살해사건에 증오 집단이 개입되어 있다면, 여론이나 경찰이 몇 달이 지나서야 겨우 사건을 눈치채게 만들지는 않았을 것이다. 증오 집단의 범행이었다면, 대도시의 대로변에 보란 듯이 시체를 내걸고 자신들이 주장하는 메시지를 명확하게 알렸을 것이다. 그러나 이 사건에서 그런 선언적 행태는 보이지 않았다.

시체가 버려진 곳도 흑인들이 밀집하여 사는 지역이었다. 백인 무리는 물론이고 만약 백인이 한 사람이라도 이 지역을 배회했다면 곧 흑인들의 눈에 띄었을 것이다. 경찰은 광범위하게 수사를 했지만 어린이의 실종 현장이나 시체 발견 현장에 백인이 있었다는 증언을 얻어낼 수 없었다. 아이들이 발견되거나 실종된 일대는 하루종일 바쁘게 돌아가는 곳이었고 비록 야음을 틈타 시체를 내버렸다고 할지라도, 백인이었다면 틀림없이 사람의 눈에 띄었을 것이다. 이것은 연쇄 살인범이 같은 종족을 목표로 삼는다는 우리의 지론에도 부합하는 것이었다. 비록 성추행의 흔적은 없었지만, 이런 사건은 결정적으로 성적 패턴을 보인다.

피살된 어린이들 사이에는 일반적인 공통점이 있었다. 나이가 어리고, 외향적이고, 나돌아다니기를 좋아했다. 그러나 자기 동네 이외의 지역은 잘 몰랐다. 일반적으로 이런 유형의 아이들은 유괴자의 꾀임과 술수에 잘 넘어간다. 유괴범은 차를 갖고 있다. 아이들을 납치 현장에서 멀리 떨어진 곳으로 데려갔으니까. 유괴범은 권위 있는 아저씨 같은 인상일 거라고 추측했다. 한편 유괴된 어린이는 가난한 집 아이들이었고 어떤 집은 전기나 수도 시설조차 없었다.

이런 빈곤한 가정 사정과 아이들이 순진했던 점 등을 감안하면 아이들을 꾀어내는 것은 별로 어려운 일이 아니었을 것이다. 우리는 이것을 확인하기 위해 애틀랜타 사복 경관을 사건 현장에 보내 실험을 했다. 노동자로 위장한 경찰이 5달러를 줄 테니 심부름을 해달라고 흑인 아이들을 꾀어낸 것이다. 흑인 경찰과 백인 경찰이 각각 실험에 참여했는데, 결과는 서로 비슷했다. 아이들은 생존에 허덕이고 있었고 5달러만 준다면 무슨 일이든 하겠다고 덤볐다. 그러니까 아이들을 유혹하는 데에는 머리가 똑똑할 필요도 없었다. 그리고 이 실험에서 또 다른 성과가 있었는데 그것은 백인 경관의 경우 금방 주위 사람들의 눈에 띄었다는 사실이다.

위에서 이미 언급했듯이 16건의 사건 중 상당수가 서로 관련이 있었지만, 모두 관련 있는 것은 아니었다. 피살자들과 그들의 주변 상황을 면밀히 검토해본 결과, 두 소녀는 우리가 추적하는 범인이 아닌 다른 범인에 의해 살해된 것 같았다. 리라토냐 윌슨이 침대에서 유괴되었다는 상황은 너무 독특하여 같은 범주에 넣기가 어려웠다. 피살된 남자 아이들 중, 목이 졸려 죽은 '부드러운 살해'는 서로 연관이 있는 것 같았다. 그렇다고 해서 사인이 밝혀지지 않은 모든 피살자가 교살되었다는 얘기는 아니다. 우리는 사건의 여러 가지 측면을 살펴보고 범인이 한 명이 아니라는 결론을 내렸다. 한두 사건은 피살자의 가족이 범인일 것이라는 강력한 증거가 있었다. 그러나 이 사실을 언론에 공개한 FBI 국장 윌리엄 웹스터는 언론의 공격을 받고 나가떨어졌다.

물론 그 발언이 인종차별이라는 정치적인 문제를 일으키는 미묘한 것이긴 했다. 하지만 피해자들로서는 그보다 시급한 문제가 있었다. 만약 피살된 어린이가 '실종 살해사건' 리스트에서 제외되면, 유가족들은 전국에서 답지해오는 개인 및 단체의 성금 대상에서 제외되었다.

우리는 한 명 이상의 범인이 개입되었고 그들 중 한 명은 아주 바쁘게 돌아다니는 자라고 단정했다. 그들은 잡힐 때까지 계속 살인을 저지를 게 틀림없었다. 로이와 나는 범인의 프로파일을 다음과 같이 작성했다. 범인은 흑인 남자이고 독신이며 연령은 25에서 29세 사이이다. 열광적인 경찰광이고 경찰차 비슷한 차를 몰고 다니며 사건 수사 과정에 간접적으로 끼어 있다. 경찰견 같은 개, 가령 셰퍼드나 도베르만을 키우고 있다. 범인은 여자친구가 없다. 남자 어린이에게 성적으로 이끌리나, 지금까지 발견된 어린이 시체에 성추행한 흔적은 없다. 이것으로 미루어볼 때 범인은 성적으로 불완전한 자이다. 범인은 아이들을 잘 꾀는 기술이 있다. 음악이나 놀이 같은 것을 잘해서 아이들의 호기심을 이끌어낼 줄 안다. 자기에게 좋은 것이 있는 것처럼 말하나 막상 가지고 있지는 않다. 아이는 범인과 친해진 지 얼마 되지 않아, 범인을 거부한다. 범인은 아이의 그런 태도를 눈치채고 죽여야겠다는 충동을 느낀다.

애틀랜타 경찰서는 소아성애자와 성범죄 전과자를 모두 체크하여 약 1500명의 용의자 리스트를 작성했다. 경찰관과 FBI 요원은 각 학교를 찾아가 남자 어른의 접근을 받았으나 경찰에 신고하지 않은 아이가 있는지 알아보았다. 또 학교 버스에 탑승하여 실종된 아이 사진이 든 전단을 뿌리면서, 아이들에게 실종된 아이가 남자 어른과 함께 있는 것을 보지 못했느냐고 물었다. 또 사복 경관을 게이바에 파견하여 그들이 하는 얘기를 엿들으면서 단서를 캐내려고 했다.

애틀랜타 경찰들은 우리의 프로파일에 흔쾌히 동의하지는 않았다. 우리가 거기 내려와 있다는 사실조차 못마땅하게 여기는 사람도 있었다. 살해 현장인 버려진 아파트에 나갔을 때 한 흑인 경찰이 내게 다가와 이렇게 말했다. "당신이 더글러스지?"

"그런데요."

"당신의 프로파일을 보았어. 그거 다 개소리야." 그 흑인 경찰이 정말 내 프로파일링 자료를 꼼꼼히 살펴보고 그런 소리를 하는 건지, 아니면 흑인 연쇄 살인범은 없다는 언론의 보도를 그대로 믿고 말하는 것인지 알 수 없었다. 흑인 중에는 연쇄 살인범이 없다는 것은, 엄밀히 말하자면 사실이 아니다. 매춘부들을 마구 죽인, 또는 자기 가족을 끔찍하게 죽인 흑인 연쇄 살인범들이 분명 있었다. 그러나 낯선 흑인 어린이들을 끌고 가서 이처럼 무참하게 죽인 흑인 연쇄 살인범은 그때까지는 없었다.

"이봐요, 난 이곳에 내려올 필요도 없었어요. 내가 여기 오겠다고 자원한 것도 아니란 말이오." 나는 흑인 경찰에게 항의하듯 대꾸했다. 아무튼 모두 엄청난 좌절감을 느끼고 있었다. 수사 관련자 모두 사건을 해결하고 싶어했고, 또 사건을 해결하는 사람이 자신이기를 바랐다. 로이와 나는 우리가 거기 파견된 이유가, 여론의 포화를 대신 맞아주고 사태가 악화되면 대신 뭇매를 맞기 위한 것임을 잘 알았다.* KKK 음모라는 시나리오 이외에 온갖 추측이 난무했다. 어떤 추측은 그 어느 것보다 더 끔찍했다. 피살된 아이들의 몸에서 서로 다른 여러 옷가지가 사라졌다. 그래서 범인이 집에 있는 마네킹에 아이들의 옷을 입히는 것은 아닐까, 하는 추측이 나왔다. 에드 게인이 여자들의 살갗을 떠서 가죽옷을 만들었듯이. UNSUB는 시체들을 야외에 내다버림으로써 그 수법이 점점 더 발전해나가는 것은 아닐까, 하는 추측도 있었다. 또 원래 UNSUB는 이미 자살해버렸고 그 뒤를 이어 2대 범인이 모방 범죄를 하는 것은 아닐까, 하는 추측도 나왔다. 내가 콴티코에 돌아와 있었을 때, 사건 해결의 첫 단서가 발생했다. 애틀랜타에서 32킬로미터 정도 떨어진 콘여스 경찰서에 범인을 자처하는 남자가 전화를 걸어왔던 것이다. 현지 경찰은 드디어 단서를 잡았다고 환호했다. 나는 행동과학부장 래리 먼로의 사무실에서 파크 디에츠 박사와 함께 자칭 범인의 전화 녹음 테이프를 들었다. 래리 먼로는 부장이 되기 전에 콴티코의 유명한 강사로 명성을 날렸다. 파크 디에츠 박사는 앤 버

---

* 원문은 'Be blamed if everything hit the fan'로 필라델피아에서 나온 농담이다. 한 남자가 술집에서 술을 마시다가 대변을 보고 싶어 화장실을 찾았는데 보이지 않아 바닥에 난 구멍에 대고 볼일을 보았다. 그런데 그 구멍은 바로 아래층에 있는 술집의 환기구였다. 그 남자가 술집으로 되돌아오자 북적거리던 사람들이 하나도 없었다. 그가 사유를 물어보자, 바텐더는 이렇게 대답했다. "똥이 환기구에서 뚝뚝 떨어질 때, 당신은 도대체 어디 있었소?" 여기서 유래된 이 표현은 '대혼란'을 뜻하게 되었다.

제스 박사처럼 로이 헤이즐우드에 의해 우리 부서로 초빙되었다. 당시 디에츠 박사는 하버드에 재직하고 있었고 치안 관계자들 사이에서 명성을 얻고 있었다. 현재 캘리포니아에서 일하고 있는 디에츠 박사는 전국적으로 손꼽히는 법의학 정신분석의였으며 우리 부서의 일에 자주 자문을 해주었다. 테이프 속의 남자는 자기가 애틀랜타 어린이 살해범이라고 주장한 다음 최근에 시체로 발견된 아이들의 이름을 들이댔다. 전형적인 백인 육체노동자 같은 그는 "계속해서 검둥이 새끼들을 죽이겠다"고 말했다. 그는 록데일 카운티의 시그몬 거리의 특정 지점을 가리키면서 그곳에 가면 시체를 발견할 수 있을 것이라고 말했다.

먼로의 방에 있던 사람들은 흥분했다. 그러나 나는 그 분위기에 찬물을 끼얹었다. "이 사람은 범인이 아닙니다. 하지만 잡아야 합니다. 안 그러면 계속 전화질을 할 테고 잡힐 때까지 우리를 괴롭힐 겁니다."

나는 전화를 걸어온 자가 범인이 아니라고 확신했다. 이러한 판단을 뒷받침해주는 유사한 상황을 경험한 적이 있었기 때문이다. 그 전화 테이프를 듣기 얼마 전에 나는 영국을 다녀왔다. 밥 레슬러와 나는 영국의 콴티코라고 할 수 있는 영국 경찰학교 브램실(런던에서 한 시간 거리)에서 강의를 하러 영국으로 출장을 갔다. 영국은 당시 '요크셔 리퍼' 사건으로 떠들썩했다. 그 범인은 후기 빅토리아 시대의 화이트채플 살인사건(잭 더 리퍼 사건)을 흉내 내고 있는 것이 분명했다. 런던 북부 지역에 거주하는 매춘부만 주로 골라 몽둥이로 내려치고 칼로 찔러 죽이는 수법을 썼다. 그때까지 희생자는 여덟 명이었다. 피살을 모면한 여자도 세 명이나 되었지만 모두 인상착의를 설명하지 못했다. 범인의 연령은 10대 초반에서 50대 후반까지 종잡을 수 없었다. 애틀랜타 어린이 살해사건과 마찬가지로, 전 영국이 그 사건 때문에 공포에 떨고 있었고 영국 역사상 가장 대규모의 수사가 펼쳐졌다. 영국 경찰은 전국적으로 25만 명의 용의자를 취조했다.

영국 경찰과 언론은 범죄를 자인하는 '잭 더 리퍼'의 편지를 받았다. 이어 2분짜리 카세트 테이프가 든 소포가 런던 경시청장 조지 올드필드 앞으로 배달되었다. 애틀랜타 사건의 경우와 마찬가지로 그 테이프가 큰 전환의 계기가 되었다. 그것은 대량으로 복사되어 전국 방방곡곡에 텔레비전, 라디오, 무료 전화, 축구 경기장 안내 방송 등을 통해 나갔다. 혹시 그 목소리를 기억하는 사람이 있을까 싶어서였다.

우리는 브램실에 있던 동안 존 도메일 형사가 거기 내려와 있다는 얘기를 들었다. 그는 요크셔 리퍼 사건을 담당하는 수석 수사관이었고 경찰 고위직이었다. 그도 미국의 FBI 소속 프로파일러가 두 명 와 있으니 한번 만나보는 것이 어떻겠느냐는 제의를 받은 모양이었다. 그래서 강의 후 아카데미의 술집에 앉아 있는 밥 레슬러와 나를 찾아왔다. 술집 안에 있던 사람들이 존을 알아보고 일어서서 반갑게 악수를 청했다. 존의 몸짓을 보니, 미국에서 건너온 친구들이니 어디 한번 만나볼까 하는 태도였다. 나는 레슬러에게 이렇게 말했다. "저 친구로군요."

그들 중에 누군가가 우리가 있는 곳을 존에게 가르쳐주었고 존과 일행이 우리 자리로 왔다. 존은 자기 소개를 했다. 내가 말했다. "아니, 관련 자료를 안 가지고 오셨습니까?"

그는 사건 자료가 방대해서 못 가져왔다고 말한 다음, 이런 장소에서 짧은 시간에 다 설명하기가 어렵다고 변명했다.

"그렇다면 할 수 없죠. 우리도 담당 사건이 한두 건이 아니니까요. 그러니 편히 앉아서 술이나 마십시다." 내가 대답했다.

이런 고압적인 자세가 영국 형사들의 흥미를 끈 것 같았다. 그들 중 한 명이 프로파일링을 하려면 어떤 자료가 필요하느냐고 물었다. 나는 그에게 우선 사건 현장만 설명해달라고 요구했다. 영국 형사는 대충 이렇게 설명했다. UNSUB는 여자들을 취약한 입장에 몰아넣고 칼이나 망치로 바로 해치웠다. 죽인 다음에는 시체를 훼손했다. 녹음 테이프의 목소리는 매춘부만 골라서 죽이는 살인범치고는 발음이 또렷했고 또 세련되었다. "당신이 내게 설명해준 사건 현장과 내가 미국에서 들어본 녹음 테이프와 서로 비교해볼 때, 전화를 걸어온 이자는 요크셔 리퍼가 아닙니다. 당신들은 헛수고를 하고 있는 거예요."

나는 그렇게 말하면서 내 추리를 펴나갔다. 영국 경찰이 찾는 범인은 경찰과 대화할 의사가 없는 자이다. 범인은 20대 후반이나 30대 초이고 눈에 잘 안 띄는 외톨이이다. 여자를 병적으로 싫어하고, 학교 중퇴자이며, 사방을 돌아다니는 것을 보니 트럭 운전사일지도 모른다. 매춘부들을 자꾸 죽이는 것은 여성 전체를 징벌하겠다는 의지의 표현이다.

만약 내 프로파일대로라면, 그 테이프를 복사하여 전국 방방곡곡에 돌린 노력은 헛수고가 되는 것이다. 그럼에도 도메일은 내 의견에 동의했다. "나도 그 점을 걱정하고 있소." 그래서 존 도메일은 나중에 수사 방향을 바꾸었다. 1981년 1월 2일 순전히 행운에 의해 요크셔 리퍼가 잡혔을 때—그때는 애틀랜타에서 어린이 살해의 공포가 극에 달했을 때였다—범인이 그 테이프를 보낸 사람과는 전혀 다르다는 것이 밝혀졌다. 범인 피터 사트클리프(35세)는 트럭 운전사였다. 전화를 걸어온 가짜 요크서 리퍼는 경찰청장 올드필드에게 악감정을 갖고 있던 은퇴한 경관임이 드러났다.

나는 조지아 주의 콘여스에서 보내온 테이프를 듣고 나서 콘여스 경찰서와 애틀랜타 경찰서 사람들과 통화를 했다. 그리고 즉석에서 그 '가짜 살인범'을 잡아낼 시나리오를 일러주었다. 요크서 리퍼 사건의 가짜 살인범과 마찬가지로, 이 친구도 똑똑하고 잘난 척하는 인간이었다. 전화를 걸어온 목소리를 들어볼 때 틀림없었다. "그의 어조로 보아 당신들을 바보라고 생각하고 있어요. 그러니 그자의 그런 태도를 역이용합시다."

우선 그 가짜 살인범의 생각대로 일부러 바보스럽게 행동하라고 조언했다. 시그먼 가로 가서 그가 말한 반대쪽 거리를 찾는 척하라. 그자는 경찰의 움직임을 주시하고 있을지 모르니까 재수가 좋으면 그 자리에서 가짜 살인범을 잡을지도 모른다. 만약 잡지 못한다면 틀림없이 전화를 걸어서 경찰이 바보 멍텅구리라고 조롱할 것이다. 엉뚱한 데만 찾는다고 하면서. 파크 디에츠 박사는 나의 조언을 마음에 들어했다. 그는 이런 임기응변적인 전략을 나중에 법의학 저서에 언급하기도 했다.

경찰은 작전대로 일부러 방향을 틀리게 하여 시체를 찾는 척하며 소란을 피웠다. 그리고 예상대로 그 가짜 범인은 전화를 걸어 경찰이 참으로 우둔하다고 조롱했다. 경찰은 미리 준비한 전화 추적 장치를 가동하여 집에서 조롱 전화를 건 그 막노동꾼을 체포했다. 현지 경찰은 가짜 범인이 한 말을 믿지 않았지만, 그래도 혹시 몰라 그가 일러준 곳을 제대로 수색했다. 역시 시체는 나오지 않았다.

콘여스 경찰서 사건만이 정신을 헷갈리게 한 것은 아니었다. 대형 사건에는 어이없는 증거들이 늘 나오게 마련인데, 애틀랜타 사건도 예외는 아니었다. 이런 웃지 못할 에피소드도 있었다. 해골이 거의 다 된 최초의 피살자 시체가 발견된 숲속의 대로변 가까운 곳에서 정액이 잔뜩 묻어 있는 도색 잡지가 발견되었다. FBI 실험실은 그 잡지에서 지문을 채취해 정액의 주인공을 찾아냈다. 그 주인공은 백인 남자이며 트럭을 몰고 다녔고, 쥐나 바퀴벌레 등 해충박멸사업을 하는 구제업자였다. 언뜻 해충박멸업자와 흑인 어린이 살해범 사이의 심리적, 상징적 공통점이 있는 것도 같았다. 소시오패스라면 해충을 박멸하다가 갑자기 머리가 돌아버려서 흑인 어린이를 죽일 가능성이 얼마든지 있었다. 우리는 연쇄 살인범들이 살인 현장이나 시체 유기 현장에 자주 되돌아온다는 것을 알고 있었다. 범인이 도로변에 트럭을 세우고, 자신이 범행한 지점을 굽어보고, 살인 순간의 스릴을 회상하며 자위를 한 것이 아닐까, 경찰은 이렇게 추리했다.

이런 추리는 관계 요로를 거쳐 FBI 국장, 법무장관, 그리고 백악관에까지 보고되었다. 고위 당국자들은 애틀랜타 어린이 살해범을 드디어 잡았다고 발표하고 싶은 마음뿐이었다. 그래서 그 해충박멸업자가 범인이기를 은근히 바라면서 보도자료까지 준비하는 중이었다. 그러나 두 가지 점이 내 마음에 걸렸다. 첫째, 그는 백인이었다. 둘째, 행복한 결혼 생활을 하고 있었다. 나는 이 친구가 그 숲에 간 것은 다른 이유가 있었을 것이라고 짐작했다.

현지 경찰은 그를 불러들여 심문했다. 그는 모든 범행을 부인했다. 경찰은 정액이 덕지덕지 묻어 있는 도색 잡지를 그에게 들이밀었다. 해충박멸업자는 그 잡지가 자기 것이라는 사실은 시인했다. 하지만 차를 몰고 가면서 차 밖으로 그 잡지를 집어던졌다고 말했다. 그러나 그런 설명 역시 말이 되지 않았다. 그의 말대로라면, 한 손으로는 운전대를 잡고, 다른 한 손으로는 페니스를 주물럭거리면서, 또 다른 손으로 도색 잡지를 차창 밖으로 내던졌다는 얘기였다. 그렇다면 이 용의자는 도대체 어떻게 생긴 사람인가?

그는 스스로 모순되는 상황 설명을 했다는 것을 깨닫고 그제야 있는 그대로 털어놓기 시작했다. 그의 아내는 임신을 하여 곧 해산을 할 예정이었다. 그래서 그는 몇 달 동안 섹스를 하지 못했다. 생리적 욕구 때문에 페니스가 불어터질 지경이었지만, 곧 아이를 낳을 사랑스런 아내 몰래 오입을 하기는 싫었다. 그래서 세븐일레븐에 들어가 도색 잡지를 샀다. 그런 다음 점심 시간을 이용해 몰래 숲속에 들어가 욕구를 해결했다는 것이다.

나는 그 용의자에게 인간적인 동정을 느꼈다. 어차피 우리가 사는 이 세상은 사과가 땅에 떨어지면 툭 하고 소리가 나는 세상이 아닌가. 인간이 사는 속세에 비밀스럽고 성스러운 일이 어디 있겠는가. 그는 아무에게도 방해가 되지 않는 곳에 몰래 들어가 자신의 애로 사항을 해결했다. 그런데 그가 그토록 비밀로 지키고 싶어한 일이 그만 엉뚱하게 틀어져, 이제 미국의 대통령까지 알게 된 것이었다.

나는 그 가짜 자백자를 잡았을 때 가짜 소동은 그걸로 일단락되었다고 생각했다. 어쨌든 그 인종차별적인 가짜 자백자를 잡아냈으니, 이제 진범을 잡는 본업에 정진할 수 있게 되었다고 생각했다. 이때 내가 한 가지 간과한 것은 언론을 적절히 활용하지 못했다는 것이었다. 그때 이후 나는 이런 실수를 되풀이하지 않으려고 각별히 노력했다.

애틀랜타 어린이 살인사건이 언론의 집중적인 조명을 받자 범인은 어느 순간, 언론 보도에 만족감을 느끼기 시작했다. 즉 자신이 언론의 스타로 부상한 데 대해 자부심을 갖게 된 것이다. 내가 당시 놓친 것이 바로 그것이다. 즉 범인은 언론 보도에 '적극적으로 반응한다'는 사실이었다.

애틀랜타 사건이 전국적인 관심을 끌자 언론은 조그마한 관련 기사라도 구하려고 혈안이 되어 있었다. 결국 허탕으로 끝나고 말았지만 경찰이 시그먼 가를 샅샅이 수색하는 과정에서 기자들은 경찰의 꽁무니를 졸졸 따라다녔다. 혹시 무슨 관련 기사가 나올까 싶어서였다. 그런데 여기서 한 가지 놀라운 일이 벌어졌다. 시그먼 가의 수색이 있고 나서 얼마 되지 않아 사람들의 눈에 훤히 띄는 곳에서 시체 한 구가 발견된 것이었다. 테리 퓌(15세)의 시체였고 발견된 곳은 바로 록데일 카운티의 시그먼 가였다.

내가 볼 때 이것은 중요한 사태 발전이었다. 그것은 살인범을 잡아내는 결정적 전략의 단초가 되었다. 그 시체가 의미하는 것은, 범인이 언론의 보도를 면밀히 추적하면서 그 보도에 적극적으로 반응한다는 것이었다. 범인은 시그먼 가에 시체를 버리지 않았으므로 경찰이 거기서 시체를 발견하지 못한다는 것을 알고 있었다. 그런데 수색이 끝난 시점에서 시체를 시그먼 가에 내다버림으로써 자기가 경찰이나 언론보다 우월하고, 또 마음대로 그들을 조종할 수 있다는 것을 은연중에 드러내 보였다. 범인은 오만함과 경멸감을 동시에 내보이고 있었다. 즉, 그는 마음만 내키면 시그먼 가에 시체를 내버릴 수 있었다. 살인범은 이런 게임을 펼치기 위해 자신의 범행 패턴을 바꾸어 일부러 30~50킬로미터 더 차를 몰고 가 시체를 시그먼 가에 버렸다. 우리는 범인이 사태 추이를 면밀히 관찰하고 있다는 것을 알았다. 그러니 그 점을 역이용하여 범인의 행동을 조종할 수 있을지도 모른다는 생각을 갖게 되었다.

만약 내가 이런 언론 플레이의 가능성을 그전에 알고 있었다면 시그먼 가에 미리 사람을 풀어 범인의 출현에 대비했을 것이다. 그러나 그건 이미 물 건너간 얘기였다. 이제는 앞을 내다보면서 그런 유사한 상황에 대비하는 수밖에 없었다.

내게는 여러 가지 아이디어가 있었다. 당시 프랭크 시내트라와 새미 데이비스 2세가 피살자의 유가족에게 전달할 성금을 마련할 목적으로 애틀랜타의 옴니에서 자선 공연을 하기로 되어 있었다. 이 행사는 언론에 크게 보도되었다. 나는 범인이 그 행사장에 나타나리라고 확신했다. 그러니까 문제는 약 2만 명 정도로 추산되는 관중 틈에서 어떻게 단 한 명의 범인을 골라내느냐 하는 것이었다.

로이 헤이즐우드와 나는 범인이 경찰광이라고 이미 밝힌 바 있었다. 바로 그 점을 이용하면 되었다. "범인에게 공짜 입장권을 줍시다." 나는 그렇게 제안했다.

이번에도 현지 경찰과 애틀랜타 FBI 지국 사람들은 황당한 표정을 지으며 나를 보았다. 나는 그 제안의 배경을 설명했다. 공짜 입장권을 준다고 하면 사람들이 너무 많이 신청할 것이므로, 신청자를 안내할 경비 요원이 필요하다고 광고를 하자. 경비 요원에게는 소액의 보수를 주고, 또 신청자는 경비 업무에 필요하니 차를 가져와야 한다고 하자(우리는 범인이 차를 갖고 있다는 것을 알았다). 그리고 치안 업무 경험자를 선호한다고 광고하자. 범인은 경찰광이니까 분명 이 일에 흥미를 보일 것이다. 그리고 감춰둔 폐쇄회로 카메라로 옴니에 나와 면접을 하는 신청자들을 녹화하자. 여자, 노인 등 대상이 아닌 사람들은 일단 제쳐놓고 젊은 흑인 신청자만 눈여겨본다. 흑인 신청자에게 소정의 지원서 양식을 쓰게 하자. 앰뷸런스를 몰아본 경험, 전에 경찰 일이나 경비 일을 해본 경험 등이 있는 지 기재하게 하면 더욱 좋다. 이렇게 하다보면 범인으로 의심되는 소수의 흑인 청년을 솎아낼 수 있다. 그래서 최종 10명 내지 12명 정도의 명단을 입수하여 우리가 갖고 있는 증거와 대비해보자.

이 계획은 법무차관 선까지 보고되었다. 그러나 거대조직 내에 서 파격적인 일을 하려고 하면, 그 순간부터 '가부可否 판단 마비 현 상'이 일어나 일을 그르치고 만다. 이 계획의 집행이 최종적으로 결재가 난 것은 공연 하루 전날이었다. 하루의 시간 여유를 가지 고 '경비 요원'을 모집하겠다는 것은 시기적으로 늦을 뿐만 아니라 효율적이지도 못했다.

나는 또 다른 아이디어를 내놓았다. 30센티미터 높이의 나무 십 자가를 여러 개 만들자는 것이다. 그래서 그 십자가를 피해자 가 족들에게 나눠주어 피살 현장에 하나씩 추모비로 세우게 하자고 했다. 또 대형 나무 십자가를 만들어 교회에 세움으로써 피살 당 한 어린이들을 단체로 추모하는 방안도 곁들였다. 이런 추모 계획 이 발표되면 범인은 멀리 떨어진 살해 현장에 나타날지 모른다고 나는 생각했다. 혹시 그 십자가를 하나 훔쳐갈지도 모를 일이었다. 경찰이 주요 살해 현장에서 잠복하면 현장에서 범인을 잡을 가능 성도 있었다.

그러나 수사국으로부터 이 아이디어의 집행을 승인받는 데에는 역시 시간이 걸렸다. 또 그 십자가를 어느 부서에서 만들 것인가, 하는 관할권 문제가 있었다. 워싱턴의 FBI 전시실, 콴티코의 목공 실, FBI 애틀랜타 지국(히청을 통해) 등이 서로 만들겠다고 나섰다. 결국 나무 십자가를 만들기는 했지만, 그즈음에는 사건이 엉뚱한 방향으로 틀어져서 우리의 정신은 온통 그쪽으로 쏠려버렸다.

1981년 2월. 애틀랜타 시는 통제 불능 상태에 빠졌다. 전국 각지에서 심령술사들이 모여들어 저마다 '프로파일'을 제시했고, 그것들은 서로 판이하게 달랐다. 언론은 뉴스 거리를 찾으려고 혈안이 되었고, 어린이 유괴 살해사건과 조금이라도 관련 있는 사람이 무심코 지껄인 말도 기사화했다. 시그먼 가에서 테리 퓌의 시체가 발견되고 얼마 지나지 않아, 디캘브 카운티의 바퍼드 고속도로 변에서 패트릭 발타자르(12세)의 시체가 발견되었다. 패트릭도 테리 퓌처럼 교살당했다. 그리고 검시의 사무실에서 근무하던 직원 하나가 패트릭의 몸에서 발견된 모발과 섬유가 그 앞의 다섯 시체에서 발견된 것과 일치한다고 발표했다. 나는 그 모발과 섬유를 근거로 어린이 살해범이 동일인이라고 추정했다. 검시실 직원의 발표는 언론에 대대적으로 보도되었다.

그때 나에게 섬광처럼 이런 생각이 떠올랐다. '이제 범인은 강에 시체를 버릴 거야.' 범인은 시체에 모발과 섬유가 묻어 있다는 것을 알기 때문에, 그 증거를 없애기 위해 시체를 강물에 유기할 게 틀림없었다. 작년 말(1980년 12월), 패트릭 로저스(15세)의 시체가 코브 카운티를 흐르는 채터후치 강에서 발견되었다. 로저스는 머리에 둔기를 맞고 살해되었다. 165센티미터에 65킬로그램의 몸무게였고, 학교 중퇴자로서 경찰에 여러 번 입건되었던 비행 청소년이었다. 당시 경찰은 패트릭 로저스가 어린이 유괴 살해사건과 무관하다고 생각했다. 로저스의 관련 유무는 차치하고라도 이제 범인이 시체를 강가에 내다버릴 것은 틀림없는 일이었다.

우리는 이제 강 주위에서 잠복해야 하고 특히 채터후치 강을 조심해서 살펴야 한다고 말했다. 애틀랜타 시의 북서쪽에 있는 그 강은 이웃 카운티인 코브 카운티와 경계를 이루는 주요 수로였다. 그러나 막상 강에서 잠복하자니 역시 관할권 문제가 등장했다. 각 카운티의 경찰서, FBI 등에서 연합으로 수사에 나서다보니 수사 병력을 전체적으로 통제할 사령탑이 없었다. 그런 문제점이 인식되어 FBI와 특별 수사본부 공동의 연대 공조 체제가 발족했을 때에는 시간이 흘러 이미 1981년 4월이 되었다.

한편 패트릭 다음으로 발견된 커티스 워커(13세)의 시체도 예상대로 사우스 강에서 발견되었다. 그다음 티미 힐(13세)과 에디 던컨(피살자 중 최고령인 21세)의 시체 두 구도 이틀 사이에 연속적으로 채터후치 강에서 발견되었다. 이전의 시체가 대부분 옷을 입은 상태로 버려졌다면, 최근의 세 구는 모두 속옷까지 벗겨져 있었다. 모발과 섬유를 제거하려는 의도가 분명했다.

경찰 잠복조가 교량과 강 인근에 배치된 지 여러 주가 흘러갔다. 그러나 아무런 소득도 없었다. 고위 당국자는 작전에 흥미를 잃기 시작했고 쓸데없는 짓이라는 생각을 갖기 시작했다. 이제 더 진전이 없으면 그 작전은 1981년 5월 22일 오전 6시를 기해서 종료시키는 것으로 결정되었다.

1981년 5월 22일 오전 2시 30분. 경찰 후보생 밥 캠벨은 잭슨 파크웨이 다리 아래 채터후치 강둑에서 마지막 순찰을 하고 있었다. 그는 어떤 차량이 다리 위를 달려오다가 중간에서 잠깐 멈춰 서는 것을 보았다.

"방금 강물에서 풍덩 소리가 났습니다." 밥 캠벨은 워키토키를 켜고 긴장된 목소리로 보고했다. 강물에 플래시를 비춘 그는 수면에 잔물결이 이는 것을 보았다. 차는 다리 위에서 유턴을 하더니 오던 방향으로 다시 되돌아갔다. 경찰차는 재빨리 그 차를 추적하여 멈춰 세웠다. 그 차는 1970년형 셰비 스테이션 웨건이었고 운전사는 키가 작고 곱슬머리인 웨인 버트램 윌리엄스(23세)라는, 얼굴빛이 밝은 편인 흑인이었다. 그는 공손했고 협조적이었다. 자기가 음악 프로모터이며 부모와 함께 산다고 말했다. 경찰은 그를 잠깐 심문하고 차 안을 들여다본 뒤 놓아주었다. 그러나 경찰은 그날 이후 윌리엄스를 철저히 미행했다.

이틀 뒤. 내서니얼 카터(27세)의 알몸 시체가 강 하류에서 발견되었다. 그곳은 한 달 전 지미 레이 페인(21세)의 시체가 발견된 곳에서 얼마 떨어지지 않은 지점이었다. 그러나 웨인 윌리엄스를 체포하여 가택 수색을 할 만큼의 충분한 증거가 없었다. 경찰은 엎어지면 코 닿을 가까운 거리에서 윌리엄스를 엄중 감시했다.

윌리엄스는 곧 경찰이 자기를 미행한다는 것을 알아차렸고, 경찰차를 꽁무니에 매단 채 애틀랜타 시내에서 숨바꼭질을 하기 시작했다. 윌리엄스는 심지어 공안위원회 위원장 리 브라운의 집 앞으로 차를 몰고 가서 경적을 울려대기도 했다. 윌리엄스는 집에 암실을 갖고 있었다. 수색영장이 떨어지기 전에 집 뒤뜰에서 사진을 태우는 윌리엄스의 모습이 발견되었다. 그는 또 타고 다니던 차를 샅샅이 세차했다.

웨인 윌리엄스는 셰퍼드를 키운다는 사실뿐만 아니라, 여러 모로 우리의 프로파일에 딱 들어맞았다. 몇 년 전에는 경찰관을 사칭하다가 체포된 적도 있는 경찰광이었다. 그렇게 체포된 뒤에도 고물 경찰차를 몰고 다녔고, 경찰 스캐너를 들고 현장에 나타나 현장 사진을 찍기도 했다. 경찰이 가짜 살인범의 전화를 받고 시그먼 가에 출동, 가짜 시체 수색작전을 펼 때, 여러 사람이 현장에서 웨인 윌리엄스를 보았다고 증언했다. 그는 거기서 사진을 찍어 경찰에 제공하기도 했다. 또 옴니에서 벌어진 프랭크 시내트라 자선 공연에도 참석했었다.

FBI는 윌리엄스를 체포하지 않은 채, 사무실로 나오라고 해서 조사했다. 그는 협조적으로 나왔고 변호사를 대동하지도 않았다. 내가 받아본 취조 보고서를 검토해보니, 심문이 제대로 이루어지지 않은 것 같았다. 너무 고압적이고 노골적인 자세로 심문했던 것이다. 나는 잘만 다루었다면 그 시점에서 윌리엄스의 자백을 받아낼 수 있지 않았을까 생각했다. 취조가 끝난 뒤에도 윌리엄스는 사무실에서 뭉그적거리면서 경찰과 FBI에 관련된 이야기를 하고 싶어했다.

그러나 일단 윌리엄스를 놓아준 그날 이후부터 자백을 받아내는 것은 무의미한 일이 되었다. 그는 거짓말 테스트에도 응했고, 결과는 불확정적이었다. 나중에 경찰과 FBI가 수색영장을 발부받아 그가 살고 있는 부모(은퇴한 학교 교사들)의 집을 수색해보니, 거짓말 탐지기를 이기는 방법에 대한 책이 나왔다.

수색영장은 1981년 6월 3일에 발부되었다. 윌리엄스가 차를 샅샅이 세차했음에도 차 안에서는 12명의 피살자 시체에서 발견된 것과 일치하는 모발과 섬유가 나왔다. 그러니까 동일범이 그 12명을 살해한 것이었다.

그 증거는 결정적이었다. 그 모발과 섬유 증거로 인해 피살자들이 윌리엄스의 방, 집, 차 안에 있었다는 것이 입증되었다. 조지아 주 과학수사연구소의 래리 피터슨은 일부 섬유는 피살자들이 실종되기 전에 입었던 옷에서 나온 것과 일치한다고 밝혔다. 바꾸어 말하면 피살자들은 살해되기 전에 윌리엄스와 모종의 연관이 있었던 것이다.

1981년 6월 21일. 웨인 B. 윌리엄스는 내서니얼 카터를 살해한 혐의로 체포되었다. 그리고 다른 피살자들과의 관련 문제도 계속 보강 수사가 진행되었다. 그 체포 소식이 알려졌을 당시 밥 레슬러와 나는 버지니아 주 뉴포트 뉴스 근처의 햄턴 인에서 투숙하고 있었다. 우리가 그리로 출장을 간 것은 남부주 교정협회矯正協會를 상대로 강의하기 위해서였다. 당시 나는 영국에서 요크셔 리퍼 사건을 담당했다가 금방 귀국한 상태였고 연쇄 살인범에 대한 최근 연구 실적을 발표할 계획이었다. 그보다 약 3개월 전인 1981년 3월에 〈피플〉은 레슬러와 나를 취재하여 우리가 애틀랜타 어린이 살해사건을 수사한다는 기사를 작성, 게재했다. 그때 FBI 본부에서도 우리가 인터뷰에 응해도 좋다고 허락했다. 나는 그 잡지에 프로파일링의 개요를 알려주고 UNSUB가 흑인일 가능성이 크다고 말했다. 그 기사는 전국적인 관심을 끌었다. 그리고 3개월 뒤, 교정협회 강의에 참석한 500여 명의 청중들 가운데 한 사람이 나에게 윌리엄스 체포를 어떻게 생각하느냐고 물었다.

나는 그 사건의 배경을 설명한 뒤, 우리가 어떻게 그 사건에 개입하여 어떻게 프로파일을 만들게 되었는지 그간의 경과를 설명했다. 그러고 나서 윌리엄스가 그 프로파일에 그대로 들어맞는다면, 그가 "16건의 살해사건 중 여러 어린이를 살해했을 가능성이 있다"고 조심스럽게 대답했다. 나는 그 질문을 해온 사람이 기자인 줄은 몰랐다. 설혹 기자 신분임을 밝혔더라도 같은 대답을 했을 것이다. 다음 날 내가 한 말은 〈뉴포트 뉴스—햄턴 데일리 프레스〉에 대문짝만 하게 실렸다. 그 기자는 내가 한 말을 거두절미하고 '16건의 살해사건 중 여러 어린이를 살해'라는 말만 크게 보도했다. '프로파일에 그대로 들어맞는다면'이라는 나의 전제는 쏙 빼버린 것이었다.

그 기사는 전국적으로 전송되었고 내 말은 전국 뉴스 프로그램 및 주요 일간지에 인용되었다. 〈애틀랜타 컨스티튜션〉은 아예 이렇게 헤드라인을 뽑았다. 'FBI 수사관, 윌리엄스가 다수의 어린이를 죽였을지도.'

일이 이렇게 돌아가자 전국 각지에서 내게 전화가 걸려왔다. 내가 투숙한 호텔 로비와 복도에는 방송국 카메라가 장사진을 이루었다. 밥 레슬러와 나는 취재진을 따돌리기 위해 호텔 비상구를 통해 몰래 빠져나와야 했다.

FBI 본부에서도 대혼란이 일어났다. 애틀랜타 어린이 살해사건 수사에 깊숙이 관련된 FBI 요원이 아직 재판 과정도 안 거친 웨인 윌리엄스를 유죄라고 단정한 것처럼 비친 것이다. 콴티코로 돌아가는 길에 나는 행동과학부장 래리 먼로에게 휴대용 전화로 사태의 진상을 보고했다. 먼로 부장과 상급자인 짐 매켄지 부국장은 즉시 나를 보호하려는 구명운동을 펴면서 FBI 공직윤리국의 개입을 막아보려고 애썼지만 역부족이었다.

콴티코로 돌아온 나는 찜찜한 기분으로 지상층의 도서관에 앉아 있었다. 그곳은 조용하고 한가했기 때문에 프로파일링 작업에 전념할 필요가 있을 때 내가 자주 들르는 곳이었다. 또 우리 사무실이 있는 지하층과는 달리 바깥을 내다볼 수 있는 창문이 있어서 마음을 탁 트이게 해주었다. 그러나 그날은 사정이 그렇지 못했다. 조금 있으니 부서장 래리 먼로와 부국장 짐 매켄지가 나를 만나러 도서관으로 왔다. 두 사람은 나를 열성적으로 밀어주는 고마운 상사였다.

당시 나는 우리 부서에서 유일하게 프로파일링을 전담하는 요원이었다. 또 미국 전역으로 출장을 다니면서 일을 봐왔기 때문에 지칠대로 지쳐 있었다. 게다가 애틀랜타 사건은 완전히 진을 빼버린 힘든 싸움이었다. 당시 나는 파김치 상태였다. 그렇게 힘들게 악전고투했는데, 그에 대한 보상은커녕 기자에게 솔직히 의견을 털어놓았다고 징계 운운이라니, 나는 정말 FBI의 처사가 야속했다. 게다가 신문 기사는 내 의견을 있는 그대로 보도한 것이 아니라, 앞뒤 말은 쏙 빼버리고 여론의 관심을 끌 만한 부분만 왜곡 보도했다. 그렇지만 막강한 언론을 상대로 싸울 수도 없는 노릇이었다.

우리는 애틀랜타 사건을 계기로 프로파일링 작업과 범죄수사 분석 분야에서 두 번째로 커다란 개가를 올렸다. UNSUB의 정체와 그의 다음번 행동에 대한 예측은 백 퍼센트 정확했다. 백악관을 위시하여 정부 고위직들은 하나같이 우리 부서의 움직임을 주시했다. 나도 내 목을 걸고 그 작전에 뛰어들었다. 만약 나의 판단이 틀렸거나 목표에서 빗나갔다면, 프로파일링 프로그램은 아예 죽어버렸을지도 몰랐다.

우리 행동과학부 요원들은 이 일에 높은 위험이 따르지만 그만큼 얻는 것도 많다고 귀에 못이 박이도록 들어왔다. 나는 눈물이 글썽한 채로 먼로와 매켄지에게 말했다. "위험만 많고 소득은 눈꼽만치도 없군요." 나는 너무 격분하여 책상 위에 놓아두었던 사건 서류철을 바닥에 팽개쳤다. 짐 매켄지는 내 말에 동의하면서, 있는 힘을 다해 내가 곤경에서 빠져나오도록 도와주겠다고 말했다.

결국 나는 공직윤리국에 출두하게 되었고 그래서 워싱턴 본부로 갔다. 공직윤리국은 제일 먼저 내 모든 권리를 포기한다는 포기 각서에 서명하라고 요구했다. 외부 세계에 정의의 수호라는 거창한 모토를 표방하는 기관이 막상 내부의 직원에게는 전혀 정의롭지 않게 대했다. 그러고 나서 〈피플〉을 내게 휙 던졌다. 재클린 오나시스가 표지 모델로 나온 것이었다. "지난번에도 인터뷰를 조심하라고 경고하지 않았던가요?"

나는 경고받은 적이 없다고 대답했다. 당시 그 인터뷰는 본부의 승인하에 이루어졌다. 그리고 이번의 교정협회 강의 도중, 대화 내용도 웨인 윌리엄스 건이 주제가 아니었다. 나는 연쇄 살인범 추적에 대해 일반적인 얘기를 하고 있었는데, 그 과정에서 누군가가 윌리엄스 얘기를 묻기에 의견을 솔직히 말한 것뿐이었다. 나는 대답을 하면서 단서 조건을 분명히 말했다. 그런데도 기자들이 거두절미하고 사람들의 관심사만 크게 보도했다. 나로서는 기자들의 엉뚱한 행동을 미리 예방할 수가 없었다.

그들은 네 시간 동안 나를 무자비하게 심문했다. 나는 신문기사들을 검토하면서, 그것들을 하나하나 반박하는 진술서를 작성해야 했다. 내가 서류를 모두 작성하자 공직윤리 감사관들은 아무 말도 없었고 또 앞으로 내가 어떻게 되리라는 것도 말해주지 않았다. 나는 부하 한 명 변변히 없이 몸과 마음을 바쳐 수사국을 위해 물불 가리지 않고 뛰었다. 게다가 가정은 거의 내팽개치다시피 하고 연간 150일의 출장도 마다하지 않았다. 그런데 이제 와서 징계라니! 징계가 어느 수준이 될지 알려주지도 않다니! 나는 몇 달씩 봉급한 푼 못 받는 직위 해제에 처해질 수도 있고, 영 재수가 없으면 파면될지도 몰랐다. 나는 워싱턴의 공직윤리국 출두에서 돌아와서는 거의 몇 주 동안 아침에 눈을 뜨면 침대에서 일어나기가 괴로울 정도였다.

그때 아버지의 편지가 도착했다. 아버지는 〈브루클린 이글〉의 인쇄공으로 일하다가 까닭 없이 해고되었던 자신의 에피소드를 편지에 담아 회상했다. 그 당시 아버지도 무척 우울했다고 한다. 열심히 일했고 성과도 좋았는데, 일언반구 말도 없이 잘렸다는 것이었다. 그래서 더 살고 싶은 마음이 없어졌다고 했다. 그렇지만 심장이 파열할 것 같은 인생의 비탈길을 뛰어올라가, 그다음에 펼쳐질 시원한 풍경을 상상하면서 '또 다른 기회에 더 잘 싸워보겠다'고 마음을 독하게 먹었다고 했다. 나는 아버지의 편지를 서류 가방에 넣어두고 우울할 때마다 꺼내서 읽었다. 그 징계 문제가 해결되고 난 후에도 오랫동안 그 편지는 내 서류 가방에 들어 있었다.

다섯 달 뒤 공직윤리국은 나에게 정식 경고장을 발부하기로 결정했다. 〈피플〉 기사가 문제되었을 때, 진행 중인 사건에 대해서 언론에 코멘트하지 마라고 분명 경고했는데도 같은 실수를 되풀이했다는 이유였다. 경고장은 웹스터 국장 명의로 되어 있었다.

나는 굉장히 화가 났지만, 퇴직할 생각이 아니라면 그런 문제로 오래 고민하고 싶지 않았다. FBI에 대한 나의 감정이 어떠했든 간에 프로파일링 일은 내게 너무나 소중했다. 미국 전역에 미결인 채로 남아 있는 사건이 수두룩했으며, 게다가 웨인 윌리엄스 재판이 다가오고 있었다. 이제 '또 다른 기회에 더 잘 싸워야 할 때'가 된 것이었다.

웨인 윌리엄스 재판은 1982년 1월에 시작되었다. 배심원을 선정하는데 6일이 걸렸다. 주로 흑인이었고 여자 아홉 명에 남자 세 명이었다. 우리는 윌리엄스가 최소한 열두 명의 어린이를 살해했다고 믿었지만, 내서니얼 카터와 지미 레이 페인 두 사람을 살해한 혐의로만 기소되었다. 아이러니하게도 이 두 피살자는 20대였다.

월리엄스의 변호인단은 미시시피 주 잭슨 출신의 짐 키친스, 앨 바인더와 애틀랜타의 여자 변호사 메어리 웰컴으로 구성된 호화군단이었다. 검찰 측의 주요 검사는 풀턴 카운티의 검사보인 고든 밀러와 잭 맬러드였다. 수사 과정에서부터 내가 관여했기 때문에, 검사들은 애틀랜타로 와서 재판이 진행되는 동안 조언해달라고 부탁했다. 재판 동안 나는 검사석 바로 뒤에 앉아 있었다.

만약 웨인 월리엄스의 재판이 바로 오늘 벌어진다면 나는 재판정에 나가 그의 범행 방법, 시그너처가 될 만한 특징, 피살사건의 상호 연계에 대해 명확하게 증언할 수 있을 것이다(나는 그 후 다른 사건의 재판에서는 그렇게 했다). 그리고 유죄 판결이 나온다면 형을 정하는 단계에서 피고가 나중에도 대단히 위험한 인물이라는 전문가적 의견을 제시했을 것이다. 그러나 1982년 당시 우리 부서는 아직 법정에서 인정받는 기관이 아니었고 그래서 나는 기소 전략 부분에서만 조언을 했다.

검찰 측은 약 700개의 모발과 섬유 증거에 크게 의존하고 있었다. 래리 페터슨과 워싱턴 소재 FBI 검사실 소속 특별요원 핼 데드먼은 이 증거를 꼼꼼하게 분석했다. 비록 웨인 월리엄스는 두 건의 살인사건만으로 기소되었지만 조지아 주의 형법은 검찰 측이 다른 관련 사건의 증거를 도입하는 것도 허용했고(이것은 이웃인 미시시피 주에서는 허용되지 않는다), 피고 측은 그 점에 대비하지 못했다.

검찰이 당면한 문제점은 월리엄스가 좋은 매너, 절제된 음성, 분명한 화법, 다정한 태도 등으로 호감을 주는 인물이라는 점이었다. 게다가 두꺼운 안경, 연약한 용모, 부드러운 손 등은 연쇄 살인범이라기보다는 부드러운 인상의 필스베리 도보이*를 연상시켰다. 윌리엄스는 자신이 결코 범죄자가 아니며 인종차별 정책의 무고한 희생자라는 보도자료를 배포했다. 재판이 시작되기 직전 그는 한 인터뷰에서 이렇게 말했다. "FBI는 〈키스턴 콥스〉**와 비슷하고 애틀랜타 경찰은 〈54호차, 어디 있는 거야?〉***와 비슷합니다."

검찰은 윌리엄스가 증언석에 나서지 않을 것이라고 예상했지만, 나는 생각이 달랐다. 분명 증언에 나설 것으로 보았다. 범죄를 저지를 때의 행태와 그런 보도자료를 돌린 방자한 태도를 볼 때, 윌리엄스는 교만한 데다 자신감이 넘치는 자였다. 그러니 자기가 그동안 대중, 언론, 경찰을 조종해온 것처럼, 재판도 자기 마음대로 조종할 수 있다고 생각했다.

그러던 중 클래런스 쿠퍼 판사의 사무실에서 검찰 측과 변호사 측이 함께 참가한 비공개 회의가 열렸다. 그 회의에서 변호사 측의 앨 바인더는 피닉스 출신의 유명한 법의학 심리학자인 마이클 브래드 베이레스가 피고 측 증인으로 나설 거라고 말했다. 베이레스는 윌리엄스가 FBI의 프로파일에 맞지 않으며 그런 끔찍한 살인을 저지를 인물이 아니라고 했다. 베이레스 박사는 이미 윌리엄스와 세 차례에 걸쳐 별도의 면담을 가졌다고 했다.

"좋을 대로 하십시오. 당신이 베이레스를 데려온다면 우리는 이 사건 초기부터 범인의 움직임을 정확하게 예측했던 FBI 요원을 반박 증인으로 내세우겠소." 검찰 측의 고든 밀러가 대꾸했다.

"그런 대단한 사람이라면 한번 만나보고 싶군요." 바인더도 지

---

* '찐빵 인형'이라고도 불리는 슈퍼마켓 마스코트.
** 1920년대에 제작된 엉터리 경찰을 주제로 한 영화.
*** 코믹한 경찰을 다룬 미국의 텔레비전 드라마.

지 않고 맞받아쳤다.

그러자 밀러는 FBI 요원(존 더글러스)이 재판 내내 검찰 측 바로 뒤에 앉아 있을 것이라고 대답했다.

하지만 나는 양측 인사들을 모두 만났다. 우리는 배심원실을 이용했다. 나는 프로파일링 일을 변호사 측에 자세히 얘기했고, 내가 FBI 요원이어서 혹은 심리학자가 아니라서 문제가 있다면, 파크 디에츠 박사 같은 분을 초빙하여 대신 검토하게 할 수도 있다고 했다. 하지만 디에츠 박사도 같은 의견일 것이라고 덧붙였다.

바인더 변호사와 그의 동료들은 내 설명을 흥미롭게 받아들였다. 그들은 다정하고 정중했다. 바인더는 심지어 자기 아들이 FBI 요원이 되고 싶어한다는 얘기까지 했다.

결과부터 말하면 베이레스는 증언하지 않았다. 윌리엄스 재판이 끝난 후 일주일쯤 되었을 때, 베이레스는 〈애틀랜타 저널〉과 〈애틀랜타 컨스티튜션〉의 기자들에게 자신의 솔직한 생각을 털어놓았다. "윌리엄스는 정서적으로 충분히 살인을 저지를 수 있는 자이며 '성격이상자'라고 보여집니다. 살해 동기는 아마도 '권력지향 심리와 남을 조종하고 싶어하는 충동 심리'였을 것으로 판단됩니다. 내가 그런 내용을 말하자 윌리엄스는 다음 두 가지 중 하나만 선택하라고 했습니다. 내 보고서의 내용을 당장 바꾸고 일부 사항은 침묵하라. 아니면 증언에 나서지 마라. 변호인 측의 가장 큰 애로 사항은 윌리엄스가 모든 것을 자기가 주도하려 했다는 점입니다."

나는 그 기사를 흥미롭게 읽었다. 베이레스의 '권력지향', '성격이상' 등의 지적은 로이 헤이즐우드와 내가 작성한 프로파일과 아주 딱 맞아떨어지기 때문이었다. 그러나 재판이 진행되는 중에 나는 또 다른 흥미로운 상황과 맞닥뜨렸다.

나는 법원에서 가까운 마리오트 호텔에 묵고 있었다. 어느 날 저녁, 나는 식당에서 혼자 식사를 하고 있었다. 그때 40대 중반의 풍채 당당한 흑인 신사가 내게 다가와 브래드 베이레스 박사라고 자기 소개를 했다. 나는 그가 누구인지 또 왜 찾아왔는지도 알고 있다고 대답했다. 그는 앉아도 되겠느냐고 운을 떼었다.

나는 그가 내일 법정에서 증언을 할 것으로 알고 있는데 같이 앉아 있으면 어색할 것 같다고 대답했다. 그러나 베이레스는 상관없다면서 의자에 앉은 뒤 자기를 얼마나 알고 있느냐고 물었다. 나는 베이레스 박사의 신분이나 개인적 입장에 대해 알고 있는 것을 모두 말해주었다. 그러고 보니 박사에 대해 상당히 많은 것을 알고 있었다. 나는 박사에게 범죄심리학을 간단히 설명한 뒤, 만약 박사가 피고 측이 원하는 대로 증언을 하면 앞으로 그의 명성이나 직업에 큰 지장이 있을 것이라고 솔직하게 말했다. 박사는 의자에서 일어나며 악수를 청하더니 언제 시간을 내 콴티코로 가서 교육을 받고 싶다고 말했다. 나는 윙크를 하면서 내일 증언이 어떻게 진행될지 주시하겠다고 대답했다.

그러나 다음 날 베이레스 박사는 증언을 하지 않았고 애리조나 주의 피닉스로 되돌아가버렸다. 바인더 변호사는 법정에서 '검찰의 위협'이 전문가 증인들을 겁에 떨게 한다면서 불평을 터뜨렸다. 나는 베이레스 박사에게 전혀 겁을 주지 않았다. 그러나 만약 박사가 법정에 나와 증언을 했다면 그것을 반박하기 위해 전력을 다했을 것이다. 아무튼 베이레스 박사는 성실한 학자였기 때문에 피고 측의 편의에 따라 증언할 사람은 아니었고, 또 피고 측이나 검찰 측에 의해 이용당할 사람은 더욱 아니었다.

검찰 측의 핼 데드맨과 래리 페터슨은 논고를 할 때, 모발과 섬유를 증거로 내세워 강력하게 주장해 들어갔다. 그러나 그 증거는 보통 사람이 금방 이해하기가 어려운, 복잡한 것이었고 또 그 증거에만 의존해서 기소를 이끌어낼 수는 없었다. 왜 이 카펫 섬유는 이쪽으로, 또 저 카펫 섬유는 저쪽으로 쏠려 있는가 등의 설명은 과학적이고 논리적이긴 했지만, 배심원들의 머릿속에 쏙 들어가 박히는 명쾌한 논고는 아니었다. 아무튼 검찰 측은 열두 명의 피살자 몸에서 나온 섬유가 윌리엄스의 보라색, 초록색 침대 깔개의 섬유와 같고, 또 여섯 명의 피살자 몸에서 나온 섬유가 윌리엄스의 거실과 1970년형 시보레 차의 섬유와 일치한다는 것을 강력하게 주장했다. 또 열한 명의 피살자 몸에서 나온 모발이 피고의 도이칠란트 셰퍼드(이름은 시바)의 모발과 일치한다는 것도 증거로 제출했다.

변호사 측의 변호 차례가 되자, 그들은 캔자스 출신의 케네디를 닮은 미남 변호사를 내세웠다. 그는 배심원들에게 환히 웃으며 데 드먼 검사의 주장을 하나하나 반박했다. 그날의 재판이 끝나고 검찰 측 인사들이 한데 모였을 때, 검사들은 캔자스 출신의 그 미남 변호사가 하는 얘기는 정말 황당무계하더라며 냉소적인 웃음을 터뜨렸다.

"존, 당신 생각은 어때요?" 검사들이 내게 물었다.

배심원들의 움직임을 면밀히 관찰한 나는 검사들과는 다른 의견을 갖고 있었다. "솔직하게 제 의견을 말씀드리겠습니다. 당신들은 지금 재판에서 지고 있습니다." 검사들은 충격을 받고 입을 다물지 못했다. 세무서 직원이 제일 싫어하는 단어가 환급(還給, 세금을 납세자에게 되돌려주는 것)이라면, 검사가 제일 싫어하는 말은 패소인 것이다.

"당신들은 그 미남 변호사의 얘기가 황당하다고 생각할지 모르지만 배심원들은 그의 말에 빨려들었어요." 나는 전문가이기 때문에 헬 데드맨 검사의 복잡하고 과학적인 말을 알아들었지만 그의 논지가 까다로워서 머리에 잘 들어오지 않는다는 느낌이 들었다. 이에 비해 미남 변호사는 비록 단순한 논리이지만 배심원들의 머릿속에 쏙쏙 들어가는 말을 했다.

검사들은 신사라서 그 자리에서 '무슨 개소리야'라고 내지르지는 않았다. 그렇지만 '네가 유능한 프로파일러면 다냐. 그 따위 소릴하려면 우리 팀에서 빠져라'는 적대적 분위기를 감지할 수 있었다. 그렇다고 해서 나도 검사들 눈치나 보며 지낼 사람은 아니었다. 콴티코에서 나를 기다리는 사건 수가 자꾸만 늘어가고 있었고, 또 다가오는 메어리 프랜시스 스토너 살해사건의 재판도 준비해야 했다. 또 거듭되는 출장의 여독이 풀리지 않아 피곤하기도 했다. 집안일을 도통 돌보지 않아, 아빠 없는 모녀母女가정을 만들었고 그래서 아내와의 결혼 생활에 문제점이 불거져나오기 시작했다. 또 운동을 하지 않아 몸이 비둔해지는 느낌이었다. 나는 부서장 래리 먼로에게 전화를 걸어 콴티코로 불러달라고 요청했다.

내가 내셔널 공항에 도착하여 집으로 돌아가니 애틀랜타 검찰 측에서 생각을 바꾸었다는 메시지가 기다리고 있었다. 그들은 내 지적이 타당하다고 했다. 제발 애틀랜타로 돌아와 피고 측 증인을 심문하는 데 도움을 달라고 요청했다.

그래서 이틀 뒤 나는 애틀랜타로 다시 날아갔다. 이제 검찰 측은 마음을 열고 선선히 내 조언을 받아들였다. 한결 일하기가 수월했다. 그런데 검찰이 예상하지 못한 놀라운 사건이 발생했다. 내가 예측한 대로 웨인 윌리엄스가 증언을 하겠다고 나선 것이었다. 변호사 측에서는 낭랑하고 굵은 목소리를 가진 앨 바인더가 나섰다. 바인더 변호사는 허리를 깊이 숙이면서 증인에게 질문을 했다. 모습이 상어와 비슷해서 그는 '조스'로 불렸다.

바인더 변호사는 배심원을 향해 한 가지 사실만 줄창 강조했다. "그를 보십시오! 그가 연쇄 살인범 같아 보입니까? 그를 보십시오. 웨인, 좀 일어나봐요." 웨인이 일어나자 바인더는 이렇게 말했다. "자, 그의 손을 보십시오. 얼마나 부드러운지 모릅니다. 도대체 저런 부드러운 손으로 사람을 죽일 수 있다고 보십니까? 그것도 목을 졸라 살해할 수 있을까요?"

바인더는 윌리엄스를 어느 하루 낮 동안 증언석에 세워놓았고 다음 날도 마찬가지였다. 증언석에 나온 윌리엄스는 그야말로 멋지게 연기했다. 누가 봐도 부드럽고 순진한 흑인 청년이었다. 재빨리 범인을 잡아 여론의 빗발치는 질책을 피하려는 당국의 음모에 걸려든 무고한 희생자였다.

검찰은 변호인 측의 그런 이미지 메이킹 작전을 깨뜨려야만 했다. 그러니 화급한 과제는 윌리엄스의 반대 심문을 어떻게 진행할 것이냐에 모아졌다. 검사보 잭 맬러드에게 그 임무가 맡겨졌다. 그에게 위장된 이미지를 깨뜨릴 절체절명의 사명이 부여되었다. 그는 저음에 부드러운 남부 억양으로 천천히 말하는 사람이었다.

나는 법정의 재판절차나 증인의 심문 등에 대해서 정식 훈련을 받지 않았다. 그러나 윌리엄스 반대 심문을 어떻게 해야 한다는 감은 잡고 있었다. 그것은 '범인의 입장에서 생각하기'에 바탕한 것이었다. 내가 윌리엄스라면 어떤 점에 가장 취약할까? 윌리엄스는 자기의 설득력 있는 호소 따위는 싹 무시하고 자기를 범인이라고 몰아붙이며 끈덕지게 심문해오는 검사를 가장 싫어할 것 같았다.

그래서 나는 맬러드에게 이렇게 말했다. "옛날에 〈이것이 당신의 인생이다〉라는 텔레비전 프로그램이 있었지요? 윌리엄스를 상대할 때 그 프로그램처럼 행동해야 합니다. 가능한 한 오래 윌리엄스를 증언석에 앉혀놓고, 거기서 그를 쳐부숴야 합니다. 윌리엄스는 과도할 정도로 자제심이 많은 경직된 성격이기 때문에 강박충동적인 데가 있습니다. 그 경직된 성격의 외피를 깨뜨리려면 계속 압박을 가해야 합니다. 그의 인생 전반을 되짚으면서, 가령 학교는 어딜 다녔느냐, 어디서 살았느냐 등 사소한 정보를 계속 캐물으면서 괴롭혀야 합니다. 계속 코너로 몰아붙이십시오. 거의 녹초가 될 정도로 몰고 갔을 때 앨 바인더 변호사처럼 그의 팔을 슬쩍 만지십시오. 변호인 측에 유리한 것은 검찰 측에도 유리한 겁니다. 바싹 다가가서 틈을 주지 말고 뒤흔들어서 그의 균형을 깨뜨리는 겁니다. 변호인 측에서 이의를 제기하기 직전, 낮은 목소리로 이렇게 물어보십시오. '웨인, 아이들을 죽였을 때, 겁을 먹었나요?' 그러면 틀림없이 강박충동적인 그의 성격이 튀어나올 겁니다."

검찰 측 반대 심문이 시작되자 맬러드는 내 조언대로 밀어붙였다. 그러나 처음 몇 시간 동안은 윌리엄스를 흔들어놓을 수가 없었다. 맬러드가 윌리엄스의 모순되는 점을 몇 번 집어낼 때마다 윌리엄스는 침착하게 대응했다. "아무튼 나는 아닙니다." 회색 머리에 회색 슈트를 입은 맬러드는 윌리엄스의 일생을 죽 짚어나간 뒤, 적당한 때가 되자, 바싹 다가가 한 팔을 잡고 질질 끄는 조지아 주 억양으로 나지막하게 물었다. "웨인, 어떤 느낌이었나요? 피살자들의 목을 양손으로 꽉 조일 때 말이에요. 당신은 겁을 먹었나요? 겁나던가요?"

"아니야." 윌리엄스는 맥없고 나지막한 목소리로 말했다. 그러다가 더 분노를 참지 못했다. 그는 버럭 화를 내더니 손가락으로 나를 가리키며 고래고래 소리를 질렀다. "그 FBI 프로파일에 나를 꿰맞추려 하지 마. 난 절대로 안 넘어갈 거야." 변호인은 놀라서 입을 딱 벌렸다. 윌리엄스는 이성을 잃고 'FBI 새끼들'이라고 욕설을 퍼부었고 검사들에겐 '멍텅구리'라고 조롱했다. 그리고 그것이 재판의 일대 전환점이 되었다. 후에 배심원들도 그것이 재판의 분수령이었다고 말했다. 배심원들은 입을 딱 벌리고 윌리엄스가 미쳐가는 장면을 지켜보았다. 그들은 처음으로 웨인 윌리엄스의 다른 측면을 보았고 윌리엄스의 변신을 목도했다. 이제 윌리엄스가 난폭한 짓을 할 수 있는 자라는 사실이 법정 안에서 드러났다. 맬러드는 내게 윙크해 보이더니 계속해서 윌리엄스를 공격했다.

공개 법정에서 그렇게 야수처럼 폭발한 윌리엄스는 그동안 재판에서 쌓아올린 점수를 모두 잃고 말았다. 그러니 윌리엄스가 배심원의 동정심을 만회하는 방법은 무엇일까? 나는 그것을 곰곰이 생각해보았다. 나는 맬러드의 어깨를 툭 치면서 이렇게 말했다. "잭, 잘 보세요. 앞으로 일주일 후면 웨인은 아프다고 할 겁니다." 나는 왜 일주일이라고 말했는지 모르겠다. 정말로 윌리엄스는 정확히 일주일 뒤 배가 아프다고 호소했고 그래서 재판이 중단되어 병원에 실려갔다. 그러나 진찰 결과 아무런 이상이 없어서 곧 퇴원했다.

웨인 윌리엄스의 변호인 메어리 웰컴은 배심원을 상대로 한 진술에서 이렇게 말했다. "이런 조그마한 증거를 바탕으로 해서 한 성실한 남자를 유죄라고 판단할 수 있습니까?" 그녀는 자기 사무실의 카펫에서 나온 섬유를 집어들며, 이런 섬유는 흔해빠진 것이라고 말했다. 그러니까 초록색 카펫을 집에 깔았다는 이유만으로 어떻게 사람을 범죄자 취급할 수 있느냐는 얘기였다.

그래서 그날 나와 다른 FBI 요원은 그녀의 로펌으로 찾아갔다. 그리고 마침 출타 중인 그녀의 사무실로 들어가 바닥의 초록색 카펫에서 섬유를 한 줌 잡아뜯었다. 우리는 그것을 검사실 전문가에게 맡겨 현미경으로 조사하게 했다. 그런 다음 검찰 측에 증거로 넘겨주었다. 결론만 말하면 그녀의 사무실 카펫에서 나온 섬유는 윌리엄스 집 카펫의 섬유와는 생판 다른 것이었다.

1982년 2월 27일. 배심원들은 열한 시간의 장고 끝에 웨인 윌리엄스가 두 피살사건에서 유죄라는 판결을 내렸다. 웨인 B. 윌리엄스는 2회 연속 종신형을 선고받고 조지아 주 남부의 발도스타 교도소에서 복역 중이다. 그는 아직도 자신의 무죄를 주장한다. 그리고 윌리엄스의 복역을 둘러싼 찬반 논쟁은 이 글을 쓰는 지금도 진행 중이다. 그러나 설혹 그가 재심의 기회를 얻게 된다고 할지라도 그 결과는 초심과 마찬가지일 것이다.

윌리엄스의 지지자들이 뭐라고 하건 간에, 법의학적 증거와 행동과학적 증거는 웨인 윌리엄스가 애틀랜타의 어린이 열한 명을 죽인 살해범임을 입증하고 있다. 윌리엄스를 중상, 탄핵하는 사람들이 뭐라든 간에 1979년과 1981년 사이에 애틀랜타에서 벌어진 모든 어린이 실종, 살해사건을 윌리엄스가 저질렀다는 주장 역시 명백한 근거가 없다. 일부 사람들이 뭐라고 말하건 간에 애틀랜타와 기타 대도시에서는 흑인 어린이와 백인 어린이 들이 갑자기 수상쩍게 죽어간다. 우리는 그중 일부는 누가 그랬는지 알고 있다. 범인은 단독범이 아니고 그 진실은 절대 유쾌한 것이 아니다. 여태까지 우리의 의심을 입증할 증거도 없고 또 그런 죽음을 고발하려는 여론의 의지도 없다.

나는 웨인 윌리엄스 사건에서의 공로를 인정받아 여러 곳에서 표창장과 감사패를 받았다. 먼저 풀턴 카운티의 검사실에서는 효과적인 반대 심문 작전을 짜주어 고맙다는 감사패를 보내왔다. 애틀랜타 FBI 지국의 지국장 존 글로버는 ATKID(애틀랜타 사건 암호명) 수사 건에 적극 협조해주어서 고맙다는 감사패를 보내왔다. 수석 변호사였던 앨 바인더도 편지를 보내왔다. 우리가 그 사건을 해결하기 위해 백방으로 뛰어다닌 노력에 깊은 인상을 받았다는 내용의 편지였다.

이런 와중에 공직윤리국의 경고장이 내게 날아왔다. 짐 매켄지 부국장은 그런 때아닌 편지에 당황하면서, 내가 해결한 다섯 사건(윌리엄스 사건을 포함하여)에 대한 공로로 격려금을 받도록 본부에 상신했다.

본부의 격려금은 5월에 내려왔다. 같은 사건을 놓고 FBI 국장으로부터 경고장과 표창장을 동시에 받은 셈이었다. 표창장에는 이렇게 쓰여 있었다. "당신의 재능, 사명감, 전문적 지식을 통해 수사국의 높은 명성을 전국에 떨쳤으며 당신의 귀중한 봉사를 우리 본부가 얼마나 높이 평가하는지……" 그 표창장에는 250달러라는 '상당한' 현금이 부상으로 들어 있었다. 그 돈을 내가 그동안 사건 해결을 위해 들인 시간으로 나누어보니 시간당 5센트에 불과했다. 나는 그 돈을 해군구제기금에 기증했다. 그 기금은 국가를 위해 봉사하다가 사망한 남녀의 유가족을 돕는 재원이었다. 만약 지금 이 순간 애틀랜타 어린이 살해사건이 또 발생한다면 우리는 살인범을 좀 더 빠른 시간 안에 잡을 것이다. 그렇게 하여 무고한 목숨이 희생되는 것을 미리 막을 것이다. 우리는 이제 각급 수사기관 사이에 효율적인 공조 체제를 유지한다. 우리의 전향적 수사 기법도 더욱 세련되어졌고 더욱 폭넓게 현실 세계의 경험을 반영하고 있다. 우리는 어떻게 심문의 효과를 극대화하는지도 알고, 결정적 증거가 인멸되기 전에 수색영장을 따내는 효율적인 방법도 알게 되었다. 비록 몇 가지 실수는 있었지만 ATKID 사건은 우리 부서의 진운을 드높인 결정적 전환점이었다. 우리는 프로파일링 수사기술을 만천하에 알렸고 우리가 하는 일이 유용하다는 것을 입증했다. 그 과정에서 전 세계 치안 기관의 인정을 받게 되었고 또 그런 평가에 힘입어 더 많은 살인범을 철창 속에 가둘 수 있게 되었다.

높은 위험이 높은 소득을 가져다준 것이다.

우리에게 일어날 수 있는 일

저드슨 레이는 콴티코의 살아 있는 전설이 되었다. 그 이유는 1982년 2월에 벌어진 사건 때문이다. 당시 그는 FBI 애틀랜타 지국의 요원으로 ATKID 사건을 담당하고 있었다. 그런 바쁜 와중에 그의 아내가 그를 살해하려는 사건이 발생했다.

그와 나는 1978년 초 '악의 세력' 사건 때 서로 이름을 알게 되었으나 실제 만나지는 못했다. 당시 조지아 주 콜럼버스에서는 '스타킹 교살범'이라고 명명된 연쇄 살인범이 활보하고 있었다. 그자는 노파들이 있는 집만 골라 침입해 노파의 스타킹으로 그들을 목 졸라 죽였다. 그때까지 피살자는 여섯 명이었다. 피해자는 모두 백인 여자였고, 일부 시체를 검시한 결과 교살범이 흑인임을 의심케 하는 법의학적 증거가 검출되었다.

그때 콜럼버스 경찰서장은 미 육군 편지지를 사용한 협박 편지를 한 장 받았다. 발신자는 자칭 '악의 세력'이라는 7인의 집단이었다. 편지 내용인즉슨 스타킹 교살범은 흑인이며, 6월 1('일'자가 생략되어 있었다)까지 범인을 잡지 못하면 보복으로 흑인 여자를 살해하겠다는 것이었다. 그리고 이미 게일 잭슨이라는 여자를 납치

342

했다고 주장했다. 만약 스타킹 교살범이 '9월 1'까지 잡히지 않으면 '희생자는 두 배로 늘어날 것'이라고 경고했다. 또 육군 편지지는 훔친 것이며 악의 세력이라는 집단은 시카고에 근거지를 두고 있다고 말했다.

이러한 사태 발전은 모든 사람을 최악의 악몽 속으로 떠밀어 넣었다. 끔찍한 연쇄 살인범이 콜럼버스 시를 횡행하는 것만도 오싹한 일이었다. 그런데 단독범도 아닌 범죄 집단이 그 사건에 대응하여 보복 살인을 한다는 것은 더욱 소름끼치는 일로, 도시 전체가 산산조각이 날 지경이었다.

그리고 협박 편지가 잇달아 날아들었다. 게일 잭슨이라는 여자의 몸값도 점점 올라가 1만 달러가 되었다. 경찰은 온 힘을 기울여 도시를 수색했지만, 7인의 백인 집단은 찾아낼 수가 없었다. 게일 잭슨은 포트 베닝 군기지 근처의 술집에서 잘 알려진 매춘부였는데, 당시 실종 상태였다.

저드 레이는 당시 콜럼버스 경찰서의 교대 근무조 조장으로 일하고 있었다. 육군에 입대하여 베트남에 다녀왔고 순전히 자기 실력으로 현재의 직급까지 올라간 흑인 경찰관이었다. 저드는 스타킹 교살범과 악의 세력이라는 2대 위협을 일소하지 않으면 도시의 상처가 쉬이 아물지 않으리라는 것을 잘 알고 있었다. 엄청난 노력과 시간을 퍼부었는데도 수사에는 별 진전이 없었다. 그때 노련한 경관인 저드는 경찰 당국이 엉뚱한 방향에서 엉뚱한 범인을 잡으려는 게 아닌가 하는 느낌이 들었다. 미국 내의 치안 분야 발전상을 잘 파악하고 있던 저드는 콴티코의 프로파일링 프로그램도 알고 있었다. 그는 이 사건을 행동과학부에 의뢰해보자고 콜럼버스 경찰서장에게 보고했다.

1978년 3월 31일. FBI 조지아 지국에서 우리에게 사건을 분석해달라고 정식으로 요구해왔다. 범인이 보낸 첫 번째 편지에 육군과 포트 베닝 기지는 아무런 상관도 없다고 쓰여 있었지만, 우리는 분명 관계가 있다고 보았다. 수사국에 들어오기 전에 군에서 헌병으로 근무했던 밥 레슬러가 프로파일링을 주관했다.

사흘 뒤 우리는 다음과 같은 프로파일을 작성했다. 악의 세력이 정말로 7인의 백인으로 구성되어 있다고 믿을 만한 증거가 없다. 실제로는 백인도, 집단도 아니다. 그건 혼자서 움직이는 흑인의 소행이다. 그 자신에 대한 관심을 다른 데로 돌리려는 수작이다. 그러니까 그 흑인이 이미 게일 잭슨을 살해해놓고 수사의 방향에 혼선을 주려고 하는 짓이다. 날짜를 기재하는 방식이나(가령 '6월 1') 야드나 피트 대신 미터 단위를 쓴 것은 군대식이다. 그러므로 편지를 보낸 자는 군인이라고 봐야 한다. 편지 문장은 좋은 교육을 받은 장교의 것은 아니다. 밥 레슬러는 자신의 경험에 비추어, 범인이 포병이거나 헌병이고 연령은 25세에서 30세 사이라고 진단했다. 범인은 이미 두 명 이상의 여자(아마도 매춘부)를 죽였다. 협박편지에서 언급한 '희생자가 두 배로 늘어난다'는 그것을 의미한다. 그리고 이 범인이 스타킹 교살범일지도 모른다.

게일 잭슨이 자주 갔다는 포트 베닝과 그 인근의 술집과 나이트클럽에 우리의 프로파일을 돌린 결과, 육군과 콜럼버스 경찰서는 윌리엄 H. 핸스라는 용의자를 알아냈다. 핸스(26세)는 흑인이었고 포트 베닝의 포병부대에 배속된 스페셜리스트 4급이었다.* 핸스는

---

* 미 육군에서 기술 및 행정 업무를 담당하는 하사관으로 특무상사, 상사, 중사, 하사의 4급이 있으며 보통 지휘권은 없다.

자신이 게일 잭슨과 이린 서킬드라는 여성 두 명을 살해했다고 자백했다. 또 작년 가을에는 포트 베닝에 근무하는 카렌 힉먼이라는 여군도 죽였다고 털어놓았다. 그는 자신의 범행을 호도하고 경찰 수사망을 피하기 위해 악의 세력이라는 가공 집단을 만들어냈다고 자백했다.

한편 스타킹 교살범은 다른 사람임이 밝혀졌다. 사건 현장에 있던 한 증인이 용의자 사진 중에서 칼튼 게리(27세)라는 범인을 집어냈다. 흑인인 게리는 콜럼버스에서 태어나 성장했다. 식당을 여러 번 강탈하다가 붙잡혔으나 도망쳤고 1984년 5월이 되어서야 붙잡혔다. 핸스와 게리는 모두 유죄 판결 후 사형을 선고받았다.*

콜럼버스 시가 정상을 회복하여 평온을 되찾자, 저드 레이는 경찰서에 휴직원을 내고 조지아 대학에 들어가 소수 인종과 여성들을 경찰에 유치하기 위한 프로그램을 짰다. 그는 그 프로젝트가 끝나면 다시 경찰에 복직할 계획이었다. 그러나 저드 같은 훌륭한 인재를 FBI에서 그대로 내버려둘 리 없었다. 저드는 군 경력과 수사 경력만으로도 충분히 FBI 요원이 될 자격이 있었고 흑인이라는 점에서 금상첨화였다. 당시 FBI는 남녀, 소수 인종 등을 따지지 않고 공평하게 직원을 채용하는 기관이라는 명성을 확립하고 싶어했다. 그래서 저드에게 같이 일해보자고 손을 내밀었다. 저드 레이는 그 요청을 받아들여 콴티코 내셔널 아카데미에 교육을 받으러 왔다. 그가 콴티코에서 신규 요원 교육을 받고 있을 때, 처음으로 그를 마주했다. 교육을 마친 그는 애틀랜타 지국에 배치되었다. 그의 수

---

* 윌리엄 핸스는 1994년 사형이 집행되었으나, 칼튼 게리는 아직 복역 중이다.

사 경험과 그 지방 일대의 지리에 밝은 점 등이 감안된 인사 발령이었다.

1981년 말 우리는 ATKID 건으로 애틀랜타에서 다시 만났다. 당시 나는 애틀랜타에 내려가 거의 살다시피 하고 있었다. 애틀랜타 지국의 모든 요원이 그랬던 것처럼 저드 레이도 그 사건에 전적으로 매달리고 있었다. FBI 지국의 요원들은 모두 ATKID와 관련된 다섯 사건 전담팀에 배속되어 있었다. 저드도 아주 바쁘게 움직이며 업무를 보았다.

사건 수사 이외에 저드는 또 다른 측면에서 심한 스트레스를 겪고 있었다. 상당 기간 삐걱거리던 그의 결혼 생활이 드디어 파탄날 지경에 이르렀던 것이다. 그의 아내는 술을 마시고, 남편에게 욕설을 하고, 또 괴상한 짓을 했다. "과연 저 여자가 지금껏 살을 맞대고 살아온 마누라인가 싶더군요." 드디어 어느 일요일 아침, 저드는 아내에게 최종 통보를 했다. 생활 방식을 바꾸어 좋은 아내가 되든가 아니면 두 딸(여덟 살과 18개월)을 데리고 내가 이 집에서 나가겠다고.

아내에게 최종 통보를 하고 얼마 지나지 않아, 저드는 놀라운 변화를 목격하게 되었다. 그의 아내가 그와 두 딸에게 점점 더 많은 관심을 보인 것이다. "사람이 싹 바뀌었어요. 우선 그렇게 마셔대던 술을 끊더군요. 그리고 애교를 부리기 시작했어요. 결혼한 지 13년 만에 처음으로 아침 식사도 차려주더군요. 갑자기 내가 원하던 여자로 변했어요."

그런 다음 이렇게 덧붙였다. "뭔가 이상하다는 걸 그때 알아차렸어야 했어요. 당시에는 너무 좋기만 해서 의심할 생각을 못했죠. 그때부터 강의할 때면 경찰관들에게 반드시 이렇게 말해주고 있어요. 배우자의 태도가 좋은 쪽으로 혹은 나쁜 쪽으로 갑자기 달라진다면 그 즉시 의심하라고 말이에요."

저드의 아내는 저드를 청부 살인하기로 결심하고, 적당한 청부 살해업자를 찾을 때까지 시간을 벌고 있는 중이었다. 만약 그 청부 살인 작전이 성공하면 이혼녀라는 지탄을 피할 수 있고, 두 아이를 자신이 양육할 수 있으며, 25만 달러의 보험금을 탈 수도 있었다. 외로운 이혼녀보다는 순직한 경찰관의 부유한 미망인 쪽이 훨씬 듣기도 좋고 실속도 있었다.

저드는 두 명의 해결사가 여러 날에 걸쳐 자기를 따라다니며 일상의 움직임과 습관을 관찰한다는 사실을 전혀 눈치채지 못했다. 그들은 매일 아침 아파트 바깥에서 기다렸다가 I-20 고속도로를 타고 출근하는 저드를 사무실까지 미행했다. 그리고 저드가 무방비 상태에 놓일 때까지 기다렸다. 적당한 기회가 오면 재빨리 저격한 다음 도주할 계획이었다.

그러나 두 해결사는 곧 문제점이 있다는 것을 발견했다. 저드는 오랫동안 경찰밥을 먹은 사람이었고 경찰 생활의 제1과 제1장인, 총쏘는 손을 늘 비워두라는 원칙을 철저히 지키는 사람이었다. 해결사가 어디에서 총을 쏘아대든 저드는 늘 총을 꺼내 반격할 태세를 갖추고 있었다.

그들은 저드의 부인을 찾아가 문제점을 보고했다. 아파트 바깥의 주차장에서 해치우고 싶은데 저드의 오른손이 항상 비어 있는 상태라서, 일을 끝내기 전에 그들 중 한 명이 죽을지 모른다고 말했다. 그러니 그 오른손 문제를 좀 해결해달라고 부탁했다.

저드의 부인은 그런 사소한 문제 때문에 자신의 계획이 중단될 수는 없다고 생각했다. 그래서 여행용 커피잔을 사와서 저드에게 출근길에 가지고 다니라고 요청했다. "결혼 생활 13년 동안 마누라는 애들이나 나에게 아침을 차려준 적이 없었습니다. 그런데 뜬금없이 커피컵을 들고 다니라니, 난 거절했죠."

경찰관이 된 이래 오른손을 비워둔 채 살아오던 사람이 갑자기 오른손에 커피잔을 들고, 왼손으로 운전대를 잡는다는 것은 어색하기 짝이 없는 일이었다. 당시는 차 안에 컵홀더가 널리 도입되기 이전이었다. 만약 그가 아내의 요구를 받아들여 오른손에 커피컵을 들고 출근을 했더라면 그의 인생 스토리는 크게 달라졌을 것이다.

해결사는 다시 저드의 부인을 찾아왔다. "도저히 주차장에서는 불가능해요. 아무래도 실내에서 해치워야겠어요."

그래서 2월 초에 실내에서 해치운다는 살인 계획이 잡혔다. 저녁이 되자 저드의 부인은 두 딸을 데리고 외출했고 집에는 저드 혼자 남아 있었다. 업자들은 아파트 문으로 들어온 뒤 복도를 걸어 내려와 초인종을 눌렀다. 그러나 그들은 엉뚱한 집의 초인종을 눌렀다. 백인이 문을 열자 그들은 이 집에 사는 흑인이 어디 갔느냐고 물었다. 아무런 의심도 하고 있지 않던 그 백인은 집을 잘못 찾아왔다고 말했다. 레이의 집은 그 건너편이었다.

그런데 그게 문제였다. 해결사가 이웃에게 목격되고 말았다. 만약 그날 저녁 저드를 해치우면 그 백인 이웃은 틀림없이 저드 레이가 어디 사느냐고 물었던 흑인 두 명을 기억하고 경찰에 신고할 것이다. 그래서 그들은 계획을 포기하고 아파트에서 조용히 나왔다.

한참 뒤 저드 부인은 지금쯤 일이 끝났으려니 하고 집으로 돌아왔다. 그녀는 머뭇거리는 동작으로 주위를 한번 돌아본 뒤 침실 안으로 살며시 걸어 들어갔다. 마음속으로 911 응급 신고 전화를 걸어 남편에게 큰일이 벌어졌다고 신고해야겠다고 생각하면서.

그녀는 침대에 다가와 거기 누워 있는 저드를 내려다보았다. 그녀는 방 안에서 아주 조심스럽게 살금살금 돌아다녔다. 그때 저드가 돌아누우며 이렇게 말했다. "아니, 왜 그렇게 돌아다니는 거야?" 그녀는 화들짝 놀라 재빨리 화장실로 뛰어 들어갔다.

그러나 살인미수 이후 여러 날 동안에도 그녀의 태도는 온순하고 공손했고, 저드는 마누라가 정말 환골탈태하여 새 사람이 되었다고 생각했다. 물론 돌이켜 생각해보면 그렇게 순진하게 믿어버린 저드의 잘못도 있지만, 당시에는 그렇게 믿을 수밖에 없었다.

그로부터 2주 뒤인 1981년 2월 21일. 저드는 패트릭 발타자르 피살사건을 조사하고 있었다. 12세 된 패트릭의 몸에서 모발과 섬유가 발견되었다. 그것은 같은 연쇄 살인범에 의해 피살당한 이전 시체들에서 나온 것과 동일했기 때문에, ATKID 사건 수사에 급진전의 계기가 되었다.

그날 밤 아내는 저드에게 이탈리아 요리를 해주었다. 그녀는 스파게티에 페노바르비탈(최면제)을 듬뿍 쳐놓았는데, 저드는 그 사실을 알지 못하고 맛있게 먹었다. 아내는 계획대로 두 딸을 데리고 그녀의 이모 집에 놀러갔다.

집에 혼자 남은 저드는 곧 잠자리에 들었다. 그때 아파트 앞쪽에서 뭔가 움직이는 소리가 들려왔다. 곧 현관의 불이 꺼졌다. 누군가가 큰딸 방의 전구를 비틀어 껐다. 이어 현관에서 웅성거리는 낮은 목소리가 들려왔다. 나중에 알고 보니 해결사 중 한 명이 막상 총을 쏠 순간이 다가오자 겁을 집어먹은 것이었다. 해결사 두 명은 자기들끼리 어떻게 할지 의논했다. 저드는 범인들이 어떻게 집 안에 들어왔는지 몰랐다. 하지만 그건 당시로는 중요한 사항이 아니었다. 그들이 집 안에 들어와 있다는 것이 중요했다.

"누구야?" 저드는 소리쳤다.

갑자기 총알이 날아왔다. 그러나 빗나갔다. 저드는 재빨리 방바닥에 엎드렸다. 두 번째 총알은 왼팔에 박혔다. 방 안은 아직 어두웠다. 그는 킹사이즈 침대의 뒤쪽에 몸을 숨기려 했다.

"누구야? 원하는 게 뭐야?" 저드는 있는 힘을 다해 소리쳤다.

세 번째 총알이 그를 아슬아슬 비껴가 침대에 박혔다. 그는 그 아찔한 순간에도 마음속으로 저게 무슨 총일까를 따졌다. 그건 거의 본능적인 생존 반응이었다. 만약 스미스 앤드 웨슨이라면 세 발을 쏘았으니 세 발 남았다. 콜트라면 두 발 남았고.

"야, 너희들 도대체 뭐가 불만이야? 왜 나를 죽이려고 하는 거야? 필요한 건 뭐든 가지고 가. 난 너희를 못 봤어. 그러니 제발 죽이진 마."

범인들은 아무런 대답도 없었다. 그러나 달빛 속에 범인의 모습이 어렴풋이 보였다.

오늘 밤 이렇게 죽고 마는구나. 죽음을 피할 방도는 없어. 하지만 이게 뭐야? 내일 아침 형사들이 여기 와서 보면 뭐라고 할까. '이 친구, 경찰이라면서 총 한 발 못 쏴보고 죽었잖아. 범인이 들어왔는데도 멍하니 있다가 병신처럼 당했구면.' 저드의 머릿속으로 이런 생각이 빠르게 흘러갔다. 죽더라도 저놈들과 싸워야 한다고 생각했다.

저드는 권총을 꺼내 들 생각을 했다. 그러나 권총은 침대 반대편 방바닥에 있었다. 살인범이 이미 침실 근처에 있는 상황에서 킹사이즈 침대를 타고 넘어가 권총을 든다는 것은 거의 불가능한 일이었다.

그때 범인의 목소리가 들려왔다. "움직이지 마, 이 씹새끼."

어둠 속에서 저드는 침대 위로 타고 올라가 반대편 쪽으로 기어가기 시작했다. 총을 잡기 위해.

그는 침대 위에서 천천히 기면서 있는 힘을 다 쥐어짜 침대 반대편으로 몸을 끌어당겼다.

손가락으로 침대 가장자리를 움켜쥘 수 있게 되자 마지막 힘을 다해 반대편 바닥으로 몸을 내던졌다. 그러나 오른손이 가슴에 눌린 상태로 떨어졌다. 총에 맞은 왼쪽 팔은 권총 쪽으로 뻗을 힘이 없었다.

바로 그때, 총을 든 자가 침대 위로 뛰어올랐다. 그러고는 아주 가까운 거리에서 저드에게 일격을 가했다.

저드는 노새의 발길질에 걷어채인 느낌이었다. 그의 내부에 있는 온갖 기관들이 폭삭 내려앉는 것 같았다. 그는 당시 어디에 총알을 맞았는지 자세히 알지 못했다. 총알은 그의 등을 뚫고 지나가 오른쪽 폐를 찢어놓은 뒤 제3늑간부를 관통하여 오른손을 짓누르는 가슴을 뚫고 나와 오른손에 박혔다.

총잡이는 침대에서 뛰어내려와 그를 내려다보더니 맥을 짚어보았다. "끝났군, 씹새끼." 총잡이는 그렇게 말하고 방 밖으로 나갔다.

저드는 쇼크 상태에 빠졌다. 그는 바닥에 엎드린 채 힘들게 숨을 몰아쉬었다. 도대체 여기가 어딘지, 무슨 일이 벌어졌는지 알 수가 없었다.

그때 저드는 혹시 자신이 베트남에 되돌아와 있는 꿈을 꾸는 것은 아닐까 생각했다. 화약 냄새가 났고 총구에서 불을 번쩍 뿜는 것을 보았기 때문이다. 그러나 숨을 쉴 수가 없었다. '여긴 베트남이 아니야. 꿈을 꾸고 있는 것도 아니야. 만약 꿈을 꾸는 거라면 왜 이렇게 숨쉬기가 힘들지?' 저드는 그런 생각을 했다.

그는 있는 힘을 다해 간신히 일어섰다. 그러고는 비틀거리며 침실 벽 쪽으로 가서 텔레비전을 켰다. 그렇게 하면 꿈인지 아닌지 알 수 있을 것 같았다. 쟈니 카슨과 〈투나잇〉 쇼가 나왔다. 그는 손을 뻗어 화면을 만져보았다. 꿈인지 생시인지 알아보고 싶어서였다. 그러는 과정에서 저드는 화면에 피를 잔뜩 묻혀놓았다.

그는 목이 말랐다. 그래서 화장실로 가서 수도꼭지를 틀어 양손으로 물을 받아 마시려 했다. 그때 팔에 박힌 총알과 가슴에서 흐르는 피를 보았다. 이제 그는 무슨 일이 벌어졌는지 알았다. 그는 침대로 되돌아가 침대 귀퉁이에 쓰러져 죽기를 기다렸다.

그러나 그는 오래 경찰관 생활을 한 사람이었다. 그렇게 맥없이 죽을 수는 없었다. 내일 현장에 나타날 형사들에게 싸우다가 죽었다는 것을 보여주고 싶었다. 그는 있는 힘을 다해 다시 일어났다. 그러고는 전화기로 가서 다이얼 0을 돌렸다. 교환원이 나오자 그는 숨을 몰아쉬었다. 자기가 FBI 요원인데 총에 맞았다고 말했다. 그 여자 교환원은 곧 디캘브 카운티 경찰서로 연결시켜주었다.

젊은 여자 경찰관이 전화를 받았다. 저드는 아까 교환원에게 한 얘기를 반복했다. 그러나 너무 숨이 차서 말이 거의 나오지 않았다. 그는 최면제를 먹은 데다 피를 너무 많이 흘려 발음이 정확하지 않았다.

"뭐라고요, 당신이 FBI라고요?" 여자 경관은 믿기지 않는다는 목소리였다. 저드는 그 여자가 반장에게 술 취한 녀석이 FBI라며 장난 전화를 걸어왔다고 보고하는 걸 들었다. 반장은 그녀에게 어떤 지시를 내릴까? 반장은 그녀에게 당장 전화를 끊으라고 말했다.

그때 교환원이 끼어들어 절대 장난 전화가 아니니, 어서 응급 구조 요원을 보내라고 간곡하게 말했다. 경찰관들이 미적거리자 그녀는 강력한 목소리로 요구했고, 그러자 그들도 마지못해 동의했다.

"그 교환원이 내 목숨을 구해주었어요." 저드는 훗날 내게 말했다.

교환원이 통화에 끼어들었을 때, 저드는 기절했고 응급 의료팀이 그의 얼굴에 산소 마스크를 씌울 때까지 의식을 회복하지 못했다. "쇼크 처치는 하지 마. 결국 못 살아날 거니까." 사건 현장에 나온 응급 팀장이 부하직원에게 말했다.

아무튼 그들은 저드를 디캘브 종합병원으로 데려갔고 마침 흉곽 전문 의사가 응급실 담당이었다. 응급실 구석의 들것 위에 누워 있으면서 의사들이 그를 구하기 위해 바쁘게 돌아다니는 순간, 저드는 분명하게 알았다.

그건 죽음의 얼굴을 가까이에서 들여다본 사람만이 갖는 놀라운 통찰력이었다. '이건 보복이 아니야. 수많은 사람을 감옥에 집어넣었지만 그들이 이렇게 가까운 곳에서 보복할 수는 없어. 침실까지 들어올 수 있는 사람이라면 내가 절대적으로 신뢰하는 사람이었을 거야.'

저드가 수술을 마치고 중환자실로 옮겨지자, 애틀랜타 지국장 존 글로버가 면회를 왔다. 글로버는 지난 몇 달 동안 ATKID 사건 때문에 정신이 없었는데, 부하가 총격을 당하는 사건까지 겹쳐 더욱 혼란스러운 표정이었다. 피살된 어린이와 저드, 그리고 글로버 모두 흑인이었다. 글로버는 수사국 내에서 최고위직 흑인 중 하나였다. 글로버 지국장은 저드가 참 안됐다고 생각했다.

"마누라가 수상해요. 그녀를 한번 심문해보세요." 저드가 글로버에게 속삭였다. 하지만 글로버는 저드가 헛소리를 한다고 생각했다. 옆에 있던 의사는 저드의 의식이 또렷하다고 말했다.

저드는 병원에 21일간 입원했다. 총잡이가 누군지 모르는 데다 그들이 저드를 확실히 해치우려고 병실까지 쫓아올지 몰라서 무장 경비원이 입원실을 지키고 있었다. 한편 총잡이 수사는 별 진전이 없었다. 그의 아내는 충격과 경악을 금치 못했고 남편이 죽지 않은 것만도 하느님께 감사드린다고 말했다. 또 자기가 그날 밤 현장에 같이 있지 못한 것이 죄송스럽다고 덧붙이기도 했다.

애틀랜타 지국에서는 여러 FBI 요원들이 수사의 단서를 추적하고 있었다. 저드는 오랫동안 경관 생활을 했기 때문에 적이 많을 수 있었다. 그의 완쾌가 기정 사실이 되자, 당시의 인기 높은 텔레비전 드라마 〈댈러스〉의 유행어가 사람들의 입에서 자연스럽게 흘러나왔다. "누가 J. R.을 쏘았을까?"*

사고가 발생한 지 두 달쯤 지나 저드 레이는 완쾌하여 복직했다. 그는 사고 이래 집에 쌓여 있던 각종 지급 고지서들을 찬찬히 챙겼다. 그리고 전화 회사의 요금 고지서가 300달러를 넘은 걸 보고 한숨을 내쉬었다. 그러나 그 고지서를 찬찬히 검토하면서 저드는 이 사건을 마음속에 다시 그리기 시작했다.

다음 날 지국에 출근한 저드는 전화 요금 고지서가 사건 해결의 열쇠라고 말했다. 피해자가 자기 관련 사건을 직접 수사하는 것은 금지되어 있었지만 그래도 동료들은 그의 말을 들어주었다.

고지서에는 콜럼버스로 전화를 건 회수가 엄청나게 많이 나와 있었다. 그들은 전화 회사로부터 전화번호의 주인과 주소를 알아

---

* 〈댈러스〉의 주인공 J. R. 유잉은 악역으로 나오는데 가족 중 한 명이 J. R.을 쏘아 죽였다. 오리무중인 총 쏜 사람을 추측하는 것이 드라마의 주된 줄거리인데, 여기서는 저드 레이와 이니셜이 일치하기 때문에 농담으로 쓰였음.

냈다. 그 주인은 저드도 모르는 사람이었다. 그래서 저드와 다른 요원들은 차를 타고 60킬로미터를 달려 콜럼버스까지 찾아갔다. 그 전화번호의 주인은 목사였다. 그러나 저드가 보기에 목사라기보다는 뱀기름(엉터리 만병통치약) 장수 같았다.

FBI 요원들은 그 목사를 압박했지만 그는 살인미수 사건과는 아무런 관련이 없다고 딱 잡아뗐다. 그래도 요원들은 물러서지 않고 그 목사를 놓아주지 않았다.

그러자 이야기가 조금씩 흘러나오기 시작했다. 그 목사는 콜럼버스 일대에서 돈만 갖다주면 '뭐든지 해결해주는' 해결사로 알려져 있었다. 10월에 저드의 부인이 목사에게 청부 살인을 해달라며 접근해왔지만 못한다고 말했다는 것이었다.

저드의 부인은 그럼 다른 사람을 알아볼 테니, 그 목사의 전화로 장거리 전화를 좀 하자고 요구했다. 전화 요금은 저드 부인이 대납하는 조건이었다. 목사는 그녀가 애틀랜타에 있는 옛 이웃에게 전화했다고 요원들에게 말했다. 그 옛 이웃은 저드와 비슷한 시기에 베트남에 다녀왔고 권총을 다룰 줄 아는 사람이었다. 그녀는 그 이웃이라는 자에게 이렇게 말했다. "무슨 일이 있어도 이 일을 해치워야 해요!"

한편 목사는 저드 부인이 대납해주기로 한 전화 요금마저 떼먹었다며 혀를 끌끌 찼다.

요원들은 애틀랜타에 되돌아와서 그 옛 이웃이란 자를 심문했다. 압박을 가하자 그는 저드 부인이 청부 살인에 대해 물었다고 시인했다. 그렇지만 그는 살인 대상이 저드인지는 몰랐다고 말했다.

아무튼 옛 이웃은 자기는 그런 일을 잘 모른다고 말하면서 그녀를 처남에게 연결해주었다고 했다. 옛 이웃의 처남은 다시 그녀를 어떤 남자에게 소개했고, 그 남자는 그 청부 살인 계약을 받아들여 총잡이 두 명을 고용했다.

저드 부인, 옛 이웃의 처남, 청부 살인 계약에 응한 남자, 총잡이 두 명이 모두 기소되었다. 애틀랜타의 옛 이웃은 보조 공모자로 불기소 처리되었다. 기소된 다섯 명은 살인미수, 음모, 강도 등의 유죄 판결을 받고 각각 10년 형을 받았다. 그것이 판사가 내릴 수 있는 최대 형량이었다.

나는 ATKID 사건으로 저드를 가끔 만났다. 오래지 않아 그는 나에게 속마음을 털어놓았다. 내가 애틀랜타 지국의 요원이 아니었고 또 그의 직업상 스트레스를 잘 알고 ATKID 사건이 그에게 미친 후유증 등을 잘 이해하고 있었기 때문에, 나를 편안한 이야기 상대라고 생각한 것 같았다. 그 사고를 당한 이후의 느낌을 털어놓으면서 무엇보다 자기의 가정 문제를 언론에서 떠들어대니 정말 고통스러웠다고 말했다.

수사국은 저드의 고통을 감안하여, 그에게 최대한 배려를 해주어야겠다고 생각했다. 그래서 저드를 애틀랜타에서 가장 멀리 떨어진 지국에 발령을 내려고 했다. 그렇게 하면 후유증을 가장 단시일 내에 극복하리라 믿었던 것이다. 그러나 저드와 자세한 얘기를 나누고 또 그의 기분을 잘 알고 있던 나는 당분간 현 임지에 두는 것이 좋다고 생각했다.

나는 애틀랜타 지국장인 존 글로버를 찾아가서 이렇게 말했다. "만약 저드를 다른 데로 전보시키면, 그가 이곳에서 하고 있는 일을 무시하는 게 됩니다. 그는 여기 있어야 해요. 한 1년쯤 그대로 있으면서 저드를 키워준 아주머니 곁에 애들을 맡겨둬야 애들도 금방 안정이 돼요. 만약 전보를 시킨다면 콜럼버스 일인지국이 꽤

찮겠습니다. 저드가 거기서 경찰관 생활을 했고, 또 그곳 경찰관은 다 알고 있으니까요."

수사국은 저드를 애틀랜타 콜럼버스 지역에 그대로 보임했다. 그리고 저드는 신속하게 정상을 되찾았다. 그런 다음 뉴욕 지국으로 전보되어 해외 스파이 침투방지 업무를 전담했다. 또 뉴욕 경찰서와 콴티코의 우리 부서 사이에 연락병 역할을 하는 프로파일링 협조책도 맡았다.

우리 부서에 빈자리가 나자 나는 저드를 데려왔다. 저드 외에도 뉴욕 지국에서 로잰 루소를, 워싱턴 지국에서 짐 라이트를 데려왔다. 짐 라이트는 존 힝클리* 사건의 재판에 1년 이상 매달렸던 사람이다. 로잰은 나중에 우리 부서에서 워싱턴 지국으로 전보되어 스파이 침투방지 업무를 맡았다. 저드와 짐은 우리 부서에서 국제적으로 알려진 유명 인사가 되었고 또 나와 친한 친구가 되었다. 내가 부서장이 되자 짐 라이트는 차석으로서 프로파일링 프로그램의 관리자가 되었다.

저드는 자기가 콴티코에 차출되었다는 것을 알고 놀랐다고 말했다. 그러나 뉴욕 지국 시절 프로파일링에 협조를 아주 잘해주었고 오랜 경찰 경력을 갖고 있었기 때문에 곧 기량을 발휘하기 시작했다. 그는 빨리 배웠고 예리하게 분석했다. 경찰관 시절, 여러 가지 사건을 현장에서 다루어본 저드는 그 실전 감각을 프로파일링 업무에 잘 적용하곤 했다.

그는 강의실에 들어가서도 자기와 관련된 살인미수 사건과 그 후유증에 대해 얘기하는 것을 두려워하지 않았다. 그는 디캘브 카

* 레이건 대통령 저격범.

운티 경찰서에 건 응급전화의 녹음 테이프를 가지고 들어가 수강생에게 틀어주기도 했다. 그러나 그 테이프가 돌아가는 동안 차마 강의실 안에 있을 수가 없어서 끝날 때까지 밖에 나가 있었다.

"저드, 그건 참으로 놀랄 만한 사건이었어." 나는 저드에게 말하곤 했다. 범행 현장은 발자국, 텔레비전 화면의 핏자국 등 여러 가지 요인이 뒤범벅되어 혼란스러웠고 또 수사 방향에 혼선을 주고 있었다. 그 사건을 계기로 우리는 혼란스럽게 보이는 요소들도 합리적으로 설명할 수 있다는 것을 알았다. "자네가 이 사건을 직접 설명한다면 아주 귀중한 학습 자료가 될 걸세."

그는 실제로 자기 사건을 강의 자료로 이용했다. 그건 우리가 가르친 사건 중에서 가장 흥미롭고 또 정보가 풍부한 케이스였다. 그건 저드에게 하나의 카타르시스가 되었다. "그건 개인적으로 깨달음을 많이 주는 사건이었어요. 그 사건으로 강의를 준비하니 전에는 알지 못했던 것이 자꾸 발견돼요. 친한 사람들에게 그 사건을 이야기할 때마다 색다른 풍경이 펼쳐지곤 해요. 배우자 청부 살해는 생각보다 훨씬 많이 발생하고 있어요. 그리고 관련 가족들은 너무 당황스럽고 창피하여 쉬쉬하지요." 아카데미의 강사이기도 한 나는 저드의 강의에 참관하고 커다란 감명을 받았다. 그렇게 감명받은 사람이 나뿐만이 아닐 줄로 안다. 마침내 그는 응급 전화 테이프를 틀 때에도 강의실 밖에 나가지 않고 그대로 서서 듣는 상태까지 회복되었다.

저드가 우리 부서 요원이 되었을 때, 나는 범행 후 행태에 대해 상당한 연구를 해놓은 상태였다. 범인이 범행 후에 아무리 의식적으로 노력해도, 범인의 통제 밖에 있는 행동이 나오게 되어 있다는 것이 당시 나의 소신이었다. 저드는 본인이 큰 사고를 당하고 보니, 범행 전 행위에 더 많은 관심을 갖게 되었다. 우리는 한동안 어떤 결정적 스트레스 요인이 있어야 범죄를 저지르는 것으로 생각했다. 그러나 저드 레이 사건은 우리 부서의 인식의 지평을 크게 넓혀주었고, 나아가 범죄가 발생하기 전의 행태와 대인 관계를 살펴보는 것이 중요하다는 것을 일깨워주었다. 배우자의 태도가 갑자기 바뀌었거나 또 중대한 변화를 보인다면, 그것은 배우자가 이미 현상을 바꾸겠다고 결심한 것이다. 남편이나 아내가 갑자기 조용해진다거나 평소보다 더 다정하거나 싹싹하게 나온다면 그건 남편이나 아내가 변화를 불가피한 것, 혹은 곧 일어날 일로 본다는 뜻이다.

배우자 청부 살해는 수사하기가 어렵다. 그런 일을 청부하는 배우자는 감정의 측면에서 사전 준비를 철저히 한다. 이런 사건을 해결하는 유일한 방법은 주변 인물들을 폭넓게 심문하는 것이다. 그렇게 함으로써 상황의 미묘한 구도를 파악하고 실제로 어떤 일이 벌어졌는지 변별해낼 수 있는 것이다. 범죄 현장을 교묘히 위장하는 것이나, 불순한 의도를 가진 배우자가 범행 전에 감정을 관리하는 것에는 경찰의 수사에 혼선을 주려는 '연극적 의도'가 가미되어 있다. 우리 수사관은 이 점을 늘 유의해야 한다.

저드의 사건이 무엇보다도 중요한 것은, 범행 현장의 행태를 해석하는 일이 얼마나 어려운가(혹은 잘못될 수 있는가)를 보여주는 모범 사례라는 점이다. 만약 저드가 현장에서 죽었다면 우리는 엉뚱한 결론을 내리고 사건을 종결했을 것이다.

신참 경찰관에게 가르치는 수사의 제1과 제1장은 범죄 현장을 훼손하지 말고 그대로 보존하라는 것이다. 그러나 노련한 수사관이자 특별요원인 저드는 자신의 의식적인 노력으로 범죄 현장을 훼손했다. 우리는 저드가 남긴 그 많은 발자국과 돌아다닌 흔적을 강도의 소행으로 오인했을 것이다. 즉 강도가 귀중품을 찾아내려고 저드를 위협하여 집 안을 돌아다닌 것으로 보았을 것이다. 텔레비전 화면에 묻은 핏자국은, 저드가 텔레비전을 보다가 기습적으로 총에 맞아 튄 피로 해석했을 것이다.

저드는 그 사건과 관련하여 내게 이렇게 말했다. "내가 죽었더라면 그 여자의 살인 계획은 감쪽같이 성공했을 겁니다. 사전에 잘 짜여진 각본이었고 범행 전 행동으로 이웃들을 깜빡 속여 넘겼으니까요. 누구나 다 그 여자가 남편을 잃고 슬퍼하는 과부라고 생각했을 거예요."

앞서 말한 것처럼 저드와 나는 친한 친구가 되었다. 저드는 내가 사회에서 사귄 사람들 가운데 형제라고 해도 괜찮을 정도로 가까운 사람이다. 나는 가끔 이런 농담을 했다. "저드, 저 친구는 말이야, 인사고과 때만 되면 저 비상 전화 테이프를 틀면서 약간 슬픈 표정을 짓는단 말이야. 나의 동정심을 최대한 유발하려고." 그러나 이건 어디까지나 농담이고 그는 능력이 있었기 때문에 그렇게 할 필요도 없었다. 그는 현재 국제훈련부의 부장으로 있다. 그의 능력과 경험은 다음 세대의 FBI 요원과 경찰관들에게 큰 혜택을 줄 것이다. 저드는 어느 부서를 맡든 자랑스러운 FBI 식구이고 어디다 내놓아도 손색이 없는 최정예 요원이다. 강인한 정신력과 의지력으로 피살될 뻔한 위기를 넘겼고 또 자기 손으로 그 범인들을 잡아, 법정에 세운 몇 안되는 훌륭한 수사관의 한 사람이다.

잔인한 인간 사냥꾼

1924년 리처드 코넬이라는 작가는 〈가장 위험한 게임〉이라는 단편소설을 썼다. 주로 커다란 동물만 사냥하는 사냥꾼 자로프 장군에 대한 이야기이다. 그는 동물을 사냥하는 데 싫증을 느낀 나머지 좀 더 도전적이고 똑똑한 사냥감, 즉 살아 있는 사람을 사냥하는 게임을 펼치게 된다. 이 소설은 아직도 인기가 있다. 내 딸 로렌도 최근 학교에서 이 소설을 읽었다고 한다.

우리가 아는 범위 내에서 1980년경까지 리처드 코넬의 이야기는 허구였을 뿐이다. 그러나 알래스카 주 앵커리지에 사는, 온화한 성품의 로버트 핸슨이라는 제과점 주인이 나타나면서 그 이야기는 현실이 되었다.

이 사건은 통상적인 절차대로 사전에 만든 프로파일링에 따라 핸슨을 검거할 전략을 세우지는 않았다. 오히려 그 반대였다. 1983년 9월, 우리 부서가 이 사건에 개입했을 때, 알래스카 주 경찰은 이미 핸슨을 살인 용의자로 지목하고 있었다. 그러나 핸슨이 어느 정도로 범행을 저질렀는지, 또는 핸슨처럼 사회 유지이면서 가정적인 사람이 그런 끔찍한 범죄를 저지를 수 있는지 확신을 갖고 있지 않은 상태였다.

사건의 개요는 다음과 같다.

1983년 6월 13일, 한 젊은 여자가 혼비백산하여 앵커리지 경찰
관에게 달려왔다. 그녀의 한쪽 손목엔 수갑이 덜렁거리고 있었다.
이윽고 그녀는 아주 놀라운 이야기를 했다. 열일곱 살인 그 여자는
매춘부로서 거리에서 호객행위를 하다가 한 남자를 만났다. 그는
키가 작고 얼굴이 얽었으며 붉은 머리의 사나이였다. 자기 차 안에
서 오럴섹스를 해주면 200달러를 주겠다고 제의했다고 한다. 매
춘부가 차 안으로 들어가 그의 요구를 들어주고 있는데, 갑자기 그
녀의 손목에 수갑을 채우더니 권총을 꺼내 들었다. 그러고는 멀둔
지구에 있는 고급주택으로 데리고 갔다. 집 안에는 아무도 없었다.
그는 시키는 대로 하면 해치지는 않겠다고 말했다.

그는 억지로 그녀의 옷을 모두 벗기고 강간한 다음 고문을 하기
시작했다. 젖꼭지를 이빨로 깨물거나 작은 망치로 질구를 쑤셔댔
다. 그런 다음 그녀의 양손에 수갑을 채워 지하실로 데려갔다. 그
는 지하실의 갈고리에 수갑을 걸어서 그녀를 고깃덩어리처럼 매
달아놓았다. 그러고는 몇 시간 동안 잠을 잤다. 그는 잠에서 깨어
나더니 그녀가 마음에 든다고 말했다. 그래서 자기의 전용 경비행
기에 태워 숲속 오두막으로 데리고 가고 싶다고 했다. 거기서 멋진
섹스를 한 후 그녀를 다시 비행기에 태워 앵커리지로 데려와 놓아
주겠다는 것이었다.

그러나 그녀는 자기가 풀려날 가능성은 거의 없다고 생각했다.
그녀를 강간, 폭행, 고문까지 했으면서도 그는 자기의 신분이 노출
되는 것을 전혀 우려하지 않은 듯했다. 만약 그를 따라 숲속의 오
두막으로 간다면 정말 끝장나버릴 것 같았다. 공항에 따라나간 그

녀는 남자가 전용 비행기에 짐을 싣는 동안, 간신히 도망쳤다. 그녀는 소리를 지르면서 있는 힘을 다해 달렸다. 그리고 그 순간에 경찰관을 만난 것이었다.

그녀가 말한 인상 착의로 미루어 납치범은 로버트 핸슨인 것 같았다. 그는 아이오와 주에서 성장한 40대 중반의 남자였다. 앵커리지에 정착한 지는 17년이 되었고 제과점을 성공적으로 운영하여 사회 유지 대접을 받는 사람이었다. 결혼하여 딸 하나 아들 하나를 둔 가정적인 사람이기도 했다. 경찰은 그 매춘부를 차에 태우고 멀둔에 있는 핸슨의 집으로 데리고 갔다. 그녀는 그 집이 바로 자기가 납치되어 고문당한 집이라고 증언했다. 또 공항에 데리고 가니 로버트 핸슨의 파이퍼 슈퍼 클럽(경비행기)을 금방 알아보았다.

경찰은 이어 핸슨을 찾아가 그 젊은 여자의 고발 내용이 사실이냐고 다그쳤다. 그는 버럭 화를 냈다. 단 한 번도 만난 적이 없는 여자일 뿐만 아니라, 사회 유지인 자신에게 돈을 뜯어내려고 그런 헛소리를 퍼뜨리는 것이라고 주장했다. 그 여자의 얘기는 전혀 말이 안 된다는 것이었다. "아니, 이 세상에 매춘부를 강간하는 남자도 있습니까?"

게다가 핸슨은 사건이 발생한 날 밤의 알리바이도 완벽했다. 아내와 두 아이는 유럽에 가 있고 그는 집에서 두 명의 사업 친구와 식사를 했다는 것이었다. 그러면서 친구의 이름까지 댔고 친구들은 그의 얘기가 맞다고 증언했다. 경찰은 그 여자의 신고 이외에는 증거가 없었다. 그래서 핸슨은 체포도 기소도 되지 않았다.

증거는 없었지만 앵커리지 경찰과 알래스카 주 경찰은 냄새를 맡았다. 어딘지 자세히는 모르지만 확실히 냄새가 났다. 그런데

1980년 이후 앵커리지 일대에서 시체들이 하나 둘 발견되기 시작했다. 1980년 건설 노무자들이 에크루트나 가를 파헤치다가 절반쯤 남아 있는 여자 시체를 발견했다. 곰이 뜯어먹다 만 그 시체는 칼로 무수히 난자당한 채 얕은 구덩이에 버려져 있었다. '에크루트나 애니'로 알려진 그 시체는 신원이 확인되지 않았고 살인범도 잡히지 않았다.

1980년 후반 조앤 메시나의 시체가 시워드 근처의 자갈 구덩이에서 발견되었다. 이어 1982년 9월, 크닉 강 근처에서 사냥을 하던 사냥꾼들이 얕은 구덩이에서 셰리 모로(23세)의 시체를 발견했다. 그녀는 1981년 11월에 실종되었던 토플리스 댄서였다. 그녀는 총을 세 발 맞았다. 시체 주변에서 발견된 탄피로 보아 발사된 총은 강력 엽총인 0.223 루거 미니-14였다. 불운하게도 그 엽총은 알래스카에서 보편적으로 사용되는 것으로, 그 총을 소지한 사람을 추적한다는 것은 불가능했다. 그러나 흥미롭게도 피살자의 옷에서는 총알 자국이 발견되지 않았다. 그러니까 피살자는 총에 맞았을 때 알몸이었다.

그로부터 1년 뒤인 1983년 9월. 이번에는 크닉 강둑의 얕은 구덩이에서 또 다른 시체가 발견됐다. 피살자는 실직한 여비서인 폴라 골딩이었다. 그녀는 실직을 하자 생계가 막막해져 할 수 없이 토플리스 술집에 나가 춤을 추었다. 그녀 역시 루거 미니-14 엽총에 맞았다. 지난 4월 이후 실종된 상태였다. 그리고 6월에는 17세의 매춘부가 납치되었다가 간신히 탈출하여 경찰에 신고했다. 이제 폴라 골딩의 시체까지 발견되어 미제 사건의 건수가 더욱 늘어나자 알래스카 주 경찰의 범죄 수사대는 핸슨을 더욱 밀착 수사하는 것이 좋겠다는 판단을 내렸다.

당시 알래스카 경찰은 이미 용의자를 정해놓은 상태였지만, 나는 기존의 수사 작업과는 상관없이 중립적인 판단을 내리고 싶었다. 그래서 전화 통화 도중 현지 경찰이 용의자의 구체적 정보를 알려주려 할 때 일단 제지했다. "우선 범죄 내용을 자세히 말씀해주십시오. 그러면 제가 범인의 프로파일을 말씀드리지요."

그들은 미결 살인사건과 젊은 매춘부의 얘기를 자세하게 말해주었다. 나는 그 이야기를 바탕으로 프로파일을 말해주었다. 그랬더니 그 프로파일이 여러 모로 용의자와 흡사하다는 것이었다. 심지어 말더듬이라는 사실까지 맞혔다고 했다. 이어 알래스카 경찰은 내게 핸슨에 대해 말해주었다. 그의 직업, 가족, 사회적 지위, 훌륭한 사냥꾼이라는 사실 등. 과연 그런 사람이 그런 끔찍한 범죄를 저지를 수 있을까? 현지 경찰은 그 점을 자신 없어했다.

나는 물론 가능하다고 대답했다. 문제는, 한 다리 걸쳐 귀동냥한 정보는 많지만, 핸슨을 체포할 구체적 물증이 없다는 사실이었다. 핸슨을 잡을 유일한 방법은 자백을 받아내는 것이었다. 경찰은 현지로 와 사건 해결에 협조해달라고 내게 요구했다. 핸슨 사건은 이미 용의자가 정해져 있다는 것, 용의자의 배경, 성격, 행태 등을 바탕으로 이미 벌어진 사건을 역추적해야 한다는 것 등이 우리 부서가 통상적으로 해나가는 절차와는 정반대되는 케이스였다.

나는 콜로라도 주 볼더의 일인지국에서 근무하다가 최근 우리 부서에 들어온 짐 혼을 대동하고 알래스카 출장을 떠났다. 짐과 나는 옛날에 콴티코의 신규 요원 훈련을 같이 받은 사이였다. 상부에서 네 명의 요원을 신규로 충원해도 좋다는 허락이 떨어졌을 때, 짐에게 콴티코로 와서 같이 일하자고 했었다. 짐 혼은 짐 리스와

365

함께 수사국 내에서 최고의 스트레스 관리 전문가가 되었다. 스트레스 관리는 우리의 전문인 행동과학 분야에서 중요한 기능 중의 하나이다.

그러나 1983년 당시 알래스카 사건은 짐 혼이 행동과학 측면에서 처음 맡는 사건이었다.

내가 볼 때 앵커리지까지 간다는 것은 힘만 들고 재미는 별로 없는 길이었다. 야간 비행기를 타야 하고 하얀 파도 위를 아슬아슬하게 곡예 비행하는 험난한 길이었다. 우리가 알래스카에 도착하자 경찰이 우리를 픽업하여 호텔로 데려갔다. 우리는 호텔로 가는 길에 피살자들이 일했다는 술집을 지나쳤다. 알래스카는 날씨가 너무 추워 매춘부들은 바깥에 서서 호객행위를 할 수가 없었다. 그래서 거의 24시간 열려 있는 술집들을 거점으로 영업을 했다(알래스카의 술집들은 청소를 하고 만취한 술꾼을 쫓아내느라 한 시간 정도 문을 닫을 뿐이었다). 당시 석유 송유관이 건설되고 있어서 뜨내기 일꾼들이 알래스카에 많이 몰려들었다. 그래서 알래스카는 전국적으로 자살률, 알코올 중독률, 성병 감염률이 제일 높았다. 그러니까 현대판 '서부 변경'이었다.

나는 알래스카 주의 분위기가 대단히 서먹서먹하다고 생각했다. 알래스카 본토인과 '저 아래 48개 주'에서 온 사람들 사이에는 늘 갈등이 있는 것 같았다. 말보로 담배 광고판에서 막 나온 것 같은, 팔뚝에 문신을 새긴 억센 사나이들이 많이 돌아다녔다. 알래스카가 너무 광대하기 때문에 상당수 주민이 경비행기를 갖고 있는 것 같았다. 그러니 용의자 핸슨이 겨우 제과점 주인에 불과하지만 경비행기를 갖고 있는 게 그리 이례적인 일도 아니었다.

핸슨 사건이 우리에게 중요한 의미를 갖는 것은 프로파일링 기술을 이용, 수색영장을 발급받은 최초의 사례였다는 점이다. 우리는 피살 현장과 로버트 핸슨에 대해서 알려진 정보를 자세하게 분석하기 시작했다.

피살자 신상을 파악해본 결과, 그들은 매춘부이거나 토플리스 댄서였다. 서부 해안 일대를 오르내리며 영업을 하는 이 여자들은 희생자가 되기 십상이었다. 이들은 철새처럼 여기저기 옮겨 다니는 데다 자기의 소재를 경찰에 신고하지 않는 습성이 있기 때문에, 무슨 일이 벌어져도 시체가 발견되지 않는 한 소재지를 파악할 수가 없었다. 워싱턴 주의 '그린리버 살인범' 사건의 경우에도 경찰과 FBI는 똑같은 애로 사항에 직면했다. 살인범은 사라져도 실종 신고가 되지 않을 여자들만 골랐다. 말하자면 희생자를 영악하게 선택한 것이었다.

우리는 핸슨의 배경에 대해서 모든 사항을 파악하지는 못했다. 그러나 알고 있는 것만으로도 뚜렷한 패턴이 나왔다. 그는 키가 작고 몸이 호리호리한 데다 얼굴이 심하게 얽어 있었다. 그리고 심한 말더듬이였다. 10대 때 심한 피부 염증 문제로 고민했을 것 같았다. 얼굴이 여드름투성이인 데다 말까지 더듬으니 친구들, 특히 여자 친구들의 놀림감이나 기피 대상이 되었을 것이다. 그래서 자기 자신을 혐오하게 되었을 것이다. 바로 이런 이유 때문에 새로운 변경 지대에 가서 새롭게 시작해보자는 각오로 알래스카로 이사왔을지도 모른다. 심리학적으로 볼 때 매춘부들에게 폭행과 고문을 가한 것은 자기를 우습게 보았던 모든 여자를 상대로 보복을 하려는 행위였다.

나는 핸슨이 유능한 사냥꾼이었다는 사실에 주목했다. 그는 쿠스 콕웜 산에서 사냥을 할 때 커다란 화살로 돌시프(털이 흰 야생양)를 잡은 적이 있는 타고난 사냥꾼으로 명성이 자자했다. 이렇게 말한다고 해서 사냥꾼이 전부 사회 부적응자라는 얘기는 절대로 아니다. 하지만 내 경험에 비추어볼 때, 비정상적 성격의 소유자는 총이나 칼 등으로 사냥을 하거나 놀이를 하면서 자신의 결핍된 성격을 보충하려는 경향이 있다. 핸슨이 심한 말더듬이라는 사실은 샌프란시스코 '등산로 살인범'인 데이비드 카펜터를 연상시켰다. 카펜터의 경우와 마찬가지로 핸슨도 여자를 제압하고 조종할 수 있을 때는 말을 더듬지 않았을 것이다.

나는 이런 점들을 종합하면서 사건 현장의 이미지를 마음속에 떠올리기 시작했다. 우리가 전에 경험한 적이 없는 시나리오였지만 상관없었다. 매춘부와 토플리스 댄서들이 총상을 입고 멀리 떨어진 숲속에서 죽은 채로 발견되었다. 한 시체의 경우, 옷을 입지 않은 알몸에 총이 발사되었다. 로버트 핸슨에게서 도망친 17세의 어린 매춘부에 따르면 핸슨은 그녀를 경비행기에 태워 숲속 오두막으로 데려가겠다고 말했다. 핸슨은 아내와 아이들을 여름 휴가차 유럽으로 보냈고 집에 혼자 있었다.

그래서 나는 이렇게 추리했다. 〈가장 위험한 게임〉에 나오는 자로프 장군처럼, 로버트 핸슨은 말코손바닥사슴, 곰, 돌시프 따위를 사냥하는 것이 지겨워졌고 그래서 좀 더 자극적인 사냥감에 눈을 돌리게 되었다. 소설 속의 자로프는 자기가 소유한 섬 부근의 해역에 있는 암초(자로프는 일부러 암초에 '위험' 표시를 하지 않았다)에 좌초한 배의 선원들을 사냥감으로 썼다. 자로프는 이렇게 말한다. "나는 부정기 화물선의 선원 같은 인간 쓰레기만 사냥해. 잘 기른 말이나 개는 이런 자들 스무 명보다 나아."

핸슨도 자로프 장군처럼 매춘부들을 인간 쓰레기로 보는 게 틀림없었다. 자기보다 값어치 없고 저열한 인간인 매춘부들을 꾀는 데에는 유창한 언변 따위는 필요 없었다. 그는 매춘부를 픽업하여 감금하고 그다음 경비행기에 태워 숲속으로 데리고 가, 옷을 모두 벗겨 나체로 숲속에 풀어놓고 총 혹은 칼로 사냥을 했을 것이다.

그는 처음부터 이런 범행 방식을 취하지는 않았을 것이다. 처음에는 집으로 유혹하여 그냥 죽였을 것이다. 그리고 비행기를 이용하여 시체를 멀리 떨어진 숲속에 내다버렸으리라. 그러다가 살인 기술이 발달하여 마지막에는 인간 사냥의 방법을 생각해냈을 것이다.

이 사건들은 분노가 폭발하여 저지른 범행이다. 그는 희생자들이 살려달라고 애원하는 것을 보며 성적 만족을 느꼈을 것이다. 핸슨은 사냥꾼이었으므로 살인을 하던 어떤 시점에서 희생자들을 산 채로 숲으로 데리고 가 죽이면 더 재미있지 않을까 하는 생각에 도달했을 것이다. 그래서 여자를 사슴처럼 숲속에 풀어놓고 사냥을 하며 성적 만족을 채웠을 가능성이 크다. 그것이야말로 최종적인 통제요, 조종이었다. 숲속의 사냥은 마약처럼 중독성이 있었다. 일단 길을 터놓으니 자꾸만 범행을 되풀이하게 되었다.

바로 이런 내용이 수색영장을 청구한 사유가 되었다. 현지 경찰도 나와 짐에게 법원에 제출할 진술서를 작성해달라고 부탁했다. 프로파일링이 무엇인지, 핸슨의 집을 수색하면 무엇을 발견할 수 있는지, 왜 수색이 필요한지 등을 자세히 써달라고 했다.

보통 사람들이나 보통 범죄자가 갖고 있는 엽총은 언제든 교체 가능한 평범한 물건이다. 하지만 핸슨은 이와 달리 자기의 엽총을 대단히 소중하게 여겼다. 그러므로 그 엽총은 사람들에게 훤히 보이는 곳에 있길 않고, 집 안 깊숙이 감추어놓았을 것이다. 가령 벽널이나 가짜 벽 뒤의 좁은 공간 혹은 다락방 등에 숨겨져 있을 터였다.

나는 범인이 '범행 현장에서 기념품을 챙겨오는 자'일 거라고 추측했다. 물론 정상적인 이유로 시체의 몸에서 물건을 가져오는 자는 아니다. 많은 성범죄 살인자들이 시체의 몸에서 기념품을 가져와 자기가 아는 여자들에게 나눠준다. 기념품은 그 여자들을 언제라도 제압할 수 있는 자기만의 표시이기도 하고, 살인 순간의 스릴을 다시 경험하는 은밀한 장치이기도 하다. 그러나 핸슨은 사슴의 대가리를 박제하여 벽에 걸듯, 살해한 여자의 머리를 박제하여 벽에 걸 수는 없었을 것이다. 그래서 다른 기념품, 시체가 훼손된 증거는 없었기 때문에 보석류를 갖고 왔을지도 몰랐다. 우연히 얻은 것이라는 둥 그럴듯한 얘기를 둘러대며 보석을 아내나 딸에게 주었을 것이다. 핸슨은 여자의 속옷이나 기타 성적 암시가 있는 물건은 가져가지 않았다. 그러나 피살자의 지갑에서 사진이나 기타 소품을 가져갔을 가능성은 있었다. 이런 성격의 유형이 늘 그렇듯이, 자신의 범죄 상황을 일일이 기록하는 습관이 있다. 그러니 헨슨도 일기나 목록 같은 것을 갖고 있을 거라는 생각이 들었다.

일을 풀어나가는 그다음 순서는 핸슨의 알리바이를 깨는 것이었다. 핸슨의 사업 친구들이 자기들에게 피해가 없는 이상, 사건 발생 당일 밤 핸슨과 같이 있었다고 말해주는 것은 별로 어려운 일이 아니다. 그러나 그런 증언을 하면 커다란 손실을 겪게 된다는 상황을 인식시키면 얘기는 달라질 것이다. 앵커리지 경찰서는 지방 검사를 움직여 핸슨을 고발한 어린 매춘부의 납치와 고문 사건을 조사하는 대배심을 구성했다. 경찰은 핸슨의 사업 친구 두 명을 찾아가 전에 한 얘기를 다시 말해달라고 요구했다. 단 이번에는 대배심에 증언하는 것이기 때문에 만약 위증을 하면 앞으로 커다란 어려움에 봉착할 것이라고 사전 경고를 했다.

우리의 예상대로 그들의 태도가 싹 바뀌었다. 두 사람 다 그날 밤 핸슨과 함께 있지 않았으며, 핸슨이 찾아와 난처한 상황에 빠졌는데 도와달라고 해서 거짓 증언을 했다고 실토했다.

그 결과 핸슨은 납치와 강간 혐의로 체포되었다. 그 즉시 그의 집에 대한 수색영장이 떨어졌다. 경찰은 그의 집에서 루거 미니-14 엽총을 발견했다. 그 엽총의 탄도 실험을 해본 결과, 시체들 근처에서 발견된 탄피와 일치했다. 우리가 예상했던 대로 핸슨은 트로피 전시실을 잘 꾸며놓고 있었다. 그는 동물의 머리, 바다코끼리 상아, 사슴 뿔과 가지 진 뿔 장식, 대 위에 올려놓은 박제된 새, 바닥에 깔린 동물 껍질 등으로 장식된 전시실에 앉아 텔레비전을 보았다. 다락방의 바닥 판자 밑에서는 더 많은 무기와 피살자들의 보석류 및 잡다한 물건이 나왔다. 그런 자질구레한 물건 중에는 티멕스 손목시계도 있었다. 그는 그 물건들 중 일부를 아내와 딸에게 주었다. 또 피살된 여자의 운전면허와 신분증도 발견되었다. 비록 범행일지는 나오지 않았으나 그와 비슷한 것이 있었다. 그것은 시체를 내다버린 지점을 표시한 항공 사진이었다.

그 모든 증거는 핸슨을 범인으로 지목하기에 충분했다. 그러나 압수 영장이 없으면 그 물건들을 가지고 나올 수가 없었다. 이 경우 우리가 영장을 얻어내는 유일한 방법은 판사를 납득시킬 수 있는 '행동과학적' 증거를 제시하는 것이었다. 우리는 핸슨 사건을 시작으로, 그 이후에도 현지 경찰이 수색영장을 발부받는 데 많은 도움을 주었고, 그 대표적 사건으로는 델라웨어 주에서 발생한 스티븐 페넬 사건을 들 수 있다. 스티븐 페넬은 특별 개조한 밴에 여자를 태우고 고문한 다음 죽인 연쇄 살인범인데 일명 'I-40 고속도로 살해범'이라고 불렸다. 페넬은 1992년에 처형되었다.

1984년 2월. 앵커리지 경찰과 알래스카 주 경찰이 로버트 핸슨을 심문하던 무렵, 나는 시애틀에서 급성 뇌염으로 쓰러져 입원 치료를 받고 프레더릭스버그의 집에 돌아와 쉬고 있었다. 자기 일은 물론이고 내 일까지 맡아 동분서주하던 로이 헤이즐우드가 로버트 핸슨의 심문 방법을 자문해주었다.

경찰이 17세 매춘부의 신고를 받고 유괴 혐의를 들이댔던 첫 번째 조사(1983년 6월) 때와 마찬가지로 핸슨은 모든 사실을 부인했다. 그는 자신이 행복한 가정생활을 하고 있고 사회 내에서 유지라는 사실을 내세웠다. 그의 총에서 발사된 총알의 탄피가 여러 현장에서 발견된 것은, 자신이 그곳에 가서 사냥을 했기 때문일 뿐 그 이상의 의미는 없다고 주장했다. 그러니까 자기가 사냥 나간 곳에서 시체가 발견된 것은 순전히 우연의 일치라는 얘기였다. 그러나 엄청난 증거 앞에서 핸슨도 고개를 숙이기 시작했다. 또 검사가 만약 고백하지 않으면 사형을 구형하겠다고 으름장을 놓자, 그는 살해 사실을 시인했다.

핸슨은 자기의 입장을 변호하고 정당화하기 위해, 그가 매춘부들에게 원했던 것은 오로지 오럴섹스뿐이었다고 말했다. 예의바르고 품위 있는 자기 아내에게 차마 그런 섹스를 요구할 수는 없었다고 했다. 만약 매춘부가 요구대로 만족스러운 섹스를 해주면 그걸로 일은 끝났다. 하지만 말을 안 들으면, 바꾸어 말해 상황을 주도하려고 하면 징벌했다는 것이다.

이런 측면에서 볼 때 핸슨의 행동은 우리가 형무소에서 면담한 몬티 리셸의 행동과 동일하다고 볼 수 있다. 핸슨과 리셸은 나쁜 성장 환경을 가진 이상성격의 유형이었다. 몬티 리셸이 크게 화를 낸 대상은 그의 비위를 맞추거나 섹스에서 쾌락을 느끼는 척했던 여자들이었다. 그 여자들은, 이런 유형의 인간이 힘과 상황의 장악을 가장 중요하게 여긴다는 것을 몰랐다. 그들로서는 가해자의 비위를 맞추려고 애쓰다가 오히려 더욱 화를 부추긴 결과가 된 것이었다.

핸슨은 30~40명의 매춘부들이 순순히 그의 비행기에 타고 같이 숲속 오두막으로 갔으며 또 무사히 돌아왔다고 주장했다. 나는 그런 주장을 받아들이기가 어려웠다. 핸슨이 픽업했다는 매춘부들은 빨리 일을 치르고 다른 손님을 받아야 할 입장에 있었다. 또 그 업계에서 잠시라도 종사한 여자라면 손님의 유형을 재빨리 파악한다. 아무리 매춘부라지만 방금 만난 남자의 비행기를 타고 숲속의 오두막으로 기꺼이 따라나설 여자는 별로 없다. 만약 그 여자들에게 실수가 있었다면 그건 핸슨의 유혹에 빠져 그의 집까지 따라갔다는 점일 것이다(그러나 대부분 위협에 못 이겨 따라갔다). 일단 그의 집 안으로 들어서면 때는 늦은 것이다.

소설 속의 주인공 자로프 장군처럼 핸슨은 특정 계급의 여자만 사냥하여 죽였다고 주장했다. '얌전한' 여자는 사냥할 생각을 하지 않았으며 매춘부, 토플리스 댄서, 혹은 알몸 댄서가 만만한 사냥감이었다. "나는 모든 여자를 미워하지 않습니다. 나는 매춘부들이 나보다 저질이라고 생각했어요. 뭐랄까, 그건 하나의 게임이었습니다. 그 여자들이 공을 던지니까 내가 방망이를 휘두른 것뿐이라고요."

일단 사람 사냥이 시작되면 죽이는 행위는 핸슨에게 스릴이 아니었다. 핸슨은 수사관에게 이렇게 말했다. "진짜 스릴은 살금살금 사냥감에게 다가가는 데 있었어요."

그의 성장 배경은 우리의 예측과 맞아떨어졌다. 그는 아버지가 제과점을 운영했던 아이오와 주 포카혼타스에서 성장했다. 로버트 핸슨은 아이일 때 가게를 돌아다니며 물건을 훔치는 좀도둑이었다. 커서 어른이 되어 사고 싶은 것을 살 돈이 있어도 훔치는 행위의 스릴 때문에 계속 도둑질을 했다. 그는 고등학교 때부터 여자들과 잘 사귀지 못했다고 말했다. 말더듬이인 데다 여드름투성이여서 여자들의 따돌림을 받았다. 그래서 자기를 멀리하는 여자들을 대단히 괘씸하게 생각했다. "여드름이 많이 나서 보기 흉한 데다 말까지 더듬으니까, 여자들은 나와 마주칠 때마다 고개를 돌리더군요." 그는 육군에 가서 따분한 생활을 보냈고 22세 때 결혼했다. 결혼 뒤에도 방화와 절도 행위가 계속되었고 아내와 별거, 이혼, 재결합을 거듭했다. 그는 두 번째 아내가 대학을 졸업하면서 알래스카로 이사왔다. 그곳에서 새출발을 해볼 생각이었다. 하지만 알래스카에 온 뒤에도 몇 년 동안 사소한 범법 행위는 계속되었다. 그의 치근거림을 거부한 여자들을 폭행하는 일이 되풀이되었다. 흥미로운 사실은, 다른 여느 범인들과 마찬가지로 핸슨도 당시 폭스바겐을 몰고 다녔다는 것이다.

1984년 2월 27일, 핸슨은 4중 살인, 1건의 강간, 1건의 납치, 각종 강도 및 무기 소지 혐의에 대해 스스로 유죄를 인정했다. 그는 499년 형에 처해졌다.

우리는 핸슨 사건의 수사를 개시하기 전에 한 가지 짚고 넘어가야 할 대목이 있었다. 그것은 앵커리지에서 벌어진 모든 매춘부,

토플리스 댄서의 죽음이 동일범에 의해 저질러진 것인가, 하는 문제였다. 이것은 종종 범죄 수사와 분석에서 중요한 문제가 된다. 알래스카에서 로버트 핸슨의 첫 희생자가 발견된 그 즈음 나는 또 다른 살인사건과 관련해 뉴욕 주 버펄로 경찰서로부터 협조 요청을 받았다. 그것은 인종차별주의에 바탕을 둔 일련의 끔찍한 살인사건이었다.

1980년 9월 22일. 글렌 던(14세)이라는 소년이 슈퍼마켓의 주차장에서 총을 맞고 살해되었다. 목격자의 증언에 의하면 총을 쏜 사람은 젊은 백인 남자였다. 다음 날인 9월 23일 해럴드 그린(34세)이 교외 지역인 치크토와가의 패스트푸드 식당에서 총에 맞아 살해되었다. 같은 날 밤, 에마누엘 토마스(30세)가 그 전날의 살인사건이 발생한 지구에 있는 자기 집 앞에서 총에 맞아 죽었다. 그리고 다음 날인 9월 24일, 조제프 맥코이라는 남자가 나이아가라 폭포에서 역시 총격으로 살해되었다.

이런 무작위적인 살인사건의 공통되는 특징은 딱 두 가지뿐이었다. 피살자가 모두 흑인이고, 22구경 권총에 맞았다는 것이다. 그래서 언론은 서둘러 '22구경 살인범'이라고 명명했다.

그래서 사건 발생 지역인 버펄로 시에서는 인종 갈등에 따른 긴장이 고조되었다. 흑인 지역의 많은 사람들이 불안해하며 경찰의 업무 태만을 비난했다. 어떤 의미에서는 애틀랜타 어린이 살해사건이 벌어졌을 때 애틀랜타 흑인 주민들이 느끼던 불안감과 비슷했다. 이런 끔찍한 살인사건이 벌어지는 상황에서는 늘 그렇듯이 사태는 점점 더 나빠져갔다.

1980년 10월 8일. 팔러 에드워즈(71세)라는 흑인 택시 운전사가 버펄로 시 교외인 아머스트에서 자기 택시의 트렁크에서 시체로 발견되었다. 그의 심장은 도려내져 있었다. 다음 날인 10월 9일, 또 다른 흑인 택시 운전사인 어니스트 존스(40세)가 나이아가라 강둑에서 시체로 발견되었다. 그의 심장 역시 도려내졌다. 선혈이 낭자한 그의 택시는 약 3킬로미터 떨어진 버펄로 시계市界 안쪽에서 발견되었다. 다음 날인 10월 10일(금요일). 22구경 살인범을 닮은 한 백인 남자가 콜린 콜(37세)이 입원해 있는 병실로 들어왔다. "난 흑인을 증오해." 그 백인 남자는 그렇게 소리를 지르더니 환자인 콜의 목을 조르기 시작했다. 그때 간호사가 병실로 들어오는 바람에 침입자는 놀라서 달아났고 콜은 목숨을 건졌다.

버펄로 시는 아수라장이 되었다. 경찰은 도대체 뭐 하는 거냐는 비난의 소리가 메아리쳤다. 정부 관리들은 흑인 행동 단체에 의한 대규모 시위나 폭동이 곧 발생하지 않을까 우려했다. 나는 FBI 버펄로 지국의 국장 리처드 브레칭의 요청을 받아들여 주말에 버펄로로 내려갔다. 브레칭은 대단히 성실하고 단정한 사람이었다. 정말로 가정적인 남자였고 FBI에 근무하는 모르몬교 신자 직원들 중 핵심 멤버였다. 그는 자기 사무실에 '가정에서 실패하면 인생에서 실패하는 것이다'라는 내용의 액자를 걸어놓고 있었다.

나는 평소의 습관대로 먼저 피해자 신변을 살펴봤다. 경찰이 지적했듯이, 여러 명의 피살자가 흑인이라는 점 외에는 공통분모가 별로 없었다. 그들은 불운하게도 엉뚱한 시간에 엉뚱한 장소에 있었던 것처럼 보였다. 22구경 총격 살인은 동일범에 의해 저질러진 것이 분명했다. 또한 목적이 뚜렷한 암살범 유형의 살인행위였다. 이들 범죄에서 드러난 유일한 정신병리학적 측면은 범인이 흑인을 병적으로 싫어한다는 점이었다. 그 이외의 증거들은 서로 관련이 없었다.

나는 범인이 증오 집단에 소속되어 있거나 또는 사교邪敎 등의 뚜렷한 목표와 가치관을 가진 집단에 소속되어 있을 것으로 보았다. 그는 자신의 범행이 소속 집단에 기여하는 행위라고 여기는 듯했다. 이런 이유로 범인은 군대에 들어갔다가 심리적 이유, 혹은 군 생활 부적응자로 분류되어 조기 제대를 했을 터였다. 범인은 합리적이고 조직적인 사람이지만 그 자신의 망상 체계 안에서는 질서 정연하고 '논리적'인 편견을 가지고 있을 가능성이 컸다.

택시 운전사를 무참하게 살해한 두 사건은 인종차별주의에 바탕을 두고 있긴 했지만, 22구경 살인범하고는 상관이 없어 보였다. 이 범죄는 비조직적이고 정신병적인 살인범이 저지른 사건이었다. 범인은 착각 속에서 혹은 편집증적 정신분열 상태에서 범행을 저질렀을 가능성이 컸다. 택시 운전사 살해 현장은 분노, 과잉 통제, 과잉 살해 바로 그것이었다. 총으로 네 명을 죽인 것과 칼로 심장을 도려낸 것이 동일범의 소행이라고 가정하려면, 범인의 성격이 2주만에 180도 바뀌었다는 것을 전제해야 된다. 즉 나이아가라 폭포에서 조지프 맥코이를 죽인 범인이 2주도 채 안 되어 택시 운전사 팔러 에드워즈를 죽이면서, 조직적인 성격에서 비조직적인 성격으로 급변했다는 뜻이 된다. 거기다가 병원 입원실에 난입한 행동까지 감안하면 범인의 성격은 도무지 종잡을 수 없게 된다(이 난입자가 22구경 살인범과 동일인이라고 보면 더욱 그렇다). 또 내 직감과 경험에 비추어볼 때, 심장을 도려낸 범인의 병적인 환상은 하루 이틀에 형성된 것이 아니다. 적어도 몇 년에 걸쳐 서서히 구축된 것이다. 총격을 가한 것이든 심장을 도려내는 것이든, 이 두 사건은 강도짓을 목적으로 하고 있지 않다. 네 건의 총격 살인은 재빨리 해치운 것인데 반해 심장을 도려낸 두 사건은 범인이 현장에 오래 머물렀음을 보여준다. 만약 이 여섯 건의 살인사건이 서로 관련된 것이라면, 흑인 지역 사회에서 흑인만을 골라 죽이던 인종차별주의자가, 심장을 도려내는 것이 전문인 별도의 사이코를 부추겨서 그런 일을 저지르게 했다고 볼 수밖에 없다.

이어 1980년 12월 22일. 맨해튼 중심부에서 13시간의 짧은 시간 동안에 네 명의 흑인과 한 명의 히스패닉이 '도심 난자범'에 의해 칼에 찔려 살해되었다. 그 밖에 두 명의 흑인은 간신히 죽음을 면했다. 12월 29일과 30일. 난자범은 뉴욕 주 북부 지방을 습격하여 버펄로에서 로저 아담스(31세)를, 로체스터에서 웬델 반스(26세)를 칼로 찔러 죽였다. 그 뒤 사흘 동안 버펄로 시에서 세 명의 흑인이 그런 습격에서 가까스로 죽음을 모면했다.

나는 22구경 살해범이 도심 난자범과 같은 사람인지 또는 버펄로와 로체스터에서 사람을 찔러 죽인 그 범인인지 확신할 수가 없었다. 그러나 범인이 '같은 유형의 인간'이라는 점만은 확실했다. 범인들은 모두 인종차별적 태도를 갖고 있었고, 모두 전격적으로 습격하여 살해하는 방식을 썼다.

그 뒤 몇 달에 걸쳐 22구경 사건은 두 단계에 걸쳐 해결되었다. 해를 넘겨 1981년 1월, 육군 사병 조지프 크리스토퍼(25세)가 조지아 주 포트 베닝에서 체포되었다(포트 베닝은 3년 전 윌리엄 핸스가 '악의 세력'이라는 인종차별적 사기 수법을 써먹었던 곳이다). 크리스토퍼의 죄목은 동료 흑인 병사를 칼로 찔러 죽이려 했다는 것이었다. 버펄로 근처에 있는 조지프 크리스토퍼의 고향 집을 수색해보니, 22구경 탄환이 다량 발견되었고 또 총신이 짧은 총도 나왔다. 크리스토퍼는 1980년에 입대했고 버펄로 살인사건과 맨해튼 살인사건이 벌어졌을 때, 휴가를 받아 나가 포트 베닝에 있지 않았다.

포트 베닝의 구치소에 있는 동안 크리스토퍼는 담당 장교인 앨드 리치 존슨 대위에게 자기가 '버펄로 살인범'이라고 자백했다. 그는 버펄로에서 사람에게 총을 쏘았고 칼로 찌른 혐의로 기소되었다. 유죄 판결을 받았으나 정신이상인가 아닌가로 설왕설래하다가 60년 내지 종신형에 처해졌다. 마틴 육군 병원에서 조지프 크리스토퍼를 검진한 정신과의사 매슈 레빈 대위는 크리스토퍼가 22구경 살해범 프로파일과 너무 흡사하여 놀랐다고 말했다. 우리의 프로파일대로 그는 군대 생활에 잘 적응하지 못했다.

크리스토퍼는 택시 운전사 피살사건에 대해서는 부정도 긍정도 하지 않았다. 그래서 그 범행에 대해서는 소추되지 않았다. 22구경 살인사건과 택시 운전사 피살사건은 크리스토퍼의 범행 방법$^{MO:}$ $_{Modus\ Operandi}$이나 시그너처의 측면에서도 서로 맞지가 않았다.

여기서 MO와 시그너처의 개념에 대해 잠깐 살펴보자. MO와 시그너처는 범죄 수사 분석에서 대단히 중요한 2대 개념이다. 나는 재판정에 증인으로 출두하여 판사나 배심원에게 이 두 개념의 차이점을 이해시키기 위해 많은 시간을 보냈다. MO는 후천적으로 획득된 행태이다. 범인들이 범죄를 저지를 때 사용하는 방법이다. 이것은 역동적이어서 변할 수가 있다. 시그너처는 MO와 구분하기 위해 내가 만들어낸 말인데, '범인이 자기 자신의 정체성을 성취하기 위해 저지르는 행위'이다. 이것은 정적인 특징이기 때문에 변하지 않는다.

가령 청소년은 첫 범행에서 기술을 완성하지 않는 한, 어른이 되면서 범행 수법이 바뀐다. 그러니까 첫 범행을 저지르고 무사히 피하면 그것을 바탕으로 범죄 수법이 점점 더 잔인해지고 세련되어진다. 바로 이런 이유로 MO는 역동적이라고 할 수 있다. 반면 이 범인이 피해자를 조종하고, 고통을 가하고, 피해자로부터 애원과 탄원을 받아내는 재미로 범행을 저지른다면, 그런 목적은 시그너처가 된다. 즉 살인범의 성격을 드러내는 특징이 된다. 이것은 범인이 어떤 상황에서도 어쩔 수 없이 되풀이하는 행동이다.

미국의 여러 주에서는 오로지 범인의 MO만을 가지고 여러 범죄를 연결시키려 하는데, 그것은 낡은 방법이다. 가령 조지프 크리스토퍼 사건 재판에서 변호사들은 버펄로 22구경 총격 살인과 맨해튼 '도심 난자 살인'은 MO가 뚜렷이 다르다고 주장할 것이다. 물론 MO만 놓고 보면 그 주장이 맞다. 그러나 두 범행의 시그너처는 비슷하다. 즉 인종차별적 증오에 불타서 흑인을 마구 죽이고 싶은 경향은 동일한 것이다.

그러나 총격과 심장 도려내기는, 내가 볼 때, 분명 다른 시그너처를 보인다. 심장을 도려낸 범인은, 물론 나름대로 동기가 있었을 테지만, 의식화儀式化된 강박충동적인 시그너처를 보인다. 각 타입의 범죄자는 그 범죄로부터 어떤 것을 얻어내려 하지만 얻기 위한 수단은 서로 다른 것이다.

MO와 시그너처의 차이는 대단히 미묘하다. 가령 텍사스의 한 은행강도의 경우를 보자. 그는 은행 안에 있던 모든 사람의 옷을 벗긴 뒤 섹스하는 자세를 취하게 하고 사진을 찍었다. 이것은 분명 그 범인의 시그너처이다. 그런 외설스런 사진을 찍는 것은 은행털이에 도움도 되지 않고 필요하지도 않다. 사실 그런 사진을 찍으려면 은행에 더 오래 머물러야 하고 그러다 보면 체포될 위험에 더 많이 노출된다. 그런데도 범인은 그렇게 할 수밖에 없는 것이다.

또 다른 예로는 미시간 주의 그랜래피즈의 은행강도를 들 수 있다. 나는 이 사건의 경우에는 비행기를 타고 날아가 현지에서 수사 협조를 해주었다. 이 범인 역시 은행 안에 있던 모든 사람들에게 옷을 벗으라고 했다. 그러나 사진을 찍지는 않았다. 그가 옷을 벗긴 것은 알몸이 된 사람들이 당황한 나머지 범인의 얼굴을 못 보게 하여 나중에 정확한 인상착의를 기억하지 못하게 하려는 목적이었다. 이것은 은행털이를 성공적으로 수행하려는 방법이었고 그렇기 때문에 MO가 되는 것이다.

시그너처 분석이 유용한 도구로 밝혀진 또 다른 사건의 예를 하나 들어보겠다. 1989년에 델라웨어 주의 스티븐 페넬 재판 사건이 있었다. 페넬 사건 때 우리는 훌륭한 진술서를 작성하여 수색영장이 떨어지도록 협력했다. 우리 부서의 스티브 마디지언은 뉴캐슬 카운티 경찰서와 델라웨어 주 경찰의 합동수사본부와 긴밀히 협조했다. 그 결과 멋진 프로파일을 작성했고, 경찰은 수사망을 좁혀 살인범을 족집게처럼 집어내는 전향적인 수사 방법을 수립, 실시했다.

스티븐 페넬 사건의 개요는 다음과 같다. 40번 국도와 13번 국도변에서 목이 졸리고 두개골이 골절된 매춘부들의 시체가 연이어 발견되었다. 시체들은 성적으로 추행당하고 고문당한 것이 분명했다. 스티브 마디지언이 작성한 프로파일은 정확했다. 범인은 20대 후반에서 30대 초반 사이의 백인 남자이다. 건설업에 종사한다. 오래된 밴을 몰고 다닌다. 희생자를 찾아 쉴 새 없이 돌아다닌다. 사나이다운 이미지를 풍기려고 애쓰며 아내 혹은 애인과 지속적인 관계를 유지하고 있다. 그러나 여자를 장난감처럼 가지고 노는 것을 좋아한다. 자기가 선택한 무기를 현장에 가지고 와서 범행을 저지른 후에는 파기한다. 그 일대의 지리에 익숙하여 범행할 장소를 형편에 맞게 고른다. 그는 범행을 저지를 때 아무런 감정도 없으며 잡힐 때까지 계속 살인을 한다.

범인 스티븐 B. 페넬은 이 프로파일에 거의 부합되었다. 31세의 백인이고 전기기사로 일했다. 운행거리가 꽤 되는 밴을 몰고 다녔고 희생자를 찾아 쉴 새 없이 돌아다녔다. 사나이다운 이미지를 풍기려고 노력했고 결혼을 했지만 여자를 가지고 노는 것을 좋아했다. 그는 자기가 조심스럽게 준비한 '강간 도구'를 현장에 가지고 왔다. 경찰이 따라붙는 것 같으면 재빨리 그 증거를 파기했다. 그는 그 일대의 지리에 친숙하여 범행할 장소를 형편에 맞게 골랐다. 범행을 저지를 때 아무런 감정도 없었으며 잡힐 때까지 계속 살인을 했다.

그는 스티브 마디지언이 제안한 전향적 수사의 올가미에 걸려들었다. 스티브는 여자 경관을 매춘부로 위장시켜 사건이 자주 발생한 국도에 세워두자는 제안을 했다. 그래서 여자 경관 레니 C. 라노는 프로파일에 부합하는 밴 운전사가 차를 세우기를 기다리며 두 달 동안 고속도로 일대를 배회했다. 현지 경찰은 그 밴의 카펫이 결정적인 증거가 되리라 생각했다. 자동차 카펫으로 보이는 푸른 섬유가 피살자의 시체에서 발견되었기 때문이다. 라노는 만약 밴이 멈춰 서더라도 절대로 안에 들어가지 마라는 지시를 받았다. 라노의 몸에 도청 장치가 부착되어 있긴 했지만 그래도 밴에 들어가는 것은 죽으러 가는 것과 같은 행위였다. 밴 안에는 들어가지 말고 가능한 한 많은 정보를 캐내는 것이 라노에게 내려진 특명이었다. 마침내 프로파일과 비슷한 남자가 밴을 세우자, 라노는 그를 유혹하면서 열린 차창을 통해 몸값을 놓고 설왕설래 흥정을 했다.

그녀는 푸른 카펫을 보는 순간, 밴이 참 멋있다고 하면서 자연스럽게 손톱으로 카펫의 섬유를 몇 올 쓸어냈다. FBI 검사실은 그 섬유가 시체에서 나온 섬유와 일치한다는 판정을 내렸다.

페넬의 재판 때 검찰 측은 내게 재판정에 나와 시그너처 측면을 증언해달라고 요청했다. 변호인 측은 각 피살사건의 범행 방법[MO]이 서로 다르기 때문에 동일인의 범행이라고 볼 수 없다는 주장을 폈다. 나는 비록 MO는 다르지만 각 범행의 공통점 즉 육체적, 성적, 정서적 고문행위는 동일하다고 주장했다. 한 범행에서 페넬은 플라이어를 사용하여 피살자의 유방을 비틀고 젖꼭지를 떼어냈다. 다른 피살자의 경우에는 손목과 발목을 묶고 다리를 칼로 찌른 다음, 엉덩이를 채찍으로 때리거나 손으로 구타했으며, 또 망치로 엉덩이를 내리치기도 했다. 이처럼 고문의 방법이 다양하기 때문에 MO가 다르다고 주장하는 것도 일리가 있었다. 하지만 희생자에게 고문을 가하고 고통을 못 이겨 내지르는 그들의 비명 소리를 듣고 즐거움을 느끼는 가학행위는 명백한 시그너처였다. 그러니 범인은 살인이 목적이 아니라 실제로는 피살자를 괴롭히면서 비정상적인 쾌락을 얻어내는 것이었다. 그 결과 피살자는 온갖 고문을 당한 끝에 죽고 말았다.

가령 스티븐 페넬이 살아 있어서 이 책을 읽는다 해도 사정은 달라지지 않는다. 만약 또다시 범죄를 저지른다면 페넬은 전과 마찬가지의 범죄 행태를 보일 것이다. 여자들에게 더 많은 고통을 주어 더 많은 쾌락을 얻어내고 더욱 기묘한, 그래서 잘 발각되지 않는 고문 방법을 고안해내려 할 것이다. 하지만 고문하고 싶은 욕망 그 자체를 억제하지는 못한다.

그러나 아주 다행스럽게도 델라웨어 주는 탁월한 판단에 입각하여 페넬을 처형하라는 선고를 내렸다. 페넬은 1992년 3월 14일 치사주사로 처형되었다.

시그너처 분석이 멋지게 활용된 획기적 사건은 1991년의 존 러셀 2세의 재판 때였다. 러셀은 1990년 시애틀에서 세 명의 백인 여자, 메어리 앤 폴레이치, 안드레아 레빈, 캐롤 마리 비트를 몽둥이로 때리고 목 졸라 죽인 혐의로 기소되었다. 우리 부서의 스티브 에터가 러셀 사건의 프로파일링을 담당했고, 내가 재판정에 나가 증언을 했다. 그 세 살인사건의 경우 검찰 측에서는 한 건씩 따로따로 재판을 해서는 승산이 없다고 판단했다. 핵심은 그 세 건을 동시에 재판에 회부시키는 것이었다.

피고 존 러셀은 도저히 그런 끔찍한 범죄를 저지를 유형이 아니었다. 좀도둑 전과는 많았지만 30대의 잘생긴 흑인이었다. 말도 잘하고 매력적이어서 친구와 친지가 많았다. 과거에 좀도둑 혐의로 러셀을 입건했던 머서 아일랜드의 경찰들조차도 그가 끔찍한 살인을 세 건씩이나 저지를 위인은 못 된다고 생각했다.

1990년대까지도 성범죄와 관련하여 흑인이 백인 여자를 죽이는 것은 다소 이례적인 일이었다. 그러나 사회의 분위기가 좀 더 개방적인 방향으로 진전되었기 때문에 흑백간의 교제가 전처럼 낯설지는 않았다. 또 존 러셀처럼 세련되고 매력적인 흑인이라면 얼마든지 백인 여자와 교제할 수 있었다. 그는 주기적으로 백인, 흑인 여자와 데이트를 했고 또 흑인 친구와 백인 친구도 많았다.

변호인 측과 검찰 측 사이에 긴장이 감돈 것은, 변호사 미리엄 시워츠가 킹 카운티 고등법원의 패트리셔 에이트켄에게 세 사건을 분리 재판해달라는 재판 전 신청을 하면서부터였다. 이 세 살인사건이 도저히 동일인에 의해 저질러진 범죄라고 볼 수 없다는 주장이었다. 검찰 측의 레베카 로 검사와 제프 베어드 검사는 내게 청문회에 나와 이 세 사건이 서로 연결되었음을 주장해달라고 요청했다.

나는 각 건이 전격적으로 해치우는 MO를 보인다고 설명했다. 이 세 살인사건이 7주라는 비교적 짧은 기간 내에 이루어졌으므로, 범인이 MO를 바꾸었을 것 같지는 않았다. 물론 범인은 앞 사건에서 뭔가 잘못되었다면 그 범행 방법을 개선해야겠다고 느꼈을 것이다. 그러나 세 살인사건의 경우 더욱 뚜렷한 것은 시그너처 측면이었다.

세 명의 여자는 피살 당시 모두 알몸이었고 도발적이고 음란한 포즈를 취하고 있었다. 그 포즈는 사건이 계속되면서 더욱 외설적으로 변했다. 첫 번째 피살자는 양손과 양무릎이 묶인 채로 하수구와 쓰레기통 가까운 곳에서 발견되었다. 두 번째 피살자는 머리 밑에 베개가 받쳐진 채 침대 위에 누워 있었다. 양다리를 쫙 벌리고 질구에 라이플이 꽂히고 발에는 빨간 하이힐이 신겨 있었다. 세 번째 피살자는 딜도(인공 남근)를 입에 문 채 팔다리를 활짝 펼친 모습으로 침대 위에 누워 있었고 왼쪽 팔 밑에는《섹스의 즐거움》 2부*가 놓여 있었다.

범인은 여자들을 살해하기 위해 전격적인 방법이 필요했을 것이다. 그러나 이런 외설스런 포즈와 살인행위는 아무 상관이 없다.

나는 포즈와 연극의 차이점을 설명했다. 연극은 범인이 경찰의

---

* 섹스 관련 책자로 1부는 남성용, 2부는 여성용.

수사 방향을 흐트러뜨려 실제 벌어진 일을 오판하도록 유도하는 것이다. 가령 강간범이 강도 사건으로 위장하는 것이 좋은 예이다. 이처럼 연극을 꾸미는 것은 MO이다. 하지만 일부러 이런 포즈를 취하게 한 것은 시그너처라고 봐야 한다.

나는 청문회에서 다음과 같이 말했다. "마치 어떤 메시지를 남기려는 소도구처럼 피살자를 취급한, 이런 포즈의 살인사건은 그렇게 많지 않습니다. 이것은 분노를 이기지 못하고 자기의 힘을 과시하기 위해 저지른 범죄입니다. 여자를 사냥하는 스릴, 죽이는 스릴, 죽인 뒤에 피살자를 가지고 포즈를 취하게 하는 스릴, 치안 관계자의 추적을 교묘히 피해나가는 스릴, 바로 그런 스릴을 위해 범인은 범행을 저질렀습니다."

이어 나는 자신감 넘치는 목소리로 말했다. "이 세 살인사건은 그 포즈로 보아 같은 범인의 소행일 가능성이 아주 큽니다." 워싱턴 주 검찰 총장실에 배속된 수석 범죄 수사관이면서 그린리버 사건 수사 본부의 베테랑 수사 요원인 밥 케펠도 나와 같은 취지의 증언을 했다. 1천 건 이상의 살인사건을 다루어보았지만 이런 독특한 포즈를 취한 사건은 10건 미만이었고, 이 세 살인사건과 같은 시리즈성 포즈는 없었다고 했다.

그 시점에서 우리는 존 러셀을 범인으로 단정한 것은 아니었다. 단지 누가 저질렀든 그 세 살인사건은 동일범의 소행이라는 주장이었다.

변호인 측은 내 주장에 반박하는 전문가를 초빙했다. 내가 주장한 시그너처 설이 틀렸고 그 세 사건이 동일범의 소행이 아니라고 증언할 치안 관계 전문가를 데려왔다. 아이러니하게도 그 전문가는 내 오랜 FBI 동료였으며 연쇄 살인범 연구 계획의 파트너였던 밥 레슬러였다. 그는 당시 수사국에서 은퇴하여 이 분야의 고문으로 활약 중이었다.

레슬러나 나처럼 FBI에서 한솥밥을 먹으면서 프로파일링을 연구해온 동료가 상반된 입장에서 증언한다는 것은 피차간에 난처하고 당황스러운 일이었다. 나로 말할 것 같으면 레슬러가 세 사건의 분리 심리를 찬성하는 쪽에서 증언한다는 사실이 너무나 놀라웠고 또 야속하기도 했다. 결론부터 간단하게 말한다면 레슬러가 크게 착각했던 것이다. 그러나 우리 행동과학부에 근무했던 요원들이 늘 주장했듯이, 프로파일링 업무란 것이 백 퍼센트 객관적인 과학에 바탕을 두지는 않는다. 그러니 밥 레슬러도 자기가 옳다고 생각하는 의견을 주장할 수 있었다. 레슬러와 나는 그 뒤 몇 번 의견이 서로 엇갈렸다. 특히 제프리 다머*가 정신이상이냐 아니냐에 대해서는 첨예하게 의견이 대립했다. 레슬러는 제프리 다머가 정신이상이라는 변호인 측의 주장을 지지했다. 나는 검찰 측 증인으로 나선 정신과 의사인 파크 디에츠의 입장, 즉 정신이상이 아니라는 주장을 지지했다.

그런데 밥 레슬러는 바쁜 일이 있다면서 존 러셀의 재판 전 청문회에 나오지 않았고, 그 대신 다른 은퇴 요원인 러스 보파절을 내보냈다. 러스는 대단히 머리가 명석한 사람이다. 열 명의 대국자를 상대로 동시에 장기를 두는 장기 챔피언이다. 러스는 내 주장을 반박한 다음, 레베카 로 검사에게 불같은 반대 심문을 당하면서 꽤나 애를 먹었다. 아무튼 청문회 끝에 에이트켄 판사는 케펠과 내가 제출한 시그너처 증거를 받아들여 세 사건을 묶어서 재판하는 데 동

---

* 1978~1991년까지 위스콘신 주 밀워키에서 17건의 살인사건을 저지른 흉악범으로서 성폭행, 시체 훼손, 인육 포식, 시체 강간 등의 정신이상적 범행을 저질렀음.

의했다.

나는 재판이 진행되는 중에도 법정에 나가 시그너처 이론을 펴면서 변호인 측이 내세운 다수의 주장을 반박했다. 시워츠 변호사는 마지막 피살자인 캐럴 비트의 경우, 그녀의 남자친구에게 범행 동기 혹은 범행 기회가 있었다고 주장했다. 나는 성범죄를 저지른 배우자나 애인의 사례를 많이 연구해왔다. 하지만 그 세 사건은 '낯선 사람'이 관련된 성범죄 살인이라고 확신했다.

마침내 여섯 명의 여자와 여섯 명의 남자로 구성된 배심원은 나흘에 걸쳐 사건을 심리하여 조지 워터필드 러셀 2세가 1급 살인한 건, 가중 1급 살인 두 건에 유죄가 인정된다는 판정을 내렸다. 러셀은 가출옥 없는 종신형에 처해졌고 워싱턴 주에 있는 경계가 엄중한 왈라왈라 형무소에 보내졌다.

러셀 사건의 재판에 참석하기 위해 시애틀에 출장온 나는 7년 전 생각이 나서 감개가 무량했다. 당시(1983년) 나는 시애틀에서 뇌염으로 쓰러져 혼수상태로 사경을 헤맨 적이 있었다. 그때 이후 시애틀 출장은 처음이었다. 나는 당시 입원했던 스위디시 병원에도 가보았다. 그때 의료진에게 전달했던 내 감사패가 거기 그대로 붙어 있었다. 혹시 옛날 생각이 나는 게 없을까 싶어 1983년에 묵었던 힐튼 호텔에도 가보았다. 그러나 아무것도 생각나지 않았다. 그 당시의 상황이 너무나 엄청난 정신적 상흔이어서 내 마음이 그 기억을 의식적으로 회피하는 것인지도 몰랐다. 아니면 지난 여러 해 동안 출장을 많이 다녀 호텔에 익숙해진 나머지 모두 그게 그거처럼 보이는지도 몰랐다.

우리는 이제 시그너처 분석 이론을 고도로 발전시켜서 연쇄 살인범 재판에는 고정적으로 법정에 나가 증언을 할 정도가 되었다. 나뿐만 아니라 나와 뜻을 같이하는 다른 프로파일러도 자주 초빙되었다. 그중에서도 래리 앤크롬과 그레그 쿠퍼가 많은 활약을 했다.

1993년 그레그 쿠퍼는 칼 모슬리에게 두 건의 1급 살인죄 선고를 내리게 하는 데 커다란 역할을 했다. 모슬리는 노스캐롤라이나 주의 두 군데 별도 관할 지역에서 두 명의 여자를 강간, 구타, 난자, 살인한 자이다. 조지 러셀의 재판과 마찬가지로 각각의 관할 법원에서 별도 재판을 하면 모슬리의 유죄 판정을 받아내기가 어려운 상황이었다. 두 법원 중 어떤 법원이 맡든 두 사건을 함께 엮어서 재판해야 유죄를 입증할 수 있었다. 그레그 쿠퍼는 범죄 현장 사진과 관련 서류를 검토한 끝에 두 사건을 한데 묶을 수 있겠다는 자신감을 얻었다.

모슬리 사건의 경우 특징적인 시그너처는 과잉 살해였다. 두 명의 피살자는 혼자 사는 여성이었다. 약간의 신체 장애가 있는 20대 초반의 여자였다. 그들은 컨트리 웨스턴풍의 나이트 클럽에 출입했고 두 달 전 거기서 납치되었다. 두 여자는 심하게 구타당했다. 그러나 손과 끈으로 목이 졸린 흔적도 있었다. 한 여자는 칼로 12군데나 찔렸고 질구와 항문을 쑤셔댄 흔적이 있었다. 한 여자의 경우에는 정액이 검출되어 DNA 검사를 한 결과, 모슬리의 것임이 밝혀졌다. 이 두 건의 강간, 고문, 살해는 으슥한 곳에서 저질러졌고 시체는 멀리 떨어진 곳에 유기되었다.

그레그 쿠퍼는 첫 번째 사건 재판에서 행동상의 특징적인 시그너처는 이상성격을 가진 성적 가학성이라고 주장했다. 범인의 가학증은 피살자들에게 저지른 행위에서 잘 드러났다. 비조직적이고 성격 이상인 범죄자와는 다르게, 이 범인은 먼저 피해자를 잔인하게 고문한 다음에 죽였다. 그는 피살자의 육체와 정신을 완벽하게 조종하고자 했다. 여자들에게 고통을 가하고 그것을 이기지 못하는 비명을 듣고 즐거워했다.

그레그 쿠퍼는 첫 번째 살인사건 재판을 잘 진행했기 때문에, 검찰 측이 두 번째 살인사건을 단일 사건으로 연이어 기소하는 데 큰 도움을 주었다. 모슬리는 첫 번째 재판에서 유죄를 판정받고 사형이 선고되었다. 9개월 뒤에 벌어진 두 번째 재판에서도 역시 사형 선고를 받아냈다.*

첫 번째 재판에서 꽉 찬 관중을 향해 모슬리의 이상성격을 설명할 때 그레그 쿠퍼는 모슬리의 눈과 마주쳤다. 그 순간 범인 모슬리는 우울한 표정을 짓고 있었다. 그레그는 그 표정이 이렇게 말하고 있다고 느꼈다. '당신은 내 성격을 어떻게 그리도 잘 알지?' 그 재판의 스트레스는 말도 못했다. 만약 그레그가 첫 번째 재판에서 성공하지 못했다면 두 번째 재판은 말할 필요도 없이 검찰 측에 불리하게 진행되었을 것이다.

피고 모슬리는 두 번째 재판정에서 그레그 쿠퍼를 보자, 옆에 있던 호위 경찰에게 이렇게 말했다. "저 개새끼! 이번에도 내 목을 죄러 왔구나!"

일반적으로 말해, 살인사건에서 유죄 판결을 얻어내려면, 결정적인 법의학적 증거, 목격자의 증언이나 자백, 강력한 정황증거 등을 확보해야 한다. 이제 범죄 분석과 시그너처 분석이라는 또 다른 행동과학적 프로파일링이 마련되었으므로, 경찰의 화살통에 화

---

* 칼 모슬리에 대한 사형은 아직 집행되지 않았다.

살촉이 하나 더 있는 셈이다. 그러나 시그너처 분석 하나만 가지고 유죄를 입증하기는 어렵다. 시그너처 프로파일링에 두세 가지 다른 요인들을 결합하면 결정타가 될 수 있다. 아무튼 시그너처 분석은 얼핏 보기에 서로 다른 범죄들도 한데 묶을 수 있고 그렇게 하여 재판을 검찰 측에 유리하게 이끌 수 있는 신병기임이 틀림없다.

연쇄 살인범들은 가장 위험한 게임을 펼친다. 그들의 플레이를 알면 알수록, 그들을 제압할 수 있는 가능성은 더 커지게 마련이다.

누가 올 아메리칸 걸을 죽였는가?

누가 올 아메리칸 걸*을 죽였는가?

이것은 4년 동안 일리노이 주의 우드리버라는 소읍의 주민들을 괴롭혀온 질문이었다. 그중에서도 주 경찰의 앨바 부시 수사관과 매디슨 카운티의 돈 웨버 검사는 특히 괴로워했다.

1978년 6월 20일 화요일 저녁. 칼라 브라운과 그녀의 약혼자 마크 페어는 우드리버 액튼 로 979번지에 있는 집에서, 음악을 틀어놓고 이사를 도와준 여러 명의 친구들과 맥주 파티를 열고 있었다. 그 집은 가로수 우거진 도로변에 있는 하얀색 단층 건물로, 나무로 벽면을 댄 집이었다. 현관 문 앞에는 가느다란 둥근 기둥이 세워져 있었다. 남루했던 그 집은, 칼라와 마크가 지난 2주 동안 열심히 청소를 해서 제법 살 만한 신혼집이 되었다. 칼라(23세)와 마크(27세)는 이제 희망찬 새출발을 시작했다. 그들은 지난 5년 동안 열렬히 연애를 해왔고, 마크는 드디어 우유부단한 태도를 버리고 칼라와 함께 백년해로할 결심을 했다. 당시 칼라는 현지 대학교 졸업반이

---

* 금발에 푸른 눈, 상냥한 미소와 태도 등 미국인의 이상형으로 생각되는 여성을 부르는 말. '팔방미인'과 같은 의미로 쓰인다.

었고 마크는 전기 기사보로 일하고 있었다. 어느 모로 보나 앞날이 창창한 남녀였다.

물론 마크 페어가 지난 몇 년 동안 결혼 문제가 나오면 미적거리기는 했지만, 그래도 칼라를 자신의 아내로 맞아들이게 되어 여간 행운이 아니었다. 칼라 루 브라운은 전형적인 올 아메리칸 걸의 표상이었다. 153센티미터가 채 안 되는 키에 물결치는 금발을 자랑했고, 아름다운 몸매에 5월의 여왕 같은 미소를 터뜨리는 매력적인 아가씨였다. 록사나 고교를 다닐 때에는 남학생들에게 선망의 대상이었다. 록사나의 동창생들은 그녀가 날씬하고 정력적인 응원단장이었다고 기억했다. 그녀의 친한 친구들은, 칼라가 겉으로는 활달하고 매력적이었지만 속으로는 민감하고 내성적인 구석도 있다고 말했다. 동창들은 칼라가 마크를 아주 좋아한다는 것을 잘 알았다. 마크는 운동선수처럼 단단한 몸매에 칼라보다 30센티미터나 더 컸다. 아무튼 칼라와 마크는 아름다운 한 쌍이었다.

칼라와 마크는 화요일 저녁 파티를 마치고 이스트 앨튼에 있는 아파트로 돌아가 남아 있는 짐들을 꾸렸다. 그리고 다음 날 밤부터 새 집에서 함께 잠이 들 꿈에 부풀었다.

1978년 6월 21일, 수요일 아침. 마크는 직장인 캠프 전기난방회사로 출근을 했고, 칼라는 액튼 로의 새집으로 가서 4시 반에 퇴근하여 그곳으로 올 마크를 기다리며 집 안 정리를 하기로 했다. 그들은 그날 밤 새집에서 잘 생각에 흥분했다.

마크는 퇴근 후에 친구인 톰 피겐봄의 집으로 갔다. 톰은 마크의 부모와 같은 동네에 사는 친구인데, 마크는 톰을 데리고 부모님 집으로 가서 집 뒤뜰에 있는 무거운 A자형 개집을 옮겨줄 생각이었다. 톰은 기꺼이 동의했다.

마크와 톰은 오후 5시 30분쯤 새 집이 있는 액튼 로에 도착했다. 톰이 드라이브웨이에서 차를 후진시키는 동안, 마크는 칼라를 찾았다. 그러나 그녀는 보이지 않았다. 필요한 물건을 사기 위해 잠깐 집을 비웠나 보다 하고 마크는 생각했다. 그러나 그녀가 뒷문을 잠그지 않은 걸 보고 마크는 좀 신경이 쓰였다. 칼라에게 앞으로 이런 건 조심하라고 해야지, 하는 생각을 했다.

마크는 집 구경을 시켜주겠다며 톰을 집 안으로 데려갔다. 거실과 방을 보여준 뒤 부엌으로 안내했고 이어 지하실로 가는 계단으로 내려섰다. 마크는 맨 밑 계단까지 오자 조그만 테이블이 몇 개 뒤집어져 있는 것을 보고 약간 기분이 언짢아졌다. 칼라가 전날 철저하게 청소하고 정돈을 했는데도 지하실이 어질러져 있었던 것이다. 소파와 마루에도 뭔가 엎질러져 있는 것처럼 보였다.

"도대체 어떻게 된 거지?" 마크는 혼잣말을 하듯 중얼거렸다. 그는 2층으로 올라가 칼라를 찾으려다가 열려진 문을 통해 세탁실 안을 들여다보았다.

칼라는 거기에 있었다. 무릎을 꿇고 고개를 숙인 채였다. 스웨터는 입었지만 허리 아래는 나체였다. 손은 전깃줄에 묶인 채 등 뒤로 돌려져 있었고 머리는 물이 가득 든 10갤런짜리 드럼통에 처박혀 있었다. 그 드럼통은 칼라와 마크가 옷을 옮기기 위해 사용한 것이었다. 그리고 입고 있는 스웨터는 원래 통 속에 있던 거였다. 그것은 겨울에만 입는 두꺼운 스웨터였다.

"오 하느님! 칼라!" 마크는 소리치며 칼라에게 달려갔다. 톰도 그 뒤를 따랐다. 마크는 드럼통에서 칼라의 머리를 빼내 마루에 눕혔다. 그녀의 얼굴은 푸석푸석하고 푸르딩딩했다. 이마와 턱에는 깊게 베인 상처가 있었다. 눈은 뜨고 있었지만 죽은 게 분명했다.

마크는 오열하며 쓰러졌다. 그리고 톰에게 덮을 것을 좀 가져다 달라고 부탁했다. 톰이 붉은색 담요를 가져와 칼라를 덮어주고 난 다음, 그들은 경찰에 신고했다.

우드리버 경찰서의 데이비드 조지 경찰관이 몇 분 뒤 현장에 도착했을 때, 마크와 톰은 현관 바깥에서 기다리고 있었다. 그들은 조지를 지하실로 안내하여 현장을 보여주었다. 경찰관이 현장을 돌아보는 동안 마크는 거의 제정신이 아니었다. "오, 하느님, 칼라. 어떻게 이런 일이." 그는 계속 중얼거렸다.

세인트루이스에서 차를 타고 15분 거리에 있는 우드리버 같은 소읍에서 이런 끔찍한 사건이 발생하리라고는 아무도 예측하지 못했다. 곧 경찰서의 간부들이 모두 현장을 둘러보았다. 그중에는 39세의 경찰서장 랠프 스키너도 있었다.

칼라는 둔기로 머리를 강하게 얻어맞은 흔적이 있었다. 아마도 방 안에 있던 텔레비전 수상기의 스탠드가 엎어지면서 머리를 맞은 것 같았다. 목에는 양말 두 짝이 매어져 있었다. 검시 결과 목 졸려 사망했고, 드럼통 속에 머리가 처박혔을 때는 이미 사망한 뒤였다.

사건 현장은 엄청난 관심의 대상이 되었지만 초동 수사 때부터 문제점이 발생하기 시작했다. 일리노이 주 경찰 수사관이며 노련한 범죄 현장 분석가인 앨바 부시는 카메라의 플래시를 작동시킬 수가 없었다. 그래서 톰 피겐봄에게서 사건 신고 전화를 받았던 빌 레드 펀이 마침 카메라를 갖고 와서 현장 사진을 찍었지만 공교롭게도 그 카메라에는 흑백 필름이 들어 있었다. 또 다른 문제는 전날 이사 때문에 그 집에 많은 친구들이 다녀갔다는 사실이었다. 현장에 엄청나게 많은 지문이 남아 있었기 때문에 그중에서 범인의 지문을 변별해내는 것은 대단히 어려운 일이었다.

단서의 가능성은 있지만 황당무계한 요소도 있었다. 가장 눈에 띄는 것은, 지하실 들보에 처박아넣은 유리 물주전자였다. 그것을 발견하기 직전 경찰은 부엌에서 그 주전자가 없어진 것을 알아차 렸다. 그러나 마크를 포함하여 누구도 왜 물주전자가 거기에 처박 혔는지, 그리고 만약 물주전자가 범행 도구로 쓰였다면 어떻게 쓰 였는지 알 수 없었다. 앨바 부시는 물주전자에서 몇 개의 지문을 채취했으나 활용할 수 있을 정도로 완전하지는 않았다.

사건 직후 여러 날 동안 경찰은 그 일대를 샅샅이 훑으면서 혹시 현장을 목격한 사람이 없는지 찾아다녔다. 마크의 옆집에 사는 이 웃인 폴 메인은 사건 당일, 오후 내내 앞뜰에서 친구 존 프란테와 함께 보냈다고 말했다. 프란테는 그날 아침 현지의 정유 공장에 이 력서를 내놓고 잠깐 폴 메인의 집에 들렀지만, 다른 직장을 알아보 기 위해 일찍 그 집에서 나왔다고 말했다. 사건 발생 바로 전날 밤, 폴 메인, 존 프란테, 그리고 제3의 친구는 칼라, 마크, 그리고 친구 들이 이삿짐을 나르는 것을 보았다. 그들은 메인의 이웃이고 또 그 들의 친구가 고등학교 시절 칼라와 안면이 있었기 때문에, 이삿짐 을 나른 후에 벌어진 간단한 파티에 초대되기를 기대했다. 그러나 그들은 초대되지 않았다. 그들 중 한 명이 드라이브웨이 너머로 칼 라의 이름을 부르면서 그녀에게 아는 척한 것이 전부였다.

건너편에 사는 이웃인 에드나 밴실이라는 노파는 사건 당일 하 얀 지붕의 빨간 차가 979번지 앞에 와서 서는 것을 보았다. 이사 파티에 참석했던 밥 루이스는 칼라가 드라이브웨이 너머로 머리 가 길고 '깡패 같아 보이는' 남자에게 말을 거는 것을 보았다. 칼라에게 손짓을 하며 그녀의 이름을 부른 그 남자는 폴 메인의 친구인 것 같았다.

"당신은 정말 기억력이 좋군요. 벌써 오래전인데." 칼라는 그렇게 말했다는 것이다. 밥 루이스는 칼라가 그 남자와 말을 주고받았다는 사실을 마크 페어에게 말해주었다. 그러면서 이웃에 사는 친구들이 좀 수상한 것 같으니, 잘 알기 전까지는 조심하는 게 좋겠다고 조언했다. 마크는 그 조언을 별로 개의치 않았다. 머리 긴 친구는 칼라의 고등학교 동창인데, 폴 메인의 집에 잠깐 놀러온 것뿐이라고 대답했다.

사건 당일 이가 아픈 손자를 차에 태우고 치과에 가던 중이었던 또 다른 이웃 여자가, 칼라와 한 남자가 드라이브웨이를 사이에 두고 얘기하는 것을 보았다고 증언했다. 경찰은 그 여자 증인에게 최면까지 걸어 좀 더 자세하게 기억하라고 했으나 그 이상의 인상착의는 나오지 않았다.

경찰은 칼라의 여자친구들과 면담을 하면서 칼라에게 실연을 당해 불만을 품은 자는 없는지 물었다. 그러나 칼라의 친구들은 그녀의 성품이 원만했기 때문에 적이 없었다고 말했다.

칼라의 룸메이트였던 한 여자는 색다른 아이디어를 내놓았다. 칼라는 어렸을 때 아버지가 돌아가셔서 어머니 조 엘렌은 조 셰퍼드 1세와 재혼했는데, 지금은 조 셰퍼드와 이혼을 한 상태였다. 칼라는 새 아버지와 잘 사귀지 못했다고 말했다. 새아버지는 칼라를 때렸을 뿐만 아니라 칼라의 친구들에게 치근덕거렸다고 했다. 그러니 그가 유력한 용의자라는 얘기였다. 새아버지는 사건 당일 밤 경찰서에 찾아와 온갖 질문을 퍼부었다. 이미 앞에서 언급했듯이, 범인이 경찰을 접촉하여 사건 수사에 끼어드는 것은 그리 놀라운

397

일이 아니다. 그러나 셰퍼드가 그 범죄와 관련되어 있다는 증거가 없었다.

그 밖에 면밀히 검토해보아야 할 대상은 약혼자 마크 페어였다. 그는 친구 톰 피겐봄과 함께 시체를 발견했고, 사건 현장에 쉽게 접근할 수 있고, 희생자와 가장 가까운 사람이었다. 조지 러셀 사건과 관련하여 지적했듯이, 배우자나 연인은 늘 유력한 용의자이다. 그러나 사건 당일 마크는 직장에 출근해 열심히 일하고 있었다. 그날 직장에서 여러 사람들이 출근한 그를 보았고 또 말을 걸기까지 했다고 한다. 게다가 경찰, 칼라의 친구, 가족 등 누가 봐도 마크의 슬픔은 진짜였고 꾸밈이 없었다.

수사가 본격적으로 시작되면서 경찰은 사건 발생 직전에 칼라를 접촉했던 여러 사람에게 거짓말 탐지기 테스트를 했다. 마크 페어, 톰 피겐봄, 조 셰퍼드 등은 별 문제없이 테스트를 통과했다. 그 외에도 테스트에서 이상을 보인 사람은 별로 없었다. 테스트 결과 좀 수상하게 나온 사람이라면, 폴 메인 정도였는데 사건 당일 오후 내내 자기 집에 있었던 좀 둔한 남자였다. 폴 메인은 존 프란테가 앞뜰에서 함께 있었고, 만약 프란테가 일찍 떠나지 않았더라면 자신의 알리바이를 입증해주었을 것이라고 말했다. 역시 별 이상 없이 거짓말 탐지기 테스트를 통과한 프란테는 오전 중에 메인의 집에서 나왔기 때문에 그 이후에 메인이 뭘 했는지는 알 수 없다고 말했다. 비록 메인의 거짓말 탐지기 테스트가 문제가 있었고 또 유력한 용의자였지만, 범인으로 지목할 구체적이고 직접적인 증거는 발견되지 않았다.

칼라 브라운 피살사건은 우드리버 공동체에 커다란 정신적 상흔을 남겼다. 그 상처는 쉽사리 아물 것 같지 않았다. 현지 경찰과 주 경찰은 용의자로 의심되는 사람은 모두 심문했고, 희미한 단서라 도 끝까지 추적했다. 그러나 사건은 전혀 해결의 기미를 보이지 않 았다. 한 달 두 달, 시간이 지나고, 그리하여 1년이 지나갔다. 칼라 의 언니 도나 저드슨은 힘겨운 나날을 보냈다. 그녀는 남편 테리와 함께 거의 매일 경찰서를 출입하며 범인을 찾기 위해 전력을 다했 다. 칼라의 어머니와 또 다른 언니인 코니 디크스트라는 매일 추적 에 나서는 것을 힘겨워했고 일부러 사건 담당 형사들과 접촉을 피 하려 했다.

우드리버의 관할지인 매디슨 카운티 소속 검사인 돈 웨버로서도 어렵기는 마찬가지였다. 사건 발생 당시 그는 검사보였다. 강인하 면서도 섬세한 일면이 있는 웨버는, 범인을 반드시 잡아내어, 그런 끔찍한 행위가 자기 구역에서 절대로 용납되지 않는다는 것을 관 내 주민들에게 보여주고 싶었다. 범인 체포는 이제 웨버에게 하나 의 강박이 되었다. 1980년 11월 주 검사에 피선된 웨버는 곧 그 사 건의 수사를 재개했다.

아무리 오래 끌더라도 그 사건을 그대로 내버려둘 수 없는 또 다 른 사람은 주 경찰 소속의 범행 현장 수사관인 앨바 부시였다. 수 사관으로 근무하다보면 반드시 해결하고 싶은 사건이 한두 가지 생기는 법이다. 칼라 사건은 집념의 수사관 앨바 부시를 통해 한 고비를 넘기고 해결의 길로 나아가게 되었다.

1980년 6월. 칼라 피살사건이 발생하고 만 2년이 지났을 때, 부 시는 뉴멕시코 앨버커키로 내려가 한 살인사건 재판정에 나갔다. 그 살인사건과 관련하여 일리노이 주에서 도난 차량을 추적한 적 이 있는 부시가 증인으로 나섰던 것이다. 재판 전 절차가 완료되기를 기다리면서 부시는 그곳 경찰서에서 마련한 연설회에 참석했다. 그곳에서 애리조나 대학에 근무하는 호머 캠벨 박사가 컴퓨터를 이용하여 범죄 현장 사진의 분석 효과를 높일 수 있다고 말했다.

연설이 끝난 다음 부시는 캠벨 박사에게 이렇게 말했다. "박사님, 여기 박사님에게 부탁할 사건이 하나 있습니다." 캠벨 박사는 범죄 현장 사진과 부검 사진을 검토하여 칼라에게 사용된 범행 도구나 무기가 무엇인지 재검토해주겠다고 약속했다. 부시는 관련 사진들을 모두 복사하여 캠벨에게 보냈다.

관련 사진이 모두 흑백이어서 분석이 용이하지 않았다. 하지만 고도의 컴퓨터 장비가 철저하게 사진을 분석했다. 캠벨 박사는 사진의 미세한 부분까지 정밀 조사하여 여러 가지를 알려주었다. 칼라의 머리에 난 깊은 상처는 소형 망치에 의한 것이었다. 그리고 이마와 턱이 찢어진 것은 텔레비전 스탠드가 넘어지면서 그 바퀴에 찢긴 것이었다. 그러나 캠벨이 그다음에 보고한 사항은 사건의 수사 방향을 완전히 뒤바꿔놓는 획기적인 것이었다.

"이빨 자국은 어때요? 목에 난 치아 자국과 일치하는 용의자는 없었나요?"

"아니, 이빨 자국이 있었어요?" 부시는 멍하니 그렇게 대답했을 뿐이었다.

캠벨은 자기가 떠낸 이빨 자국이 최선의 상태는 아니지만 칼라의 목에 난 이빨 자국은, 만약 용의자가 잡히면 대조해볼 만하다고 말했다. 그중 한 치흔은 피부에 난 상처나 반점과 겹치지 않는 깨끗한 것이었다.

치흔은 경찰이 지금까지 확보한 증거 중에서 가장 결정적인 것이었다. 그것은 지문과 동일한 효력을 갖고 있었다. 희대의 여대생 살인마 테드 번디도 이 치흔 때문에 체포되었다. 플로리다 주립대학의 치오메가 여학생 클럽에서 피살당한 한 여대생의 엉덩이에 나 있는 치흔이 이 연쇄 살인범의 유죄를 입증하는 결정적인 증거가 되었다. 캠벨 박사는 번디의 재판 때 검찰 측 증인으로 입회하기도 했다(테드 번디는 1989년 1월 24일 아침, 플로리다 주 형무소의 전기의자에서 사형에 처해졌다. 번디는 처형되기 직전 우리 부서의 빌 해그마이어와 긴 면담을 가졌지만 끝내 몇 명을 죽였는지는 고백하지 않았다. 수십 명이 넘을 것이라는 추측만 있을 뿐이다).

일리노이 경찰은 캠벨 박사의 치흔 표본을 확보하자 처음에 크게 혐의를 두었던 사람들, 특히 이웃인 폴 메인에 대한 수사를 강화했다. 그러나 경찰이 입수한 폴 메인의 치흔을 가지고 작업한 캠벨 박사는 그것을 범죄 현장 사진이나 검시 사진 속의 치흔과 일치시킬 수가 없었다. 경찰은 메인의 친구 존 프란테와 접촉하려 했으나(이 치흔 정보를 가지고 폴 메인을 검거하는 데 존 프란테가 도움을 주지 않을까 하여) 그의 소재는 파악되지 않았다.

지푸라기라도 잡는 심정으로, 일리노이에서 유명한 심령술사도 초빙되었다. 사건의 세부 사항을 전혀 모르는(경찰은 일부러 알려주지 않았다) 그 심령술사는 '물이 똑똑 흐르는 소리가 들린다'라는 말만 했다. 경찰은 그것을 칼라의 시체가 발견된 상황으로 해석했다. 그리고 살인범이 기찻길 옆에 산다는 것(대부분의 매디슨 카운티 주민이 기찻길 옆에서 산다) 외에, 심령술사는 별 도움을 주지 못했다.

치흔이라는 결정적인 자료가 있는데도 수사는 별 진전이 없었다. 1981년 7월. 돈 웨버와 그의 휘하 네 명의 직원은 뉴욕으로 가서 범죄 수사에 필요한 법의학 기술 세미나에 참석했다. 그 세미

나에 참석한 것은 웨버가 주 검사로 취임하면서 좀 더 활발한 검찰 활동을 펴기 위한 계획의 일환이었다. 캠벨 박사는 웨버에게 칼라 브라운 살해사건 사진들을 가지고 가서 세미나의 초청 연사인 법의학 치과 전문의 로웰 레빈 박사(뉴욕 대학교)에게 보이라고 제안했다. 레빈은 그 사진들을 면밀히 분석했고, 캠벨이 지적한 것처럼 일부 상처는 치흔이 틀림없지만, 나머지는 확실한 판단을 내리지 못하겠다고 말했다. 레빈은 '관이야말로 증거의 보관소'이니 칼라의 시체를 파내서 재부검하는 것이 어떻겠느냐고 제안했다. 나는 레빈 박사를 개인적으로는 알지 못하지만 그 높은 명성만은 들어서 알고 있었다. 그는 뉴욕의 프랜신 엘버슨 피살사건 때 검시를 맡았다(레빈이 칼같이 검시를 했다는 것은 의심의 여지가 없다. 앞에서도 말한 바와 같이 우리 부서의 빌 해그마이어와 로잰 루소는 클린턴 형무소에서 복역 중인 프랜신 엘버슨 살해범 카민 칼라브로를 인터뷰하러 갔었다. 당시 상소법원에 재심을 신청 중이던 칼라브로는 증거를 없애기 위해 이빨을 다 뽑은 상태였다. 칼라브로가 레빈 박사의 검시 보고서를 얼마나 의식했는지를 단적으로 보여준다. 레빈 박사는 그 뒤 뉴욕 주의 법의학팀 팀장을 지냈다).

그리고 세월이 또 흘러 1982년 3월. 웨버와 두 명의 주 경찰 수사관은 세인트루이스 대도시권 주요 사건 담당반을 위한 연례 연수 계획에 참석했다. 나는 당시 강사로 나가 수많은 청중을 앞에 놓고 인성 프로파일링과 범죄 현장 분석을 강연했다. 나는 그날의 만남이 잘 기억나지 않으나, 웨버는 칼라 사건을 회상한 책《조용한 증인》(찰스 보스워드 2세와 공저)에서, 나를 만난 얘기를 썼다. 그는 부하들과 함께 강연이 끝난 뒤에 나를 찾아와 프로파일링 방법이 칼라 사건에도 적용될 수 있는지 물었다는 것이다. 나는 그들에게 곧 콴티코로 돌아갈 예정이니 콴티코로 전화해주겠느냐고 대답했다. 어떤 식이 될지는 알 수 없으나 그들을 도와줄 수 있으면 좋겠다는 의사 표시였다.

일리노이 주로 돌아간 웨버는 우드리버 경찰서의 릭 화이트도 같은 의견임을 알았다. 세인트루이스 연수 계획에 참여한 화이트도 칼라 브라운 피살사건을 수사하는 데 프로파일링을 이용하는 것이 좋겠다고 생각했다. 그래서 릭 화이트가 나를 접촉했고, 범죄 현장 사진을 들고 콴티코로 오는 것으로 합의가 되었다. 나를 만나 즉석에서 그 사진을 분석하고 의견을 듣겠다는 것이었다. 웨버는 당시 맡은 재판이 많아서 직접 오지 못하고, 대신 차석 검사인 케이드 젠슨을 보냈다. 이 두 사람 이외에 세인트루이스 연수 계획에 참여했던 랜디 러싱, 그리고 앨바 부시도 함께 왔다. 이들 네 명은 경찰 표시가 없는 순찰차를 타고 1천 킬로미터 이상을 달려 콴티코에 왔다. 당시 우드리버 경찰서장인 돈 그리어는 휴가차 플로리다에 내려가 있었으나, 비행기를 타고 워싱턴으로 와 이 회합에 참석했다.

우리는 회의실에서 만났다. 네 명의 수사관은 차를 타고 오면서 잘 정리된 생각과 추리를 내게 설명했다. 그들은 내가 다른 사람의 의견에 영향받지 않기 위해 독자적으로 결론을 내린다는 것을 알지 못했기 때문에 길게 설명한 것이었다. 그렇지만 우리는 마음이 통했고 회의는 잘 진행되었다. 정치적 이유 혹은 책임 모면 등의 떳떳하지 못한 이유로 억지로 수사를 맡은 경우와는 달리, 그들은 무슨 일이 있어도 이 사건을 해결하고야 말겠다는 사명감에 불타는 사람들이었고, 그래서 의기투합했던 것이다. 그들은 자발적으로 콴티코까지 왔고 내가 좋은 수사 방향을 조언해주기를 간절히 바라고 있었다.

나는 특히 앨바 부시와 죽이 잘 맞았다. 그도 나처럼 반골 기질이 있어서 상급자와 잘 다투기도 하고 나처럼 너무 솔직해서 다른 사람들에게 밉보인다는 것이었다. 사실 앨바 부시를 콴티코로 출장 보내기 위해 돈 웨버는 이마에 땀을 뻘뻘 흘려가며 반대하는 주 검찰 사람들을 구슬리고 협박해야 했다고 한다.

나는 범죄 현장 사진을 요구해서 몇 분에 걸쳐 들여다보았다. 그리고 몇 분 동안 생각을 가다듬은 다음, 이렇게 말했다. "자, 준비되셨습니까? 내가 한 말을 기록하는 게 좋을 거예요."

내 경험에 비추어볼 때 시체가 집 안에서 물통 안, 가령 욕조나 샤워 혹은 물 담아두는 그릇 등에 빠져 있는 것은, 애틀랜타 어린이 살해사건 때처럼 단서나 증거를 없애려는 목적이 아니다. 그것은 실제 범행을 감추어서 실제와는 다른 어떤 것을 추리하게 하려는 '연극'이 목적이다. 당신들은 이미 살인범을 조사한 게 틀림없다. 범인은 이웃이거나 아니면 살해 현장 바로 근처에 사는 자이다. 이런 종류의 범죄는 늘 이웃이나 동거인의 소행이다. 이런 범죄를 저지르기 위해 장거리 여행을 하는 범인은 없다. 범인은 살해 과정에서 몸에 피를 묻혔을 텐데, 인근 어디론가 가서 그 피를 닦아내고 피 묻은 옷은 버렸다. 범인은 칼라 브라운의 상황을 잘 알고 있었고, 또 자기가 범행을 저지르는 도중 방해받지 않으리라는 것을 알았다. 그러니 칼라 브라운을 잘 아는 자이거나 칼라 브라운과 마크 페어의 습관을 잘 알 정도로 오래 관찰한 자이다. 당신들이 이 범인을 조사했을 때, 범인은 수사에 협조적으로 나왔을 것이다. 그렇게 함으로써 자기가 상황을 장악하고 있다고 느낀다.

범인은 사건 당일 오후 칼라를 죽일 의도로 찾아간 것은 아니다.

살인은 우발적으로 일어났다. 만약 살인을 계획했다면 무기나 도구(끈이나 재갈 같은 '강간 도구')를 가져갔을 것이다. 범인은 손으로 목을 조르고 둔기로 머리를 내리쳤다. 이것은 칼라가 차갑게 나오자 분노와 좌절을 느껴 즉흥적으로 행동했다는 것을 뜻한다. 조종, 제압, 통제. 이것은 강간범의 3대 특징이다. 그는 칼라가 이사하는 데 도와주러 간 사람들 중 한 명일 수도 있다. 친절한 칼라는 범인과 안면이 있었고, 그래서 아무런 의심 없이 그를 집 안에 들여놓았다. 범인은 그녀에게서 섹스 혹은 성적 관계를 원했다. 그녀가 거부하자 범인은 자기가 아주 난처한 상황에 빠졌다는 것을 알게 되었고 그래서 사우스캐롤라이나 주의 메어리 프랜시스 스토너를 살해한 범인처럼, 자기 체면을 지키는 것은 죽이는 방법밖에 없다고 생각했다. 범인은 그녀를 죽이고 그 경황에서도 생각을 다시 했는지 모른다.

마룻바닥과 소파에 뿌려진 물은 그것을 나타낸다. 그녀를 소생시키기 위해 얼굴에 물을 뿌린 것이다. 그것이 소용없자, 범인은 물 뿌린 사실을 감출 필요가 있었다. 그래서 그녀를 마루 위로 질질 끌고 가 물이 담긴 드럼통에 처박았다. 그렇게 해야 기괴한 범죄 의식처럼 보이는 것이다. 바꾸어 말하면 실제로 벌어진 일을 감추려는 목적이 그런 행동으로 표출된 것이다. 드럼통에 머리가 처박혀 있었다는 것은 또 다른 의미를 갖는다. 그녀는 그의 섹스 요구를 거절했다. 그러니 범인으로서는 그렇게 뻗대는 여자에게 본때를 보여줘야 했다. 그 화풀이가 물통에 머리를 처박는 행동으로 나타났다. 다른 범죄 사건에서도 그렇듯이 범인이 현장을 은폐하면 할수록 점점 더 많은 단서와 행동과학적 증거를 남기게 되는 것이다. 바로 이것이 감추면 오히려 더 드러나는 범인의 역설적 행동이다.

범인은 20대 중반에서 후반이다. 그리고 이것은 살인에 경험이 있는 자의 소행이 아니다. 범인의 연기는 서툴기 짝이 없고 전에 살인한 경험이 없음을 그대로 드러내고 있다. 그러나 폭발적이고 공격적인 성격을 갖고 있다. 그러니 소소한 범죄는 저질렀을 수도 있다. 결혼을 했다면 최근에 별거 중이거나 이혼을 했다. 아니면 현재 불화가 심하다. 이런 범죄를 저지르는 범인들이 대부분 그렇듯이 자신감이 별로 없는 인생의 실패자이다. 겉으로는 자신감 넘치는 남자로 보일지 모르지만 속으로는, 열등감에 사로잡힌 사회 부적응자이다.

지능이나 IQ는 평균 정도이고 학력은 고등학교가 한도일 것이다. 전깃줄로 묶은 것을 보니 가게에서 점원 노릇을 했거나 직업훈련원에 다녔을지 모른다. 사건 초기 수사가 시작되자, 범인은 주소와 직업을 자주 바꿨다. 일단 수사의 열기가 가라앉고 더 의심을 받게 되지 않자, 범인은 마을을 떠나 다른 곳으로 갔다. 범인은 긴장을 해소하기 위해 마약, 알코올, 담배 등에 심하게 의존한다. 사실 알코올은 칼라 살해사건에 상당한 역할을 했다. 이런 심약한 친구가 칼라를 강간하겠다고 마음먹은 것은 다소 대담한 일이다. 그러니 범행을 저지르기 전에 술을 먹었을지 모른다. 술을 먹어 깡이 생기긴 했지만 의식이 희미할 정도는 아니었다. 만약 그랬다면 범행 후에 그런 연극을 벌일 힘이 없었을 것이다.

범인은 밤에 잠을 잘 못 자고 섹스도 원만치 못할 것이다. 그리고 점점 더 야행성이 되어간다. 만약 제대로 된 직장에 다닌다면, 수사가 진행되면서 자주 결근했을 것이다. 또 변장을 하거나 모습을 바꾸었을 것이다. 가령 범행 당시 수염을 길렀거나 장발이었다면 말끔히 면도를 했을 것이다. 반대로 말끔히 면도한 상태였다면 수염을 길렀을 것이다. 범인은 말쑥하고 단정한 친구가 아니다. 원래 부스스하고 지저분한 자인데 그렇게 용모를 말끔하게 바꾸고 다니려니 여간 고통스럽지 않다. 그리고 이것 때문에 육체적으로나 정신적으로나 굉장히 피곤하다.

자동차는 폭스바겐 비틀을 타고 다닌다(나는 이런 범인들이 폭스바겐을 좋아한다는 것을 오래전부터 알고 있었다). 낡은 차여서 수리도 잘 안 한다. 색깔은 빨간색이나 오렌지색이다.

범인은 신문에 나는 검찰 수사 상황을 훤히 꿰고 있다. 그리고 언론 보도에서 단서를 얻는다. 만약 경찰서장이 새로 나타난 단서는 없다고 공식적으로 발표하면 범인은 긴장을 풀며 안심하게 된다. 많은 살인범이 그렇듯이, 범인은 거짓말 탐지기를 가볍게 통과했다. 그러니 앞으로의 수사는 범인을 심리적으로 동요시키는 데 중점을 두어야 한다.

범인을 압박하는 스트레스 요소는 얼마든지 있다. 해마다 6월(칼라를 살해한 달)이면 범인은 가슴이 조마조마해진다. 또 칼라의 생일 때도 그런 반응을 보인다. 범인은 캘버리 힐 공동묘지에 있는 칼라의 무덤을 찾아갔을지도 모른다. 묘소 위에 조화를 놓고 개인적으로 사죄하면서 용서를 빌었을 수도 있다.

그러니 칼라 피살사건을 최우선 과제로 만들 수 있는, 유망한 새 단서가 발견되었다고 발표하라. 일부러 이 새 단서 얘기를 공표하고 널리 알려라. 범인의 애간장을 끓게 만들어라. FBI 프로파일러가 새로 수사에 가담했으며, 프로파일러의 조언이 새로 발견된 단서와 일치한다고 홍보하라.

내가 그렇게 얘기하는 순간, 그들은 칼라의 시체를 파보라는 레빈 박사의 제안을 어떻게 생각하느냐고 물었다. 나는 아주 좋은 생각이라고 대답했다. 여론을 환기시키면 시킬수록 범인을 압박하는 효과가 높아지는 것이다. 그전에 웨버 검사가 텔레비전에 출연하여 시체의 보존 상태가 좋으면 새로 부검해서 새 단서를 찾아낼 것이며, 그렇게 하여 범인을 잡아낼 것이라고 홍보하는 것도 좋다. 어느 의미에서 시체를 다시 파낸다는 것은 범인에게 엄청난 스트레스일 것이다. 그것은 무덤에서 '부활'한 칼라가 자기의 범행을 증거하는 것이나 다름없기 때문이다.

나는 웨버에게 이렇게 성명을 발표하라고 조언했다. "설혹 범인을 잡는 데 20년이 걸린다 하더라도 나는 실망하지 않고 기다렸다가 반드시 범인을 잡고야 말 것이다." 검찰이 이렇게 나오면 범인은 겁을 집어먹는 한편 수사 진행 상황을 물어오게 된다. 여기저기 온갖 질문을 하고 다닐 것이다. 심지어 경찰에 직접 전화를 걸지도 모른다! 칼라의 시체를 파낼 때 묘소에 온 사람들을 비디오나 사진으로 찍어둬라. 범인은 거기 나타날지도 모른다. 범인은 시체의 부패 상태가 어느 정도인지 대단히 궁금해할 것이다. 경찰 측이 시체의 보존 상태가 양호하다고 발표하면 범인은 더욱 안절부절못하게 된다. 동시에 범인은 점점 더 외톨이가 되어 얼마 안 되는 친구들마저도 멀어지게 된다. 이런 시점에 술집이나 공공장소에 들러 단골 손님 중 최근에 들어 현저한 태도 변화를 보이는 사람이 없느냐고 탐문한다. 범인은 최근에 종교 단체에 들어가 신앙의 힘으로 위기 상황을 돌파하려고 할지도 모른다. 이렇게 범인에게 압력을 가하면서 동시에 범인에게 동정적인 현지 경찰의 말을 신문에 흘린다. 필요하다면 FBI 프로파일러인 내 이름을 써도 좋다. 범인의 현재 심정이 어떤지 잘 알며, 정말 살해할 계획은 아니었을 것이며,

지난 4년 동안 엄청난 심리적 부담을 느꼈을 것이라는 등의 말을 해준다.

나는 메어리 프랜시스 스토너 사건 때와 비슷한 심문 전략을 일러주었다. 용의자가 밝혀진 상태에서 가장 중요한 점은, 체포를 너무 서둘지 말아야 한다는 점이다. 한 일주일쯤 내버려두었다가 체포 전에 스스로 자백하게 하는 것이 가장 좋다. 경찰에서 알고 있는 사실이 많을수록, 그리고 '자네, 여기서 저기까지 칼라를 질질 끌고 다녔지? 다 알고 있어' 또는 '물을 왜 엎질렀는지도 알지' 등의 파괴적인 말을 언뜻 내비칠수록 자백을 받아낼 가능성은 더 커진다. 살인에서 구체적 역할을 한 물건(메어리 프랜시스 스토너 피살 사건의 돌덩어리 같은 것)을 심문실 안에 갖다놓는 것도 좋다.

다섯 명의 방문객들은 내 이야기를 진지하게 들었다. 사건의 세부 사항과 범죄 현장 사진만을 보고서 어떻게 그런 구체적인 상황을 구성해낼 수 있느냐고 질문해왔다. 나는 그 질문에 뾰족한 답을 할 수 없었다. 앤 버제스 박사는 내가 시각적으로 대단히 발달된 사람이며 일차적으로 본 것을 중심으로 사건을 재구성하기를 좋아하는 사람이라고 말했다. 이것도 역시 앤 박사가 내게 해준 말인데, 조언을 해줄 때에도 '나는 이렇게 생각한다'라는 말 대신에 '나는 이렇게 본다'라고 말한다는 것이다. 이렇게 된 부분적인 이유는 멀리 콴티코에 있어서 살인 현장에 직접 가보지 못하기 때문일 것이다. 그래서 나는 사진을 '보면서' 머릿속에 그 현장을 재구성할 수 밖에 없었다. 그래서 프로파일링을 해준 후 몇 년 지난 사건도 금방 기억해낼 수 있다. 가령 현지 경찰에서 몇 년 뒤에 전화를 걸어온다 해도 범죄 현장을 간략히 얘기해주면 그 살인 현장과 UNSUB에 대한 나의 조언이 즉시 머리에 떠오르는 것이다.

일리노이에서 콴티코를 찾아온 수사관들은 내 프로파일링을 근거로 할 때, 수많은 피조사자 중 두 명이 유력한 용의자로 떠오른다고 말했다. 그들은 칼라의 이웃인 폴 메인과 메인의 친구 존 프란테였다. 두 명은 사건 당일 이웃집에 있었고 그중 한 명인 프란테는 맥주를 마셨다. 이 두 사람의 증언은 서로 앞뒤가 맞지 않았다. 아마도 두 명 다 무식한 데다 술을 마셨기 때문이거나 아니면 둘 중 하나가 거짓말을 하기 때문일 것이다. 프란테는 거짓말 탐지기 결과가 메인보다 좋았다. 아무튼 이 두 명은 내 프로파일링에 상당히 근접했다. 어떤 면에서는 존 프란테가 더 프로파일에 가까운 인물이었다. 경찰에 협조적이었고 사건 수사가 잠잠해지자 마을을 떠났고(내가 예측했던 것처럼), 나중에 다시 돌아왔다.

나는 그 두 명을 상대로 위에서 조언해준 대로 작전을 펼쳐보라고 권유했다. 칼라를 죽인 범인은 주기적으로 죄의식과 후회감으로 괴로워할 것이기 때문에, 적당한 여자를 골라 칼라의 목소리를 가장시킨 다음, 한밤중에 둘에게 전화를 걸어 흐느끼는 저음으로 이렇게 물어보게 하라. "왜? 왜 ? 왜?" 이런 전화는 신문에 칼라 사건 재조명 기사가 나간 날 하는 것이 좋다. 올 아메리칸 걸인 칼라는 어떤 여자였으며 어떻게 한참 나이에 비극적으로 피살되었는가를 재조명한 기사를 읽은 범인에게, 이런 심야 전화를 하면 더욱 효과를 높일 수 있다. 이런 극적인 연기로 범인의 자백을 유도해낼 수도 있다.

이런 작전을 일주일이나 열흘 정도 펼친 다음, 메인이나 프란테가 프로파일링의 예측대로 행동하는지 주시해야 한다. 만약 그들 중 한 명이 이 같은 반응을 보이면, 그의 친구, 친지, 직장 동료 등을 동원하여 그에게 접근시켜 새로운 정보를 캐내거나 자백을 받아내게 한다.

1982년 6월 1일. 칼라의 시체를 파내는 작업은 내가 원하는 방식대로 진행되었다. 검시 전문가 로웰 레빈 박사가 현장에 내려왔고 수많은 방송국 기자와 신문사 기자들이 참석했다. 돈 웨버는 엄숙한 표정으로 수사의 결과를 낙관한다고 말했다. 소규모 읍인지라 대도시와는 달리, 언론의 협조를 얻기도 용이했다. 대도시에서는 기자들에게 협조를 요청하면 기자의 업무에 대한 간섭이 아니냐, 기사 내용을 사전에 조작하려는 것 아니냐 하고 따지기 일쑤지만, 우드리버에서는 그런 문제도 없었다. 나는 경찰과 기자가 서로의 성실성을 훼손받지 않는 상태에서 얼마든지 협조할 수 있다고 본다. 신문 기자나 방송국 기자에게 거짓 기사나 불완전한 기사를 써달라고 요구해본 적은 없다. 그러나 UNSUB가 흥미를 느끼고 반응해올 정보를 기자들에게 제공한 적은 많았다. 기자들이 협조적으로 나오면 나도 그들에게 협조적으로 대했다. 아주 우호적으로 나온 기자에게는 극비 사항이 보안에서 해제되는 즉시 알려주어 특종을 잡게도 해주었다.

다행스럽게도 칼라의 시체는 보존 상태가 아주 좋았다. 세인트루이스 시청의 차석 검시의 메어리 케이스 박사가 부검을 담당했다. 첫 번째 부검과는 달리, 케이스 박사는 사망 원인이 익사라고 판정했다. 또 두개골에 골절이 있다는 것도 밝혀냈다. 그리고 가장 중요한 점으로는, 결정적 증거인 치흔을 확보할 수 있다고 했다.

대대적인 범인 압박 작전은 계속되었다. 주 경찰 소속의 톰 오코 너와 경제 사법부의 웨인 왓슨은 폴 메인의 집으로 찾아가, 수혜 자격도 없으면서 공공 지원금을 받은 사실을 추궁했다. 그들은 지원금 얘기를 하다가 자연스럽게 칼라 브라운 피살사건 얘기를 유도했다. 폴 메인은 자기가 살인과 관계없고 연루되지도 않았다고 말했지만 언론에 보도되는 내용은 살살이 알고 있었다. 그뿐만 아니라 내부 정보도 알고 있는 것 같았다. 그 정보는 왓슨이 전 주소를 물어보는 과정에서 나왔다. 왓슨은 폴 메인에게 왜 전 주소를 적을 때 액튼 가는 뺐느냐고 따졌다. 그는 이웃에서 피살된 여자 사건으로 경찰에게 하도 닦달을 당해 그곳은 잊고 싶어서 그랬다고 답변했다.

"그러니까, 총에 맞고, 목이 졸리고, 50갤런 드럼통에 익사한 그 여자 말인가요?" 왓슨이 다그쳤다.

"아니, 아니에요! 총에 맞지는 않았어요." 그는 다급한 어조로 바로잡았다.

칼라 브라운의 시체를 다시 파낼 즈음에 마틴 히그던이라는 남자가 우드리버 경찰서에 찾아와 신고를 했다. 자기가 칼라 브라운과 록사나 고등학교 동창생이며 온 마을에 칼라 얘기가 화제가 되어서 자연히 직장에서도 그 얘기가 나왔다고 했다. 그런데 직장의 한 여자가 히그던에게 정보가 될 만한 얘기를 해서 신고하는 게 좋겠다 싶어 찾아왔다고 말했다. 칼라 피살사건이 벌어진 지 얼마안 된 시점에 열린 한 파티에서 한 남자가 칼라가 살해되던 날 칼라의 집에 있었다고 말했다는 것이다.

톰 오코너와 릭 화이트는 비키 화이트(릭 화이트와는 친척이 아님)라는 그 여자를 찾아가 조사했다. 그녀는 그 얘기가 맞다고 확인해 주었다. 스펜서 본드 부부의 집에서 파티가 있어서 남편 마크 화이트와 함께 참석했는데, 거기서 루이스앤클라크 지역 사회 대학에 다닐 때 알게 된 남자와 잡담을 했다. 그 남자는 사건 당일 칼라의 집에 있었다고 말했다. 이어 그녀의 시체가 발견된 위치와 어깨에 난 치흔을 얘기했다는 것이다. 또 자기가 가장 유력한 용의자로 지목되었다고 생각하기 때문에 곧 마을을 떠날 거라고도 했다.

그 남자의 이름은 존 프란테였다.

도대체 존 프란테는 치흔에 대해 어떻게 그리도 빨리 알 수 있었을까? 경찰도 사건 발생 후 2년 만에 겨우 알아냈지 않은가. 톰 오코너와 릭 화이트는 참 이상하다며 서로의 얼굴을 바라보았다. 경찰은 이어 그날 파티의 주인이었던 스펜서 본드를 조사했다. 본드 역시 비키 화이트 부부와 같은 증언을 했다. 본드는 폴 메인도 칼라의 시체가 발견된 장소를 자세하게 말해주었다고 했다. 그러니 남은 문제는 폴 메인이 존 프란테로부터 그 얘기를 들었는지, 아니면 그 반대인지만 가려내면 되는 거였다. 담당 검사 웨버와 현지 경찰은, 존 프란테보다 거짓말 탐지기 결과가 나쁜 폴 메인이 범행을 저질렀거나 혹은 저지른 다음 프란테에게 뒤집어씌우려 했다고 생각하지 않았다. 폴 메인은 그 정도로 머리가 잘 돌아가는 남자가 아니었다.

본드는 최근에 존 프란테가 낡은 폭스바겐 미니버스를 몰고 다니는 것을 보았다. 그러니까 내 프로파일링은 차의 색깔과 제작 회사는 제대로 맞혔고 모델만 틀린 것이었다. 아무튼 자동차 모델도 그 자체로 중요한 의미를 갖고 있다. 그 무렵부터 범인들은 승용차보다는 밴을 선호하기 시작했다. 악마의 2인조 비태커와 노리스도 밴을 탔고, 강간 살인범 스티븐 페넬도 역시 밴을 몰고 다녔다. 승용차와는 달리 밴의 뒷부분은 별짓을 다 할 수 있고 또 밖에서 보이지 않는다는 이점이 있다. 말하자면 밴은 달리는 살인 공장인 것이다.

나는 존 프란테가 사건 발생 이후 수염을 길렀다는 얘기를 듣고

413

더욱 의심을 갖게 되었다. 경찰 수사에 적극적으로 협조해준 본드는 몸에 도청장치를 단 채로 프란테와 칼라 사건을 얘기하는 것에 동의했다. 프란테는 본드와의 대화에서 살인을 시인하지 않았지만, 여러 모로 내 프로파일링에 부합되는 말을 했다. 루이스앤클라크 지역 사회 대학에서 용접을 공부했고 살인사건 후에는 마을을 떠났다. 이혼을 했고 여자 관계가 원만하지 못했다. 피살사건의 수사 진행에는 지나칠 정도로 관심이 많았다.

1982년 6월 3일, 목요일. 웨버 검사실은 존 프란테에게 그다음 날인 6월 4일까지 치흔 표본을 제출하라고 명령하는 법원 영장을 확보했다. 돈 그리어 경찰서장은 존 프란테에게 수사가 마무리 단계에 들어갔으며, 만약 치흔이 서로 다른 것으로 판명되면, 프란테를 용의자 명단에서 아예 빼주겠다고 말했다.

존 프란테는 치흔 표본 작성을 위해 치과에 들른 다음 웨버 검사에게 전화를 걸어 수사가 어떻게 진행되느냐고 물었다. 웨버는 침착하게 검사보 케이스 젠슨도 프란테의 전화를 동시에 받도록 조치했다. 만약 단 둘이 통화를 하면 나중에 웨버가 증인 명단에서 배제될지도 모르기 때문이었다. 웨버와 얘기하면서 프란테는 자기가 사건 당일 폴 메인의 집에 머물렀던 시간에 대해 전에 했던 얘기를 일부 바꾸었다. 내가 예측한 대로 그는 아주 협조적으로 나왔다.

경찰은 본드와 존 프란테의 대화를 도청한 두 번째 테이프에서 더 많은 정보를 알아냈다. 또 본드와 폴 메인 사이의 대화를 녹음한 테이프에서도 많은 정보가 나왔다. 프란테는 본드에게 자기가 하루에 담배를 여러 갑 피운다고 털어놓았다. 폴 메인은 칼라가 프란테의 섹스 요구를 거절해서 프란테를 화나게 했다고 말하기까지

했다. 그 테이프를 듣고 경찰은 다시 폴 메인을 조사했다. 그러자 메인은 프란테가 칼라를 죽인 것 같다고 진술했다. 그러나 그 뒤 프란테와 비밀 얘기를 나누더니 그 진술을 취소했다.

다음 주 화요일, 웨버, 러싱, 그리어는 레빈 박사를 만나기 위해 비행기 출장을 갔다. 그들은 박사에게 새로운 부검 사진과 3장의 치흔 표본, 메인의 것, 오래 용의자로 지목되던 사람의 것, 프란테의 것을 내놓았다. 레빈 박사는 처음 두개의 표본은 곧 제쳐놓았다. 레빈 박사도 이 세상의 수많은 치흔 표본 중 오로지 프란테의 것만이 칼라의 어깨에 남아 있는 치흔과 일치하리라는 과학적 확신은 없었다. 그러나 놀랍게도 두 치흔은 완벽하게 일치했다.

폴 메인은 공무집행 방해죄로 체포되었다. 존 프란테는 살인, 강도, 강간 혐의로 기소되었다. 프란테는 1983년 6월에 재판을 받았다. 그리고 7월에 유죄 판정을 받아 75년 형이 선고되었다.

칼라 사건은 범인을 잡아내기까지 4년이 걸렸다. 그러나 관련자들의 정성어린 협조로 살인범을 재판정에 세울 수 있었다. 일리노이 주 검사보 케이스 젠슨은 FBI 국장 윌리엄 웹스터에게 보낸 감사 편지 사본을 내게도 한 장 보내주었다. 나는 그 편지를 받고 정말 기분이 좋았다. 그 편지에는 이렇게 쓰여 있었다.

우리 지역 사회는 다시 안전해졌습니다. 피살자의 유족은 정의가 행해졌다고 느낍니다. 이 모든 일이 존 더글러스의 도움이 없었다면 불가능했을 것입니다. 그렇게 바쁜 와중에도 우리 일을 위해 헌신적으로 도와준 그의 노력은 마땅히 주목되어야 합니다. FBI에 마음에서 우러나오는 감사를 표하며 귀 기관에 '더 많은 존 더글러스'가 있어서, 더욱 신속하고 효과적으로 현지 경찰을 지원해줄 수 있기를 바랍니다.

그건 정말 과분한 칭찬이었다. 그러나 다행스럽게도 나는 그 전 1월 1일자로 아카데미 담당 짐 매켄지 부국장에게 '더 많은 존 더글러스'가 필요하다는 얘기를 해둔 바 있었다. 그래서 짐 매켄지 부국장은 그 편지를 원군 삼아, 본부에 인력충원을 요청했다. 다른 부서에서 인원을 빼오는 방식이긴 했지만, 인력충원 승인이 떨어졌다. 그렇게 해서 일차 충원에 빌 해그마이어, 짐 혼, 블레인 맥일웨인, 론 워커를 데려왔고, 이차 충원에 짐 라이트와 저드 레이를 데려왔다. 이들은 콴티코에 근무하면서 모두 탁월한 프로파일링으로 수사에 크게 기여했다.

여러 사람이 최대한의 노력을 했음에도 칼라 브라운 피살사건은 해결하기까지 수년이 걸렸다. 그렇지만 칼라 사건처럼 복잡한 사건이라도 모든 것이 순조롭게 돌아가면 며칠 혹은 몇 주 만에 해결하기도 한다.

그런 예를 한 가지 들어보겠다. 남서부 지방의 FBI 지국에서 근무하는 도나 린 베터라는 속기사가 어느 날 밤 자신의 1층 아파트에서 강간, 살해당했다. FBI 직원 관련 사고여서 FBI 국장실에서 로이 헤이즐우드와 짐 라이트에게 특명이 떨어졌다. 지금 즉시 현지로 내려가서 사건을 해결하라. 당시 우리 부서는 미국 전역을 권역별로 나누어 담당하고 있었는데, 그 사건은 짐 라이트의 담당 지역이었다.

국장의 지시는 분명했다. FBI 사람을 죽이고 무사한 범인은 절대로 있을 수 없다. 이 점을 인식시키기 위해 최대한의 노력과 자원을 아끼지 마라. 다음 날 오후 2시, FBI 인질 구조팀 소속의 헬리콥터가 두 요원과 급히 싼 짐을 싣고, 콴티코에서 메릴랜드 주의 앤드루스 공군 기지로 떠났다. 두 요원은 거기서 다시 수사국 소속

제트기에 탑승했다. 현지에 도착한 그들은 현지 경찰에 의해 완벽하게 보존된 사건 현장으로 즉시 달려갔다.

도나 린 베터(22세)는 농장에서 성장한 백인 여자였다. 수사국에서 근무한 지는 2년이 넘지만 도시로 나온 것은 겨우 8개월밖에 안 되었다. 위험한 도시 생활에 익숙치 못한 그녀는 흑인과 히스패닉이 많이 사는 공업 지대에 아파트를 얻었다. 여자 아파트 관리인은 안전 문제에 특별히 신경을 썼다. 그래서 독신 여자가 사는 집의 문 앞에는 보통 쓰는 노란 등 대신 하얀 백열등을 달아서 구분을 했다. 그렇게 해서 관리실 직원과 아파트 경비들이 더 신경을 쓰게 하겠다는 취지였다. 이런 구분은 공개적으로 알려진 것은 아니었다. 그러나 좋은 취지에서 시작된 이런 구분은 곧 누구나 알아챌 수 있는 편리한 장치가 되고 말았다. 범인을 예방하려던 장치가 오히려 범인에게 손쉽게 범행 대상을 파악케 하는 빌미가 된 것이다.

사건 직후 아파트 주민이 창문 방충망이 찢어진 것을 보고 아파트 단지의 경비를 불렀고, 밤 11시쯤 경찰이 현장에 도착했다. 피투성이가 된 알몸 시체는 얼굴에 구타를 당했고 칼로 여러 군데 찔려 있었다. 부검 결과 강간 사실이 확인되었다.

범인은 현관 창문을 통해 들어왔고 들어오는 도중 대형 화분을 쓰러뜨렸다. 벽에 꽂힌 전화선은 코드가 뽑혀 있었다. 식당 카펫과 주방 바닥에는 다량의 핏자국이 낭자했다. 시체가 누워 있던 곳의 핏자국은 기괴하게도 실물 크기의 천사처럼 보였다. 그 천사는 도망가려고 양 날개를 벌리고 있었다. 핏자국으로 보아 피살자는 거실로 질질 끌려간 것 같았다. 몸에 난 방어흔으로 미루어볼 때, 부얼칼을 가지러 갔으나 범인에게 빼앗겼고 그걸로 피살당했다.

베터의 피 묻은 옷은 장식장 근처, 부엌 바닥 가장자리에서 비상 의료진에 의해 발견되었다. 반바지와 팬티는 둘둘 말려 있었다. 범인이 바닥에 누워 있는 그녀에게서 벗겨낸 것이었다. 경찰이 현장에 도착했을 때, 아파트의 전등은 모두 꺼져 있었다. 경찰은 범인이 시체의 발견을 지연시키기 위해, 모두 꺼버리고 나갔을 것으로 추측했다.

직장 동료, 가족, 이웃들에게서 탐문한 바에 의하면, 피살자는 수줍어하고, 정직하고, 독실한 여자였다. 엄격한 종교적 분위기에서 성장했고 신앙을 목숨보다 귀하게 여기는 독실한 신자였다. 화려한 여자는 아니었고 남자친구나 직장 동료들과 교제도 별로 없었다. 직장 동료들은 그녀가 아주 꼼꼼하게 열심히 일하는 성격이었지만, '잘 어울리지 않았다'고 말했다. 이런 태도는 잘 보호받은 성장 배경과 도시 물정에 어두운 순진함 때문이었다. 수상한 행동을 하거나 '이상한 남자'들과 어울렸다고 말하는 사람은 아무도 없었다. 그녀의 아파트에서 마약, 알코올, 담배, 피임약은 나오지 않았다. 피살자의 부모는 딸이 성적 순결을 지키기 위해 목숨도 내놓았을 것이라고 말했다.

로이와 짐은 현장을 점검하고 나서 피살자의 부모가 한 말이 사실이라고 결론지었다. 아파트 여기저기에 핏자국이 낭자했으나, 한 핏자국이 그들의 관심을 끌었다. 그것은 화장실 문 바로 바깥에 떨어진 핏자국이었다. 화장실의 변기에는 오줌이 들어 있었으나 휴지는 없었고 변기물은 내리지 않은 상태였다.

로이와 짐은 그것을 보고 범인과 피살자 사이에 어떤 일이 벌어졌는지 곧바로 알아차렸다. 피살자는 범인이 침입해 들어올 때 화장실에 있었다. 그래서 물을 내릴 시간 여유도 없이 일어서서 화장실 문을 열고 내다보며 밖으로 나왔다. 범인은 기절시킬 의도로 그녀의 얼굴을 세게 내리쳤다. 짐과 로이는 살인 무기인 식칼이 거실의 소파 쿠션 밑에 감추어져 있는 것을 발견했다.

그 살인 무기는 수사관들에게 한 가지 단서를 말해주고 있었다. UNSUB는 살인을 할 목적으로 아파트에 침입한 것은 아니었다. 또 귀중품이 없어지지 않은 것으로 보아 강도를 할 목적도 아니었다. 여러 가지 증거로 미루어볼 때 범인은 강간을 하기 위해 침입했다. 만약 범인이 강간할 목적이 아니라 정말 살인을 할 의도였다면, 전화 코드를 빼놓을 이유는 없었을 것이다. 비교적 침입하기 쉬운 아파트라는 점, 피살자가 평범한 여자라는 점, 말도 안 걸고 전격적으로 습격했다는 점, 이 모든 점을 미루어볼 때 범인은 분노가 억압된 과시형(실은 남성적이지도 못하면서 남성적임을 과시하는) 유형이었다. 지능도 낮고 교제 능력도 없고 다정한 말로 여자를 유혹할 능력도 없는 자였다. 전혀 위협이 되지 않는 여자를 처음부터 전격적으로 제압했다는 것은, 그렇게 하지 않으면 자신의 목적을 달성할 수 없었다는 얘기였다.

그러나 범인은 한 가지 크게 잘못 생각한 것이 있었다. 그것은 이 수줍고 말없고 조용한 여자가 예상보다도 훨씬 거세게 저항을 해왔다는 사실이었다. 성장 배경을 분석해본 결과, 그녀는 자기 자신을 지키기 위해 당연히 그렇게 반응했을 것이다. 그러나 범인은 그런 저항을 예상하지 못했다. 그녀가 격렬하게 저항할수록, 범인은 점점 더 통제 불능에 빠졌고, 분노가 커져갔다. 칼라 브라운 피살사건과 마찬가지로 강간 사건이 살인사건으로 번진 것이었다. 내가 볼 때, 범인이 커다란 분노를 느낀 것도 사실이었지만 자기가 만들어낸 그 대혼란을 '수습'하는 것도 역시 중요한 문제였다. 이 피살사건에서는 범인의 분노심과 피살자를 통제하려는 필요성이 2대 살해 동기가 되었다. 범인의 분노는 일시적이 아니라 지속적이었다. 바닥에 질질 끌린 흔적은 범인이 그녀를 부엌에서 공격하고 다른 방까지 마구 끌고 갔다는 것을 보여준다. 그리고 분노의 최종적 표현으로 방 안에서 피를 흘리며 죽어가는 여자를 강간했다. 보통 사람으로서는 생각도 할 수 없는 이런 야만적인 행위를 야수적인 분노의 힘으로 밀어붙인 것이다.

로이와 짐은 현장에 도착한 당일 저녁 프로파일을 준비하기 시작했다. 범인은 20~27세 사이의 남자이다. 일반적으로 성범죄나 치정 범죄에서는 피살자가 백인이면 가해자는 백인일 가능성이 크다. 그러나 그 사건은 강간 범죄로 시작되었고 그래서 강간의 '원칙'이 적용되었다. 그곳은 흑인과 히스패닉이 많이 사는 아파트 단지였다. 그래서 백인 여자가 흑인에 의해 강간당하는 비율이 높은 지역이다. 따라서 범인은 흑인일 가능성이 컸다.

UNSUB는 결혼하지 않았을 것으로 보인다. 그리고 경제적으로 친척에 얹혀 살거나 어떤 사람 밑에서 기식하고 있다. 범인과 관계를 맺은 여자는 범인보다 나이가 어리고, 경험이 없고, 또 만만하게 휘둘리는 유형이다. 범인은 다루기 어렵거나 위협적인 여자와는 사귀지 않는다. 지능이 낮아서 학교 성적은 신통치 않았지만(학교에서 태도 문제로 여러 번 지적받았을 수도 있다), 거리에서 닳고닳아 싸움이 터지면 자기 자신은 지킬 줄 아는 자이다. 그는 주위 사람들에게 억센 사나이로 보이기를 바란다. 또 돈이 생기면 가장 멋진 옷을 입으려 하고 운동을 열심히 해서 몸매를 유지하려고 한다.

범인은 살인 현장에서 걸어서 닿을 수 있는 거리에 산다. 저소득 임대 아파트에서 살지도 모른다. 육체노동 일을 하고 있으며 동료나 상급자와 자주 갈등을 빚는다. 폭발적인 성격 때문에 군대에 징집되지 않았으며, 만약 입대했다면 조기 제대를 했을 것이다. 전에 살인은 하지 않았지만 강도나 폭행 전과가 있다. 강간과 여성 피해 범죄의 전문가인 로이 헤이즐우드는 범인이 강간이나 성폭행 전과가 있을 것이라고 확신했다.

범행 후 행태는 칼라 브라운 살해범의 경우와 여러 모로 비슷하게 예측되었다. 직장에 잘 안 나오고, 술을 많이 마시고, 몸무게가 줄어들고, 외모를 바꾸는 것 등이었다. 가장 중요한 사항은 이런 유형의 범죄자들이 가족이나 가까운 사람에게 자신의 범죄를 털어놓는 경향이 있다는 것이다. 그러니 바로 이런 점을 출발점으로 하여 전향적 수사를 펴야 한다.

UNSUB가 언론 보도를 열심히 추적하리라는 것을 미리 예측한 로이와 짐은 범인의 프로파일을 현지 언론에 제출하여 공개수사 쪽으로 방향을 잡아나갔다. 그들은 딱 한 가지 범인의 인종만은 감추었다. 만약 잘못될 경우에 대비하여, 수사를 오도하거나 좋은 단서를 인멸시키고 싶지 않아서였다.

로이와 짐은 UNSUB의 비밀 얘기를 알게 된 사람도, 바로 그 비밀 때문에 목숨이 위험하다는 것을 가능한 한 널리 알렸다. 만약 이런 상황에 처해 있는 사람이 있다면 지체하지 말고 경찰에 신고하라고 당부했다. 2주 반이 지나자 범인과 함께 무장강도를 했던 파트너가 경찰에 신고했다. 범인의 손바닥은 사건 현장에서 채취한 손자국과 일치했고 그래서 범인은 체포되었다.

나중에 이 사건의 프로파일을 실물과 대조해보니, 로이와 짐은 범인을 정확하게 예측했다. 범인은 22세의 흑인 남자였고 사건 현장에서 네 블록 떨어진 곳에 살았다. 독신이었고 경제적으로 무능하여 누나에게 얹혀 살고 있었다. 사건 발생 당시 그는 강간 사건으로 집행유예 중이었다. 그는 재판에 보내져 유죄 판결을 받고 사형이 선고되었다. 이 범인의 사형 집행은 최근에 와서야 이루어졌다.

나는 부하들에게 우리는 론 레인저 같아야 한다고 말한다. 말을 타고 마을로 들어가 치안을 확립해준 다음 조용히 빠져나오는 것이다.

그 마스크 쓴 사람들이 누구지? 여기다 은빛 탄환을 하나 남겨두고 갔네.

아, 그 사람들? 콴티코에서 나온 사람들이야.

베터 피살사건의 경우, 짐과 로이는 조용히 마을에서 빠져나왔다. 그들은 수사 개시 당시에는 FBI 전용 제트기를 타고 화려하게 팡파르를 울리며 나타나 범죄 현장까지 달려갔다. 그러나 막상 사건을 해결하고 나니, 제트기는 온데간데없었다. 그들은 민간 비행기의 3등석에 비좁게 끼어 앉아, 휴가를 마치고 돌아가는 여행객들의 환성과 빽빽 울어대는 아이들에게 시달리며 콴티코로 돌아왔다. 그러나 우리는 그들이 무엇을 했는지를 알고 있다. 마찬가지로 그들이 남겨놓은 은빛 탄환을 본 마을 사람들도 알고 있을 것이다.

사랑하는 사람을 죽인다는 것

콴티코의 창문 없는 사무실에서 사건 서류들을 검토하고 있던 그레그 매크래리는 어느 날 그의 담당 지역 내에 있는 한 경찰서에서 전화를 받았다.

아이를 혼자 키우는 젊은 여성이 두 살 난 아들을 데리고 쇼핑을 가기 위해 아파트 단지를 나섰다. 차에 막 타려는 순간 그녀는 갑자기 복통이 일어나 주차장에서 아파트 뒷문 바로 안에 있는 화장실로 달려갔다. 그곳은 아파트 단지였고 주민들이 서로 아는 사이인지라 안전했다. 그녀는 어린 아들에게 어디 가지 말고 뒷문 안쪽에 꼭 붙어 있으라고 말한 뒤 화장실 안으로 들어갔다. 독자 여러분은 그다음에 무슨 사건이 벌어졌는지 예측할 수 있을 것이다.

그녀는 화장실 안에서 약 45분쯤 있었다. 일을 보고 나와보니 복도에 아이가 보이지 않았다. 그러나 그녀는 크게 놀라지 않고 아이가 밖에 나갔겠거니, 하고 아파트 밖으로 나가 아이를 찾아보았다. 바깥 날씨는 약간 쌀쌀한 데다 바람이 불고 있었다.

그때 어린 아들의 니트 장갑 한쪽이 주차장에 버려져 있는 것을 보았다. 그러나 아들의 모습은 보이지 않았다. 그녀는 겁을 먹기 시작했다.

아파트로 돌아온 그녀는 즉시 911에 전화를 걸었다. 그러고는 거의 숨넘어가는 목소리로 비상 교환원에게 자기 아들이 유괴당했다고 말했다. 경찰은 급히 출동해서 그 일대를 샅샅이 뒤졌다. 그때쯤 어머니는 제정신이 아니었다.

현지 언론의 안테나에 그 사건이 포착되었다. 어머니는 마이크 앞에서 울먹이는 목소리로 아이를 데려간 사람에게 아이를 돌려달라고 호소했다. 경찰은 그녀의 입장을 충분히 이해했지만, 규정된 절차가 있으므로 그녀에게 거짓말 탐지기 조사를 했다. 결과는 무사 통과였다. 현지 경찰은 어린이 유괴 사건은 시간이 핵심이기 때문에 신속히 그레그에게 전화를 걸었다고 말했다.

그레그는 사건 개요를 들었고 또 911 전화의 녹음 테이프도 청취했다. 그 녹음에는 뭔가 꺼림칙한 것이 있었다. 그리고 새로운 발전 사항이 있었다. 괴로워하는 아이 어머니에게 소포가 전달되었다. 그 소포에는 발신자 주소, 쪽지, 메모 같은 것은 없고 그녀가 주차장에서 발견한 장갑의 다른 쪽이 들어 있었다. 어머니는 그것을 보는 순간 실신했다.

그러나 그레그는 이제 사건의 진상을 똑똑히 파악했다. 그는 현지 경찰에게 아이는 죽었고 범인은 어머니라고 말해주었다.

어떻게 그런 말을 할 수 있지? 경찰은 그에게 따졌다. 변태들에 의해서 어린이들은 늘 유괴되곤 한다. 그런데 이 사건은 왜 그 경우가 아니란 말인가?

그래서 그레그는 다음과 같이 설명해주었다. 첫째, 사건의 시나리오에 구멍이 너무 많다. 자기 아이가 혹시 유괴되지나 않을까 가장 걱정하는 사람은 아이의 어머니이다. 그런데 어머니가 아이를 아파트 복도에 무려 45분씩이나 방치한다는 것을 상식적으로 이해할 수 있는가? 만약 화장실에 그토록 오래 있어야 할 형편이라면 아이를 화장실로 같이 데리고 들어가거나, 아니면 경비실에 잠깐 맡기는 등 별도의 조치를 취하지 않았을까? 둘째, 설혹 백 보 양보하여 그녀의 말대로 아이가 유괴되었을 가능성도 있다. 하지만 납득할 수 없는 의문점들이 계속 제기된다.

911에 전화를 걸면서 그녀는 자기 아이가 '유괴당했다'고 말했다. 하지만 실제로 자기 아이가 유괴된 어머니는 그 용어를 가급적이면 피하려 한다. 그녀의 마음 한구석에서는 그 사실을 부정하고 싶은 강렬한 소망이 있다. 비록 충격을 받아 제정신이 아니지만 '유괴'라는 말 대신, 아이가 없어졌다, 눈에 보이지 않는다, 어디 갔는지 안 보인다는 등 끔찍한 상황을 완화시키려는 말을 무의식적으로 하게 된다. 아이의 어머니가 신고 단계에서 '유괴'라는 말을 썼다는 것은 앞으로 펼쳐질 시나리오를 미리 생각하고 있다는 것이 된다.

언론 방송사의 마이크 앞에서 눈물 어린 호소를 한 모습에서는 수상한 구석을 찾아볼 수 없었다. 하지만 두 아들을 꼭 돌려달라고 흐느끼며 호소하던 수전 스미스*의 이미지가 떠올랐다. 일반적으로 말해서, 그렇게 흐느끼며 호소하는 부모는 대부분 진심이다. 그러나 문제는 자기의 범행을 호도하려는 범죄자가 이런 연극을 벌이면, 사람들의 동정심이 본의 아니게 범인에게 면죄부를 줄 수도 있다는 점이다.

---

* 사우스캐롤라이나에서 벌어진 영아 살해 사건의 범인으로 자기 아들이 흑인에게 유괴되었다고 거짓 신고했음.

셋째, 그레그가 자신 있게 그녀를 범인으로 단정한 것은 나머지 장갑 한 짝이 돌아왔다는 사실 때문이었다. 어린이 유괴는 다음 세 가지 이유 중 하나 때문에 벌어진다. 돈을 요구할 목적, 소아 성애자의 변태적 욕구, 자식이 없어서 병적으로 자기 아이를 원하는 외롭고 쓸쓸한 사람의 충동적 소행. 그런데 첫 번째 목적의 유괴자는 전화나 편지 등으로 유괴된 아이의 가족과 통신을 하면서 자기의 요구 사항을 노골적으로 드러낸다. 한편 두 번째와 세 번째 유괴자는 가족들과의 연락을 극력 꺼린다. 그리고 세 경우 모두, 아이가 유괴되었다는 사실을 알리기 위해 물품을 보내는 경우는 없다. 가족들은 아이가 없어진 사실만으로 이미 유괴 사실을 알고 있기 때문이다. 범행이 진짜 유괴자에 의해 저질러졌다면 거기에는 반드시 요구 사항이 있어야 한다. 그렇지 않으면 아이를 유괴할 이유가 없다.

이상의 이유를 종합하여, 그레그는 아이의 어머니가 한정된 지식을 바탕으로 자작극을 꾸몄다고 단정했다. 아무튼 그녀는 유괴 범죄의 내막을 잘 모르는 여자였고 그래서 들통이 나고 말았다.

그녀는 자기 마음속으로는 그런 짓을 할 수밖에 없는 타당한 이유를 갖고 있었을 테고, 그래서 아무런 잘못도 없다는 망상 체계를 튼튼히 구축했을 것이다. 바로 이 때문에 거짓말 탐지기 테스트도 통과했다. 그러나 그레그는 그 결과에 만족할 수 없었다. 그는 노련한 FBI 거짓말 탐지 전문가를 초빙하여 그녀를 다시 테스트하게 했다. 그리고 이번에는 어머니에게 그녀가 용의선상에 올라 있다는 사실을 알려주었다. 그러자 결과는 전혀 판이하게 나왔다. 경찰이 직접 심문하자 그녀는 아이를 죽인 사실을 자백하고 시체를 유기한 장소로 경찰을 안내했다.

그레그는 그녀가 왜 아이를 살해했는지, 그 이유를 정확하게 예측했다. 그녀는 젊은 미혼모로서 10대 후반과 20대 초반의 시절을 아이 때문에 즐길 수가 없었다. 그러던 중 한 남자를 만났고 관계가 급진전되면서 남자가 새로운 가정을 꾸미자고 제의했다. 그러나 아이를 떠맡지는 않겠다는 뜻을 분명히 했다.

그 유괴 자작극에서 또 다른 중요한 사항이 있었다. 만약 경찰이 유괴 신고를 받지 못한 상태에서 그 어린아이의 시체를 발견했더라도, 그레그는 역시 같은 결론을 내렸을 것이라는 사실이다. 아이의 시체는 숲속에 암매장되어 있었다. 눈옷을 입은 아이는 담요에 둘둘 말려 있었고 다시 두꺼운 비닐 백으로 덮여 있었다. 유괴자나 소아 성애자는 절대로 아이를 따뜻하고 '편안'하게 해주기 위해 그처럼 수고하지 않는다. 또 아이가 추운 곳에 방치되어 부패하든 말든 신경도 쓰지 않을 것이다. 일반적으로 말해서 살해 현장에는 끔찍하고 격렬한 분노를 쉽게 파악할 수 있다. 시체 유기 장소는 경멸과 적대감이 노골적으로 드러난다. 그런데 이 아이의 시체에는 사랑과 죄의식이 뒤범벅되어 있었다.

인류의 역사를 살펴보면, 인간이 사랑하는(혹은 사랑해야 하는) 사람을 죽인 역사가 대단히 길다는 것을 알 수 있다. 알란 버제스는 행동과학부의 부장이 된 후 가진 첫 텔레비전 인터뷰에서 이렇게 말했다. "우리는 기나긴 폭행의 역사를 갖고 있습니다. 세대와 세대를 거슬러 올라가면, '카인이 아벨을 총으로 죽인' 구약성서 시대까지 소급합니다." 버제스 부장은 카인이 아벨을 죽인 무기를 현대적으로 재해석했지만, 다행히도 기자는 그 미묘한 뉘앙스를 눈치채지 못했다.

19세기 영국에도 가족들 사이에 벌어진 유명한 살인사건이 있었다. 1860년 런던 경시청 소속의 조나단 휘처 형사는 서머셋 주의 프롬이라는 곳에 급히 파견되었다. 그 일대의 귀족 가문에서 갓난아이 프랜시스 켄트가 살해된 사건이 발생했다. 현지 경찰은 그 아이가 집시에 의해 살해되었다고 보았다. 그러나 휘처 형사는 사건을 수사해본 결과, 프랜시스의 16살 난 누나 콘스탄스가 범인이라고 확신하게 되었다. 그러나 그 가문이 프롬 일대에서 유지급 귀족이었고 또 16세 소녀가 어린아이를 죽인다는 추리가 비현실적이라고 하여 휘처의 증거는 채택되지 않았다. 그래서 살인혐의로 기소된 콘스탄스는 무혐의 처리되었다.

그러자 휘처에게 여론의 질책이 빗발쳤고 그래서 그는 경시청에서 사임했다. 그 뒤 휘처는 여러 해 동안 사비를 써가면서 콘스탄스가 살인범이라는 자기 주장을 입증하려고 노력했다. 그러나 파산을 한 데다 건강마저 여의치 못해 중도에 포기했다. 그때가 콘스탄스가 자신의 범죄를 자백하기 1년전이었다. 아무튼 콘스탄스는 다시 재판을 받아 종신형에 처해졌다. 그리고 3년 뒤 윌키 콜린스가 프랜시스 켄트 사건을 바탕으로 하여 선구적 탐정 소설인《문스톤》을 썼다.

가족간 혹은 사랑하는 사람들 사이의 살인사건은 '연극'을 주요 특징으로 한다. 희생자와 가까운 사이인 범인은 자신에 대한 혐의를 다른 데로 돌리기 위해 엉뚱한 연극을 벌인다. 나는 프로파일러가 된 지 얼마 안 되어서 이런 연극적인 사건을 경험했다. 1980년 크리스마스 직후, 조지아 주 카터스빌에 사는 린다 해비 도버가 살해되었다.

그녀와 남편 래리 도버는 별거 중이었지만 그들의 관계는 우호적인 편이었다. 158센티미터의 키에 54킬로그램의 몸무게인 린다 (27세)는 남편과 함께 살던 집을 주기적으로 방문하여 청소를 해주었다. 그러니까 1980년 12월 26일 금요일 오전에, 그녀는 집 청소를 하던 중이었다. 남편 래리는 오전 중에 아들을 데리고 공원에 산책을 나갔다.

아버지와 아들이 오후에 공원에서 돌아오니 린다는 집에 없었다. 그리고 집 안이 깨끗하게 청소되어 있지도 않았다. 래리는 침실이 엉망인 것을 발견했다. 침대 시트와 베개는 바닥에 내팽개쳐 있었고 찬장 서랍은 반쯤 열린 상태로 옷가지가 이리저리 널려 있었다. 그리고 피처럼 보이는 붉은 반점이 카펫 위에 얼룩져 있었다. 래리는 즉시 경찰에 신고를 했다. 경찰은 곧 출동하여 집 안을 샅샅이 수색했다.

린다의 시체는 침실에 있던 두꺼운 새털 이불에 싸여 머리만 내놓은 채 지하의 비좁은 공간에 처박혀 있었다. 담요를 펴보니 셔츠와 브래지어가 위로 밀려올려져 유방이 노출되어 있었다. 청바지는 무릎 근처까지 내려졌고 팬티는 음부가 드러날 정도로만 벗겨져 있었다. 머리와 얼굴에는 둔기에 의한 타박상이 나 있었고 여러 군데 찔린 상처가 있었다. 경관들이 볼 때 자상은 브래지어를 들어올린 후에 생긴 것이었다. 찌른 칼은 반쯤 열린 주방 찬장 서랍에서 나온 것 같았다. 그러나 칼은 찾을 수가 없었다(칼은 끝내 나타나지 않았다). 피살자는 처음엔 침실에서 공격을 당했고 이어 집 바깥으로 끌어내져 좁은 공간에 처박혔다. 그녀의 허벅다리에 핏자국이 있다는 것은, 범인이 그녀를 질질 끌어서 그 공간에 처박았다는 것을 의미했다.

린다 도버의 배경을 살펴볼 때 위험도가 높은 희생자가 될 만한 점은 특별히 없었다. 그녀는 래리와 별거 중이었지만 다른 남자와 성관계를 맺고 있지 않았다. 그녀가 느꼈을 유일한 스트레스 요인은 피살 전후 시점이 크리스마스 휴일이어서 별거 중인 그녀가 외로움을 느꼈다는 것과 남편과 별거하게 된 데에는 사유(그 당시에는 밝혀지지 않았다)가 있었다는 두 가지 정도였다.

범죄 현장 사진과 카터스빌 경찰서가 보내온 정보를 바탕으로, 나는 UNSUB가 두 유형 중의 하나일 거라고 말했다. 우선 첫 번째 가능성은 젊고 경험 없고 여자 관계가 원만치 못한 인근의 불량배가 우연히 범죄를 저지른 경우이다. 내가 이렇게 말하니까 카터스빌 경찰은 많은 주민들을 두려움에 떨게 하는 깡패가 그 이웃에 살고 있다고 했다.

그러나 이 범죄에는 연극적 요소가 너무 많아 나는 두 번째 유형, 즉 피살자를 잘 아는 자가 범행 후 혐의를 다른 곳으로 돌리기 위해 강간 살인극으로 위장한 경우를 제시했다. 살인범이 시체를 집 안 내부에 숨길 경우, 우리는 그것을 '개인적 원한에 의한 살해'로 분류하곤 했다. 얼굴과 목을 둔기로 내리친 것도 이런 추측을 뒷받침했다.

나는 카터스빌 경찰에게 범인은 똑똑하지만 고졸 정도의 학력이고 팔 힘이 상당히 있어야 하는 직업에 종사하는 자라고 말했다. 폭행 전력이 있으며 쉽게 좌절하는 성격을 갖고 있다. 뚱한 성격에 패배를 싫어하고 범행 당시 이런저런 이유로 우울증에 빠져 있었을지도 모른다. 금전적인 문제도 큰 이유였다.

범행 현장을 점검해보니, 범행을 위장했다는 추측을 뒷받침하는 논거가 충분했다. 린다를 살해한 범인은 다른 가족, 특히 그녀의 아들이 시체를 보는 것을 꺼려해, 아무데나 내팽개치지 않고 좁은 공간에 감추었다. 바로 이런 이유 때문에 시간을 지체하면서까지 시체를 담요에 둘둘 말아 좁은 공간까지 끌고 간 것이다. 범인은 치정 살인을 가장하기 위해 브래지어를 걷어올려 유방을 내보이고 팬티를 내려 음부를 노출시켰다. 하지만 강간이나 성폭행 흔적은 없었다. 범인은 필요상 유방과 음부를 노출시켰지만 그래도 경찰이 직접 보는 것을 꺼려하여, 시체를 담요로 덮은 것이다. 바로 이 점 때문에 범인은 피살자와 가까운 자라고 추정했다.

범인은 처음에는 경찰 수사에 협조적이고 또 관심을 표할 것이다. 그러나 알리바이를 대라고 채근하면 거만하고 적대적인 자세로 나올 것이다. 그는 범행 후 과도한 음주, 마약 사용, 종교에 귀의하는 등의 행동을 할 것이다. 겉모습을 완전히 바꿔버릴 수도 있고, 직장을 바꿀 수도 있고, 또 마을에서 완전히 사라질 수도 있다. 그러니 최근에 태도나 성격이 완전히 뒤바뀐 사람을 찾아보라고 카터스빌 경찰에게 조언했다.

"지금의 범인은 범행 전과는 완전히 다른 사람이 되었을 겁니다."

그 프로파일링을 해줄 당시 나는 모르는 점이 한 가지 있었다. 카터스빌 경찰은 이미 남편 래리 브루스 도버를 유력한 용의자로 지목해놓고, 자기들의 수사 방향이 제대로 되었는지 확인하기 위해 프로파일링을 의뢰해온 것이었다. 그런 사정을 알고 나는 대단히 화가 났다. 나는 당시 그런 연습 게임에 임해줄 정도로 한가한 상태가 아니었다. 매일 밀려드는 일로 정신이 없을 때였다. 그러나 더 중요한 점은, 그런 떠보기 프로파일링 의뢰에 응하다보면 수사국 전체가 난처한 입장에 빠질 수 있다는 사실이다. 아무튼 다행스럽게도 내 프로파일링은 실제 범인과 아주 맞아떨어지는 것으

로 판명되었다. FBI 국장과 애틀랜타 지국장에게는 떠보기용 프로
파일링 협조 의뢰라는 것이 이미 보고되어 상부에서는 알고 있었
지만, 그래도 내 프로파일링이 빗나갔더라면 우스운 경우가 발생
할 뻔했다. 가령 실제 범인이 내 프로파일링과 달랐다면 피고 측의
유능한 변호사는 나를 피고 측 증인으로 소환할 수도 있는 것이다.
그러면 내 '전문가적' 프로파일링이 피고가 아닌 다른 사람을 범인
으로 지목했다는, 본의 아닌 증언을 강요당할 수도 있었다. 그래서
나는 사건 이후 늘 현지 경찰에 염두에 둔 용의자가 있는가를 확인
했다. 용의자 유무를 미리 알아두어 그런 난처한 경우를 피하고자
했다.

　아무튼 린다 도버 사건의 경우, 정의로운 심판이 내려졌다. 1981년
9월 3일, 래리 브루스 도버는 린다 해니 도버를 살해한 혐의로 기
소되어 종신형이 선고되었다.

　가정 내에서 벌어진 살인사건을 강도 살인으로 위장한 또 다
른 경우를 살펴보자. 1986년 8월 30일(토), 펜실베이니아 주 윌크
스-바르에서 일어난 사건이다.

　'베티'로 불리던 엘리자베스 제인 월시퍼(32세)가 버치 가 75번
지 자신의 집에서 살해되었다. 경찰은 같은 날 아침 7시에 신고를
받고 베티의 집으로 출동했다. 5분 뒤 현장에 도착한 데일 미닉 경
관과 앤서니 조지 경관은 집 마룻바닥에 누워 있는 에드워드 글렌
월시퍼(33세)를 발견했다. 에드워드는 목이 졸려 기절한 상태였고
머리에는 타박상을 입었다. 치과 의사인 글렌의 옆에는 그의 남동
생 닐이 대기하고 있었다. 길 하나를 사이에 두고 형의 집과 마주
보며 살고 있는 닐은 형의 전화를 받은 즉시 그곳으로 달려왔다고
설명했다. 글렌은 당시 머리에 충격을 받아 멍한 상태였기 때문에,

동생 집 전화번호밖에 생각나지 않았다고 말했다. 닐은 형의 집에
도착하자마자 경찰에 신고했다.

형제는 글렌의 아내 베티와 딸 다니엘(5세)이 2층에 있다고 말했
다. 동생 닐이 2층에 올라가 모녀의 안전을 살피려고 할 때마다 형
글렌이 기절을 하거나 신음하는 바람에 그때까지 올라가지 못했
다는 것이었다. 글렌은 동생 닐이 집 안에 아직도 침입자가 있을까
봐 두려워했다고 보충 설명했다.

미닉 경관과 조지 경관은 집 안을 수색했다. 그들은 침입자를 보
지 못했다. 그 대신 안방 침대에 죽어 있는 베티를 발견했다. 그녀
는 침대에 모로 누워 있었고 머리는 발치 쪽을 향하고 있었다. 목
에 찰과상이 있었고, 입가에는 백태가 끼어 있었다. 게다가 타박상
을 입은 얼굴이 푸르딩딩해진 것으로 보아 누군가의 손에 목 졸려
죽은 듯했다. 침대 시트에는 핏자국이 얼룩져 있었고 얼굴은 뭔가
로 훔친 듯했다. 입고 있던 잠옷은 허리까지 올라가 있었다.

딸 다니엘은 옆방에서 다친 데 없이 쌕쌕 자고 있었다. 잠시 후
잠에서 깬 다니엘은 아무런 소리도 듣지 못했다고 말했다. 범인이
집 안을 강제 침입한 소리, 싸우는 소리, 다투는 소리는 나지 않았
다고 말했다.

아래층으로 다시 내려온 두 경관은 위층의 상황을 설명하지 않
고 월시퍼에게 어떻게 된 거냐고 물었다. 그는 이렇게 설명했다.
아침 일찍 누군가가 집 안에 침입하는 것 같은 소리가 나서 잠에서
깼다고 했다. 그래서 침대 옆 테이블에서 권총을 꺼내 침대에서 내
려섰다. 이때 아내 베티는 깨우지 않았다.

침실 문에 가까이 다가가니 덩치 큰 남자가 계단 꼭대기에 서 있

었다. 범인은 그를 보지 못한 것 같았다. 그는 범인을 따라 1층으로 내려갔다. 그랬는데 범인이 갑자기 없어졌다. 그래서 범인을 찾아 1층을 헤맸다.

그러던 중 갑자기 등 뒤에서 공격을 당했다. 상대는 전깃줄이나 끈 같은 것으로 목을 죄었다. 그때 얼른 총을 내던지고 손으로 죄어오는 줄을 잡아당겼다. 동시에 뒤로 발길질을 해서 범인의 사타구니를 걷어찼다. 그러자 목을 죄던 줄이 좀 느슨해졌다. 그래서 몸을 뒤로 돌렸다. 그때 범인이 뒤에서 머리를 강타했다. 그는 정신을 잃고 기절했다. 그리고 시간이 좀 흘러 정신이 들자마자 동생 닐을 불렀다.

월시퍼의 상처는 경찰이 보기에 그리 심하지 않았고, 현장에 출동한 구조요원들도 별것 아니라고 말했다. 뒷머리에 찰과상을 입었고, 목 뒤에 벌건 자국이 좀 나고, 갈비뼈와 가슴 왼쪽이 약간 찍힌 게 전부였다. 그렇지만 혹시 몰라 구조요원들은 그를 병원 응급실로 데려갔다. 응급실 의사는 글렌이 별로 다치지 않았다고 보았으나, 기절을 했었다는 말을 액면 그대로 받아들여 입원 허가를 내주었다.

경찰은 처음부터 월시퍼의 말을 수상하게 여겼다. 도대체 범인이 아침이 밝아오는 상황에 2층 창문으로 침입한다니 말도 안 되는 소리였다. 집 바깥에는 2층 뒷방의 열려진 창문까지 낡은 사다리가 놓여 있었다. 그러나 그 사다리는 삭은 새끼줄처럼 허술하여 덩치 큰 사람은커녕 보통 사람도 지탱하기 어려울 것 같았다. 게다가 발을 대고 올라가는 사다리의 가로장이 벽 바깥쪽으로 놓여진 게 아니라 벽 안쪽으로 놓여 있었다. 사다리의 맨 밑부분이 땅으로 쑥 들어가 있지도 않았다. 그러니까 사람의 몸무게가 실리지 않았던 것이다. 또 사다리를 기대놓은 알루미늄 배수관에도 아무런 자국이 나 있지 않았다. 만약 누군가가 아침에 그 사다리를 썼다면 사다리 가로장이나 창문 근처 지붕에 당연히 나 있어야 할 이슬이나 풀 자국도 없었다.

집 안에도 의문점투성이였다. 없어진 귀중품은 아무것도 없었다. 침실에서 훤히 보이는 물건들도 그대로 남아 있었다. 만약 침입자가 살인할 의도로 그 집에 침입했다면 왜 권총을 가진 남편을 1층에 그대로 둔 채, 2층에 올라가 베티부터 죽였을까? 범인이 강간이 아니라 살인이 목적이었다면, 더 위험한 남편은 그대로 내버려둔 채, 베티에게 먼저 접근했다는 것도 말이 안 되는 얘기였다.

그 밖에 두 가지 점이 매우 수상했다. 첫째, 만약 남편 글렌이 기절을 할 정도로 목이 졸렸다면 왜 목 앞부분에는 졸린 흔적이 없는가? 둘째, 이건 정말로 이해가 되지 않는 상황인데, 왜 글렌과 동생 닐은 2층의 베티와 다니엘이 잘 있는지 확인하러 가지 않았는가?

그리고 문제를 더욱 복잡하게 한 것은, 시간이 흘러갈수록 월시퍼의 얘기가 더욱 자세해졌다는 점이다. 그가 점점 더 많은 세부사항을 기억해내자 침입자의 인상착의도 점점 더 뚜렷해졌다. 그 남자는 검은 셔츠를 입고, 스타킹으로 복면을 하고, 수염을 길렀다고 말했다. 글렌 월시퍼는 그 후에도 모순되는 진술을 여러 번 했다. 가령 자기 가족들에게는 금요일 밤 늦게까지 외출했다고 말했으나, 경찰한테는 그날 밤 잠자리에 들기 전에 아내와 대화를 했다고 했다. 그랬다가 범인이 침입한 새벽녘에는 아내를 깨우지 않았다고 말했다. 책상 서랍에서 1,300달러가 없어졌다고 주장했으나, 경찰이 그 돈을 입금한 전표를 찾아내자 그 주장을 취소했다. 전화 신고를 받고 현장에 도착한 경찰이 글렌에게 질문했을 때, 글렌은 의식이 흐릿하고 횡설수설하는 것 같았다. 그러나 병원에서 아내가 죽었다는 말을 듣자, 경찰이 검시의에게 전화 거는 것을 들었다고 또렷하게 대답했다.

수사가 진행되자, 글렌 월시퍼는 전에 없던 새로운 얘기를 자꾸 기억해내 더욱 자세하게 침입자의 인상착의를 늘어놓았다. 그러다가 마침내 침입자의 숫자가 두 명으로 늘어났다. 그는 전에 자기 치과에서 근무하던 간호사와 육체관계가 있었음을 시인했다. 그렇지만 그 관계는 1년 전에 청산했다고 말했다. 그리고 조금 있다가는 사건 발생 며칠 전에 그 간호사를 만나 섹스를 했다고 털어놓았다. 그러나 어떤 유부녀와 맺고 있던 제3의 여자 관계에 대해서는 털어놓지 않았다.

죽은 베티 월시퍼의 친구들도 경찰에 나와서 증언했다. 베티가 남편을 사랑하고 또 가정을 유지하려고 필사적으로 노력했지만, 남편의 외도를 참아줄 수 없었다는 것이었다. 특히 정기적으로 집을 비우고 보란 듯이 나가서 외박을 하는 금요일 밤만은 절대 참을 수 없어했다는 것이었다. 살해되기 며칠 전 베티는 친구에게 이렇게 말했다고 한다. "만약 남편이 오는 금요일에도 또 외박을 한다면 가만있지 않겠어."

글렌은 자신의 집과 병원에서 일차적으로 조사에 응한 다음, 변호사의 권고에 따라 더는 경찰 조사에 협조하지 않았다. 그래서 경찰은 글렌의 동생 닐에게 집중하기 시작했다. 닐의 설명도 황당하기는 마찬가지였다. 닐은 거짓말 탐지기 테스트를 거부했다. 그 기계가 가끔 잘못 작동한다는 얘기를 들었으며, 그럴 경우 자기가 애매하게 덤터기를 쓸 수 있다는 주장이었다. 경찰의 끈질긴 요구,

피살자 베티 가족의 요구, 언론의 압박 등을 못 이겨 닐은 마침내 수사에 협조하기로 하고, 1986년 10월 법원에서 있을 경찰 조사에 출두하기로 약속했다.

조사 시간인 오전 10시에서 15분쯤 지난 10시 15분경, 닐 월시퍼는 타고 가던 소형 혼다 승용차가 맥 트럭과 정면으로 부딪치는 바람에 현장에서 즉사했다. 사고 당시 닐은 법원 쪽이 아니라, 법원 반대쪽으로 달리고 있었다. 검시의는 사인을 자살이라고 판단했다. 그러나 앞차를 무리하게 추월하려다 그만 맞은편에서 오는 트럭을 보지 못하고 부딪쳤을 가능성도 있었다. 하지만 확실한 것은 알 수 없었다.

사건 발생 1년 후, 월크스-바르 경찰서는 글렌 월시퍼를 아내 살인범으로 의심케 하는 수많은 상황 증거를 수집했다. 그러나 구체적 물증이 없었다. 범죄 현장에서 그의 지문과 머리카락이 발견되었으나 부부 침실에서 발견된 것이었으므로 소용이 없었다. 경찰은 글렌이 아내의 목을 조른 끈이나 피 묻은 옷을 인근 강에 버린 다음 동생 닐을 불렀을 것이라고 추측했다. 현지 경찰이 글렌을 잡아넣을 유일한 방법은, 범죄 현장 검토 결과 범인은 면식범이 확실하다는 전문가의 의견을 첨부하여, 경찰의 주장을 강화하는 것뿐이었다.

사건이 발생한 지 1년 반쯤 지난 1988년 1월. 월크스-바르 경찰은 나에게 범죄 분석을 의뢰해왔다. 방대한 사건 수사 기록을 검토한 결과, 나는 그 사건은 면식범의 소행이며, 그 면식범이 범행을 은폐하기 위해 위장극을 꾸몄다는 결론을 내렸다. 현지 경찰이 이미 유력한 용의자를 확보했으므로 프로파일 작업은 하지 않았고 또 남편 글렌을 범인으로 지목하지도 않았다. 그러나 현지 경찰에게 글렌을 체포하는 데 필요한 전략상의 실탄을 몇 발 지원했다.

아침이 밝아오는 주말에 드라이브웨이에 차 두 대가 주차된 집에 침입한다는 것은, 위험도가 낮은 희생자를 대상으로 위험도가 아주 높은 범죄를 저지르는 짓이다. 이런 상황을 감안할 때 강도 침입이라는 시나리오는 거의 현실성이 없다.

우리 콴티코에서는 세계적으로 벌어지는 여러 사건들을 연구, 조사하고 있다. 그 조사 자료에 비추어본 결과, 2층 창문으로 침입한 범인이 2층의 방을 점검하지 않고 바로 1층으로 내려갔다는 것도 범죄학의 ABC에 어긋나는 점이다.

침입자가 무기를 가지고 왔다는 증거가 없으므로, 사전에 살인을 의도했다는 시나리오는 거의 가능성이 없는 얘기이다. 또 월시퍼 부인이 성폭행을 당하지 않았으므로, 강간이 살인으로 번진 시나리오도 상정하기 어려웠다. 탈취된 귀중품이 없다는 사실도 강도침입 시나리오를 배제한다. 이렇게 볼 때 범행의 의도를 설명하는 시나리오의 선택 범위는 아주 적다고 볼 수 있다.

손으로 목 졸라 죽인 살해 방법은 전형적인 개인적 원한의 범죄임을 말해준다. 이것은 낯선 범인이 잘 선택하지 않는 방법이다. 특히 사전 계획을 세우고 침입한 범인이라면 더 말할 것도 없다.

윌크스-바르 경찰서는 조직적인 보강 수사를 계속 펴나갔다. 누가 살인범인지는 확신했지만, 증거는 대부분 정황 증거였으므로 법정에선 채택되지 않을 것이다. 그동안 글렌 윌시퍼는 워싱턴 D.C. 외곽의 버지니아 주 폴스처치로 이사를 가서 치과 병원을 개업했다. 사건이 발생한 지 3년 2개월이 지난 1989년 11월 3일. 주 경찰, 카운티 경찰, 현지 경찰로 구성된 1개 팀이 버지니아로 내려와 자신의 치과에 앉아 있던 월시퍼를 체포했다.

그는 체포경관에게 이렇게 말했다. "그건 눈 깜짝할 사이에 벌어졌어요. 누가 먼저라 할 것 없이 그렇게 되어버렸어요. 모든 게 뒤죽박죽이었어요." 나중에 글렌은 그것이 아내를 죽인 현장을 묘사한 게 아니라, 범인의 공격 상황을 언급한 것이었다며 진술을 번복했다.

1989년 당시, 나는 이미 여러 주에서 범죄 현장 분석 전문가로 평가받고 있었다. 그런데도 글렌의 변호인 측은 내가 하는 사건 현장 해석 방법은 일종의 심령술로서 비과학적이며, 까놓고 말하면 '부두교' 같은 것이라고 비난하고 나섰다. 그래서 갑론을박 끝에 판사는 내 법정 증언을 금지했다. 그러나 검찰 측은 내가 내놓은 전문가 의견을 적절히 잘 활용했다. 현지 경찰의 완벽한 수사에 힘입어 검찰 측은 3급 살인죄 판결을 받아낼 수 있었다.

베티 월시퍼 피살사건의 경우에는 범인이 누구인지를 가리키는 적색등이 수없이 켜 있는 상태였다. 허약하기 짝이 없는 데다 그나마 잘못 놓여 있던 사다리. 성추행의 흔적이 하나도 없으면서 성범죄로 위장한 것. 목 졸렸다는 글렌 월시퍼의 목 앞부분에 목 졸린 흔적이 없는 것. 2층에 있는 아내와 딸은 아랑곳하지 않고 1층에서 뭉그적거린 것. 딸아이 다니엘이 아무런 소리도 듣지 못하고 계속 잠을 잔 것. 이 모든 것이 적색등이었다. 그러나 가장 눈에 띄는 적색등은 가상 침입자의 행동이 너무나 터무니없었다는 점이었다.

범행을 저지르려고 남의 집에 침입하는 범인이라면, 자기에게 가장 위협이 되는 존재부터 신경 썼을 것이다. 월시퍼 사건의 경우에 가장 큰 위협은 188센티미터의 키에 90킬로그램이나 나가고 권총까지 휴대한 글렌 월시퍼였다. 그리고 비무장에 힘이 약한 베티 윌시퍼는, 만약 위협이 된다면, 두 번째 위협이라고 봐야 할 것이다. 그런데도 범인은 엉뚱하게도 제1의 위협은 방치한 채, 위협이 될 것 같지도 않은 여자를 먼저 처치하러 올라갔다. 이것은 중대한 단서가 아닐 수 없었다.

수사관은 늘 이런 불일치 사항을 찾아내기 위해 촉각을 곤두세운다. 우리는 이런 사건을 많이 겪어보았기 때문에 사건 관련자들이 하는 말에 현혹되지 않고 사건 현장에서 벌어진 행동들의 실제 의미를 알아내려고 애쓴다. 이미 앞에서 말한 것처럼 화가의 얼굴을 보는 것이 아니라, 화가의 작품에 집중하는 것이다.

어떤 의미에서 우리 수사관은 맡은 역할을 준비하는 배우와도 같다. 배우는 대본에 쓰인 대사를 본다. 그러나 무대에 올라가면 대사보다는 그 대사 밑의 '서브텍스트', 즉 그 대사에 의해 만들어지는 분위기를 연기하려고 노력한다.

이 점을 좀 더 자세히 설명하기 위해 사랑하는 사람을 죽인 또 다른 사건 하나를 소개하겠다. 이 사건은 1989년 보스턴에서 발생했다. 아내 캐롤 스튜어트(30세)는 총에 맞아 죽고 남편 찰스 스튜어트(29세)는 심한 총상을 입었다. 이 사건은 해결되기도 전에 흑백 문제로 떠올랐고 보스턴 사회를 갈라놓을 뻔한 심각한 사건이었다.

어느 날 밤, 스튜어트 부부는 자연분만 강습을 받은 다음 차를 몰고 록스베리를 지나쳐 집으로 돌아오고 있었다. 그들이 신호에 걸려 차를 세웠을 때, 덩치 큰 흑인이 느닷없이 나타났다. 그 흑인은 캐롤을 먼저 쏘고 이어 찰스를 쐈다. 찰스는 무려 16시간에 걸쳐 수술을 받아야 할 정도로 심한 복부 총상을 입었다. 브리검 여자 전문병원의 의사들이 캐롤을 살려내려고 있는 힘을 다했으나,

캐롤은 몇 시간 지나지 않아 사망했다. 그들의 아이 크리스토퍼는 제왕절개 수술로 태어났으나 몇 주 만에 죽었다. 캐롤의 장례식이 성대하게 치러지는 동안에도 찰스는 참석하지 못하고 병실에 누워 요양해야 했다.

보스턴 경찰서는 곧 수사에 나서 찰스가 말한 인상착의에 근접하는 흑인 용의자들을 검거하기 시작했다. 마침내 찰스는 라인업*에 서 있던 흑인 용의자 한 명을 짚어냈다.

그러나 그 직후 찰스의 얘기는 올이 풀어지기 시작했다. 찰스의 동생 매슈는 강도가 과연 있었는지 의심스럽다고 말했다. 형 찰스가 도난당했다고 신고한 물건들이 든 자루를 동생에게 함께 치우자고 제의했다는 것이다. 지방 검사가 찰스 스튜어트를 살인혐의로 체포하겠다고 발표한 그날, 찰스는 다리 아래로 투신 자살했다.

흑인 지역 사회는 찰스가 엉뚱한 사람을 옭아넣은 것에 당연히 격분했다. 또 6년 뒤인 1995년에는 수전 스미스가 흑인이 자기 아들 두 명을 죽이고 납치해갔다고 신고하여 또 한 번 흑인 사회를 분노케 했다. 수전 스미스의 경우, 사우스캐롤라이나의 현지 경찰은 흑백 갈등으로 번지지 않도록 각별히 신경을 썼다. 현지 경찰은 언론과 연방 당국(가령 우리의 요원인 짐 라이트)과 잘 협조함으로써, 며칠 만에 진상을 파헤쳐 수전 스미스가 거짓 신고한 사실을 명백하게 밝혀냈다.

그러나 찰스 스튜어트의 경우에는 경찰이 그리 매끄럽게 문제를 풀어내지 못했다. 만약 스튜어트가 한 말을 잘 분석하여, 실제 현

---

* 용의자를 한 줄로 죽 세워놓고 피해자로 하여금 고르게 하는 것.

장에서 벌어진 사항과 비교, 대조해보았다면, 경찰은 이 사건 역시 부드럽게 해결할 수 있었을 것이다.

물론 찰스 스튜어트처럼 위장을 하기 위해 자기의 배에 총을 쏴대는 사람은 많지 않을 것이다. 하지만 글렌 월시퍼의 경우처럼 침입자가 만만한 상대(대부분 여자)를 먼저 처치했다면 거기에는 반드시 이유가 있다. 남의 집에 무단 침입한 강도는 '늘' 가장 위험한 상대부터 무력화시킨다. 만약 위험한 상대를 먼저 처치하지 않았다면 거기에는 또 다른 이유가 있어야 한다. '샘의 아들' 데이비드 버코위츠는 여자를 먼저 쏘았다. 그것도 대부분 치명상이었다. 데이비드의 경우에는 여자가 목적이었기 때문에 먼저 여자를 쏘았다. 이렇게 볼 때 여자 옆에 앉아 있던 남자는 엉뚱한 시간에 엉뚱한 장소에 있다가 그만 변을 당한 것이었다.

치안 분야에 종사하는 사람이 곧잘 빠지기 쉬운 위장극의 함정은, 희생자나 희생자 유가족에게 어떤 정서적 동화를 느끼기 쉽다는 점이다. 가령 어떤 피해자나 생존자가 정말 괴로워하는 척하면 수사관도 사람인지라 그에게 어떤 동정심을 느끼고 그의 말을 믿어주고 싶은 심정이 된다. 만약 수사관이 연극의 전체적 분위기를 살피지 않고 대사에만 신경을 쓰는 신참 배우라면, 표면만 훑어본 다음 위장극을 꾸민 범인의 말에 속아 넘어가 더는 수사를 하지 않게 된다. 물론 수사관은, 의사가 환자에게 동정심을 느끼듯이, 피해자(이 경우 위장 피해자)에게 불쌍하다는 생각을 가질 수 있다. 그러나 그런 표면적인 느낌만 가지고 판단하다보면 정말 중요한 전체적 그림을 놓칠 우려가 있다.

도대체 어떤 인간이기에 이런 짓을 저지를 수 있었을까?

이 질문에 대한 대답은 때로는 엄청난 고통일 수도 있다. 그러나 목수가 나무를 가다듬고 석수가 돌을 쪼듯이, 수사관은 범죄를 목석처럼 다룰 줄 알아야 한다.

두 소녀의 죽음

1985년 5월 31일, 햇빛 좋은 따뜻한 날. 아름답고 생기발랄한 고등학교 졸업반 샤리 페이 스미스는 사우스캐롤라이나 주 컬럼비아 근처에 있는 자기 집의 우체통 앞에서 납치되었다. 인근 쇼핑몰에서 오래 사귄 남자친구 리처드를 만나고 집으로 돌아오는 길이었다. 납치된 시간은 오후 3시 38분. 그녀는 이틀 뒤 렉싱턴 고등학교의 졸업식에서 졸업생 대표로 국가를 부르기로 되어 있었다.

몇 분 뒤, 샤리의 아버지 로버트 스미스는 그녀의 차가 집 앞의 드라이브웨이에 주차되어 있는 것을 보았다. 차의 문은 열려 있었고, 엔진은 공회전하고 있었으며, 샤리의 지갑이 운전석에 떨어져 있었다. 겁에 질린 소녀의 아버지는 렉싱턴 카운티 보안관 사무실로 전화를 걸었다.*

납치극 같은 끔찍한 일은 컬럼비아 시에서 일어난 적이 없었다. 컬럼비아는 '가정의 가치'를 아주 소중하게 여기는 평화로운 지역 공동체였다. 도대체 아름답고 활달한 금발의 여자 고등학생이 어

---

* 미국의 보안관은 한국으로 따지면 군 규모의 경찰서 책임자이며 카운티 주민이 직접 뽑는 선출직이다. 보안관은 주 하부 행정 단위인 카운티 급에만 있다.

쩌다가 자기 집 앞에서 납치되었단 말인가? 도대체 어떻게 생겨먹은 인간이기에 그런 짓을 저지를 수 있단 말인가? 보안관 짐 메츠는 그런 질문에 적절한 대답을 찾을 수가 없었다. 그러나 커다란 위기 상황이 왔다는 것을 직감했다. 그는 우선 수색 작전을 지시했다. 이는 곧 사우스캐롤라이나 사상 가장 대규모의 수색 작전이 되었다. 인근 카운티 경찰과 주 경찰은 수색에 도움을 주기 위해 형사를 파견했고 또 1천 명 이상의 민간 자원 봉사자가 수색 작업에 참여했다. 보안관 메츠가 한 두 번째 일은, 공개적으로 딸을 돌려달라고 요청한 로버트 스미스를 용의자 리스트에서 배제시킨 것이었다. 위험도가 낮은 희생자의 실종이나 피살 등은 배우자, 부모, 혹은 가까운 친지가 늘 용의자로 떠오르게 된다. 하지만 로버트 스미스가 진짜 피해자라는 데에는 의심할 여지가 없었다.

청천벽력과 같은 엄청난 고뇌에 빠진 스미스 가족은 범인에게서 소식이 오기를 고대했다. 몸값 요구라도 좋으니 어떤 소식이 있기를 바랐다. 이윽고 전화가 걸려왔다. 변조된 남자 목소리는 자신이 샤리를 데리고 있다고 말했다.

"내가 가짜 납치범이 아니라는 것을 증명하죠. 샤리는 셔츠와 반바지를 입었고 그 밑에 검은색과 노란색이 섞인 수영복을 입고 있습니다."

샤리의 어머니 힐다 스미스는 범인에게 간절한 목소리로 호소했다. 샤리는 당뇨병을 앓고 있기 때문에 주기적으로 물과 영양분이 필요하고 투약도 해야 한다고 알렸다. 전화를 건 자는 몸값은 요구하지 않고 단지 이렇게 말했다. "오늘 늦게 편지를 한 통 받게 될 겁니다." 샤리 가족과 치안 관계자들은 점점 더 놀랐고 의아해했다.

보안관 메츠는 자신의 성장 배경과 교육 경력에 걸맞는 조치를 취했다. 보안관 짐 메츠와 부보안관 루이스 매커티는 FBI 내셔널 아카데미의 졸업생이어서 FBI와 좋은 관계를 유지하고 있었다. 메츠는 주저하지 않고 사우스캐롤라이나 컬럼비아 지국의 지국장 로버트 아이비와 콴티코의 우리 부서로 전화를 걸어 협조를 요청했다. 당시 나는 출장 중이어서 콴티코에 없었다. 그러나 보안관 메츠는 내 부하 짐 라이트와 론 워커에게 기민하고 효율적인 대답을 얻어냈다. 두 요원은 납치 상황, 현장 사진, 전화 보고 등을 종합하여 범인이 지능적일 뿐만 아니라 극도로 위험한 자이며, 샤리의 목숨이 위태롭다는 결론을 내렸다. 그뿐만이 아니었다. 두 요원은 샤리가 이미 죽었고 범인은 또다시 범행을 저지를지 모른다고 우려했다. 범인은 샤리와 남자친구 리처드가 쇼핑몰에서 키스하는 것을 보고 샤리를 쫓아왔을 것이다. 샤리가 우체통 앞에서 잠시 멈춘 것이 불행의 시작이었다. 만약 우체통을 지나쳐서 그대로 차를 몰고 갔더라면 사건은 벌어지지 않았을지 모른다. 컬럼비아 경찰서는 범인에게서 추가 연락이 올지 모른다는 희망 속에 샤리의 집에 녹음 장치를 설치했다.

그리고 아주 중요하면서도 아주 가슴 아픈 증거가 로버트 스미스의 집에 배달되었다. 나는 수사관 생활 25년 동안 수도 없이 많은 끔찍한 사건을 겪어보았지만 그 증거처럼 내 가슴을 찢어놓은 것은 없었다고 솔직히 실토해야 할 것 같다. 그것은 샤리가 가족에게 보낸 편지였는데, 두 페이지에 걸쳐 손글씨로 쓴 것이었다. 편지 왼쪽 여백에는 대문자로 '하느님은 사랑이십니다'라고 아래로 길게 쓰여 있었다(사진 참조).

당시 나는 그 편지를 읽으면서 목과 눈이 뜨거워지는 것을 느꼈다. 이 책을 쓰는 지금 이 순간에도 그 편지를 다시 읽으니 그때의 슬픈 마음이 그대로 느껴진다. 샤리의 착한 마음씨와 두려움 없는 용기를 보여주는 진실한 기록이므로 여기 편지 전문을 그대로 소개한다.

1985년 6월 1일 오전 3:10
나는 우리 가족 모두를 사랑해요.

마지막 유언
엄마, 아빠, 로버트, 돈 그리고 리처드. 난 우리 가족 모두를 사랑해요. 그리고 친구들과 친척들도 사랑해요. 난 이제 하느님께로 돌아가요. 그러니 제발, 제발 걱정하지 말아요. 나의 발랄한 성격과 우리가 함께했던 좋은 시간들만 기억해주세요. 이 일로 인해 우리 가족의 생활이 망쳐지지 않기를 바라요. 그러니 하루하루 예수님을 생각하면서 착실히 살아나갔으면 해요. 그렇게 하면 좋은 결과가 있을 거예요. 나는 늘 우리 가족과 함께 있어요! (느낌표 찍는 소리 들리지요?) 난 우리 가족을 '죽도록' 사랑해요. 아빠, '죽도록'이라는 나쁜 말 써서 죄송해요. 이번 딱 한 번뿐이에요! 예수님, 용서해주세요. 내 사랑 리처드, 널 정말 사랑했고 앞으로도 늘 사랑할 것이며, 우리가 함께 보낸 시간을 소중한 기억으로 간직할게. 그렇지만 한 가지 부탁할 게 있어. 그건 예수님을 너의 구원자로 받아들이라는 거야. 우리 가족은 내 삶에 커다란 영향을 미쳤어요. 이미 내놓은 여행 비용은 어쩌죠? 언제 누가 나 대신 가주세요.

만약 실망을 드렸다면 죄송해요. 난 가족을 늘 자랑스럽게 여겼기 때문에 우리 가족도 나를 자랑스럽게 생각하기 바라요. 엄마, 아빠, 로버트, 그리고 돈 언니. 우리 함께 있을 때 하고 싶은 말이 너무 많았는데 그만 다하지 못하고 말았어요. 너무너무 사랑해요!

나를 사랑하기에 내가 없어서 슬프리라는 것을 알아요. 그러나 늘 그랬던 것처럼 우리가 함께라면 이겨낼 수 있을 거예요!

화를 내거나 냉담해지지 마세요. 주님을 사랑하는 사람들은 모든 일이 잘 풀리기 마련이니까요.

늘 사랑을 보내며
진심으로 사랑해요! 샤론(샤리) 스미스

추신 : 나나, 널 정말 사랑했어. 나는 늘 너의 가장 친한 친구라고 느꼈어. 넌 내 거야! 널 정말 사랑해.

보안관 메츠는 그 편지를 사우스캐롤라이나 주 치안국^{SLED}에 보내 종이와 지문 분석을 의뢰했다. 콴티코에서 편지의 사본을 읽어본 우리는 납치극이 이미 살인극으로 발전했다는 것을 알았다. 그러나 샤리의 편지에서 알 수 있듯이 신앙심이 깊고 우애가 각별한 스미스 가족은 희망을 놓지 않았다. 1985년 6월 3일 오후. 힐다 스미스는 범인으로부터 편지가 도착했느냐고 묻는 간단한 전화를 받았다.

"이제 제 말을 믿겠습니까?"

"아직, 당신의 말을 믿어야 할지 모르겠어요. 샤리의 목소리를 듣지 못했으니……. 샤리가 잘 있는지 정말 알고 싶어요."

"앞으로 2, 3일 안에 알게 될 겁니다." 범인은 음산한 목소리로 말 했다.

같은 날 저녁 범인은 다시 전화를 걸어 샤리가 살아 있으며 곧 돌려보내겠다고 말했다. 그러나 범인의 여러 가지 진술로 미루어 볼 때, 믿기 어려운 얘기였다.

"한 가지 더 말씀드릴 게 있어요. 샤리는 이제 나의 한 부분이 되 었습니다. 육체적으로, 정신적으로, 정서적으로, 감정적으로. 우리 의 영혼은 이제 하나가 되었습니다."

힐다 스미스가 샤리는 잘 있느냐고 다그쳐 묻자 범인은 이렇게 대답했다. "샤리는 보호받고 있어요. 그리고…… 그녀는 이제 나의 일부가 되었고 하느님이 우리 둘을 보살피고 있어요."

범인은 시내의 공중전화를 이용하여 전화한 것으로 추적되었다. 그러나 유감스럽게도 당시에는 '발신지 추적'을 하려면 범인을 약 15분간 전화통에 묶어두어야 했다. 그러나 범인도 그 사실을 알기 때문에 전화 추적을 한다는 것은 사실상 불가능했다. 그렇지만 스미스 집에 장착된 녹음 장치는 잘 작동되었고 범인과의 대화 때마다 녹음 테이프가 만들어졌다. 그 녹음 테이프는 FBI 지국을 통해 콴티코로 보내졌다. 짐 라이트, 론 워커, 그리고 나는 녹음 테이프를 듣고 또 들으면서, 스미스 부인이 그 괴물과 통화할 때 보여준 강인한 정신력과 절제력에 감명을 받았다. 샤리의 두려움 없는 용기가 어디서 나온 것인지 알 수 있었다.

보안관 메츠는 앞으로 더 많은 전화가 걸려올 것에 대비하여, 가족들이 전화를 어떻게 받아야 하는지 우리 부서에 물어왔다. 짐 라이트가 다음과 같이 조언했다. 전화를 받는 가족들은 인질 상황을 다루는 경찰관 같은 냉정한 태도를 취하는 것이 좋다. 즉 범인의 말을 찬찬히 듣고 범인이 말한 내용을 반복하면서, 범인의 메시지를 잘 이해했다는 것을 알려준다. 그렇게 하여 범인 자신과 범행 의도에 대해 더 많은 것을 드러내도록 유도한다. 이렇게 하면 다음과 같은 이점이 있다. 첫째, 범인과의 통화를 길게 끌어 발신지 추적이 가능해진다. 둘째, 범인에게 일부러 동정적인 반응을 보여 더 많은 전화를 걸게 한다. 그러면 더 많은 정보를 얻을 수 있다.

이런 사무적인 주문은 슬픔에 빠진 가족에게는 무리한 요구였다. 하지만 스미스 가족들은 우리에게 더 많은 정보를 물어다주려고 괴물과의 통화에 끈질기게 매달렸다. 그래서 우리는 그들의 용기에 다시 한 번 감명받았다.

범인은 다음 날 밤 또다시 전화를 걸어왔다. 이번에는 샤리의 언니 돈 스미스(21세)가 받았다. 샤리가 실종된 지 나흘이 지난 시점이었다. 범인은 돈에게 납치 상황을 자세하게 설명했다. 범인은 샤리가 우체통 앞에 서 있는 것을 보고 차를 멈췄으며, 그녀가 다정하기에 사진 두 장 정도를 찍어주고, 총으로 위협하여 강제로 차에 태웠다고 했다. 범인은 돈과의 통화, 그리고 그 이전의 통화에서 한편으로는 다정한 척하면서(물론 위장된 다정함에 불과한 것이지만), 다른 한편으로는 그 일이 그만 '통제 불능의 상태'에 빠진 것을 후회했다.

범인은 다시 설명을 계속했다. "그러니까 오전 4시 58분에, 아니 잘못 말했는데…… 잠깐만…… 6월 1일 토요일 오전 3시 10분에 샤리는 마지막 유언을 썼어요. 그리고 6월 1일 토요일 오전 4시 58분에 우리는 하나의 영혼이 되었어요."

"하나의 영혼이 되었다고요?" 돈이 같은 말을 되풀이했다.

"그게 무슨 소리지?" 뒤에 있던 어머니 힐다가 물었다.

"그건 묻지 마세요." 범인은 퉁명스럽게 말했다.

그러나 우리는 한 영혼이 되었다는 게 무슨 뜻인지 알았다. 우리는 '축복이 가까이 왔다'는 범인의 말과 그다음 날 저녁 샤리를 돌려 보내겠다는 약속을 믿지 않았다. 범인은 돈에게 앰뷸런스를 대기시키라고 말하기까지 했다.

"우리를 발견할 위치를 알려드리겠습니다."

콴티코에서 사건의 추이를 관찰하고 있던 우리에게 그 통화의 가장 중요한 부분은 범인이 잠시 시간을 착각했을 때였다. 범인은 오전 4시 58분이라는 시각을 말했다가 오전 3시 10분이라고 다시 말했다. 우리는 그것이 샤리가 죽은 시간을 가리키는 것이 아닐까 하고 추측했다. 이것은 다음 날 오전 어머니 힐다 스미스가 받은 전화에 의해 확인되었다.

"잘 들으세요. 서쪽 서클에서 고속도로 378번을 타세요. 그리고 프로스페리티 출구에서 빠져나가세요. 그리고 2킬로미터쯤 가다가 무스 로지 넘버 103이라는 표시에서 우회전하세요. 그리고 400미터쯤 가서 좌회전하면 하얀 건물이 나와요. 그 건물의 뒤쪽 약 2미터 지점에 가면 우리가 기다리고 있어요. 하느님은 우리를 선택했어요." 범인은 그렇게 말하고 전화를 끊었다.

보안관 메츠는 녹음된 테이프를 다시 틀어서 정확한 위치를 파악했다. 그 지점은 28킬로미터 떨어진 살루다 카운티에 있는 곳이었는데, 거기서 샤리 스미스의 시체가 발견되었다. 그녀는 납치되던 당시의 노란 셔츠와 하얀 반바지를 입고 있었다. 그러나 보안관과 검시의는 부패 상태로 보아 살해된 지 여러 날이 지났다고 판단했다. 우리는 그녀의 사망 시점이 6월 1일 오전 4시 58분이라고 확신했다. 시체는 너무 심하게 부패되어 사인이 무엇이었는지, 성폭행을 당했는지 알아내기가 불가능했다.

짐 라이트, 론 워커와 나는 범인이 간특하고 사악한 자라는 점에 의견이 일치했다. 범인은 샤리를 돌려줄 것처럼 전화질을 해대면서 샤리의 시체가 완전 부패하여 법의학적 증거가 인멸되기를 기다렸던 것이다. 샤리의 얼굴과 머리에서는 강력 접착 테이프의 끈적끈적한 찌꺼기가 발견되었다. 그러나 테이프는 제거되어 있었다. 범인이 얼마나 계획적이고 조직적인가를 보여주는 또 다른 대목이었다. 대부분의 범인은 이처럼 치밀하지는 못하다. 그래서 우리는 다음과 같이 추리했다. 범인은 간특한 데다 샤리보다 몇 살 위인 자로, 시체를 버린 후에도 변태적인 성적 만족을 얻기 위해 유기 장소에 자꾸만 되돌아갔다. 그리고 시체가 많이 부패되어 거기서 어떤 '관계'를 느끼지 못하게 되자 유기 장소에 가는 것을 중단하고, 가족들에게 그 장소를 알려주었다.

시골 주택가에서 대낮에 벌어진 것으로 보아 범인은 상당히 세련되고 수완 있는 납치자임을 알 수 있다. 나이는 20대 후반이나 30대 초반이다. 내가 볼 때 30대 초반 쪽일 가능성이 더 커 보였다. 피살자 가족들과 그처럼 천연덕스럽게 통화를 하는 것을 보면, 결혼한 경험이 있는 자이다. 그러나 결혼 생활은 얼마 안 가 깨어졌다. 현재 범인은 혼자 살고 있거나 부모와 함께 살고 있다. 여자 폭행, 외설적인 전화 걸기 등의 전과가 있을 것이다. 만약 살인 전과가 있다면 그 대상은 아이들이거나 젊은 여자일 것이다. 다른 연쇄 살인범과는 달리, 이 범인은 매춘부를 뒤쫓지는 않는다. 그는 매춘부를 두려워한다.

시체 유기 장소를 정확하게 일러주고, 잘못 말한 살인 시간을 정정하는 것을 보고 우리는 범인의 또 다른 측면을 파악했다. 범인은 그런 지시를 미리 생각하고 메모를 했다. 그는 유기 현장을 여러 번 답사했고 정확한 측량을 했다. 그러니까 가족들에게 전화를 걸 때, 미리 써놓은 쪽지를 보면서 말했던 것이다! 범인은 용건만 빨리 말하고 어서 전화기를 놓아야 한다는 것을 알고 있었다. 통화 도중 가족들의 질문으로 읽기를 방해받으면, 처음부터 다시 읽었다. 범인이 어떤 자이든 간에, 경직되고 질서 정연하고 꼼꼼한 결벽증 환자라는 것을 알 수 있다. 강박증일 정도로 기록을 열심히 하고 모든 사항을 리스트로 작성하며, 만약 기록의 순서가 헷갈리면 사고의 흐름이 흐트러지는 변태적인 완벽주의자이다. 범인은 차를 몰고 다니면서 샤리의 집 앞, 납치 현장을 자주 지나친다. 나는 범인의 이런 결벽증으로 미루어, 깨끗이 보수, 유지된 차를 몰고 다닐 거라고 추측했다. 3년 또는 그보다 덜 된 차일 것이다. 결론적으로 이 범인은 겉으론 못마땅한 세상에 대한 경멸감과 모멸감을 드러내지만, 속으로는 깊은 불안감과 열등감을 보이는, 착잡하고 모순적인 이상 성격의 소유자이다.

이런 유형의 범죄자는 범행 현장을 살인의 환상을 되풀이하는 공간으로 여긴다. 즉 그 현장을 되풀이하여 방문함으로써 살인의 긴장을 반추하는 것이다. 범죄 현장의 지리적 조건을 살펴볼 때 범인은 그 지역 출신이다. 그 일대에서 평생 살아온 자일지도 모른다. 샤리에게 저지른 만행과 시체를 유기한 장소 등을 감안할 때, 범인은 다른 사람의 방해를 받지 않는 한적한 곳에서 혼자서 느긋하게 비정상적인 스릴을 느끼고 싶어했다. 그러니 그 고장 사람이어야 그런 한적한 곳을 알 수 있다.

FBI 기술국 산하의 신호 분석부는 범인의 음성변조가 가변 속도

조절 장치에 의해서 이루어졌다고 말했다. 이런 장치를 제조하는 업체와 소매점에 대한 정보를 알아보라는 전문이 FBI의 각 지국에 내려갔다. 우리는 이러한 사실에서 UNSUB가 전자 분야에 소양이 있는 자라는 것을 알았고, 주택 건설이나 보수 일에 종사하는 노동자가 아닐까 추측했다.

다음 날 로버트 스미스가 막내딸의 장례를 치르기 위해 장의사와 마지막 절차를 상담하고 있는데, 범인이 수신자 부담으로 전화를 걸어 돈과 통화를 하고 싶다고 요구했다. 범인은 다음 날 아침 자수할 생각이며 우체통 앞에 서 있는 샤리를 찍은 사진을 스미스 가족 앞으로 부쳤다고 말했다. 범인은 미안해하는 목소리로 샤리 가족의 용서와 기도를 빈다고 말했다. 그는 자수하지 않고 자살할 생각도 있다고 말했다. 그리고 비탄에 잠긴 목소리로 이렇게 말했다. "……사태가 느닷없이 걷잡을 수 없는 상태에 빠졌어요. 내가 원한 건 돈과 섹스를 하려는 것이었어요. 나는 두 주쯤 그녀를 관찰하다가……."

"누구와?" 돈이 끼어들었다.

"아, 아, 미안해요. 샤리와 말이에요. 나는 그녀를 두 주쯤 관찰했는데, 그게 그만 걷잡을 수 없는 상태에 빠졌어요."

그것은 범인이 자매를 혼동하고 있음을 보여주는 첫 사례였다(그 후에도 그런 혼동이 여러 번 있었다). 두 자매는 예쁜 데다 금발이고 비슷하게 생겼기 때문에 둘을 혼동하는 것은 놀라운 일이 아니었다. 돈의 얼굴 사진은 신문과 텔레비전에 나왔고 범인이 샤리에게서 느꼈던 매력을 언니인 돈도 그대로 갖고 있었다. 범인의 통화 테이프를 듣고 있노라면 그 가학적이고 뻔뻔스러운 태도에 구토가 치미는 것을 참기 어려웠다. 하지만 그 테이프를 들으면서 돈을 미끼로 써서 범인을 잡을 수도 있겠다는 것을 알았다(내 얘기가 너무 냉정하고 계산적으로 들릴지도 모르겠다).

같은 날 범인은 현지 텔레비전 앵커인 찰리 키스에게 전화를 걸어 자수할 의사를 밝혔다. 인기 있는 방송인 키스가 '중간 역할'을 해주고 또 독점 인터뷰를 해주었으면 좋겠다고 말했다. 키스는 범인의 말을 찬찬히 들어주었으나 노련한 앵커답게 초연한 태도를 취했고 범인에게 아무것도 약속하지 않았다.

나는 이 소식을 듣고 재빨리 부보안관 루이스 매커티에게 전화를 걸었다. 그리고 대강 다음과 같은 내용을 일러주었다.

범인은 자수할 의사도 없고 자살할 의사도 없다. 그자는 돈에게 자기가 '그 가정의 친구'라고 말했다. 가증스럽게도 스미스 가족이 자기의 입장을 이해하고 공감해줄 것이라고 생각하는 뻔뻔스러운 정신병자였다. 우리는 범인이 실제로 그 가정과 아는 사이라고 생각하지 않았다. 범인은 자기가 샤리와 가깝고 그녀의 사랑을 받았다는 엉뚱한 환상을 품고 있을 뿐이다. 범인은 철저하게 자기애에 빠진 자이며, 이러한 사태가 계속되고 스미스 가족으로부터 반응을 얻어낼수록 점점 더 편안함을 느끼면서 자기가 저지른 일에 더욱 도취하게 된다. 범인은 또다시 살인을 저지를 것이다. 샤리와 같은 타입의 여자를 찾아낼 수 있다면 그런 여자를 살해할 것이고, 그러지 못하면 우연히 만난 여자를 살해할 것이다. 그가 저지른 소행의 바탕에는 무자비한 힘의 과시, 조종, 제압, 통제라는 주제가 깔려 있다.

샤리의 장례식이 있던 날 저녁, 범인은 또다시 전화해서 돈과 통화를 했다. 변태이자 괴물인 범인은 교환원을 시켜 자기 전화가 샤리에게서 온 수신자 부담 전화라고 전하게 했다. 또다시 범인은 자수할 거라고 말했고 뻔뻔스럽게도 샤리가 어떻게 죽었는지를 설명했다.

"새벽 2시부터 그녀가 죽은 4시 58분까지 우리는 많은 것을 얘기했어요. 샤리는 스스로 죽는 시간을 선택했어요. 이제 떠날 준비가 되었다고 하더군요. 하느님이 자기를 천사로 받아줄 거라고 하면서."

범인은 그녀와 섹스를 했다고 말했다. 또 그녀에게 죽는 방법으로 총격, 약물 복용, 질식사 중에서 선택하게 했다. 그녀는 마지막 방법인 질식사를 선택했다고 했다. 그래서 대형 접착테이프로 그녀의 입과 코를 틀어막아 죽였다.

"왜 동생을 죽여야만 했지요?"

돈이 눈물 젖은 목소리로 물었다. "상황이 걷잡을 수 없게 흘러갔어요. 나는 겁을 먹었어요. 왜냐하면, 아, 돈, 그 이유는 하느님만이 알아요. 나도 왜 그랬는지 몰라요. 하느님은 이렇게 한 나를 용서해주실 거예요. 이 문제를 나 나름대로 해결해야겠어요. 그렇지 않으면 하느님은 나를 지옥으로 보낼 거고 나는 평생 거기 머물러야 할 거예요. 그렇지만 감옥에 가거나 전기의자에서 처형되는 것은 싫어요."

돈과 그녀의 어머니는 자살하지 말고 하느님께 귀의하라고 권유했다. 그러나 우리 부서 사람들은 범인이 자살은 물론 하느님에게 귀의하지도 않으리라는 것을 확신했다.

샤리 스미스가 납치된 지 2주일 후. 로버트 스미스의 집에서 40킬로미터쯤 떨어진 리치랜드 카운티의 한 트레일러 하우스 앞뜰에서 데브라 메이 헬믹이 납치되었다. 데브라의 아버지는 사건 당시 사건 현장에서 6미터 떨어진 트레일러 안에 앉아 있었다. 마침 현장을 목격한 이웃이 있었다. 어떤 남자가 차를 몰고 와 멈추더니 차에서 내려 데브라에게 다정하게 말을 걸었다. 그러다가 갑자기 그녀를 잡아채 차 안에 밀어넣더니 가버렸다. 이웃과 데브라의 아버지는 그 차의 뒤를 쫓았으나 그만 놓치고 말았다. 데브라는 샤리처럼 예쁘고 푸른 눈을 한 금발이었다. 샤리와 다른 점이 있다면 나이가 아홉 살밖에 안 된 어린애라는 점이었다.

보안관 메츠는 데브라를 찾아내기 위해 또 다른 수색 작업을 발진시켰다. 한편 이 사건은 서서히 내 마음을 동요시켰다. 전문 프로파일러는 사건 관련 자료와 범인 자료에 어느 정도 거리와 객관성을 유지해야 한다. 그렇지 않으면 미쳐버리고 만다. 나는 샤리스미스 사건에서도 객관적 거리를 유지하기가 무척 어려웠다. 그와중에 이처럼 끔찍한 데브라 헬믹 사건이 발생하고 보니 정말 이일을 그저 하나의 사건이라고 보는 것이 거의 불가능해졌다. 어린 데브라 헬믹은 겨우 아홉 살이었다. 푸른 눈에 금발인 내 큰딸 에리카와 동갑이었다(둘째 아이 로렌은 겨우 다섯 살이었다). 자꾸 이런 생각이 들었다. "데브라 헬믹은 내 아이일 수도 있다." 차라리 아이들을 주머니에 넣고 다닐 수 있다면 얼마나 좋을까. 그리고 이런 사건이 발생하는데도 재빨리 해결하지 못하고 멍하니 지켜만 보고 있는 우리 자신이 너무나 무기력하고 바보 같았다. 아이들에게 충분한 활동공간과 자유도 줄 수 없는 세상이 되었다니. 이런 생각이 들자, 치미는 분노와 적개심을 억제하기 어려웠다.

샤리 스미스와 데브라 헬믹은 서로 나이 차이가 많이 났지만, 범행의 타이밍, 정황, 범행 방법 등을 살펴볼 때 동일범의 소행이 틀림없었다. 현지 컬럼비아 경찰서도 우리 콴티코의 수사지원부도 그 점에 동의했다. 이제 납치 살인범이 아니라 연쇄 살인범을 상대하게 되었다는 어두운 현실에 직면했다. 부보안관 루이스 매커티는 사건 관련 자료를 모두 휴대하고 콴티코로 날아왔다.

론 워커와 짐 라이트는 우리의 프로파일 작성에 근거가 되었던 여러 결정 사항들을 재점검했고 또 현지 경찰에 제공한 모든 조언을 꼼꼼히 되짚어보았다. 새로 발생한 데브라 헬믹 사건의 추가 정보도 정밀 검토했다. 그리고 그들은 종전의 프로파일링을 바꿀 이유가 없다는 판단을 내렸다.

음성을 변조했지만 UNSUB는 백인임이 틀림없다. 이 두 범죄는 성격이 불안정하고 사회 적응이 안 된 백인 남자가 저지른 성 범죄이다. 두 희생자가 백인임을 보아 범인도 백인이다. 이런 사건에서 흑백이 교차되는 일은 거의 없다. 범인은 수줍어하고 공손하며 자기 이미지에 자신이 없는 자이다. 아마도 뚱뚱하거나 비만이어서 여자들에게 인기가 없을 것이다. 우리는 부보안관 매커티에게 범인이 앞으로 점점 더 충동적이 될 거라고 조언했다. 몸무게가 줄거나, 술을 많이 마시거나, 면도를 하지 않거나, 살인에 대해서 떠벌리고 싶어한다. 조잡할 정도로 꼼꼼하고 병적 결벽증이 있는 범인은 틀림없이 텔레비전 방송이나 신문 기사를 열심히 추적한다. 결박붕대와 가학 피학성을 강조하는 포르노그래피를 모은다. 범인은 자신이 유명해졌다는 사실, 희생자들과 지역 사회를 완전히 장악했다는 위력감, 슬픔에 빠진 스미스 가족을 제멋대로 조종하는 자신의 능력에 쾌감을 느끼고 있다. 내가 우려했던 대로 범인은 자기의 환상이나 욕망에 부합되는 희생자를 찾을 수 없자, 눈에 띄는 가장 나약한 희생자를 선택했다. 샤리는 나이가 있었기 때문에 범인도 합리적인 방식으로 접근했다. 그러나 이번에는 어린애를 일방적으로 납치했다. 그래서 범인도 데브라 헬믹을 납치한 것이 좋게 느껴지진 않을 것이다. 그러므로 데브라의 가족에게는 전화질을 하지 않을 것이다.

매커티는 범인에 대한 22가지 결론과 특징을 적은 리스트를 가지고 컬럼비아로 돌아갔다. 매커티는 보안관 메츠에게 이렇게 보고했다. "나는 범인을 압니다. 문제는 그의 이름을 밝혀내는 것입니다."

매커티는 우리 부서를 절대적으로 신임했지만, 사태는 생각처럼 단순하지 않았다. 사우스캐롤라이나 주 산하의 각급 경찰서와 컬럼비아 FBI 지국의 합동 수사본부는 데브라의 흔적을 찾아내기 위해 그 일대를 샅샅이 뒤졌다. 그러나 범인에게 연락도 오지 않았고 몸값 요구도, 새로운 증거도 나오지 않았다. 우리 콴티코 요원들은 새로운 사항에 대비하려고 만전을 기하면서 소식이 오기를 기다렸다. 아이가 납치된 가족들의 슬픔을 지켜보는 일은 정말 가슴이 미어지는 일이었다. 컬럼비아 지국장 아이비와 보안관 메츠의 요구를 받아들여, 나는 출장 가방을 싸서 컬럼비아로 날아갔다. 점점 더 까다로워지고 있던 이 사건을 현장에서 직접 지원하기 위해서였다. 나는 론 워커와 함께 갔다. 론 워커는 몇 해 전 시애틀에서 죽어가는 나를 살려준 동료였다. 그 후 함께 출장을 가기는 그때가 처음이었다.

매커티가 공항에서 우리를 맞아주었다. 우리는 시간을 지체하지 않고 사건 현장을 다니면서 상황을 파악하기 시작했다. 매커티는 우리를 두 군데 유괴 현장으로 안내했다. 날씨는 버지니아 주* 기

---

* 미국에서 덥고 습하기로 유명한 주.

준으로 보더라도 무덥고 축축했다. 스미스 집이나 헬믹 집 앞에는 반항의 흔적이 보이지 않았다. 샤리 스미스의 시체가 유기된 곳도 그랬다. 그러니까 샤리는 다른 데서 살해된 것이었다. 한편 현장을 답사해보니 UNSUB가 그 일대를 잘 아는 자라는 확신이 더욱 굳어졌다. 비록 스미스 가족에게 건 전화가 장거리 전화였지만 범인은 현지 주민인 것이 틀림없었다.

이어 보안관의 사무실에서 사건 수사 핵심 요원의 회의가 벌어졌다. 보안관 메츠는 커다랗고 멋진 사무실에서 근무했다. 가로 세로 약 9미터 길이에 높이 3.6미터의 사무실 4면의 벽에는 감사패, 공로패, 각종 기념패가 진열되어 있었다. 사건 해결에 대한 감사장에서부터 걸스카우트가 준 공로패에 이르기까지, 그의 수사 인생을 보여주는 각종 장식물이 인상적으로 배치되어 있었다. 그는 론 워커, 나, 로버트 아이비, 루이스 매커티에게 자신의 책상 주위에 반원형으로 앉으라고 안내한 다음 자신은 자기의 커다란 책상에 앉았다.

"범인은 스미스 가족에게 전화를 걸지 않았어요." 메츠는 풀 죽은 목소리로 말했다.

"범인이 전화를 걸도록 하는 방법이 있습니다."

나는 그렇게 말하고 나서, 프로파일링이 경찰 수사에 도움이 되는 것은 사실이지만, 그와 병행하여 범인을 밖으로 끌어내는 게 더 중요하다고 설명했다. 그러기 위해서는 전향적인 수사 방법을 써야 한다고 역설했다. 나는 한 가지 아이디어를 내놓았다. 혹시 우리 수사 업무에 협조해줄 수 있는 현지 신문 기자가 있느냐고 물었다. 신문을 검열한다거나 기사 내용을 우리 요구대로 쓰라고 주문하는 것은 결코 아니라고 설명을 덧붙였다. 하지만 우리 일에 협조적인 기자여야 하고, 다른 기자들처럼 우리를 못살게 구는 사람은 아니어야 한다는 전제를 달았다.

보안관 메츠는 〈컬럼비아 스테이트〉 신문의 마거릿 오시어가 적임자라고 추천했다. 접촉해본 결과 그녀는 우리의 취지에 공감하고 직접 우리 사무실로 오겠다고 했다. 우리는 그녀에게 범죄자의 인성을 설명하고 샤리 스미스 살해범이 어떻게 반응할지에 대한 우리의 판단을 말했다.

범인은 사건 관련 기사, 특히 돈 스미스에 관한 기사를 열심히 추적하고 있다. 우리가 조사해본 바로는 이런 유형의 범인은 범죄 현장이나 피살자의 무덤 같은 곳을 자주 찾아간다. 그러니까 신문에 적당한 기사를 게재하면 범인을 밖으로 끌어내 함정에 빠뜨릴 수 있다. 하다못해 범인이 다시 피살자 가족에게 전화를 걸게 하는 효과를 올릴 수 있다. 우리는 타이레놀 사건* 때도 언론의 적극적인 협조로 사건 수사에 도움을 받았다. 그래서 이번 사건에서도 언론의 적극적인 협조를 얻고자 했다.

마거릿 오시어는 우리가 원하는 기사를 실어주겠다고 했다. 매커티는 이어 나를 스미스 가족에게 데려갔다. 나는 그 가족에게 내 아이디어를 말했다. 아이디어의 요지는 샤리의 언니 돈을 미끼로 범인을 함정에 빠뜨리자는 것이었다. 로버트 스미스는 내 아이디어를 듣고 대단히 불안해했다. 이제 하나밖에 안 남은 딸마저 위험에 빠뜨리고 싶은 생각은 추호도 없었던 것이다. 나 또한 이런 유도 작전에 의구심이 들지 않는 것은 아니었다. 그러나 범인을 잡기 위해서는 그게 가장 좋은 방법이었다. 나는 스미스 씨에게 샤리의

---

* 1982년 9월 시카고 일대에서 벌어진 사건으로, 상비약인 타이레놀에 사이안화칼륨을 넣어 이를 복용한 사람들이 사망한 사건.

살해범은 비겁자이며 이처럼 여론이 들끓고 수사망이 촘촘하게 쳐진 상황에서 감히 돈을 납치하려고 덤비지는 못할 것이라고 안심시켰다. 전화 녹음을 면밀하게 연구한 나는 돈이 우리가 바라는 일을 해낼 만큼 똑똑하고 용감한 숙녀라는 것을 잘 알았다.

돈은 내게 샤리의 방을 보여주었다. 가족들은 샤리가 실종된 이후 그 방을 그대로 보존하고 있었다. 갑자기 아이를 비극적으로 잃게 된 가정에서는 아이의 방을 그대로 보존하는 경우가 많았다. 샤리의 방에서 가장 눈에 띄는 것은 코알라 인형이었다. 모양, 크기, 색깔별로 잘 정리되어 있었다. 돈은 샤리가 그 인형들을 아주 귀하게 여겼으며, 다른 친구들도 그 사실을 알고 있다고 말했다.

나는 방에 한참 있으면서 생전의 샤리의 모습을 그대로 느껴보려고 노력했다. 샤리를 죽인 범인은 분명 잡을 수 있다. 우리가 올바른 선택만 하면 되는 거였다. 잠시 후 나는 작은 코알라 인형을 하나 집어들었다. 어깨를 누르니 양팔이 펴졌다가 이내 오므라들었다. 나는 가족들에게 며칠 후, 언론 보도가 충분히 나가면 렉싱턴 메모리얼 공동묘지에 있는 샤리의 무덤에서 추모제를 가질 예정이라고 말했다. 그리고 추모제 중 돈 스미스가 코알라 인형을 조화 위에 올려놓기로 했다. 나는 범인이 그 추모제에 나타날 가능성이 크다고 생각했다. 또 추모제가 끝나고 얼마 지나지 않아 범인이 다시 묘소에 나타날 가능성도 있었다. 샤리의 기억을 되살리는 기념품인 코알라 인형을 가져가기 위해서라도.

마거릿 오시어는 우리가 원하는 대로 기사를 써주었고 또 사진기자를 추모제에 보내 사진을 찍어갔다. 아직 묘비가 건립되어 있지 않았기 때문에 샤리의 사진을 앞에 붙인 하얀 나무 제단을 묘소 앞에 갖다놓았다. 이어 돈이 샤리의 작은 코알라를 꺼내 들고, 묘소에 보내온 여러 꽃다발 중 장미꽃 줄기에 코알라의 팔을 붙들어 맸다. 추모제는 대단히 감동적인 행사였다. 스미스 가족들이 조사 弔辭를 하고 현지 신문의 사진기자들이 사진을 찍는 동안, 보안관들은 지나가는 차량들의 번호를 은밀하게 메모했다. 그러나 묘소가 도로변에서 너무 가깝다는 것이 내 마음에 걸렸다. 장소가 너무 노출되어 있어 범인이 지레 겁을 집어먹고 접근하지 않을지도 몰랐다. 또 사방으로 탁 트여 있기 때문에 묘소 부근에 접근하지 않고 멀찍이 떨어진 도로변에서도 추모제를 구경할 수 있었다. 묘소의 위치가 도로변인 것은 우리도 어쩔 수 없는 일이었다.

다음 날 신문에 추모제 사진이 크게 났다. 샤리 살해범은 그날 밤 묘소에 나타나지 않았다. 그건 우리가 예상한 대로였다. 아마도 묘소가 도로에서 너무 가까워 겁을 먹은 것 같았다. 그러나 범인은 다시 전화를 해왔다. 자정이 지난 직후, 돈 스미스는 '샤리 페이 스미스'에게 걸려온 수신자 요금 부담 전화를 받았다. 전화를 받은 사람이 돈 스미스임을 확인한 다음, 또 정말 샤리 페이 스미스가 전화를 건 것처럼 연극을 한 후*, 범인은 지금까지 지껄인 것 중 가장 끔찍한 말을 했다.

"좋아, 돈, 하느님은 당신이 샤리 페이의 뒤를 따르기를 바라고 있으셔. 그렇게 되는 건 시간 문제야. 이달, 다음 달, 아니면 올해 혹은 내년이 될 수도 있어. 당신은 그토록 오랫동안 보호받을 수는 없어." 이어 범인은 데브라 메이 헬믹을 아느냐고 물었다.

"아니, 몰라요."

"열 살짜리 소녀 말이야. 헤-엘-미-익!"

---

* 범인은 자기가 샤리와 한 영혼이라고 생각하는 망상에 빠져 있었음.

"리치랜드 카운티의 그 소녀 말인가요?"

"그래."

"아, 그건 알고 있어요."

"잘 들어둬. 1번 도로를 타고 북쪽으로 가. ……그리고 1번 도로에서 서쪽으로, 그런 다음 피치 페스티벌 로드나 빌스 그릴에서 좌회전해. 그런 다음 길버트를 통해 6킬로미터 정도 가는 거야. 그런 다음 우회전하면 비포장도로가 나와. 그 길을 타고 좀 가다보면 투 노치 로드라는 표지판이 나오고 거기서 조금 더 나가면 '접근 금지' 표시가 나와. 거기서 45미터 더 가다가 다시 왼쪽으로 틀어 9미터쯤 가. 그러면 거기서 데브라 메이가 기다리고 있을 거야. 하느님이여, 우리 모두를 용서하소서."

범인은 점점 더 대담해지고 교만해져서 이제 음성 변조 장치도 사용하지 않았다. 자신의 목숨을 노리는 범인의 노골적인 협박에도 돈 스미스는 범인을 전화에 가능한 한 오래 묶어두려고 애를 썼다. 그녀는 순간적인 재치를 발휘하여 범인에게 보내준다던 샤리의 사진은 왜 안 주냐고 따져 물었다.

"FBI 친구들이 가지고 있을 거야." 범인은 궁색한 목소리로 말했다. 그런 말을 하는 걸 보니 범인은 우리가 사건에 깊숙이 개입되어 있다는 것을 알고 있었다.

"아니에요. 만약 FBI에서 사진을 갖고 있다면 우리에게도 당연히 보내줬을 거예요. 사진을 보내줄 거예요?"

"그래, 알았어." 범인은 심드렁한 목소리로 대답했다.

"보내준다고 하고서 아직도 안 보냈어요. 왜 그러는 거죠? 나를 갖고 노는 거예요, 뭐예요?"

우리는 이제 범인 주위에 아주 가까이 가 있었다. 조금만 더 손을 내뻗으면 범인의 목을 비틀어 쥘 수 있을 것 같았다. 그러나 돈을 더 위험에 빠뜨린다는 것은, 내게 너무나 큰 부담이었다. 론 워커와 내가 현지 경찰을 돕고 있는 한편, 컬럼비아에 파견나온 사우스캐롤라이나 치안국의 기술자는 수사팀이 갖고 있는 유일한 증거인 샤리 페이의 유서를 가지고 각종 테스트를 했다. 유서는 리걸패드*의 괘선 용지에 쓰여 있었다. 한 분석가가 멋진 아이디어를 생각해냈다.

에스타 머신이라는 기계를 사용하여 그 종이 위에 남겨진 희미한 자국을 검사했던 것이다. 유서 종이에는 바로 윗종이에 누군가가 눌러 쓴 글씨의 음각陰刻이 희미하게 남아 있었다. 구입 식품 리스트 이외에 무슨 숫자 같은 것이 나왔다. 그 분석가는 그 희미한 자국에서 열 자리 숫자 중 다음 아홉 자리를 읽어냈다. 205-837-13—8.

그것은 분명 전화번호였다. 앨라배마의 지역번호는 205였고, 837은 헌츠빌 교환 번호였다. 사우스캐롤라이나 치안국은 서던 벨 전화 회사의 협조를 얻어 헌츠빌에 있는 13—8 중 —에 해당하는 10개 번호를 모두 확인했다. 그리고 그 10개 번호 중 컬럼비아-렉싱턴 카운티 지역과 관계있는 번호를 교차 확인했다. 그 번호들 중 한 번호가 샤리가 납치되기 몇 주 전 스미스의 집에서 24킬로미터 떨어진 곳에 있는 한 집과 여러 번 통화한 기록이 나왔다. 그것은 획기적인 발전이었다. 시청 기록에 의하면 그 집은 엘리스 셰퍼드와 샤론 셰퍼드라는 중년 부부가 사는 집이었다.

그런 귀중한 정보를 얻은 부보안관 매커티는 부하들을 데리고

---

* A4 사이즈의 노란 종이 용지 묶음.

급히 셰퍼드의 집을 덮쳤다. 셰퍼드 부부는 아주 친절하고 공손하게 나왔다. 그러나 50세 가량 된 주인 엘리스 셰퍼드가 전기 기사라는 점 외에 우리의 프로파일링과 부합되는 점이 없었다. 셰퍼드 부부는 여러 해 동안 행복한 생활을 해오고 있었고 우리가 예측한 살인범의 배경을 하나도 갖고 있지 않았다. 그들은 헌츠빌로 전화한 사실을 시인했다. 그들의 아들이 그곳에 있는 육군 부대에 근무한다는 것이었다. 또 두 건의 끔찍한 살인사건이 벌어졌을 때 다른 곳에 출장 중이었다고 말했다. 결정적 증거를 잡았다고 기대에 들떠 있던 부보안관 매커티는 실망감이 이만저만이 아니었다.

그러나 매커티는 맥없이 돌아서지 않았다. 뭔가 나오지 않을까 싶어 셰퍼드 부부를 붙들고 관련 사항을 묻고 또 물었다. 그러다가 마지막으로 밀져야 본전이라는 기분으로 우리의 프로파일링을 셰퍼드 부부에게 말해주면서, 이런 사람을 모르겠냐고 물었다.

그들 부부는 그런 사람을 안다는 표정을 지으며 서로 바라보았다. 그들은 래리 진 벨이 바로 그 사람이라고 말했다.

매커티가 조심스럽게 물어보자 셰퍼드 부부는 그에게 래리 진 벨의 신상을 차근차근 말해주었다. 벨은 30대 초반이고 이혼을 했으며 아들은 이혼한 아내가 맡아 기르고 있다고 했다. 수줍음을 잘 타는 뚱뚱한 사람이다. 엘리스 셰퍼드 밑에서 일하면서 여러 집에 전기 배선 일을 해주었고 또 이런저런 일도 맡아 했다. 꼼꼼하고 정리정돈광인 벨은 셰퍼드 부부가 6주 동안 출장 가 있을 때 집을 봐주었다. 그는 지금 부모와 함께 살고 있다. 샤론 셰퍼드는 아들의 전화번호를 진(그들 부처는 벨을 이렇게 불렀다)에게 알려주기 위해 리걸패드 위에 적어놓았던 것을 기억해냈다. 혹시 진이 집을 보다가 무슨 문제점이 있으면 아들과 연락을 취하라고 했다는 것이었다. 그리고 그들 부처가 6주간의 출장을 마치고 돌아왔을 때, 공항에 마중나온 진이 집으로 돌아오는 도중 납치, 살해된 스미스 집 딸 얘기만 했다는 것도 기억해냈다. 셰퍼드 부처는 공항에서 진을 보고 깜짝 놀랐다. 체중이 쪽 빠진 데다 면도도 안 한 상태였고 아주 불안해 보였다고 했다.

매커티는 셰퍼드 씨에게 혹시 권총을 갖고 있느냐고 물었다. 호신용으로 38구경을 집에 두고 있다고 대답했다. 매커티는 좀 보자고 했고 엘리스 셰퍼드는 그를 총이 있는 곳으로 안내했다. 그러나 총은 보관해둔 곳에 없었다. 두 사람은 총을 찾아 온 집을 뒤졌다. 그랬더니 진이 사용한 침대 매트리스 밑에서 나왔다. 최근에 발사된 흔적이 있었고 현재는 안전장치가 잠겨 있었다. 매트리스 밑에는 〈허슬러〉 잡지가 한 권 있었는데, 아름다운 금발 여자가 십자가에 매달린 자세로 결박되어 있었다. 매커티가 엘리스에게 범인과 돈의 전화 녹음 테이프를 들려주자, 엘리스는 래리 진 벨의 목소리가 틀림없다고 말했다. "틀림없어요. 확신합니다."

새벽 2시, 론 워커는 내가 잠들어 있는 모텔 방문을 두드려 나를 침대에서 끌어냈다. 매커티에게서 지금 막 전화를 받았다고 했다. 매커티가 래리 진 벨에 대해 말하며 어서 빨리 사무실로 나와줬으면 했다는 것이다. 우리는 실물과 프로파일을 맞추어보았다. 두 자료가 오싹할 정도로 일치했다. 우리는 과녁을 명중시켰다. 보안관의 부하들이 샤리 추모제에서 찍은 사진들 중에 묘지 근처의 도로변에 주차된 래리 진 벨의 차도 있었다. 그러나 운전사는 차에서 내리지 않은 것으로 확인되었다.

보안관 메츠는 다음 날 아침 출근하는 벨을 체포할 계획을 세웠다. 그리고 어떻게 심문을 진행해야 하는지 나에게 자문을 구했다.

나는 거창한 수사본부가 설치되어 있는 것처럼 꾸며서 범인을 심리적으로 압박해야 한다고 말했다. 마침 보안관 사무실 뒤에는 마약 단속 작전을 펼 때 경찰서에서 보조 사무실로 썼던 트레일러가 있었다. 보안관은 그 트레일러를 '수사본부'인 것처럼 급조했다. 그리고 트레일러 내부의 사무실 벽에 사건 사진, 범죄 현장 지도 등을 잔뜩 붙였고 책상에는 서류철과 관련 자료들을 산더미처럼 쌓아놓았다. 또 그 트레일러 안에 바쁜 듯한 경관들을 여러 명 배치하여 범인을 상대로 엄청난 증거를 수집한 것 같은 분위기를 꾸몄다.

우리는 현지 경찰들에게 범인의 자백을 받아내는 것은 쉽지 않을 거라고 조언했다. 사우스캐롤라이나는 사형을 채택하고 있는 주였기 때문이다. 설혹 재수가 좋아 감형된다고 하더라도 범인은 유아 학대 및 살인죄로 유죄가 인정되면 평생을 감옥에서 썩어야 했다. 남의 목숨은 파리만큼도 여기지 않지만 자기의 목숨과 육체는 지극히 소중하게 여기는 범인에게는 종신형도 썩 달갑지 않을 터였다. 나는 범인 심문의 가장 좋은 시나리오는 범인의 체면을 세워주는 방법이라고 조언했다. 물론 수사관으로서는 무고하게 죽은 희생자를 욕되게 하는 방법이 못마땅하겠지만, 일부러 희생자의 잘못도 많다는 식으로 이야기함으로써 범인의 자백을 유도하는 것이다. 또는 그렇게 밀고 나가 자백을 유도하면서 동시에 정신이상 변론을 펴게 만드는 것이다. 빠져나갈 길 없는 막다른 궁지에 몰린 범인은 그런 가능성(정신이상)도 덥석 물게 마련이다. 그러나 최근의 추세를 보면 배심원들은 점점 더 정신이상을 변론의 수단으로 인정해주지 않고 있다.

보안관의 부하들은 아침 일찍 부모의 집을 나서 출근하는 래리

진 벨을 체포했다. 보안관 짐 메츠는 급조한 '수사본부' 트레일러로 들어오는 벨의 얼굴을 빤히 보며 반응을 살폈다. "그 친구, 얼굴이 하애지더군요. 우리의 급조된 수사본부의 엄청난 규모에 겁을 집어먹은 게 틀림없어요." 짐 메츠는 벨에게 미란다 경고문을 읽어주었고 벨은 묵비권과 변호사 요구권을 철회하면서 수사관의 취조에 응하겠다고 말했다.

형사들은 하루 종일 그를 심문했다. 론과 나는 메츠의 사무실에 대기하면서 심문 속보를 보고 받았고 그다음 단계를 조언해주었다. 한편 수색영장을 발부받은 경관들은 벨의 집을 샅샅이 수색했다. 우리가 예측한 대로 벨은 정리정돈의 대가였다. 구두도 침대 밑에 가지런히 정리해두었고, 책상도 깨끗이 청소되어 있었으며 보수가 잘된, 3년 된 차의 트렁크 속 공구함도 깨끗하게 정돈되어 있었다. 그의 책상에는 부모 집으로 가는 약도가 있었다. 돈 스미스에게 샤리와 헬믹의 시체 위치를 가르쳐주었을 때처럼, 그 지도 역시 정연하고 깔끔했다. 우리가 기대했던 대로 결박붕대와 가학, 피학 포르노그래피가 나왔다. 그의 침대 위에서는 샤리 스미스의 모발과 똑같은 모발이 발견되었다. 샤리의 마지막 유서를 보낼 때 사용한 기념 우표와 책상 서랍 속에 들어 있던 전지全紙 우표를 맞춰보니 서로 일치했다. 벨의 얼굴 사진이 텔레비전 뉴스에 방영되자, 데브라 헬믹의 납치 현장을 목격했던 증인은 그를 금방 알아보았다.

벨의 배경은 곧 파악이 되었다. 우리가 예측한 대로 벨은 어려서부터 각종 섹스 사건에 연루되었다. 그러다가 26세가 되던 무렵 마침내 그 섹스 충동이 걷잡을 수 없을 정도로 빗나가기 시작했다. 19세의 기혼 여성에게 칼을 들이대며 차에 태우려 했던 것이다. 이 사건으로 감옥에 가게 된 벨은 감옥행을 피하기 위해 정신 치료를 받기로 동의했다. 그러나 치료를 2회 받고는 그만두었다. 다섯 달 뒤 그는 한 여자 대학생에게 권총을 들이대며 억지로 차에 태우려 했다. 그는 이 사건으로 5년 징역형을 받고 21개월 복역하다가 가석방으로 풀려났다. 아직 집행유예인 상태에서 벨은 10세 된 여자 아이에게 8회에 걸쳐 음란 전화를 걸었다. 그 범죄에 대해 벨은 스스로 유죄를 인정함으로써 집행유예를 받았다.

한편 급조된 수사본부에 들어온 벨은 자백하지 않으려 했다. 두 건의 범죄 사건에 일체 관련된 일이 없으며 그 사건에 그냥 흥미를 갖고 있을 뿐이라고 말했다. 그에게 통화 녹음 테이프를 틀어줘도 무덤덤했다. 약 여섯 시간이 지난 뒤 벨은 보안관 메츠에게 직접 얘기하고 싶다고 말했다. 메츠는 취조실에 들어가 벨의 권리를 알려주었다. 그러나 벨은 여전히 아무것도 자백하지 않으려 했다.

그리고 오후가 저물 무렵이었다. 론과 내가 보안관 사무실에 앉아 있는데, 보안관 메츠와 지방 검사 돈 마이어스(사우스캐롤라이나에서는 지방 검사를 카운티 검사라고 부른다)가 벨을 데리고 보안관 사무실에 나타났다. 뚱뚱하고 부드럽게 생긴 벨은 필스베리 다우보이를 연상하게 했다. 론과 나는 예기치 못한 방문을 받고 깜짝 놀랐다. 마이어스는 벨에게 캐롤라이나 사투리로 이렇게 말했다. "이 양반들이 누군지 알아? 이분들은 FBI에서 내려온 무서운 분들이야. 이분들이 프로파일링을 했는데, 자네를 속속들이 다 알아맞혔어. 자, 이분들이 자네하고 할 말이 있다니까 여기에 앉아." 그들은 벨을 벽에 붙여놓은 하얀 소파에 앉힌 다음 나가버렸다.

나는 벨과 마주보는 커피 테이블 가장자리에 앉았다. 론은 내 뒤에 서 있었다. 나는 새벽 2시에 모텔방에서 나올 때 입고 있던 옷

차림을 하고 있었다. 하얀 셔츠에 하얀 바지였다. 나는 그 옷을 해리 벨라폰테 복장이라고 말하곤 했는데, 하얀 소파가 놓인 하얀 방에서 하얀 슈트를 입고 있으니 어쩐지 하얀 가운을 입은 병원 의사가 된 느낌이었다. 아무튼 다른 세상에서 온 사람같이 느껴졌다.

나는 벨에게 연쇄 살인범 연구를 하게 된 배경을 일부 설명해주고, 그런 연구 덕분에 살인범의 동기를 아주 잘 알게 되었다고 말했다. 벨이 찜찜하게 느끼는 생각들을 무의식적으로 억누르고 있기 때문에 무조건 범행을 부인하게 되는 그런 심리 상태도 잘 안다고 말했다.

"형무소를 찾아가 재소자를 면담한 결과, 그 개인의 완벽한 진실을 얻어내기란 어렵다는 것을 발견했어요. 그리고 일반적으로 말해서 이런 범죄가 발생하면, 그 범죄를 저지른 사람에겐 이 모든 것이 악몽처럼 느껴져요. 그들은 범행을 저지를 때 각종 스트레스 요인을 겪고 있었어요. 가령 금전 문제, 결혼 문제, 또는 여자 문제 등 스트레스가 너무 많아 죽을 지경이었던 거죠." 나는 말했다. 벨은 내 말에 일리가 있다는 듯 고개를 끄덕거렸다.

"래리, 우리가 직시하는 문제는 이거예요. 재판에 가게 되면 당신의 변호사는 당신을 증언석에 세우지 않으려 할 겁니다. 그러면 당신은 자기 자신에 대해 설명할 기회가 없어요. 사람들은 당신의 나쁜 면만 기억하고, 좋은 면은 싹 잊어버리고 말아요. 그저 당신을 냉정한 살인범으로만 기억하는 거죠. 아까도 얘기했지만, 이런 일을 저지른 사람은 그것이 마치 악몽처럼 느껴져요. 다음 날 아침 일어나보면 자기가 정말 그런 범죄를 저질렀는지 의문이 들 정도죠."

내가 얘기하는 동안 벨은 맞다는 듯이 고개를 끄덕거렸다.

그 자리에서 '네가 살인을 저질렀지?' 하고 내지를 수는 없었다. 만약 그렇게 말한다면 '아니'라고 대답할 게 너무나 뻔했으니까. 그래서 나는 상체를 숙이면서 이렇게 말했다. "래리, 이 사건에 대해 처음으로 찜찜한 기분이 든 건 언제였나요?"

"신문에 난 사진을 보고 또 묘지에서 기도하는 가족들의 기사를 읽었을 때요." 래리가 대답했다.

"래리, 지금 여기 앉아 있는 당신이 정말 그런 짓을 했을까요? 정말 그랬을까요?" 이런 상황에서는 살인, 범죄, 타살 등 자극적이고 비난조의 단어는 가능한 피하는 것이 좋다.

벨은 눈물이 글썽한 눈으로 나를 올려다보았다. "여기 앉아 있는 래리 진 벨은 그런 짓을 할 사람이 아니에요. 나쁜 래리 진 벨이 그런 짓을 했을 거예요."

나는 그 정도의 발언이면 자백이나 다름없다고 생각했다. 그러나 돈 마이어스 검사는 한 가지 더 해보자고 제안했고, 나는 동의했다. 마이어스 검사는 벨에게 샤리의 어머니와 언니를 직접 대면시키면 즉각적인 반응을 얻어낼 수 있을 것이라고 했다.

힐다와 돈은 동의했다. 나는 그들에게 해야 할 말과 처신 방법에 대해 코치했다. 우리는 모두 보안관 메츠의 사무실에서 만났다. 보안관은 거대한 책상 뒤에 앉고, 론과 나는 그 반대편에 앉아 삼각형을 이루었다. 그런 다음 벨을 데리고 와 그 삼각형의 한가운데, 문을 마주보는 곳에 앉혔다. 그런 다음 힐다와 돈을 방 안에 데려와 벨에게 몇 마디 하게 했다. 벨은 고개를 푹 떨군 채 감히 쳐다보지 못했다.

그러나 내가 코치한 대로 돈 스미스는 벨의 눈을 뚫어져라 바라보면서 이렇게 말했다. "바로 당신이에요! 당신이란 걸 알고 있어요. 난 당신의 목소리를 알아요."

그는 부정하지도 시인하지도 않았다. 벨은 자기에게 동정적인 발언만을 앵무새처럼 되풀이했다. 여기 앉아 있는 래리 진 벨은 그런 짓을 할 사람이 아니에요. 나쁜 래리 진 벨이 그런 짓을 했을 거예요. 나는 벨이 정신이상 변호 방식을 받아들여 자백할지 모른다는 희망을 아직 버리지 않았다.

스미스 모녀와 벨의 대화는 한참 진행되었다. 스미스 부인은 벨의 자백을 받아내기 위해 계속 질문했다. 방 안에 앉아 있던 사람들은 벨과 같은 괴물을 상대로 이런 대치극을 계속해야 하는 상황에 구역질을 느꼈을 것이다. 그때 한 가지 황당한 생각이 섬광처럼 내 머릿속을 스쳤다. '혹시 돈이나 힐다가 무장을 하지는 않았을까? 그들이 총을 갖고 있는지 체크해봤을까? 아까 보니까 아무도 확인하지 않던데…….' 그래서 나는 의자 끄트머리에 토끼 같은 자세로 앉아 힐다나 돈이 갑자기 가방에 손을 집어넣지는 않을지 불안한 마음으로 살펴보았다. 그들이 총이라도 꺼내면 재빨리 빼앗을 작정이었다. 나는 만약 샤리가 내 자식이고 내가 힐다나 돈의 입장이 되었다면 어떻게 했을까 생각해보았다. 나는 지금이야말로 저 괴물을 해치울 절호의 기회라고 생각했을 것이다. 모르기는 해도 나처럼 생각하는 부모들이 많을 것이다. 또 이 세상의 그 어느 배심원도 그 괴물을 쏴 죽인 부모를 유죄로 판정하지는 않을 것이다.

다행히도 돈과 힐다는 총을 숨겨 들어오지 않았다. 독실한 기독교 신자인 그들은 훨씬 절제심이 강했고, 나보다 더 경찰과 법원을 신임하고 있었다. 어쨌든 론이 나중에 알아본 바에 의하면 그들은 보안관실에 들어올 때, 무기 수색을 당하지는 않았다.

래리 진 벨은 1986년 1월 말, 샤리 페이 스미스를 살해한 혐의로 재판을 받았다. 그 사건이 너무나 잘 알려졌기 때문에, 공평한 재판과 공평한 배심원을 선정하기 위해 재판 장소가 찰스턴 근처의 버클리 카운티로 옮겨졌다. 돈 마이어스 검사는 나에게 재판정에 나와 프로파일의 내용, 그것이 작성된 경위, 피고를 심문한 경험 등을 증언해달라고 요청했다.

벨은 증언석에 서지도, 혐의를 시인하지도 않았다. 보안관 메츠의 사무실에서 내게 말한 것이 가장 자백에 가까운 것이었다. 그는 재판 내내 리걸패드에 열심히 방대한 양을 기록했다. 그가 사용한 리걸패드는 공교롭게도 샤리 페이의 마지막 유언이 적힌 것과 같은 종류였다. 아무튼 주 검찰의 공소유지는 아무런 문제 없이 진행되었다. 약 한 달에 걸쳐 증인들의 증언을 청취한 끝에 배심원은 47분만에 판정을 내렸다. 벨은 납치 및 1급 살인의 죄목으로 유죄판결을 받았다. 나흘 뒤 배심원단의 추가 심사와 권고로, 벨은 전기의자형으로 사형이 선고되었다. 그는 데브라 메이 헬믹의 납치 및 살인으로 별도의 재판을 받았다. 배심원들은 샤리 페이 때와 마찬가지로 동일한 판정, 동일한 징벌을 내렸다.

이제 와서 객관적으로 회고해볼 때, 래리 진 벨 사건은 치안 업무가 가장 잘 이루어진 대표적인 경우라 할 수 있다. 카운티와 주, 연방 경찰의 긴밀한 협조, 현지 경찰팀의 민첩하고 정력적인 수사 활동, 두 피해자 가족의 정성어린 노력, 프로파일링 범죄 분석과 전통적 법의학 수사 방법 사이에 긴밀한 유대가 한데 어우러져 좋은 결과를 만들어냈다. 이 모든 요소가 같이 힘을 발휘하여 대단히 위험한 연쇄 살인범을 비교적 초기에 검거할 수 있었다. 나는 이 사건을 모델 삼아 앞으로의 전향적 사건 수사가 긴밀한 공조 체제 속에서 더욱 효율적으로 발전하기를 바라고 있다.

돈 스미스는 그 뒤 더욱더 아름답게 성장했고, 멋지게 인생을 살아나갔다. 재판이 끝난 다음 해, 그녀는 미스 사우스캐롤라이나로 선출되었고 미스 아메리카 대회에 나가서는 2등을 했다. 그녀는 좋은 남자를 만나 결혼을 했고 음악가의 길로 들어서서 컨트리 및 가스펠 가수가 되었다. 나는 가끔씩 노래를 부르는 그녀를 텔레비전에서 보곤 했다.

이 글을 쓰고 있는 현재, 래리 진 벨은 사우스캐롤라이나 중앙 형무소에서 사형 대기수로 있다. 그는 자신의 감방을 먼지 하나 없을 정도로 깨끗하게 청소하고 또 정돈해놓고 있다. 경찰은 사우스캐롤라이나와 노스캐롤라이나에서 발생한 여러 건의 젊은 여자 살해사건에 그가 관련되어 있을 것이라 믿고 있다. 내가 그동안 조사하고 경험한 것을 바탕으로 판단하건대, 이런 유형의 인간이 사회로 복귀하여 정상인이 될 가능성은 전무하다. 만약 그를 가출옥시킨다면 또다시 살인을 저지를 것이다. 세간에는 그토록 오랫동안 사형 대기수로 내버려둔다는 것은 잔인하고 비정상적인 징벌이라고 주장하는 사람들도 있다.* 물론 그들의 말에도 일리는 있다. 사형 집행을 늦추고 그토록 오래 끈다는 것은 정말 잔인하고 비정상적인 조치이다. 특히 스미스 가족과 헬믹 가족에게는. 어디 그들뿐인가. 아까운 나이에 죽어간 두 소녀를 사랑하는 사람들과 정의가 제때에 이루어지기를 늘 고대하고 있는 우리 같은 사람들도 이해할 수 없는 일이다. 왜 그런 흉악범의 사형 집행을 자꾸만 늦추는 것일까.**

* 이들의 주장은 이런 불합리한 사형 대기 기간이 생기게 되는 사형제도를 폐지하고 종신형제를 채택해야 한다는 것이다.
** 래리 진 벨에 대한 사형 집행은 1996년 이루어졌다.

누구나 희생자가 될 수 있다

1989년 6월 1일. 보트를 타고 낚시를 하던 남자가 플로리다의 템파 만에서 세 덩어리의 '표류 물체'를 발견했다. 그는 곧바로 해양 경비대와 세인트 피터스버그 경찰서에 신고했다. 경찰은 물 속에서 심하게 부패된 시체 세 구를 건져올렸다. 피살자는 모두 여자였고 노란 플라스틱 로프와 하얀 로프로 손발이 묶여 있었다. 목에는 20킬로그램 무게의 블록 벽돌이 매달려 있었다. 평범한 구멍 세 개짜리가 아니라 두 개짜리 벽돌이었다. 은색 대형 접착 테이프가 입에 붙어 있었고, 눈 주위에는 테이프 찌꺼기가 묻어 있었다. 그것은 시체를 물 속에 던져넣을 때, 눈에 테이프를 붙였다는 뜻이었다. 세 여자 모두 수영복 상의에 티셔츠를 걸치고 있었다. 수영복 아랫도리가 사라졌다는 것은 성범죄 사건임을 예고했다. 그러나 물에서 건져올린 시체는 너무 부패해서 성폭행 여부를 판단할 수가 없었다.

해안에 주차되어 있는 자동차를 조사한 결과 세 여자의 신원은 조앤 로저스(38세)와 그녀의 두 딸 미셸(17세), 크리스티(15세)로 밝혀졌다. 오하이오의 농장에서 살고 있던 그들은 처음 진짜 휴가를 나왔다가 변을 당한 것이었다. 그들은 디즈니랜드를 관광했고 사건 전날 세인트 피터스버그의 데이스 인에 묵으면서 관광을 좀 더 하다가 집으로 돌아갈 예정이었다. 남편 로저스 씨는 농가 일이 바빠서 아내와 두 딸과 함께하지 못했다.

죽은 여자들의 위 내용물을 분석한 결과, 데이스 인의 식당 종사자들의 증언과 일치했다. 그들은 약 48시간 전에 사망했다. 유일한 법의학적 증거는 차 안에 있던, 휘갈겨 쓴 쪽지 한 장이었다. 그것은 데이스 인에서 차가 주차된 곳까지 오는 길을 알려주는 내용이었다. 쪽지의 뒷면에는 세인트 피터스버그의 중심 상업지구인 데일 매브리에서 데이스 인 호텔로 오는 약도가 그려져 있었다.

이 사건은 곧 언론에 집중 보도되었고, 세인트 피터스버그 경찰서, 템파 경찰서, 힐스버러 보안관 사무실 등이 수사에 가담했다. 그 일대의 주민들은 공포에 휩싸였다. 오하이오에서 온 무고한 관광객 세 명이 그처럼 피살될 수 있다면 누구나 희생자가 될 수 있다며 다들 두려워했다.

경찰은 그 쪽지를 단서 삼아 수사를 펴나갔다. 약도가 시작되는 데일 매브리 일대의 호텔 종업원, 가게 종업원, 사무실 노동자들을 상대로 필적 대조 작업을 했다. 그러나 수사 결과는 신통치 않았다. 성범죄로 추정되는 그 끔찍한 살인사건은 충격적이면서도 시사하는 바가 컸다. 힐스버러 보안관 사무실은 FBI 템파 지국을 접촉하여 이렇게 말했다. "아무래도 연쇄 살인사건인 것 같습니다." 세 경찰서에서 합동 수사를 폈고 또 FBI가 가세했는데도 수사는 답보 상태였다.

자나 먼로는 FBI 템파 지국의 특별요원으로 근무한 적이 있었다. 수사국에 들어오기 전에는 경찰관이었고 캘리포니아에서 살인

사건 담당 형사로 근무했다. 1990년 9월 짐 라이트와 나는 그녀를 면담하고 나서, 콴티코에 있는 우리 부서의 빈자리에 재임명하기로 결정했다. 자나는 지국에서 프로파일링 연락책으로 근무했고, 우리 수사부로 자리를 옮긴 후 첫 사건으로 로저스 세 모녀 피살사건을 담당하게 되었다.

세인트 피터스버그 경찰서의 간부 요원이 콴티코로 날아와 자나 먼로, 래리 앤크롬, 스티브 이터, 빌 해그마이어, 스티브 마디지언 등에게 사건 개요를 브리핑했다. 이어 그들은 프로파일을 만들어 냈다. 범인은 30대 중반에서 40대 중반의 백인 남자이다. 육체노동자이며 주택 보수업 같은 직종에 근무한다. 학력은 신통치 못하다. 성폭행, 폭행의 전과가 있으며 범행을 저지르기 직전에 뭔가에 엄청난 스트레스를 느꼈다. 칼라 브라운 피살사건의 범인인 존 프란테가 그랬던 것처럼 수사의 열기가 식으면 범인은 곧 그 지역을 떠났다가 나중에 돌아올 것이다.

우리 요원들은 그 프로파일이 정확하다고 자신했다. 하지만 범인 체포에 큰 도움이 되지 못했다. 시체 발견 이후 수사는 별로 진전되지 않았다. 그래서 좀 더 전향적인 수사기술을 동원해야 할 상황이었다. 자나 먼로는 전국적으로 방영되는 텔레비전 프로그램인 〈미해결 미스터리 사건〉에 출연했다. 그 프로그램은 여러 번 UNSUB를 밝혀내는 좋은 결과를 거두었다. 자나가 출연하여 범죄 상황을 자세히 설명하자 수천 건의 단서가 제보되었다. 그러나 거기에서도 어떤 진전이 나오지는 않았다.

나는 부하들에게 늘 이렇게 말해왔다. "이 방법이 안 통하면 저 방법을 써보라. 저 방법도 안 되면 제3의 방법을 동원하라. 설혹 그 방법이 전에 사용되지 않은 전혀 엉뚱한 것이라도 상관없다." 자나 먼로는 바로 엉뚱한 방법을 사용하기로 마음먹었다. 휘갈겨 쓴 메모 쪽지가 희생자와 범인을 이어주는 유일한 연결고리였다. 그러나 그때까지 그 쪽지는 백 퍼센트 활용되지 못했다. 로저스 세 모녀 살해사건은 템파—세인트 피터스버그 일대에서는 잘 알려진 사건이니 그 쪽지를 확대하여 대형 입간판에 광고를 내자고 제안했다. 그러면 그 필적을 알아보는 사람이 나오리라는 것이 자나의 생각이었다.

치안 관계자들 사이에서 필적은 가족이나 친지 등 소수의 사람만이 알아본다는 게 통설이다. 그러나 자나는 그런 고정관념을 깨는 엉뚱한 발상을 했다. 어쩌면 평소 성격이 포악한 범인에게 앙심을 품어온 배우자나 사업 파트너가 필체를 알아보고 고발할 수도 있다고 했다.

여러 명의 현지 사업가들이 광고판을 세울 공간을 무료로 제공했다. 그렇게 하여 모든 사람이 잘 볼 수 있도록 크게 확대된 쪽지 광고판이 설치되었다. 그리고 이틀 뒤. 서로 만난 적이 없는 세 명의 사람이 경찰에 신고 전화를 해왔다. 그 필적은 40대 중반의 백인 남자인 오버 챈들러의 것이라는 내용이었다. 무면허 알루미늄 벽면 설치업자인 챈들러는 이들 세 명에 의해 고소당한 상태였다. 챈들러가 설치한 벽면이 하자투성이어서 장마가 시작되자마자 비가 줄줄 샜던 것이다. 신고자들은 그 필적을 백 퍼센트 확신했다. 그들은 고소장에 대한 챈들러의 육필 해명서 사본을 갖고 있었다.

챈들러는 나이와 직업뿐만 아니라 기타 사항도 프로파일에 부합했다. 부동산 범죄, 폭행·구타 범죄, 성범죄 등의 전과가 있었다. 그는 사건 수사의 열기가 시들해지자 마을을 잠깐 떠났다. 그러나 그 일대를 아주 떠날 생각은 아니었다. 범행 직전의 결정적 스트레스 요인은 현재의 아내가 귀찮게도 아이를 출산했다는 사실이었다.

사건의 해결 기미가 보이면 늘 그렇듯이 또 다른 피해자(여자)가 좋은 단서를 제공했다. 그 피해자는 로저스 세 모녀 살인사건의 자세한 내용을 듣고 나서 자기의 피해 사항을 신고해왔다. 신고한 여자와 그녀의 여자 친구는 챈들러와 인상 착의가 비슷한 남자를 만났다. 그 남자는 두 여자에게 자기 보트에 태워 템파 만 유람을 시켜주겠다고 제의했다. 여자친구는 뱃놀이가 어쩐지 마음에 안 들어 가지 않았고, 그래서 신고한 여자 혼자만 갔다.

배가 템파 만 한가운데로 나갔을 때, 그는 그녀를 강간하려 했다. 그녀가 반항하자, 그는 이렇게 말했다. "소리지르지 마. 순순히 말을 듣지 않으면 입에 강력 접착 테이프를 붙이고 목에 블록을 매달아 익사시켜버릴 테니까."

오버 챈들러는 체포되어 재판을 받았고 조앤, 미셸, 크리스티 로저스를 죽인 1급 살인 혐의로 사형이 선고되었다.*

희생된 세 모녀는 남을 잘 믿는 보통 사람이었고 무작위적으로 선택되었다. 이런 선택은 그야말로 무작위적이어서, 누구나 희생자가 될 수 있다는 끔찍한 사실을 보여준다. 로저스 세 모녀 피살 사건에서 보듯, 무작위 살인사건의 경우에는 더욱더 전향적인 수사기술이 필요하다.

1982년 후반. 시카고 일대에 사는 몇몇 주민이 갑자기 수수께끼처럼 살해당했다. 시카고 경찰은 곧 그 죽음의 이유를 밝혀냈다. 피살자들은 사이안화칼륨이 들어 있는 타이레놀(캡슐)을 복용한

---

* 오버 챈들러에 대한 사형은 2011년, 치사주사형으로 집행되었다.

것이다. 그들은 캡슐이 위장에 들어가 녹는 순간 사망했다.

시카고 지국의 에드 해거티 지국장은 나에게 사건 수사에 협조해달라고 부탁했다. 나는 그전에 제품 훼손 사건을 담당해본 경험이 없었다. 그러나 재소자 면담과 각종 범죄자를 연구하여 범인의 심리에 대해서는 어느 정도 자신이 있었으므로 그것이 시카고 사건에서도 도움이 되리라 판단했다. 이 사건은 '티머스'라는 FBI 암호명이 붙었다.

수사관들이 최초로 직면한 문제점은 그 독극물 사건의 희생자가 무작위적이라는 것이었다. 범인이 특정 피해자를 상정한 것도 아니고 또 범죄 현장에 나타나지도 않았기 때문에, 우리의 통상적인 분석 작업은 직접적으로 도움이 되지 못했다.

이 살인행위에는 분명한 동기가 없다. 그러니까 사랑, 질투, 탐욕, 복수 등 전형적이고 명백한 동기가 없었다. 범인의 목표 대상은 타이레놀의 제조 회사인 존슨앤존슨이거나 그 제품을 파는 가게들, 또는 한두 명의 희생자이거나 아니면 사회 전체 등 어떤 것일 수도 있었다.

나는 감기약 캡슐에 독극물을 넣는 이런 행위가 아무렇게나 폭탄을 투척하는 행위, 혹은 육교 위에 올라가 그 밑을 지나는 차량에 돌을 던지는 행위와 비슷하다고 생각했다. 이런 무차별적인 범죄의 경우 범인은 희생자의 얼굴을 보는 법이 없다. 어두운 차를 향해 총을 쏴대는 '샘의 아들' 데이비드 버코위츠처럼 이들 범인은 특정 희생자를 대상으로 삼기보다 사회 전체를 대상으로 분노를 표출하는 데 더 관심이 많다. 만약 이들 범인에게 희생자의 얼굴을 보여줄 수 있다면, 자기의 범행을 후회하고 생각을 고쳐먹을지도 모른다.

그래서 비겁한 이 범죄와 비교하면서 나는 UNSUB가 어떤 인물이라는 것을 대충 감잡았다. 비록 다른 유형의 범죄를 취급하고 있지만, 여러 면에서 범인의 프로파일은 친숙한 것이었다. 우리가 조사한 바에 의하면, 무차별로 사람을 죽이는 범죄자(이런 범인은 그 범죄를 통해 유명해지려고 하지도 않는다)는 일차적으로 분노에 의해 휘둘리는 자이다. 범인은 주기적으로 깊은 우울증에 빠지고 희망도 없으며 적응도 잘 못하는 유형이다. 학교, 직장, 이성 관계 등 평생 실패만 거듭한 자이다.

통계적으로 볼 때, 범인은 암살자 유형이다. 20대 후반이나 30대 초반의 백인 남자이며, 야행성의 외톨토리이다. 피살자의 가정이나 묘소를 은밀히 방문하여 거기다 뭔가를 남기고 온다. 앰뷸런스 운전사, 경비원, 대형 상점의 청원경찰, 경찰 보조원 등 준 치안 업무를 담당하는 힘 있고 권세 좋은(그가 보기에) 자리에 취직되어 있다. 육군이나 해병대에서 복무한 경력이 있다.

과거에 정신과 치료를 받았으며 그 문제를 치료하기 위해 주기적으로 처방약을 복용하고 있다. 그가 몰고 다니는 차는 5년 이상 된 것이고 보수가 잘 안 된 상태이다. 경찰서에서 선호하는 포드 모델을 타고 다닌다. 첫 번째 독극물 사건(1982년 9월 28일이나 29일)이 발생했을 때, 강력한 스트레스 요인이 발생하여 사회 전체를 원망하게 되었고 분노가 폭발했다. 그리고 독극물 사건이 공론화되자, 술집, 약국, 심지어 경찰서 등에서 자기 얘기를 들어주는 사람들을 상대로 그 사건에 대해 끊임없이 얘기한다. 독극물 사건의 위력은 범인의 자아에 큰 힘이 되었고, 그래서 범인은 사건일지를 작성하거나 신문 기사 스크랩을 하고 있다.

나는 또 현지 경찰에 이렇게 조언했다. 범인은 권력자, 대통령,

FBI 국장, 주지사, 시장 등에게 편지를 보내 사회의 잘못된 점을 불평했을 것이다. 처음 편지를 보낼 때는 발신인의 이름을 써서 보냈다. 그러나 이들에게 아무런 답변을 받지 못한 채 시간만 흘러가자, 무시당했다고 느끼고 화를 내기 시작했다. 이 무차별적인 살인은 그의 말을 심각하게 받아들이지 않은 사람들에 대한 일종의 보복행위이다.

마지막으로 나는 타이레놀을 범행 수단으로 삼은 것을 너무 중시하지 마라고 조언했다. 범인의 소행은 조잡하고 매끄럽지 못했다. 타이레놀은 흔한 약이고 누구나 쉽게 캡슐을 열 수 있다. 그러니 범인이 타이레놀의 제조 회사인 존슨앤존슨에 어떤 불만이 있기보다는 그 캡슐이 잘 열리기 때문에 타이레놀을 선택했을 가능성이 더 컸다.

연쇄 폭파범, 연쇄 방화범, 기타 유사 범행의 경우 시카고와 같은 대도시에는 일반적인 프로파일에 부합되는 인물이 너무 많다. 그러므로 로저스 세 모녀 피살사건 때와 마찬가지로 전향적 수사가 필수적이다. 경찰은 UNSUB에게 지속적인 압박을 가하여 숨쉴 틈을 주지 말아야 한다. 그 방법 중 하나는 범인 검거를 낙관하는 성명을 계속 발표하는 것이다. 동시에 범인을 미친놈이라고 매도하지 않는 것이 좋다. 그것은 실제로 미쳐가는 범인을 더욱 자극할 뿐이다.

이보다 더 좋은 방법은 언론과 긴밀하게 협조하면서, 희생자들에 대한 인간적 기사를 싣게 하는 것이다. 타이레놀 독극물 범죄는 희생자를 예측할 수 없기 때문에, 범인은 희생자들을 비인간화하는 경향이 있다. 그래서 이러한 언론 플레이가 효과를 발휘한다. 가령 범인이 독극물을 먹고 사망한 12세 소녀의 얼굴을 본다면 분명 죄책감을 느낄 것이고, 그러한 죄책감을 계기로 범인을 검거하는 기회를 잡을 수도 있다.

애틀랜타 어린이 살해사건과 샤리 스미스 사건에서 써본 수법을 변주해 나는 희생자들의 묘소에서 밤새 잠복하는 방법도 제시했다. UNSUB가 실제 그 묘소에 나타날지도 몰랐다. 또 범인이 희생자들에게 미안한 생각을 갖고 있을 것이므로, 추모제 등 관련 기념행사를 언론에서 집중적으로 보도하는 것이 바람직하다고 제안했다.

나는 우리가 전향적 수법을 쓰면 범인이 특정 약국에 들를지도 모른다고 생각했다. 이것은 내가 밀워키와 디트로이트에서 지국 요원으로 근무하던 당시, 경찰이 잠복 중인 특정 은행에 은행털이범을 유인하여 검거한 작전과 유사하다. 가령 경찰은 어느 특정 약국의 고객들을 보호하기 위해 그 약국에 특별 조치를 취할 것이라는 정보를 흘린다. 그러면 범인은 자신의 소행이 그 약국에 어떤 효과를 미쳤는가 알고 싶어서, 거기에 들를 가능성이 크다. 이와 비슷한 또 다른 수법으로는 한 약국을 선정하여 그 주인에게 허세를 부리게 하는 것이다. 즉 그의 가게는 보안이 완벽하여 타이레놀 독극물 범인이 약국 선반에 감히 사이안화칼륨이 든 타이레놀을 갖다놓을 수 없다고 허풍을 떨게 하는 것이다. 그러면 범인은 어떤 도전 의식을 느껴 그 가게를 찾아올지 모른다. 또 다른 유인 수법으로는 경찰과 FBI 요원이 어느 특정 약국과 관련하여 '긴급제보'를 받았다고 가짜 정보를 흘려 사람들의 관심을 끄는 것이다. 경찰은 그 가게에서 일차적으로 법석을 떤 후 방송사 카메라에 대고, 경찰의 사전 조치가 너무나 완벽해서 범인이 겁을 먹고 약국에 독극물을 몰래 갖다놓지 못했다고 뽐내는 목소리로 발표하는 것이다. 이렇게 하면 범인은 이상한 도전 의식을 느껴 그 약국을 찾아오거나 아니면 대담하게도 약국 선반에 독극물이 든 타이레놀을 갖다놓을지도 모른다.

또 다른 수법은 인정 많은 정신과 의사를 내세우는 것이다. 그를 텔레비전 인터뷰 등에 나가게 해서, 범인이 참으로 안됐다고 말하면서 범인이 어디까지나 사회의 희생자이지 죄인이 아니라는 시나리오를 그럴듯하게 엮어대게 한다. 그렇게 하면 UNSUB는 그 의사에게 전화를 하거나, 아니면 정신과 의원 옆을 차를 타고 지나갈지도 모른다. 그러면 걸려온 전화의 발신지 추적을 해서 혹은 범인의 차를 뒤따라가서 범인을 검거한다.

또 정부 주도로 경찰에 걸려오는 전화 제보를 받아줄 민간 자원봉사단을 구성한다. 그러면, 범인이 그 봉사 업무에 지원할 가능성이 있다. 만약 애틀랜타 어린이 살해사건 때 이런 기구를 조직 했더라면 좀 더 빨리 범인 웨인 윌리엄스를 잡을 수 있었을 것이다. 희대의 여대생 성폭행 살인마 테드 번디도 여유 시간을 이용, 시애틀 강간 후유증 관리센터의 자원 봉사자로 지원했었다.

치안 관계자들은 언론과 너무 가깝게 지내는 것, 또는 언론을 활용하는 것을 다소 불안하게 여긴다. 나는 FBI에 있는 동안 이런 경우를 여러 번 목격했다. 아직 프로파일링 업무가 외부에는 생소하던 1980년대 초, 나는 FBI 워싱턴 본부로 불려가 범죄 수사국과 법률 자문단에게 전향적 수사 방법을 설명하게 되었다.

"존, 그러니까 언론을 상대로 거짓말을 하자는 건 아니지요?"

나는 그들에게 언론을 이용한 적극적 수사 방법이 얼마나 유효한지, 최근의 사례를 하나 설명했다. 샌디에이고에서 젊은 여자가 강간, 교살된 사고가 발생했다. 시체는 목에 개줄과 개목걸이가 매인 채로 산기슭에 버려져 있었다. 그녀의 차는 고속도로변에서 발견되었다. 아마도 차의 기름이 떨어져서 쩔쩔 맬 때 범인이 접근하여—착한 사마리아 사람인 척하며 혹은 무력으로— 그녀를 범행 지점까지 데려갔을지 몰랐다.

나는 현지 경찰과 협조하여 다음 세 가지 정보가 순서대로 현지 언론에 실리게 했다. 첫째, 사건 개요와 우리의 범죄 분석을 게재할 것. 둘째, FBI가 주 경찰 및 현지 경찰과 긴밀히 협조하고 있으며 '20년이 걸리더라도 반드시 범인을 잡고야 말겠다'는 의지를 천명할 것. 셋째, 젊은 여자의 차가 섰던 곳은 차량 통행이 많은 지점이었으니 누군가가 납치 현장을 보았을 것이다. 사건 현장에 누군가 있었다는 보고가 있으니, 현장을 알고 있는 분은 꼭 경찰에 신고해주기 바란다는 시민 수사 협조를 요청할 것.

내가 이런 언론 플레이를 펼친 이유는 범인을 압박하기 위해서였다. 즉 도둑이 제 발 저리는 심리를 역이용하는 것이다. 만약 현장을 본 사람이 있다는 사실을 안다면(실제로 그런 사람이 있을 가능성이 컸다), 범인은 경찰에 접촉하여 자신이 그 시간에 도로에 있었던 이유를 설명하려고 들지 몰랐다. 범인은 경찰서를 찾아와 이렇게 말할지 모른다. "나는 그때 차를 타고 그녀 옆을 지나갔어요. 차에 무슨 문제가 있는지 꼼짝 못하고 서 있더군요. 도움이 필요하냐고 물었더니 괜찮다고 해서 그냥 지나쳤어요."

그사이 경찰은 언론을 통하여 일반 대중의 제보를 끊임없이 요청한다. 그러나 경찰은 그걸 전향적 수사 방법이라고 생각하지 않는다. 사실, 그런 제보 요청에 응하여 범인이 경찰서에 직접 나타난 경우도 여러 번일 것이다. 그런 좋은 기회를 잘 다룰 줄 몰라 그냥 놓아주었을 것이다. 물론 이렇게 얘기한다고 해서 귀중한 제보를 해주는 성실한 증인을 무조건 용의자 취급해야 한다는 것은 절대 아니다. 그런 증인은 절대 용의자 취급을 당하지 않을 것이며, 그들의 도움 덕분에 범인을 체포할 수 있는 것이다.

위에서 말한 샌디에이고 강간 살인사건의 경우, 전향적 수사 방법이 내 예상대로 풀려나갔다. UBSUB는 수사에 도움을 주겠다며 경찰서에 나왔다가 체포되었다.

"좋아, 더글러스, 자네의 요점은 잘 알겠네. 이 방법을 써야 할 시점이 오면 우리에게 연락해주게." 내가 구체적인 예를 들자 FBI 본부 사람들은 마지못해 그 방법을 인정했다. 관료 제도의 타성에 젖으면 새롭고 혁신적인 방법을 두려워하게 된다.

나는 언론의 이런저런 도움으로 타이레놀 범인을 잡을 수 있겠다고 생각했다. 〈시카고트리뷴〉의 인기 칼럼니스트인 밥 그린은 현지 경찰과 FBI를 만나, 언론의 도움이 필요하다는 경찰의 설명을 들었다. 취지를 충분히 이해한 그는 열두 살 난 희생자 메어리 켈러맨에 대한 감동적인 기사를 썼다. 메어리는 독극물 피살자 중 가장 나이가 어렸고 더는 아이를 낳을 수 없는 부부의 무남독녀였다. 기사가 나간 다음 경찰과 FBI 요원들은 메어리의 집과 묘소 근처에서 잠복 근무를 했다. 나는 요원들이 잠복 근무를 못마땅하게 생각하는 것을 알고 있었다. 도대체 살인범이 죄의식에 사로잡혀 있다든가 묘소를 다시 찾아오리라고 보는 것은, 너무 비현실적이고 낭만적인 발상이라는 것이다. 그러나 나는 그들에게 딱 일주일만 잠복 근무를 해보라고 종용했다.

경찰이 묘소 주변에 잠복하고 있을 때 나는 시카고를 떠나지 않았다. 만약 묘소 잠복 작전이 허탕으로 끝나면 그들은 내게 마구 불평을 터뜨릴 게 분명했다. 가장 좋은 상황에서도 잠복은 지겹고 따분한 일이었다. 그것도 으슥한 묘소에서 밤새 잠복해야 했으니, 기분이 좋을 턱이 없었다.

첫날 밤에는 아무 일도 벌어지지 않았다. 묘지답게 모든 것이 조용하고 평온했다. 그러나 두 번째 날 밤에 뭔가 움직이는 소리가 났다. 잠복조는 들키지 않게 조심하면서 묘소로 접근했다. 그리고 프로파일링에서 예측한 나이의 남자가 중얼거리는 소리를 들었다. 그 목소리는 눈물에 젖어 있었고, 오열을 터뜨리기 직전이었다. "미안해. 난 그럴 마음이 아니었어. 그건 우연한 사고였어!" 그 남자는 죽은 소녀에게 자기를 용서해달라고 빌고 있었다.

'젠장, 존 더글러스 말이 맞았잖아.' 그들은 그렇게 생각하면서 그 남자를 덮쳤다.

그러나 잠깐만! 그 남자가 부르는 이름은 메어리가 아니었다.

남자는 물론 정신이 나가버릴 정도로 놀랐다. 경찰이 가까이 다가가서 보니, 그는 메어리 묘소가 아니라 바로 옆 묘소 앞에 서 있었다!

메어리 켈러맨 옆에 묻힌 소녀는 해결되지 않은 뺑소니 교통사고의 희생자였다. 그리고 그 남자는 뺑소니 차 운전사로서 자기 잘못을 뉘우치러 왔던 것이다.

4, 5년 뒤, 시카고 경찰서는 해결이 잘되지 않던 살인사건에서 동일한 유인 방법을 써먹었다. FBI 훈련 연락관인 밥 새고스키의 지휘 아래, 시카고 경찰은 살인사건 기념일 직전에 신문사에 추모 행사 정보를 주기 시작했다. 그리고 경찰이 묘소에서 살인범을 잡자 그는 간단히 이렇게 말했다. "왜 이렇게 오래 걸렸습니까?"

우리는 이 방식으로 타이레놀 범인을 잡지는 못했다. 아니, 아예 범인을 잡지 못했다. 한 용의자가 체포되어 살인사건 관련 강탈죄로 유죄 판결을 받았다. 그러나 그 용의자를 타이레놀 관련 살인죄로 재판하기에는 증거가 너무 부족했다. 그는 프로파일에 딱 부합했는데, 공동묘지 잠복 작전이 전개되었을 때에는 시카고에 없었다. 그가 구금되고 난 이후에는 또 다른 타이레놀 독극물 사건이 발생하지 않았다.

물론 그를 타이레놀 범인으로 지목하고 재판이 벌어진 것은 아니었다. 그래서 그 남자가 정말 타이레놀 독극물 사건의 범인인지 자신 있게 말할 수가 없다. 그러나 미제 연쇄 살인사건의 범인 중 일정 부분이 경찰이나 수사관이 알지 못하는 상태에서 체포되는 것만은 분명하다. 실제 살인범이 갑자기 살인행위를 멈추게 되는 경우는 실제로 그만둬야지 하고 마음먹는 것 이외에 다음의 세 가지 강력한 이유가 있다. 첫째, 범인이 자살해버린 경우이다. 범인들 중에는 자살을 선택하는 독특한 유형이 있다. 둘째, 범행의 무대를 다른 곳으로 옮겨 계속하는 경우이다. 그러나 FBI는 VICAP(흉악범 체포 프로그램)이라는 데이터 베이스를 이용해 전국에 퍼져 있는 수천 개 경찰서에 범죄자의 자료를 제공, 범인이 이곳저곳 무대를 옮기며 범행을 저지르는 것을 철저히 예방하고 있다. 셋째, 범인이 기타 사소한 범죄 즉, 강도, 절도, 폭행 등으로 체포되어 간단한 형을 선고받고 복역 중인 경우이다. 이럴 경우 각급 경찰서는 범인이 저지른 다른 큰 범죄를 추적하지 못할 수도 있다.

타이레놀 사건 이후 수많은 제품 훼손 사건이 벌어졌다. 그런데 그런 사건들은 전형적인 충동에 의해 저질러진 것이 대부분이었다. 가령 가정에서 일어난 사건일 경우, 배우자의 죽음을 제품 훼손 사건으로 위장하는 것이다. 이런 사건을 수사할 때, 경찰은 유사 사건이 몇 건이나 있는지, 국지적인지 전국적인지, 훼손된 제품이 훼손된 곳 인근에서 널리 팔리는 물건인지, 피살자와 사건 신고자 사이의 관계는 어떤지 등을 잘 살펴보아야 한다. 이것은 개인적 원한에 의한 살인사건을 수사할 때와 동일한 요령이다. 즉 피살자와 신고자 사이의 갈등의 역사, 범행 전 행태, 그리고 범행 후의 행태 등을 찬찬히 살펴야 한다.

겉으로 보기에 특별한 대상을 의도하지 않은 것 같은 범죄도 실제로는 구체적인 범행 대상이 있게 마련이다. 막연한 분노와 좌절이 터져나와 범죄가 되어버린 것 같은 사건도 실제로는 결혼 생활의 청산이나 보험금 혹은 재산 상속 등 구체적 동기를 갖고 있는 경우가 많다. 타이레놀 사건이 발생한 다음, 한 가정주부가 독을 넣은 타이레놀로 남편을 죽인 다음, 타이레놀 독극물 범인의 소행으로 위장했다. 그러나 위장이 금방 들통났고 범행 수법도 너무 달라 아무도 속지 않았다. 이런 위장극의 경우, 법의학적 증거가 범인을 금방 가려내게 해준다. 가령 실험실에서는 사이안화칼륨이나 기타 독극물의 출처를 금방 알아낼 수 있다.

바로 이런 분석 방법 덕분에 수사관들은 손해 배상금을 받을 목적으로 제품을 훼손한 사범, 가령 스파게티 소스나 탄산음료 캔에 죽은 쥐를 넣거나 스낵에 바늘을 넣는 방법 등은 금방 가려낼 수 있다. 이런 일이 발생하면 해당 제품을 만들어내는 회사들은 나쁜 여론이 확산되는 것을 막기 위해 제보자와 재빨리 화해하고 법정까지 가지 않으려 한다. 그러나 지금은 법의학이 아주 발달되어 있다. 만약 해당 회사가 제품이 의도적으로 훼손되었다고 의심한다면, 화해를 거부하고 사건을 FBI에 의뢰하는 것도 한 방법이다. 그렇게 하면 제품 훼손자의 정체를 밝혀내어 체포할 확률이 높다. 이와 마찬가지로 유능한 수사관은 빗나간 영웅주의도 금방 간파해낼 수 있다. 정신적으로 성숙되지 않은 개인은 가끔 동료나 일반 대중으로부터 인정받고 싶어 엉뚱한 시나리오를 꾸며 사고를 치는 것이다.

타이레놀 사건은 비록 끔찍한 것이긴 했지만 돌연변이에 의한 변종이라 할 수 있다. 그 범행의 일차 목적은 강탈이 아니었다. 강탈을 의도하는 범인은 먼저 자신의 협박을 실행에 옮길 능력이 있음을 보여주어야 한다. 제품을 훼손시켜 돈을 뜯어내고자 하는 범인은 한 병 혹은 한 묶음만 훼손시켜 표시를 한 다음, 전화나 메모로 사전 경고를 한다. 그런데 어떻게 된 셈인지 타이레놀 독극물 범인은 위협 자체를 하지 않았다. 곧바로 사람을 죽이기부터 한 것이다.

설혹 백 보를 양보하여 타이레놀 독극물 범인을 강탈범으로 인정한다 할지라도, 결코 세련된 범인이라 할 수 없다. 제품을 훼손시킨 수법이 조잡한 점으로 보아(타이레놀 독극물 살해사건이 벌어지고 난 다음, 제조 회사인 존슨앤존슨 사는 상당히 많은 돈을 들여 훼손방지 포장을 만들어냈다), 범인은 별로 조직적이지도 못한 자였다. 그러나 공개 협박을 한 강탈범들이 정말로 위험한 자인지, 그 공개된 협박을 행동에 옮길 능력이 있는지 분석하는 방법은, 정치적 암살범들의 협박 내용을 분석하는 요령과 동일하다.

폭탄 범인의 경우도 마찬가지이다. 폭탄을 투척하겠다는 위협이 공개되면 경찰은 심각하게 받아들인다. 그리고 사회의 제반 기능이 갑자기 정지하지 않도록 폭파 위협이 진짜인지 아닌지 알아내야 한다. 폭파범이나 강탈범은 경찰과 통신을 할 경우 대체적으로 '우리'라는 용어를 써서 배후에 상당한 조직이 도사리고 있는 것처럼 암시하기를 좋아한다. 그러나 실제는 남을 잘 믿지 않는 단독범일 경우가 많다.

폭파범은 대개 3가지 부류로 나누어볼 수 있다. 첫째, 파괴가 목적인 위력威力 추구형 폭파범. 둘째, 폭파장치를 고안, 제작, 설치하는 매력에 이끌린 임무 추구형 폭파범. 셋째, 멋진 디자인의 훌륭한 폭탄을 만드는 데서 만족을 얻는 기술자형 폭파범. 한편 이들의 폭파 동기는 강탈, 노사문제, 복수, 자살 등 다양하다.

우리가 폭파범을 조사, 연구해본 결과, 그들은 반복적인(서로 유사한) 프로파일을 보였다. 주로 백인 남자였고, 희생자와 폭파 대상에 따라 연령층이 달라졌다. 지능 지수가 높은 자도 있었으나 대부분 평균이었고 사회적 업적이 별로 없는 자들이었다. 깨끗하고, 정리정돈광이고, 꼼꼼하고, 면밀한 계획가였다. 또 대결을 싫어하고 운동을 좋아하지 않으며 비겁하고 정서 불안이었다. 이러한 프로파일은 폭파 대상, 피해자, 폭파물의 종류(폭발 위주인가 아니면 방화 위주인가) 등을 살피면서 작성되었고, 그 방식은 범행 현장을 답사하며 연쇄 살인범의 프로파일을 만들 때와 유사했다. 피해자와 가해자의 위험 노출 정도, 피살자 선정이 무작위적인지 의도적인지의 여부, 피살자에의 접근 가능성, 범행 발생 시각, 폭탄 전달 방법(소포 등), 폭탄의 특징적 성분 및 제작 수준 등이 감안된다.

나는 프로파일러로 일하면서 지금은 유명해진 유나봄 사건의 UNSUB인 유나바머에 대한 최초의 프로파일을 작성했다. 폭파범이 대학교와 교수만을 범행 대상으로 했다는 이유로 FBI가 대학university과 폭탄bomb의 머리글자를 따 만든 암호명이 유나봄unabomb이었다.*

---

* 유나바머는 소포 폭탄으로 공대 교수 세 명을 죽였다. 1996년 4월에 붙잡혔는데, 미국 중서부의 산골에 전기도 물도 화장실도 없는 통나무 집에서 살고 있었다고 한다. 그는 하버드 대학을 나오고 대학

경찰은 폭파범의 편지나 메모를 보고서 그의 주장을 알게 되었다. 유나바머는 신문에 투고를 하고 긴 성명서를 발표하기도 했다. 그는 17년 동안 소포 폭탄을 보내 세 명을 살해하고 23명에게 부상을 입혔다. 로스앤젤레스 공항에서 빠져나오는 비행기에 폭탄을 설치하겠다고 위협하여 민간 항공업계의 정상 운행을 일시 중단시킨 적도 있었다.

대부분의 폭파범과 마찬가지로 그는 자기의 테러행위 뒤에 집단(FC 혹은 프리덤 클럽)이 있다고 말했다. 그러나 유나바머는 이미 말한 대로 단독범임이 틀림없었다.

유나바머에 대한 프로파일은 이미 널리 알려져 있으며, 나는 지금 이 순간에도 그것을 변경할 이유가 없다고 본다. '미친 폭탄' 메테스키 사건이 터졌을 때, 뉴욕 경찰서는 브러셀 박사의 획기적인 프로파일을 받아들여 사건을 적시에 해결했다. 이런 선례가 있음에도 유나바머의 첫 소포 폭탄 사건이 발생했을 때, 현지 경찰은 우리의 프로파일을 적시에 활용하지 못했다. 폭파범들의 움직임을 주시하는 것이 초기에 범인을 잡는 관건이다. 폭파범의 행태, 위치 선정, 폭파 대상 등이 대강 드러나는 첫 번째와 두 번째 폭파가 가장 중요하다. 그들을 이때 저지하지 못하면 그 이후엔 폭파 수법과 기술이 향상되어 전국을 떠돌아다니며 범행을 저지르게 된다. 그렇게 해서 1년이 지나고 2년이 지나면 사회에 대한 단순한 불만에서 인류의 장래 운운하면서 좀 더 거창한 폭파 이유를 들먹이게 된다. 1979년 당시, 프로파일링 업무에 대한 경찰의 인식이 지금만큼만 되었어도 유나바머를 몇 년 전에 잡을 수 있었을 것이다.

교수를 역임한 적이 있는 엘리트였다. 현대 사회의 과학 문명이 인간 사회를 파괴한다는 엉뚱한 생각에서 미국의 대표적 과학자들에게 소포 폭탄을 보내 그들을 죽이는 행각을 벌였다.

그러나 대부분의 폭파 범죄는 금품을 강탈하기 위한 수단이며 범행 대상은 개인 혹은 특정 단체이다. 1970년대 중반 텍사스에 있는 한 은행의 은행장실에 폭파 위협 전화가 걸려왔다.

폭파범의 길고 복잡한 위협을 간단히 간추려보면 이렇다.

며칠 전 사우스웨스트 벨 전화회사의 기술자들이 당신 은행을 방문했는데, 실은 우리 조직원이다. 그들은 시한 폭탄을 은행 내부에 설치했고 폭탄의 무선 스위치는 지금 내가 가지고 있다. 만약 은행장이 내 요구를 들어준다면 폭탄을 터트리지 않겠다.

그렇게 운을 뗀 폭파범은 더욱 오싹한 위협을 해왔다. 내가 은행장 당신의 아내 루이스를 감금하고 있다. 당신 아내는 캐딜락을 몰고 다니고 아침에 이런저런 곳을 다녀왔다. 겁을 와락 집어먹은 은행장은 비서를 시켜 자기 집에 전화를 걸게 했다. 당연히 아내가 집에 있을 것으로 확신하면서. 그러나 어찌된 일인지 전화를 받지 않았다. 이제 은행장은 폭파범의 말을 믿게 된다.

그때 폭파범은 돈을 요구한다. 10달러에서 1천 달러까지 헌 돈으로 돈을 준비하라. 그리고 절대로 경찰에 신고하지 마라. 우리는 표시가 안된 경찰차를 금방 알아본다. 비서에게 약 45분 동안 은행을 비우겠다고 말하라. 아무에게도 말해서는 안 된다. 사무실을 떠나기 전에 사무실 전등을 세 번 껐다 켰다 해라. 우리 조직은 그 신호를 보고 행동할 것이다. 돈을 차에 실어라. 그리고 번화가의 갓길에 차를 주차시켜라. 엔진은 공회전 상태로 두고 비상등을 켜라.

그런데 이 사건의 경우, 실제로는 설치된 폭탄도 납치된 아내도 없었다. 단지 똑똑한 사기꾼이 가장 만만한 상대를 골라 금품을 강탈하려는 목적뿐이었다. 이 시나리오 속의 모든 행동은 사전에 치밀하게 계산된 것이다. 그는 실제로 전화회사 사람들이 은행에 나가 일하던 때를 골라 전화를 했다. 그래서 손쉽게 전화회사 사람들을 폭탄 설치범으로 둔갑시킬 수 있었다. 은행 사람들도 전화회사 사람들이 나와서 돌아다니는 것을 보았을 테니 쉽사리 조직범죄로 오해할 수 있었다.

강탈범은 은행장이 비서를 시켜 집에 확인 전화를 하리라는 것을 예상했으므로, 그보다 앞서 은행장의 집으로 전화를 걸어두었다. 강탈범은 은행장의 아내 루이스에게 이렇게 둘러댔다. 나는 사우스웨스트 벨 전화회사 직원인데 이 일대에 음란전화가 많이 걸려온다는 제보를 받았기 때문에 그런 전화를 거는 자를 추적중이다. 추적 시간은 오전 12시부터 12시 45분까지이다. 우리 전화회사에서 발신지 추적을 하고 있으니 이 시간대에 전화가 걸려오더라도 받지 말기 바란다.

돈을 차에 싣고 비상등을 켠 채 엔진을 공회전시키라는 주문이야말로 시나리오에서 가장 교묘한 부분이다. 은행장은 비상등이 신호의 일종이라고 생각할 것이다. 그러나 실제로는 사기꾼의 도피를 위한 장치에 불과하다. 범인은 은행장에게 경찰에 신고하지 말라고 해두었지만, 그래도 신고를 했을지 모른다고 생각한다. 사기꾼에게 가장 위험한 순간은 돈을 집는 바로 그때이다. 바로 그 순간에 경찰이 지켜보고 있을지 모른다. 만약 이 시나리오대로 돈이 있는 차 안으로 들어가다가 현장에서 경찰에게 잡히더라도 범인은 둘러댈 핑계거리가 있다. 번화가를 걷다가 비상등이 켜진 채 엔진이 공회전하는 차를 보았다. 그래서 착한 사마리아 사람이 되어 차의 엔진을 꺼주려고 했다, 이렇게 둘러대면 되는 것이다. 만약 경찰이 차 안으로 들어가는 순간 사기꾼을 검거한다면 그는 혐의를 받을 만한 점이 하나도 없다. 설혹 돈주머니를 쥔 상태에서 걸렸다고 하더라도, 운전석에 있는 돈주머니를 보고 경찰에 신고하려 했다고 둘러대면 경찰도 할 말이 없는 것이다.

이러한 범행 시나리오는 사기꾼에게 일종의 확률 게임이었다. 그는 완벽한 시나리오대로 행동하면 되는 것이다. 만약 오늘의 대상자가 미끼를 물지 않으면 내일 다른 대상자에게 사기를 치면 된다. 그러다가 그중 한 명이 마침내 미끼를 물 것이고, 사기꾼은 납치 행각이나 폭탄 설치를 하지 않고도 거금을 움켜쥘 수 있는 것이다. 이런 사기꾼의 경우, 그 시나리오 자체가 좋은 증거가 된다. 왜냐하면 나중에라도 써먹으려고 시나리오를 잘 간직하기 때문이다. 그는 몇 가지 간단한 사전 조치만 취하면 누구에게나 사기를 칠 수 있기 때문에 그 시나리오를 간단히 포기하지 못한다.

그러나 꼬리가 길면 잡히는 법. 경찰은 마침내 그의 수법을 훤히 꿰뚫게 되었고, 사기꾼은 검거되어 재판을 받고 유죄 판결을 받았다. 사기꾼은 전직 디스크재키였는데, 음반을 하염없이 트는 것 보다 멋진 언변을 이용하여 손쉽게 돈을 벌겠다는 생각을 품은 뻔뻔한 사람이었다.

이런 사기꾼과 실제로 납치극을 벌이는 범인과는 무엇이 다른가? 이 두 범죄자는 프로파일에서는 비슷하게 나타난다. 그들은 피랍자를 죽이는 것이 목적이 아니기 때문에 가능한 한 피해자와 접촉하지 않으려 한다. 아무튼 이 두 범죄 유형에서 가장 큰 차이점은, 가짜 납치극에 비해 실제 납치극은 반드시 밝혀낼 필요가 있다는 점이다. 강탈범은 주로 머리를 잘 굴리는 사기꾼인 데 비해, 납치범은 소시오패스이다. 그래서 살인이 주 목적이 아니더라도 원하는 성과를 얻기 위해 피랍자를 무자비하게 죽일 수도 있다.

우리 부서의 스티브 마디지언은 납치극 현장에 투입된 적이 있다. 엑슨 회사의 부사장을 뉴저지의 자택 앞에서 납치하여 몸값을 요구한 사건이었다. 부사장을 납치하는 과정에서 납치범들은 우연히 부사장의 팔에 총을 쏘게 되었다. 납치범들, 전직 회사 경비원과 그의 아내는 부사장을 납치하는 데 성공하여 부상당한 피랍자를(부사장은 게다가 심장이 약했다) 박스 안에 처박았다. 부사장은 결국 그 안에서 죽고 말았다. 납치범들이 피랍자를 박스 혹은 그와 유사한 것 안에 처박은 것은 피랍자와 가능한 한 접촉하지 않음으로써 그를 사물화하려는 것이었다. 이 사건의 경우, 납치범들은 그런 결과를 낳은 것을 후회했고 또 자기들의 상태가 너무나 절망적이어서 그런 범죄를 저질렀다고 말했다. 그러나 말은 그렇게 했지만 그들은 결국 사람을 죽였고 또 주저하지 않고 한 단계 한 단계 작전을 이행했다. 목적을 달성하기 위해 사람을 죽이는 것도 마다하지 않았던 것이다. 바로 이런 것이 소시오패스의 특징이다.

납치는 끔찍한 범죄임이 틀림없지만, 다른 중범죄와는 달리 성공할 가능성이 별로 없다. 이런 특징을 감안하여 수사관들은 그 범죄를 비판적인 안목으로 면밀하게 관찰해야 한다. 그리고 범행 전, 범행 후의 피해자 태도도 잘 살펴야 한다. 모든 사람이 피해자가될 가능성이 있다는 것을 인정하면서도 다음과 같은 질문을 끊임없이 던져야 한다. '왜 하필이면 이 피해자를 선택했을까?'

약 2년 전 나는 야간에 집으로 걸려온 긴급 전화를 받았다. 오리건의 한 형사가 건 전화였다. 형사가 담당하고 있는 구역의 젊은여자가 학교에 갈 때 자꾸만 누군가의 미행을 당한다는 것이었다. 그러나 그녀도 또 친척들도 그 미행자의 신원을 알아낼 수 없었다. 그녀는 숲속에서 미행자가 어른거리는 것을 보았다. 아버지나 남자 애인이 숲속에 가서 살펴보면 그자는 사라지고 없었다. 미행자는 그녀의 집에 전화를 걸기도 하는데 공교롭게도 그녀 혼자 있을 때만 걸었다. 그녀는 너무 시달린 나머지 몹시 피곤했다. 이처럼 불안한 몇 주를 지낸 어느 날 그녀는 남자친구와 함께 레스토랑에 갔다가 화장실에 가기 위해 잠깐 자리를 비웠다. 화장실에서 나오던 그녀는 미행자에게 붙들려 바깥의 주차장으로 끌려갔다. 미행자는 주차장에서 권총 총구로 그녀의 음부를 거칠게 쑤시면서 만약 경찰에 신고하면 죽여버리겠다고 위협했고 곧 놓아주었다. 그녀는 당시 너무 겁을 먹어 미행자의 인상착의를 제대로 기억할 수 없었다고 했다.

그리고 시일이 좀 흘러 어느 날 밤 도서관에서 나오는 길에 그녀는 정말로 납치되었다. 그녀의 차는 주차장에서 발견되었고 그녀에게서는 아무런 연락도 없었다. 사태가 심각해진 것이다.

나는 전화를 걸어온 형사에게 피해자에 대해 말해달라고 요구했다. 그녀는 학교 성적이 늘 좋았던 아름다운 아가씨였다. 그러나 지난해 결혼하지 않고 아이를 낳았고 그래서 식구들과 말다툼이 있었다. 특히 아버지에게 아이를 어떻게 키울 것이냐는 문제를 놓고 꾸중을 많이 들었다. 그녀의 학교 성적은 최근에 들어와 바닥권으로 뚝 떨어졌고, 특히 그 미행 사건이 있고 난 직후 더욱 성적이 나빠졌다고 했다.

나는 내 판단이 틀렸을 수도 있고 또 그 여학생이 시체로 발견될지도 모르니까 아직 그녀의 아버지에게는 얘기하지 말라고 단서를 단 다음, 그 납치는 아무래도 자작극 같다고 말했다. 도대체 누가 그녀를 미행한단 말인가? 그녀에게는 꾸준히 사귀는 남자친구가 있었다. 최근에 악감정 때문에 헤어진 남자도 없었다. 일반적으로 말해서 무명 인사를 미행할 때는 그 무명 인사를 잘 아는 사람일 경우가 많다. 아무리 잘해도 미행은 결국 들키게 되어 있고 또 미행자 자신도 완벽하게 미행을 은폐할 수 없다. 만약 여자가 미행자를 목격할 정도라면 아버지나 남자친구도 한 번은 미행자를 목격해야 말이 된다. 그리고 미행자의 전화를 그녀만 받았다는 것도 이상한 대목이다. 경찰이 전화에 발신지 추적 장치를 달자 미행자의 전화는 걸려오지 않았다. 또 납치극이 기말고사 바로 직전에 벌어졌다는 것도 수상한 대목이다. 이런 모든 요인들이 우연히 겹쳐졌다고 보기 어렵다.

나는 다음과 같은 전향적 수사 방식을 권했다. 그녀의 아버지를 현지 언론과 인터뷰하게 하라. 다정한 부녀 관계에 대한 믿음이 여전하며, 정말 사랑하고 있으니 딸이 돌아만 왔으면 좋겠다고 말하게 하라. 또 납치자에게 간곡히 그녀를 놓아달라고 호소하게 하라. 만약 내 예측이 들어맞는다면 그녀는 하루 이틀 뒤에 나타날 것이다. 타박상을 입고 온몸에 먼지를 뒤집어쓴 채. 그리고 납치 후 학대당하고 차에서 길섶으로 내던져졌다고 말할 것이다.

나의 예측은 그대로 적중했다. 과연 그녀는 타박상을 입고 온몸이 지저분한 상태로 나타났다! 그리고 납치 경위를 그럴듯하게 둘러댔다. 나는 심문 방법으로는(사실을 다 알고 있기 때문에 심문이라기보다는 브리핑이 더 맞는 말이겠지만) 실제로 벌어진 일을 알아내는 데 초점을 맞추라고 주문했다. 그녀를 비난하지 말고 그녀의 문제점을 인정해줘라. 아이를 낳은 후 부모와 갈등이 많았던 점, 스트레스, 상처, 고통 등으로 어려운 때를 보냈다는 점, 기말 시험을 앞두고 겁을 먹었다는 점 등을 따뜻하게 말함으로써, 그녀의 체면을 세워주고 은근히 빠져나갈 구멍을 마련해줘라. 또 그녀가 처벌되지 않을 것이며 현재 그녀에게 제일 필요한 것은 정성어린 상담과 따뜻한 이해라는 점도 인식시켜라. 그리고 그런 것들이 곧 주어질 것이라는 점도 알려줘라. 현지 경찰이 이처럼 따뜻하게 접근하자 그녀는 마음이 풀어져서 납치가 자작극이었음을 자백했다.

이 사건은 겉으로는 쉬워 보이지만 나로서는 진땀을 흘린 사건이었다. 만약 내 의견이 틀렸다면 그 결과는 끔찍했을 것이다. 아주 희박한 확률이었지만 미행자가 정말 있을 수도 있기 때문이다. 그런 미행은 종종 흉악한 범죄 혹은 치명적인 범죄로 발전할 가능성도 있다.

미행자는 그 대상이 유명 인사든 아니든 대상을 사랑하고 존경하는 사람이다. 존 힝클리는 조디 포스터를 '사랑'했고 그래서 그녀가 자기의 사랑에 반응해주기를 바랐다. 하지만 그녀는 예일 대학교에 다니는 아름다운 배우였고 힝클리는 별 볼 일 없는 정서 불안자였다. 두 사람 사이의 이처럼 현격한 차이를 느낀 힝클리는 그런 상황을 일거에 역전시켜 사랑하는 조디 포스터에게 강한 인상을 심어줄 필요가 있었다. 그러니 미국 대통령을 암살하는 역사적 행위보다 더 '강한 인상을' 선사할 자료가 또 있겠는가? 힝클리는 맨정신일 때, 레이건 대통령을 암살하면 조디 포스터와 행복하게 살 수 있는 가능성은 영영 멀어진다는 것을 알고 있었을 것이다. 그러나 암살미수라는 행동을 통해 한 가지 목표는 달성할 수 있었다. 힝클리는 일약 유명해졌고, 비록 변태적인 방식이긴 하지만 대중의 마음속에 영원히 조디 포스터와 연결된 상태로 기억되었다. 이런 사건이 대개 그렇듯, 범행 직전 힝클리에게는 직접적인 스트레스 요인이 있었다. 그가 레이건 대통령을 저격하기 직전, 힝클리의 아버지는 취직을 하든지 스스로 벌어서 살아가든지 둘 중 하나를 선택하라고 최후 통첩을 했다. 비밀 검찰국* 요원인 켄 베이커는 존 레넌의 암살범인 마크 데이비드 채프먼을 형무소로 찾아가 재소자 면담을 했다. 암살범 채프먼은 비틀스 멤버였던 존 레넌에게 강한 유대감을 느꼈다. 그래서 존 레넌의 흉내를 열심히 내고 다녔다. 존 레넌의 앨범을 모두 사서 들었고 레넌이 일본 여자 오노 요코와 결혼한 것을 모방하여 여러 명의 아시아계 여자와 사귀기도 했다. 그러나 이런 암살범들이 대개 그렇듯이, 채프먼의 정서 불안도 극도의 상태에 도달하게 되었다. 그는 더는 자기 자신과 존 레넌 사이의 현격한 차이를 극복하지 못한다는 것을 알고, 레넌을 해치워야겠다는 엉뚱한 생각을 품었다. 즉 자기가 모방해야 할 대상을 파괴함으로써 더는 모방할 필요가 없게 하는 것이었다. 이것은 앞에서도 언급했듯이, 강간 살인범이 변태적 소유욕의 한 형태로 여자를 살해하는 것과 동일한 심리이다. 그런데 채프먼과 힝클리 사이에 묘한 연결 관계가 있다. 그것은 힝클리가 채프먼의 암살 행위를 보고 배웠다는 것이다. 힝클리도 채프먼처럼 사람을 쏴 죽여서 유명해지고 싶다는, 또는 악명을 떨치고 싶다는 환상을 키운 것이다.

나도 암살범을 직접 면담한 경험이 있다. 나는 앨라배마 주지사 조지 월리스를 살해하려다 미수에 그친 아서 브레머를 면담했다. 조지 월리스는 대통령 후보로 출마하여 메릴랜드에서 유세를 하다가 브레머의 총에 맞아 전신마비가 되어, 평생을 부자유스럽게 살아야 하는 처지가 되었다. 브레머는 월리스 주지사를 전혀 증오하지 않으면서도 그를 쏘았다. 주지사를 저격하기 전에 몇 주 동안

---

* 위조 적발, 대통령 경호 업무 등을 맡는 미 재무부 산하의 기관.

닉슨 대통령을 미행했으나 접근할 기회를 잡지 못했다. 브레머는 전 세계를 상대로 자기도 뭔가를 할 수 있는 사람이라는 것을 보여주고 싶어했다. 그러던 차에 월리스 주지사가 걸려든 것이었다. 주지사는 엉뚱한 시간에 엉뚱한 장소에 나타나 무고한 피해자가 된 셈이었다.

최근 들어 미행 암살 사건은 놀라울 정도로 건수가 증가하고 있다. 정치 지도자를 암살하는 경우에는 늘 '구실'이 있다. 그렇지만 그런 정치적 구호는 겉으로 내세우는 것일 뿐, 사실은 성격 이상의 무명인이 자기도 유명 인사가 되고 싶다는 지저분한 동기가 도사리고 있다. 존 레넌 같은 연예인 혹은 유명 인사의 암살 건에 그런 정치적 구호는 무의미하다. 연예인 암살 사건 중 가장 비극적인 것은 1989년에 벌어진 영화배우 레베카 셰퍼(21세) 사건이다. 그녀는 로스앤젤레스에 있는 자신의 아파트 앞에서 살해되었다. 레베카 셰퍼는 아름답고 재주 많은 배우로, 〈내 누이 샘〉이라는 텔레비전 드라마에서 팸 도버의 여동생으로 출연해 널리 이름을 알렸다. 그녀는 아파트의 문을 막 여는 순간 로버트 존 바도(19세)의 총에 맞아 즉사했다. 턱슨 출신의 바도는 패스트푸드점인 '잭 인 더 박스'에서 경비원으로 일하다가 최근에는 일 없이 놀고 있는 자였다. 레넌 암살범 채프먼과 마찬가지로, 바도는 셰퍼의 열렬한 팬이었다. 그러나 그런 열광이 하나의 강박으로 발전했다. 그리고 급기야 만약 '정상적인' 방법으로 레베카 셰퍼와 관계를 가지지 못한다면 다른 방식으로라도 그녀를 '소유'해야겠다는 변태적 환상을 품게 된 것이다.

주지하다시피, 미행의 대상은 유명 인사에게만 국한되는 것이 아니다. 전 배우자나 애인을 미행하는 경우도 얼마든지 있다. 그

스토커가 다음과 같은 생각을 하는 순간, 위험한 단계에 다다른다. "내가 그녀를(혹은 그를) 가질 수 없다면, 다른 사람도 가질 수 없어." 짐 라이트는 우리 부서에서 미행 문제의 권위자이며 치안 관계자들 사이에서 최고의 전문가로 꼽힌다. 그는 대중을 상대로 하는 사람(특히 여자)은 스토커에게 불의의 공격을 당할 가능성이 크다고 말한다. 바꾸어 말하면 스토커의 공격 대상은 아름다운 여배우에게만 해당되는 것이 아니다. 그 대상은 동네 레스토랑의 웨이트리스일 수도 있고 은행의 창구 직원일 수도 있다. 또는 같은 가게나 회사에 근무하는 여자일 수도 있다.

바로 그런 일이 크리스 웰스에게 발생했다. 그녀는 몬태나 주 미술라에 소재한 콘란스 가구 회사의 직원이었다. 젊고 유능한 데다 좋은 평판을 받았고, 열심히 일했다. 그래서 크리스 웰스는 세일즈 매니저가 되었고 1985년에는 총괄 매니저가 되었다.

크리스가 사무실에서 일하던 시점에 웨인 낸스라는 남자 직원은 창고에서 일했다. 말이 없는 그 남자는 크리스를 좋아하는 것 같았다. 친절하고 다정한 크리스는 낸스에게도 잘 대해 주었다. 그러나 웨인은 성질이 냄비 같은 남자여서 금방 끓어올랐다가 식었다 하는 정서 불안자였다. 크리스는 웨인의 그런 점을 눈치채고 내심 두려워했다. 그렇지만 아무도 웨인의 일솜씨를 불평하지 않았다. 하루종일 창고 내에서 황소처럼 묵묵히 일만 했던 것이다.

크리스나 그녀의 남편 더그 웰스(권총 판매 대리인)는 웨인 낸스가 크리스를 미치도록 좋아한다는 것을 까맣게 몰랐다. 낸스는 늘 크리스를 몰래 훔쳐보았고 그녀에 대한 기념품, 기념사진, 그녀가 사무실에서 휘갈겨 쓴 메모, 그녀의 사소한 물건 따위를 종이 상자 안에 보관해두고 있었다.

그런데 크리스 부부와 몬태나의 미술라 경찰서는 웨인 낸스가 살인범이라는 사실을 전혀 모르고 있었다. 1974년 웨인은 다섯 살 난 여아를 성폭행하고 칼로 찔러 죽였다. 크리스 사건 뒤에 밝혀진 것이지만 웨인은 여러 명의 성인 여자를 끈으로 묶고 재갈을 채운 뒤 총으로 쏴 죽였다. 피해자 중에는 친한 친구의 어머니도 있었다. 놀랍게도 이런 살인사건은 모두 미술라 카운티가 아닌 다른 카운티에서 저질러진 것이었다. 몬태나 주는 인구가 그리 많지 않은 주이지만 카운티급 경찰서는 다른 카운티 관할지역에서 벌어진 범죄행위를 잘 파악하지 못했다.

크리스 웰스도 웨인의 이런 전과를 전혀 모르고 있었다. 그러던 어느 날 밤. 웨인 낸스는 미술라 교외에 있는 크리스와 더그의 집에 침입했다. 그들 부부는 골든리트리버를 키우고 있었지만 개는 웨인에게 저항하지 않았다. 권총을 들고 온 웨인은 더그를 먼저 쏴다. 그런 다음 지하실에 묶어놓고 2층 침실로 올라가 강간할 목적으로 크리스를 침대에 묶었다. 웨인은 크리스가 자기를 알아보아도 상관없다는 듯, 복면도 하지 않았다.

한편 지하실에 있던 더그는 온몸을 비틀고 쥐어짜서 밧줄을 풀었다. 총상을 입은 데다 피를 많이 흘려 온몸이 허약하고 의식이 가물가물했지만, 그는 비틀거리며 가게에서 가져온 엽총을 놓아둔 테이블까지 걸어갔다. 그러고는 간신히 총알을 한 발 장전했다. 더그는 이제 남아 있는 힘을 모두 짜내어 천천히 지하실 계단을 올라갔다. 총상의 고통은 이루 말할 수가 없었다. 그가 살금살금 2층 계단을 올라가 복도에 들어선 순간 눈앞이 흐릿해졌다. 그러나 이를 악물고 낸스를 향해 조준을 했다.

더그는 낸스가 자기를 보기 전에 먼저 쏴야 했다. 그렇게 하지

504

않으면 낸스가 권총을 집어들고 덤빌 터였다. 낸스는 더그처럼 다치지도 않았고 총알도 더 많이 가졌다. 한 방에 해치우지 않으면 도저히 가망없는 싸움이었다.

더그는 흐릿한 눈을 크게 뜨며 방아쇠를 당겼다. 총에 맞은 낸스는 뒤로 벌렁 나자빠졌다. 그러나 치명상은 아니었고 그래서 계단 쪽에 있는 더그에게 덤벼들었다. 더그는 이제 더 물러설 수 없었다. 계단 아래로 굴러떨어질 수도 없고 크리스를 침실에 내버려둘 수도 없었다. 그래서 그는 유일한 대안을 선택했다. 더그는 있는 힘을 다해 낸스를 향해 돌격했다. 그는 총알 없는 엽총을 몽둥이 삼아 힘센 상대인 낸스를 향해 마구 휘둘렀다. 그러자 곧 크리스도 밧줄을 풀고 침실에서 나와 그를 도왔다.

오늘날까지 크리스 웰스 부부 사건은 연쇄 살인범의 살해 대상자가 끝까지 저항해서 자기 방어(정당방위) 중 연쇄 살인범을 죽인 유일한 케이스로 남아 있다. 이들 부부의 무용담은 정말 기적에 가까운 것이다. 우리 수사지원부는 이들 부부를 여러 번 콴티코로 초빙하여 수강생들에게 강의를 해달라고 부탁했다. 이 겸손한 부부는 결과적으로 영웅이 된 희생자라는 점에서 우리에게 귀중한 교훈을 남겨주었다. 사건 당일 밤 지옥에 떨어졌다가 이승으로 생환한 두 사람은 그 후 서로 따뜻하게 대해주고 서로 잘 이해하는 부부가 되었다.

그들이 콴티코 강의실에서 연설을 마치자, 수업에 들어온 한 경관이 이렇게 물었다. "만약 웨인 낸스가 그때 죽지 않고 살아나 사형이 아닌 종신형을 받았다면, 즉 그자가 당신들과 아직도 이 지구상에 함께 있다면, 당신들은 지금처럼 심리적으로 편안했겠습니까?"

505

부부는 서로의 얼굴을 한 번 보더니 일치된 의견을 내놓았다.

"절대로 편안하게 살 수 없을 겁니다."

정신과 의사들과의 싸움

도대체 어떤 인간이기에 이런 일을 저질렀을까?

연쇄 살인범 연구를 해나가던 때의 일이다. 밥 레슬러와 나는 일리노이 주 졸리엣 소재 형무소로 찾아가 리처드 스펙을 면담했다. 그 면담을 끝내고 호텔로 돌아와 텔레비전에서 CBS 뉴스를 보고 있는데 앵커 댄 래더가 또 다른 살인범인 토머스 밴더를 면담하는 프로그램이 나왔다. 그런데 공교롭게도 밴더는 졸리엣 형무소에서 복역 중이었다. 밴더는 한 여자를 수차례 찔러 죽인 죄목으로 유죄 판결을 받고 복역 중이었다. 밴더는 평생 정신병원을 들락날락했는데, '완치'되어 퇴원할 때마다 또 다른 범죄를 저질렀다. 현재 죗 값을 치르기 위해 복역 중인 살인사건 말고도, 이전에 한 번 더 살인을 한 경험이 있었다.

나는 레슬러의 방으로 전화를 걸어 이왕 졸리엣까지 온 김에 토머스 밴더도 만나보고 가자고 제의했다. 텔레비전 인터뷰를 보니 밴더는 사회부적응자임이 틀림없었다. 살인범뿐만 아니라 방화범이 될 소지도 충분한 자였다. 만약 관련 지식과 도구를 갖추었다면 폭파범도 될 수 있었을 것이다.

우리는 그다음 날 형무소를 다시 찾아갔고 밴더는 면담에 동의했다. 그는 우리가 하는 일이 무엇인지 궁금해했다. 그는 면회를 오는 사람이 그리 많지 않은 것 같았다. 면담을 하기 전에 우리는 밴더의 관련 서류를 검토했다.

밴더는 168센티미터의 키에 20대 중반인 백인 남자였다. 살인범답지 않게 매너가 부드러웠고 자주 웃었다. 그러나 웃는 중에도 살인자 특유의 '끼'가 있었다. 쉴 새 없이 눈알을 굴렸고, 불안한 듯 몸을 비틀고, 손을 비벼댔다. 정말 단 한순간도 방심해서는 안 될 상대라고 느껴졌다. 밴더의 첫 질문은 텔레비전에 나온 자기의 모습이 어땠느냐는 것이었다. 아주 잘생겨 보였다고 내가 대답하자, 웃음을 터뜨리더니 약간 표정이 풀어졌다. 그는 감옥 내의 성경 연구회에 가입했고 그 연구회가 자기에게 큰 도움이 된다고 말했다. 물론 성경을 연구하는 것은 좋은 일이다. 그러나 나는 가석방 결정위원회에 곧 출두하게 되어 있는 재소자들이 성경 연구회에 가입하는 것을 자주 보았다. 성경 공부가 목적이 아니라, 이처럼 회개하고 있으니 가석방될 자격이 충분하지 않느냐고 위원회에게 과시할 목적이 더 큰 것이다.

토머스 밴더 같은 재소자를 경비가 엄중한 형무소에 가둘 것인가 아니면 대우가 약간 나은 정신병원으로 이송할 것인가에 대해서는 찬반 양론이 있을 수 있다. 밴더와의 면담을 끝낸 후 나는 밴더를 담당하는 형무소 내 정신과 의사를 찾아가 밴더의 치료가 어떻게 되어가느냐고 물었다.

50세 가량인 의사는 밴더가 '투약과 치료에 아주 잘 반응하고 있다'며, 낙관적인 견해를 보였다. 그는 개선의 기미로 밴더가 성경 연구회에 가입한 사실을 들었고 만약 이런 속도로 치료되어간다면 곧 가석방도 검토할 수 있을 것이라고 말했다.

나는 의사에게 밴더의 범죄행위를 구체적으로 알고 있느냐고 물었다. "아니요. 하지만 알고 싶지 않습니다. 우선 시간이 없어요. 담당 재소자가 어디 한두 명이어야죠." 의사는 대답했다. 또 과거의 범죄 행각을 조사하여 자기(의사)와 환자(재소자) 사이의 관계를 부당하게 왜곡하고 싶지 않다고 덧붙였다.

"그렇다면, 의사 선생님, 제가 토머스 밴더의 범죄행위를 간략히 말씀드리죠." 의사가 싫다고 하기 전에 나는 밴더의 범죄 행각을 읊었다. 반사회적이고 외로운 늑대형의 밴더는 어떤 교회 내의 단체활동에 참가했다. 그 그룹의 모임이 끝나 모든 회원이 돌아가고 난 뒤, 밴더는 그 모임을 주최한 젊은 여자에게 추파를 던졌다. 장소는 그 여자의 집이었다. 그녀는 그의 접근을 거절했고 밴더는 그런 쌀쌀맞은 태도를 대단히 불쾌하게 생각했다. 외로운 늑대 유형의 범인들은 이런 거절을 잘 받아들이지 못한다. 밴더는 그 젊은 여자를 때려눕히고 주방에서 식칼을 들고 나와 그녀를 여러 번 찔렀다. 그리고 그 여자가 바닥에 쓰러져 피를 흘리며 죽어가는 상황에서, 여자의 배에 난 상처에 페니스를 삽입하고 사정을 했다.

그것은 정말 끔찍한 범죄행위였다. 칼에 여러 차례 찔린 그녀는 봉제인형처럼 꼼짝할 수 없었다. 하지만 아직 체온이 남아 있어 몸은 따뜻했고 또 피를 흘리고 있었다. 그러니 밴더도 당연히 자기 몸에 그녀의 피를 묻혔을 것이다. 이런 상황이니 그 여자를 사람이 아닌 사물이라고 생각할 수도 없었다. 그런데도 밴더는 발기하고 사정했다. 바로 이 점 때문에 나는 밴더의 소행이 성범죄라기보다 분노 범죄라고 주장하는 것이다. 그의 마음속에서 범죄를 부추긴 원동력은 절대로 섹스가 아니었다. 그것은 분노, 불같은 분노였던 것이다.

강간범의 소행에 치를 떨면서 그런 자는 불알을 까버리는 게 가장 합당하다고 주장하는 사람도 있기는 하지만, 위에서 언급한 이유 때문에 상습 강간범을 거세한다고 해도 별 도움이 되지 않을 수도 있다. 설혹 거세를 한다 하더라도 육체적으로나 정신적으로나 강간범의 소행을 멈추게 할 수 없다. 바로 여기에 더 큰 문제가 있다. 만약 그를 거세한다면 전보다 더 분노에 치를 떠는 변태 강간범이 생겨날 것이기 때문이다.

"더글러스, 당신은 정말 혐오스러운 사람이군요. 어서 여기서 나가주시오!" 내가 밴더의 범행을 말해주자 정신과 의사는 그렇게 쏘아붙였다.

"내가 혐오스럽다고요? 선생님은 토머스 밴더가 정신 치료를 잘 받아 가석방될 수 있다고 추천할 입장에 있는 사람입니다. 그런데 그런 분이 자기가 맡은 재소자가 어떤 인간인지도 모르고 있습니다. 범죄 현장 사진, 범죄 현장 보고서, 검시 결과 보고서 등도 읽어보지 않고 어떻게 재소자들을 이해한다고 말할 수 있습니까? 당신은 어떤 방식으로 범행이 저질러졌는지 알고 있습니까? 그것이 사전에 계획된 범행인지의 여부를 알고 있습니까? 그런 범죄를 저지르게 한 사전 행태가 어떤 것인지 이해하고 있습니까? 범죄 현장을 어떻게 해놓고 도망쳤는지 아십니까? 그가 잡히지 않고 도망치려 했다는 것을 알고 있습니까? 그가 알리바이를 만들려고 시도했던 것은요? 이런 모든 사항을 점검하지 않고 어떻게 재소자가 위험한지 아닌지 판단할 수 있단 말입니까?"

그 의사는 그 질문에 대답하지 못했다. 그렇다고 해서 나의 저돌적인 태도가 그의 소신을 바꾸어놓았다고 생각하지는 않는다. 그러나 이런 문제야말로 정말 중요하다. 이 일은 우리 수사지원부가 하는 핵심 업무이다. 앞에서도 여러 번 언급했지만 정신 치료의 성과 판단을 환자의 자기 보고서에 의존한다는 게 문제이다. 가령 자기 스스로 병세를 깨닫고 제 발로 정신과를 찾아가는 환자는 자기의 솔직한 생각과 느낌을 드러내야만 제대로 된 치료를 받을 수 있고, 그렇게 해야 자기에게 이익이 된다. 반면 조기 가출옥을 바라는 재소자는 자기의 느낌과 생각은 말하지 않고 오로지 형무소 정신과 의사가 듣고 싶어하는 얘기만 지껄여댄다. 그에게는 조기 출옥에 필요한, 의사의 추천을 받아내는 것이 최대의 관심사이다. 정신과 의사가 재소자의 다른 측면은 결부시키지 않고 오로지 그 재소자가 제출하는 자기 보고서를 액면 그대로 받아들이는 현재의 상황은 교정 체계의 커다란 구멍이다. 가령 흉악범인 에드 켐퍼와 몬티 리셀은 정신 치료를 받던 중에 흉악한 범죄를 저질렀다. 즉 범행 전에 이상이 있다는 조짐이 전혀 포착되지 않았던 것이다. 그런데 실제는 어떠했는가? 이 두 흉악범은 정신과 의사에게 자신이 '회복 중'이라고 보고했다.

또한 경력이 길지 않은 정신과 의사, 심리학자, 사회봉사자 등도 문제이다. 이들은 대학에서 정신병자들을 고칠 수 있다는 가르침을 받아 현실은 도외시한 채 이상에만 몰두하는 경향이 많다. 재소자를 담당하게 되면 자신이 그 흉악한 자들을 교화시켰다고 말하고 싶은 것이다. 이들은 재소자를 평가하면서 재소자가 사람 파악에는 귀신이라는 점을 잊어버린다. 그렇게 해서 아이러니하게도 자기들이 오히려 재소자의 평가 대상이 되는 것이다! 재소자들은 곧 그 의사, 심리학자, 사회봉사자들이 충분한 사전 연구를 했는지의 여부를 파악하고, 만약 사전 연구가 없었다고 판단되면 자신들의 범죄상을 좋은 쪽으로 가장하고 또 그것이 희생자에게 미친 영향을 과소평가해서 들려준다. 자기의 범행을 잘 모르는 사람에게 자기 범죄를 곧이 곧대로 얘기해주는 재소자는 별로 없다. 바로 이 때문에 재소자 면담을 할 때는 철저한 사전 준비가 필요한 것이다.

토머스 밴더를 담당한 정신과 의사처럼 남을 도와주는 직업을 가지고 있는 사람들은 그 범죄자의 끔찍한 범죄행위를 알게 되면 편파적이 될까 봐 범죄행위를 일부러 알려 하지 않는다. 그러나 나는 내셔널 아카데미(혹은 기타 강연회)의 수강생들에게 늘 이렇게 말해왔다. 피카소에 대해서 알고 싶으면 그의 그림을 연구하라. 마찬가지로 범죄의 성격에 대해 알고 싶으면 범인을 보지 말고 범행을 연구하라.

정신과 의사와 수사관 사이에 차이점이 있다면, 정신 관련 전문가들은 성선설에 바탕을 둔 인성을 출발점으로 하여 거기서부터 재소자들의 행태를 파악하는 반면, 우리 수사관들은 범죄 행태를 바탕으로 범인의 인성을 짚어낸다는 점이다.

물론 범죄행위의 가벌성 문제를 놓고 여러 측면에서 다른 의견을 내놓을 수 있다. 정신 관련 전문가인 스탠턴 세임나우 박사가 떠오른다. 이분은 작고한 새뮤얼 요첼슨 박사와 함께 워싱턴 D.C.의 세인트 엘리자베스 병원에서 범죄 행태를 연구했다. 수년간 일차 자료만 검토하여 자기 자신의 편견을 모두 버리게 된 세임나우 박사는《범죄자의 마음속으로 들어가기》라는 예리한 저서에서 이렇게 결론을 내렸다. "범죄자들은 책임감 있는 사람들과는 다른 방식으로 사고한다." 세임나우 박사의 얘기는, 범죄 행태란 정신이상의 문제가 아니라 성격 결함의 문제라는 것이다.

우리 수사지원부에 자주 협력해준 파크 디에츠 박사는 이렇게 말했다. "내가 연구, 검토한 연쇄 살인범들은 법의학적으로 정신이 상은 아니었다. 그렇다고 해서 정상도 아니었다. 섹스의 문제나 성격적 측면에서 분명 정신적 장애가 있는 자들인데도 자기가 무슨 짓을 하고 있는지 알고 있었고, 또 그 짓이 나쁜 짓이라는 것을 알고 있었다. 그러면서도 어쩔 수 없이 그 짓을 선택했다."

여기서 한 가지 유념해야 할 중요한 사항은 정신이상이 의학적 정신분석 용어가 아니라, 법적 개념이라는 것이다. 그러니까 정신이상은 그 범죄자가 '아픈가' 혹은 '아프지 않은가'를 뜻하는 게 아니다. 법에서 말하는 정신이상은 그 범죄자가 자신의 범죄를 책임질 수 있는가 혹은 없는가의 문제인 것이다.

만약 어떤 사람이 토머스 밴더를 정신이상이라고 생각한다고 하자. 그 사람으로서는 그런 관점에서 주장할 수 있다. 그러나 토머스 밴더 관련 자료를 면밀히 검토해보면, 이 세상의 그 어떤 수단을 동원해도 밴더의 질병은 고칠 수 없다는 것을 알게 된다. 만약 이 사실을 치안, 교정 관계자가 모두 인식한다면 그처럼 빨리 밴더를 가출옥시켜 같은 범죄를 또 저지르게 하지는 않았을 것이다. 밴더는 그 여자를 찔러 죽인 것이 최초의 범행이 아니었다. 그러니 회개 운운하는 본인의 얘기를 감안해주는 것은 좋지만, 그렇다고 그를 가출옥시켜 또 다른 살인을 저지를지 모르는 상황을 만들어 줘서는 절대로 안 되는 것이다.

최근 들어 법적 정신이상의 개념에 논란이 많았다. 그러나 딱히 새로운 것도 아니다. 이 문제는 영미법에서 수백 년 전으로 거슬러 올라가는 문제이다. 그래서 16세기에 발간된 윌리엄 램버드의 〈에이 레나르카〉나 〈평화유지법의 직능에 대하여〉 등에서도 이 문제가 거론되어 있다.

형사소송에서 최초로 정신이상이 변호 논지로 등장한 것은 1843년 대니얼 맥노튼 사건 때였다. 대니얼은 당시 영국 총리이던 로버트 필을 살해하려다가 필의 개인 비서에게 총격을 가했던 자였다. 한편 로버트 필은 런던에 경찰청 조직을 창건한 인물이다. 영국 런던에서 아직도 경찰을 보비라고 부르는 것은 이 로버트 필을 기념하기 위한 것이다.*

맥노튼이 무죄 방면되자, 런던 시민의 여론이 극도로 악화되었다. 그래서 대법원장이 상원에 나가 그런 판결의 배경을 설명하게 되었다. 대법원장의 설명 요지는 이것이다. 즉 범인의 정신 상태가 극도로 불안정하여 자기의 행동이 나쁜 짓인지 아닌지조차 모른다면 무죄라는 것이었다. 바꾸어 말하면 범인이 선악을 판단할 능력 유무가 유무죄를 결정한다는 얘기였다.

정신이상론은 그 후 여러 해를 두고 발전해 '저항불능 충동론'으로 이어졌다. 즉 정신병 때문에 자기의 행동을 통제하는 것이 불가능하고 자기의 행동을 법의 요구에 맞출 수 없을 경우, 그 범인은 무죄라는 주장이다.

이 주장은 1954년에 전면적으로 손질되었다. 상소법원 판사 데이비드 베이즐런은 '더햄 대 미국 정부' 형사소송에서 범죄행위가 '정신병이나 정신 장애의 결과'이고 또 그런 정신병이나 정신 장애가 없었다면 저질러지지 않았을 범죄에 대해서는 피고가 법적으로 책임이 없다고 판시했다.

정신이상을 폭넓게 해석한 '더햄' 판례는 선악의 구분 능력을 주된 초점으로 삼지 않았다. 그러나 이 판례는 치안 관계자, 판사, 검

* 보비는 로버트의 애칭이다.

사 등에게 별로 호의적으로 받아들여지지 않았다. 1972년 또 다른 상소법원에서 작성된 '미국 정부 대 브로너' 판례는 더햄 판례를 뒤 집었다. '브로너' 판례는 미국 사법 연구소^{ALI}의 표준 형사법 테스트를 기준으로 채택했다. 이 테스트는 맥노튼 사건과 저항불능 충동론으로 되돌아간 것이었다. 즉 정신병이라 하더라도 선악을 구분할 수 없을 정도로, 또는 법의 요구에 따른 행동을 할 수 없을 정도로 중증이어야 면책 사유가 된다는 것이었다. 이 ALI 테스트는 시간이 지날수록 법원에서 커다란 인기를 얻게 되었다.

그러나 이 충동론은 '아무리 천사 같은 사람이라도 바늘에 자꾸 발바닥을 찔리면 참고만 있지 않는다'는 논의로 발전될 수 있고, 그래서 코너에 몰리면 누구나 범죄를 저지를 수 있다는 수준 없는 얘기로 떨어질 수 있다. 나는 이 충동론 이외에 좀 더 근본적인 문제를 언급하고자 한다. 그것은 바로 '위험성'이다.

정신의학계에서 찬반양론으로 의견이 분열되어 싸움이 계속되는 전형적인 사건은 쇼크로스 사건이다. 연쇄 살인범 아서 J. 쇼크로스는 1990년 뉴욕 주 로체스터 시에서 재판을 받았다. 쇼크로스는 로체스터 시의 매춘부를 여러 명 죽였다. 그들의 시체는 제니시 강 유역의 계곡 근처 숲속에서 속속 발견되었다. 그의 살인행각은 근 1년간 계속되었고 최근에 발견된 시체들은 사망 후 파괴된 흔적이 있었다.

우리 수사지원부의 그레그 매크래리는 쇼크로스의 프로파일을 정확하고 자세하게 짚어냈다. 그레그는 UNSUB의 행동 양식이 점차 발전되는 것을 면밀히 관찰했다. 경찰이 훼손된 시체를 발견하자, 그레그는 범인이 시체 유기 후에도 그 장소를 찾아왔다는 사실을 알아냈다. 그래서 로체스터 경찰에게 아직도 실종 중인 여자의 시체를 찾아내라고 주문했다. 만약 시체를 찾아낸다면, 그곳에 경찰을 잠복시켜 범인을 잡아낼 수 있다는 것이 그레그 매크래리가 내세운 전향적 수사 방법이었다.

뉴욕 주 경찰은 헬리콥터를 동원하여 제니시 강 유역의 숲 일대를 샅샅이 정찰했다. 그리하여 31번 주 도로 옆의 새먼크리크 시내川 인근에서 시체를 하나 발견했다. 그리고 존 매캐프리 수사관은 그 시내를 가로지르는 낮은 다리에 차를 주차시켜놓은 한 남자를 발견했다. 캐프리는 급히 주 경찰과 시 경찰을 호출하여 그 남자를 쫓아갔다. 경찰이 픽업한 남자의 이름은 아서 J. 쇼크로스였다.

주 경찰 소속의 데니스 블라이드와 로체스 경찰서의 레너드 보리엘로로 구성된 수사팀은 쇼크로스를 엄중하게 심문했다. 쇼크로스는 여러 건의 범죄 사실을 시인했다. 10여 명의 매춘부를 살해한 그의 범죄에서 가장 중요한 사항은, 그가 범행 당시 정신이상인가 아닌가 하는 문제였다.

피고 측은 뉴욕 벨뷔 병원에서 근무하는 저명한 정신분석의 도로시 루이스 박사를 증인으로 초빙했다. 도로시 루이스는 폭력이 아동에게 미치는 효과를 연구하여 중요한 업적을 남긴 저명한 정신과 의사였다. 그녀는 대부분의(전부는 아니더라도) 흉악한 범죄행동은 어릴 때의 학대나 정신적 상흔에 간질, 부상, 또는 병소, 낭포, 종양 등의 기질적器質的 조건이 결합하여 발생한다고 보았다. 대표적인 예가 찰스 휘트먼 사건(1966)이다. 사건 당시 25세의 공대생이었던 휘트먼은 텍사스 대학의 시계탑 위로 올라가 그 아래를 지나가는 학생들에게 무차별 사격을 퍼부었다. 경찰이 그 시계탑을 둘러싸고 90분 뒤 휘트먼을 사살할 때까지, 16명의 남녀 학생이 사망했고 약 30명이 부상을 입었다. 휘트먼은 사건 발생 전에 주기

적으로 사람을 마구 죽이고 싶은 충동과 분노를 느낀다고 털어놓
았다. 의사들이 그의 시체를 부검해보니, 머리 측두엽에 종양이 있
었다.

　그렇다면 그 종양이 학살행위의 원인인가? 우리는 알 길이 없다.
그러나 도로시 루이스 박사는 쇼크로스의 머리를 MRI 촬영을 해
보니 측두엽에 작은 양성 종양이 있다는 사실을 배심원들에게 알
리면서 변론을 펴나갔다. 박사는 그것을 간질의 일종으로, 베트남
참전 당시 얻은 전쟁후유증(일종의 정신병)이며 '부분적인 복합발작
상태'라고 규정했다. 또 쇼크로스는 어릴 적에 어머니에게 육체적,
성적 학대를 받았다고 했다. 그러니까 도로시 루이스 박사는 흉악
한 범죄행동이 어릴 때의 학대나 정신적 상흔에 간질, 부상, 또는
병소, 낭포, 종양 등의 기질적 조건이 결합하여 발생한다는 자신의
임상 소견을 적용하여, 쇼크로스가 범행 당시 판단 능력이 없었다
고 주장하려 했다. 또 그가 여자들을 죽일 때마다 일종의 기억상실
상태에 빠졌으며 그 살인사건에 대한 기억은 손상되어 있거나 아
예 없을 것이라는 얘기도 덧붙였다.

　그러나 도로시 루이스 박사의 주장에는 큰 구멍이 있었다. 살인
사건이 발생하고 나서 여러 주 혹은 여러 달이 지났는데도, 쇼크로
스는 수사팀의 보리엘로와 블라이드에게 아주 자세하게 살인사건
의 디테일을 설명했다. 어떤 경우에는 경찰이 도저히 찾아내지 못
하는 시체 유기 장소로 안내하기까지 했다. 그가 이처럼 유기 장소
를 훤히 꿰고 있는 것은 범행 후 수도 없이 살인의 스릴을 반추하
며 그 기억을 생생히 간직했기 때문이었다.

　그는 경찰의 추적을 따돌리기 위해 증거를 일부 인멸하기까지
했다. 체포된 후에는 여자친구에게(아내도 있었다) 형무소보다 정신

병원이 지내기가 한결 편하기 때문에 정신이상 변론이 받아들여졌으면 좋겠다는 분석적인 편지를 써 보냈다.

이런 점을 비춰볼 때, 쇼크로스는 자기의 소행을 뚜렷하게 인식하고 있었다. 1969년부터 범죄행위를 저지르기 시작한 그는 1969년시 라큐스 시 북쪽 워터타운에서 방화절도를 한 혐의로 유죄 판결을 받았다. 그 뒤 1년도 못 지나 또다시 체포되어 어린 소년과 소녀를 목 졸라 죽인 사실을 시인했다. 소녀에게는 성추행까지 했다. 이 두 범죄로 쇼크로스는 25년 형에 처해졌다. 그러나 15년 복역한 끝에 가석방되었다. 바로 이것 때문에 앞(제6장 에드 켐퍼 부분)에서 소개한 그레그 매크레리의 프로파일링 중 UNSUB의 나이 예측이 틀린 것이었다. 쇼크로스가 감방에 15년 있었던 것은 일시적인 휴지에 불과했다.

이제 쇼크로스 사건을 자세히 짚어보자. 첫째, 나는 물론이고 내가 현직에 있던 동안 나와 함께 일한 수천 명의 경관, 검사, 연방 요원들에게, 두 명의 어린이를 죽인 자에게 25년 형이 적당한 형벌인가 물으면 하나같이 턱없이 가벼운 형량이라고 대답할 것이다. 둘째, 쇼크로스 같은 흉악범을 조기 출소시키기 위해서는 다음 두 가지의 상반되는 가정이 전제되어야 한다.

전제 1 : 쇼크로스의 나쁜 성장 환경(결손가정), 어머니의 학대(이것은 쇼크로스가 주장한 것이다), 좋은 교육의 부재, 폭행 전과 등에도 형무소 생활은 정신의 눈을 뜨게 해주고, 사회 복귀에 대비시키는 멋진 경험이었다. 말하자면 쇼크로스는 광명을 되찾았다. 자신의 과거가 잘못되었다는 것을 깨닫고 형무소의 교정 노력에 감동해 잘못을 깨끗이 회개하고 법을 지키는 착실한 시민으로 여생을 살겠다고 결심한다. 즉 새출발의 각오이다.

이 전제가 현실적으로 수긍하기 어렵다면 다음과 같은 전제는 어떤가.

전제 2 : 형무소 생활은 매일매일이 지옥과 같은 끔찍한 것이었고 징벌성이 너무 강한 생활이었다. 그래서 나쁜 성장 환경에서 자라 열악한 생활에 익숙해져 있음에도 또 아이들을 강간, 살해하고 싶은 지속적인 욕망을 포기하는 한이 있더라도 다시는 감옥에 가고 싶지 않아졌다. 그래서 형무소 생활만 피할 수 있다면 그 어떤 것이라도 할 각오이다.

나는 이 전제도 앞의 전제만큼이나 현실성이 없다는 것을 인정한다. 만약 이 두 전제 중 어느 한 가지를 믿지 않는다면, 어떻게 또 살인할 가능성이 큰데도 쇼크로스 같은 자를 가석방시킬 수 있는 것인가?

어떤 유형의 살인범은 다른 살인범에 비해 같은 범죄를 또다시 저지를 가능성이 크다. 나는 흉포하고 변태적인(성적으로) 연쇄 살인범에 대한 파크 디에츠 박사의 의견에 전적으로 동의한다. "이런 연쇄 살인범을 또다시 사회로 복귀시켜도 괜찮은 상황이 과연 있는지 의문스럽다." 내가 면담해본 연쇄 살인범 중 가장 똑똑하고 또 가장 통찰력이 뛰어난 에드 켐퍼조차도 자기는 절대로 가석방되어서는 안 된다고 솔직히 말했다.

재소자들 중에는 끔찍한 자가 너무나 많다. 내가 면담한 적이 있는 리처드 마케트는 20대 초반에 벌써 강간미수, 폭행 상해 등의 전과를 여러 번 저질렀다. 그러나가 포틀랜드 술집에서 만난 한 여자에게 접근했으나 거절당하자, 분을 못 이겨 강간 살해하고 시체를 마구 훼손했다. 그는 포틀랜드에서 달아나서 FBI의 긴급 수배자 리스트에 들어갔고 급기야 캘리포니아에서 체포되었다. 그는

1급 살인죄를 판결받고 종신형에 처해졌다. 12년 복역 후 가석방되자 두 명의 여자를 또다시 살해하고 시체를 훼손한 죄목으로 다시 체포되었다. 도대체 가석방위원회는 무슨 근거로 이자가 더는 위험하지 않다고 판단한 것인가?

나는 FBI, 법무부, 또는 그 밖의 기관을 대변하지는 않는다. 그렇지만 소신이 확고하기 때문에 이렇게 말하는 것이다. 나는 내 양심을 걸고 주장한다. 무고한 남자, 여자, 아이를 또다시 살해할 흉악범들을 가출옥시켜서는 안 된다. 그런 흉악범은 평생 감옥에 붙잡아두는 것이 더 좋다고 생각한다.

미국인은 모든 일이 늘 좋게 흘러갈 것이라고 낙관하곤 한다. 잘못된 것은 늘 개선할 수 있고, 마음먹은 것은 이루어낼 수 있다고 믿는 경향이 있다. 그러나 일부 흉악범은 다르다. 그들을 관찰하면 할수록 사회와 영원히 격리하는 게 더 낫다는 확신이 생긴다. 흉악범들의 어린 시절은 종종 끔찍하기 짝이 없다. 훗날 성장해서 그 고통스러운 후유증을 다소 극복하지만, 여전히 그 후유증은 잠자는 불처럼 위험한 상태로 남아 있게 된다. 그래서 판사, 피고 측 변호사, 정신건강 전문가의 믿음과는 달리, 형무소 내의 좋은 태도가 출옥 후 사회에서의 좋은 태도를 예고해준다고 볼 수는 없다.

다시 쇼크로스의 얘기로 돌아가보자. 쇼크로스는 모범수였다. 말이 없고, 혼자 있고, 시키는 대로 잘하고, 남의 일에 간섭하지 않았다. 하지만 나나 내 동료가 교정 업무나 법의학 분야에 종사하는 사람들에게 긴곡히 호소하고자 했던 내용은 '위험도는 상황에 따라 다르다'라는 것이었다. 가령 흉악범이라 할지라도 잘 감시된 상태에 놓아두면, 별 위험이 없다. 그러나 엄중한 감시가 풀어진 자율적인 상황에 놓아두면 그의 모범적인 행동은 급속히 바뀔 수 있다.

다른 죄수의 예를 하나 인용하겠다. 잭 헨리 애벗이라는 죄수는 살인죄로 복역 중이었는데,《야수의 뱃속에서》라는 감동적이고 예리한 회고록을 옥중에서 집필했다. 애벗의 뛰어난 문학적 재질을 아깝게 여기고 또 그런 감수성과 통찰력이 있는 사람은 당연히 사회복귀를 시켜야 한다면서, 노먼 메일러 같은 유명 문인들이 애벗의 조기 가출옥 운동을 펼쳤다. 애벗은 뉴욕 사회의 커다란 화젯거리가 되었다. 애벗은 가출옥하고 몇 달 되지 않아 그리니치 빌리지의 식당에서 한 웨이터와 언쟁을 벌인 끝에 그를 살해하고 말았다.

전에는 행동과학부의 강사였고 현재는 수사지원부의 요원인 앨 브랜틀리는 내셔널 아카데미 강의에서 이렇게 말했다. "미래의 행태와 미래의 난폭한 행동을 미리 예측케 해주는 최고의 근거는 과거의 폭행사이다."

물론 아서 쇼크로스는 잭 헨리 애벗만큼 똑똑하지도 재기발랄하지도 못하다. 그러나 가석방위원회를 설득하여 가출옥을 얻어낼 정도의 머리는 있었다. 쇼크로스는 가출옥 후 빙엄턴에 정착했다. 그러나 그곳 주민들이 화를 내며 그의 전입을 결사적으로 반대하자 두 달 후 그곳을 떠났다. 그는 좀 더 사람이 많이 살고 신분 은폐가 용이한 로체스터 시로 갔다. 이곳에서 그는 식품 유통 회사의 샐러드 요리사로 취직했다. 로체스터에 온 지 1년 정도 되었을 때 그는 또다시 살인을 하기 시작했다. 이번에는 범행 대상이 매춘부는 아니었지만, 역시 취약한 입장에 있는 여성들이었다.

정신분석의 도로시 루이스 박사는 쇼크로스를 검사하는 중에 그에게 여러 번 최면을 걸어 어린 시절로의 '퇴행'을 유도했다. 그는 최면 상태에서 어머니가 빗자루의 끝 부분으로 자신의 항문을 깊

521

이 찔러댔다는 경험을 기억해냈다. 최면 상태에 빠진 쇼크로스는 어머니의 성격과 또 다른 여러 사람의 성격을 가진 생판 다른 사람이 되었다. 그것은 〈사이코〉를 연상시키는 기괴한 장면이었다(그러나 쇼크로스의 어머니는 아들을 학대한 적이 없다고 주장했고, 아들이 거짓말쟁이라고 비난했다).

벨뷰 병원에서 작업할 때, 도로시 루이스 박사는 학대당한 어린이에게서 보이는 다중인격의 놀라운 경우를 수집했었다. 그 어린이들은 나이가 아주 어렸기 때문에 연극을 한다고 볼 수는 없었다. 그러나 루이스 박사가 보여주었듯이, 다중인격은 아주 어릴 적, 그러니까 말을 하기 전부터 시작되는 희귀한 징후이다. 성인이 되어서 다중인격 운운하는 경우는, 살인죄를 저지르고 재판을 받는 피고가 되어 변호사 변론을 할 때뿐이다. 어찌된 일인지 그 이전에는 다중인격이었어도 잘만 살아온 것이다.

1970년대에 언덕 교살 사건을 저지른 두 사촌 중의 한 명인 케네스 비안치도 체포 후 자신이 다중인격이라고 주장했다. 존 웨인 게이시도 같은 변론 방법을 썼다(나는 가끔 이런 농담을 하곤 한다. 가령 다중인격 범인을 잡았다면 좋은 인격은 놓아주고 나쁜 인격만 감옥에 가두면 되지 않겠느냐고).

쇼크로스 재판 때 멋진 논고를 한 수석 검사 찰스 시라구사는 도로시 루이스에 맞서기 위해 파크 디에츠를 증인으로 초빙했다. 파크 디에츠도 도로시 루이스 못지않게 쇼크로스를 여러 번 검사했고, 쇼크로스가 살인사건에 대한 디테일을 상당히 많이 기억하고 있음을 알아냈다. 디에츠는 쇼크로스가 어릴 때 학대를 받았다는 얘기의 진실성에 대해 확정적인 판단을 내리지 않았으나, 적어도 신빙성은 있다고 생각했다. 그렇지만 망상에 빠져 있다고 보지는 않았으며, 기억상실로 고통받았다는 증거도 찾아내지 못했다. 또 쇼크로스의 범죄 행태와 기질적 이상 사이에 어떤 연관이 있다고 보지도 않았다. 파크 디에즈는 다음과 같은 결론을 내렸다. 범행 당시 정신적 혹은 정서적 문제점이 있었다고 하더라도, 아서 쇼크로스는 선악을 구분할 능력이 있었고 살인을 해야 할지 말아야 할지 판단하고 선택할 능력이 있었다. 그리고 적어도 10건 혹은 그 이상의 살인사건에서 자신의 명료한 판단에 따라 살인을 했다.

수사관 렌 보리엘로가 왜 그토록 많은 여자를 죽였느냐고 묻자 쇼크로스는 이렇게 대답했다. "손 좀 보려고요."

진짜 정신병자 즉, 현실 세계에 대한 감각을 잃어버린 자는 그렇게 빈번하게 중죄를 저지르지 않는다. 또 설혹 범죄를 저질렀다고 해도 너무나 조잡하고 비조직적인 방식으로 범행한다. 게다가 사건을 은폐하려는 기도도 하지 않는다. 그래서 곧 잡히고 만다. 여자들의 피를 먹어야만 자기의 목숨을 부지할 수 있다고 믿었기 때문에 여자들을 살해한 리처드 트렌턴 체이스는 사이코패스였다. 그는 사람의 피를 얻을 수 없을 때는 그 주위에 있는 닭, 개 등을 닥치는 대로 죽여서 피를 먹었다. 체이스는 정신병원에 들어간 다음에도 토끼를 잡아 피를 뽑은 후 자기 팔뚝의 혈관에 주입했다. 또 작은 새를 잡아서 이빨로 대가리를 뜯어낸 후 새의 피를 마셨다. 체이스는 어느 모로 보나 정신병자임이 틀림없다. 그러나 수사망을 요리조리 피하면서 10명의 여자를 죽인 살인범은 정신병자가 아니다. 수사망을 그처럼 피하는 것만으로도 그의 두뇌가 조직적으로 작동하고 있음을 알 수 있다. 그러니 우리는 정신병자(혹은 정신이상자)와 정신병질자를 엄격히 구분해야 하고, 이 두 가지를 서로 혼동해서는 안 된다.

재판 도중 쇼크로스는 배심원을 향해 견인주의자 같은 부동자세를 취했다. 심지어 긴장성 분열증 환자처럼 보였다. 몽환 상태에 빠져 자기 주위에 무슨 일이 벌어지는지 모르는 사람 같았다. 그러나 감방에서 재판정까지 호송한 경찰관과 호송원의 말에 따르면, 배심원이 보지 않는 곳에서는 다시 긴장을 풀고 말을 많이 하고 심지어 농담까지 했다는 것이다. 그는 정신이상이라는 전략을 배심원에게 팔아먹어야 한다는 것을 잘 아는 간특한 자였다.

내가 범죄 인성 연구차 만나본 재소자 중 가장 똑똑하고 가장 재주 많고, 또 내친 김에 하는 말인데 가장 매력적인 죄수는 게리 트랩넬이었다. 게리는 성인이 되면서부터 감옥을 안방처럼 들락거리며 살아왔다. 재소자 시절 한 젊은 여성을 구워삶아 형무소 안뜰에 헬리콥터를 착륙시켜 자기를 구출케 한 재간꾼이었다. 1970년대 초 비행기를 납치했다가 지상에 착륙한 게리는 비행기에 들어앉아 자기의 도망갈 구멍을 협상하고 있었다. 협상 도중 그는 주먹을 불끈 쥐며 카메라 기자에게 포즈를 취했다. 그러고는 이렇게 요구했다.

"앤절라 데이비스를 석방하라."[*]

"앤절라 데이비스를 석방하라고? 갑자기 앤절라 데이비스 얘기는 왜 꺼내지?" 당시 이 사건을 담당했던 치안 관계자들은 그런 요구가 참으로 황당무계하다고 생각했다. 트랩넬의 배경을 아무리 살펴보아도 과격한 흑인 여자 교수와 상관이 있을 것 같지 않았다. 그동안 트랩넬은 정치색이 전혀 없는 행각을 벌여왔다. 그런데 요구 조건의 하나로 앤절라 데이비스를 감옥에서 석방하라고 주장한

---

[*] 앤절라 데이비스는 흑인 여성 철학 교수로, 공산당에 가입하여 캘리포니아대 교수직에서 해임되었다. 그 후 살인사건에 연루되어 1970~1972년 구금된 상태에서 재판을 받았으나 무죄방면되었다.

것이다. 미친 게 틀림없어. 당시 치안 관계자들은 그렇게 생각할 수밖에 없었다.

그는 결국 항복하고 유죄판결을 받아 일리노이 주 매리언 연방 형무소에서 복역하게 되었다. 나는 그 형무소로 트랩넬을 찾아갔다. 그러고는 왜 앤절라 데이비스를 석방하라고 요구했느냐고 물어보았다.

"그 비행기 납치극에서 도저히 빠져나갈 구멍이 없다는 것을 알았어요. 이젠 영락없이 감방에서 썩어야 한다고 각오했죠. 그러려면 아무래도 흑인 친구들에게 내가 정치범이라는 인상을 심어놓을 필요가 있었어요. 그래야 하다못해 형무소에서 샤워를 하다가 후장을 따이지는 않을 거 아닙니까?"

트랩넬은 그 당시 제정신이었을 뿐만 아니라 앞날을 내다보기까지 했던 것이다. 그러니 실제로는 정신이상의 반대편에 서 있었다. 그는 《여우도 역시 미쳤다》라는 회고록을 쓰기도 했다. 좋은 정보가 많이 들어 있는 이 회고록은 협상의 문제를 새로운 시각에서 바라보게 해준다. 협상 도중 황당무계한 요구 사항이 갑자기 튀어나오면 그것은 범행자가 마음속에서 이미 다음 단계로 넘어갔음을 의미한다. 따라서 협상자는 이런 사실을 고려에 넣고 협상에 임해야 한다.

트랩넬은 그 밖에도 내게 아주 유익한 이야기를 해주었다. 만약 자기에게 DSM(정신병 진단·통계 교본: Diagnostic and Statistical Manual of Mental Disorders) 1부를 주고 그중 어떤 증세를 흉내 내라고 하면, 형무소 정신과 의사를 깜빡 속여 넘길 정도로 해낼 수 있다는 것이었다. 과연 트랩넬은 여러 면에서 쇼크로스보다는 한 수 위였다. 아무튼 재소자란 이런 사람들이다.

정신과 의사에게 요사이 기분도 좋아지고 어린 소년을 괴롭히는 일은 생각만 해도 끔찍하다고 말해서 가석방을 얻어낼 수 있다면 재소자들은 얼마든지 그런 입에 발린 말을 떠벌릴 수 있다. 마찬가지로 쇼크로스는 배심원들에게 멍한 몽환의 상태를 내보여야 기억 상실이라는 연극을 훨씬 잘 팔아먹을 수 있는 것이다.

오랫동안 치안 관계자들은 DSM에 의존하여 어떤 증세가 정신병에 해당되고 또 해당되지 않는가를 판단했다. 그러나 우리 수사관들은 그 교본이 우리에게 별 도움이 되지 않는다는 것을 알고 있다. 바로 이런 이유 때문에 우리는 1992년에 CCM(범죄 분류 교본: Crime Classification Manual)을 발간했다. 이 교본의 뼈대는 내 박사학위 논문에서 나왔다. 레슬러, 앤 버제스, 앤의 남편 앨런 버제스(보스턴 대학교 경영학 교수) 등이 나와 함께 이 책을 공동 저술했다. 수사지원부와 행동과학부의 여러 요원들, 가령 그레그 쿠퍼, 로이 헤이즐우드, 켄 래닝, 그레그 매크래리, 저드 레이, 피트 스메릭, 짐 라이트 등이 옥고를 기고해주었다.

CCM이 발간되면서 우리는 행동적 특징에 바탕해 중죄를 분류하기 시작했다. 그리고 DSM의 순수 심리학적 접근방식과는 다른 방식으로 범죄를 이해하기 시작했다. 가령 DSM을 가지고는 O. J. 심슨 사건의 살인 시나리오를 설명하지 못한다. 그러나 CCM에는 유사 사건이 설명되어 있다. CCM은 행동과학 측면에서 알곡과 쭉정이를 가려내어 핵심만 모아놓았다. 그렇게 하여 수사관과 법조계 인사들이 관계있는 사항과 관계없는 사항을 재빨리 파악하도록 도움을 주고 있다.

피고와 변호인단이 범행에 대한 책임을 면하려고 도움이 되는 건 뭐든지 다 꺼내놓는 행동은 별로 놀랄 만한 일이 아니다. 쇼크로스의 변호팀이 내놓은 정신이상의 요인 중에, 그가 월남전 참전 당시 얻은 외상후스트레스장애PTSD: Post-Traumatic Stress Disorder도 있었다. 쇼크로스의 병력을 검토해보니 그는 실제 전투에는 참가하지도 않았다. 그리고 PTSD는 새로운 개념도 아니었다. 그전에도 이미 다른 피고들이 써먹었던 것이다. 1975년 12월 9일 밤 오리건주 실버턴에서 두 여자의 배를 찔러 내장이 튀어나오게 한 범인 두안 샘플스도 PTSD를 방어 논리로 내세웠다. 배를 찔린 두 여인 중 한 여인은 사망했고 다른 한 여인은 간신히 살아남았다. 나는 범죄 현장 사진을 보았다. 그것은 검시실의 시체 해부 풍경과 너무나 흡사했다. 로버트 레슬러는 샘플스의 주장과는 달리 샘플스가 실제 전투에 참가하지 않은 것을 알아냈다. 샘플스는 그 두 여자를 찌르기 하루 전날, 자기의 오랜 환상은 아름다운 알몸 여자를 마구 찔러 내장을 바깥으로 튀어나오게 하는 것이라는 내용의 편지를 써 보냈다.

1981년 레슬러는 오리건 주로 출장을 가서 샘플스를 가석방시키려는 주지사의 의도를 왜 저지해야 하는지, 그 이유를 검찰 측에 조목조목 설명했다. 레슬러의 설명이 먹혀서 주지사의 가석방 결정은 보류되었지만, 그래도 샘플스는 10년 뒤인 1991년 가석방되었다.

샘플스는 과연 정신이상인가? 두 여자의 배를 마구 찔러 내장이 바깥으로 튀어나오게 했을 당시 잠시 정신이상이었던 것일까? 그런 끔찍하고 변태적인 짓을 한 자는 과연 사람일까? 어디가 아파도 단단히 아픈 자일 거야. 보통 사람이라면 이렇게 말하는 것이 정상이다. 나 자신도 그런 반응에 대해서는 이의를 달지 않겠다.

그렇지만 샘플스는 자기가 하는 짓이 나쁜 짓이라는 것을 알았을까? 알았는데도 그 짓을 하기로 선택한 것일까? 수사관인 나로서는 이것이 제일 중요하다.

로체스터 시법원에서 벌어진 아서 쇼크로스의 재판은 5주 이상이나 끌었다. 그동안 시라구사 검사는 법의학적 측면의 정신의학에 대해서 깊고 넓은 이해를 갖게 되었다. 내가 보기에 정신과 의사보다 나은 수준이었다. 텔레비전으로 방영된 그 재판 때문에 시라구사 검사는 뉴욕 주 일대에서 영웅이 되었다. 최후진술이 끝나고 판정만 남았을 때, 배심원들은 채 하루도 못 되어 모든 연쇄 피살사건에 대하여 2급 살인죄가 인정된다는 판결을 내렸다. 재판관은 쇼크로스가 재범 기회를 갖지 못하도록 만전을 기했다. 쇼크로스에게는 주 형무소에서 250년을 복역하라는 선고가 떨어졌다.

이 판결은 정신이상 변론의 또 다른 측면을 드러냈다. 그것은 일반인들이 잘 모르고 있는 점이기도 하다. 일반적으로 배심원들은 정신이상 방어 논리를 별로 좋아하지 않고 또 거기에 잘 넘어가지도 않는다.

배심원들의 이런 태도에는 두 가지 이유가 있다고 생각한다. 첫째, 연쇄 살인범들이 어쩔 수 없이 충동적으로 범죄를 저지른다는 얘기를 믿지 않는다는 것이다. 내가 아는 연쇄 살인범들은 아무리 충동적이라고 해도 제복 경관이 지켜보고 있는 곳에서는 살인 충동을 느끼지 않았다.

둘째, 보다 근본적인 문제가 있다. 피고의 운명을 결정하는 심리에 들어갔을 때, 법적, 정신의학적, 학술적 논증은 잠시 뒤로 밀리게 된다. 배심원들은 본능적으로 피고가 대단히 '위험한' 자라고 느끼는 것이다. 그러니 그런 위험한 자를 '정신이상'이라는 학술적 근거로 놓아주는 것은 사회의 안전을 해치는 일이라고 생각한다. 가령 살인마 제프리 다머*의 경우를 예로 들어보자. 밀워키의 선남 선녀로 구성된 배심원들은 지적인 측면에서는 과연 제프리 다머가 정신이상이냐 아니냐에 관심이 있을지 모른다. 그러나 실제적인 측면에 들어가면 배심원들의 태도는 달라진다. 이런 흉악범을 보안이 허술하고 환자를 잘 간수하지 못하는 정신병원에 둔다는 것은 지역 사회의 앞날을 대단히 어둡게 한다는 현실적 고려가 핵심적인 관심 사항이 되는 것이다. 그래서 형무소에 가둔다면 그 위험성은 자동적으로 상당히 억제되는 것이다.

물론 정신과 의사나 정신건강 전문가들의 의도는 잘 알고 있다. 그들도 이 위험한 흉악범을 조기 가출옥시켜 더 많은 살인을 저지르게 하자는 목적은 결코 아니다. 하지만 내 경험으로 비추어볼 때, 대부분의 경우 이들 전문가는 수사관들의 업무를 충분히 감안하지 않기 때문에 균형 잡힌(혹은 현실을 충분히 감안한) 판단을 내리지 못하는 것 같다. 이들 전문가는 특정 분야에 제한된 법의학적 경험을 바탕으로 판단을 내리고 있다.

프로파일러 초년 시절 나는 오리건 주의 자기 집에서 피살당한 노파 안나 벌리너의 UNSUB 프로파일을 작성했다. 현지 경찰은 그들이 찾고 있던 UNSUB에 대해 임상 심리학자와 상담했다. 피살자의 상처 중에는 가슴에 네 군데 깊은 연필 자상이 있었다. 심리학자는 그전에 살인죄로 기소된 혹은 유죄 판결을 받은 약 50여 명의 남자들과 면담을 한 경험이 있었다. 그 면담은 대부분 형무소

---

* 위스콘신 주 밀워키에서 성폭행, 시체 훼손, 식인행위, 시체 강간 등의 끔찍한 범죄를 저지르면서 17명을 죽인 살인마.

내에서 이루어진 것이었다.

심리학자는 그 면담 경험을 바탕으로 범인이 복역 경험이 많은 전과자이며 마약 밀매범일지 모른다는 예측을 했다. 왜냐하면 날카롭게 깎은 연필이 살인 무기가 된다는 것은 재소자 사이에서만 알려져 있기 때문이다. 전과자가 아닌 보통 사람이 연필을 공격 무기로 사용하는 것은 생각해볼 수 없다는 것이, 심리학자의 추론이었다.

경찰이 내게 의견을 물어왔을 때, 나는 그와 정반대되는 프로파일을 내놓았다. 피살자의 나이와 건강 상태, 과잉 살인, 범행 시간(대낮), 귀중품이 없어지지 않았다는 점 등을 들어 경험 없는 청소년이 범죄를 저질렀다고 예측했다. 범인은 연필 무기에 대한 사전 지식이 없었다. 단지 연필이 거기 있기 때문에 사용한 것뿐이다. 살인범은 경험 없는 16세 소년임이 밝혀졌다. 피살자의 집에 워커톤(걸어서 하는 마라톤) 행사에 기금을 내라고 찾아갔다가 엉겁결에 살인을 하게 되었다. 그 소년은 실제로는 워커톤 행사에 참가하지도 않은 자였다.

이 범죄 현장의 주요 특징은 모든 행동과학적 증거가 자신감 없는 범인을 가리키고 있다는 점이었다. 만약 전과자가 나이 많은 여자를 상대로 범행을 저질렀다면 아주 자신만만했을 것이다. 단 한 조각의 증거(가령 프랜신 엘버슨 사건에서의 흑인 음모 같은 것)에만 집중하여 추리를 전개하게 되면 범행의 전체적 그림을 놓치기 쉽다. 사실 안나 벌리너 피살사건에서도 볼 수 있듯이, 단 하나의 증거(연필 자상)가 실상과는 전혀 다른 방향으로 수사를 유도했다.

수사 업무에 종사하는 사람들에게 제기되는 가장 어려운 질문은 어떤 특정 개인이 현재 위험하냐 혹은 앞으로 위험해질 것이냐 하는 것이다. 정신과 의사들은 이런 질문을 '그 개인 자신에게(자살) 혹은 다른 사람에게(타살) 위협'이 되는가의 기준에서 파악한다. 그러나 우리 수사관은 '다른 사람에게(타살)' 쪽에 더 중점을 두고 있다.

1986년경, FBI는 콜로라도로부터 한 현상소에 보내진 필름 한 통에 대해 문의를 받았다. 현상된 사진 속의 남자는 20대 후반 혹은 30대 초반이었고 위장복을 입은 상태로 4륜 구동차의 뒷문 앞에 서 있었다. 한 손에는 엽총을 들었고 다른 한 손에는 마구 찔러 심하게 훼손된 바비 인형을 들고 있었다. 인형을 상대로 그런 짓을 한 것은 물론 범죄가 아니다. 또 이 사진 속의 남자는 전과가 있지도 않을 것이다. 그러나 나이가 그 정도 되었으니 인형을 상대로 고문을 가하면서 환상을 실제화하는 짓은 이제 지겨울 때도 되었다. 그런 가학 취미도 이제 진전되어 강도를 높여나갈 것이다. 사진만을 가지고 그런 가학 취미가 그 남자의 인생에서 얼마나 중요한 의미를 차지하는지 알기는 어렵다. 그러나 인형을 훼손하고 또 위장옷을 입고 일부러 사진까지 찍은 것을 보면, 한때의 객기가 아닌 것만은 틀림없다. 그런 고문행위가 그에게 중대한 의미를 갖고 있다고 봐야 한다.

나는 이 남자가 요주의 인물이라고 말했다. 왜냐하면 그런 행태로 보아 언젠가는 인형이 아닌 실물을 상대로 그런 짓을 저지를지도 모르기 때문이다. 말하자면 그 남자는 '위험성'이라는 범죄의 균을 내부에 보유하고 있는 보균자이다. 남은 것은 잠복된 균이 언제 드러나느냐 하는 시간 문제일 뿐이다. 하지만 정신과 의사들이 나의 이런 진단에 동의할지 어떨지는 확신이 없다.

사진 속의 남자뿐만이 아니다. 나는 오랜 수사경력에서 그 밖의 다른 '바비 인형 사건'도 많이 알고 있다. 인형을 상대로 고문을 가하는 자들은 대부분 성인 남자였다. 중서부 지방의 한 범인은 곳곳에 바늘을 찔러넣은 바비 인형을 현지 정신병원의 1층 로비에 내다버렸다. 일반 사람들은 이런 것을 목격하면 악마적인 컬트, 부두교, 혹은 요술에 걸린 사람의 소행 등으로 치부해버린다. 그러나 그런 것들과는 본질적으로 아무런 상관이 없다. 범인은 바비 인형에다 특정 인물의 이름을 써 붙이지도 않는다. 그러니까 이것은 불특정 다수를 향한 가학증세의 표출이다. 범인은 여자들과 정상적인 교제를 하지 못하는 문제 있는 남자인 것이다.

이런 남자는 또 다른 특징을 갖고 있다. 토끼나 쥐 같은 조그마한 동물을 상대로 고문을 하며 그런 짓을 주기적으로 반복한다. 그는 남자든 여자든 동년배의 성인과는 교제하기가 어렵다. 어른이 되어서는 어리고 힘없는 애들을 상대로 깡패처럼 굴거나 가학행위를 한다. 그리고 곧 인형을 상대로 가학 환상을 충족시키는 것이 시들해지는 단계에 이른다. 이런 자가 '병자'인가 아닌가 하는 판단은 보는 관점에 따라 달라진다. 하지만 이자가 대단히 위험한 인물이라는 점은 의심의 여지가 없다.

그렇다면 언제 그런 위험한 행동이 발생할 것인가? 이런 자는 일반적으로 적응불능의 패배자이다. 그가 볼 때 모든 사람이 자기를 괴롭히려 들 뿐 자기의 '위대한' 재능을 인정해주지 않는다. 만약 인생의 스트레스 요인이 한계치에 도달하면, 그는 환상을 넘어 그 환상을 행동으로 옮기게 된다. 인형을 가지고 고문을 하던 자가 실물을 상대로 고문을 하겠다고 마음먹으면 동년배를 찾아가지는 않는다. 그보다 어리고 약하며 방어 능력이 없는 사람을 찾아간다. 그는 본질적으로 비겁한 자이다. 그래서 동년배를 노리겠다는 생각은 감히 하지 못한다.

그렇다고 해서 범인이 반드시 어린아이를 노린다는 뜻은 아니다. 바비 인형의 원형은 어디까지나 성숙하고 발달된 여인이지, 사춘기 이전의 소녀가 아니다. 범인의 내면이 아무리 비틀려 있다고 할지라도 그가 원하는 것은 성숙한 여자와의 교제이다. 만약 어린아이 인형을 고문하고 훼손한다면 우리는 또 다른 문제에 직면하게 된다.

인형에 수도 없이 바늘을 찔러넣고 그 인형을 정신병원에다 내다버린 자는 정상인으로서 기능할 수가 없다. 당연히 운전면허도 없을 테고 사람들 틈에 나가면 자루 속에 든 송곳처럼 괴상한 녀석으로 눈에 띄게 된다. 반면 사진 속의 변장한 남자는 인형을 바늘로 찌른 남자보다 더 위험하다. 그는 직업을 가졌기 때문에 소총, 트럭, 카메라를 살 돈이 있다. 이리저리 돌아다니면서 사회 내에서 '정상인'으로 기능할 수 있다. 그러나 이 남자가 홱 돌아버리는 순간, 무고한 사람이 커다란 위험에 놓이는 것이다. 정신과 의사나 정신건강 전문가들이 이런 잠복된 위험성을 구분할 수 있을까? 절대 아니다. 그들은 그런 구분을 할 수 있는 배경이나 소양을 갖고 있지 못하다. 그들은 자신들이 발견한 사항을 현실에서 검증하지 않았다.

우리가 행한 연쇄 살인범 연구의 주요 특징은 재소자들이 말한 것을 실제 증거를 바탕으로 검증했다는 것이다. 이런 검증 과정이 없으면 정신병질자들이 제출한 자기 보고서에 의존할 수밖에 없다. 그런 자료는 좋게 말하면 불완전하고 나쁘게 말하면 무의미하다.

위험도 평가는 많은 쓰임새와 활용도를 갖고 있다.

1982년 4월 16일(금). 재무부 산하 비밀 검찰국 요원들이 일련의 편지 사건으로 나를 찾아왔다. 1979년 2월부터 대통령(처음엔 지미 카터, 그 후엔 로널드 레이건)과 기타 정치 지도자들을 암살하겠다는 편지를 같은 사람이 계속 보내온다는 것이었다.

첫 번째 편지는 뉴욕 주재의 비밀 검찰국에 보낸 것이었고 발신인은 '외롭고 우울한 사람'으로 되어 있었다. 공책 종이에 손글씨로 휘갈겨 쓴 두 장짜리 편지였다. '카터 대통령이나 기타 힘 있는 자들을 총으로 쏴 죽이겠다'는 내용이었다.

1981년 7월과 1982년 2월 사이, 여덟 통의 편지가 날아왔다. 그 중 세 통은 뉴욕의 비밀 검찰국, 한 통은 뉴욕의 FBI, 한 통은 워싱턴의 FBI, 한 통은 〈필라델피아 데일리 뉴스〉, 그리고 나머지 두 통은 백악관에 직접 보낸 것이었다. 그 편지들은 '외롭고 우울한 사람'의 필적과 동일했으나 발신인은 모두 'C.A.T.'로 되어 있었다. 발신지는 뉴욕, 필라델피아, 워싱턴 등이었다. 그 편지에서 C.A.T.는 '신神의 악' 혹은 '악마'로 지칭되는 레이건 대통령을 살해하겠다고 했다. 레이건 대통령을 지지하는 다른 정치 지도자의 이름도 언급되어 있었다. 편지를 보낸 자는 존 힝클리의 이름을 들먹이면서 힝클리가 하지 못한 일을 자기가 해내겠다고 호언장담했다.

그 뒤에도 계속 편지가 왔고 수신인의 수가 늘어나, 하원의원 잭 켐프, 상원의원 알폰스 다마토도 그 편지를 받았다. 비밀 검찰국 요원들의 우려 사항은, 그 편지에 뉴욕 시의 다마토 상원의원과 레이먼드 맥그라스 하원의원 사진이 들어 있다는 것이었다. 아주 가까이에서 찍은 사진이었다. 그래서 C.A.T.가 충분히 거리를 확보하여 암살 위협을 행동으로 옮길 수 있음을 과시하는 것이 아니냐고 해석했다.

마침내 1982년 6월 14일. 열네 번째 편지가 〈뉴욕포스트〉 편집인에게 도착했다. '악마'인 대통령을 해치우면 자기가 누구인지를 온 세상에 알릴 것이라는 내용이었다. 범인은 아무도 자기의 말을 믿지 않고 또 모두 자기를 비웃고 있다고 주장했다. 나는 범인의 그런 주장을 당연한 수순으로 여겼다.

편지에서 범인은 역사적 임무를 완수하고 난 뒤 그 신문에 독점 인터뷰 권한을 주겠다고 했다. 우리는 그것이 우리가 찾고 있던 '구멍'이라고 생각했다. C.A.T.는 신문 편집자와 대화할 용의가 있었던 것이다. 그래서 우리는 그런 기회를 마련해주면서 함정 수사를 펴기로 했다. 편지 속에 쓰인 언어, 문장 스타일, 수신인과 발신지 등으로 볼 때, 범인은 뉴욕 출신이 틀림없었다. 나는 다음과 같은 프로파일을 작성했다. 20대 중반의 백인이며 독신 남자이다. 뉴욕 시 외곽에 사는 뉴욕 토박이이며 혼자 살고 있을지 모른다. 고등학교 정도를 졸업한 보통 지능의 남자이며 정치학이나 문학 강좌를 추가로 수강했을 가능성이 있다. 막내이거나 외아들이다. 과거에 심한 마약 혹은 알코올 중독자였다. 지금도 가끔 마약과 알코올에 의존한다. 부모나 다른 사람들의 기대에 부합하지 못했으므로 자기 자신을 실패자로 생각한다. 시도하다가 중도에 그만둔 일이나 목표가 대단히 많다. 20대 초반에서 중반까지, 어떻게 손쓸 수 없는 스트레스로 심리적 고통을 받았다. 스트레스 요인은 군복무, 이혼, 질병, 가족의 사망 등이었다.

C.A.T.가 무엇을 의미하고 혹은 상징하는지에 대해서는 많은 추측이 있었다. 나는 거기에는 별 의미가 없으니 별로 신경쓰지 말라

535

고 비밀 검찰국에 말했다. UNSUB가 그 단어의 어감 혹은 글씨 모양을 좋아해서 그렇게 썼을지 모르므로 그런 세세한 사항을 너무 깊게 생각하지 말라고 조언했다.

비밀 검찰국의 가장 큰 관심사는 이 인물이 과연 위험한가 아닌가 하는 문제였다. 편지를 써서 살해 위협을 하는 인물들은 많으나 실제 실행에 옮기는 자는 소수이다. 나는 검찰국 요원들에게 이런 성격을 가진 자는 뭔가 노리는 경향이 있다고 말해주었다. 이런 자들은 일차적으로 정치적 단체나 컬트에 접촉해보려고 하지만 실패한다. 일반 사람들은 이런 성격을 가진 자들을 괴짜라고 치부할 뿐 별로 심각한 위협이라고 생각하지 않는다. 그러는 사이에 시간이 흘러가고 문제는 점점 더 악화된다. 암살 위협범들은 자신의 삶에 의미를 부여해줄 어떤 임무에 집중한다. C.A.T.는 암살 위협을 하면서 인생의 어떤 방향을 난생처음 느꼈고 그 느낌을 좋아하게 되었다. 그러다 보면 점점 더 빈번하게 무모한 짓을 감행하게 된다. 그런 무모한 짓을 반복하면 저절로 위험한 자가 되어버리는 것이다.

UNSUB는 무기를 잘 다루고 가까운 거리에서 공격하는 것을 좋아한다. 물론 그렇게 하면 범행 후 도망갈 수 없다는 것을 잘 안다. 자살행위와도 같은 임무에 집착하기 때문에 후세를 위한 일기를 쓰고 있다. 그래야 온 세상 사람들이 그의 이야기를 알게 될 테니까. 타이레놀 독극물 범인과는 다르게, C.A.T.는 무명 인사로 남아 있는 것을 좋아하지 않는다. 삶에 대한 공포가 죽음에 대한 공포보다 커지면 흉악한 범행을 저지르게 된다. 그는 범행 직전에 대단히 침착할 것이다. 위장을 하고 주위 환경에 적응해 들어간다. 인근의 경찰이나 비밀 검찰국 요원들과 잡담을 나누기도 할 것이다. 겉으로 보기에는 지극히 정상적이고 비폭력적인 사람이다.

여러 모로 보아 C.A.T.는 존 힝클리와 같은 유형의 성격이다. 범인은 힝클리 재판 기사를 열심히 읽었으며, 힝클리를 숭배하는 것 같다. 나는 범인이 힝클리 관련 행적을 알고 싶어할 것이라고 생각했다. 그래서 비밀 검찰국 요원들에게 이렇게 조언했다. 워싱턴의 포드 극장에서 한번 잠복해보라(포드 극장은 에이브러햄 링컨이 암살당한 곳이며 동시에 힝클리가 레이건 대통령을 저격하기 전에 묵었던 곳이다). 또 힝클리가 묵었던 인근의 호텔도 체크해보라. 혹시 힝클리가 묵었던 방을 요구하는 자가 있다면, 그가 범인일 가능성도 있다.

그러자 호텔에서 그 방을 요구한 사람이 있다고 신고했다. 비밀 검찰국은 재빨리 현지로 내려가 그 방에 묵고 있는 자들을 검문했다. 그들은 나이가 지긋한 노년의 부부였다. 수십 년 전 신혼 때 그 방에서 묵었는데, 가끔 결혼기념일마다 그 방에 묵으러 온다는 얘기였다.

1982년 8월. 비밀 검찰국은 '워싱턴 D.C. 대통령 집무실' 앞으로 보낸 'C.A.T.'의 편지 두 통을 받았다. 스탬프에 찍힌 발신지는 캘리포니아 주 베이커필드였다. 많은 암살자들이 사냥감을 찾아 전국을 떠돌기 때문에 이 범인이 계속 돌아다니는 것은 아닐까 우려되었다. 그 편지에 이런 구절이 있었다. "건강한 마음과 몸을 갖고 있는 나는 가능한 한 많은 미국인을 동원하여 무장한 후 우리 내부의 적을 우리나라에서 소탕할 작정이다." 횡설수설 정신병자 같은 얘기를 장황하게 늘어놓은 다음, 범인은 자기가 겪은 '고문과 지옥'에 대해 썼고, 또 '맨 꼭대기에 있는 쓰레기를 정의롭게 처단하려고 노력하는' 중에 자기가 살해될 수도 있음을 인정했다.

나는 그 편지를 면밀히 검토한 끝에 그 편지의 주인공은

C.A.T.가 아니라 모방범이라고 결론을 내렸다. 첫째, 그 편지는 대문자로 씌어진 그전의 편지와는 달리 필기체로 작성되어 있었다. 레이건 대통령을 '악마', '늙은이' 등으로 지칭하지 않고 '론'이라고 호칭했다. 나는 또 편지 작성자가 여자일 거라고 생각했다. 그 편지에 나타난 공갈과 협박은 불쾌하기 짝이 없는 것이었지만, 가짜 C.A.T.가 위험하다고 생각하지는 않았다.

그러나 진짜 C.A.T.는 사정이 달랐다. 나는 그를 잡는 데에는 '전략적인 지연술'이 최고 좋은 방법이라고 생각했다. 즉 대화를 시켜놓고 시간을 끌면 잡을 수 있을지도 몰랐다. 우리는 비밀 검찰국 요원을 신문 편집자로 위장시켜 그럴듯한 편집자처럼 보이게 했다. 그리고 가짜 편집자에게 범인을 어떻게 상대할 것인가를 코치했다. 나는 그 요원에게 C.A.T.의 마음을 사로잡아 '풀스토리'를 털어놓게 하는 것이 중요하다고 강조했다. 일단 상호 신뢰감이 형성되면 '가짜 편집인'은 밤늦게 아주 한적한 곳에서 한번 만나자고 제의한다. 그 편집인도 C.A.T.만큼이나 보안 유지에 관심이 많다고 그럴듯한 핑계를 둘러댄다.

우리는 〈뉴욕포스트〉에 대강 그런 내용의 정교한 광고를 실었다. 그리고 C.A.T.는 그 광고에 응해왔다. 그는 가짜 편집인과 주기적으로 대화를 나누기 시작했다. 범인은 그랜드 센트럴 역이나 펜실베이니아 역에서 전화를 하는 것 같았다. 아니면 공공 도서관이나 박물관일 수도 있었다.

이 무렵 FBI는 머리 미런 박사에게 또 다른 평가서를 접수했다. 미런 박사는 시라큐스 대학에 근무하는 저명한 심리언어학자였다. 머리 미런 박사와 나는 협박범에 관한 연구를 공동으로 수행했고 또 공동으로 논문을 쓴 적도 있다. 나는 그가 심리언어학 분야에서 최고 권위자 중의 한 사람이라고 생각한다. 범인과의 통화가 시작되자, 머리는 통화 내용을 분석하여 FBI에 분석서를 제출했다. C.A.T.가 위험한 인물은 아니며 그 대신 저명인사 암살 운운하면서 매스컴을 타 유명해지려는 사기꾼이라고 분석했다. 머리는 범인을 반드시 잡아야 한다는 데에는 나와 같은 의견이었지만 위험도에 대해서는 나와 달리, 별 위험이 없다고 보았다.

마침내 우리는 그를 전화통에 오래 묶어놓아 발신지 추적을 할 수 있게 되었다. 1982년 10월 21일, 비밀 검찰국과 FBI 합동수사팀은 펜실베이니아 역의 한 공중전화 부스에서 범인을 검거했다. 그는 그때도 '가짜 편집인'과 통화 중이었다. 그의 이름은 알폰스 아모디오 2세(27)였고 백인이었으며 뉴욕 토박이에 고졸이었다.

FBI와 비밀 검찰국은 플로랄 파크에 있는 비좁고 바퀴벌레가 우글거리는 아모디오의 아파트를 수색했다. 그의 가정은 결손가정이었다. 아모디오 부인에게 아들에 대해 물어본 결과, 부인의 증언은 프로파일과 일치했다. "아들은 세상을 증오했고 그것이 그를 증오한다고 느꼈어요." 또 아들의 성질이 냄비 같아서 시도 때도 없이 변한다고 했다. 여러 해에 걸쳐 신문 스크랩을 열심히 했고 정치인을 이름별로 분류한 서류철만 해도 두 개의 파일 캐비닛 가득이라는 것이었다. 어릴 적에는 너무 말을 더듬어 초등학교 취학을 연기했을 정도였다. 육군에 입대했으나 신병 훈련을 받은 후 탈영했다. 일기에 자기자신을 '도둑고양이'라고 지칭한 데가 여러 군데 있었지만, 왜 C.A.T.라는 별명을 사용했는지에 대해서는, 요원들도 합리적 설명을 찾아내지 못했다.

아모디오는 벨뷰 병원의 정신병동에 강제 입원되었다. 재판을 진행하기 전에 지구법원 판사 데이비드 에델스타인은 정신병자 전문 사회복지 사업가에게 요구하여 아모디오에 대한 평가서를 받았다. 그 사회복지 사업가는 피고가 심한 정서장애를 앓고 있으며 미국 대통령이나 기타 정부고관들에게 위협적인 존재가 될 수 있다는 평가서를 제출했다.

아모디오는 자신이 C.A.T.였다고 자백했다. 그를 조사한 요원들은 그에게서 정치적 취향이나 의도를 찾아낼 수 없었다. 그가 유명 정치인의 암살을 들먹인 것은 순전히 유명해지고 싶은 욕망과 '나도 한다면 한다'는 남성적 이미지를 풍기려는 욕망 때문이었다.

아모디오는 현재 정신병원에서 퇴원해 있는 상태이다. 이런 유형의 사람은 여전히 위험할까? 나는 그가 갑자기 위협적인 인물이 되리라고 보지는 않는다. 그러나 스트레스 요인이 계속 쌓이고 그도 쌓이는 스트레스를 해결할 방도가 없을 때, 또다시 잠재적 위험 인물로 변신하게 될 것이다.

내가 위협 편지에서 제일 먼저 주목하는 특징은, 그 편지의 어조이다. 가령 정치가, 영화배우, 운동선수, 기타 유명 인사 등에게 보낸 일련의 편지에서, 그 어조가 점점 더 경직되고 긴박해지면(왜 내 편지에 답장하지 않는 거야!') 그때가 범인의 한계점이라고 봐야 한다. 그와 같은 강박, 충동적 경직성을 오랫동안 유지한다는 것은 정신적으로나 육체적으로나 피곤한 일이다. 곧 그 개인은 폭발하기 시작할 것이다. 이렇게 말하면 변태적 행동은 정신병의 한 형태이지, 상황에 의해 조성되는 것은 아니라고 반론을 펴는 이도 있을 것이다. 나는 여기서 범행을 일으키는 주 원인이, 범인의 본성이냐 아니면 주변 상황이냐를 놓고 학술적 논쟁을 벌이고 싶지 않다. 하지만 이런 인물들을 다룰 때, 내가 제일 먼저 주목하는 부분은 그가 얼마나 '위험한가' 하는 문제이다.

나는 여자 암살미수범이나 찰리 맨슨 패밀리의 동조자인 리네트 '스퀴키' 프롬이나 사라 제인 무어 같은 여자 범죄자들을 면담한 적도 있다. 하지만 우리가 책자로 발간한 재소자 면담 시리즈는 백 퍼센트 남성 범죄자만 다룬 것이었다. 물론 여자 중에도 암살범유형이 있지만, 이 책에서 언급된 연쇄 살인범이나 치정 살인범은 모두 남자다. 우리의 연구 결과에 의하면, 연쇄 살인범들은 결손가정에서 성장했고, 성적·육체적 학대 경험이 있으며, 마약 혹은 알코올, 기타 관련 문제 등을 일으킨 공통 분모를 갖고 있다. 물론 이런 환경에서 성장한 여자들도 있을 것이다. 그리고 실제로는 여자들이 남자들보다 더 많은 성적 학대와 괴롭힘을 받으며 자란다. 그런데 왜 여자들은 나중에 커서 남자들보다 연쇄 살인범이 되는 확률이 낮은 것일까? 아니, 왜 제로에 가까운 것일까? 물론 플로리다주의 주간(州間) 고속도로에서 여러 명의 남자를 살해한 혐의를 받은 에일린 우어노스 같은 여자 연쇄 살인범도 있다. 그러나 이 경우는 너무도 진귀하여 전국적인 화제가 될 정도였다.

이 문제에 대해서 자신 있게 대답할 만큼 연구가 진행되어 있지 않기 때문에 우리의 입장은 대단히 취약한 편이다. 여성의 낮은 범죄율은 일부에서 주장하는 것처럼 테스토스테론(남성 호르몬의 일종) 수치와 직접적으로 관련이 있는지도 모른다. 또는 호르몬이나 화학 반응과도 관련이 있을 수도 있다. 우리가 직접 겪은 경험에 비추어 자신 있게 말할 수 있는 것은 여자들은 스트레스 요인을 안으로 삭히는 경향이 있다는 것이다. 그 스트레스 요인을 밖으로 발산하기보다는 알코올, 마약, 매춘, 자살 등으로 해결한다. 어떤 여자들은 어릴 때 가정에서 당했던 심리적, 육체적 학대를 나중에 커서 되풀이하기도 한다. 에드 켐퍼의 어머니가 그 좋은 예이다. 정

541

신건강의 측면에서 본다면 이런 한풀이는 대단히 해롭다. 그러나 어찌되었든 여자들은 남자들만큼 연쇄 살인범이 많지 않으며 설혹 있다 해도 거의 무시할 수 있는 수치이다. 그러니 여자는 일단 제쳐두자.

자, 그러면 남자 연쇄 살인범의 위험도를 어떻게 볼 것인가? 정신 장애나 성격 결함을 좀 더 일찍 발견하여 그것이 만개하기 전에 예방할 수는 없을까? 불행하게도 거기에 대한 간명한 대답은 없는 상태이다. 원론적으로 말한다면 가정이 최일선에 나서 이런 문제를 막아주어야 하는데, 많은 경우 치안기관이 이런 정신 장애나 성격 결함을 상대하는 최일선 역할을 하고 있다. 사회가 이 지경에 놓여 있다는 것은 분명 위험한 상황이다. 왜냐하면 치안기관에서 개입할 때에는 이미 너무 늦어서 예방 차원의 선도는 불가능한 것이다. 우리 치안기관이 할 수 있는 최대한의 조치는 유사 흉악한 사건이 더는 일어나지 않도록 하는 것뿐이다. 조기 예방이나 선도는 치안기관으로서는 힘에 부치는 일이다.

그렇다면 조기 예방을 학교에 기대하면 어떨까? 이것 역시 과도한 주문이라고 생각된다. 나쁜 가정 환경에 있는 어린아이를 이미 과중한 부담을 안고 있는 교사에게 맡겨, 하루 일곱 시간의 노력으로 선도하라고 요구한다면, 그런 주문은 성공 확률이 반의 반에도 못 미칠 것이다. 그렇다면 아이가 학교에 있지 않는 나머지 열일곱 시간은 누가 책임지는가?

사람들은 우리가 수사 경험과 연구 실적도 많으니 어떤 아이가 나중에 커서 위험해질지 미리 알 거 아니냐고 묻는다. 그런 질문에 로이 헤이즐우드는 이렇게 답한다. "물론 압니다. 그저 알기만 하는 측면에서는 훌륭한 초등학교 선생님도 마찬가지일 겁니다." 그렇다. 그저 알기만 하는 것으로는 충분하지 않다. 문제아를 조기에 치료하고 집중적으로 보호해야만 조기 예방이 가능하다. 또 그들이 자라날 때, 훌륭한 롤모델이 되어줄 어른이 있으면 예방 효과는 더욱 높아진다. 문제아의 교화에는 좋은 롤모델이 최고인 것이다.

콴티코에서 '미래학'으로 이름난 특별요원인 빌 타포야는 우리가 페르시아 만에 보내는 군사원조 규모와 맞먹는 돈과 자원을 적어도 10년간 집중적으로 투입해야 효과를 볼 수 있을 것이라고 말한다. 또 역사상 가장 효율적인 장기 반^反 범죄 계획인 헤드스타트 프로젝트를 거국적으로 재실시해야 한다고 주장한다. 그는 이 프로젝트를 경찰만 수행해서는 안 된다고 강조한다. 매맞는 아내의 구조, 아이 없는 가정의 입양 문제, 고아에게 좋은 입양 가정 찾아 주기 등 각종 사회복지 업무를 수행할 '사회복지 사업가 군단'을 창출해야 한다고 주장한다. 이런 사업을 벌이려면 엄청난 자금이 필요하므로 거기에 알맞는 대폭의 세제 혜택을 주어야 한다고 말한다.

빌 타포야의 제안대로 한다고 문제가 전부 해결될지는 자신할 수 없다. 그러나 이런 프로그램이 틀림없이 중요한 기폭제가 될 것이다. 정신과 의사들은 나름대로 온 힘을 다해 지원하고, 우리 같은 수사관은 심리학과 행동과학을 이용하여 범인을 잡으려고 노력한다. 그러나 슬픈 사실은, 우리가 이처럼 범인을 잡기 위해 덤벼들 때에는 이미 엄청난 범행이 저질러지고 난 뒤라는 것이다.

때로는 괴룡이 이긴다

1982년 7월. 16세 소녀의 시체가 시애틀 외곽의 그린리버 강에서 발견되었다. 당시 아무도 그 사건을 심각하게 생각하지 않았다. 그린리버 강은 레이니어 산에서 발원해 퓌젯 사운드 만으로 빠지는데, 사람들이 몰래 쓰레기를 내다버리는 강으로도 유명하다. 피살자는 나이 어린 매춘부였다. 이 시체의 중요성은 그해 늦여름까지 경찰에 알려지지 않았다. 그러다가 8월 12일 그 강에서 또 다른 여자 시체가 발견되었다. 그리고 사흘 뒤인 8월 15일에는 세 구의 시체가 더 발견되었다. 피살자의 나이와 인종은 달랐지만, 모두 질식사였다. 어떤 시체는 강물에 가라앉히려고 몸에 중량물이 부착되어 있었다. 모두 알몸이었고, 두 구의 시체는 질내에 자그마한 돌들이 들어 있었다.

그 범죄가 연쇄 살인범의 소행이라는 것이 분명해지자, 시애틀에서 벌어졌던 테드 번디 연쇄 살인사건의 망령이 시민들의 기억에 되살아났다. 1974년 시애틀에서는 '테드'라고 알려진 범인이 최소한 여덟 명의 여자를 살해했다. 그 사건은 그 뒤 4년 동안 미해결로 남아 있다가, 1978년 플로리다 주의 여학생 클럽 회관에 난입하여 여러 명의 여학생을 살해한 시어도어 로버트 번디라는 구변 좋은 미남 청년이 잡히면서 해결되었다. 4년 동안 테드 번디는 미국 전역을 누비면서 적어도 23명의 젊은 여자들을 살해했고, 그리하여 미국인의 집단 무의식 속에서 공포의 대명사로 영원히 남게 되었다.

그린리버 연쇄 살인사건은 킹 카운티 범죄 수사대의 리처드 크래스크 소령이 담당했다. 그는 수사 과정에서 얻은 정보를 더 자세히 검토하기를 원했고 그래서 FBI와 접촉하여 '그린리버 살인범'의 프로파일을 작성해달라고 의뢰했다. 각급 경찰서에서 차출된 요원으로 새로 구성된 합동수사본부 소속의 수사관들은 강가에서 발견된 모든 시체가 동일범의 소행이냐에 대해서는 의견이 일치하지 않았다. 그러나 피살자에게는 하나의 공통점이 있었다. 그것은 죽은 여자들이 모두 시애틀-터코마 국제공항 근처의 시애틀-터코마 고속도로 일대에서 영업을 하는 매춘부라는 사실이었다. 그리고 실종된 매춘부의 수가 한두 명이 아니었다.

1982년 9월. 시애틀 지국장인 앨런 휘터커가 업무 협의차 콴티코에 들르는 길에, 처음 발견된 다섯 구의 시체에 대한 자세한 자료를 리에게 갖다주었다. 나는 부하 직원들의 결재서류와 자꾸 걸려오는 전화를 피해 도서관 꼭대기 층에 올라가 한적한 구석에 틀어박혀 있었다. 그곳은 곰곰이 생각할 일이 있으면 내가 늘 가는 곳이었다. 나는 혼자 앉아서 창밖을 내다보며(지하에 근무하는 사람에게 지상에 올라와 창밖 풍경을 내다보는 일은 늘 경이롭다), 가해자와 피해자의 마음속으로 들어가려고 애썼다. 나는 범죄 현장 보고서, 현장 사진, 검시 보고서, 피살자 인상 착의 등을 검토하며 하루를 보냈다. 나이, 인종, MO(범행 방식) 등에서 약간씩 차이가 있긴 했지만, 오히려 유사성이 더 많아 그 다섯 건의 살인사건이 동일범의 소행이라는 생각이 들었다.

힘이 세고, 사회 부적응자이며, 실업 상태의 백인 남자 프로파일이 머릿속에 그려졌다. 범인은 그린리버에 대해 잘 알고 또 자신의 범행을 조금도 후회하지 않는 자이다. 후회는커녕 범인은 그런 살인을 임무 수행이라고 생각한다. 그는 과거에 여자들과 좋은 관계를 유지하지 못했다. 그래서 천대받는 매춘부들은 아무리 많이 죽여도 조금도 거리낄 것이 없다고 생각한다. 그러나 범죄의 성격과 피살자의 신분 때문에 이런 프로파일에 부합되는 인물이 많을 것이다. 그린리버 살인범은 에드 켐퍼처럼 머리가 잘 돌아가는 자는 아니다. 그가 저지른 범행은 조잡하고 위험도가 큰 범행이다. 무엇보다도 전향적인 수사 방법을 펴서 UNSUB를 경찰과 접촉하도록 만들어야 한다. 앨런 휘터커는 콴티코 출장을 마치고 시애틀로 돌아갈 때 그 프로파일을 가지고 갔다.

9월 말, 심하게 부패된 젊은 여자의 시체가 공항 근처의 집창촌에서 발견되었다. 그녀는 알몸이었고 검은 남자 양말 두 짝을 목에 매달고 있었다. 검시의는 여자가 그린리버에서 발견된 시체들과 거의 같은 시기에 살해되었다고 추정했다. 범인은 경찰이 강 일대를 샅샅이 수색한다는 것을 알고 MO를 바꿨는지도 몰랐다.

칼튼 스미스와 토마스 길렌이 완벽한 조사를 통해 엮어낸《그린리버 살인범을 찾아서》라는 책에 잘 나와 있듯이, 유력한 용의자는 44세의 택시 운전사였다. 이 운전사는 거의 모든 점에서 우리의 프로파일에 부합했다. 초기부터 수사에 끼어들었고, 살인자를 찾아내는 방법을 경찰에 제보했을 뿐만 아니라, 다른 택시 운전사가 범인일지 모른다고 조언하기까지 했다. 그는 시애틀-터코마 고속도로 일대에서 영업을 하면서 매춘부 및 깡패들과 많은 시간을 노닥거렸다. 프로파일에서 예측된 대로 야행성이었고, 충동적으로 운전을 했으며, 술을 마시고 담배를 피웠다. 매춘부들의 안전을 걱정하기도 했다.

다섯 번 결혼에 실패했고 강 근처에서 자랐으며 홀아비가 된 아버지와 살았고 보수가 잘 안 된 구닥다리 차를 몰고 다녔다. 그는 신문에 난 사건 기사를 탐독했다.

현지 경찰은 9월 어느 날 그를 조사할 스케줄을 잡아놓고 내게 출장을 와서 전략을 짜달라고 부탁했다. 나는 당시 대단히 바쁘게 움직이고 있었다. 거의 일주일 단위로 미국 전역을 돌아다녀도 담당한 사건들이 줄어들지 않았다. 현지 경찰이 콴티코로 전화를 걸어왔을 때, 나는 출장 중이었다. 그래서 대신 전화를 받은 행동과학부장 로저 드뤼와 통화를 했다. 드뤼는 내가 곧 출장에서 돌아올 테니 조금만 기다렸다가 나와 직접 통화하라고 권고했다. 그 당시만 해도 용의자(택시 운전사)는 경찰에 협조적이었고 또 시애틀 일대를 떠날 의사가 없었다.

그러나 현지 경찰은 나를 기다리지 않고 예정대로 조사를 진행했다. 그런데 일이 안 풀리려고 그랬는지 하루종일 조사가 진행된 끝에 경찰과 용의자는 대치 상황에 빠져버렸다. 모든 것이 있는 그대로 정확하게 보이는 사후의 견지에서 보면 그 조사를 다르게 진행했을 수도 있었을 것이다. 거짓말 탐지기 테스트는 애매하게 나왔고, 경찰이 용의자를 밀착 감시하면서 상황 증거를 계속 보강했지만, 그를 체포할 정도의 증거는 나오지 않았다.

나는 그린리버 수사에 직접 개입하지 못했기 때문에 그가 정말 유력한 용의자인지는 장담하지 못하겠다. 그러나 수사 협조가 잘 안 되고 수사력이 집중되지 않아 수사 초기 단계에 큰 장애가 생긴 것은 사실이다. 그렇게 해서 범인을 잡기에 가장 좋은 시점인 초기 단계가 그만 훌쩍 흘러가버렸다.

범인이 가장 걱정하고 어떻게 대처해야 할지 모를 때가 수사 초기 단계이다. 바로 이때가 범인을 혼란시키는 가장 위력적인 때이다. 시간이 흘러가면서 UNSUB는 수사망에서 빠져나왔다는 것을 알게 되고 안심한다. 그러면 냉정을 유지하면서 MO를 더욱더 가다듬게 되는 것이다. 그런데 그린리버 사건은 용의자의 균형을 뒤흔들어 저절로 실족하게 할 수 있는 결정적 기회를 놓치고 말았다.

이 사건의 초기 단계에서 현지 경찰은 컴퓨터를 갖추고 있지 않았다. 수사가 진행되면서 현지 경찰이 단서를 분류해나가는 속도로 미루어볼 때 50년이 걸려도 모두 분류할 수 없을 것 같았다. 만약 다시 그린리버 유형의 사건 수사가 벌어진다면 훨씬 더 효율적인 초기 수사 체제와 좀 더 세련된 전략을 세울 수 있으리라 확신한다. 그러나 현대적인 수사 장비를 갖추었다고 하더라도 관련 단서를 분류하는 것은 만만한 일이 아니다. 그것은 피살자의 신분 때문에 더욱 그렇다. 매춘부들은 유목민처럼 이리저리 떠돌면서 생활한다. 남자친구가 가끔 실종 신고를 해오지만, 실제로는 몰래 자취를 감추었거나 서해안 일대의 다른 지역으로 떠나버린 경우도 비일비재하다. 많은 매춘부들이 별명을 사용하기 때문에 시체로 떠올라도 신원 파악이나 사건 추적이 대단히 어렵다. 그래서 피살자의 의료 기록이나 치과 기록은 찾아내기가 난감하다. 현지 경찰과 영업 중인 매춘부들 사이의 유대나 협조는 더욱 기대하기가 어렵다.

1983년 5월. 옷을 모두 입은 젊은 매춘부의 시체가 발견되었다.

시체에는 모종의 의식이 가해져 있었다. 물고기 한 마리가 목구멍을 가로질러 놓여 있었고, 왼쪽 유방에 또 다른 물고기가 놓여 있었다. 그리고 다리 사이에는 와인 술병이 놓여 있었다. 초현실주의적인 난해한 그림이었다. 사인은 가는 끈이나 밧줄에 의해 목이 졸린 질식사였다. 경찰은 이 사건도 그린리버 살인범의 소행이라고 판단했다. 나는 지난번 공항 근처의 집창촌에서 발견된 시체는 그린리버 살인범과 관련이 있다고 보았지만, 이 사건은 개인적 원한에 의한 살인이 아닌가 하는 느낌이 들었다. 그 피살자는 무작위 살인의 대상이 아니었다. 우선 시체를 향해 너무 많은 분노가 표출되어 있었다. 살인범은 피살자를 잘 아는 면식범이 틀림없었다.

1983년 말. 이제 피살자 수는 열두 명으로 늘어났다. 그리고 일곱 명이 실종된 상태였다. 피살자들 중 한 사람은 임신 8개월의 임신부였다. 합동수사본부는 내게 현지에 내려와 직접 조언해달라고 요청했다. 이미 위에서 말했듯이, 당시 나는 애틀랜타의 웨인 윌리엄스 사건, 버펄로의 22구경 살인범, 샌프란시스코의 등산로 살인 사건, 앵커리지의 로버트 핸슨 사건 등 모두 백여 건의 사건을 맡고 있었다. 이 사건들을 모두 추적하려면 손이 천 개라도 모자랄 판이었다. 심지어 밤에 잘 때도 사건 관련 꿈이 튀어나와 잠자리를 뒤숭숭하게 만들었다. 나는 지쳐 있었다. 그런데도 막상 당사자인 나 자신은 내가 얼마나 피곤한지 몰랐다. 그런 판에 그린리버 사건이 나를 부르고 있었다. 나는 그 요청을 거절할 수가 없었다.

나는 우리의 프로파일이 범인을 정확하게 짚어냈다고 확신했다. 하지만 그것이 여러 사람에게 적용 가능하다는 단점이 있었다. 그리고 사건 자체의 움직임으로 보아 범인이 한 명이 아니라 여러 명일지 모른다는 생각이 들었다. 이 사건이 해결되지 않고 그대로 흘러갈수록 더 많은 유사 살인범이 등장할 가능성이 있었다. 원래의 살인범을 흉내 내는 자, 시애틀-터코마 일대의 무법자들, 매춘부들만 골라서 범행하는 악질 범죄자들이 유사 범죄를 저지르고 그런 리버 살해사건으로 뒤집어씌울 우려가 있었다. 시애틀-터코마 고속도로는 그야말로 우범지대였고 살인범들이 즐겨 찾는 곳이었다. 그곳에 가면 늘 매춘부들이 있었다. 그리고 많은 매춘부가 밴쿠버에서 샌디에이고에 이르기까지 서해안 전역을 누비며 영업을 하기 때문에, 설혹 매춘부 한 명이 사라졌다고 해도 아무런 표시가 나지 않았다.

그러니 이 사건에서는 그 어느 때보다 전향적 수사기술이 필요했다. 학교 시설을 임시로 빌려 살인사건에 대한 마을 회의를 개최한다든지, 또 거기에 모인 사람들에게 출석 용지를 돌려 자동차 번호를 적어 내게 한다든지, 언론을 이용해 자칭 '우수 수사관'을 크게 홍보해 범인의 도전 의식을 도발한다든지, 피살된 임산부의 휴먼 스토리 기사를 작성, 게재함으로써 범인의 죄의식을 촉발시켜 범죄 현장을 다시 찾게 한다든지 언론에 발표되지 않은 시체 유기 장소에 잠복한다든지, 경찰관을 미끼로 이용하여 함정 수사를 편다든지…… 이 같은 다양한 수사 장치를 생각해봐야 했다.

나는 1983년 12월 시애틀로 출장을 가면서 신참 프로파일러인 블레인 맥일웨인과 론 워커를 데리고 갔다. 그들에게 좋은 현장 경험이 될 터였다. 내가 이들을 대동한 것은 돌이켜보니 신의 계시 또는 운명의 손길이었다는 생각마저 들었다. 아무튼 이 두 사람 때문에 나는 목숨을 건질 수 있었다.

두 사람이 자물쇠가 잠기고 체인이 걸린 내 호텔방 문을 박차고 들어왔을 때, 나는 무의식 상태로 방바닥에 쓰러져 있었다. 나는 고열에 시달리면서 사경을 헤매고 있었다.

　내가 바이러스성 급성 뇌염에서 회복하여 1984년 5월 복직했을 때, 그린리버 살인범은 아직 잡히지 않았다. 그리고 10년 뒤 이 글을 쓰고 있는 지금 이 순간에도 범인은 잡히지 않았다.* 나는 미국 사상 최대규모 수색 작업으로 발전한 합동수사본부에 계속해서 협력했다. 수사 기간이 길어지고 시체 수가 늘어날수록, 나는 점점 더 살인범이 한 명이 아니라 여러 명이라는 확신을 갖게 되었다. 이들 살인범은 비슷한 특징을 갖고 있었지만 각각 별개로 범죄 행각을 저지르고 돌아다니는 것 같았다. 스포캔 경찰서와 포틀랜드 경찰서는 내게 여러 건의 매춘부 실종, 살해사건을 가져왔으나 시애틀 일대에서 벌어진 이들 살인사건이 서로 연관되어 있다는 명확한 증거를 찾기가 어려웠다. 샌디에이고 경찰서는 그들 관내에서 벌어진 일련의 살인사건이 그린리버 살인과 관련이 있지 않을까 생각했다. 결론적으로 그린리버 합동수사본부는 50여 건 이상의 살인사건을 조사했다. 1200여 명에 이르는 방대한 용의자 명단을 작성하여 최종 80여 명으로 압축했다. 피살된 여자들의 기둥서방, 뚜쟁이, 너무 난폭해 도망치고 싶은 무법자, 포틀랜드의 깡패, 시애틀에 기반을 둔 덫사냥꾼 등이 포함되어 있었다. 어떤 때는 경찰관도 가능 용의자 선상에 오르기도 했다. 그러나 이들 중 바로 이자다, 하고 꼭 짚어낼 만한 결정적인 증거가 없었다. 나는 지금도 그린리버 살인사건에 최소한 세 명 이상의 범인이 연루되어 있다고 생각한다.

　1988년 12월, 그린리버 사건과 관련하여 마지막 대규모 전향적

* 일명 '그린리버 살인범' 게리 리언 리지웨이는 2001년 마침내 체포되었다. 그는 1998년까지 49명 이상을 살해한 것으로 알려져 있으며, 가석방 없는 종신형을 선고받고 복역 중이다..

수사가 벌어졌다. 그것은 전국적으로 방영된 두 시간짜리 생방송 〈대수색 작업〉이었다. 텔레비전 드라마 〈댈러스〉의 주연배우인 패트릭 더피가 주관한 생방송은 범인 수색 작업의 배경을 대략적으로 설명한 다음, 시청자들이 무료 전화를 이용하여 제보해줄 것을 간곡히 요청했다. 나는 시애틀에서 그 생방송에 출연했고 제보 전화를 선별하고 간단한 질문을 하는 요령을 경찰관들에게 지도했다.

그 방송이 나간 다음 주, 전화회사는 약 10만 명이 제보 전화를 하려 했으나 실제 통화가 된 것은 1만 통 정도였다고 집계되었다. 3주가 지나자 전화 비용을 감당하기가 어렵게 되었고 또 제보 전화를 받아줄 자원봉사자도 부족해졌다. 결국 전화 제보 작전도 그린리버 사건의 다른 작전처럼 흐지부지되고 말았다. 많은 사람이 정성어린 노력을 했으나, 시기적으로 너무 늦었고 물량 동원이 너무 적었다.

그레그 매크래리는 여러 해 동안 자기 사무실의 게시판에 만화 하나를 붙여놓고 있었다. 그것은 땅바닥에 쓰러진 기사 위에 떡 버티고 선, 불을 내뿜는 용*을 그린 것이었다. 만화 아래에는 이런 글이 적혀 있었다. "때로는 괴룡이 이긴다."

그렇다. 이것은 우리 수사관들이 피할 수 없는 현실이다. 우리는 괴룡을 모두 잡지는 못한다. 또한 우리가 잡아내는 범인들은 이미 살인, 강간, 고문, 폭파, 방화, 시체 훼손 등의 경험이 있기 때문에 범행 후 곧바로 잡히지도 않는다. 범인이 잘 잡히지 않는다는 현실은 지금이나 백 년 전이나 다를 바가 없다. 가령 백 년 전 최초의 연쇄 살인범이 된 잭 더 리퍼는 끝내 잡히지 않아 지금도 많은 사

* 용은 동양에서는 상서로운 존재로 여겨지나 서양에서는 '요한계시록'에서 악의 세력으로 그려진 이후 악한 이미지로 널리 쓰이고 있다. 이하 '괴룡'으로 번역했다.

람들의 상상력을 자극하고 있다.

그린리버 사건에 대한 〈대수색 작업〉 생방송이 아무런 소득 없이 끝난 그해에 나는 아이러니하게도 또 다른 전국 생방송 프로그램에 출연하게 되었다. 방송국에서 프로파일링 기술을 이용하여 연쇄 살인범 중 가장 유명한 잭 더 리퍼의 정체를 밝혀달라고 요청해온 것이다. 그것은 잭 더 리퍼의 화이트채플 연쇄 살인사건이 발생한 지 백 주년이 되는 해(1988)의 기념 행사였다. 그러나 내가 갖고 있는 프로파일링 기술은 근 백 년 뒤에 만들어진 것이니, 살아 있는 잭 더 리퍼를 잡아낼 수는 없었다.

잭 더 리퍼 사건의 개요는 이렇다. 1888년 8월 31일부터 11월 9일까지 영국 런던의 번화한 이스트엔드에서 매춘부가 연쇄적으로 무참히 타살되었다. 범행 장소는 대영제국의 영화가 끝나가던 빅토리아 시대의 런던, 가스등이 켜진 으슥한 길가 혹은 뒷골목이었다. 8월에서 11월까지 잭 더 리퍼의 범행은 점점 더 잔인해졌고 살해 후 시체 훼손의 정도도 상상을 초월했다. 1888년 9월 30일 이른 아침에 잭 더 리퍼는 한두 시간 남짓한 짧은 시간에 두 명의 여자를 연속적으로 살해했다. 당시로서는 생각도 할 수 없을 야만적 행동이었다. 경찰에 보낸 여러 통의 조롱 편지가 신문에 게재되면서, 그 끔찍한 사건은 언론의 대대적인 조명을 받았다. 그러나 런던 경시청의 엄청난 노력에도 불구하고 잭 더 리퍼는 잡히지 않았다. 그래서 이후 범인의 정체는 수많은 추측의 대상이 되어왔다. 잭 더 리퍼의 정체는 어찌 보면 윌리엄 셰익스피어의 애매모호한 정체와 비슷한 데가 많았다. 그래서 잭 더 리퍼 사건의 용의자를 선택하는 기준은 잭 더 리퍼라는 사람을 밝혀준다기보다는, 오히려 그런 선택을 한 사람의 수사 취향을 드러내는 일종의 테스트가 되었다.

잭 더 리퍼로 추정된 여러 사람들 중 가장 눈에 띄는 인물은 빅토리아 여왕의 장손인 클래런스 공, 앨버트 빅터 왕자였다. 그는 자신의 아버지이며 왕세자인 에드워드(1901년 빅토리아 여왕이 사망하자 에드워드 7세로 등극) 다음으로 왕위 계승권 서열 2위였다. 클래런스 공은 1892년 인플루엔자 전염병 때 사망한 것으로 되어 있다. 그러나 잭 더 리퍼 연구가들은 다르게 보고 있다. 공이 매독으로 죽었거나 아니면 왕실의 명예 때문에 왕실 전의에 의해 독살되었을 것으로 믿고 있다. 이런 사람이 잭 더 리퍼일지 모른다고 생각하는 것은 흥미로운 추론일 뿐이다.

다른 강력 용의자는 몬테그 존 드루이트이다. 남자 아이들만 다니는 학교의 선생인 드루이트는 여러 모로 당시의 목격자가 증언한 인상착의에 부합되었다. 그 외에 왕실 수석 의사인 윌리엄 갈 박사, 범행 현장 주위의 정신병원을 들락날락한 가난한 폴란드 이민자인 아론 코스민스키, 흑마술을 부린다는 언론인 로스린 돈스턴 박사 등이 있다.

전문가들은 잭 더 리퍼 살인사건이 갑자기 중단된 점에 주목한다. 그래서 범인의 자살설, 클래런스 공의 왕명에 의한 출장설, 다른 진범의 사망설 등 각종 설이 난무했다. 그동안의 발달된 수사 지식으로 미루어볼 때, 범인이 살인죄가 아닌 경미한 죄로 체포되어 복역하는 바람에 갑자기 중단된 것이 아닌가 여겨진다. 또 다른 문제는 '시체 훼손'이었다. 범인이 의학적 지식(혹은 배경)이 있는 자가 아닐까 하는 추측은, 범행 후 내장을 도려냈기 때문에 제기되었다.

1988년 10월 전국적으로 방영된 〈잭 더 리퍼의 은밀한 정체〉의 목적은 사건에 관련된 모든 정보를 각 분야의 전문가에게 제공하여, 잭 더 리퍼가 누구일 것 같으냐는 의견을 내도록 하는 것이었다. 그렇게 하여 1세기나 끌어온 이 사건의 수수께끼를 '단 칼'에 해결하자는 것이었다. 로이 헤이즐우드와 내가 그 프로그램에 초청되었다. FBI에서는 그 프로가 현재 진행 중인 다른 살인사건의 재판 결과에 영향을 미치지 않으니 콴티코의 업무를 널리 소개하는 기회라고 생각하여 우리의 출연을 적극 권장했다. 두 시간짜리 생방송 프로그램은 영국의 배우이자 작가, 감독인 피터 우스티노프가 사회를 보았다. 피터는 그 프로가 진행되면서 잭 더 리퍼 사건에 점점 더 빨려 들어갔다.

비록 모의 수사라 해도 이러한 게임에는 실제 수사의 경우와 동일한 원칙과 장애가 있다. 즉 우리의 작업 성과가 우리에게 제시된 증거와 자료에 의해 제약받는다는 것이다. 현대의 기준으로 살펴볼 때 백 년 전의 법의학은 초보적 수준이었다. 그러나 잭 더 리퍼에 대해 이미 알려진 정보를 가지고 판단해볼 때, 만약 이 사건이 지금 이 순간 벌어졌다면 콴티코에 의해 해결 가능하다고 생각했다. 그러니 프로그램에 출연하여 우리의 의견을 제시하는 것도 해볼 만한 일이었다.

프로파일링 업무에 종사하다보면 자기의 의견이 틀릴지도 모른다는 위험을 늘 안고 살아야 한다. 그 위험은 엉터리라는 질책을 감수해야 하는 개인적 측면보다는 틀린 의견으로 또 다른 무고한 희생자가 생기는 것을 미리 예방하지 못했다는 자책감이 더 크다. 그런데 잭 더 리퍼 생방송의 경우, 설혹 의견을 제시했다가 틀리더라도 무고한 생명에는 피해가 없고 우리 자신만 바보가 되면 그만이니 아무런 문제도 없었다. 그래서 우리는 자신 있게 출연했던 것이다.

프로그램이 방영되기 전에 나는 현재 수사 중인 사건의 프로파일을 작성하듯이 똑같은 요령으로 제목을 뽑았다.

UNSUB: 일명 잭 더 리퍼
연쇄 살인사건
영국, 런던
1888년
NCAVC-살인(범죄수사분석)

마지막 줄의 NCAVC는 FBI의 흉악 범죄 분석 중앙센터의 약자이다. 이 전반적인 프로그램 산하에 행동과학부, 수사지원부, VICAP(흉악범 체포 기록 컴퓨터 데이터베이스) 그리고 기동타격부서 등이 배속되어 있다.

실제 수사지원 절차와 마찬가지로 먼저 프로파일을 작성하자, 우리에게 가능 용의자가 주어졌다. 드라마틱한 측면에서 보면 클래런스 공이 매력적인 용의자임이 틀림없지만 관련 증거를 모두 분석한 결과, 로이와 나는 공교롭게도 아론 코스민스키를 유력 용의자로 각자 지목했다.

90년 뒤에 벌어진 요크셔 리퍼 사건 때와 마찬가지로, 경찰에 보낸 조롱 편지는 잭 더 리퍼가 아닌 다른 사람이 보낸 것이라고 확신했다. 이런 유형의 범인은 경찰에 노골적으로 도전할 위인이 되지 못한다. 시체를 끔찍하게 훼손했다는 것은, 정신 장애와 섹스 부적응 등의 문제가 결합하여 여자들에게 엄청난 적개심을 느끼고 있는 인물임을 보여준다. 또한 여자를 전격적으로 해치웠다는 것은 범인에게 개인적으로나 사회적으로나 부적응의 문제가 있음을 보여준다. 이런 점을 보면 말더듬이 등 언어 구사가 부자연스러운 자일 가능성이 크다. 범죄 현장을 살펴보면 (매춘부의) 환경에 잘 어울려 매춘부의 의심이나 공포를 자아내지 않는 자이다. 외로운 늑대 유형이지 힘센 학살자 유형은 아니다. 밤마다 거리를 배회하며 살해 현장으로 되돌아올 그런 유형이다.

런던 경찰은 이 범인을 이미 조사했을 것이다. 단지 그가 범인인 줄 몰랐던 것이다. 우리에게 제시된 여러 후보 중 아론 코스민스키가 가장 프로파일에 부합했다. 살해 후의 시체 훼손 때문에 의학 지식이 있는 자라는 의견이 나오긴 했으나, 그 훼손 행위는 지극히 원시적이고 야만적인 것이었다. 우리는 이미 오래전부터 연쇄 살인범이 피살자를 제멋대로 해부한다는 것을 알고 있었다. 가령 에드 게인, 에드 켐퍼, 제프리 다머, 리처드 마케트 등은 의학 지식이 하나도 없었지만 끔찍하게 시체를 훼손했다.

이런 후대의 살인마들을 분석한 경험을 다시 생각해볼 때, 당초 생방송 프로에 출연하여 코스민스키를 범인으로 지목한 건 그다지 바람직하진 못했다. 백 년이라는 시간이 흐른 이 시점에서 아론 코스민스키가 잭 더 리퍼라고 확신한다는 것은 좀 무리인 것이다. 그는 우리에게 제시된 용의자들 중의 한 사람일 뿐이다. 하지만 잭 더 리퍼가 코스민스키와 '유사한' 인물일 것이라는 점은 자신 있게 말할 수 있다. 만약 범죄 수사 분석이 지금 이 순간 이루어진다면 우리의 자료를 통해 경찰과 런던 경시청이 대상 용의자의 폭을 좁히고 그렇게 하여 UNSUB의 정체를 밝혀낼 수 있을 것이다. 그렇기 때문에 나는 잭 더 리퍼 사건이 현대에 벌어졌다면 충분히 해결 가능하다고 본다.

어떤 사건은 프로파일링을 통해 용의자를 지목할 수는 있는데, 체포와 기소를 하기에는 불충분한 경우도 있다. 그런 경우가 1970년대 중반 캔자스 주 위치토에서 발생한 'BTK(Bind, Torture, Kill의 약자로, 결박·고문·살해) 교살자' 사건이다.

이 사건은 1974년 1월 15일, 오테로 가족의 몰살로 시작되었다. 조지프 오테로(38세)와 그의 아내 줄리는 베네션 블라인드 끈으로 결박, 교살당했다. 조지프 2세(9세)도 자기 침대에서 끈에 묶여 교살되었고 머리에 비닐 봉지가 씌워져 있었다. 조세핀(11세)은 지하실 천장 파이프에 목 매달려 죽어 있었는데, 셔츠와 양말만 착용하고 있었다. 모든 증거로 미루어보아 충동 범행이 절대 아니었다. 전화선을 사전에 절단하여 범행 현장까지 가지고 갔던 것이다.

사건 발생 열 달 뒤, 그 지방 신문의 편집자는 익명의 전화를 받았다. 공공 도서관에 꽂혀 있는 어떤 책을 꺼내보라는 내용이었다. 그 안에는 UNSUB가 보낸 쪽지가 들어 있었다. 자기가 오테로 가 몰살의 주인공이며 '그들을 해치울 때의 주제는 결박, 고문, 살해였다'는 것이었다.

그 뒤 3년 동안 젊은 여자가 여러 명 피살되었다. 범행을 저지른 뒤 범인은 현지 텔레비전 방송국에 편지를 보냈다. 자기가 BTK 교살자라고 밝힌 뒤 '내 이름이 전국 신문이나 유명 텔레비전 방송국에 나려면 얼마나 더 죽여야 하는 거요?'라고 썼다. 이 편지는 범인의 범행 동기를 잘 보여준다.

일반에 공개된 한 편지 중에서 범인은 자기의 범행을 잭 더 리퍼, 샘의 아들, 산기슭 교살 사건* 등과 비교했다. 이들 사건은 무명

---

* 1970년대 LA지역에서 사촌지간인 두 명의 대학생이 완전범죄를 노리고 저지른 살인행위.

이었던 범인을 일약 유명하게 만들어주었다. 그는 자기의 범행을 '악마' 또는 'X인자'의 탓으로 돌렸다. 이 때문에 언론에서는 그의 성격에 대한 다양한 심리 분석을 게재했다.

BTK 교살자는 조롱 편지에 알몸 여자를 결박, 강간, 고문하는 방법을 자세하게 그린 그림도 함께 보냈다. 이 끔찍한 그림은 신문에 공개되지 않았다. 그러나 나는 그 그림을 보고서 UNSUB가 어떤 유형의 인간인지 알 수 있었다. 유형을 알아냈으니, 거기서 시작하여 용의자의 폭을 좁혀나가는 것은 시간 문제였다.

범인이 영웅으로 숭배한다는 잭 더 리퍼처럼 BTK 범인도 갑자기 범행을 중단했다. 나는 이 사건의 경우 경찰이 이미 범인을 조사했으리라고 본다. 간특한 범인이라면 수사망이 자기를 향하는 것을 알고 결정적 증거가 포착되기 전에 범행을 중단했을지도 모른다. 우리는 비록 범인을 검거하지는 못했지만 추가 범행을 저지시키는 것으로 만족해야 했다. 이처럼 우리의 열성적인 노력에도 때로는 괴룡이 이기는 것이다.*

때로는 괴룡이 우리의 생활 속에서 이기기도 한다. 살인범이 무고한 희생자 한 명을 죽이면 그것은 당사자의 문제로 끝나지 않는다. 그 피살자의 가족 혹은 관련자 모두가 피해를 입는 것이다. 우리 부서에서 스트레스 관련 사유로 일을 그만두는 사람은 나뿐만이 아니다.** 아니, 나 같은 사람이 너무나 많다. 가정 생활이나 결혼 생활의 갈등은 너무 흔한 문제라서 이제 언급조차 되지 않는다.

1993년. 22년 동안 계속되어온 팸과 나의 결혼 생활은 파탄이

---

* 저자가 끝내 잡지 못한 BTK 교살자 데니스 레이더는 2005년에야 체포되어 유죄가 확정되었다. 체포 당시 그는 60세였으며, 위치토 북부에 위치한 파크시티의 공무원이자 교회 목사로 활동했음이 밝혀졌다. 데니스 레이더는 현재 캔자스의 교정시설에서 복역 중이다.
** 저자의 FBI 은퇴는 가정 문제로 인한 스트레스도 이유가 된 듯하다.

났다. 우리 둘 사이에 일어난 일에 대해 그녀와 나는 서로 다른 해석을 내린 듯하다. 그러나 몇 가지 사실만은 서로 부인할 수 없었다. 나는 우리 딸 에리카와 로렌이 성장하는 동안 툭하면 출장을 떠나 집을 자주 비웠다. 또 출장을 가지 않을 때도 수사 업무에 너무 몰두하여 팸은 사실상 과부와 다름없었다. 집안을 꾸려나가는 것, 각종 공과금 내는 것, 아이들 학교 보내는 것, 학교에 가서 선생들과 만나는 것, 아이들 숙제시키는 것 등을 모두 팸이 혼자서 해야 했다. 그러면서 자신은 장애 아동 담당 교사로 일했다. 막내 아들 제드가 1987년 1월에 태어났을 때, 나는 프로파일링 업무를 도와주는 부하가 있어서 그렇게 자주 출장을 나가지 않아도 되었다. 그러나 그 이전에 나는 사랑스럽고, 똑똑하고, 착하고, 매력적인 3남매를 두고 있었으면서도 자식이 얼마나 소중한지 모르고 살아왔고 FBI를 은퇴하기 직전에야 내가 너무 무심했다는 사실에 눈뜨기 시작했다.

팸은 아이들의 사소한 문제, 가령 아이가 놀다가 자전거에서 넘어져 무릎에서 피가 난다는 일 등을 자주 내게 의논해왔다. 그러나 나는 사무실에서 학살, 훼손당한 아이들의 시체를 밥먹듯이 보아왔기 때문에, 그 정도의 사소한 문제는 문제로 여기지도 않았다. 그래서 무정하게, '그깟 일을 가지고 뭐 그리 호들갑이야' 하고 쏘아붙이기도 했다. 당시 나는 나의 이런 태도가 얼마나 아내의 마음을 아프게 하는지 몰랐다.

어느 날 저녁 나는 모처럼 아이들과 집에서 식사를 하고 있었고 아내는 주방에서 칼을 들고 식료품 꾸러미를 풀고 있었다. 그런데 그만 칼이 미끄러져 아내는 손을 크게 베었다. 팸의 찢어지는 비명에 우리는 모두 깜짝 놀라며 주방으로 달려갔다. 그러나 아내의 상처가 목숨을 위협하거나 손을 절단해야 할 정도가 아님을 알고서, 나는 엉뚱하게도 손에 피어나는 핏자국 무늬에 주목하기 시작했다. 그리고 무의식적으로 범죄 현장에서 보았던 다른 핏자국 무늬와 비교했다. 나는 그 긴장된 순간의 어색함을 풀기 위해 아내의 손을 가지고 농담을 했다. 아내의 손에 난 핏자국 무늬가 손을 움직일 때마다 모습이 바뀌는 것을 지적하면서, 그런 변화되는 모양을 보고서 살인 현장에서 가해자와 피해자 사이에 어떤 일이 발생하는지 추측한다고 말해주었다. 나는 농담으로 한 얘기였지만 세여자는 그것을 결코 농담으로 받아들이지 않았다.

어떤 직군에 오래 종사한 사람은 그 스트레스에 적응하기 위해 거기에 맞는 방어기제를 만들어내게 된다. 그러나 이런 방어기제는 그 직장과 상관없는 환경에 직접적으로 노출되면 그 사람을 몰인정하고 잘난척하는 개자식으로 만들어버린다. 가정이 단단하고 결혼 생활이 튼튼한 사람은 직장에서 당하는 많은 스트레스를 거뜬히 이겨낸다. 그러나 가정에 어떤 약점이 있으면 각종 스트레스 요인이 생겨나 문제가 복잡해지게 된다. 스트레스 요인은 범죄자나 또 범죄자가 아닌 그 밖의 모든 사람들에게 똑같이 파괴적인 힘으로 작용하는 것이다.

팸과 나는 친구마저 서로 달랐다. 나는 아내의 친구들 틈에 가면 내 얘기를 할 수가 없었다. 그래서 내 취향에 맞는 또 다른 친구들이 필요했다. 수사국이나 치안 기관 이외의 분야에서 근무하는 사람들과 만날 때, 나는 그들이 주고받는 시시콜콜한 얘기가 따분하기 짝이 없었다. 이렇게 말하면 다소 차갑게 들리겠지만, 느낀 대로 솔직하게 말하겠다. 하루종일 창살 없는 지하 사무실에 갇혀 연쇄 살인범의 머릿속에 들어가는 일에 몰두하다보니, 쓰레기 깡통은 어디다 버리고 울타리는 무슨 색으로 칠하고 도배지는 어떤 것이 좋은지와 같은 문제는 내게 정말이지 시시하게 들렸던 것이다.

그래서 팸과 나는 상당 기간 서로 가슴 아픈 시기를 보냈다. 하지만 지금은 그것을 극복하고 서로 좋은 친구가 되었음을 기쁘게 생각한다. 아이들은 나와 함께 살고 있다(에리카는 대학생이 되어 다른 지방에 유학을 가 있다). 이제 팸과 나는 함께 많은 시간을 보내면서 부모의 역할을 분담하고 있다. 아직 로렌과 제드가 어려서 성장하는 몇 년 동안을 지켜볼 수 있게 되어 얼마나 다행인지 모르겠다.

1980년대 초, 행동과학부에서 나 혼자 프로파일링하던 것에서 비약적으로 발전하여, 이제 수사지원부는 열 명의 요원을 거느린 어엿한 부서로 성장했다. 물론 로이 헤이즐우드와 빌 해그마이어, 그리고 몇몇 사람들이 강의가 없을 때마다 도와주긴 했지만. 협조 의뢰가 들어오는 건수를 생각하면 열 명도 더 있어야 했다. 그러나 부서원 사이에 친목을 도모하고 우리 부서를 적극 지원해준 현지 경찰과 좋은 유대 관계를 맺기에는 적정한 인력이었다.

사건이 발생하면 우리에게 제일 먼저 전화를 걸어주는 현지 경찰 서장이나 형사반장은 대개 내셔널 아카데미의 졸업생이다. 샤리 스미스와 데브라 헬믹 피살사건이 벌어졌을 때 내게 전화한 메츠 보안관이나 로체스터 시에서 매춘부 연속 살해사건(아서 쇼크로스 사건)이 벌어졌을 때 그레그 매크래리에게 전화를 건 린드 존스턴 형사반장도 내셔널 아카데미의 졸업생이다.

1980년대 중반 행동과학부는 행동과학 강의 연구부와 행동과학 수사지원부(프로파일링 담당 부서)의 두 개 부서로 분화되었다. 다른 중요 부서는 짐 라이트가 밥 레슬러에게 물려받은 VICAP(흉악범 체포 데이터 베이스)과 기술부였다. 당시 강의 연구부는 로저 드뤼가 부서장이었고, 수사지원부는 알란 '스모키' 버제스가 부서장이었다(알란 버제스는 앤 버제스와는 아무 관계도 아니다. 앤의 남편은 '앨런' 버제스인데, 나는 이들 부부와 함께 《범죄 분류 교본》을 집필했다).

부서 일이 여러 모로 힘들고 어려웠지만 나는 나름대로 성공적인 직장 생활을 해왔다고 자부한다. 현장 수사에 더 관심이 많았던 나는 출세하려는 사람이면 누구나 맡으려 하는 행정직을 그동안 잘도 피해왔다. 그러나 1990년 봄에는 더는 피할 수가 없게 되었다. 부서 회의 도중 스모키 버제스는 수사지원부 부서장으로 은퇴할 계획이라고 발표했다. 그 며칠 뒤 신임 부국장보로 임명된 데이브 콜이 나를 자기 방으로 불렀다. 콜은 내가 밀워키에서 지국 요원으로 뛸 때, 내 상사였던 분이고 또 특별기동타격대의 요원으로 같이 근무한 적도 있었다. 그는 내게 부서장 자리가 났는데 어떻게 생각하느냐고 물었다.

나는 수사 현장 지원 업무에 너무 지쳤기 때문에 한가한 지국의 데스크 자리나 맡아 흉악범들을 다루다가 은퇴하고 싶다고 말했다.

"자네, 괜히 해보는 소리지? 자넨 거기 가면 빛을 발할 수가 없어. 여기서 부서장으로 근무하면 수사국에 훨씬 많이 기여할 수 있어." 콜은 나를 설득하려 했다.

"부서장 노릇을 잘할지 모르겠습니다." 나는 이미 부서에서 직함만 부서장이 아니었지 실제적인 부서장 노릇을 하고 있었다. 또 수사지원부에 하도 오래 근무해서 터줏대감처럼 되어 있었다. 게다가 이 단계에서 부서장직을 맡아 행정 업무에 휘말리고 싶지 않았다. 퇴임한 버제스는 훌륭한 행정가였고 우리 부하들이 각자 맡은 일을 잘할 수 있도록 훌륭한 방패막이가 되어주었다.

"자네가 부서장을 맡도록 해." 콜은 떠맡기다시피 말했다.

그는 정말 정력적이고 억세고 공격적인 사람이었다.

나는 부서장을 맡더라도 사건 조사, 전략 수립, 법정 증언, 공개 강연 등은 계속하고 싶다고 말했다. 아무리 생각해도 이런 것들을 부서장 직무보다 더 잘할 것 같았다. 콜은 그렇게 밀어주겠다고 약속하면서 나를 부서장으로 지명했다.

나는 부서장이 되자마자, 이미 앞에서 언급했듯이, 우리 부서 이름에서 행동과학이라는 용어를 쏙 빼버렸다. 그래서 부서 이름을 '수사지원부'로 바꾸었다. 나는 현지 경찰과 FBI의 다른 부서에게 우리 부서가 전담하는 일과 그렇지 않은 일을 분명하게 구분해주고 싶었다.

인사 담당인 로버타 비들의 끊임없는 성원과 도움으로 나는 4명에서 16명에 이르는 VICAP 요원을 활용할 수 있었다. 또 부서의 나머지 분야에도 인원이 늘어나 곧 총원이 40명 정도가 되었다. 이처럼 부서 규모가 확충되는 데 따른 행정 부담을 줄이기 위해 나는 지역별 관리 체제를 도입했다. 즉 각 요원이 자기에게 할당된 지역만 담당하는 제도였다.

나는 이처럼 자기 담당 지역이 있는 요원은 당연히 GS-14호봉의 대우를 받아야 한다고 생각했다. 그러나 본부에서는 부서 내에서 14호봉을 받는 사람을 네댓 명으로 제한했다. 그래서 이들 요원에게 2년 동안 특별 훈련 프로그램을 거치면 전문가 '호칭'을 주고 슈퍼바이저(관리자)급 특별요원에 상응하는 급호와 봉급을 배려해주겠다고 약속했다. 이 2년 프로그램에는 다음과 같은 과정이 들어 있었다. 내셔널 아카데미 행동과학부에서 강의하는 전과목 수강, 경찰 병리학 연구소 강의 두 과목, 버지니아 대학(당시 이 대학에는 파크 디에츠 박사가 있었다)의 법의학 강좌 수강, 존리드 심문 요령 학원 수강, 볼티모어 검시실의 부검 강좌 수강, 뉴욕 경찰서 형사 팀과 현장 순찰, 수사지원부의 지역 담당 매니저 밑에서 프로파일 링 실제 작성 등이었다.

우리 부서는 전보다 더 빈번하게 국제적 업무에도 관여하게 되었다. 가령 그레그 매크래리는 은퇴하기 전해에 캐나다와 오스트리아의 주요 연쇄 살인사건을 담당했다.

우리 부서는 원활하게 돌아갔다. 나는 행정적인 측면에서 아주 느슨하게 관리했다. 이것은 내 성격이기도 했다. 만약 어떤 요원이 아주 피곤해하면 규정을 약간 우회하면서까지 그에게 휴가를 주어 충분히 쉬게 했다. 결과적으로 보면 이렇게 휴가를 받은 요원들이 규정대로 근무했을 경우보다 더 효율적으로 일했다. 나는 좋은 부하에게 금전적으로 보상해주지 못한다면 그렇게라도 도와주고 싶었다.

나는 부하들과 잘 지냈다. 내가 은퇴한다고 하니 그들은 못내 섭섭해했다. 내가 부하들과 잘 지내게 된 것은 내가 공군에서 사병으로 복무했기 때문이 아닌가 한다. 수사국의 관리자들은 대부분 군장교 출신이다(내가 마지막으로 근무한 지국의 지국장이었던 로빈 몽고메리는 훈장까지 탄 전쟁 영웅이었다). 그래서 이들 고위직은 모든 일을 장교의 관점에서 접근한다. 물론 이런 접근 방법이 틀렸다는 얘기는 절대로 아니다. 만약 나 같은 부서장만 있다면 대조직이나 대기업은 잘 돌아가지 않을 수도 있다. 아무튼 사병 출신인 나는 늘 부하들의 서러운 심정을 잘 이해했다. 그래서 다른 부서장들에 비해 부하들의 자발적인 도움을 더 많이 받았다고 생각한다.

많은 사람들이 FBI가 IBM 못지않은 거대 조직이라고 생각 한다.

거기에 근무하는 직원들은 똑똑하긴 하지만 언제라도 교체 가능한 부품일 뿐이고, 늘 하얀 와이셔츠에 검은 슈트를 입은 무미건조한 사람들이라고 말이다. 그러나 나는 운이 좋아 정말 독창적인 소수의 사람들과 함께 일할 수 있었다. 자세히 들여다보면 이들은 각각 자기의 분야에서 독보적인 존재였다. 시간이 흘러가면서 치안 분야에서의 행동과학의 효용도가 높아지자 우리는 모두 각자 전담 분야와 전공 분야를 개발하게 되었다.

재소자 연구를 함께하던 초창기 시절부터 밥 레슬러는 연구에 전념했고 나는 연구 성과를 범죄 현장에 적용시키는 측면에 몰두했다. 로이 헤이즐우드는 강간과 치정 살인의 전문가이다. 켄 래닝은 소아 대상 범죄 분야에서 손꼽히는 권위자이다. 짐 리스는 프로파일링 업무로 시작했으나 경찰관과 연방 요원들의 스트레스 관리 분야의 전문가가 되었다. 리스는 이 분야를 전공해 박사학위를 받았고 폭넓게 기고하고 있으며 전국의 치안 관계 공동체로부터 상담을 의뢰받는 등 활발하게 기여하고 있다. 짐 라이트는 신규 프로파일러의 교육을 맡으면서 미행살인 전문가로 활약했다. 개인적인 원한 때문에 저질러지는 범죄인 미행살인은 점점 더 그 건수가 늘어나는 추세이다.

우리 부서 사람들은 FBI 지국, 현지 경찰, 보안관 사무실, 주 경찰 등과 좋은 인간적 유대를 맺어왔다. 그래서 현지 경찰들은 우리 부서에 협조 요청을 할 때, 사건에 따라 누구에게 전화하면 좋다는 것도 훤히 알고 있다.

특히 〈양들의 침묵〉이라는 영화가 개봉되면서 우리가 하는 업무가 전국적인 관심을 받게 되었다. 그렇기 때문에 우리 부서에 배속된 신참 요원들은 '스타'급 요원들과 함께 근무해야 한다는 데 어떤 부담을 느끼기도 했다. 그러면 우리는 그 신규 요원들에게 그들을 뽑은 이유는 자질이 충분해서이니까 너무 기죽지 말라고 말해준다. 신규 요원들도 일선 수사 현장에서 오랜 경험을 쌓은 사람들이고 또 일단 우리 부서에 들어오면 만 2년 동안 현장 훈련 과정을 거치게 한다. 이런 강도 높은 훈련에 그들의 지성, 직관, 근면, 성실, 자신감이 덧붙여지고, 다른 사람들의 관점을 잘 듣고 분석하는 능력이 갖춰져 훌륭한 프로파일링 요원이 탄생하게 된다. 내가 볼때, FBI 내셔널 아카데미가 세계 제1의 교육기관이 될 수 있었던 이유 중의 하나는 공동선의 추구를 위해 자신의 목표와 이익을 종속시킬 줄 아는 우수한 요원들 때문이다. 또 이들 요원은 다른 요원들에게도 그런 목적 의식을 갖도록 권장한다. 한편 우리 제1세대들이 행동과학부 내에 심어놓은 상호 협조적인 지원 체제는 그들이 은퇴한 이후에도 제2, 제3세대에 의해 계속되리라 확신한다.

1995년 6월 콴티코에서 있었던 나의 은퇴식 때, 많은 사람들이 덕담을 해주었다. 그런 치사를 듣고 보니 기쁘면서도 송구스러웠다. 솔직히 말해서 단단히 치도곤을 치를 각오를 하고 있었고 또 부하들이 그런 공식적인 행사를 기회 삼아 그동안 참았던 것을 터뜨릴지 모른다고 생각했다. 나중에 남자 화장실에서 저드 레이를 만났는데, 그는 식장에서 괜히 가만히 있었다며 후회스럽다고 내게 말했다. 그러나 부하들이 일단 그런 공격 기회를 흘려보낸 이상, 나도 조마조마할 필요가 없어졌다. 그래서 부하들의 공격에 대비하여 단단히 조였던 내 몸의 나사를 죄다 풀어버렸다. 그리고 떠나가는 연설을 한마디 했다. 그날 밤 특별히 얘기해줄 멋진 지혜나 심각한 조언 같은 것은 없었다. 단지 그동안 내가 보인 모범이 부서 내에서 하나의 분위기를 조성하는 데 도움이 되었다면 큰 보람이라고 간단하게 말했다.

은퇴한 이후에도 나는 콴티코에 자주 나가 강의도 하고 상담도 한다. 내 동료들은 언제나 도움이 되려는 나의 자세를 잘 알고 있다. 나는 지금까지 그렇게 해왔듯이, 지난 25년 동안 살인범의 마음속을 넘나들며 축적한 경험을 밑천으로, 강의도 하고 연설도 할 것이다. 나는 평생 내가 배워온 이 일을 손에서 놓지 못하리라는 것을 잘 안다. 다행히도 내 분야는 성장 산업이라서 손님이 없어 파리 날리는 일은 없을 것이다.

사람들은 종종 내게 미국의 우려스러운 흉악 범죄 통계 수치를 어떻게 생각하느냐고 묻는다. 그런 수치를 다스리기 위해서 할 수 있는 구체적인 일들은 많다. 그러나 범죄를 다스리기 위해서 가장 중요한 것은 정말 그 범죄를 다스리겠다는 수많은 사람들의 집단적 의지라고 생각한다. 경찰 병력을 늘리고 법원을 늘리고 감옥을 늘리고 수사기술을 더 세련되게 하는 것도 물론 범죄 예방에 도움이 되지만 범죄율을 낮추는 지름길은 국민 모두가 그들의 가정, 친구, 친지 사이에 범죄가 침투하지 못하도록 철저하게 봉쇄하고 저항하는 것이다. 이것이 미국보다 범죄율이 낮은 나라에서 우리가 배운 교훈이다. 내가 볼 때 이러한 풀뿌리 해결 방안이 가장 효율적이고 가장 지속적이다. 범죄는 도덕적 문제이기 때문에 도덕적 차원에서 해결해야 하는 것이다.

지난 25년 동안 흉악범들을 연구, 조사하면서 내가 느낀 것이 있다면 좋은 성장 환경, 우애 깊고 서로 돕는 가정, 부모가 자식을 사랑하는 집안 분위기에서 자란 사람이 흉악범이 된 경우는 단 한 건도 없었다는 것이다. 물론 흉악범은 그들의 범죄, 그들의 선택에 대해서 책임을 져야 하고 또 죗값을 치러야 마땅하다. 범죄자가

14, 15세밖에 안 되었기 때문에 자신이 저지른 죄의 심각성을 잘 모른다고 주장하는 것은 앞뒤가 맞지 않는다. 내 아들 제드는 여덟 살인데도 이미 여러 해 전부터 어떤 것이 좋은 일이고 어떤 것이 나쁜 일인지 잘 알고 있다.

치안 분야에서 25년 동안 종사해온 결과, 나는 범죄자가 '타고 난다'기보다 '만들어진다'는 확고한 결론을 얻었다. 이것은, 그 범인이 성장하는 과정에서 엄청나게 나쁜 영향을 주었던 사람들도 상황이 달랐다면 반대로 좋은 영향을 줄 수도 있었다는 뜻이다. 그러므로 범죄 해결을 위해 충분한 예산 확보, 경찰력 증강, 형무소 증설 등도 좋지만, 정말 필요한 것은 사람들 사이에 더 많은 사랑이 자리잡는 것이라고 나는 믿는다. 이렇게 말하면 너무 문제를 단순화하는 거 아니냐, 혹은 그건 누구나 알고 있는 거 아니냐고 말하는 사람도 있을 것이다. 그러나 바로 이것이 누구나 알고 있으면서도 막상 실천하기는 참으로 어려운 핵심 중의 핵심이다.

얼마 전 나는 미국추리작가협회의 뉴욕 지부 초청을 받아 강연을 하러 갔다. 많은 작가들이 그 강연을 들으러 왔고 다정하게 나를 맞아주었다. 그들은 살인 및 상해에 대해 써서 먹고사는 전문 문필가였다. 그래서 그런 사건을 수천 건이나 다루어본 전직 수사관의 얘기를 정말 듣고 싶어했다. 사실 토머스 해리스의 《양들의 침묵》이 크게 히트한 이래 많은 작가, 기자, 영화 제작자들이 '실제 그대로의 이야기'를 찾아 우리를 방문했다.

그러나 내가 그 강연회에서 가장 자극적인 사건들의 디테일을 구체적으로 설명하자, 청중 상당수가 밥맛 떨어져하며 자리를 박차고 나가버렸다. 그들은 우리 수사지원부 요원들이 매일 보고 듣는 사건들을 단 한 번 듣고서도 구역질이 치미는 표정을 지으며 화를 냈다. 나는 그들이 범죄의 구체적인 사항에 대해서 흥미가 없다는 것을 알았다. 그들은 아마도 실제 그대로는 쓰지 않겠다고 생각했을 것이다. 그것은 이해할 만하다. 어차피 작가와 수사관은 상대하는 대상이 다르니까.

이제 마지막으로 한마디로 책을 끝내고자 한다.

괴룡은 늘 이기지는 않는다. 우리는 괴룡이 점점 더 이기지 못하도록 최선을 다해 막아내고 있다. 그러나 괴룡이 상징하는 그 악의 세력, 내가 청춘을 다 바쳐 싸워온 그 악의 뿌리가 영원히 사라지는 않을 것이다. 그러므로 누군가가 그 괴룡이 어떻게 생겼는지, 왜 영원히 사라지지 않는지, 실제 그대로의 이야기를 들려줘야 한다고 생각했다. 이 책은 바로 그런 생각의 작은 결실이다.

감.사.의. 말

이 책은 나 혼자만의 힘으로 이루어지지 않았다. 뛰어난 재능과 열성적 헌신으로 도움을 준 이들이 없었다면 이 책은 쓰이지 못했을 것이다. 우선 그들 중에 제일 중심이 되는 사람은 우리의 편집자 리사 드류와 프로젝트 조정자이며 '대표 프로듀서'인 캐롤린 올셰이커(마크 올셰이커의 아내)이다. 이 책의 집필 초기부터 이 두 사람은 저자의 비전에 공감했고 또 집필을 완성하는 데 필요한 성원, 격려, 사랑, 조언을 아끼지 않았다.

또한 재능 있는 연구 조사자인 앤 헤니건에게도 심심한 감사와 경의를 표한다. 리사 드류의 조수이며 늘 쾌활하고 정력적인 메리 수 루치도 조언을 아끼지 않았다. 우리가 하려는 일의 잠재성을 제일 먼저 꿰뚫어보고 우리의 의도를 현실화시켜준 저작권 대리인 제이 액턴에게도 고마움을 표시하고 싶다.

존 더글러스의 아버지 잭 더글러스에게도 특별한 감사를 드리고 싶다. 그분의 정확한 기억과 잘 보관해온 아들에 대한 기록은 이 책을 엮는 과정을 한결 수월하게 해주었다.

또한 마크 올셰이커의 아버지이며 의학박사인 베넷 올셰이커에게도 감사드린다. 올셰이커 박사는 법의학, 정신의학, 법률 측면에서 많은 지도 편달을 해주셨다. 우리는 이러한 가족적 배경을 가진 것을 대단한 행운이라고 생각한다. 그리고 그들은 늘 사랑과 이해로 우리가 하는 작업을 격려해주었다.

　마지막으로 우리는 콴티코 FBI 아카데미에서 근무하는 존 더글러스의 동료들에게 심심한 경의와 감사를 표하고 싶다. 이들의 활약상과 수사 철학은 이 책에 자주 등장하여 내용을 더욱 풍성하게 해주었다. 바로 이런 이유 때문에 우리는 이 책을 그들에게 헌정하는 것이다.

존 더글러스 · 마크 올셰이커

괴룡과의 싸움

이 책은 25년간 FBI(콴티코)의 수사지원부에서 연쇄 살인범과 연쇄 강간 살인범을 잡아온 한 수사관의 회고록이다. 보통 회고록이라고 하면 자기의 업적을 은연중에 자랑하는 경우가 많지만, 이 책은 저자의 개인적인 이야기는 극소에 그치고, 연쇄 살인범에 대한 얘기로 시종일관하고 있다.

저자는 복역 중인 흉악범 36명을 직접 형무소로 찾아가 면담을 하면서 그들의 범행 방식과 동기를 연구하여 《범죄분류교본》이라는 책을 써낸 바 있는데, 이 책에서는 그 36건의 흉악한 살인사건이 대부분 소개되고 있다. 아울러 살인범 연구에서 얻은 지혜로 프로파일링이라는 전향적 수사 방법을 개발해내, 범인을 검거한 사례도 소개하고 있다.

번역자는 《양들의 침묵》과 같은 소설을 읽으면서 그 속에 나오는 끔찍한 사건이 아마도 사실이 아닐 거야, 하고 때로는 사실감이 부족하다고 느꼈고, 《인 콜드 블러드》와 같은 트루 크라임 논픽션을 읽을 땐 소설이었다면 훨씬 흥미진진하게 읽혔을 텐데, 하는 이야기의 부족을 느끼곤 했다. 그래서 이 양자(소설과 실화)의 장점을 취한 책이 없을까 늘 아쉬워했다. 그런데 마침 이 책을 읽고서는 그런 아쉬움이 상당히 가시는 것을 느꼈다.

총 19장으로 구성된 이 책은, 장마다 적절한 범죄 사례를 소개하고, 저자의 프로파일링 수사 방법이 어떻게 적용되는지 설명하고 있다. 19장 모두 재미있게 읽히지만 역자는 특히 제7장과 제16장이 이 책의 전체 구도를 가장 잘 보여주는 백미라고 생각한다.

제7장 '어둠의 한가운데에서'는 엽기적 살인사건들을 자세하게 다루고 있다. 역자는 이 부분을 번역하면서 '도대체 어떻게 생긴 사람이기에 이런 짓을 할까?'하고 자문하면서 그 괴물 같은 끔찍함에 자꾸 눈을 감게 되었다. '어둠은 자세히 들여다보아도 역시 어둡다'(오규원)라고 노래한 시인이 있는데, 제7장을 번역하면서는 이 세상에 이런 어둠도 있구나! 하는 탄식을 금할 수가 없었다.

그러나 제16장 '두 소녀의 죽음'을 번역하면서 이 세상에 깊이 모를 어둠이 있다면 그에 맞서는 더 강력한 힘, 즉 사랑이 있다는 것을 알게 되었다. 어둠이 구체화되면 얼마나 우스꽝스러운 모습(래리 진 벨)이 되는지, 그리고 사랑이 구체적으로 실현되면 얼마나 아름다운 모습(샤리 페이)이 되는지를 잘 보여주고 있다.

이 책에 등장하는 모든 범인들은 변태요 괴물이라 해도 지나친 말이 아니다. 그 괴물들과 맞서 장장 25년 동안 싸워온 저자는 책의 말미에서 겸손하게도 자기가 그 괴물(책에서는 괴룡으로 서술되어 있음)을 때로는 잡지 못했고, 자신 역시 그 괴룡의 피해자임을 솔직하게 고백하고 있다(저자는 범죄 수사에 전념하다가 아내와 이혼하는 아픔을 겪었다).

자기의 개인적 괴로움을 애써 감추며 괴룡과 싸워온 이 용감한 수사관의 모습은, 단칼에 히드라를 해치웠다는 헤라클레스나 단숨에 스핑크스를 제압했다는 오이디푸스의 그것은 아니다. 하지만 그 모습에는, 분명 영웅의 통과의례인 '괴룡과의 싸움$^{the\ dragon\ fight}$'을 연상시키는 장렬함이 있다고 생각한다. 이 책을 덮는 순간, 저자의 용감한 모습이 이들 영웅과 오버랩되는 것은 아마도 이 때문일 것이다.

마인드헌터
M I N D H U N T E R

개정판 1쇄 발행 2017년 11월 3일 **개정판 6쇄 발행** 2022년 4월 10일

지은이 존 더글러스, 마크 올셰이커 **옮긴이** 이종인
펴낸이 고세규
편집 이승희 **디자인** 윤석진

발행처 김영사
주소 경기도 파주시 문발로 197(문발동) 우편번호 10881
등록 1979년 5월 17일(제406-2003-036호)
구입 문의 전화 031)955-3100 **팩스** 031)955-3111
편집부 전화 02)3668-3292 **팩스** 02)745-4827 **전자우편** literature@gimmyoung.com
비채 카페 cafe.naver.com/vichebooks **인스타그램** @drviche
트위터 @vichebook **페이스북** www.facebook.com/vichebook
ISBN 978-89-349-7935-7 03840 책값은 뒤표지에 있습니다.

비채는 김영사의 문학 브랜드입니다.